감정의 혼란

세계문학전집
264

Stefan Zweig : Verwirrung der Gefühle

감정의 혼란

슈테판 츠바이크 소설
황종민 옮김

문학동네

일러두기

1. 이 책에 실린 각 중편의 번역 대본은 다음과 같다.
    「불타는 비밀」: Stefan Zweig, *Brennendes Geheimnis*, Frankfurt am Main: Fisher, 1988.
    「아모크 광인」「어느 여인의 인생의 스물네 시간」: Stefan Zweig, "Der Amokläufer" "Vierundzwanzig Stunden aus dem Leben einer Frau", *Die großen Erzählungen*, Stuttgart: Reclam, 2013.
    「감정의 혼란」: Stefan Zweig, "Verwirrung der Gefühle", *Verwirrung der Gefühle*, Frankfurt am Main: Fisher, 2015.
2. 주석은 모두 옮긴이주다.
3. 고딕체는 원서에서 강조된 부분을, 이탤릭체는 독일어 외에 다른 언어로 쓰인 부분을 표시한 것이다.

차례

불타는 비밀　7
아모크 광인　109
어느 여인의 인생의 스물네 시간　191
감정의 혼란　275

해설 | 인간 심리의 수수께끼　391
슈테판 츠바이크 연보　405

불타는 비밀

맞상대

 기관차가 칼칼하게 기적을 울렸다. 제머링*에 도착한 것이었다. 시커먼 객차들이 고산의 은빛에 안겨 잠시 정차하여, 갖가지 옷차림의 승객 몇 사람을 내려준 뒤 새로 승객들을 태웠고, 말싸움소리가 오가는가 싶더니, 맨 앞에서 기관차가 다시 칼칼하게 기적을 울리며 시커먼 객차들을 이끌고 덜컹덜컹 내리달려 터널 속으로 사라졌다. 비바람에 깨끗이 씻겨 맑아진 하늘 아래 다시금 드넓은 풍경이 시원하게 펼쳐졌다.
 새로 도착한 승객 가운데 산뜻한 옷차림과 나는 듯 가벼운 걸음걸이로 사뭇 눈길을 끄는 한 젊은이가 다른 승객보다 훨씬 앞서 호텔로 가는 마차를 잡아탔다. 말들은 서두르지 않고 다가닥다가닥 오르막길을

---

* 빈에서 남서쪽으로 약 90킬로미터 떨어진 고산 지역. 1854년 제머링 철도가 완공되어 수많은 관광객이 빈에서 제머링으로 찾아왔다.

걸었다. 대기에 봄기운이 넘쳤다. 하늘에는 새하얀 구름이 이리저리 너풀너풀 떠다녔다. 오뉴월에만 나타나는 이 하얀 구름떼는 생동생동 나부끼며 파란 하늘을 장난스레 누비다가 느닷없이 높은 산 뒤로 숨기도 하고, 서로 얼싸안고 달아나며 금세 손수건처럼 구겨지다가 금세 가닥가닥 풀어지더니 마침내 산봉우리에 골탕을 먹이듯 하얀색 고깔모자를 씌우기도 한다. 공중에서도 바람이 몰아치며 빗물이 마르지 않은 여윈 나무들을 사납게 흔들자, 나무들이 가지마다 나직이 삐걱거리며 수천 개의 물방울을 불티처럼 흩뿌렸다. 이따금 산에서 눈 내음도 서늘하게 내려오는 듯했고, 그러면 숨결에 무언가 달콤하고도 맵싸한 것이 느껴졌다. 하늘과 땅의 모든 것이 흔들리고 들끓으며 안달했다. 이제 말들은 나직이 씩씩거리며 내리막길을 달렸고 앞길 멀리까지 방울소리가 울렸다.

  호텔에 들어서자마자 젊은이는 투숙객 명부를 집어들고 훑어보다가—이내 실망에 빠졌다. "여기에 뭐하러 온 거지." 뒤숭숭한 마음으로 혼잣말을 시작했다. "어울릴 사람 없이 이런 산골에 홀로 처박히느니 차라리 사무실에서 일하는 게 낫지. 너무 일찍 왔거나 너무 늦게 온 것 같아. 지지리도 휴가 운이 없군. 이 많은 투숙객 가운데 이름 아는 사람이 한 명도 없다니. 여자라도 몇 있다면 싱거운 수작에 그치더라도 가볍게 추파를 던지며 이번주를 그럭저럭 때울 수 있을 텐데." 오스트리아의 그런대로 버젓한 관료 귀족 출신 남작인데다 주정부에서 근무하는 이 젊은이가 굳이 그럴 필요가 없었는데도 짧은 휴가를 낸 것은, 모든 동료가 한 주간 봄 휴가를 떠난 마당에 혼자서 공무 처리를 하느라 휴가를 헌납하고 싶지 않다는 단순한 이유에서였다. 젊은이는 내면을 성찰하는 능력이 없지는 않으나, 무척 사교적인 천성으로 인기를 모으고 어떤 모임에서든 환영받는 사람으로, 외로움을 견디지 못하는 것을 스스로 잘 알고 있었다. 오롯이 자신만을 대면하는 성향이 아예 없는데다, 자기 자신을 더욱 속속들이 알고 싶은 마음이라곤 없었기에 되도록 자신과의 만남을 피했다. 성냥을 켜려면 마찰면이 있어야 하듯 자신의 재능에, 가슴속 친절과 신명에 불을 붙이려면 사람들이 필요하고, 성냥갑에 든 성냥개비처럼 외따로 있으면 자신은 싸늘해져서 아무짝에도 쓸모없어진다는 것을 잘 알았다.

언짢은 기분으로 텅 빈 로비에서 왔다갔다하며, 신문을 이리저리 뒤적이기도 하고 음악실에 들어가 피아노로 왈츠곡을 치기도 했으나 손가락이 리듬을 제대로 불러내지 못했다. 마침내 부루퉁한 표정으로 자리에 앉아 어스름이 서서히 깔리고 가문비나무 숲에서 잿빛 안개가 자욱이 번져나오는 모습을 내다보았다. 한 시간을 그렇게 쓸모없이 초조하게 허송했다. 그런 뒤 피신하듯 식당으로 들어갔다.

손님이 앉아 있는 몇 테이블을 빠르게 훑어보았다. 헛수고였다! 안면 있는 사람이 없었다. 저쪽에—남작은 건성으로 눈인사를 주고받았다—경주마 조련사가 앉아 있고, 저기 저쪽에 링슈트라세*에서 마주친 적 있는 얼굴이 보이는 게 다였다. 여자가 한 명도 없으니 잠깐이나마 연애를 즐길 기회도 아예 없는 셈이었다. 역정이 치밀고 조바심이 났다. 젊은이 가운데는 해사한 얼굴로 수많은 여자를 호린 경력을 자랑하며, 끊임없이 새로운 여자를 만나 새로운 경험을 즐길 태세를 갖춘

---

* 빈의 중심부에 위치한 순환도로.

채, 언제나 호기심에 가득차 미지의 연애에 뛰어들려 하는 이가 있다. 이런 젊은이는 모든 일을 음흉하게 계산해둔 터라 어떤 일에도 놀라지 않을뿐더러, 친구의 부인이든 그 집 문을 열어주는 하녀든 치마만 둘렀으면 첫 눈길을 던질 때부터 관능적 자태를 눈여겨 살피는 까닭에 애욕을 자극하는 어떤 매력도 놓치지 않는다. 남작이 바로 그런 젊은이였다. 흔히들 이러한 젊은이를 경솔하게도 사뭇 얕잡아보며 여자 사냥꾼이라 일컫지만, 이 말에 관찰에서 얻은 진실이 얼마나 톡톡히 담겨 있는지는 잘 모른다. 이러한 인간의 밤낮없이 깨어 있는 의식에는 아닌 게 아니라 사냥감을 뒤쫓고 흥분에 들떠 잔인하게 해치우는 사냥꾼의 모든 열정적 본능이 불타고 있다. 이러한 인간은 호시탐탐 사냥감을 노리고, 언제나 기껍고 꿋꿋이 연애의 길을 좇다가 거의 나락에 떨어질 지경까지 이른다. 이들은 언제나 열정이 넘치지만, 그것은 연인의 열정이 아니라 냉정하고 계산에 밝고 모험을 즐기는 도박꾼의 열정이다. 이들 가운데는 청춘기가 한참 지난 뒤에도 기대에 부풀어 한평생 끝없이 연애를 벌이는 집요한 자들도 있다. 이들에게 하루는—지나쳐가며 눈길을 던지고, 살짝 미소를 짓고, 마주앉아 무릎을 스치는—수백 가지 관능적 체험으로 쪼개지고, 한 해는 관능적 체험이 인생의 마르지 않는 젖줄이자 기운을 북돋는 샘물이 되는 수백 나날로 나누인다.

두리번거리던 젊은이는 이곳에는 도박을 한판 벌일 상대가 없음을 곧바로 알아챘다. 도박꾼이 뛰어난 실력을 보여줄 요량으로 손에 카드를 쥐고 녹색 테이블에 앉아 상대를 기다리는데 아무도 나타나지 않는 것만큼 화가 치미는 일도 없다. 남작은 신문을 청했다. 못마땅한 안색으로 활자를 따라 눈길을 옮겼으나, 생각은 마비된 채 술 취한 듯 비틀비틀 단어들을 따라갔다.

그때 등뒤에서 옷자락이 사락이며 짜증을 감추는 가식적인 어조로 이렇게 말하는 소리가 들렸다. *"글쎄 조용히 해야지, 에드가!"*

젊은이의 테이블을 스치며 실크 드레스가 바스락거리더니 한 형체가 지나가며 길고도 풍만한 그림자를 던졌고, 새까만 벨벳 양복 차림의 키 작고 핼쑥한 소년이 뒤따라가면서 호기심어린 눈길로 젊은이를 곁눈질했다. 두 사람은 젊은이 맞은편에 있는 예약된 테이블에 앉았다. 아이는 예절 바르게 행동하려 애쓰는 기색이 역력했는데, 그럴수록 새까만 눈동자가 불안하게 떨리는 듯했다—젊은 남작은 부인만 눈여겨보았다—공들여 치장하고 눈에 띄게 우아하게 차려입은 이 부인은 젊은이가 매우 좋아하는 타입으로 농익어 터지기 직전 나이의 약간 풍만한 유대인 여성이었고, 열정도 풍부해 보이지만 격정을 고상한 우수로 감출 수 있을 만큼 노련했다. 남작은 처음에는 부인의 눈을 들여다보지 못하고 눈썹의 아름답게 휘어진 곡선에 경탄했을 뿐이었다. 깔끔한 아치형 눈썹 아래의 부드러운 매부리코는 유대인의 특징을 드러내 보였으나 기품 있는 형태를 띠어 뚜렷하고 인상 깊은 옆모습을 만들어냈다. 머리칼은 이 풍만한 육체에 나타나는 모든 여성적 특징과 마찬가지로 눈에 띄게 풍성했고, 부인은 자신의 아름다움에 뭇사람이 경탄하리라 확신하여 자만과 과시에 빠져 있는 듯했다. 부인은 매우 나직한 목소리로 주문했고, 포크를 잘랑거리며 장난치는 소년을 꾸짖었는데—그러면서 남작이 조심스레 흘금거리는 것을 알아채지도 못하고 아무 관심도 보이지 않는 척했으나, 사실은 유심히 지켜보는 남작의 눈길을 의식해 이렇게 새침 떼고 신중하게 행동했던 것이다.

남작의 어두운 얼굴이 단박에 환해졌고, 은밀히 신경이 살아나 생기가 솟으며 주름살이 펴지고 근육이 팽팽해지더니, 마침내 몸이 곤추서고 눈이 불타올랐다. 남성이 있어야 자신의 매력을 있는 대로 드러내는 여성들이 있는데, 남작도 이 여성들과 다르지 않았다. 관능적 자극을 받아야 남작은 정력이 기운차게 샘솟았다. 몸속의 사냥꾼이 사냥감의 냄새를 맡았다. 남작은 눈싸움이라도 걸 듯 눈을 마주치려 했지만, 부인은 이따금 눈빛을 반짝여 망설이듯 비껴보며 남작과 눈길을 스칠 뿐, 분명하고 뚜렷하게 마주보는 적이 없었다. 입가에 미소가 흐르기 시작하는 것 같다고 남작은 얼핏얼핏 생각했으나 이 모든 것을 확실히 알 수 없었고, 바로 이처럼 잘 알 수 없는 태도가 남작을 더욱 흥분시켰다. 다만 남작을 기대에 부풀게 했던 한 가지는 바로 이렇게 줄곧 비껴가는 눈길로, 이는 버티면서도 쑥스러워하고 있음을 드러냈으며, 다음으로는 아이와 기이할 만큼 신중하게 이야기하는 태도였으니, 이는 남작의 눈길에 신경쓰고 있음을 보여주었다. 이렇게 끈질기게 침착한 척하는 태도야말로 불안해진 징조라고 남작은 느꼈다. 남작도 흥분했다. 도박이 시작되었던 것이다. 식사를 깨작거리고 거의 반시간 동안 잠시도 이 부인에게서 눈길을 떼지 않은 채, 그 얼굴의 이목구비를 살살이 더듬고 풍만한 육체를 한 군데도 빠짐없이 남몰래 만졌다. 창밖에 어둠이 짓누르듯 내리깔렸고, 엄청난 먹장구름이 우중충한 그림자를 드리우자 숲은 어린애처럼 무서워하며 한숨을 내쉬었으며, 어스름이 식당 안으로 점점 더 컴컴하게 밀려들었고, 식당에 있는 손님들은 침묵을 통해 더욱더 한덩어리로 뭉쳐지는 듯했다. 이러한 정적에 위협을 느껴서인지, 남작이 보기에, 어머니와 아이의 대화는 갈수록 억지스럽고 꾸며낸 듯한 기색을 띠었고 곧 끝날 것 같았다. 남작은 부인의 반응을 한번 떠보기로 했다. 손님 가운데 맨 먼저 일어나 부인 너머의 풍경으로 눈길을 길게 던지며 천천히 문으로 걸어갔다. 문 앞에서 무언가 잊은 듯 고개를 재빨리 홱 돌렸다. 부인이 자신의 뒷모습을 지켜보는 장면을 딱 붙들었다.

남작은 구미가 동했다. 로비에서 기다렸다. 부인이 곧 소년의 손을 잡고 따라 나오더니, 도서 테이블을 지나며 잡지를 뒤적여 아이에게 그림 몇 장을 보여주었다. 남작은 우연인 척 테이블로 다가갔다. 잡지를 고르려 하는 듯했지만 사실은 촉촉이 반짝이는 부인의 눈을 더 깊이 들여다보고 잘되면 말까지 붙여보고 싶어서였다. 그러자 부인이 몸을 돌리고 아들의 어깨를 가볍게 두드렸다. *"에드가! 자러 가야지!"* 그러고서 옷자락을 사락거리며 쌀쌀맞게 남작 옆을 지나갔다. 남작은 사뭇 실망하여 부인의 뒷모습을 바라보았다. 이날 저녁 사귀게 되기를 바랐으나, 이처럼 매몰찬 행동 때문에 기대가 꺾였다. 하지만 어차피 이렇게 버티는 자세가 매력이었으며, 바로 이처럼 잘 알 수 없는 태도가 남작의 욕망에 불을 붙였다. 어쨌든 남작은 맞상대를 만났으니 도박을 시작할 수 있었다.

금세 맺은 우정

다음날 아침 로비에 들어서며 남작은 이름 모르는 아름다운 여인의 아이가 엘리베이터 보이 두 사람에게 카를 마이* 책의 삽화들을 보여주며 열띠게 이야기하고 있는 모습을 보았다. 아이 엄마는 아직 치장중인지 나오지 않았다. 이제야 남작은 소년을 눈여겨보았다. 열두 살가량의 숫기가 없고 발육이 더디고 신경이 예민한 소년으로, 몸을 가만두지 못하고 까만 눈으로 사방을 두리번거렸다. 이 나이의 아이가 흔히 그러듯, 잠이 덜 깬 채 갑자기 낯선 곳에 불려오기라도 한 것처럼 겁먹은 인상을 풍겼다. 얼굴은 못생기지 않았으나 아직 자리가 잡히지 않은 상태였다. 바야흐로 어린애 얼굴이 남자의 얼굴로 바뀌고 있

---

* 독일어권에서 가장 많은 독자를 확보하고 있는 소설가로, 특히 인디언 비네토우를 주인공으로 삼은 모험소설이 유명하다.

는 듯했고, 이목구비는 반죽되기만 했을 뿐 모양을 갖추지 못한 양 아무것도 뚜렷한 선을 드러내지 않은 채 파리하고 흐릿하게 뒤섞여 있었다. 그뿐 아니라 아이는 무엇을 입어도 맵시가 나지 않는 나이였으니, 이 또래 아이는 도대체 몸에 맞는 옷이 없어 소매와 바지가 마른 팔다리에 헐렁하게 늘어지고, 아이 자신도 아직 뽐내고 싶은 생각이 없어 외모에 관심을 두지 않는 법이다.

소년은 이곳에서 우왕좌왕 돌아다니며 자못 안쓰러운 인상을 자아냈다. 사실은 모두를 훼방하고 있었다. 호텔 접수대 직원을 온갖 질문으로 괴롭히는가 싶다가, 이 직원이 밀쳐내자마자 호텔 출입구로 가서 방해를 놓았다. 소년은 누구하고도 친구로 지내지 못하는 것 같았다. 수다 떨고 싶은 천진난만한 마음에 호텔 직원들에게 달라붙으려 하는데, 직원들은 시간이 있으면 대꾸를 하지만 다른 어른이 나타나거나 무언가 용무를 처리해야 하면 곧바로 중간에 말을 끊었다. 소년이 모두를 호기심에 가득차 바라보는데도 다들 무뚝뚝하게 이 가여운 소년을 피해버리는 광경을 남작은 미소 지으며 흥미롭게 구경했다. 한번은 이렇게 호기심 가득한 눈길이 남작의 눈길에 꽉 붙잡혔는데, 까만 머루눈은 두리번거리는 것을 들키자마자 겁먹고 움츠러들더니 내리깐 눈꺼풀 뒤로 숨어버렸다. 남작은 재미를 느꼈다. 소년에게 점차로 관심이 끌리자, 무서워 주뼛거리는 듯한 이 아이를 부인과 하루빨리 맺어주는 중매자로 써먹을 수 있지 않을까 하는 생각이 떠올랐다. 밑져야 본전이니 시도해보기로 했다. 남작은 살금살금 소년을 따라갔다. 소년은 다시 출입문 밖으로 나가더니 애정에 굶주린 어린애처럼 흰말의 발그스름한 콧구멍을 쓰다듬었으나―소년은 정말 운이 없었다―

불타는 비밀　17

여기에서도 마부가 사뭇 퉁명스럽게 쫓아냈다. 소년은 상심하고 따분해져 멍하고 자못 슬픈 눈빛으로 하릴없이 서 있었다. 남작이 소년에게 말을 붙였다.

"저기, 얘야, 이곳이 마음에 드니?" 남작은 불쑥 첫마디를 꺼내며 되도록 서글서글하게 말하려 애썼다.

아이는 볼이 빨개지며 겁먹은 듯 올려다보았다. 왠지 무서운 듯 손을 뒤로 빼고 당황하여 몸을 비비꼬았다. 낯선 신사가 말을 걸어온 것은 처음 있는 일이었다.

"고마워요, 마음에 들어요." 소년은 더듬더듬 간신히 말했다. 마지막 두 마디는 말했다기보다 억지로 짜냈다.

"놀랍구나." 남작은 웃으며 말했다. "너 같은 사내아이에게는 심심하기 짝이 없는 곳일 텐데. 하루종일 뭘 하고 지내니?"

소년은 아직도 몹시 얼떨떨하여 바로 대답하지 못했다. 이 낯설고 우아한 신사가 아무도 신경쓰지 않는 자신에게 이야기를 거는 것이 있을 수 있는 일일까? 이런 생각이 소년을 주뼛거리게도 우쭐거리게도 했다. 소년은 가까스로 기운을 차렸다.

"책을 읽고 엄마랑 산책을 자주 하지요. 가끔 마차 타고 나가기도 하고요, 둘이서요. 저는 여기서 휴양해야 해요. 병이 있거든요. 의사 선생님께서 그러는데, 햇볕도 많이 쬐어야 한대요."

마지막 말은 사뭇 또박또박 건넸다. 어린애는 병을 자랑스러워하는 법이다. 건강이 위태로우면 가족이 곱절 더 소중하게 보살핀다는 것을 잘 알기 때문이다.

"그래, 햇볕을 쬐는 것은 너 같은 사내아이에게 좋은 일이지. 몸도 갈색으로 태울 수 있고. 하루종일 앉아 있기만 하면 안 돼. 너 같은 소년은 돌아다니며 신나게 놀고 장난도 칠 줄 알아야지. 너는 너무 얌전해 보이는구나. 두꺼운 책을 옆구리에 끼고 다니는 공붓벌레처럼 보여. 네 나이 때 나는 얼마나 개구쟁이였는지, 매일 저녁 바지가 찢어져 집으로 돌아왔다니까. 너무 얌전히 지내지 마라!"

아이는 자기도 모르게 미소 지었고 그러는 가운데 불안이 가셨다. 뭐라고 대꾸하려 했으나, 그건 이렇게 사근사근 이야기해주는 자상한 낯선 신사를 너무 버릇없고 건방지게 대하는 것처럼 여겨졌다. 소년은 당돌하게 굴어본 적이 없고 쉽게 당황하기 일쑤여서 이제 행복감과 창피함에 더없이 얼떨떨했다. 이야기를 이어가고 싶었으나 아무 말도 생각나지 않았다. 다행히 호텔에서 기르는 덩치 큰 누런색 세인트버나드가 지나가다가 두 사람에게 코를 킁킁거리더니 쓰다듬어주는 손길에 온순히 몸을 맡겼다.

"개를 좋아하니?" 남작이 물었다.

"그럼요. 할머니가 바덴*에 있는 빌라에서 한 마리를 키워요. 우린 거기서 지낼 때마다 그 개와 하루종일 붙어 있어요. 하지만 여름철에 할머니 댁에 찾아갈 때만요."

"우리 농장에는 아마 스무 마리쯤 있을 거야. 얌전하게 군다면 한 마리 선물해줄게. 갈색 털에 귀가 하얀 강아지야. 갖고 싶니?"

아이는 좋아서 볼이 발개졌다.

"예, 그럼요."

---

* 빈 남쪽 니더외스터라이히주에 있는 온천 도시. 제머링에서 약 60킬로미터 떨어져 있다.

열렬한 갈망 속에 이 말이 저절로 새어나왔다. 하지만 바로 뒤이어 아이는 겁먹고 놀란 듯 주저주저했다.

"하지만 엄마가 허락하지 않을 거예요. 집에서 개를 키우지 않을 거라고 하시거든요. 너무 성가신 일만 생긴다고요."

남작이 미소 지었다. 마침내 말머리가 엄마로 돌아갔다.

"엄마가 그렇게 엄하니?"

아이는 골똘히 생각하더니 잠시 남작을 올려다보았다. 이 낯선 신사를 믿어도 좋을까 살펴보는 듯했다. 아이가 신중하게 대답했다.

"아니요, 엄하지 않아요. 지금은요. 제가 아프니까 제 말은 다 들어주세요. 개를 길러도 좋다고 할지도 몰라요."

"내가 엄마에게 부탁해줄까?"

"예, 그래 주세요." 소년은 환호했다. "그러면 엄마도 틀림없이 허락할 거예요. 개는 어떻게 생겼어요? 귀가 하얗다고 하셨죠? 물건을 물어올 줄 아나요?"

"그럼, 못하는 게 없지." 자신이 아이의 눈에 한순간에 피워올린 뜨거운 불꽃을 보며 남작은 미소 짓지 않을 수 없었다. 아이에게서 아까의 쑥스러워하던 태도가 단박에 사라지고 불안에 억눌려 있던 열정이 용솟음쳤다. 여태까지 겁먹고 주뼛거리던 아이가 생기발랄한 소년으로 순식간에 바뀐 것이다. 소년의 어머니도 이러하다면 좋으련만, 남작은 자기도 모르게 생각했다. 불안한 기색 뒤에 뜨거운 열정이 불타고 있다면 좋으련만! 소년은 벌써 스무 개도 넘는 질문을 퍼부었다.

"개 이름이 뭐예요?"

"카로."

"카로." 아이가 환호했다. 누군가 자신을 친근하게 대해주었다는 예기치 못한 일에 넋이 나가 무슨 말에든 웃고 환호할 수밖에 없는 듯했다. 남작도 빠르게 뜻을 이룬 데 놀라며 쇠뿔도 단김에 빼기로 했다. 소년에게 함께 산책을 가자고 말하자, 함께 놀아줄 사람을 여러 주 동안 애타게 찾던 가엾은 소년은 이 제안에 마음이 혹했다. 새로 사귄 아저씨가 지나가듯 가볍게 던지는 질문에 꾀여 말하지 말아야 할 일까지 생각 없이 지껄였다. 이내 남작은 가족에 관해, 특히 에드가가 빈에 사는 변호사의 외아들이며 아마도 부유한 유대인 부르주아 가문 태생이라는 것까지 속속들이 알게 되었다. 교묘하게 이것저것 물은 끝에, 소년의 어머니가 제머링에 머무는 게 그리 탐탁지 않다고 했다는 것과 어울릴 만한 호감 가는 사람이 없다고 하소연했다는 것을 알아냈으며, 엄마가 아빠를 좋아하느냐는 질문에 에드가가 선뜻 대답하지 못하는 것을 보고 부부 사이가 썩 좋지는 않은 모양이라고 짐작하기까지 했다. 순진한 소년을 꾀어 이런 시시콜콜한 가족사까지 캐내는 게 너무 손쉬운 나머지 부끄러운 생각마저 들었다. 에드가는 자신이 이야기하는 무언가로 어른의 관심을 끌 수 있다는 데 우쭐해 새로 사귄 아저씨에게 비밀을 쏟아냈다. 남작이 산책하며 소년의 어깨를 팔로 감싸자—어른과 이렇게 친밀하게 걷는 것을 사방에 보여준다는 데 우쭐해 소년은 철없이 가슴이 뛰었고, 자신이 어린애임을 점점 잊고서 또래에게 말하듯 거리낌도 스스럼도 없이 재잘거렸다. 말을 나누어보니, 에드가는 매우 영리하고, 오랫동안 어른들과 함께 지내온 병약한 아이가 대개 그렇듯 약간 조숙하며 무슨 일에든 기이할 만큼 지나치게 흥분하여 열정적으로 애착을 품거나 적개심을 보였다. 어떤 일도 차분하게 대하지 못하는 듯하고, 어떤 사람이나 사물에 관해 말할 때마다 열광하거나 미워했는데, 화가 치밀면 얼굴이 볼품없이 찡그러져 심술궂고 못생기게 보이기까지 했다. 아마도 최근 벗어난 병마로 인해 무언가 사납고 변덕스러운 성격이 자리잡아 말할 때마다 광적인 불길이 치솟는 듯했고, 자신의 열정에 대한 불안을 가까스로 억누르느냐 볼썽사나운 표정을 짓는 것 같았다.

남작은 손쉽게 소년의 신뢰를 얻었다. 고작 반시간 공들여 이 뜨겁고 불안하게 들썩이는 마음을 손에 넣었다. 아이들을, 환심을 사려는 이를 거의 만나본 적이 없는 이 순진덩어리들을 속여먹기란 이루 말할 수 없이 쉬운 법이다. 남작은 나이를 잊고 과거로 돌아가기만 하면 자연스럽고 스스럼없이 천진난만한 말이 술술 나왔으므로, 소년은 남작을 또래로 느끼고 몇 분 지나지 않아 허물없이 대하게 되었다. 이 외로운 곳에서 별안간 새 친구를 사귀게 되어 그저 기쁘고 행복했다. 얼마나 멋진 친구인가! 빈에 있는 친구들, 가는 목소리로 재재거리는 철부지들을 죄다 잊었으니, 한 시간 만에 이들의 모습은 씻은 듯 사라졌다! 이제 소년은 이 새 친구, 자신의 굉장한 친구에게 열광적으로 정열을 바쳤고, 이 친구가 헤어지며 내일 오전에 또 산책하자고 말하고 먼발치서 마치 형처럼 손을 흔들어주자 가슴이 뿌듯하게 벅차올랐다. 아마도 이는 소년의 인생에서 가장 멋진 순간이었을 것이다. 아이를 속여먹기란 이렇게 쉽군―남작은 떠나는 소년의 뒷모습을 바라보며 미소지었다. 이제 중매자가 생긴 것이다. 소년이 이야기보따리로 엄마 귀가 따갑도록 귀찮게 하며 한마디도 빼놓지 않고 전하리라는 것을 남작은 잘 알았다―그러면서 자신이 얼마나 절묘하게 찬사를 늘어놓아 부인 귀에 들어가게 했는지, 에드가의 "아름다운 엄마"라는 말을 얼마나 자주 입에 올렸는지 흐뭇하게 돌이켜보았다. 입이 가벼운 소년이 잠자코 있지 못하고 엄마와 자신을 만나게 해주리라 믿어 마지않았다. 처음 본 아름다운 여인과의 거리를 좁히기 위해 이제 자신은 손가락 하나 까딱할 필요 없이 풍경을 내려다보며 편안하게 꿈에 부풀어 있으면 되었으니, 아이가 두 손을 열심히 놀려 여인에게 다가가는 다리를 놓고 있음을 잘 알고 있었던 것이다.

삼중창

 한 시간 뒤 밝혀졌듯 이 계획은 나무랄 데 없었으며 빈틈없이 맞아떨어졌다. 젊은 남작이 일부러 약간 늦게 식당에 들어섰을 때 에드가는 흠칫 놀라 의자에서 일어서더니 환한 미소로 반갑게 인사하며 손을 흔들었다. 그러면서 엄마의 소매를 잡아끌고 흥분하여 허둥지둥 귀에 대고 속삭이며 남작을 가리키는 모습이 눈에 띄었다. 부인은 난처한 듯 얼굴을 붉히며 소년의 지나치게 활기찬 행동을 꾸짖었으나 소년이 하라는 대로 한번 건너다보지 않을 수 없었고, 남작은 기회를 놓칠세라 정중히 허리 굽혀 인사했다. 안면을 튼 것이었다. 부인은 답례 인사를 할 차례였으나 이제 얼굴을 접시에 깊이 묻고 식사 내내 다시 건너보지 않으려 조심했다. 이와 달리 끊임없이 흘금거리던 에드가는 한번은 먼발치서 말을 건네려다가 어디서 배운 버릇이냐고 엄마에게 호되게 꾸지람을 들었다. 식사 후 잠자러 갈 시간이라는 말을 듣자 소년은 엄마와 쉴새없이 귓속말을 주고받기 시작했고, 마침내 간절한 애원이 받아들여져 남작의 테이블로 건너와 이 새로 사귄 친구에게 작별인사를 했다. 남작은 다정하게 몇 마디를 건네 아이의 눈에 다시 불꽃을 일으키며 몇 분간 이야기를 나누었다. 그러다 느닷없이 날렵하게 몸을 돌려 일어서서는 부인의 테이블로 건너가 당혹해하는 부인에게 영리하고 총기 있는 아들을 두었다고 치켜세우고, 오전에 소년과 함께 즐거운 시간을 보냈다며 흐뭇해하고—에드가는 기쁨과 뿌듯함에 얼굴이 빨개져 서 있었다—끝으로 소년의 건강은 어떠냐고 물었는데, 매우 꼼꼼하게 조곤조곤 캐물었으므로 소년의 어머니는 대꾸하지 않을 수 없었다. 이렇게 끝없이 이어지는 기나긴 대화를 소년은 행복에 겨워 우러러보듯 엿들었다. 남작은 자기소개를 하고 자신의 번듯한 귀족 가문 이름이 허영심 많은 여인에게 깊은 인상을 주었음이 분명하다고 생각했다. 어쨌든 부인은 남작에게 더없이 상냥하게 대했다. 하지만 품위를 잃지는 않았으니, 소년을 재워야 한다고 양해를 구하며 일찍 자리에서 일어섰다.

 소년은 피곤하지 않다고, 밤을 꼬박 새울 수 있다고 떼쓰며 칭얼거렸다. 하지만 엄마가 남작에게 이미 손을 내민 뒤였고, 남작은 손에 정중하게 입맞추었다.

 에드가는 이날 밤잠을 설쳤다. 마음속에서 행복감과 어린애다운 절망감이 뒤섞였다. 오늘 인생에 무언가 새로운 일이 일어난 탓이었다. 난생처음 어른들의 운명에 끼어들게 된 것이다. 비몽사몽간에 자신이 어리다는 것을 잊고 단박에 어른이 된 듯 여겼다. 지금까지는 외롭게 자라며 걸핏하면 앓아누웠고 친구도 몇 없었다. 소년의 굶주린 애정을 채워줄 사람이라곤 부모와 하인밖에 없었으나, 부모는 소년을 거의 보살피지 않았다. 사랑을 평가할 때 그 계기만 따져보고, 이전의 긴장을, 그러니까 마음을 흔드는 온갖 굉장한 사건이 일어나기 이전의 실망과 고독에 싸인 휑하고 어두운 심정을 살펴보지 않을 경우엔, 사랑의 위력을 잘못 측정하기 십상이다. 이처럼 허전한 심경일 때는 잠재워두었던 엄청난 감정이 누군가를 기다리고 있다가 이제 사랑을 줄 만한 이가 나타나자마자 두 팔 벌리고 달려나가는 것이다. 어두운 방에 누운 에드가는 행복하기도 하고 얼떨떨하기도 했다. 웃으려 했으나 울지 않을 수 없었다. 어떤 친구도, 아빠도, 엄마도, 심지어 하느님도 이 사람만큼 사랑해본 적이 없었다. 소년은 지금까지 품어온 설익은 열정을 모조리 끌어모아 두 시간 전만 해도 이름조차 몰랐던 이 사람의 모습을 부둥켜안았다.

 소년은 자못 영리하여 새로운 우정이 예상치 못한 별난 종류라는 사실에는 당황하지 않았다. 소년이 몹시 당혹스러워한 것은 자신이 무가치하고 보잘것없는 존재로 느껴져서였다. '내가 그 사람과 어울릴까, 아직 학교에 가야 하고 밤이면 누구보다 먼저 침실로 보내지는 열두 살배기 어린 소년이?' 소년은 괴로워했다. '나는 그 사람에게 무엇이 될 수 있을까, 무엇을 줄 수 있을까?' 이렇게도 저렇게도 자신의 감정을 보여줄 수 없다는 바로 이러한 사실이 고통스럽게 다가와 소년은 비참함을 느꼈다. 지금까지는 친구를 좋아하게 되었을 때 가장 먼저 한 일이 책상에 들어 있는 우표나 돌 따위의 작지만 소중한 물건을, 어린 시절의 유치한 보물을 나누어주는 것이었는데, 어제까지만 해도 매우 뜻깊고 희한한 매력에 넘쳐 보였던 이 모든 물건이 단박에 가치를 잃어 우스꽝스럽고 시시하게만 여겨졌다. 친근하게 너라고 부를 수도 없는 이 새 친구에게 어떻게 이런 물건들을 줄 수 있을까? 내 감정을 드러내 보여줄 방법이나 기회는 어디서 찾을 수 있을까? 소년은 자신이 키가 아마 절반밖에 안 되고 설익은 열두 살배기 아이라는 사실을 갈수록 고통스럽게 실감했으니, 어린애라는 사실을 이렇게 격렬히 원망한 적도 없었고, 꿈에서 보았던 자신의 모습처럼 완전히 달라져, 다른 이들처럼 키 크고 힘센 사내가 되어, 어른으로 변하여 잠에서 깨기를 이렇게 간절히 열망한 적도 없었다.

이러한 뒤숭숭한 생각 틈으로 남성이 되면 알게 될 새로운 세상에 관한 생생한 첫 꿈이 빠르게 밀려들었다. 마침내 에드가는 미소를 띠고 잠들었지만, 내일 아침 약속에 대한 생각 때문에 깊은 잠을 이루지 못했다. 늦지 않을까 불안했던 소년은 일곱시에 깜짝 놀라 잠에서 깨었다. 서둘러 옷을 입고, 엄마 방으로 들어가 늦잠꾸러기가 벌써 일어난 데 깜짝 놀란 엄마에게 아침 인사를 하더니, 엄마가 다른 질문을 던질 틈을 주지 않고 아래층으로 달려내려갔다. 아홉시까지 조바심치며 왔다갔다하느라 아침식사도 잊었고 산책 가는데 친구를 오래 기다리게 해서는 안 된다는 걱정만 앞섰다.

마침내 아홉시 반에 남작이 태평하게 어슬렁어슬렁 다가왔다. 물론 남작은 산책 약속을 잊은 지 오래였으나 소년이 자신에게 기를 쓰고 달려오자 그 넘치는 열정에 미소 짓지 않을 수 없었고, 기꺼이 약속을 지키려는 태도를 보여주었다. 소년의 어깨를 다시 팔로 감싸며 환하게 웃는 아이와 로비에서 서성거렸다. 다만 당장 함께 산책을 시작하자는 것은 부드럽지만 딱 부러지게 거절했다. 무언가 기다리고 있는 듯했으며, 초조하게 문을 더듬는 눈길에서도 그런 기색이 엿보였다. 갑자기 남작이 몸을 곧추세웠다. 에드가의 엄마가 로비로 들어서 인사에 답례하며 상냥하게 두 사람에게 다가왔다. 에드가는 산책 계획을 매우 소중한 비밀처럼 엄마에게 숨겼는데, 남작에게 이러한 생각을 전해들은 엄마는 미소 지으며 그래도 좋다고 했고, 남작이 함께 가자고 권하자 기꺼이 이를 받아들였다.

에드가는 곧바로 토라져 입술을 깨물었다. 엄마가 하필 지금 오다니, 얼마나 짜증나는 일인가! 이 산책은 오로지 자신만을 위한 것이었으며, 새 친구를 엄마에게 소개한 것은 호의를 보이려는 것이었을 뿐 엄마도 이 친구와 사귀라는 뜻은 아니었다. 남작이 엄마에게 상냥하게 구는 것이 눈에 띄자 소년의 마음속에서 질투 같은 것이 솟아났다.

세 사람은 함께 산책을 나갔고, 두 어른이 소년에게 유난스레 관심을 보이자 아이는 자신이 중요해졌다는, 별안간 소중해졌다는 섣부른 착각을 다시 마음속에 품게 되었다. 에드가는 대화의 거의 유일한 화젯거리였으니, 소년의 어머니가 소년의 창백한 안색과 예민한 신경이 짐짓 근심스러운 척 말하면 남작은 미소 지으며 그렇지 않다고 하고 소년을 "친구"라고 부르며 붙임성이 좋다고 칭찬했다. 이는 에드가에게 최고의 시간이었다. 소년은 어린 시절 내내 한 번도 허락받지 못했던 일을 할 수 있었다. 이야기에 끼어도 바로 조용히 하라는 말을 듣지 않았고, 온갖 소원을 당돌하게 말해도 지금까지와 달리 못마땅하게 여겨지지 않았다. 소년의 마음속에 자신이 어른이라는 엉뚱한 착각이 부쩍부쩍 생겨나는 것도 이상한 일은 아니었다. 소년이 젖어든 행복한 꿈에서 어린 시절은 너무 작아져 내버린 옷처럼 과거의 유물이 되었다.

점심시간에 남작은 에드가네 테이블에 합석했다. 에드가의 어머니가 갈수록 상냥한 태도를 보이며 그러기를 권했던 것이다. 마주보고 있다가 나란히 앉게 되었고, 안면만 있다가 친분이 생겼다. 삼중창이 울려퍼져 여성, 남성, 아동의 세 성부가 완벽한 화음을 이루었다.

공격 개시

 이제 조바심이 난 사냥꾼은 사냥감에 살금살금 다가갈 때가 되었다고 여겼다. 이러한 판국에 화목한 분위기로 삼화음을 내고 있는 상황이 마음에 들지 않았다. 세 사람이 환담을 나누는 것이 나쁘지는 않았지만, 남작의 속셈은 이따위 잡담이 아니었다. 정욕을 숨긴 채 가면극을 벌이며 교제하다보면 남녀가 애욕을 느끼는 게 갈수록 늦어지고, 말을 던질 때 열정이, 사냥감을 공격할 때 격정이 사그라진다는 것을 남작은 잘 알고 있었다. 부인이 대화를 나누느라 남작의 원래 속셈을 절대 잊어서는 안 되었다―확신컨대―부인은 이 속셈을 이미 눈치채고 있었다.
 이 부인에게 들이는 자신의 노력이 물거품이 되지 않으리라는 것은 거의 확실했다. 여자가 한 번도 사랑한 적 없는 남편을 위해 절개를 지킨 것을 후회하기 시작하는 나이, 노을빛으로 저무는 아름다움이 모성애와 이성애 사이의 선택을 마지막으로 화급히 채근하는 나이, 바로 그러한 갈림길의 순간에 부인은 들어서 있었다. 인생의 모든 질문에 이미 오래전에 대답했다고 여겼건만 이 순간 인생이 다시 질문을 던지고, 애욕을 만끽하고 싶다는 희망과 이제 주책 부릴 나이는 지났다는 체념 사이에서 마지막으로 갈등하느라 의지의 나침반 바늘이 마구 떨린다. 그러면 여인은 자기 인생을 살지 아이를 위한 인생을 살지, 여자가 될지 어머니가 될지 위태로운 결정을 내리게 된다. 이러한 일을 훤히 다 아는 남작은 부인이 인생의 열정과 희생 사이에서 이렇게 아슬아슬 흔들리고 있는 것이 분명하다고 생각했다. 남편이 아마도 외적인 욕구만 채워줄 뿐 고상한 생활방식에서 피어난 속물적 야심은 만족시켜주지 못하는 탓인지 부인은 대화를 나누며 남편을 입에 올리는 법이 없었으며, 사실 마음속 깊이에서는 아이에 대해서도 아는 게 거의 없었다. 어두운 눈에 우수인 척 감춰져 있는 권태의 그림자가 부인의 인생을 뒤덮고 부인의 관능에 어둠을 드리우고 있었다. 남작은 재빨리 행동하면서도 서두르는 기색을 전혀 보이지 않기로 했다. 그러기는커녕 물고기를 유인하기 위해 미끼를 뒤로 치우는 낚시꾼처럼 새로운 친교에 전혀 관심이 없는 척했으며, 사실은 자신이 구애를 하면서도 구애를 받고자 했다. 일부러 오만함을 과시하고 부인과의 사회적 신분 차이를 뚜렷하게 드러내기로 작정했으니, 자신의 거만한 거동만으로, 외모와 번듯한 귀족 가문 이름과 차가운 매너만으로, 이 풍만하고 탐스럽고 아름다운 육체를 얻을 수 있으리라는 생각에 기분이 들떴다.

치열한 도박을 앞두고 남작은 벌써 흥분하기 시작했으며 그럴수록 신중을 기했다. 오후에는 방안에 틀어박혀, 부인이 자신을 찾느라 애태우리라 내심 흐뭇해했다. 남작이 문밖에 나가지 않은 것은 부인을 애먹이기 위해서였으나, 정작 부인의 주의를 그다지 끌지 못했고 가엾은 소년에게 고통을 안겼다. 에드가는 오후 내내 더없이 막막하고 버림받은 기분이었다. 사내아이들이 흔히 그러듯 소년은 끈기 있게 의리를 지키며 오랜 시간 계속해서 친구를 기다렸다. 자리를 뜨거나 무언가 혼자 하는 것은 소년에게 우정을 깨는 일로 여겨졌을 것이다. 소년은 복도를 뒤지고 다녔지만 아무 소용 없었으니, 시간이 지날수록 가슴속이 불행으로 채워졌다. 무슨 사고라도 난 건지, 자기도 모르게 친구의 기분을 상하게 한 건 아닌지, 온갖 생각을 머릿속에 떠올리며 초조하고 불안하여 울상이 되었다.

남작은 저녁식사를 하러 나타났을 때 열렬한 환영을 받았다. 엄마가 소리쳐 말리고 다른 손님들이 놀라는데도 아랑곳 않고 에드가가 남작에게 달려가 마르고 짤따란 두 팔로 격렬하게 남작의 가슴을 끌어안았다. "어디 있었어요? 도대체 어디 있었어요?" 소년은 숨넘어가듯 소리쳤다. "저랑 엄마랑 안 찾아본 곳이 없어요." 소년의 어머니는 소년이 자신을 끌어들이는 게 달갑지 않아 얼굴을 붉히며 사뭇 매섭게 꾸짖었다. "철없이 굴지 마라, 에드가. 자리에 앉아!" (부인은 프랑스어가 능숙하지 않아 무언가 자세히 설명하려면 금세 말이 막히는데도 소년에게 항상 프랑스어로 말했다.) 에드가는 다시 앉았으나 남작에게 꼬치꼬치 캐묻기를 그만두지 않았다. "남작님도 따로 하려는 일이 있다는 것을 잊지 마라. 어쩌면 너랑 나랑 함께 있는 게 지루하실지도 모르겠구나." 이번에는 부인 스스로 자신을 끼워넣었는데, 남작은 부인이 소년을 나무라는 것은 자신의 환심을 사고 싶어서임을 알아채고 흐뭇해졌다.

남작은 사냥꾼 본능이 깨어났다. 여기서 이렇게 빨리 발자국을 발견하고 사냥감이 총구 가까이 있음을 느끼자 넋을 잃고 흥분했다. 눈이 반짝거리고, 핏줄에서 피가 거침없이 흐르고, 자신도 모르게 입술에서 말이 청산유수로 쏟아졌다. 남작은 애욕이 강한 기질의 인간이 흔히 그러하듯 자신이 여성들의 호감을 얻었다 싶으면 평소보다 곱절 더 호의를 보이고, 곱절 더 애욕으로 들끓었다. 배우가 관객을, 눈앞에서 숨쉬는 군중을 매혹시켰다고 느껴야 비로소 열연을 펼치는 것과 마찬가지였다. 남작은 생생한 묘사에 능한 타고난 이야기꾼이었으나, 오늘은ㅡ새로 친분을 맺은 것을 기념하기 위해 주문한 샴페인을 그사이 몇 잔 들이켠 덕인지ㅡ평소의 솜씨를 뛰어넘었다. 영국의 명망 높은 귀족 친구의 초대로 참가했던 인도에서의 사냥에 관해 이야기했는데, 이를 화제로 삼은 데는 다 생각이 있었다. 예사로워 보이는 주제지만, 이국적이고 스스로 경험할 수 없는 사건을 들으면 부인이 흥분할 것으로 느꼈기 때문이다. 하지만 남작의 이야기에 오히려 에드가가 더 매료되어 두 눈이 감격으로 불타올랐다. 에드가는 먹고 마시는 것도 잊고 남작의 입술에서 말이 흘러나오는 것만 뚫어지게 바라보았다. 소년은 호랑이 사냥, 갈색 인종, 힌두교 신도, 자간나타,* 수천 명을 깔아뭉

---

* '우주의 주인'을 의미하는 힌두교의 신으로, 크리슈나(비슈누의 여덟번째 화신)의 별칭. 라타 야트라 축제 동안 세 대의 거대한 수레에 자간나타 신상을 싣고 행진하는데, 그 당시 서양에서는 수많은 인파로 일어난 사고 현장을 이교도들이 신을 위해 자신을 희생하려고 이 수레바퀴에 몸을 던졌다고 전하기도 했다.

갠 무시무시한 바퀴 등, 책에서 읽었던 이 놀라운 일들을 경험한 사람을 실제로 볼 수 있으리라 기대한 적이 없었다. 동화의 나라를 믿지 않았듯 그런 사람이 진짜 있을 거라 생각해본 적이 지금까지 한 번도 없었으니, 이 순간 소년의 가슴속에 무언가 경이로운 감정이 난생처음 벅차올랐다. 소년은 새 친구에게서 눈을 떼지 못하고 호랑이를 때려잡은 두 손을 바짝 다가앉아 숨죽인 채 지켜보았다. 무언가 물어볼 엄두가 거의 나지 않았고 물으려 해도 목소리가 열에 들뜬 듯 떨렸다. 새 이야기를 들을 때마다 상상의 나래를 펼쳐 그 장면을 눈앞에 불러왔다. 이 친구가 자홍색 안장을 깔고 코끼리에 높이 올라앉아 값비싼 터번을 쓴 갈색 사내들을 좌우에 거느리고 있는데 갑작스레 호랑이가 이빨을 드러내고 정글에서 뛰쳐나와 앞발로 코끼리 코를 내리찍는 모습이 보였다. 이제 남작은 더욱 흥미로운 일을 들려주었으니, 길들인 늙은 코끼리를 이용해 기운 팔팔한 어린 야생 코끼리를 울타리 안으로 유인하여 사로잡는 교묘한 방법에 대해 이야기하자, 아이의 눈에 불꽃이 일었다. 그때―소년의 눈앞에 번쩍하고 칼날이 떨어지는 듯했다―느닷없이 엄마가 시계를 보며 말했다. "아홉시야! 자러 가야지!"

에드가는 놀라서 얼굴이 핼쑥해졌다. 어느 아이에게나 잠자리로 가라는 말은 끔찍하게 들린다. 이는 어른들 앞에서 노골적으로 창피를 당하는 것이자, 젖내나는 어린애라 시도 때도 없이 잠이 필요하다는 낙인을 인정하는 것이기 때문이다. 하지만 더없이 흥미로운 이 순간 이러한 굴욕은 얼마나 끔찍한가. 자러 가느라 이 듣도 보도 못한 일을 놓쳐야 하다니.

"이것까지만, 엄마, 코끼리 이야기, 이 이야기까지만 듣게 해줘요!"

소년은 조르기 시작하려다 이제 어른이 되었으니 의젓하게 행동해야 한다는 데 퍼뜩 생각이 미쳤다. 딱 한 번 더 보채보았다. 소년의 어머니는 오늘따라 유난히 엄했다. "안 돼. 너무 늦었어. 올라가 자야지! 철없이 굴지 마라, 에드가. 남작님 이야기는 내가 잘 들어두었다가 한마디도 빠짐없이 그대로 들려줄 테니."

에드가가 머뭇거렸다. 평소에는 언제나 엄마가 침실로 데려다주었다. 하지만 소년은 이 친구 앞에서 조르고 싶지 않았다. 이렇게 가련하게 쫓겨나면서도 유치한 자존심을 세우느라 제 발로 물러나는 체했다.

"엄마, 모두 다, 모두 다 이야기해줘야 해요! 코끼리 이야기도, 다른 이야기도 다요!"

"그럼, 물론이지."

"곧바로요! 오늘 안에요!"

"그래그래, 하지만 이제 자야지. 들어가라!" 에드가는 흐느낌이 목젖까지 차올랐지만 볼을 붉게 물들이지 않고 남작과 엄마와 악수를 나누며 스스로 대견스러워했다. 남작이 상냥하게 머리칼을 쓸어주자, 소년의 굳은 얼굴에 미소가 어렸다. 하지만 소년은 서둘러 문으로 달려가야 했다. 그러지 않으면 굵은 눈물방울이 뺨에 흘러내리는 것을 들킬지 몰랐다.

코끼리

　소년의 어머니는 잠시 동안 아래층에서 남작과 함께 식사했으나 코끼리 사냥 이야기를 나누지는 않았다. 소년이 자러 간 뒤 대화가 왠지 모르게 답답해지고 갑작스럽게 어색해졌다. 마침내 두 사람은 로비로 건너가 구석자리에 앉았다. 남작은 그 어느 때보다 멋있어 보이고, 부인 자신은 샴페인을 몇 잔 마셔 약간 들떠 있던 터라 대화는 금세 대담한 성격을 띠어갔다. 남작은 사실 해사하다고 할 수는 없었는데, 다만 젊은데다 생기 넘치는 구릿빛 동안(童顏)과 짧게 자른 머리칼 덕분에 남자다워 보였으며 무례하게 느껴질 만큼 발랄한 몸짓으로 부인을 매혹시켰다. 이제 부인은 남작을 가까이에서 보고 싶었고 더는 그 눈길이 두렵지도 않았다. 하지만 남작의 말이 슬그머니 뻔뻔해지며 부인을 사뭇 당혹스럽게 했으니, 마치 부인의 몸뚱이를 붙잡아 만졌다가 다시 놓아주는 듯하며 무언가 알 수 없는 욕망을 드러내 부인의 볼을 발갛게 달아오르게 했다. 하지만 그런 뒤에는 다시 스스럼없이 소년처럼 싱긋 웃으며, 이렇게 자잘한 욕망을 내비친 것이 천진난만한 심심풀이에 지나지 않는 척했다. 이따금 따끔히 일침을 놓아야 하지 않나 싶긴 했으나, 교태를 타고난 부인은 이러한 자잘한 욕정에 유혹되어 더 많은 도발을 기다리게 되었다. 대담한 도박에 매료되어 마침내 남작을 흉내내기까지 했다. 깨알같은 약속을 눈길에 담아 팔락팔락 날려보냈고, 말과 몸짓으로 자신을 내맡겼으며, 심지어 남작이 다가오는 것도 허락해 남작의 목소리가 가까이 들리고 때때로 그 입김이 따스하게 어깨에 나부끼는 것을 느꼈다. 도박꾼들이 흔히 그러듯 두 사람은 시간도 잊고, 뜨거운 정담에 완전히 빠져든 나머지 자정 무렵 로비 불이 꺼지기 시작해서야 깜짝 놀라 정신을 차렸다.

부인은 화들짝 놀라 벌떡 일어서며 얼마나 대담한 행동을 벌였는지 단박에 깨달았다. 불장난을 해본 적이 없지는 않았지만, 이번 도박은 장난이 아니라는 것을 본능적으로 예민하게 직감했다. 자신이 이제 안전하지 않으며 마음속에서 무언가 미끄러지기 시작하여 무서운 소용돌이에 휘말리고 있다는 것을 알아채고 몸서리쳤다. 머릿속의 모든 것이 두려움과 포도주와 뜨거운 정담의 소용돌이에 빠져들며, 부인은 아뜩하고 정신없는 불안에 사로잡혔다. 지금까지 살아오며 위태로운 순간 불안을 겪은 적이 몇 번 있으나 이렇게 어지럽고 무시무시한 불안은 처음이었다. "잘 자요, 잘 자요, 내일 뵐게요." 부인은 허겁지겁 말하고 달아나려 했다. 남작에게서 도망치려 하기보다, 이 위험한 순간에서, 자신의 마음속에 꿈틀거리는 낯설고 기이하며 불안한 느낌에서 벗어나려 했다. 남작은 부인이 작별인사로 내민 손을 살짝 힘주어 잡고서, 정중하게 한 번이 아니라 입술을 바들거리며 고운 손가락 끝부터 손목까지 네다섯 번 키스했고, 부인은 남작의 꺼슬꺼슬한 콧수염이 손등을 간질이는 것을 느끼며 가볍게 몸을 떨었다. 무언가 따스하면서도 숨막히는 감정이 핏줄을 타고 손에서 온몸으로 퍼지고, 불안이 뜨겁게 솟구쳐 사납게 관자놀이를 두드리고, 머리가 달아오르고, 불안이, 정신없는 불안이 이제 온몸을 휘감자, 부인은 재빨리 손을 빼냈다.

"조금만 더 있으시지요." 남작이 속삭였다. 하지만 부인은 서둘러 떠나갔다. 갈팡질팡 허둥대는 발걸음에 불안과 당혹감이 뚜렷하게 드러났다. 남작이 불러일으키려 했던 흥분이 이제 부인의 가슴을 가득 채웠다. 부인은 자신의 마음을 도무지 종잡을 수 없는 느낌이었다. 뒤에 있는 사내가 자신을 따라와 붙잡을지 모른다는, 잔인하게 타오르는 불안에 쫓기는 한편, 이렇게 달아나면서도 남작이 쫓아오지 않자 못내 아쉬웠다. 오래전부터 부인이 마음속으로 동경하던 일이 이 순간 일어났을 수도 있었다. 잠깐 짜릿하게 추파를 주고받는 데 그치지 않고 굉장하고 아슬아슬하게 펼쳐지는 연애, 이러한 연애의 숨결을 가까이서 느껴보기를 여인은 욕정에 젖어 갈망했으나 지금까지는 언제나 마지막 순간 몸을 사려온 터였다. 그러나 남작은 도도하기 짝이 없게도 이처럼 유리한 기회를 이용하지 않았다. 승리를 확신했으므로, 포도주에 취해 마음이 풀린 상태의 여성을 강도처럼 덮치고 싶지는 않았다. 제대로 된 도박꾼이라면 여성이 또렷한 정신으로 맞서다가 몸을 바쳐야 구미가 당기는 법이었다. 부인은 남작에게서 벗어날 수 없었다. 부인의 핏줄에 이미 뜨거운 독기운이 퍼지고 있음을 남작은 알아챘다.

층계 맨 위에서 부인은 걸음을 멈추고 헐떡이는 가슴을 손으로 눌렀다. 잠시 쉬어야 했다. 신경이 가라앉지 않았다. 위험에서 벗어났다는 안도감 절반, 아쉬움 절반인 한숨이 가슴에서 새어나왔다. 하지만 마음을 종잡을 수 없었고, 피가 계속 맴돌며 슬며시 어지럼증을 일으켰다. 술 취한 사람처럼 눈이 게슴츠레 감긴 채 더듬더듬 문으로 다가가 차가운 손잡이를 잡으며 부인은 안도했다. 이제야 비로소 안전하다는 느낌이 들었다!

가만히 방문을 열었다. 다음 순간 흠칫 놀라 주춤했다. 방안에서 무언가 움직이며 어둠 속에서 뒤쪽으로 물러섰다. 그렇잖아도 팽팽한 신경이 주뼛 곤두서고 사람 살리라고 외치려는 순간, 안쪽에서 잔뜩 잠에 취한 목소리가 나직이 들려왔다.

"엄마예요?"

"맙소사, 뭐하고 있는 거니?" 부인은 소파로 달려갔다. 그곳에 에드가가 몸을 돌돌 말고 누워 있다 막 잠에서 깨어났다. 아이가 아프거나 보살핌이 필요하다는 생각이 맨 먼저 스쳤다.

하지만 에드가는 아직 잠에서 덜 깨어 나직이 칭얼거렸다. "한참 엄마를 기다리다가 잠들었단 말이야."

"왜?"

"코끼리 이야기 들으려고."

"코끼리 이야기라니?"

이제야 생각났다. 아이에게 코끼리 사냥과 모험에 관해 오늘밤 모두 이야기해주기로 약속했었지. 그래서 소년은, 이 천진한 철부지 소년은 엄마 방으로 기어들어, 약속을 철석같이 믿고서 엄마가 오기를 기다리다 잠들었던 것이다. 뚱딴지같은 행동에 부인은 부아가 치밀었다. 아니, 사실은 자신에게 화가 났다. 자신의 죄책감과 수치심을 일깨우는 마음속 목소리가 들리지 않게 하려 소리를 질렀다. "당장 잠자러 가지 못해, 말썽꾸러기 같으니." 부인은 아이에게 외쳤다. 에드가는 깜짝 놀라 엄마를 바라보았다. 엄마가 왜 나에게 화를 낼까? 난 아무것도 잘못한 게 없는데. 하지만 이렇게 의아해하자 부인은 더욱 핏대가 올랐다. "당장 네 방으로 가." 아이를 괜스레 혼내고 있다는 것을 잘 아는 터라 더욱 사납게 고함쳤다. 에드가는 입도 벙긋 못하고 방에서 나갔다. 사실은 무척 피곤한 나머지 무지근하고 몽롱한 잠기운에 취해, 엄마가 약속을 지키지 않았고 누군가 무언지 몰라도 자신에게 못되게 굴었다는 것을 어슴푸레 느꼈을 뿐이었다. 하지만 아이는 따지고 들지 않았다. 너무 피곤하여 모든 것이 흐리멍덩했다. 자기 방에 와서는 엄마 방에서 정신이 깨어 기다리지 못하고 잠들어버린 데 화가 났다. "정말 어린애처럼 말이지", 아이는 울분을 못 이겨 혼잣말을 한 뒤 다시 잠에 빠졌다.

어제부터 소년은 자신이 어리다는 것이 싫었다.

전초전

　남작은 잠을 설쳤다. 연애를 벌이다 말고 잠자리에 드는 데는 언제나 위험부담이 따랐다. 밤새 뒤숭숭하고 야한 꿈에 시달리자 기회를 손아귀에 움켜쥐지 않은 것이 이내 후회되었다. 아침에 잠이 덜 깬 채 언짢은 기분에 싸여 아래층으로 내려가자, 구석에 숨어 있던 소년이 마주 달려와 감격스럽게 남작을 끌어안고 끝없는 질문으로 귀찮게 굴기 시작했다. 소년은 자신의 굉장한 친구를 엄마와 함께 만나지 않고 한순간 다시 독차지할 수 있어 행복했다. 이야기를 엄마에게 하지 말고 자신에게만 들려달라고 소년은 남작에게 성화를 부렸다. 엄마가 멋진 일들을 들은 대로 전해주겠다고 약속하고선 이를 지키지 않았다는 것이다. 깜짝 놀라 짜증난 채 못마땅한 기분을 미처 숨기지 못하는 남작에게 소년은 철없는 투정을 수없이 퍼부었다. 오랫동안 찾았으며 새벽부터 기다렸던 친구를 다시 혼자서만 만나는 기쁨을 못 이긴 나머지 질문을 쏟아붓다못해 사랑을 열렬히 표현하기까지 했다.

남작은 무뚝뚝하게 대답했다. 아이가 항상 자신을 기다리고 있는 것도, 어리석은 질문도, 그 반갑지 않은 열정도 남작에게 지겨워지기 시작했다. 낮이고 밤이고 열두 살배기 소년과 돌아다니며 허튼소리를 주고받는 데 넌더리가 났다. 쇠뿔도 단김에 빼려면 이제 소년의 어머니와 단둘이 만나야 하는데, 아이가 반갑잖게 끼어드는 바람에 일이 틀어졌다. 자신이 아이에게 경솔하게 일깨워준 애정에 시달리며 남작은 처음으로 성가신 느낌에 사로잡혔다. 졸졸 따라붙는 친구를 떼어낼 방법이 당장은 보이지 않았다.

그래도 수를 써봐야 했다. 열시에 소년의 어머니와 함께 산책하기로 약속했는데, 그때까지 남작은 소년의 열띤 수다를 건성건성 귓등으로 흘려들었고, 소년의 감정이 상하지 않도록 이따금 몇 마디를 건네면서도 신문에서 눈을 떼지 않았다. 마침내 분침이 숫자 12를 가리키자, 남작은 갑자기 무언가 생각난 듯 에드가에게 잠시 저쪽 호텔로 건너가 자신의 사촌인 그룬트하임 백작이 도착했는지 물어봐달라고 부탁했다.

순진한 아이는 드디어 친구에게 무언가 도움을 줄 수 있게 되자 한없는 행복에 젖고 심부름꾼으로서 뿌듯한 긍지를 느끼며 바로 뛰어나가 쏜살같이 길을 달렸고, 사람들은 어리둥절하여 소년의 뒷모습을 바라보았다. 누군가 심부름을 맡기면 자신이 얼마나 날래게 처리해내는지 소년은 과시하고 싶었다. 건너편 호텔 직원들은 백작이 아직 오지 않았으며 현재 예약조차 하지 않았다고 말해주었다. 소년은 이 소식을 듣고 다시금 질풍처럼 달려 돌아왔다. 하지만 로비에서 남작을 찾을 수 없었다. 남작의 방문을 두드려보았지만―헛수고였다! 불안하여 음악실이며 카페며 온갖 곳을 찾아다니고, 흥분하여 엄마에게 알아보러 달려갔지만 엄마도 없었다. 마침내 낙담하여 접수대 직원에게 물어보니 이 직원은 놀랍게도 남작과 엄마가 몇 분 전에 함께 나갔다고 말하는 것이었다!

에드가는 참을성 있게 기다렸다. 순진한 소년은 속임수는 생각지도 못했다. 두 사람이 아주 잠시 밖에 머물러 있을 것이라고 믿어 의심치 않았다. 자신이 알아온 소식을 남작이 들어야 했으니 말이다. 하지만 한 시간 두 시간 지날수록 불안감이 슬금슬금 밀려들었다. 이 낯설고 매혹적인 인간이 어리고 순진한 인생에 끼어들면서부터 아이는 종일 긴장하고 마음 졸이고 얼떨떨해했다. 어린애와 같은 여린 생명체는 무른 밀랍과 비슷해 열정에 깊은 상흔을 입는다. 소년은 눈꺼풀이 초조하게 떨리기 시작하고 얼굴이 이미 더욱 핼쑥해 보였다. 에드가는 처음에는 참을성 있게, 다음에는 몹시 흥분하여, 마침내는 울상이 다 되어 기다리고 기다렸다. 하지만 아직 의심을 품지 않았다. 이 경이로운 친구를 맹목적으로 신뢰하여 무언가 착오가 있었으리라 짐작했고 어쩌면 자신이 심부름을 제대로 이해하지 못한 게 아닌가 하는 은근한 불안감마저 들었다.

하지만 얼마나 희한한 일인가! 마침내 돌아온 두 사람은 전혀 놀라는 기색 없이 쾌활하게 잡담을 나누고 있었으니. 두 사람은 소년이 없어도 별로 아쉽지 않은 듯했다. "우리는 너를 마중나갔어. 길에서 마주칠 거라고 생각했지." 남작은 부탁한 일은 어찌됐는지 묻지도 않고 이렇게 말했다. 아이는 두 사람이 자신을 찾느라 헛수고를 했으리라는 생각에 깜짝 놀라 자신은 큰길을 따라 똑바로 왔다고 장담하고 두 사람이 어떤 방향으로 갔는지 알아보려 했는데, 엄마가 중간에 말을 뚝 잘랐다. "됐다, 됐어! 어린애가 웬 말이 그렇게 많니?"

에드가는 화가 나서 얼굴이 발개졌다. 친구 앞에서 이렇게 비열하게 자신을 얕잡아보려는 게 벌써 두번째였다. 왜 그러는 거지? 나는 이제 어린애가 아닌데—그렇다고 확신하는데—엄마는 왜 나를 어린애로 여기려 드는 거지? 아마도 내가 사귄 친구가 탐나서 빼앗아가려는 속셈인 것 같아. 그래, 남작을 일부러 엉뚱한 길로 데리고 갔던 것도 엄마인 게 확실해. 내가 당하고만 있지 않겠다는 걸 보여줘야 해. 맞서서 대들어야겠어. 그래서 에드가는 오늘 테이블에서 엄마와 한마디도 나누지 않고 친구하고만 이야기하기로 마음먹었다.

하지만 막상 해보니 쉽지 않았다. 전혀 생각지 못했던 일이 일어났으니, 두 사람은 자신이 반항하고 있다는 것을 알아채지 못했던 것이다. 심지어 자신을, 어제만 해도 함께 있을 때 화제의 중심으로 삼았던 자신을 거들떠보지도 않는 듯했다! 두 사람은 자기 머리 너머로 이야기를 나누며, 자신이 테이블 아래로 사라지기라도 한 듯 농담과 웃음을 주고받았다. 소년은 볼이 발개지고, 어떤 덩어리가 목젖을 틀어막아 숨이 막혔다. 자신이 끔찍할 만큼 아무 힘이 없다는 것을 깨닫고 몸서리쳤다. 여기 가만히 앉아서 엄마가 내 친구를, 내가 유일하게 사랑하는 사람을 앗아가는 것을 지켜봐야 한다고? 말없이 있는 것 말고는 맞서 싸울 방법도 없다고? 자신이 여기 있다는 것을 두 사람이 알아채도록 벌떡 일어나 두 주먹으로 느닷없이 테이블을 내리치기라도 해야 할 듯 싶었다. 그러나 꾹꾹 눌러 참고 포크와 나이프를 내려놓은 채 음식은 건드리지도 않았다. 하지만 이렇게 끈질기게 음식을 입에 대지 않는 것도 두 사람은 오랫동안 알아채지 못하다가, 마지막 음식이 나올 때에야 엄마가 이를 눈치채고는 몸이 좋지 않냐고 물었다. 지겨워. 소년은 생각했다. 엄마는 내가 아프지 않은지만 걱정하지. 그 밖에 다른 것은 아무래도 좋은 거야. 입맛이 없다고 짧게 대꾸하자 엄마는 안심하는 듯했다. 소년은 무슨 일을 벌여도 전혀 관심을 끌지 못했다. 남작은 소년을 까맣게 잊은 듯했으며, 하여튼 단 한 마디도 소년에게 던지지 않았다. 소년은 두 눈에 점점 더 뜨겁게 눈물이 차올랐고, 눈물이 볼을 타고 흘러내려 입술을 짭잘하게 적시는 것을 아무도 보지 못하도록 냅킨을 재빨리 들어올려 얼굴을 가리는 유치한 잔재주를 부려야 했다. 식사가 끝나자 소년은 안도했다.

저녁식사를 하면서 소년의 어머니는 마차를 타고 마리아슈츠*로 가보자고 제안했다. 에드가는 이 말을 들으며 입술을 악물었다. 엄마는 자신이 친구와 단둘이 있는 꼴을 한시도 보지 못하는 거였다. 하지만 미움이 사납게 끓어오른 것은 엄마가 일어서며 이렇게 말했기 때문이다. "에드가, 학교에서 배운 것 다 잊어버리겠다. 호텔에 남아서 복습하는 게 좋겠어!" 소년은 다시금 고사리손으로 주먹을 불끈 쥐었다. 항상 엄마는 새 친구 앞에서 자신에게 창피를 주고 싶어했고, 자신이 아직 학교에 다녀야 하고 어른들 사이에는 잠깐 끼어 있을 수 있을 뿐인 어린애라고 늘 여러 사람이 보는 앞에서 일러주었다. 이번에는 그 속셈이 너무 뻔히 보였다. 소년은 아무 대답도 하지 않고 몸을 홱 돌렸다.

---

* 제머링 고개에서 약 3킬로미터 떨어진 성모 축제 순례지.

"저런, 또 기분이 상했구나." 엄마는 미소 지으며 남작에게 이렇게 말했다. "한 시간 공부해야 하는 게 정말 그렇게 화나는 일일까요?"

그러자—아이의 마음은 차갑고 단단히 얼어붙었다—아이의 친구를 자처했던 남작이, 아이를 공붓벌레라고 놀렸던 남작이 이렇게 말했다. "한두 시간 공부하는 것은 해롭지 않을 텐데요."

서로 짜기라도 한 것일까? 두 사람이 자신을 물리치려 한편이라도 먹은 것일까? 아이의 눈에 분노가 타올랐다. "아빠는 저한테 여기서 공부하지 말라고 했어요. 아빠는 제가 여기서 건강을 되찾기를 바라신다고요." 소년은 자신의 병을 자랑스레 내세우고 아버지의 말과 권위에 필사적으로 매달리며 쏘아붙였다. 위협하듯이 내뱉었다. 더없이 기이하게도, 이 말이 아닌 게 아니라 두 사람을 꺼림칙하게 하는 것 같았다. 엄마는 눈길을 돌리고 초조한 듯 손가락으로 테이블을 두드릴 뿐이었다. 두 사람 사이에 어색한 침묵이 무겁게 감돌았다. "너 하고 싶은 대로 해라, 에디." 마침내 남작이 억지로 미소 지으며 말했다. "나는 시험 볼 필요가 없으니까, 오래전에 다 떨어졌거든."

그러나 에드가는 썰렁한 농담에 미소 짓지 않고, 애달픔이 가득하면서도 매서운 눈빛으로 영혼까지 들여다보려는 듯 남작을 눈여겨 살폈다. 무슨 일이 벌어진 거지? 두 사람 사이의 분위기가 바뀌었는데, 아이는 영문을 알 수 없었다. 불안한 눈초리로 두 사람을 번갈아 쳐다보았다. 가슴이 콩닥콩닥 빠르게 방망이질했다. 첫번째 의심이 움튼 것이다.

불타는 비밀

 '무엇 때문에 두 사람이 이렇게 변했지?' 달리는 마차 안에서 두 어른과 마주앉아 아이는 곰곰이 생각했다. '나를 왜 전처럼 대하지 않는 걸까? 엄마는 어째서 내가 바라보면 늘 눈길을 피하는 걸까? 새 친구는 왜 내 앞에서 늘 농담을 늘어놓고 익살을 부리려 드는 걸까? 두 사람이 나에게 이야기하는 말투가 어제나 그제 같지 않아. 두 사람은 얼굴까지 달라진 것 같아. 엄마는 오늘 입술이 빨갰어. 틀림없이 립스틱을 발랐을 거야. 그런 모습은 한 번도 본 적이 없는데. 친구는 기분이 상한 듯 늘 이맛살을 찌푸려. 나는 두 사람을 짜증나게 할 어떤 행동도, 어떤 말도 하지 않았잖아? 아니, 나 때문이 아니야. 두 사람이 서로를 대하는 태도도 전과 달라졌어. 무언가 말 못할 일을 저지른 것 같아. 어제처럼 떠들지도 웃지도 않아. 쑥스러워하며 무언가 숨기고 있어. 나에게 말해주지 않으려 하는 어떤 비밀이 두 사람에게 있어. 무슨 비밀인지 반드시 알아내고야 말겠어. 이미 알 것도 같아. 어른들이 늘 내가 못 들어오게 문을 잠그는 것은 바로 그런 비밀 때문이야. 책에서나, 남자와 여자가 서로에게 팔을 뻗고 노래하며 서로 끌어안았다가 밀어내는 오페라에서 다뤄지는 비밀이지. 내 프랑스어 여자 가정교사가 아빠와 사이가 나빠져 쫓겨난 것도 어쩌면 바로 그런 비밀 때문이고. 이 모든 일이 관련되어 있다는 느낌은 드는데, 다만 어떻게 관련되어 있는지 모르겠어. 아, 이것을, 이 비밀을 마침내 알아내, 그 열쇠를, 모든 문을 열 수 있는 열쇠를 찾아내, 어린애에서 벗어나 어른들이 모든 것을 숨기거나 감추지 못하게 할 수 있다면, 따돌리거나 속이지 못하게 할 수 있다면! 지금 아니면 기회가 없어! 두 사람에게서 이 무시무시한 비밀을 캐내고야 말겠어.' 이마에 한줄기 주름이 파이는가 싶더니, 병약한 열두 살배기는 사뭇 나이들어 보였다. 소년은 혼자서 골똘히 생각에 잠긴 채, 주위에 펼쳐지는 영롱한 풍경에, 물오른 녹색 침엽수가 우거진 산이며, 봄이 뒤늦게 찾아와 고운 꽃망울로 뒤덮인 골짜기에는 눈길 한번 주지 않았다. 마차 뒷좌석에서 맞은편의 두 사람만 줄곧 바라보았다. 이렇게 매섭게 쏘아보는 눈길을 낚싯대 삼아 두 사람의 반짝이는 눈 깊숙한 곳에서 비밀을 낚아올리기라도 하려는 것 같았다. 불같은 의심만큼 지능을 날카롭게 벼리는 것도 없으며, 어둠 속으로 숨어드는 사냥감의 발자국만큼 어린애의 설익은 추리력을 모조리 일깨우는 것도 없다. 때로 어린애를 세상, 이른바 현실세계와 갈라놓는 것은 단 하나의 얄팍한 문에 지나지 않아, 훅 불어온 바람결에도 이 문은 활짝 열린다.

단박에 에드가는 미지의 사건에, 엄청난 비밀에 그 어느 때보다 가까이 다가섰다고 느꼈고, 이 비밀이 아직은 꽁꽁 닫힌 채 풀리지 않은 상태이지만 코앞에, 바로 눈앞에 있다고 생각했다. 그래서 흥분에 싸인 채 이처럼 느닷없이 정색하여 엄숙한 표정을 지었다. 어린 시절이 끝나고 있음을 자신도 모르게 알아챘던 것이다.

맞은편의 두 사람은 무언가 반항의 기운을 어렴풋이 느꼈으나, 그것이 소년에게서 비롯된 것임은 알아채지 못했다. 마차에 셋이나 앉아 있으려니 비좁고 갑갑한 기분이었다. 맞은편에서 어둡게 이글이글 불타는 두 눈 때문에 두 사람은 꼼짝도 못했다. 말을 나누거나 눈길을 주고받을 엄두를 내지 못했다. 이제 예전처럼 가볍고 편하게 한담을 즐길 수는 없었다. 이미 뜨겁고 은밀한 어조에, 남몰래 더듬어 애무하듯 음욕에 떨리는 아슬아슬한 말투에 젖어 있던 터였다. 대화는 자꾸 끊기고 막혔다. 두 사람은 멈춘 대화를 이어가려다가도 아이의 끈질긴 침묵이 마음에 걸려 주저하기를 반복했다.

아이의 끈덕진 침묵은 특히 아이 어머니를 짓눌렀다. 부인은 곁눈질로 조심스레 살피면서, 아이가 입술을 악다문 모습이 남편이 발끈하거나 화났을 때와 닮았다는 것을 처음으로 불현듯 알아채고 깜짝 놀랐다. 하필 연애에 빠져 숨바꼭질을 즐기려는 이때 남편이 생각나자 거북스러웠다. 맞은편으로 30센티미터 떨어져 어둠 속에서 두 눈을 이글거리고 창백한 이마를 번득거리며 유령처럼, 양심의 파수꾼처럼 도사리고 있는 아이의 모습은 여기 비좁은 마차에서는 곱절로 견디기 힘들었다. 그때 문득 에드가가 아주 잠깐 눈을 들었다. 둘 다 곧바로 눈길을 내리깔았다. 서로를 엿보고 있음을 난생처음 알아챈 것이다. 지금까지는 서로를 맹목적으로 믿었지만, 이제 어머니와 아이 사이에, 두 사람 사이에 별안간 무언가 달라져 있었다. 난생처음 서로를 살펴보고 서로의 운명을 떼어놓기 시작하며 몰래 서로를 미워했으니, 다만 이러한 미움이 너무 생소해서 차마 시인하지 못할 뿐이었다.

마차가 다시 호텔 앞에 멈추자 세 사람 모두 안도의 한숨을 쉬었다. 공연히 마차를 타고 나갔다고 다들 생각했으나 아무도 이 말을 입 밖에 내지 않았다. 에드가가 맨 먼저 뛰어내렸다. 소년의 어머니는 두통이 있다고 핑계 대며 서둘러 이층으로 올라갔다. 피곤하여 혼자 있고 싶었다. 에드가와 남작만 뒤에 남았다. 남작은 마부에게 차비를 지불하고 시계를 보더니 소년은 거들떠보지도 않고 로비로 향했다. 소년을 스쳐지나 우아하고 날씬한 등을 보인 채 리드미컬하게 건들거리며 걸어갔다. 아이가 매우 반하여 어제만 해도 흉내내려 했던 걸음걸이였다. 남작은 그렇게 지나갔다. 서슴없이 지나갔다. 소년을 까맣게 잊은 듯, 소년이 일행이 아닌 듯, 마부 곁에 말들 옆에 남겨두었다.

남작이 지나가는 것을 보며 에드가는 애간장이 타는 것 같았다. 아직도 남작을 우상처럼 숭배하고 있었던 것이다. 남작이 외투자락으로 몸을 스치지도 않고 한마디 말도 없이 지나가자, 가슴에 절망이 북받쳤다. 소년은 자신이 무슨 잘못을 했는지 알 수 없었다. 가까스로 지켜온 침착성이 흔들리고 억지로 꾸며내 버겁게 짊어진 의젓함이 좁다란 어깨에서 흘러내리며 어제처럼, 그전처럼 다시 졎내나고 다소곳한 어린애로 되돌아갔다. 급기야 생각지도 않은 행동에 휩쓸렸다. 후들거리는 걸음으로 재빨리 뒤따라가 막 계단을 오르려는 남작의 앞을 막고 가까스로 눈물을 삼키며 울먹이는 목소리로 물었다.

"제가 뭘 했다고 거들떠보지도 않는 거예요? 저를 왜 늘 이렇게 대하시는 거예요? 엄마는 또 왜 그러고요? 왜 번번이 저를 떼어놓으려 하는 거지요? 제가 귀찮나요? 무슨 잘못을 했나요?"

남작은 깜짝 놀랐다. 소년의 목소리에 무언가 자신을 당혹시키고 마음을 약하게 하는 것이 있었다. 순진한 소년이 안쓰럽게 느껴졌다. "에디, 바보같이 왜 그러니! 그냥 내가 오늘 기분이 좋지 않았어. 너는 착한 소년이야. 내가 정말로 좋아한다고." 그러면서 소년의 머리칼을 이리저리 쓱쓱 쓸어넘겼으나, 눈물 젖어 애원하는 아이의 커다란 눈을 차마 볼 수 없어 얼굴을 절반쯤 돌린 채였다. 남작은 자신이 연기하는 희극이 괴롭게 여겨지기 시작했다. 이 아이의 사랑을 그토록 뻔뻔스럽게 농락한 것이 이미 부끄러웠고, 흐느낌을 억누르느라 가냘프게 떨리는 목소리에 가슴이 아팠다. "이제 이층으로 올라가라, 에디, 오늘 저녁엔 다시 사이좋게 지낼 수 있을 거야. 두고 보면 알 거야." 남작은 이렇게 달랬다.

"하지만 엄마가 저를 금방 이층으로 올려보내지 못하게 해줘야 해요. 그래 주실 거지요?"

"그럼, 그럼, 에디, 그러고말고." 남작은 미소 지었다. "이제 이층으로 올라가라. 나는 저녁식사 자리에 맞게 옷 좀 갈아입어야겠다."

에드가는 이 순간 행복해져서 떠났다. 하지만 곧 가슴이 다시 방망이질하기 시작했다. 소년은 어제 이후로 나이가 몇 살은 더 들었다. 이제 불신이라는 낯선 손님이 철부지 가슴에 똬리를 틀었다.

소년은 때가 오기를 기다렸다. 짐작이 맞는지 떠봐야 했다. 세 사람은 다 함께 테이블에 앉아 있었다. 아홉시가 되었지만 자러 가라는 소리가 없었다. 소년은 불안해졌다. 평소에는 시간을 정확히 지켰던 엄마가 오늘은 나를 왜 이렇게 오래 테이블에 머무르게 해주는 걸까? 혹시 남작이 내 소원과 나와 나눈 얘기를 엄마에게 일러바친 걸까? 오늘 남작을 뒤따라가 솔직하게 마음을 털어놓은 일이 갑작스레 사무치게 후회되었다. 역시에 엄마는 느닷없이 일어나 남작에게 작별인사를 했다. 이렇게 일찍 자리를 뜨는데 희한하게도 남작은 전혀 놀라지 않는 듯했으며, 여느 때와 달리 붙잡으려고도 하지 않았다. 아이의 가슴은 더욱더 세차게 방망이질했다.

지금이야말로 확실하게 떠볼 때였다. 소년은 아무것도 모르는 척 일어서서 투정 부리지 않고 엄마를 따라 문으로 갔다. 하지만 문가에서 퍼뜩 눈을 들어 올려다보았다. 아닌 게 아니라 이 순간 소년은 자신의 머리 위에서 미소 짓는 눈길이 엄마에게서 남작에게로 건너가는 것을 보았다. 무언가 비밀이 담긴, 서로 짠 듯한 눈길이었다. 남작이 소년을 속인 것이었다. 그래서 엄마는 이렇게 이르게 자리를 뜨는 것이며, 소년을 어르고 안심시켜 내일은 방해하지 않도록 하려는 것이었다.

"악당 같으니." 소년은 중얼거렸다.

"무슨 말이야?" 엄마가 물었다.

"아무것도 아니에요." 소년은 잇새로 내뱉었다. 이제 소년에게도 비밀이 생겼다. 그것은 미움이었다. 두 사람에 대한 한없는 미움이었다.

침묵

 에드가의 불안감은 이제 사라졌다. 마침내 순전히 원색적인 감정을 즐기게 되었으니, 그것은 미움과 노골적인 적대감이었다. 자신이 두 사람에게 방해가 된다는 것을 확신하게 된 지금, 두 사람 사이에 끼어드는 일은 잔인하리만치 복잡미묘한 쾌락이 되었다. 소년은 두 사람을 방해하겠다고, 이제 적의를 단단히 다져 맞서겠다고 생각하며 즐거워했다. 먼저 남작에게 이를 드러냈다. 아침에 아래층으로 내려온 남작이 지나가며 "안녕, 에디"라고 다정하게 인사하자, 에드가는 안락의자에 앉은 채 쳐다보지도 않고 "안녕하세요" 하고 퉁명스럽게 으르렁거렸을 뿐이다. "엄마 아래층에 내려오셨니?" 에드가는 신문만 들여다보며 대꾸했다. "몰라요."

 남작은 주춤했다. 갑자기 왜 이러는 거지? "잠을 설쳤나보네, 에디,

그렇지?" 언제나처럼 농담으로 어물쩍 넘어가려 했다. 하지만 에드가는 다시금 비웃듯 "아니요"라고 내뱉고 다시금 신문에 고개를 파묻었다. "멍청한 녀석 같으니." 남작은 혼잣말을 중얼거리고 어깨를 으쓱한 뒤 가버렸다. 전쟁이 선포되었다.

에드가는 엄마에게도 쌀쌀하고 예의를 차려 대했다. 자신을 테니스장으로 보내려는 어설픈 잔꾀는 침착하게 물리쳤다. 도톰한 입술에 미소를 슬며시 떠올렸다가 분노로 가만히 실그러뜨리며, 더이상 속지 않겠다는 각오를 드러냈다. "두 분 산책하는 데 따라갈래요, 엄마." 소년은 짐짓 상냥한 표정으로 말하며 엄마의 눈을 들여다보았다. 엄마는 이 대답에 당황한 눈빛이 뚜렷했다. 망설이며 무언가 할말을 찾는 것 같았다. "여기서 나를 기다려라." 마침내 이렇게 말하고 아침식사를 하러 갔다.

에드가는 기다렸다. 하지만 불신이 꿈틀거렸다. 불안한 직감에 휩싸여 두 사람이 자신에게 건넨 말을 하나하나 되새기며 비밀스럽고 적의 어린 속셈을 알아내려 애썼다. 의심을 품으니 이제 놀랄 만큼 명석한 결정을 내릴 수 있었다. 그래서 엄마가 시킨 대로 로비에서 기다리는 대신, 정문뿐만 아니라 다른 모든 문을 지켜볼 수 있는 길에 나가 있기로 했다. 속임수가 있다는 낌새가 느껴졌다. 두 사람이 달아나게 해서는 안 되었다. 인디언 책에서 읽은 대로 길에서 장작더미 뒤에 몸을 숨겼다. 반시간쯤 뒤에, 아닌 게 아니라 엄마가 화려한 장미 한 다발을 손에 든 채 옆문에서 나오고 배신자 남작이 뒤따라오는 것을 보자 소년은 흐뭇해서 웃음이 절로 나왔다.

두 사람은 한껏 들떠 보였다. 나에게서 벗어나 단둘이 비밀을 나누게 되어 안도하고 있겠지? 두 사람은 웃음 띤 얼굴로 대화를 나누며 숲길로 내려가려는 참이었다.

기다리던 순간이 왔다. 에드가는 우연히 이곳에 발걸음을 한 듯 장작더미 뒤에서 유유히 걸어나왔다. 아주, 아주 느긋하게, 느릿느릿, 매우 느릿느릿 다가가며, 이들이 깜짝 놀라는 모습을 마음껏 즐겼다. 두 사람은 어리둥절해선 떨떠름한 눈길을 주고받았다. 아이는 천천히 천연덕스럽게 다가서며 비웃음 가득한 눈길을 두 사람에게서 떼지 않았다. "아, 여기 있었구나, 에디. 안에서 내내 찾았는데." 마침내 엄마가 말했다. 뻔뻔스럽게 거짓말을 하다니. 아이는 생각했다. 하지만 입술을 꼭 다물었다. 미움의 감정이 입 밖으로 새어나오지 못하게 했다.

세 사람은 미적거리며 서 있었다. 서로서로 눈치만 보았다. "자, 그럼 가자." 화가 치민 엄마가 체념한 듯 말하며 아름다운 장미 한 송이의 꽃잎을 잡아뜯기 시작했다. 다시 콧방울이 가볍게 발랑거리는 것으로 보아 화가 치민 게 분명했다. 에드가는 나 몰라라 멈춰 서서 하늘만 바라보다가 두 사람이 출발하기를 기다려 따라가려는 참이었다. 남작이 또다시 잔꾀를 부렸다. "오늘 테니스 대회가 열리는데 구경해본 적 있니?" 에드가는 남작을 비웃듯 건너다보기만 했다. 더 대꾸하지 않고 휘파람이라도 불려는 듯 입술을 오므렸다. 이것으로 모든 대답을 대신했다. 미움이 맨이빨을 드러냈다.

소년이 반갑잖게 끼어들자 이제 두 사람은 악몽에 짓눌리는 듯했다. 몰래 주먹을 불끈 쥐고 간수를 따라가는 죄수들 같았다. 아이는 사실 아무 짓도 하지 않았지만, 꾹 참은 눈물이 촉촉이 번진 의뭉한 눈이며 아무리 달래려 해도 다 싫다고 심통난 표정이 두 사람에게는 갈수록

불타는 비밀

견디기 힘들었다. "먼저 가라." 소년이 엿듣기를 그치지 않자 불안해진 엄마가 갑자기 화내며 말했다. "자꾸 내 앞에서 얼씬거리지 마. 정신 사나워!" 에드가는 이 말에 따랐으나 몇 걸음 옮길 때마다 몸을 돌려 두 사람이 뒤처져 있으면 걸음을 멈추고 기다렸으며, 그 눈길은 검은색 삽살개로 둔갑한 메피스토펠레스*처럼 두 사람 주위를 뱅뱅 맴돌며 미움에 불타는 거미줄로 친친 감았으니 두 사람은 빠져나갈 길 없이 걸려들었다는 기분이 들었다.

    소년의 심술궂은 침묵이 두 사람의 들뜬 기분에 초를 치고 소년의 눈길은 두 사람의 입에서 흥겨운 대화를 앗아가버렸다. 남작은 구애의 말을 한마디도 입에 올리지 못했고, 부인이 손아귀에서 빠져나가고 있으며 애써 불붙인 부인의 열정이 이 귀찮고 지겨운 아이가 무서워 다시 식어가고 있다는 느낌에 짜증이 치밀었다. 두 사람은 다시 말을 꺼내보려 했지만 번번이 대화가 끊겼다. 마침내 세 사람 모두 침묵하며 터덜터덜 길을 걸었고, 들리는 것이라곤 나뭇가지가 서로 부딪치며 수런거리는 소리와 자신들의 시무룩한 발걸음소리뿐이었다. 아이가 두 사람의 대화를 틀어막았던 것이다.

    이제 세 사람 모두 화가 나서 적의에 가득찼다. 배반당한 아이는 자신을 거들떠보지도 않던 두 어른이 자신에게 속수무책으로 당하며 분노를 퍼붓는다는 사실에 쾌감을 느꼈다. 비웃음 가득한 눈을 깜박이며 이따금 남작의 굳은 얼굴을 스쳐보았다. 남작은 이를 부드득 갈며 입에 맴도는 욕설을 내뱉지 않으려 안간힘을 다하는 모습이었다. 소년은

---

* 괴테의 『파우스트』에서 메피스토펠레스는 검은색 삽살개로 둔갑하고 파우스트에게 접근하여 계약을 맺는다.

악마처럼 즐거워하며, 엄마도 붉으락푸르락하고 있음을, 두 사람이 자신에게 달려들어 멀리 쫓아내거나 훼방 놓지 못하게 할 구실만 찾고 있음을 눈치챘다. 하지만 소년은 그럴 빌미를 주지 않았고, 제 미움을 드러낼 방법을 오랜 시간 궁리해두었으므로 아무런 허점도 보이지 않았다.

"이만 돌아가요!" 엄마가 느닷없이 말했다. 더이상 참을 수 없다고, 무슨 수를 내야 한다고, 이러한 고문에 시달리면 소리라도 질러야 한다고 느끼는 것 같았다. "아쉽네요." 에드가가 침착하게 말했다. "아름다운 곳인데."

두 사람은 아이가 자신들을 비웃고 있음을 알아챘다. 하지만 아무 말도 꺼내지 못했다. 그도 그럴 것이 이틀 사이에 이 폭군은 침착성을 유지하는 법을 놀랄 만큼 훌륭히 익혔던 것이다. 얼굴을 실룩거려 매섭게 비꼬는 내색을 하는 일도 없었다. 세 사람은 말없이 먼 길을 걸어 호텔로 돌아왔다. 에드가와 단둘이 방안에 있게 되었을 때, 엄마는 아직도 분노를 삭이지 못한 상태였다. 식식거리며 양산과 장갑을 내팽개쳤다. 에드가는 엄마가 신경이 곤두서 분통을 터뜨릴 구실을 찾고 있음을 금세 알아챘지만, 그렇게 울분을 터뜨리게 만드는 것이야말로 자신이 바라던 일이었으므로 일부러 방에 머물러 화를 돋우었다. 엄마는 왔다갔다하다가 의자에 걸터앉아 손가락으로 탁자를 두드리더니 다시 벌떡 일어섰다. "머리칼은 다 헝클어지고 그렇게 지저분한 꼴로 돌아다니다니! 남부끄럽게 말이야. 창피한 줄 알 만한 나이 아니니?" 아이는 한마디 대꾸 없이 거울로 가서 머리를 빗었다. 이렇게 침묵을 지키자, 입술에 비웃음을 머금고 이렇게 끈덕지고 차갑게 침묵을 지키자,

불타는 비밀 57

소년의 어머니는 미칠 것 같았다. 두들겨패기라도 하고 싶은 심정이었다. "네 방으로 가." 소년에게 소리질렀다. 아이가 눈앞에 있는 것을 더는 견딜 수 없었다. 에드가는 미소 짓고 떠나갔다.

두 사람은 이제 얼마나 자신을 두려워하는가, 남작과 엄마, 두 사람은 아무때나 자신이 끼어들어 모질고 매섭게 노려볼까봐 얼마나 무서워하는가! 두 사람이 거북하게 느낄수록, 소년의 눈빛은 더욱 흐릿한 기색으로 빛났고 기쁨은 더욱 짜릿해졌다. 에드가는 어린애의 거의 짐승 같은 잔인함을 있는 대로 드러내며 속수무책인 두 사람을 괴롭혔다. 남작은 소년을 속일 수 있으리라는 기대를 아직 버리지 않고 자신의 목표만 생각했으므로 화를 억누를 수 있었다. 하지만 소년의 어머니는 자꾸만 자제력을 잃었다. 소년에게 소리를 질러야 직성이 풀렸다. "포크로 장난치지 마라." 식사하면서는 이렇게 소년을 나무랐다. "너같이 버릇없는 말썽꾸러기는 어른들 사이에 앉아 있을 자격이 없어." 에드가는 그저 미소 짓기만, 고개를 갸우뚱한 채 미소 짓기만 했다. 이러한 호통이 절망에서 나온 것을 잘 알았으니, 엄마가 불편한 속내를 드러내자 기분이 우쭐해졌다. 이제 소년은 의사처럼 차분한 눈빛을 띠었다. 예전이라면 심술궂게 굴어 엄마를 역정나게 했겠지만, 미움을 품으면 많은 것을 순식간에 배우는 법, 이제 침묵하고, 침묵하고, 침묵할 뿐이었다. 엄마가 자신의 침묵을 못 견디고 소리치기 시작할 때까지.

소년의 어머니는 더이상 참아낼 수 없었다. 식사를 마치고 일어서는데 에드가가 천연스레 따라붙으려 하자, 버럭 분통을 터뜨렸다. 체면이고 뭐고 다 잊고 속에 든 말을 내뱉었다. 소년이 슬그머니 끼어드는

데 귀찮아하며 파리떼에 시달리는 말처럼 길길이 뛰었다. "왜 세 살배기 어린애처럼 졸졸 따라다니니? 나도 너와 떨어져 있고 싶은 때가 있어. 어린애는 어른들 사이에 끼어들면 안 돼. 알겠니! 한 시간이라도 너 혼자만 지내봐. 책을 읽든지 다른 하고 싶은 일을 하든지. 나 좀 가만 놔둬! 부루퉁해서 슬금슬금 주위를 맴도는 게 짜증스러워 죽겠어."

마침내 소년은 엄마가 속내를 실토하게 만들었다! 남작과 엄마가 당황한 기색을 보이는 동안 에드가는 미소 지었다. 엄마는 거북한 심기를 아이에게 시인한 데 스스로 화가 나 몸을 돌리고 자리를 뜨려는 참이었다. 에드가가 쌀쌀하게 말했다. "아빠는 여기서 저 혼자 돌아다니기를 바라지 않으실 거예요. 아빠는 저한테서 조심성 없이 굴지 않고 엄마 옆에 있겠다는 약속을 받았다고요."

'아빠'라고 하면 왠지 몰라도 두 사람이 꼼짝 못한다는 것을 아이는 지난번 알아챈 터였으므로, 이 말에 힘을 주었다. 아빠도 이 뜨거운 비밀에 어떤 식으로든 연루되어 있음이 분명했다. 자신은 알지 못하지만 아빠는 틀림없이 두 사람에게 어떤 비밀스러운 힘을 미치고 있었다. 아빠의 이름만 말하면 두 사람이 두려워하고 거북해하는 것 같았기 때문이다. 이번에도 두 사람은 아무 대꾸도 못했다. 순순히 항복했다. 엄마가 앞장서고 남작이 동행했다. 그 뒤를 에드가가 따랐으나 다소곳한 하인이 아니라 매섭고 엄하고 야멸찬 간수 같았다. 아이는 눈에 보이지 않게 찰그랑거리는 사슬을 쥐고 있었으며, 두 사람은 아무리 발버둥쳐도 이 사슬을 깨부술 수 없을 것이다. 미움은 철없는 소년의 힘을 강철처럼 단련시켜, 아무것도 모르는 아이를 비밀에 손발이 묶인 두 사람보다 더 강하게 만들었다.

거짓말쟁이들

 한시가 급했다. 휴가가 며칠밖에 남지 않았기에, 남작은 이를 최대한 활용해야 했다. 발끈하여 끈덕지게 따라붙는 아이에게 맞서려 해봐야 소용없다고 여기고 두 사람은 더없이 굴욕적인 최후의 방책에 의지했으니, 다름 아니라 한두 시간이라도 소년의 횡포에서 벗어나기 위해 도망치는 것이었다.
 "우체국에 가서 이 편지를 등기로 부쳐라." 엄마가 에드가에게 말했다. 두 사람은 호텔 로비에 서 있었고, 남작은 밖에서 마부와 흥정하는 중이었다.
 에드가는 두 통의 편지를 건네받으며 의심을 지우지 못했다. 아까 한 하인이 어떤 쪽지를 엄마에게 전하는 것을 보았던 터였다. 혹시 두 사람이 자신을 속이려 꿍꿍이를 꾸미는 것은 아닐까?

소년은 머뭇거렸다. "어디서 기다릴 거예요?"

"여기서."

"틀림없지요?"

"그럼."

"가면 안 돼요! 제가 돌아올 때까지 여기 로비에서 기다릴 거지요?" 아이는 엄마보다 우위에 섰다고 생각하며 명령조로 말했다. 그저께부터 상황이 바뀐 터였다.

소년은 편지를 들고 나갔다. 문에서 남작과 마주쳤다. 이틀 만에 처음으로 말을 건넸다.

"편지 두 통만 부치고 올게요. 돌아올 때까지 엄마는 기다릴 거예요. 그전에 가지 마세요."

남작은 재빨리 스쳐지나갔다. "그럼, 그럼, 기다릴게."

에드가는 우체국으로 내달렸다. 창구에서 기다려야 했다. 먼저 온 신사가 온갖 질문을 지겹게 해댔다. 소년은 마침내 심부름을 마치자마자 영수증을 들고 달음질쳐 돌아왔다. 호텔에 도착한 바로 그 순간 엄마와 남작이 마차를 타고 떠나는 것이 보였다.

소년은 분노로 몸이 굳었다. 허리를 굽히고 돌멩이를 집어들어 마차로 던질 뻔했다. 설마설마했는데 두 사람은 또 소년에게서 달아났던 것이다. 얼마나 야비하고 얼마나 파렴치한 거짓말까지 덧붙였던가! 엄마가 거짓말을 한다는 것은 어제부터 알고 있었다. 하지만 몇 번이나 다짐한 약속마저 저버릴 만큼 뻔뻔스러워질 수 있다는 사실에 마지막 신뢰마저 산산이 깨졌다. 진실이 담겨 있으리라 생각했던 말이 부풀어 터지면 아무것도 남기지 않는 때깔 고운 거품에 지나지 않음을 알고부터, 더이상 소년은 인생이란 걸 도무지 이해할 수 없었다. 도대체 무슨 무시무시한 비밀이 있기에 어른들은 나를, 어린애를 속이고 범죄자처럼 몰래 도망치는 것일까? 지금까지 읽은 책에 나오는 인물들은 돈이나 권력이나 왕국을 얻기 위해 살인과 사기를 일삼았어. 하지만 지금 여기서는 왜 이럴까? 두 사람은 무엇을 원하며, 왜 나를 피해 숨고, 수없이 거짓말을 하며 무엇을 감추려는 것일까? 소년은 머리를 쥐어뜯었다. 이 비밀은 어린애를 가두는 빗장이며, 이 비밀을 정복해야 어른으로 성장해서 마침내, 마침내 남자가 된다는 것을 어렴풋이 느꼈다. 아, 이 비밀을 알아낼 수 있다면! 하지만 더이상 생각을 가다듬을 수 없었다. 두 사람이 자신에게서 달아났다는 생각에 열불이 치밀어 눈앞이 흐려졌다.

소년은 숲으로 달려들어가 아무도 들여다볼 수 없는 어둠 속에 몸을 숨기자마자 울음을 와락 터뜨리고 뜨거운 눈물을 강물처럼 흘렸다. "거짓말쟁이, 배신자, 사기꾼, 악당"—이런 말을 목청껏 외쳐야 했다. 그러지 않았다면 숨이 막혔을 것이다. 요 며칠 자신이 어른이라 생각하며 철없이 안간힘을 다하여 억눌렀던 분노, 초조, 울화, 호기심, 막막함, 배신감이 이제 가슴에서 터져나와 눈물이 되었다. 어린 시절의 마지막 울음, 마지막 격렬한 울음이었다. 소년은 마지막으로 여자애처럼 눈물의 쾌감에 몸을 맡겼다. 이 주체할 수 없는 분노의 순간 모든 것을 눈물로 쏟아냈다. 신뢰를, 사랑을, 믿음을, 존경을—자신의 어린 시절 전체를.

호텔로 돌아온 소년은 딴사람이 되어 있었다. 쌀쌀해져 신중하게 행동했다. 먼저 방으로 가서 얼굴과 눈을 꼼꼼히 씻었다. 두 사람이 눈물

자국을 보고 승리감에 젖는 일이 없어야 했다. 그런 다음 앙갚음할 준비를 했다. 안달하지 않고 참을성 있게 기다렸다.

두 도망자를 태운 마차가 밖에 다시 멈춰 섰을 때 로비는 제법 붐볐다. 몇몇 신사들은 체스를 두고, 다른 신사들은 신문을 보고, 부인들은 잡담을 나누었다. 그 가운데 아이는 꼼짝달싹 않고, 약간 핼쑥해져 떨리는 눈빛으로 앉아 있었다. 이제 엄마와 남작이 문으로 들어오다가 문득 눈에 들어온 아이의 모습에 자못 난처해하며 미리 준비한 평계를 더듬거리려 하자, 아이는 꼿꼿하고 차분하게 다가가 다그치듯 말했다. "남작님, 드릴 말이 있는데요."

남작은 마음이 거북해졌다. 왠지 현장을 들킨 느낌이었다. "그래, 그래, 이따가, 금방!"

하지만 에드가는 목소리를 높여 주위의 모두에게 들리도록 또랑또랑 앙칼지게 말했다. "지금 이야기하고 싶어요. 남작님은 비열하게 행동했어요. 저를 속였어요. 엄마가 저를 기다린다는 것을 알면서도……"

"에드가!" 뭇 눈총이 자기에게 향하는 것을 알아챈 엄마는 이렇게 소리치고 소년에게 달려들었다.

하지만 엄마가 큰 소리로 자기 말을 덮어버리려는 것을 눈치챈 아이는 이제 느닷없이 로비가 쩌렁쩌렁 울리게 외쳤다.

"다들 보는 앞에서 다시 한번 말하겠어요. 남작님은 파렴치하게 거짓말을 했어요. 야비하게도요, 저열하게도요."

남작이 파랗게 질려 서 있는 가운데, 사람들은 빤히 올려다보았고, 몇몇은 미소를 짓기도 했다.

엄마가 흥분으로 온몸을 떠는 아이를 붙잡았다. "당장 네 방으로 올라가. 안 그러면 다 보는 앞에서 엄마한테 맞을 줄 알아." 칼칼한 목소리로 이렇게 더듬거렸다.

하지만 에드가는 다시 차분해졌다. 감정이 앞선 것이 후회되었다. 자신의 행동이 못마땅했다. 원래는 냉정하게 다그치려 했는데 의지로 억누를 수 없을 만큼 분노가 사납게 치밀고 말았다. 소년은 차분하게, 서두르지 않고 층계로 향했다.

"아이가 버릇없이 군 것을 용서하세요, 남작님. 아시다시피 신경이 예민한 아이여서요." 부인은 자신을 바라보는 주위 사람들의 자못 얄궂은 눈길에 당황해 아직도 말을 더듬었다. 부인이 이 세상에서 가장 끔찍해하는 것은 추문이었으며, 이제 침착성을 유지해야 한다는 것을 잘 알았다. 바로 자리를 뜨지 않고 먼저 접수대 직원에게 가서 편지가 왔는지, 그 밖의 사소한 용무는 없는지 묻고 아무 일도 없었다는 듯 옷자락을 사락거리며 이층으로 올라갔다. 배가 지나가며 자국을 남기듯, 부인이 거쳐가는 자리마다 나직이 쑥덕거리고 숨죽여 킥킥거리는 소리가 일었다.

이층에서 부인은 걸음을 늦추었다. 심각한 상황을 맞으니 언제나처럼 막막했으며 아이와 벌일 말다툼이 두렵기까지 했다. 자신이 잘못했다는 사실을 부인할 수 없었으며, 아이의 눈빛이, 자신을 꼼짝달싹 못하고 불안하게 하는 이 새롭고 낯설고 기이한 눈빛이 무서웠다. 겁이 나는 나머지 온화하게 달래보기로 했다. 이 싸움에서는 발끈한 아이가 우세하다는 것을 잘 알았던 것이다.

부인은 가만히 문을 열었다. 소년은 방안에 차분하고 쌀쌀맞게 앉아 있었다. 엄마를 올려보는 눈에는 아무런 두려움이 없었고, 호기심조차 드러나지 않았다. 소년은 자신감에 가득차 보였다.

"에드가," 엄마는 되도록 자애롭게 말을 꺼냈다. "무슨 생각을 한 거니? 너 때문에 부끄럽구나. 어린애가 어른에게 어쩜 그렇게 버릇없이 굴 수 있니? 당장 남작님께 가서 사과해."

에드가는 창밖을 내다보았다. "싫어요." 마치 나무들을 향해 말하는 것 같았다.

소년의 자신만만함이 부인에게 떨떠름하게 여겨지기 시작했다.

"에드가, 도대체 어떻게 된 거니? 평소랑은 영 딴판으로 굴고 있으니. 속을 알 수가 없구나. 평소에는 말이 통하는 영리하고 얌전한 아이였는데, 갑작스레 악마가 들어앉은 듯 행동하다니. 남작에게 무언가 맺힌 게 있니? 그 사람 좋아했잖아. 그 사람도 줄곧 상냥하게 대해줬고."

"그랬지요. 엄마랑 사귀고 싶었으니까요."

부인은 마음이 거북해졌다. "말도 안 되는 소리! 무슨 생각을 하는 거야? 어떻게 그런 생각을 할 수 있니?"

그러자 아이가 발칵 화를 냈다.

"남작은 거짓말쟁이예요. 엉큼한 인간이라고요. 행동은 계산되어 있고, 야비해요. 엄마와 사귀고 싶어 저에게 상냥하게 굴고 개를 주겠다고 약속했어요. 엄마에게는 무슨 약속을 했으며, 왜 친절하게 구는지 모르겠지만, 엄마에게도 틀림없이 무언가 노리는 게 있을 거예요. 그러지 않고서야 그렇게 공손하고 친절하게 굴 리 없어요. 나쁜 인간이에요. 거짓말쟁이예요. 남작을 한 번만 잘 살펴봐요. 항상 얼마나 엉큼한 표정을 짓고 있는지. 아, 저는 남작이 미워요, 이 저열한 거짓말쟁이가, 이 악당이⋯⋯"

불타는 비밀　65

"에드가, 어떻게 그런 말을 할 수 있니?" 부인은 당황해 대꾸할 말을 찾지 못했다. 아이의 말이 옳다는 느낌이 마음속에 움텄다.

"아니요, 악당이 맞아요. 누가 뭐래도 저는 그렇게 생각해요. 엄마도 아셔야 해요. 남작은 왜 저를 두려워할까요? 왜 저를 피할까요? 제가 그 악당의 본색을 눈치챘다는 걸, 정체를 알아챘다는 걸 잘 알거든요!"

"어떻게 그런 말을, 어떻게 그런 말을." 부인은 머릿속이 하얘져 핏기 없는 입술로 두 문장을 연신 더듬거렸다. 이제 느닷없이 무시무시한 불안이 싹트기 시작했으나, 남작이 두려운지 아이가 두려운지 알 수 없었다.

에드가는 자신의 경고가 먹힌 것을 알아챘다. 엄마를 자기편으로 만들어, 남작에게 미움과 적대감을 품는 동지로 삼고 싶은 생각이 굴뚝같았다. 소년은 살며시 다가가 엄마를 끌어안았고, 그 목소리는 기분이 들떠 어리광 부리는 듯했다.

"엄마," 아이는 이렇게 말했다. "남작이 좋지 않은 속셈을 품고 있다는 것을 이제 엄마도 알아챘겠지요. 남작은 엄마를 변하게 했어요. 달라진 것은 제가 아니라 엄마예요. 남작은 엄마를 독차지하고 싶어 저를 미워하도록 이간질한 거예요. 분명히 남작은 엄마를 속이려 할 거예요. 남작이 엄마에게 무슨 약속을 했는지는 모르겠어요. 하지만 약속을 지키지 않으리라는 것만은 잘 알아요. 남작을 조심해야 해요. 저를 속였으니 엄마도 속일 거예요. 남작은 믿을 수 없는 못된 인간이에요."

부드럽고 거의 울먹이는 이 목소리는 부인 자신의 가슴에서 들리는 것 같았다. 부인의 마음속도 어제부터 꺼림칙해지며 똑같은 소리를 울려내던 터였으니, 그 소리가 갈수록 간곡해졌다. 하지만 아이에게 네 말이 옳다고 말하기 부끄러웠다. 그래서 어떤 감정을 주체할 수 없어 당황스러울 때면 많은 사람이 흔히 그러듯 거친 말로 응수해 곤경에서 벗어나려 했다. 부인은 허리를 곧추세웠다.

"어린애는 이해 못하는 일이야. 너는 그런 일에 이래라저래라 하는 거 아니야. 예의바르게 행동해야지. 그러면 돼."

에드가의 얼굴이 다시 차갑게 얼어붙었다. "엄마 하고 싶은 대로 해요." 매서운 말투였다. "조심하라고는 했어요."

"사과하지 않겠다는 거야?"

"안 해요."

두 사람은 다시 팽팽히 맞섰다. 부인은 이 일에 자신의 권위가 달려 있다고 느꼈다.

"그러면 이곳 이층에서 밥 먹어. 혼자서. 사과할 때까지 식당에 오지 마. 너한테 예의범절을 가르쳐야겠다. 내 허락이 떨어질 때까지 꼼짝 말고 방에 있어. 알겠니?"

에드가는 미소 지었다. 이 음험한 미소는 입술의 일부가 된 듯했다. 마음속으로 소년은 자신에게 화가 났다. 다시금 감정이 앞서 엄마에게, 이 거짓말쟁이에게 조심하라고 말해주려 했다니 얼마나 어리석었던지.

엄마는 소년을 다시 돌아보지 않고 옷자락을 사락거리며 나갔다. 아이의 날카로운 눈빛이 두려웠다. 아이를 보기가 거북했다. 아이가 눈을 크게 뜨고 자신이 알고 싶지도 듣고 싶지도 않은 바로 그 말을 하려 한다는 것을 느낀 뒤부터 그랬다. 마음속 목소리가, 양심이, 자신에게서 떨어져나와 아이로 변장하고 자신의 아이가 되어 자기 주위를 맴돌며 조심하라고 하고 비웃는 것을 보는 일은 끔찍했다. 지금까지 이 아이는 자신의 인생에 붙어다녔다. 장식품이자, 장난감이며, 사랑스럽고 친숙한 존재로, 가끔은 짐으로 느껴졌지만, 언제나 자신의 인생과 보조를 맞추어 똑같이 흘러가는 존재였다. 그 아이가 오늘 난생처음 대들며 자신의 뜻을 거슬렀다. 이제 아이를 생각할 때마다 미움 비슷한 감정이 끼어들었다.

그렇지만 사뭇 피곤한 몸을 이끌고 층계를 내려가는 참에, 이번에는 부인 자신의 가슴에서 아이의 목소리가 울려나왔다. 남작을 조심해야 해요. ─이 경고를 침묵시킬 수가 없었다. 지나가는 길에 반짝이는 거울이 눈에 들어와 무언가 묻듯 거울에 얼굴을 점점 더 들이미니, 입술이 슬며시 미소 띠고 벌어지며 해서는 안 될 말이라도 할 것처럼 동그래지는 게 보였다. 마음속에서는 아직도 아이의 목소리가 울렸지만 부인은 눈에 보이지 않는 모든 의혹을 떨쳐버리듯 어깨를 으쓱하고 거울에 환한 눈빛을 던진 뒤, 옷자락을 추스르고 꿋꿋한 몸짓으로 아래층으로 내려갔다. 마지막 금화를 테이블에 잘랑 내던지는 도박꾼 같았다.

달빛 아래 뒤를 밟다

방에 남아 벌을 받는 에드가에게 식사를 가져다준 호텔 보이가 방문을 닫았다. 문밖에서 자물쇠 소리가 찰칵 들렸다. 아이는 분노하여 벌떡 일어났다. 자신을 사나운 짐승처럼 가두다니, 엄마가 시킨 일이 분명했다. 수상한 생각이 솟아났다.

'내가 여기 갇혀 있는 동안 아래층에서 무슨 일이 벌어지는 거지? 지금 두 사람은 무슨 이야기를 할까? 이제 마침내 그곳에서 비밀스러운 일이 벌어지는데, 나는 그걸 놓쳐야 하나? 아, 내가 어른들 틈에 있으면 언제 어디서나 느끼는 이 비밀, 밤이면 어른들이 문을 걸어잠가 감추고 나직한 대화 속에 숨기는 이 비밀에 뜻밖에 발을 들여놓아 이제 며칠 전부터 그것에 손이 닿을 듯 가까워져 있는데, 그것을 아직도 붙잡을 수 없다니! 그것을 알아내려 갖은 방법을 다 썼는데! 아빠의 책상에서 책들을 훔쳐 읽어본 적도 있어. 거기에 쓰여 있는 온갖 기이한 일을 도무지 이해할 수 없었어. 이 비밀에는 어떤 봉인이 있는 게 틀림없어. 이 비밀을 알아내려면 아마도 내 마음이나 다른 사람 마음에 붙어 있는 봉인부터 떼어내야 할 거야. 책에 나오는 해괴한 대목을 설명해달라고 부탁했더니 하녀는 웃어넘겼지. 어린애라는 건 끔찍한 것이야. 호기심에 가득차 있지만 아무에게도 물을 수 없고, 멍청하거나 쓸모없다는 듯 어른들에게 언제나 비웃음을 사야 하니. 하지만 나는 알아내고야 말겠어. 이제 곧 알게 될 듯한 느낌도 들어. 일부는 이미 손에 넣었어. 전부 내 것으로 만들기 전에는 그만두지 않을 거야!'

소년은 인기척이 없는지 귀를 쫑긋 세웠다. 창밖의 나무 사이로 바람이 살랑 불자, 가지들 틈새에 고요히 비치던 달빛이 거울처럼 산산조각나 수백 개의 빛살로 흩날렸다.

'저 두 사람이 하려는 건 좋은 일이 아닐 거야. 그렇기에 나를 쫓아내려 저열하게 거짓말을 꾸몄던 거야. 망할 두 인간은 마침내 나에게서 벗어났다며 나를 비웃고 있을 게 확실해. 그러나 마지막에 웃는 사람은 내가 될 거야. 얼마나 한심한 일이야. 두 사람에게 달라붙어 일거수일투족을 엿보지 못하고 여기에 갇혀 자기들 멋대로 할 시간을 주다니. 하지만 어른들은 언제나 조심성이 없으니까 두 사람도 비밀을 흘릴 거야. 어른들은 아이들이 아직 매우 어리며 밤에는 언제나 잘 거라 믿고서는, 아이들이 잠자는 척하면서 엿들을 수 있고 멍청한 척하면서 영리하게 굴 수 있다는 것은 잊어버리지. 최근에 이모가 아이를 낳았을 때도, 어른들은 아이가 태어날 것을 오래전부터 알고 있으면서 내 앞에서는 짐작도 못한 일에 깜짝 놀라는 척했어. 하지만 나도 알고 있었어. 몇 주 전 저녁 어른들이 내가 자는 줄 알고 주고받는 이야기를 엿들었으니까. 이번에는 나도 어른들을 놀라게 해줄 거야, 이 비열한 어른들을. 아, 두 사람이 자기들끼리만 있다고 생각할 때 내가 문틈으로 엿볼 수 있다면, 몰래 지켜볼 수 있다면 좋으련만. 지금 벨을 울리는 게 좋지 않을까? 그러면 여종업원이 달려와 문을 열고 내게 무엇을 원하느냐고 묻지 않을까? 아니면 쿵쿵거리거나 그릇을 깨도 누군가 문을 열어볼 거야. 그 순간 살짝 빠져나가 두 사람을 엿볼 수 있겠지. 아니야, 그러지 않을 거야. 두 사람이 나를 얼마나 개떡같이 취급하는지 아무도 알면 안 돼. 그건 너무나 자존심 상하는 일이야. 내일 바로 두 사람에게 앙갚음해줄 거야.'

아래층에서 여자 웃음소리가 들렸다. 에드가는 흠칫 놀랐다. 엄마일지도 몰랐다. 엄마라면 웃음을 터뜨릴 만했다. 귀찮아지면 자물쇠를 채워 가두고 젖은 옷 꾸러미처럼 구석에 처박을 수 있는 아이를, 힘없는 어린애를 비웃을 만했다. 조심스레 소년은 창밖을 내다보았다. 엄마가 웃는 게 아니라, 낯모르는 말괄량이 여자애들이 어떤 남자애를 놀리고 있었다.

순간 소년은 창문이 땅에서 얼마 높지 않은 곳에 있다는 것을 알아챘다. 그것을 깨닫자마자 이런 생각이 들었다. 뛰어내리자. 두 사람이 자기들끼리 있다고 생각하는 지금 두 사람을 엿보러 가자. 소년은 이렇게 결심하고 기쁨에 들떴다. 어린애에게는 감춰져 있는 굉장하고 반짝이는 비밀을 손에 넣기라도 한 듯했다. '뛰어내려, 뛰어내려.' 마음속에서 이런 소리가 떨려나왔다. 위험할 게 없었다. 인기척이 느껴지지 않자 소년은 뛰어내렸다. 자갈소리가 바스락 나직이 울렸지만 아무

불타는 비밀 71

도 듣지 못했다.

지난 이틀 동안 살금살금 다가가 의뭉하게 엿보는 일이 인생의 즐거움이 되었으니, 전등의 강렬한 반사광을 주의깊게 피해 까치발로 호텔을 빙 돌아가는 지금 소년은 불안에 슬며시 몸서리치며 쾌감을 느꼈다. 에드가는 먼저 유리창에 조심스레 볼을 대고 식당 안을 바라보았다. 식사할 때 늘 앉던 자리가 비어 있었다. 계속하여 창문을 하나씩하나씩 들여다보았다. 뜻밖에 복도에서 두 사람과 마주칠지도 모른다는 두려움 때문에 호텔 안으로 들어갈 엄두는 내지 못했다. 어디서도 두 사람을 찾을 수 없었다. 절망에 빠져 포기하려는 참에 그림자 두 개가 문에서 나오는 것이 ― 소년은 흠칫 놀라 어둠 속에 몸을 웅크렸다 ― 엄마가 이제 떼려야 뗄 수 없는 동행자와 함께 나오는 것이 보였다. 소년은 때맞춰 온 것이었다. 둘이 무슨 이야기를 하는 거지? 무슨 말을 하는지 알아들을 수 없었다. 두 사람이 나직이 말하는데다 나무 사이로 바람이 너무 소란스레 불었다. 하지만 이제 웃음소리가 또렷이 들려왔다. 엄마의 소리였다. 소년이 들어본 적 없는 소리였다. 간지럼을 타는 듯, 신경이 곤두선 듯 희한할 만큼 높은 소리의 웃음에 소년은 기이한 감정을 느끼며 깜짝 놀랐다. 엄마는 웃었다. 따라서 어른들이 소년에게 숨기는 일은 전혀 위험하지도, 매우 거창하거나 엄청나지도 않을 수 있었다. 에드가는 살짝 실망했다.

그런데 두 사람은 왜 호텔을 떠나는 거지? 한밤중에 단둘이 어디로 가는 거지? 하늘 높이 바람이 지나가며 커다란 날개를 퍼덕이는 모양이었다. 방금 전까지 맑고 달빛에 환했던 하늘이 이제 어두워졌던 것이다. 보이지 않는 손이 내던지는 검은색 베일인 양 이따금 구름이 달을 휘감으면 밤은 칠흑같이 깜깜해져 앞길이 거의 보이지 않다가, 달이 구름에서 벗어나면 다시 환하게 밝아지며 풍경에 차가운 은빛 물결이 흘렀다. 빛과 그늘의 이러한 유희는 신비스러웠고, 여성이 몸을 드러냈다 가렸다 하며 부리는 교태처럼 도발적이었다. 지금 막 풍경이 다시 맨몸을 드러내었다. 에드가는 길 건너편에서 실루엣 두 개가 걷고 있는 것을 보았다. 마음속 깊은 두려움 때문에 착 달라붙은 듯 꽉 끌어안고 있으니 실루엣 하나라고 해야 할까? 그런데 지금 두 사람은 어디로 가는 거지? 소나무들이 신음하듯 삐걱거렸다. 숲은 섬뜩할 만큼 부산스러웠다. 유령 사냥꾼*이 숲속을 헤집고 있는 듯했다. '두 사람을 뒤쫓겠어.' 에드가는 생각했다. '바람이 숲을 이렇게 흔드니 내 발소리가 들리지 않을 거야.' 아래쪽에서 두 사람이 넓고 밝은 길을 걷는 동안, 위쪽 덤불숲에서 소년은 나직이 이 나무에서 저 나무로, 한 그림자에서 다른 그림자로 건너뛰었다. 두 사람을 끈질기고 야멸차게 뒤쫓으며, 발소리를 가려주는 바람에는 축복을 내리고, 저편에서 들려오는 말소리를 쓸어가는 바람에는 저주를 퍼부었다. 단 한 번이라도 두 사람의 대화를 들을 수 있다면 비밀을 알아낼 텐데, 소년은 이렇게 확신했다.

아래쪽의 두 사람은 아무것도 모르고 있었다. 이처럼 아득하고 혼란스러운 밤 단둘이 행복을 느끼며 점점 더 흥분에 빠져들 뿐이었다. 위쪽의 어두운 덤불숲에서 누군가 한 걸음 한 걸음 뒤를 밟으며 미움과 호기심어린 두 눈을 한껏 부릅뜨고 두 사람에게서 잠시도 눈길을 떼지

---

* 유럽에 널리 퍼져 있는 민담 모티브로. 공중에서 말을 타고 미친듯이 달리며 사냥개를 몰아 사냥감을 뒤쫓는 유령 떼를 말한다.

불타는 비밀 73

않고 있다는 것을 전혀 알아채지 못했다.
 느닷없이 두 사람이 걸음을 멈추었다. 에드가도 곧바로 멈춰 서서 나무에 몸을 바싹 붙였다. 오싹한 불안이 덮쳐왔다. 이제 두 사람이 발걸음을 돌려 나보다 먼저 호텔에 다다르면, 내가 제때 방에 들어가지 못해 방에 아무도 없는 것을 엄마가 알게 되면 어떡하지? 그러면 모든 게 물거품이 되는 거야. 그러면 두 사람은 내가 몰래 엿보았음을 알게 되고, 나는 비밀을 캐내겠다는 희망을 버려야 해. 하지만 두 사람은 머뭇거렸다. 무언가 의견이 엇갈리는 것 같았다. 때마침 달빛이 비쳐 모든 것이 또렷이 보였다. 남작은 골짜기 아래로 내려가는 어둡고 좁다란 샛길을 가리켰다. 큰길에는 달빛이 드넓고 흥건히 강물처럼 흘렀으나, 골짜기에서는 빽빽한 덤불을 뚫고 기이한 빛줄기 몇 개가 질금질금 배어나왔다. '남작은 왜 저기로 가려는 거지?' 에드가에게 이런 의문이 스쳤다. 엄마가 "싫어요"라고 말하는데도, 상대방은, 남작은 엄마를 구슬리는 것 같았다. 남작이 얼마나 간절히 말하고 있는지 에드가는 몸짓만 봐도 알아챌 수 있었다. 아이는 불안에 사로잡혔다. 이 인간이 엄마에게 무엇을 원하는 거지? 이 악당이 엄마를 왜 어둠 속으로 끌고 들어가려는 거지? 아이에게는 세상의 모든 것이었던 책들에서 살인과 유괴, 흉악 범죄에 관해 읽은 내용이 갑자기 생생히 떠올랐다. 맞아, 남작은 엄마를 죽이려는 거야. 그래서 나를 따돌리고 엄마 혼자만 여기로 꾀어낸 거야. 사람 살리라고 외쳐야 할까? 살인자다! 이런 외침이 목젖까지 차올랐지만, 입술이 바짝 말라 아무 소리도 내뱉을 수 없었다. 흥분하여 신경이 곤두서고 똑바로 서 있을 수도 없자 두려움에 질려 무언가 붙들고 몸을 지탱하려는데—손에 잡은 나뭇가지가 뚝

부러졌다.

　두 사람이 깜짝 놀라 고개를 돌리고 어둠 속을 바라보았다. 에드가는 두 팔로 나무를 부둥켜안아 기댄 채 그림자 깊숙이 작은 몸을 웅크렸다. 쥐죽은듯 정적이 흘렀다. 하지만 두 사람은 놀라움이 가시지 않은 것 같았다. "돌아가요." 엄마가 이렇게 말하는 게 들렸다. 입술에서 겁에 질린 소리가 흘러나왔다. 남작 자신도 불안해진 듯 그러자고 했다. 두 사람은 바싹 몸을 붙이고 천천히 돌아왔다. 누가 볼까봐 두 사람이 어쩔 줄 몰라한 것은 에드가에게는 다행이었다. 소년은 덤불숲에서 몸을 낮추고 손이 긁혀 피가 나도록 팔다리로 기어 숲길에 접어들었고, 거기서부터 숨이 턱에 닿도록 기를 쓰고 달려 호텔로 돌아온 뒤 성큼성큼 이층으로 뛰어올라왔다. 자신을 가두는 데 쓰였던 열쇠가 다행히 문 바깥에 꽂혀 있었으므로, 소년은 열쇠를 돌리고 방으로 뛰어들기 무섭게 침대에 몸을 던졌다. 잠시 숨을 골라야 했다. 추가 종을 두드리듯 가슴에서 심장이 세차게 방망이질하는 터였다.

　그런 뒤 용기 내어 일어나 창가에 몸을 기대고 두 사람이 오기를 기다렸다. 시간이 오래 걸렸다. 두 사람은 느리게, 매우 느리게 걷는 것이 틀림없었다. 소년은 어둠에 덮인 창틀에 숨어 조심스레 밖을 내다보았다. 이제 두 사람이 느릿느릿 걸어왔다. 옷에 달빛이 비쳤다. 푸르스름한 달빛을 받아 두 사람이 유령처럼 보이자, 남작이 정말 살인자는 아닌지, 자신이 끼어들어 끔찍한 사건을 막은 건 아닌지 하는 달콤하고도 오싹한 생각이 다시금 소년을 사로잡았다. 백지장처럼 창백한 두 사람 얼굴이 또렷이 보였다. 엄마는 생전 본 적 없는 황홀한 안색이었으나, 남작은 굳고 부루퉁한 표정이었다. 무언가 속셈대로 되지 않은 것이 틀림없었다.

 두 사람이 매우 가까이 와 있었다. 호텔에 거의 다 와서야 두 사람은 떨어졌다. 혹시 이곳을 올려다보지 않을까? 아니, 둘 중 누구도 눈길을 들지 않았다. '나를 까맣게 잊었군요.' 소년은 왈칵 울분이 치밀었지만, 남모를 승리감도 느껴졌다. '하지만 나는 두 분을 잊지 않았어요. 내가 자고 있거나 세상에 없다고 생각하겠지만 잘못을 깨닫게 될 거예요. 두 분이 어디를 가든 쫓아가 지켜볼 테니까요. 이 악당에게서 비밀을, 나를 잠 못 이루게 하는 비밀을 알아낼 때까지 말이에요. 나는 두 분이 짬짜미하지 못하게 떼어놓을 거예요. 잠도 자지 않을 거예요.'

 느리게 두 사람은 문으로 들어갔다. 이제 한 사람씩 로비로 들어섰고 바닥에 비치는 두 개의 실루엣이 다시 잠시 껴안더니, 두 사람의 그림자는 한줄기 검은 띠로 합쳐져 환하게 불 켜진 문 안으로 사라졌다. 이제 달빛에 다시 맨몸을 드러낸 호텔 앞뜰이 드넓은 눈밭처럼 보였다.

기습

　에드가는 숨을 몰아쉬며 창에서 물러섰다. 오싹하여 몸이 떨렸다. 이렇게 비밀스러운 일을 가까이 접한 것은 난생처음이었다. 책에서 읽은 흥미진진한 세계, 아슬아슬한 모험, 살인과 사기의 세상은 동화의 왕국에, 꿈의 뒤안길에, 비현실적이고 도달할 수 없는 영역에 있다고 생각했다. 하지만 이제 느닷없이 이 으스스한 세상 한복판에 휘말린 듯했으니, 자신의 전 존재가 예기치 않은 만남을 통해 열병에 걸린 듯 뒤흔들리고 있었다. 엄마와 나의 평온한 삶에 느닷없이 뛰어든 이 비밀스러운 인간은 누구일까? 정말로 살인자일까? 그래서 언제나 으슥한 곳만 찾아다니며 어두운 곳으로 엄마를 끌고 가려 했을까? 무시무시한 일이 닥칠 것 같았다. 어떻게 손을 써야 할지 알 수 없었다. 내일 아버지에게 편지를 쓰거나 전보를 보내야겠다는 생각을 다졌다. 하지만 끔찍한 일이 지금, 오늘 저녁에 일어날 수도 있지 않을까? 엄마는 아직도 방으로 가지 않고 이 흉악하고 낯선 인간과 함께 있으니.

벽과 잘 분간되지 않지만 손쉽게 여닫히는 복도 쪽 문과 침실 쪽 문 사이에는 옷장 내부보다 넓지 않은 비좁은 공간이 있었다. 소년은 그곳의 손바닥만한 어둠에 몸을 욱여넣고 복도에서 엄마의 발소리가 들리기를 기다렸다. 단 한 순간도 둘만 있게 두지 않겠다고 마음을 다진 터였다. 자정 무렵인 지금 복도는 텅 비어 있었고 가스등 하나만 흐릿하게 켜져 있었다.

마침내—소년에게는 몇 분이 한없이 늘어나는 것처럼 느껴졌다—조심스럽게 층계를 올라오는 발소리가 들렸다. 소년은 귀를 곤두세웠다. 방으로 들어가려는 사람처럼 빠르고 거침없이 걷는 소리가 아니라, 힘들고 가파른 길을 끝없이 오르는 듯 질질 끌고 망설이며 느릿느릿 걷는 소리가 들렸다. 간간이 속삭임이 들렸다가 멈추기를 반복했다. 에드가는 흥분하여 몸을 떨었다. 혹시 두 사람이 오는 것일까? 남작이 아직도 엄마와 붙어 있나? 속삭임은 너무 멀리서 들렸다. 그러나 주저하며 옮기는 발걸음 소리가 점점 가까이 다가왔다. 느닷없이 남작이 흉악한 목소리를 낮고 칼칼하게 흘리며 소년이 이해할 수 없는 무슨 말을 꺼내자마자, 엄마가 급히 내치는 소리가 들렸다. "안 돼요, 오늘은 안 돼요! 안 된다니까요."

에드가는 몸을 떨었고, 두 사람이 점점 가까이 와 모든 소리를 들을 수밖에 없었다. 한 발짝씩 다가오는 발소리가 나직이 울리면서도 소년의 가슴을 짓밟는 듯했다. 그뿐 아니라 이 목소리는, 이 흉악한 자의 탐욕스럽게 추근거리는 역겨운 목소리는 얼마나 듣그러운지! "그렇게 매정하게 뿌리치지 말고요. 당신은 오늘 저녁 정말 아름다웠어요." 엄마의 목소리가 다시 들렸다. "아니요, 저는 그러면 안 돼요, 그럴 수 없어요. 놓아주세요."

엄마의 목소리에는 아이도 깜짝 놀랄 만큼 불안감이 잔뜩 배어 있었다. 남작은 엄마에게 무엇을 원하는 걸까? 엄마는 왜 두려워하는 거지? 두 사람은 점점 더 다가와 이제 소년의 방문 앞에 서 있음이 틀림없다. 소년은 두 사람 바로 옆에 한 뼘만큼 떨어져, 복도 쪽 문의 얄따란 천에 몸을 가리고 벌벌 떨며 숨어 있다. 이제 두 사람의 목소리는 숨소리만큼 가까이 들린다.

"이리 와요, 마틸데, 이리 와요!" 다시금 엄마가 신음하듯 대꾸하는 소리가 들리는데, 이제는 훨씬 가늘어지고 버티는 힘이 사그라져 있다.

그런데 뭐하는 거지? 두 사람은 어둠 속을 계속 걷잖아. 엄마가 엄마 방으로 들어가지 않고 방문을 지나쳤어! 남작은 어디로 엄마를 끌고 가려는 거지? 왜 엄마는 아무 말이 없지? 남작이 엄마 입에 재갈을 물렸나? 숨통을 틀어막고 있나? 이런 생각에 소년은 소스라친다. 소년은 바들거리는 손으로 문을 빼꼼 연다. 이제 어두운 복도에 있는 두 사람이 보인다. 남작은 엄마의 허리를 껴안고, 이미 뜻을 굽힌 듯한 엄마를 조용히 이끌고 간다. 이제 남작이 남작 방문 앞에서 걸음을 멈춘다. '엄마를 끌고 가려 해.' 아이는 깜짝 놀란다. '끔찍한 일을 저지르려는 거야.'

소년은 홱 하고 세차게 문을 닫고 달려나가 두 사람을 쫓는다. 어둠 속에서 무언가 자신을 향해 튀어나오자 엄마가 비명을 지르고, 기절하여 쓰러질 것 같은 엄마를 남작이 가까스로 부축한다. 남작은 이 순간 힘없는 고사리 주먹이 자신의 얼굴을 두들겨 입술이 이에 부딪고 무언가 고양이 같은 게 자신의 몸에 덤벼드는 것을 느낀다. 남작이 깜짝 놀란 부인을 놔주자 부인은 재빨리 달아나고, 남작은 싸우는 상대가 누구인지도 모르는 채 다짜고짜 주먹으로 맞받아친다.

아이는 힘이 모자라는 것을 잘 알지만 물러서지 않는다. 배신당한 사랑을, 쌓이고 쌓인 미움을 한껏 폭발시킬 순간, 바라고 바라던 그 순간이 드디어, 드디어 찾아온 것이다. 소년은 열에 들떠 정신없이 흥분한 채 입술을 악물고 고사리 주먹을 아무데나 마구잡이로 휘두른다. 남작도 이제 소년을 알아보았으니, 요 며칠간 즐거움을 앗아가고 도박판을 깨뜨려버린 이 은밀한 염탐꾼에 대한 미움이 잔뜩 치밀어 주먹 가는 대로 힘껏 받아친다. 에드가는 신음을 터뜨리지만 놓아주지도 않고 사람 살리라고 외치지도 않는다. 두 사람은 한밤중에 복도에서, 일 분에 걸쳐 입술을 악물고 말없이 치고받는다. 차츰차츰 남작은 새파란 소년과 싸움질하는 게 우스꽝스럽다는 생각이 들어 아이를 우악스레 붙잡고 내팽개치려 한다. 하지만 이제 자신의 근육에 힘이 빠지는 것을 느낀 아이는 이러다간 흠씬 두들겨맞은 채 싸움에 질 거라는 생각에, 제 목덜미를 움켜쥐려는 드세고 우악한 손아귀를 분통을 터뜨리며 물어뜯는다. 손을 물린 남작은 자기도 모르게 나직이 비명을 토하며 아이를 풀어주고—이 틈을 타 아이는 자기 방으로 도망쳐 빗장을 지른다.

한밤중의 싸움은 단 일 분 만에 끝난다. 복도 양쪽의 어느 방에서도 치고받는 소리를 듣지 못했다. 쥐죽은듯한 고요 속에 다들 단잠에 빠져 있는 듯하다. 남작은 손에 흐르는 피를 손수건으로 닦으며 불안한 눈길로 어둠 속을 살핀다. 아무도 엿들은 사람이 없었다. 천장에서만—마치 비웃듯이—마지막 가스등이 꺼질 듯 말 듯 가물거리고 있다.

뇌우

'꿈이었을까? 위험에 시달리는 악몽이었을까?' 다음날 아침 에드가는 불안에 뒤척이다 깨어나 머리칼이 부스스한 채 이렇게 속으로 물었다. 머리가 지끈지끈 울려 고통스러웠고, 팔다리는 굳어서 뻣뻣하게 느껴졌으며, 다리를 내려다보니 놀랍게도 옷도 벗지 않은 채였다. 벌떡 일어나 비틀비틀 거울로 다가가, 핼쑥하고 일그러진 얼굴과 통통 부어올라 피멍이 생긴 이마를 보고 소스라쳐 뒷걸음쳤다. 가까스로 정신을 추스르자, 한밤중에 복도에서 싸운 일이며, 황급히 방으로 달려온 일이며, 열에 들떠 몸을 떨며 언제라도 도망칠 수 있도록 옷을 입은 채 침대에 몸을 던진 일이 하나도 빠짐없이 뒤숭숭하게 떠올랐다. 침대에서 눈이 감겨 아슴아슴 가물가물 잠에 빠져들었던 듯한데, 꿈에서 모든 일이 다시 한번 반복되었으니, 다만 다른 점이 있다면 더욱 끔찍한 모습을 띠어 시뻘건 피가 철철 흐르며 피비린내가 났다는 것이었다.

아래층에서 자갈을 밟고 거니는 소리가 울리고, 보이지 않는 새들처럼 목소리가 날아오르고, 방안 깊숙이 햇빛이 밀려들었다. 오전 늦은 시간임이 틀림없었으나, 깜짝 놀라 시계를 보니 밤 열두시를 가리키고 있었다. 어제 흥분한 나머지 태엽 감는 걸 잊었던 것이다. 언제인지 알 수 없는 시간에 대롱대롱 매달려 있는 듯한 생각에 도대체 무슨 일이 일어났는지 모르겠다는 느낌까지 겹쳐져 더욱 불안해졌다. 아이는 재빨리 매무새를 가다듬고서, 마음에 불안감과 은근한 죄책감을 느끼며 아래층으로 내려갔다.

아침식사 식당에서 엄마는 늘 앉는 의자에 혼자 앉아 있었다. 앙숙이 나타나지 않은 까닭에 어제 화가 치밀어 주먹을 날렸던 그 흉악한 얼굴을 마주치지 않아도 되었으므로 에드가는 안도했다. 그럼에도 테이블로 다가가는 동안 불안이 밀려왔다.

"안녕히 주무셨어요?" 소년이 인사했다.

엄마는 대답하지 않았다. 눈길 한번 들지 않고, 기이할 만큼 멍한 눈동자로 창밖 풍경만 내다볼 뿐이었다. 핼쑥한 얼굴에 눈가에는 엷게 테두리가 생겼으며, 콧방울이 신경질적으로 실룩거리는 것으로 보아 흥분해 있는 것 같았다. 에드가는 입술을 악물었다. 엄마의 침묵이 얼떨떨했다. 소년은 어제 자신이 남작을 심하게 다치게 했는지, 엄마가 이 한밤중의 싸움을 알고 있는지 전혀 몰랐다. 이처럼 아무것도 잘 알 수 없어 괴로웠다. 하지만 엄마는 얼굴이 잔뜩 굳어 있고, 지금은 눈을 숙이고 있지만 내리깐 눈꺼풀을 올리고 느닷없이 자신을 쏘아볼지 모른다는 불안 때문에 소년은 엄마를 쳐다볼 생각조차 못했다. 소년은 조용해져, 아무 소리도 내지 않으려고 매우 조심스럽게 찻잔을 들었다가 다시 내려놓으며 엄마의 손가락을 남몰래 흘금거렸다. 손가락이 갈퀴처럼 휘어져 신경질적으로 스푼을 만지작거리는 것으로 보아 엄마는 치밀어오르는 화를 감추고 있는 것 같았다. 십오 분가량 무슨 벼락이 떨어질까 숨막히게 기다렸으나 아무 소리가 없었다. 소년의 답답함을 뚫어줄 말은 한마디도, 단 한 마디도 나오지 않았다. 엄마가 소년을 본체만체하며 일어서자 소년은 혼자 테이블에 남아 있어야 할지 엄마를 따라가야 할지 갈피를 잡지 못했다. 마침내 소년도 일어서서 자신을 일부러 못 본 체하는 엄마를 다소곳이 뒤따랐지만, 그러는 내내 이렇게 졸졸 따라가는 게 얼마나 우스꽝스러운지 느껴졌다. 점점 걸음이 느려져 갈수록 엄마에게서 뒤처졌고, 엄마는 소년을 거들떠보지도 않고 방으로 들어갔다. 에드가가 뒤따라 방에 이르렀을 때 문은 굳게 잠겨 있었다.

무슨 일이 있어서 저러지? 소년은 도대체 영문을 알 수 없었다. 어제의 자신감은 사라지고 없었다. 결국 어젯밤 남작을 기습한 것이 혹시 잘못이었던 걸까? 두 사람이 자신을 벌하거나 새로 창피를 안기려 하는 걸까? 무슨 일인가 일어날 것이, 무언가 끔찍한 일이 금방 일어날 것이 틀림없다는 느낌이 들었다. 소년과 엄마 사이에 답답한 기운이 쌓여 뇌우가 몰아칠 듯했다. 두 전극 사이에 전압이 발생해 번개가 내리칠 것 같았다. 이러한 불길한 예감을 짊어지고 네 시간이나 혼자 이 방 저 방 떠돌아다니는 동안 그 보이지 않는 무게에 짓눌려 소년의 가늘고 연약한 고개가 내려앉고 말았으니, 점심때 소년은 더없이 다소곳이 테이블로 다가갔다.

"잘 계셨어요?" 이렇게 다시 인사했다. 이 침묵, 먹구름처럼 드리워 살 떨리게 위협하는 침묵을 깨뜨려야 했다.

다시금 엄마는 대꾸하지 않았고, 다시금 소년을 못 본 체했다. 에드가는 여태 겪어보지 못한 고의적이며 응어리진 분노와 마주하고 있음을 느끼고 새삼 놀랐다. 지금까지는 다툼이 있더라도 감정이 상해서가 아니라 신경이 곤두서 분통을 터뜨렸던 것이었고, 그러니 사르르 눈웃음치면 뒤끝 없이 풀리곤 했다. 하지만 이번에는 자신이 엄마 속을 밑바닥까지 뒤집어 사나운 감정이 끓어오르게 했음을 직감했으니, 경솔하게 부추긴 이러한 노기에 화들짝 놀랐다. 소년은 음식을 한 입도 삼키지 못했다. 무언가 팍팍한 것이 목젖까지 치밀어오르며 숨통을 틀어막는 듯했다. 엄마는 이 모든 것을 전혀 알아채지 못하는 것 같았다. 이제 자리에서 일어서면서야, 어쩌다 생각난 듯 뒤돌아보고 말했다.

"따라 올라와, 에드가, 할 이야기가 있다."

목소리가 위협적이지는 않으나 얼음처럼 차가워, 에드가는 이 말을 들으며 몸서리를 쳤다. 갑자기 쇠사슬이 목에 채워지는 느낌이었다. 소년의 반항심은 짓밟혔다. 아무 말도 못하고, 두들겨맞은 개처럼, 소년은 층계를 올라 엄마 방으로 따라갔다.

엄마는 몇 분 동안 입을 열지 않아 고통을 연장시켰다. 그사이 시계 울리는 소리, 밖에서 아이가 웃는 소리, 가슴에서 심장이 방망이질하는 소리가 들렸다. 하지만 엄마도 몹시 불안에 떨고 있음이 틀림없었다. 소년에게 말하는 동안 눈도 마주치지 못하고 등을 돌리고 있었던 것이다.

"어제의 네 행동에 대해서는 더 말하고 싶지 않다. 뻔뻔스럽기 이를 데 없어, 생각만 해도 얼굴이 화끈거리는구나. 네가 저지른 잘못은 네가 책임져야 한다. 지금 똑똑히 말해두지만, 네 멋대로 어른들 틈에 끼어들도록 놔두는 건 이게 마지막이다. 가정교사를 붙이든지 기숙학교에 보내 너에게 예의범절을 가르쳐야겠다고 방금 아버지에게 편지했다. 너 때문에 골치 썩이고 싶지 않아."

에드가는 고개를 숙인 채 서 있었다. 이건 단지 서론이고 위협일 뿐이라 느꼈으므로 본론이 나오기를 불안한 마음으로 기다렸다.

"이제 바로 남작님께 사과해." 에드가는 흠칫 놀랐으나, 엄마는 말을 그치지 않았다.

"남작님은 오늘 여기를 떠났다. 내가 불러주는 대로 남작님께 편지를 써."

에드가가 다시 움찔했으나, 엄마는 단호했다.

"말대꾸할 생각 마라. 여기 종이와 잉크가 있다. 앉아."

에드가는 눈을 들었다. 엄마의 눈에 굽힐 수 없는 결의가 아로새겨져 있었다. 엄마가 이렇게 매섭고 정색한 모습은 본 적이 없었다. 두려움이 덮쳐왔다. 소년은 자리에 앉아 펜을 들고 탁자로 얼굴을 숙였다.

"맨 위에 날짜. 썼니? 한 줄 비우고 인사말. 그렇지! 존경하는 남작님께! 느낌표 찍어야지. 다시 한 줄 비워라. 저는 방금 매우 유감스럽게도—썼니?—매우 유감스럽게도, 남작님께서 제머링을 떠났다는 것을 알았습니다—재머링이 아니라 제머링—그래서 제가 못다 드린 말씀을 편지로 전하게 되었습니다. 다름이 아니라—좀 빨리 써, 서예 시간이 아니니까!—저의 어제 행동에 대해 용서를 구하고자 합니다. 어머니께서 남작님께 귀띔해드렸겠지만, 저는 중병에서 회복중이며 매우 신경이 예민합니다. 도가 지나친 상상에 빠졌다가 금방 후회합니다……"

탁자 쪽으로 숙여져 있던 등허리가 벌떡 곧추섰다. 에드가는 몸을 돌렸다. 다시 반항심이 깨어났다.

"이렇게 못 써요. 이건 사실과 달라요!"

"에드가!"

엄마의 목소리에 위협이 서려 있었다.

"이건 사실과 달라요. 저는 뉘우쳐야 할 일을 한 적이 없어요. 용서를 구해야 할 나쁜 일을 한 적이 없어요. 엄마가 도와달라고 소리쳐서 달려갔을 뿐이에요!"

엄마의 입술에 핏기가 가셨다. 콧방울이 팽팽해졌다.

"내가 도와달라고 소리쳤다고? 너 제정신이 아니구나!"

에드가는 화가 치밀었다. 벌떡 일어섰다.

"그래요, 도와달라고 소리쳤어요. 어젯밤 저기 복도에서 남작이 엄마를 붙잡았을 때요. '놓아주세요, 저를 놓아주세요'라고 소리쳤잖아요. 방안에 있는 저한테까지 들릴 만큼 크게요."

"넌 거짓말을 하고 있어. 나는 남작과 함께 여기 복도에 있지 않았어. 남작은 나를 층계까지만 바래다줬어……"

이 뻔뻔한 거짓말에 에드가는 심장이 멎을 뻔했다. 말문이 막힌 채 멍한 눈빛으로 엄마를 빤히 바라보았다.

"엄마가…… 복도에…… 있지 않았다고요? 남작이…… 엄마를 붙잡지 않았다고요? 억지로 끌어안지 않았다고요?"

엄마는 웃었다. 차갑고 메마른 웃음이었다.

"꿈을 꾸었구나."

아이는 도저히 참을 수 없었다. 어른들이 거짓말을 입에 달고 다닌다는 건, 쩨쩨하고 염치 좋은 핑계를 대고 거짓말로 요리조리 빠져나가고 얍삽하게 둘러댄다는 건 이미 잘 알고 있었다. 하지만 이렇게 뻔뻔하고 차갑게 대놓고 잡아떼자 분노가 치밀었다.

"여기 이 멍도 꿈에서 생긴 거예요?"

"누구랑 치고받고 싸웠는지 내가 알 게 뭐니? 너하고 입씨름하고 싶지 않다. 시키는 대로만 해. 그러면 돼. 앉아서 받아써라!"

엄마는 핼쑥해진 얼굴로 침착성을 유지하려 안간힘을 다했다.

하지만 에드가는 이제 마음속에서 무언가 무너지고, 믿음의 마지막 불길이 꺼지는 것 같았다. 불타는 성냥개비를 발로 밟아 끄듯이 이렇게 쉽사리 진실을 짓밟을 수 있다니 이해가 되지 않았다. 마음이 차갑게 얼어붙어, 소년이 내뱉는 한마디 한마디가 앙칼지고 심술궂고 사나워졌다.

"제가 꿈을 꾸었다고요? 복도에서 본 것도, 여기 멍이 든 것도요? 엄마와 남작이 어제 밖에서 달빛 아래 산책한 것도, 남작이 엄마를 샛길 아래로 끌고 가려 했던 것도, 다 꿈이었나요? 저를 철부지 어린애처럼 방에 가두어둘 수 있다고 생각하세요? 천만에요, 저는 엄마나 남작이 생각하듯 그렇게 어리석지 않아요. 알 건 다 안다고요."

소년이 당차게 엄마의 얼굴을 바라보았다. 자기 아이의 얼굴이 바로 눈앞에서 증오로 일그러지는 것을 보자 엄마는 자제력이 꺾이고 말았다. 분노가 거세게 폭발했다.

"계속해, 어서 써! 그러지 않으면······"

"그러지 않으면······?" 소년의 목소리는 싸움이라도 거는 듯 당찼다.

"그러지 않으면 어린애처럼 흠씬 두들겨맞을 거야."

에드가는 한 걸음 다가가, 조롱하듯 웃기만 했다.

그러자 어느새 엄마의 손이 얼굴로 날아들었다. 에드가는 비명을 질렀다. 귓속에 먹먹한 이명이 울리고 눈앞에 뻘건 불빛이 어른거릴 뿐이어서, 물에 빠진 사람이 두 팔을 허우적거리듯 소년은 무턱대고 주먹을 휘둘러 맞받아쳤다. 무언가 물렁한 것을, 이어 얼굴을 때린 것이 느껴지더니, 비명이 들렸다……

이 비명에 소년은 정신이 다시 들었다. 퍼뜩 자신을 돌아보고 끔찍한 짓을 저지른 것을 깨달았다. 엄마를 때린 것이었다. 불안에 사로잡히고, 부끄러움이, 무시무시함이, 당장 여기에서 사라지고 싶다는, 땅속으로 스며들고 싶다는, 더이상 엄마의 눈길이 닿지 않는 곳으로 달아나고 싶다는, 도망치고 싶다는 세찬 욕망이 치밀었다. 소년은 문으로 뛰어가 빠르게 층계를 내려갔고 로비를 지나 도로로 내달렸다. 달아났다. 마냥 도망쳤다. 눈에 핏발 돋친 사냥개떼가 뒤쫓아오기라도 하는 듯.

첫번째 깨달음

　길 한참 아래에서 마침내 소년은 멈춰 섰다. 불안과 흥분에 팔다리가 몹시 떨리고 헐레벌떡 달리느라 숨이 가빴으므로 나무를 붙들고 있어야 했다. 자신의 행동에 대한 오싹한 공포가 발뒤꿈치를 쫓아오더니 이제 숨통을 틀어쥐어, 마치 열병에라도 걸린 듯 온몸이 사시나무처럼 떨렸다. 이제 어떻게 하지? 어디로 도망쳐야 할까? 묵고 있는 호텔에서 고작 십오 분 거리인 가까운 숲 한복판에 들어섰는데도, 벌써 소년은 버림받은 느낌에 사로잡혔다. 홀로 떨어져 의지할 데가 없어지자 금세 모든 것이 달라지고 적이 된 듯 심술궂어 보였다. 어제만 해도 소년을 둘러싸고 정답게 살랑거렸던 나무들이 별안간 빽빽하고 컴컴하게 몰려들어 위협하는 듯했다. 하지만 앞으로 닥칠 모든 일은 더욱더 낯설고 알 수 없을 것이 틀림없었다! 이처럼 광활한 미지의 세상을 홀로 마주하게 되자 아이는 어질어질했다. 그랬다! 소년은 아직 이를 견디낼 수 없었다. 혼자서는 버텨낼 수 없었다. 하지만 누구를 찾아가지? 아버지는 무서웠다. 걸핏하면 화를 내고 좀처럼 곁을 주지 않는 아버지는 소년을 보자마자 돌려보낼 것이었다. 엄마에게 돌아가고 싶지도 않았다. 그럴 바에야 위험스럽고 낯설더라도 알 수 없는 곳으로 가는 게 나았다. 엄마를 볼 때마다 그 얼굴에 주먹질했다는 사실이 생각날 것 같았다.

문득 할머니가 떠올랐다. 인자하고 푸근한 할머니는 어릴 적부터 응석을 받아주었고, 집에서 잘못도 없이 야단맞을 때마다 소년을 싸고돌았다. 생전 처음 겪은 엄마의 노기가 한풀 꺾일 때까지 바덴에 있는 할머니 집에 몸을 숨기고, 거기에서 부모님께 편지를 보내 용서를 구해야겠다고 생각했다. 이렇게 십오 분을 보내면서 아무것도 할 줄 모르는 채 세상에 홀로 서 있다고 생각만 해도 얼마나 수치심이 드는지, 자신은 어린애가 아니라는 자부심이, 낯선 남작의 사탕발림에 속아 가슴에 품었던 어리석은 자부심이 저주스러울 정도였다. 소년은 우스꽝스럽고 지나칠 만큼 주제넘은 짓을 벌였다는 것을 깨달았으니, 예전처럼 말 잘 듣고 참을성 있는 아이로 돌아가고 싶었다.

하지만 바덴에는 어떻게 가지? 몇 시간 걸리는 거리를 어떻게 여행하지? 소년은 늘 지니고 다니는 작은 가죽 지갑을 황급히 꺼냈다. 다행스럽게도 생일선물로 받은 20크로네*짜리 새 금화가 여전히 반짝거리

---

* 오스트리아·헝가리제국의 화폐단위로 1892년부터 1918년까지 사용되었다.

고 있었다. 소년은 이 동전을 쓸 생각을 해본 적이 한 번도 없었다. 하지만 거의 날마다 잘 있는지 살폈고, 동전을 보기만 해도 흐뭇하여 부자가 된 기분으로 언제나 동전을 금이야 옥이야 하며 손수건으로 반질반질 문질러 작은 해처럼 반짝이게 했다. 그런데—퍼뜩 이러한 생각이 떠올라 소년은 화들짝 놀랐다—이 돈으로 충분할까? 여태까지 자주 기차여행을 했지만, 차표를 사야 한다든지, 그 값이 얼마나 되는지, 1크로네인지 100크로네인지조차 생각해본 적이 없었다. 인생에는 자신이 전혀 생각해보지 않은 사실이 있다는 것을, 자신을 둘러싸고 있거나 자신이 만지작거리며 가지고 노는 수많은 사물이 저마다 독특한 가치와 특별한 중요성을 띠고 있다는 것을 난생처음 느꼈다. 소년은 한 시간 전만 해도 모든 것을 안다고 여겼으나, 이제 수천 가지 비밀과 문제를 눈여겨보지 않은 채 지나쳤음을 뒤늦게 깨달았고, 자신이 알량한 지혜로 인생의 첫 계단에서부터 비틀거리고 있다는 게 부끄러웠다. 갈수록 기가 죽었고, 기차역으로 내려가며 허청거리는 발걸음은 점점 더 느려졌다. 이러한 도주를 얼마나 자주 꿈꾸었던가! 세상으로 달려나가 황제나 국왕이나 군인이나 시인이 되려는 생각을 얼마나 자주 품었던가! 그랬는데 이제 풀이 죽어 작고 밝은 역사를 쳐다보며, 20크로네면 할머니 집까지 가는 데 충분할까 이 한 가지만 생각하고 있었다. 반짝이는 철로가 저기 저멀리까지 뻗어 있고, 기차역은 휑하니 인적이 드물었다. 에드가는 숫기 없이 매표소로 가만가만 다가가, 바덴행 차표가 얼마인지 다른 승객은 듣지 못하게 속삭여 물었다. 컴컴한 매표소 안에서 매표원이 놀란 얼굴로 내다보며, 안경 너머의 두 눈으로 기죽은 아이를 향해 미소 지었다.

"대인 차표?"

"예." 에드가는 우물거렸다. 하지만 이제 어린애가 아니라는 자부심보다 요금이 너무 비싸면 어쩌지 하는 불안이 앞섰다.

"6크로네다!"

"여기요!"

안도하며 무척 애지중지하던 반질반질한 동전을 내밀고 잘랑거리는 거스름돈을 받았으니, 에드가는 이루 말할 수 없이 큰 부자가 된 듯한 느낌이 단박에 다시 들었다. 이제 자유를 약속하는 갈색 차표를 손에 쥐었으며, 호주머니에서는 은화들이 나직한 음악을 울리고 있었다.

열차시간표를 보니 기차는 이십 분 뒤에 도착할 예정이었다. 에드가는 구석에 몸을 숨겼다. 승강장에 서 있는 승객 몇 명은 빈둥거리며 소년에게 아무 신경도 쓰지 않았다. 하지만 마음이 불안한 소년에게는 다들 자기만 바라보는 듯, 어린애 혼자 여행하는 것을 의아해하는 듯, 자기 이마에 죄를 짓고 도망친다고 쓰여 있기라도 한 듯 느껴졌다. 마침내 멀리서 첫 기적소리가 울리는가 싶더니 기차가 요란하게 달려들어오자, 소년은 안도의 한숨을 쉬었다. 나를 세상으로 데려다줄 기차야. 소년은 기차에 오르면서야 삼등석 차표를 끊은 것을 알아챘다. 지금까지는 언제나 일등석으로만 여행했기에, 다시금 소년은 이 점에서도 무언가 바뀌었으며 자신이 모르고 지냈던 다른 것이 있다는 것을 느꼈다. 옆자리 승객도 지금까지와 달랐다. 손마디가 투박하고 목소리가 걸걸한 이탈리아인 노동자 몇몇이 가래와 삽을 쥐고 맞은편에 앉아 멍하고 서글픈 눈으로 허공을 보았다. 노동자들은 힘든 도로 작업을 했음이 틀림없었다. 덜컹거리는 기차에서 몇 사람은 피곤에 못 이겨 딱딱하고 지저분한 나무 등받이에 몸을 기대고 입을 헤벌린 채 잠들어 있었다. 이 사람들은 돈을 벌려고 일했구나, 에드가는 생각했으나 얼마나 벌었는지는 짐작할 수 없었다. 하지만 돈이란 게 항상 있는 게 아니라 어떤 식으로든 벌어야 하는 것임을 새삼 느꼈다. 그동안 유복한 환경에 길들어 이를 당연히 여겨왔지만, 자신의 인생 좌우에는 자신의 눈길이 한 번도 닿은 적 없는 깊고 어두운 구렁텅이들이 아가리를 벌리고 있다는 것을 이제 처음으로 깨달았다. 천직이, 천명이 있으며, 인생의 주변에는 손에 잡힐 듯 가까이 있는데도 눈여겨보지 않은 비밀이 쌓여 있음을 별안간 알아챈 것이었다. 에드가는 홀로 있은 지 한 시간 만에 많은 것을 배웠고, 이 비좁은 객차에서 확 트인 창문을 통해 많은 것을 보기 시작했다. 어두운 불안감 가운데 무언가 슬며시 움트기 시작했다. 행복이라고까지 말할 수는 없지만 인생의 다양성에 대한 경탄이라 할 만한 것이었다. 소년은 불안에 쫓겨 비겁하게 도망친 것을 한시도 잊지 않았다, 하지만 처음으로 혼자 힘으로 행동했고, 지금까지 그냥 지나쳐온 현실에서 무언가를 경험했다. 지금까지 세상이 소년에게 신비로웠듯, 아마도 처음으로 소년 자신이 어머니와 아버지에게 신비로운 존재가 되었을 것이다. 소년은 달라진 눈길로 창밖을 보았다. 처음으로 진짜 현실을 보는 듯했고, 사물마다 베일이 벗겨져 그 목적의 핵심이며 활동의 은밀한 근원을 낱낱이 드러내는 것 같았다. 바람에 쏠려가듯 건물들이 스쳐가자, 소년은 그 안에 사는 사람들을 생각지 않을 수 없었다. 부자일까 가난할까? 행복할까 불행할까? 자신처럼 모든 것을 알고 싶다는 동경을 품고 있을까? 혹시 저기에는 자신처럼 지금껏 사물들을 가지고 놀기만 하던 아이가 살고 있을까? 난생처음으로, 지금까지와 달리, 철로 가에 서서 깃발을 흔드는 역무원들이 줄 끊어진 꼭두각시나 생명 없는 장난감으로, 우연히 아무렇게나 세워놓은 사물로 보이지 않았고, 이 일이 역무원들의 운명이자 인생과의 싸움이라는 것을 이해하게 되었다. 바퀴가 점점 더 빨리 구르고, 기차가 구불구불한 철로를 따라 골짜기로 내려가고, 산들이 점점 완만해지고 점점 멀어지더니, 어느덧 평지가 펼쳐졌다. 소년이 다시 한번 뒤돌아보자 산들이 푸르스름한 그림자처럼 까마득하게 먼 곳에 솟아 있었으니, 안개 낀 하늘로 산들이 서서히 녹아드는 어딘가에 자신의 어린 시절이 깃들어 있는 듯했다.

당혹스러운 어둠

바덴에 도착하여 기차가 멈추고 에드가 혼자 내렸을 때, 승강장에는 전등이 이미 켜지고 녹색과 적색 신호등이 멀리까지 반짝이고 있었다. 이처럼 휘황한 광경을 보자 밤이 가까워졌다는 느닷없는 두려움이 돌연 소년에게 찾아들었다. 낮에는 안전하다고 느꼈었다. 사람들에게 둘러싸여 있었고, 쉬거나 벤치에 앉거나 가게 쇼윈도를 구경할 수도 있었다. 하지만 사람들이 집으로 돌아가 사라지고 저마다 침실로 들어가 이야기를 나눈 뒤 편안히 잠드는데, 자신은 죄책감에 시달리며 낯선 곳에서 외로이 혼자서 떠돌아다녀야 한다면 어떻게 견뎌낼 것인가! 아, 일 분이라도 빨리 이 낯선 바깥에서 벗어나, 어서 집안으로 들어가 쉴 수 있었으면 하는 한 가지 생각만 뚜렷이 들었다.

소년은 잘 아는 길을 한눈팔지 않고 서둘러 걸어 마침내 할머니가 사는 빌라 앞에 이르렀다. 빌라는 큰길가에 아름답게 서 있었으나, 잘 가꾼 앞뜰의 담쟁이덩굴에 가려져 안쪽이 훤히 들여다보이지 않았다. 무성한 이파리에 덮여 고풍스럽고 푸근한 건물이 하얗게 반짝이고 있었다. 에드가는 낯선 방문객처럼 격자 울타리 틈으로 엿보았다. 집안에 인기척이 없고 창문이 닫혀 있는 것으로 보아 온 식구가 손님들과 함께 뒤뜰로 나간 듯했다. 차가운 문손잡이를 잡자마자 희한한 일이 일어났다. 두 시간 전부터 너무나 손쉽고 너무나 당연하게 생각했던 일이 별안간 도저히 할 수 없는 일로 여겨졌다. 어떻게 안으로 들어가 인사를 하고 질문을 견뎌내고 대답을 하지? 엄마에게서 몰래 도망쳤다고 말하자마자 쏟아질 눈총들은 어떻게 견뎌내고? 나도 이해할 수 없는 끔찍한 짓을 저지른 것은 어떻게 설명한담! 빌라에서 문이 하나 열렸다. 누군가 나올지 모른다는 어이없는 불안에 별안간 사로잡혀 소년은 아무데로나 냅다 달렸다.

 쿠어파크 앞에서 멈춰 섰다. 어둑어둑해 보이고 사람도 없을 거라 짐작해서였다. 그곳에 자리잡고 앉아 마침내, 마침내 차분히 생각하고 한숨 돌리며 자신의 상황을 또렷이 알게 될 수 있을지도 몰랐다. 소년은 조심스레 공원으로 들어섰다. 입구에서는 가로등 몇 개가 던지는 불빛을 받아 풋풋한 이파리에 맺힌 밤이슬이 연녹색을 내비치며 유령처럼 반짝였지만, 안으로 더 들어가 언덕을 내려가니 이르게 찾아온 봄밤의 혼란스러운 어둠 속에 모든 것이 한덩어리가 되어 거무스름하게 끓어오르는 것 같았다. 에드가는 그곳 가로등 불빛 아래 앉아 잡담을 나누거나 책을 읽는 몇 사람을 주뼛주뼛 피해 살금살금 지나갔다. 홀로 있고 싶었다. 하지만 공원 안쪽의 가로등 없는 오솔길의 시커먼 어둠 속도 고요하지 않았다. 이 어둠 속의 모든 것은 빛을 피해 나직이 졸졸거리거나 수런거리는 소리로 가득차 있었으니, 그 소리는 이 파리를 뒤흔들며 스쳐가는 바람의 숨소리며, 멀리서 질질 끄는 발소리며, 억누른 목소리의 속삭임이며, 인간과 짐승과 잠 못 이루는 자연이 욕정에 젖어 한숨짓고 불안에 가득차 신음하며 한꺼번에 흘리는 듯한 어떤 끊임없는 울림과 겹겹이 뒤섞여 있었다. 여기서 숨쉬고 있는 것은 위험스러운 소란, 웅크린 채 숨어 있어 두려울 만큼 수수께끼 같은 소란이었다. 어쩌면 그저 봄이라 벌어졌을지도 모르는 숲속의 어떤 은밀한 소동이었지만 당황해 어쩔 줄 모르는 아이를 이상한 불안에 떨게 했다.

소년은 몸을 잔뜩 옹송그리고 벤치에 주저앉아 이 신비로운 어둠에 몸을 파묻은 채, 이제 할머니 집에 가서 무슨 말을 해야 할지 골똘히 생각했다. 하지만 생각은 가닥을 잡기도 전에 빠져나가버리고, 나직한 울림을, 어둠의 신비로운 목소리를 자신도 모르게 자꾸 듣고 또 들을 수밖에 없었다. 이 어둠은 얼마나 무시무시하고, 얼마나 당혹스러우면서도, 얼마나 신비스러울 만큼 아름다운지! 이 소리를 내는 것은 짐승일까, 사람일까? 살랑거리고 바삭거리고 웅웅거리고 유혹을 하는 이 모든 소리를 엮어 짜는 것은 바람의 유령 같은 손길일 뿐일까? 소년은 귀를 기울였다. 나무 사이를 소란스레 헤치고 가는 것은 바람이었다. 하지만—이제 소년은 똑똑히 보았다—사람들도, 서로 껴안은 연인들도 저 아래 불 켜진 도시에서 올라와서는 수수께끼같이 눈앞에 나타나 어둠에 활기를 불어넣고 있었다. 저 사람들은 무엇을 하려는 것일까? 소년은 이해할 수 없었다. 연인들은 말을 나누지 않았다. 목소리 없이 자갈 밟는 발소리만 소란스레 울렸다. 여기저기 빈터에서 연인들의 모습이 휙 그림자처럼 스치는 게 보였는데, 전에 엄마와 남작이 그랬던 것처럼 언제나 서로 껴안고 한몸이 되어 있었다. 이 비밀, 굉장하고 눈부시고 절대로 피할 수 없는 비밀, 그것이 여기에도 있었다. 이제 발소리가 점점 더 가까워지며 나직한 웃음소리도 들려왔다. 다가오는 연인이 여기 자신이 있는 것을 알아챌지 모른다는 불안에 사로잡혀 소년은 어둠 속으로 더 깊이 몸을 웅송그렸다. 하지만 칠흑 같은 어둠을 헤치며 길을 더듬고 있는 남녀는 소년을 보지 못했다. 남녀가 껴안은 채 지나간 듯하여 에드가가 안도의 한숨을 내쉬자마자, 갑작스레 연인의 발걸음이 소년이 앉아 있는 벤치 바로 앞에서 멈추었다. 남녀가 얼굴을 마주 붙였다. 에드가에게는 아무것도 똑똑히 보이지 않았으며, 여자의 입에서 흘러나온 신음과 남자가 우물거리는 낯 뜨겁고 정신 나간 말소리만 들릴 뿐이었다. 어떤 야한 기대감이 불안감에 섞여들어 소년은 야릇한 쾌감에 몸서리쳤다. 남녀는 일 분쯤 그렇게 서 있었고, 두 사람이 다시 발길을 옮기자 자갈이 바스락거리더니 이내 그 소리마저 어둠 속으로 사라졌다.

에드가는 온몸을 떨었다. 피가 다시 핏줄을 타고 흐르며 아까보다 더 뜨겁게 달아올랐다. 이 당혹스러운 어둠 속에 견딜 수 없는 외로움이 갑작스레 일었다. 친근한 목소리를 듣고, 품에 안기고, 환한 방에서 사랑하는 사람과 함께 있고 싶다는 욕망이 더없이 뜨겁게 치밀었다. 이 혼란스러운 밤 걷잡을 수 없는 어둠이 모조리 자신에게 밀려들어 가슴이 산산이 부서질 것 같았다.

소년은 벌떡 일어섰다. 집으로, 집으로, 오로지 집으로 가서 어딘가 따뜻하고 환한 방에서, 어떻게든 가족과 어울려 지내자. 무슨 벌을 받게 될까? 매를 맞고 꾸중을 들어야 한대도 이제 두렵지 않았다. 어두움을 겪으며 외로움의 무서움을 배운 터였다.

이러한 갈망에 사로잡혀 하염없이 걷다보니 갑자기 눈앞에 빌라가 다시 나타났고, 손이 차가운 문손잡이를 다시 잡았다. 이제 불 켜진 창문이 이파리 사이로 반짝이는 것을 보며, 소년은 머릿속으로 환한 창유리 뒤의 친숙한 방에 가족이 모여 있는 모습을 그려보았다. 가족과 이렇게 가까이 있다는 느낌이, 자신을 사랑해주는 사람들과 가까이 있다는 처음 맛보는 안도감이 행복을 안겨주었다. 소년이 잠시 머뭇거린 것은 이러한 기대감에 마음껏 젖어보기 위해서였을 뿐이었다.

그때 등뒤에서 깜짝 놀라 호들갑스레 외치는 소리가 들렸다.

"에드가, 에드가가 왔어요!"

할머니 집 하녀가 에드가를 보고 냉큼 달려와 손을 붙들었다. 안쪽에서 문이 열리고, 개가 짖으며 껑충껑충 달려오고, 집에서 가족들이 등불을 든 채 나오고, 반가움과 놀라움에 겨워 외치는 목소리가 들리고, 아우성과 발소리가 기쁨에 젖어 떠들썩하게 다가오고, 이제 그 얼굴들이 보였다. 먼저 할머니가 팔을 벌려 다가왔고 그 뒤로—소년은 꿈인가 생신가 했다—엄마가 따라왔다. 다들 이렇게 북받친 감정을 격렬히 터뜨리는 가운데 소년 자신은 울어서 퉁퉁 부은 눈으로 벌벌 떨며 기가 죽어 서 있었으니, 어떻게 행동하고 무슨 말을 해야 할지 몰랐으며, 자신이 느끼는 감정이 불안인지 행복인지도 알 수 없었다.

마지막 꿈

 그간 일어난 일은 이러했다. 이곳에서는 진작부터 소년을 찾고 기다렸다. 흥분한 아이가 쏜살같이 달아나자 엄마는 분노하다 말고 소스라치게 놀라 제머링을 다 뒤져 소년을 찾았다. 다들 놀라 술렁거리며 걱정스러운 짐작에 가득차 있는 터에, 세시경 기차역 창구에서 어떤 아이를 보았다는 한 신사의 제보가 들어왔다. 창구에 알아보니 에드가가 바덴행 차표를 끊었다는 것이 금세 밝혀졌고, 엄마는 지체 없이 곧바로 소년을 뒤쫓아갔다. 출발 전 바덴과 아버지가 있는 빈에 전보를 보내 두 도시도 술렁거렸고, 두 시간 전부터는 도망자를 찾기 위해 다들 바쁘게 움직였다.
 이제 가족은 이 도망자를 붙들었으나 거칠게 끌고 가지는 않았다. 승리감을 감추며 소년을 방으로 데려왔고, 소년은 가족의 눈에 어린 기쁨과 사랑을 보고 가족이 퍼붓는 매서운 꾸지람이 솜방망이같이 느껴지는 희한한 경험을 했다. 어른들이 이렇게 화난 척 억지로 꾸미는 것도 한순간이었다. 할머니는 눈물바람으로 소년을 얼싸안았고 아무도 소년의 잘못을 입에 올리지 않았으며, 소년은 살뜰한 보살핌에 감싸여 있는 듯 느꼈다. 하녀가 소년의 재킷을 벗기고 따스한 재킷으로 갈아입히는가 하면, 할머니는 배가 고프지 않으냐 먹고 싶은 것이 없느냐 물어보았고, 다들 자상하게 걱정하며 캐묻고 들볶다가 소년이 쑥스러워하자 그제야 묻기를 그쳤다. 철부지 어린애가 된 듯한 느낌을 매우 얕보면서도 그리워했던 소년은 이러한 느낌을 되찾자 쾌감에 휩싸였고, 이 모든 느낌에서 벗어나 홀로 외로이 지내며 거짓된 즐거움을 얻고자 했던 지난 며칠간의 주제넘은 짓이 부끄러워졌다.

옆방에서 전화가 울렸다. 엄마 목소리가 들려, 몇 마디 알아들을 수 있었다. "에드가가…… 돌아…… 왔어요…… 기차 막차로요." 엄마가 자신을 호되게 나무라지 않고 기이할 만큼 차분한 눈빛으로 바라보기만 했던 이유가 궁금해졌다. 마음속 후회가 점점 깊어졌으며, 할머니와 이모의 보살핌을 받는 이 방을 빠져나와 옆방으로 가서는 엄마에게 용서를 빌고 싶다는, 단둘이 있는 데서 고분고분한 태도로 다시 어린애로 돌아가 말을 잘 듣겠다고 말하고 싶다는 생각이 굴뚝같았다. 하지만 소년이 슬며시 일어서자 할머니가 흠칫 놀라 물었다.

"어디 가려고?"

소년은 부끄러워하며 멈춰 섰다. 소년이 움직이기만 해도 가족은 불안해했다. 모두를 놀라게 한 전력이 있는 터라 이제 소년이 다시 달아날까봐 다들 겁을 냈다. 도망친 것을 소년 자신보다 더 후회하는 사람이 없다는 것을 가족이 어떻게 이해할 수 있을 것인가!

 식탁이 차려졌고, 급하게 저녁식사가 들어왔다. 할머니는 옆자리에 앉아 소년에게서 잠시도 눈을 떼지 않았다. 할머니와 이모와 하녀에게 조용히 둘러싸인 소년은 이 푸근한 분위기에 젖어 놀라울 만큼 마음이 편안해졌다. 다만 엄마가 방으로 들어오지 않아 심란했다. 내가 얼마나 다소곳한지 엄마가 알았다면 틀림없이 왔을 텐데!

 밖에서 마차가 요란한 소리를 내며 집 앞에 멈춰 섰다. 다른 가족이 화들짝 놀라는 바람에 에드가도 불안해졌다. 할머니가 밖으로 나가고 어둠 속에서 큰 소리가 이리저리 오가자, 퍼뜩 소년은 아버지가 왔다는 것을 알아챘다. 안절부절못하며, 이제 다시 방에 홀로 있다는 사실을 깨달았다. 잠시 혼자 있는데도 당혹스러운 기분이 들었다. 아버지는 엄했고, 소년이 정말로 두려워하는 유일한 사람이었다. 에드가는 바깥에 귀를 기울였다. 아버지는 흥분한 듯 크고 화난 소리로 말했다. 할머니와 엄마의 달래는 듯한 목소리가 간간이 끼어들었는데, 아마도 두 사람은 아버지의 노기를 가라앉히는 듯했다. 하지만 아버지의 목소리는 여전히 매서웠다. 이제 점점 가까이 다가오는 발소리만큼 사나웠다. 발소리는 벌써 옆방에 다다랐고, 문 앞에 멈춰 서는가 싶더니, 이윽고 문이 홱 열렸다.

 아버지는 키가 훤칠했다. 아버지 앞에 서자 에드가는 자신이 이루 말할 수 없이 작아진 느낌이었다. 안으로 들어온 아버지는 신경이 곤두서 있었고 정말 화가 치민 듯 보였다.

 "무슨 생각으로 도망친 거냐? 이 녀석아! 어떻게 엄마를 그렇게 놀라게 할 수 있어?"

아버지는 화난 목소리였고, 두 손을 잠시도 가만두지 않았다. 아버지 뒤로 엄마가 발소리를 죽이고 따라 들어와 있었다. 그늘이 드리운 얼굴이었다.

에드가는 대답하지 않았다. 그럴 이유가 있었음을 밝혀야 한다는 느낌이 들었지만, 남작과 엄마가 자기를 속이고 때린 것을 어떻게 이야기한단 말인가? 아버지가 이해를 할까?

"글쎄, 말 못하겠니? 무슨 일이 있었던 거니? 마음놓고 말해봐! 뭐 못마땅한 일이 있었어? 도망친 이유가 있을 것 아니야! 누가 너를 괴롭혔니?" 에드가는 머뭇거렸다. 기억이 되살아나며 새삼 화가 치밀어 막 일러바치려는 참이었다. 그때 소년은 보았다—심장이 멎는 듯했다—아버지의 등뒤에서 엄마가 기이한 몸짓을 하고 있었다. 이 몸짓을 처음에는 이해할 수 없었다. 하지만 이제 엄마가 소년을 바라보는 눈빛에 간절한 부탁이 담겨 있었다. 슬며시, 아주 슬며시 엄마는 입술에 손가락을 세워 쉿 하는 신호를 보냈다.

그러자 무언가 뜨겁고 벅차고 짜릿한 행복감이 온몸을 꿰뚫고 지나는 것을 아이는 느꼈다. 엄마가 자신에게 지켜야 할 비밀을 안겨주었음을, 자신의 앙증한 어린애 입술에 엄마의 운명이 달려 있음을 깨달았다. 엄마가 자신을 신뢰한다는 자부심에 가슴이 들이뛰고 벅차오르며, 얼마나 어른스러운지 보여주기 위해 자신을 희생하고 모든 일을 제 잘못으로 돌리려는 생각에 느닷없이 사로잡혔다. 소년은 마음을 가다듬었다.

"아니에요, 아니에요…… 아무 이유도 없었어요. 엄마는 저에게 무척 잘해주셨어요. 하지만 제가 버릇이 없었어요. 못되게 굴었어요……

그러고선…… 그러고선 무서워서 도망쳤어요."

아버지는 어리둥절하여 소년을 바라보았다. 전혀 예상하지 못한 대답이었다. 분노가 누그러졌다.

"그래, 뉘우쳤으면 됐다. 오늘은 이 일을 더이상 따지지 않으마. 다음부터는 곰곰이 생각하고 행동하리라 믿는다! 그래야 이런 일이 다시 생기지 않지."

아버지는 가만히 서서 소년을 바라보았다. 목소리는 이제 한결 부드러워졌다.

"몹시 핼쑥해 보이는구나. 하지만 키가 부쩍 자란 것도 같다. 그따위 어린애 같은 짓은 두 번 다시 하지 않는 게 좋겠구나. 이제 철부지가 아니고 분별 있게 행동할 때도 됐어!"

에드가는 내내 엄마만 건너다보았다. 엄마의 눈에서 무언가 반짝이는 것 같았다. 그냥 불빛이 반사된 것일까? 아니, 두 눈은 촉촉이 젖어 환히 반짝였고, 엄마의 입가에는 고마움을 전하는 미소가 어려 있었다. 이제 소년은 잠자리에 들라는 말을 들었지만, 홀로 떨어지는 것을 슬퍼하지 않았다. 소년은 생각할 일이 수없이 많았다. 다채롭고 무궁무진했다. 지난 며칠간 겪은 모든 고통이 이러한 첫번째 경험의 강렬한 감정에 휩쓸려 사라졌고, 소년은 미래에 겪을 일을 신비롭게 예감하며 행복을 느꼈다. 창 너머 칠흑 같은 밤의 어둠 속에서 나무들이 쏴쏴거렸으나 더는 무섭지 않았다. 인생이 얼마나 무궁무진한지 깨달은 지금 소년은 어서 인생을 경험하고 싶다는 조바심을 버렸다. 베일이 벗겨진 인생을, 어른들이 어린애에게 일삼는 수많은 거짓말에 가려지지 않고 쾌락과 위험이 넘치는 아름다움을 고스란히 드러낸 인생을 오늘 난생처음 본 것 같았다. 소년은 가지각색으로 번갈아 찾아드는 고통과 쾌락으로 하루하루가 가득차 있으리라 생각해본 적이 없었다. 그러한 하루하루가 아직도 수없이 눈앞에 놓여 있으며, 자신에게 비밀을 밝혀주기 위해 일평생이 준비되어 있다는 생각에 행복을 느꼈다. 인생이 각양각색임을 처음 예감하자, 인간의 본성을, 인간은 서로 적인 듯 보일 때도 서로가 필요하며 인간에게 사랑받는 것은 무척 달콤하다는 사실을 난생처음 깨달은 것 같았다. 소년은 무언가나 누군가를 생각하며 미움을 품을 수 없었고, 아무것도 후회하지 않았으며, 호색한이자 철천지원수인 남작에게조차 처음 맛본 감정의 세계로 들어가는 문을 열어준 데 대해 새삼 고마움을 느꼈다.

어둠 속에서 생각하니 이 모든 일은 매우 달콤하고 감미로웠으며 슬며시 꿈속 환영과 섞여들었으니, 소년은 거의 잠에 빠져든 참이었다. 갑자기 문이 열리며 누군가 가만히 들어오는 것 같았다. 하지만 소년은 그럴 리 없다고 생각했고 잠에 취해 눈을 뜨지도 못했다. 그때 한 얼굴이 입김을 내쉬며 다가와 자신의 얼굴을 부드럽고 다사롭고 푸근하게 비비는 게 느껴졌고, 이제 소년은 입맞추고 머리칼을 쓰다듬어주는 사람이 엄마라는 것을 알아챘다. 소년은 입술이 닿아오고 눈물이 떨어지는 감촉을 느끼며, 살포시 입을 맞대었고, 이 입맞춤을 화해의 몸짓이려니, 자신이 입을 다물어준 데 대한 고마움의 표시려니 했다. 이 말없는 울음에는 젊음이 바래가는 여인의 다짐이, 이제 소년만, 자신의 아이만 보살피겠으며 연애를 포기하고 자신의 모든 욕망을 단념하겠다는 서약이 담겨 있다는 사실을 소년이 깨달은 것은 먼 훗날, 수십 해가 지난 먼 훗날의 일이었다. 덧없이 끝났을 연애에서 구해준 것에 대해 엄마가 소년에게 고마워하고 있음을, 이제 소년을 얼싸안고 사랑이라는 달콤쌉쌀한 짐을 소년이 한평생 짊어지도록 마치 유산처럼 물려주고 있음을 아직은 알아채지 못했다. 당시 아이는 이 모든 것을 이해하지 못했지만, 이렇게 사랑받는 일이 무척 행복하며 이러한 사랑을 통해 자신이 세상의 위대한 비밀에 얽혀들어 있다고 느꼈다.

엄마가 손길을 거두고 입술을 떼고 옷자락을 나직이 사락거리며 방에서 나가자, 입술에 한 움큼의 따스한 입김만 남았다. 종종 그렇게 부드러운 입술을 느껴보고 그렇게 다정하게 안기고 싶다는 갈망이 감미롭게 밀려들었으나, 그토록 알고 싶던 비밀에 대한 신비로운 기대감은 이미 잠의 그늘에 뒤덮여 있었다. 다시 한번 지난 몇 시간 동안의 모습이 빠짐없이 생생하게 스쳐가고, 다시 한번 청소년기의 앞날이 한 장 한 장 유혹하듯 펼쳐졌다. 그런 뒤 아이는 잠들었고 인생에 대한 더 깊은 꿈을 꾸기 시작했다.

아모크 광인

1912년 3월 나폴리 항구에서 한 대형 외항 기선이 하역할 때 기이한 사고가 일어났다. 신문들은 이 사건에 관해 장문의 보도를 쏟아냈으나, 기사는 기묘하게 윤색되어 있었다. 나는 오세아니아호의 승객이었지만, 나를 비롯한 어느 승객도 이 희한한 사건의 증인으로 나설 수 없었다. 사건은 야간에 석탄을 싣고 화물을 내리는 동안 벌어졌고, 그때 우리는 소음을 피하려 뭍에 내려 커피하우스나 오페라극장에서 시간을 보냈기 때문이다. 그래도 개인적으로 나는 이 흥분되는 사건의 진상이 무엇인지 짐작 가는 바가 있었으나 당시에는 널리 알리지 않았는데, 이제 오랜 세월이 지났으므로 그 희한한 일이 일어나기 직전 은밀히 나누었던 대화를 공개해도 괜찮을 것 같다.

*

내가 유럽으로 돌아오기 위해 오세아니아호 선실을 예약하러 콜카타*의 해운 여행사에 들렀을 때, 직원은 미안해하며 어깨를 으쓱했다. 선생님께 객실을 확보해드릴 수 있을지 모르겠습니다. 지금같이 우기가 닥치기 직전에는 언제나 오스트레일리아에서부터 승선권이 매진되기 십상이거든요. 싱가포르에서 오는 전보부터 기다려봐야겠습니다. 이튿날 직원은 희소식을 알려왔다. 선실 예약이 가능합니다. 갑판 아래의, 그것도 선박 한가운데의 매우 불편한 객실이지만요. 나는 유럽으로 돌아오고 싶어 안달하던 터라 오래 머뭇거리지 않고 그 선실을 배정받았다.

직원이 나에게 일러준 정보는 정확했다. 선박은 초만원이었고 객실은 형편없었다. 증기 엔진실 옆에 끼어 있는 비좁은 사각형 구석방이었는데, 둥근 현창으로만 흐릿하게 빛이 들어왔다. 고여 엉긴 듯한 공기에서 기름내와 곰팡내가 풍겼고, 미친 강철 박쥐처럼 이마 위에서 웅웅거리며 돌아가는 전기 환풍기의 소음으로부터 단 한 순간도 벗어날 수 없었다. 발아래서 탈탈거리고 벌떡거리는 엔진음은 석탄 운반인부가 층계에서 끊임없이 제자리걸음을 하며 헉헉거리는 소리 같았고, 머리 위의 산책 갑판에서는 승객들이 걸음을 질질 끌며 쉴새없이 왔다갔다하는 소리가 들려왔다. 그래서 나는 우중충한 들보로 만든 퀴

---

* 콜카타(캘커타)는 1911년까지 영국령 인도의 수도였다. 츠바이크는 1908년 11월 인도로 출발하여 다섯 달 동안 여행하며 스리랑카(실론), 첸나이(마드라스), 괄리오르, 콜카타, 바라나시, 양곤(랑군), 인도차이나반도를 방문했다.

퀴한 선실에 트렁크를 쑤셔넣자마자 다시 갑판으로 도망쳐나왔고, 이 무덤 같은 곳에서 올라오자마자 육지에서 파도 위로 불어오는 달콤하고 부드러운 바람을 용연향처럼 들이마셨다.

하지만 산책 갑판도 몹시 비좁고 붐볐다. 하는 일 없이 갇혀 지내게 된 탓에 신경이 예민해져 쉬지 않고 잡담하며 이리저리 거니는 승객들로 부산스레 북적였다. 여자들이 재잘재잘 시시덕거리는 모습이며, 수다스레 웅성대는 무리가 갑판을 쉴새없이 빙빙 돌다가 접이의자들로 좁아진 병목 길을 지날 때마다 끊임없이 얼굴을 마주치는 광경이 왠지 고통스럽게 느껴졌다. 나는 새로운 세상 여행을 막 끝마쳐, 미친듯 달려와 빠르게 뒤섞이는 숱한 이미지를 마음속 깊이 담아둔 터였다. 이제 이 이미지들을 떠올리고 나누고 간추려 내 눈에 열띠게 밀려든 모습을 새로 그려보려 했지만, 밀치락달치락하는 이곳 갑판에서는 조용히 쉴 틈이 한시도 없었다. 잡담하며 지나가는 이들이 던지는 그림자에 손에 든 책의 글줄이 흐려졌다. 그늘 한 점 없이 인파만 물결치는 갑판 길에서 혼자 생각에 잠기는 것은 불가능했다.

사흘 동안 애쓴 끝에 나는 단념하고 승객이나 바다라도 구경하려 했다. 하지만 바다는 언제나 똑같은 모습으로 파랗고 휑하다가 해가 저물 때만 느닷없이 갖가지 색채로 뒤덮였다. 스물네 시간을 세 번 보내고 나니 승객은 누가 누구인지 다 알 수 있었다. 누구든 질릴 만큼 낯이 익었으며, 여성들이 깔깔거리고 웃어도 거슬리지 않았고, 네덜란드 장교 두 명이 옆에서 고래고래 싸워도 짜증나지 않았다. 그런 터라 갑판에서 도망칠 수밖에 없었다. 하지만 선실은 무덥고 숨막혔고, 바에서는 영국 소녀들이 끊임없이 피아노를 뚱땅거리며 왈츠곡을 서투르게 연주했다. 마침내 나는 낮과 밤을 바꾸어 지내기로 마음먹고, 맥주를 몇 잔 걸쳐 얼근히 취하면 오후부터 선실로 내려가 저녁식사와 무도회를 건너뛰고 잠을 잤다.

잠에서 깨었을 때 선실은 작은 관처럼 깜깜하고 답답했다. 환풍기를 꺼두었기 때문에 공기가 끈끈하고 눅눅하게 관자놀이에 와닿았다. 정신이 왠지 멍하여, 몇 분 지난 뒤에야 지금이 언제이고 여기가 어디인지 알 수 있었다. 아무튼 자정은 이미 지났음이 틀림없었다. 음악도, 쉴새없이 이어지던 질질 끄는 발소리도 들리지 않았으며, 엔진만 리바이어던*의 심장처럼 고동치며, 삐걱거리는 선체를 아무것도 보이지 않는 곳으로 헉헉거리며 밀고 나아갔다.

나는 더듬더듬 갑판으로 올라갔다. 갑판은 휑했다. 연기 나는 굴뚝과 유령같이 빛나는 윗돛대며 활대** 너머로 눈길을 들어올리자, 별안간 마법처럼 밝은 빛이 두 눈에 밀려들었다. 하늘이 찬란히 빛나고 있었다. 하늘은 하얗게 빙빙 도는 별들 너머 어둡게 떠 있었지만, 그래도 찬란히 빛나고 있었다. 마치 벨벳 커튼에 가려진 엄청난 빛이 커튼에 난 구멍과 틈새로 흘러나오는 듯, 이루 말할 수 없이 밝은 빛이 뭇별을 통해 새어나오고 있었다. 이날 밤 같은 하늘을, 그토록 찬란히 빛나는 하늘을, 그토록 시퍼렇게 굳어 있으면서도 환한 빛이 반짝이는 빗물처럼 쏴아쏴아 솟아나는 하늘을 본 적이 없었다. 달이며 뭇별에서 커튼에 싸인 듯한 밝은 빛이, 왠지 신비한 난로 속에서 불타는 듯한 환한

---
* 유대교-그리스도교 신화에 나오는 바다의 괴물로 악어, 용, 뱀, 고래의 특징을 지닌 것으로 묘사된다.
** 1900년경의 기선에는 범선에서 사용되던 기구들이 여전히 남아 있는 경우가 있었다.

빛이 쏟아지고 있었다. 하얗게 도색한 선박 테두리가 벨벳처럼 새까만 바다를 배경으로 달빛 속에 번쩍거렸고, 닻줄이며 활대 따위의 온갖 자잘한 윤곽은 넘쳐흐르는 달빛에 녹아들었다. 허공에 떠 있는 듯한 돛대 전등들과 그 너머 망루의 둥근 창은 하늘의 찬란한 별빛 사이에 끼어든 지상의 노란색 별빛처럼 보였다.

머리 바로 위에는 마법 같은 별자리가, 남십자자리가 떠 있었다. 아무것도 보이지 않는 허공에 번쩍이는 다이아몬드 못들이 박혀 있는 듯했다. 별자리가 떠가는 것 같았으나 실제로는 선박이 움직였을 뿐이었다. 선박은 제 가슴의 박동에 따라 위아래로 위아래로 나직이 흔들거리며, 거대한 수영 선수처럼 어두운 파도를 헤치고 나아갔다. 나는 걸음을 멈추고 올려다보았다. 따뜻한 물이 쏟아져내리는 곳에서 목욕을 하는 것만 같았다. 하지만 내 손을 새하얗고 미지근히 적시고, 어깨를, 머리를 부드럽게 감돌며, 어떻게든 내 안에 스며들려는 듯한 것은 빛이었다. 답답한 마음속이 갑자기 밝아졌다. 나는 해방된 듯 시원하게 숨쉬었고, 별안간 행복에 젖어들어, 과일의 숨결과 머나먼 섬의 내음을 머금은 채 발효하여 은근한 취기를 주는 미풍이 투명한 음료처럼 입술에 닿는 것을 느꼈다. 이제, 이제 갑판을 밟은 뒤 처음으로 몽상에 빠지고 싶다는 순수한 욕망이 생겼고, 나를 감도는 이 부드러운 공기에 마치 여성처럼 몸을 내맡기고 싶다는 또다른, 자못 관능적인 욕망이 일었다. 나는 드러누워 하늘에 떠 있는 새하얀 상형문자들을 올려다보고 싶었다. 하지만 눕는 의자도, 접이의자도 치워지고 없었고, 휑한 산책 갑판 어디에도 몽상하며 쉴 곳은 보이지 않았다.

그래서 더듬더듬 이물 쪽으로 나아가는데, 주위 사물에 반사되어 점점 강렬하게 나에게 몰려드는 듯한 빛 때문에 사뭇 눈이 부셨다. 이렇게 석회처럼 새하얗고 눈부시게 비치는 별빛에 눈이 시리기까지 했다. 나는 어딘가 그늘에 몸을 숨기고 깔개 위에 벌렁 드러눕고 싶었다. 별빛을 몸으로 느끼기보다는, 별빛이 그저 내 위의 사물에 비치는 모습을 어두운 방에서 경치를 내다보듯 쳐다보고 싶었다. 닻줄에 걸려 비틀거리며 철제 양묘기*를 지나 마침내 용골**에 이르러, 이물이 새까만 어둠을 헤치며 물살을 갈라 거품을 일으키고 물에 녹은 달빛을 흩뿌리는 것을 내려다보았다. 쟁기가 흙덩이를 파헤치듯 선박이 새까만 물결에서 가라앉았다 솟구치기를 되풀이했으니, 이처럼 반짝이는 물놀이에서는 밀려나는 물의 모든 아픔이 느껴졌고, 이 세상을 주무르는 힘의 모든 기쁨이 감지됐다. 이렇게 바라보는 가운데 나는 시간 감각을 잃었다. 서 있었던 것이 한 시간이었을까, 아니면 단 몇 분이었을까. 엄청난 요람처럼 위아래로 흔들거리는 이 선박의 움직임에 휩쓸려 시간을 까맣게 잊고 있었다. 피로가 쾌감처럼 덮쳐온다는 느낌만 들었다. 잠들어 꿈꾸고 싶었으나, 이 마법에서 벗어나 관 같은 선실로 내려갈 마음은 나지 않았다. 나도 모르게 발을 더듬어 닻줄 뭉치를 찾았다. 그곳에 걸터앉아 두 눈을 감았지만 칠흑같이 깜깜해지지 않았다. 두 눈 위에, 머리 위에 순은색 빛이 흐르고 있었기 때문이다. 아래에서는 바닷물이 나직이, 머리 위에서는 이 세상의 순백색 별빛이 들리지 않는 소리로 쏴쏴거리는 듯했다. 이 쏴쏴거림이 점점 커지며 내 핏줄로

---

* 배의 닻을 감아올리고 풀어내리는 장치가 있는 기계.
** 선박 바닥의 중앙을 받치는 길고 큰 재목으로, 이물(배의 앞부분)에서 고물(배의 뒷부분)에 걸쳐 있다.

들어왔다. 이제 나 자신을 느끼지 못했고, 이 소리가 내 숨소리인지 멀리서 고동치는 기선의 심장소리인지조차 알 수 없었다. 나 자신도 흘러흘러, 한밤중 세상의 이처럼 쉴새없는 쏴쏴거림 속으로 스며들었다.

*

나직하고 메마른 기침소리가 바로 옆에서 울려, 나는 깜짝 놀라 일어섰다. 몽상에 취해 있다가 화들짝 깨어났다. 새하얀 빛이 눈부셔 내내 눈꺼풀을 닫고 있던 나의 두 눈이 깜박이며 주변을 더듬었다. 거의 맞은편 뱃전 그늘에서 안경에 비친 빛 같은 게 번쩍이더니, 이제 굵고 둥근 불꽃이 타올랐다. 파이프 불빛이었다. 그곳에 걸터앉을 때, 이물이 물살을 가르며 거품을 일으키는 것을 굽어보고 남십자자리를 올려다보았을 뿐 이 사람이 옆에 있는 것은 미처 알아채지 못한 모양이었다. 이 사람은 틀림없이 여기 꼼짝달싹 않고 내내 앉아 있었는데도 말이다. 나도 모르게, 아직 정신이 몽롱한 채, 독일어로 말했다. "죄송합니다!" "아, 천만에요……" 어둠 속 목소리가 독일어로 대답했다.

알지 못하는 누군가와 바싹 붙어 어둠 속에 말없이 나란히 앉아 있던 게 얼마나 기이하고 으스스했는지 나는 말로 설명할 수 없다. 내가 이 사람을 노려보듯 이 사람도 나를 쏘아보고 있으리라는 느낌이 나도 모르게 들었다. 하지만 새하얗게 반짝이며 머리 위에서 넘쳐흐르는 빛이 너무 강렬하여, 그늘 속 상대의 윤곽 말고는 서로에게 아무것도 보이지 않았다. 오직 숨소리만, 파이프를 뻑뻑 빠는 소리만 들리는 듯했다.

침묵하고 있는 게 견딜 수 없었다. 마음 같아선 자리를 뜨고 싶었지만, 그건 너무 무례하고 느닷없는 행동으로 여겨졌다. 어쩔 줄 몰라 하며 담배를 꺼냈다. 성냥이 파르르 타오르며 좁은 공간에 한순간 불빛이 번쩍였다. 안경 렌즈 너머 배에서 식사할 때도 산책할 때도 전혀 본 적 없는 낯선 얼굴이 보였고, 갑작스러운 불빛에 눈이 시렸는지 환각이었는지 몰라도 그 얼굴은 소름끼치게 뒤틀리고 음울하고 요괴 같았다. 하지만 잠깐 밝아졌던 이목구비는 똑똑하게 속속들이 보이기 전에 다시 어둠에 파묻혀, 이제 보이는 것이라곤 어둠에 어슴푸레 새겨진 상대의 윤곽과 이따금 허공에 돋아나는 파이프의 둥그런 붉은색 불 고리뿐이었다. 누구도 입을 열지 않았으니, 이러한 침묵은 열대의 공기만큼이나 후텁지근하게 가슴을 짓눌렀다.

마침내 나는 더 못 견디고 일어서 공손히 말했다. "안녕히 계세요."
"안녕히 가세요." 어둠 속에서 칼칼하고 딱딱하고 잠긴 듯한 목소리가 대답했다.

나는 삭구*를 헤치고 기둥을 지나 비틀거리며 힘겹게 앞으로 걸었다. 황급히 허둥거리는 발소리가 등뒤에서 들렸다. 옆에 있던 사람이었다. 나도 모르게 걸음을 멈추었다. 사내는 바싹 다가오지 않았는데, 그 걸음새에 무언가 불안과 우울함이 배어 있음이 어둠을 통해 느껴졌다. "죄송해요." 사내가 황급히 말했다. "부탁을 드려도 되겠는지요. 저는…… 저는"—사내는 어쩔 줄 몰라하며 바로 말을 잇지 못하고 더듬거렸다—"저는…… 저는 여기 숨어 지내야 하는 개인적인…… 아주 개인적인 사정이 있어요…… 상을 당해서…… 배에서 사람들과 함

---

* 돛을 달기 위해 필요한 장치, 즉 돛대, 활대, 밧줄을 통틀어 일컫는다.

께 있기를 피하고 있어요…… 선생과 같이 있기 싫다는 말이 아니에요…… 그건 아니에요…… 다만 부탁하건대…… 선생이 저를 여기서 보았다는 걸 배 안의 누구에게도 말하지 않는다면 정말 고맙겠어요…… 제가 지금 사람들과 어울릴 수 없는 것은…… 말하자면 개인적인 사정 때문이에요…… 그래요…… 이제…… 누군가 여기서 밤에…… 그러니까 제가…… 이러고 있다는 걸 선생이 입에 올리면, 저는 난처해질 거예요……" 사내는 또다시 말을 잇지 못했다. 나는 바라는 대로 해주겠다고 재빨리 약속하여 사내의 당혹해하는 마음을 가라앉혔다. 우리는 악수를 나누었다. 그런 뒤 나는 선실로 돌아와, 몽롱하고 기이할 만큼 뒤숭숭하며 환영으로 뒤엉킨 꿈을 꾸며 잤다.

*

나는 약속을 지켰으니, 적지 않은 유혹을 이겨내고 배 안의 누구에게도 그 희한한 만남에 관해 이야기하지 않았다. 항해중에는 수평선에 보이는 돛이며, 뛰어오르는 돌고래며, 새로 눈에 띈 시시덕거림이며, 스쳐가는 농담까지, 아무리 하찮은 일도 화젯거리가 되는 법이다. 입을 닫기는 했지만 나는 이 범상치 않은 승객에 관해 자세히 알고 싶다는 호기심에 시달렸다. 승객 명부에서 사내의 이름이 무엇일지 찾아보았고, 사내와 관련있는 인물이 누구일지 살펴보았다. 종일 신경이 곤두서 안절부절못하고, 밤이 되기만을 기다리며 사내를 다시 만날 수 있을까 생각했다. 인간 심리의 수수께끼는 불안할 만큼 나를 사로잡아, 그 관련을 밝혀내고 싶은 충동이 핏속 깊이 들끓게 한다. 기이한 인간은 눈앞에 보이기만 해도 정체를 알고 싶다는 욕구에 불을 붙일 수 있으며, 이러한 열정은 여자를 소유하고 싶은 욕정 못지않게 뜨거운 법이다. 이날은 길게만 느껴졌고 손가락 사이로 느릿느릿 새어나가는 듯했다. 나는 일찍 잠자리에 들었다. 자정이 되면 눈이 떠질 거라고, 나도 모르게 잠에서 깰 거라고 생각했다.

아닌 게 아니라 전날과 똑같은 시간에 깨어났다. 시계의 야광 숫자판에서 두 바늘이 겹쳐져 한 줄로 빛났다. 나는 후텁지근한 선실에서 황급히 나와 더 후텁지근한 밤 갑판으로 올라갔다.

별들은 전날처럼 찬란히 빛나며 진동하는 선박에 빛을 흩뿌렸고, 드높은 곳에서 남십자자리의 별빛이 너울거렸다. 모든 게 전날과 같았다―열대지방에서는 우리가 사는 지역에서보다 훨씬 더, 낮은 낮끼리, 밤은 밤끼리 쌍둥이처럼 똑같다―다만 전날과 달리 요람에서 흔들리며 부드럽게 흘러가고 몽상하는 느낌은 들지 않았다. 무언가에 이끌려 당혹스러웠는데, 내가 어디로 끌리는지 짐작이 갔다. 용골에 있는 시커먼 양묘기로 다가가, 사내가, 비밀에 싸인 사내가 또다시 거기 꼼짝달싹 않고 앉아 있는지 보고 싶은 것이었다. 머리 위에서 선박의 종소리가 울렸다. 이 소리가 나를 부추겼다. 한 걸음, 한 걸음, 꺼림칙하면서도 마음이 이끌려, 발걸음에 몸을 맡겼다. 뱃머리에 채 이르기도 전에 별안간 그곳에서 무언가 빨간 눈처럼 번쩍였다. 파이프였다. 사내는 그곳에 앉아 있었다.

나도 모르게 흠칫 놀라 걸음을 멈추었다. 곧바로 자리를 뜨려 했다. 하지만 저쪽 어둠에서 무언가 움직이더니, 일어나 두어 걸음 다가왔고, 느닷없이 바로 코앞에서 사내의 목소리가 공손하고 우울하게 들려왔다.

"죄송해요." 사내가 말했다. "선생의 자리에 다시 앉고 싶으신 모양이군요. 저를 보자 뒷걸음쳐 도망치시는 듯한 느낌이 드네요. 저기 앉으세요. 저는 이제 가니까요."

나는 서둘러 거기 있어도 괜찮다고, 방해하고 싶지 않아 물러섰을 뿐이라고 말했다. "방해라니요." 사내는 씁쓸함을 내비치며 말을 이었다. "오히려 혼자 있지 않게 되어 기쁜걸요. 열흘 전부터 한마디도 하지 않았어요…… 사실은 여러 해 전부터…… 이러고 지내기 힘드네요. 모든 일을 마음속에 욱여넣자니 숨막히는 것 같아서요…… 선실에는 더이상 앉아 있을 수 없어요. 그…… 그 관 같은 곳에…… 더 있을 수 없어요…… 승객들도 견뎌낼 수 없어요. 종일 웃어대거든요…… 이제 그걸 견딜 수 없어요…… 선실까지 웃음이 들려 저는 귀를 막지요…… 물론 승객들은 모르겠지요…… 그래요, 승객들은 모를 거예요. 하기는 그 일이 남들에게 무슨 상관이겠어요……"

사내는 다시 말을 멈추었다. 그런 뒤 별안간 황급히 이렇게 덧붙였다. "하지만 선생을 귀찮게 하고 싶지 않아요…… 수다를 떨어 죄송합니다."

사내는 허리 굽혀 인사하고 떠나려 했다. 하지만 나는 그러지 말라고 화급히 말했다. "귀찮게 하다니요. 여기서 조용히 몇 마디 나눌 수 있어 저도 기쁩니다…… 담배 태우겠습니까?"

사내는 한 개비를 받았다. 나는 불을 붙여주었다. 펄럭이는 성냥불에 다시금 깜깜한 뱃전에서 드러난 얼굴이 이번에는 똑바로 나를 향한 상태였다. 안경 너머 두 눈이 게걸스레 미친듯 사납게 내 얼굴을 뜯어보았다. 등골이 오싹하고 서늘했다. 이 사람이 무언가 말하고 싶어하며, 말해야 한다는 게 느껴졌다. 그러도록 돕기 위해 나는 입다물고 있어야 한다는 걸 알았다.

우리는 다시 앉았다. 사내는 나더러 그곳에 하나 더 있는 접이의자에 앉으라고 권했다. 우리 담배에서 불빛이 번득였으니, 담배의 빛 고리가 어둠 속에 불안하게 떨리는 것을 보고 사내의 손이 바들거리고 있음을 나는 알아챘다. 하지만 입다물고 있었고, 사내도 입을 열지 않았다. 그러다 느닷없이 사내가 나직한 목소리로 이렇게 물었다.

"많이 피곤하세요?"

"아니요, 전혀."

어둠 속 목소리가 다시금 머뭇거렸다. "선생에게 무언가 물어보고 싶어요…… 그러니까, 선생에게 무언가 이야기하고 싶어요. 알아요, 잘 알아요, 아무나 만나자마자 붙잡고 하소연하는 게 얼마나 어이없는 일인지. 하지만…… 저는…… 정신상태가 끔찍해요…… 누군가와 이야기해야만 하는 막다른 곳에 이르렀어요…… 그러지 않으면 저는 끝장날 거예요…… 선생은 이해할 거예요. 제가…… 그래요, 제가 선생에게 이야기하기만 하면…… 알아요, 선생이 저를 도울 수는 없다는 걸…… 하지만 이렇게 입다물고 있느라 저는 어떤 병인지 몰라도 병들어 있어요…… 병자는 다른 사람들에게 언제나 우스꽝스러워 보이지요……"

나는 사내의 말허리를 자르고 이렇게 말했다. 괴로워하지 마십시오. 제게 이야기하십시오…… 저는 당신에게 무엇도 약속할 수 없겠지요. 하지만 기꺼이 도와주어야 하는 것이 인간의 의무입니다. 곤경에 빠진 누군가를 보면 도와주어야 하는 의무가 당연히 생기는 거지요.

"기꺼이 도와주어야 하는…… 의무…… 그러려는 의무…… 그러니까 선생, 선생도 역시 그렇게 생각하시나요? 누구에게나 의무가…… 기꺼이 도와주어야 하는 의무가 있다고."

사내는 이 말을 세 번이나 되풀이했다. 이렇게 덤덤하고 끈덕지게 되뇌는 것을 듣자 소름이 끼쳤다. 이 사람 미쳤을까? 술에 취했나?

내가 이런 짐작을 소리 내어 말하기라도 한 듯, 사내는 별안간 전혀 다른 목소리로 말했다. "선생은 아마 저를 미쳤거나 술에 취했다고 여기겠지요. 아니에요, 아직 그렇지 않아요. 선생이 하신 말씀이 매우 기이하게도 제 마음에 와닿았을 뿐이에요…… 매우 기이하게도, 지금 제가 괴로워하고 있는 게 바로 그 문제 때문이니까요. 그러니까 누구에게나 의무가…… 의무가 있느냐는……"

사내는 다시 더듬거리기 시작했다. 그러고서 잠깐 말을 멈추더니, 기운을 다잡고 이야기를 시작했다.

"저는 사실은 의사예요. 진료하다보면 종종 그런 사례를, 그런 염병할 사례를 만나지요…… 그래요, 굳이 이름을 붙이자면 한계 사례라고 할까요. 의무가 있는지 없는지 분간할 수 없는…… 왜냐하면, 우리는 다른 사람에 대한 의무 하나만 있는 게 아니라, 자기 자신에 대한 의무, 국가에 대한 의무, 학문에 대한 의무도 있으니까요…… 물론 도와줘야지요. 그러라고 인간이 있는 거지요…… 하지만 그러한 원칙은 언제나 이론에 그칠 뿐이에요…… 어디까지 도와줘야 한단 말인가요?…… 선생이 여기 있어요. 저에게 남이지요. 저도 선생에게 남이고요. 저는 선생에게 부탁하지요. 저를 보았냐는 말을 하지 말라고요…… 좋아요, 선생은 입을 다물지요. 선생은 의무를 다하지요. 저는 선생에게 저와 이야기해달라고 부탁하지요. 입을 다물고 있자니 죽을 것 같아서요. 선생은 제 말에 귀기울여주겠다고 하지요…… 좋아요…… 하지만 이런 건 정말 쉬운 일이에요…… 제가 선생에게 저를 붙잡아 뱃전 너머로 던져달라고 부탁한다면…… 그러면 친절을 베풀고 싶은 생각도, 도와주고 싶은 마음도 끝나지요. 어디선가 끝나요…… 자기 인생과 자기 책무를 생각하기 시작하는 어디선가…… 어디선가 끝나야 하지요…… 어디선가 이 의무는 끝나야 하지요. 아니면, 공교롭게도 의사에게는 이 의무가 끝나서는 안 되나요? 의사는 구세주이고 만인의 구원자여야 하나요. 라틴어 학위증을 받았다는 이유만으로? 웬 여자가…… 웬 사람이 찾아와서 너그럽고 마음 좋게 도와주길 바라면, 자기 인생을 내팽개치고 핏속의 열정도 식혀야 하나요? 그래요, 어디선가 의무는 끝나요…… 더는 손쓸 수 없는 곳에서, 바로 그곳에서…… 사내는 다시 말을 멈추고 기운을 추슬렀다.

"죄송해요…… 보자마자 이렇게 흥분하며 말해서…… 하지만 취한 건 아니에요…… 아직 취하지 않았어요…… 솔직히 털어놓자면, 이제 종종 취하기도 해요. 이렇게 지옥 같은 외로움을 겪다보니…… 생각해보세요. 저는 칠 년 동안 거의 원주민과 짐승 사이에서만 살았어요…… 그래서 차분히 말하는 법을 잊어버렸어요. 입을 열었다 하면, 말이 마구 쏟아져나와요…… 하지만 잠깐만요…… 그래요, 잘 알고 있어요…… 선생에게 물어보려 했지요. 선생에게 한 가지 사례를 말하려 했지요. 이럴 경우 도와줘야 할…… 천사처럼 순수하게 도와줘야 할 의무가 있는지, 아니면…… 어쩌면 이야기가 길어질지도 모르겠네요. 정말 피곤하지 않으세요?"

"아니요, 전혀."

"고마…… 고마워요…… 한잔하지 않을래요?"

사내는 등뒤 어딘가 어둠 속을 더듬었다. 무언가 맞부딪치며 쟁그랑거렸고, 사내는 병을 두 개, 세 개, 아무튼 여러 개 나란히 세웠다. 나에게 위스키 한잔을 권하더니, 내가 한 모금씩 홀짝거리는 동안 자기 잔을 단숨에 비웠다. 한순간 우리는 말없이 있었다. 그때 종소리가 울렸다. 열두시 반이었다.

*

"그럼…… 선생에게 한 가지 사례를 얘기할게요. 상상해보세요. 한 의사가…… 작은 읍에…… 사실은 시골에…… 한 의사가…… 한 의사가……"

사내는 다시 말을 멈추었다. 느닷없이 의자를 잡아끌어 가까이 다가왔다.

"이런 식으로는 안 되겠어요. 선생에게 모든 걸 단도직입적으로 이야기해야겠어요. 처음부터. 그러지 않으면 제 말을 이해하지 못하실 거예요…… 이건, 이건 무슨 이론을 예증하려는 게 아니에요…… 저는 제가 겪은 사건을 이야기하는 거예요. 부끄러워할 것도, 숨길 것도 없어요…… 제 앞에서 사람들도 옷을 홀랑 벗고 딱지며 소변이며 대변을 보여주니까요…… 도움을 받고 싶으면 말을 돌려서도 무언가를 숨겨서도 안 되죠…… 그러니까 전 전설에 나오는 의사의 사건에 관해 선생에게 이야기하는 게 아니에요…… 옷을 홀랑 벗고 이렇게 말하는 거예요. '저는…… 저는 부끄러움을 잊어버렸어요. 영혼을 긁어먹고 허리에서 골수를 빨아먹는 이 빌어먹을 나라에서, 이토록 지긋지긋한 외로움에 시달리느라 말이에요.'"

내가 어떤 몸짓을 했던 듯하다. 사내가 말을 잠깐 멈추었다.

"아, 선생은 저와 생각이 다르군요…… 알아요, 선생은 인도에 열광했을 거예요. 두 달간 여행의 낭만에 젖어 사원과 야자나무에 흠뻑 빠졌을 거예요. 그래요, 열대지방은 신비롭지요. 기차나 자동차나 인력거를 타고 돌아다니면요. 저도 칠 년 전 처음 여기 왔을 때는 그렇게 느꼈으니까요. 제가 뭔들 꿈꾸지 않았겠어요. 현지어도 배우고, 성스러운 경전도 원문으로 읽고, 풍토병도 연구하고, 학문에도 힘쓰고, 원주민의 심리도 밝혀내려 했어요—유럽인이 상투적으로 말하듯—인류애의, 문명의 전도자가 되려 했지요. 여기 오는 사람은 누구나 똑같은 꿈을 꾸어요. 하지만 이 눈에 보이지 않는 온실 같은 곳에 있다보면 누구나 기운이 바닥나고 아무리 키니네*를 퍼먹어도 막을 수 없는—열병이 골수에 파고들어, 해파리처럼 늘어지고 처지고 물러지게 되지요. 유럽인이 대도시를 벗어나 빌어먹을 늪지대 주재지에 오면, 얼마 안 가 제 모습을 잃고 망가지게 돼요. 어떤 사람은 술독에 빠지고, 어떤 사람은 아편을 피우고, 어떤 사람은 주먹질하며 야수로 변해요—저마다 어떤 식으로든 어리석은 짓거리를 벌이는 거지요. 누구나 유럽을 그리워해요. 어느 날 다시 거리를 활보하고 밝은 석조건물 방에 백인

---

* 기나나무 껍질에서 얻는 물질로, 해열제나 진통제로 이용된다.

들과 함께 앉아 있기를 꿈꿔요. 해마다 그런 꿈을 꿔요. 그러다 휴가를 얻을 때가 되면, 너무 게을러져 떠나지 못해요. 고향에서 잊혔다는 것을, 아무나 짓밟는 바닷속 조개처럼 낯선 사람이 되었다는 것을 잘 알아요. 이처럼 뜨겁고 축축한 밀림에 이렇게 머물며 늙이 되어 썩어가요. 빌어먹을 날이었지요. 제가 이 더러운 촌구석에 몸을 판 날은……

말이 나왔으니 말인데, 완전히 자발적인 것도 아니었어요. 저는 독일에서 대학에 다녔어요. 바로 의사 자격증을 받고 유능한 의사로 라이프치히대학병원에서 일했지요. 몇 년도였던가 의학 저널의 과년 호에서는 제가 처음으로 실행한 새로운 주사 요법이 엄청난 관심을 모으기도 했어요. 그러다 여자 문제가 생겼어요. 병원에서 사귄 여자였어요. 그 여자는 전에 애인을 미치게 해서 애인이 여자에게 권총상을 입힌 적도 있었는데, 곧 저 역시 그 애인처럼 미치게 됐어요. 그 여자는 도도하고 쌀쌀맞게 굴어 저를 미치게 했어요—안하무인이고 뻔뻔스러운 여자들은 언제나 저를 손에 쥐고 놀았지만, 이 여자는 손아귀에 힘을 주어 제 뼈를 으스러뜨렸어요. 저는 여자가 시키는 대로 했어요. 저는—이 말을 하지 말아야 할 이유가 있을까요? 이제 팔 년이 지난 일인데요—여자에게 주려고 병원 돈에 손을 댔어요. 그 일이 들통나자 난리가 났고요. 한 숙부가 축난 돈을 메워주었지만, 병원 근무는 끝장났지요. 당시 저는 네덜란드 정부가 식민지에 파견할 의사를 모집하며 계약금을 지급한다는 소문을 들었어요. 곧바로 생각했지요, 계약금까지 지급한다니 틀림없이 고약한 업무겠군. 열병이 들끓는 농장에서 무덤 십자가는 유럽에서보다 세 배 더 빨리 늘어난다는 걸 저는 알고 있었어요. 하지만 누구나 젊을 때는 열병이나 죽음이 늘 다른 사람에게만 닥치리라 생각하지요. 이제 저는 선택의 여지가 많지 않았어요. 로테르담으로 가서 십 년 계약에 서명하고 두툼한 지폐 뭉치를 받았어요. 절반은 고향에 있는 숙부에게 부쳤지만, 나머지 절반은 그곳 항구 지역의 한 매춘부에게 날렸어요. 먼지까지 탈탈 털린 건 제가 좋아했던 빌어먹을 계집과 이 매춘부가 영락없이 닮았기 때문이었어요. 돈도 없고, 시계도 없고, 환상도 없이 유럽에서 출항했고, 항구를 떠날 때는 별로 슬프지 않았어요. 그러고는 선생이나 다른 모든 승객이 그랬듯 갑판에 앉아 남십자자리와 야자나무를 보며 제 가슴은 부풀어 올랐지요—아, 밀림이며 외로움이며 고요함을 저는 꿈꾸었어요! 이제—외로움을 질릴 만큼 겪게 될 참이었어요. 사람이 많이 살고 클럽이며 골프장이며 책이며 신문이 있는 바타비아*나 수라바야**가 아니라, 가장 가까운 도시에서 이틀은 더 가야 하는—지명은 몰라도 상관없어요—면급 주재지에 배치되었어요. 따분하고 무뚝뚝한 공무원 몇, 혼혈인 몇 정도가 교류하는 사람의 전부였고, 이들을 제외하면 주위에 온통 밀림, 농장, 덤불, 늪밖에 없었어요.

처음에는 견딜 만했어요. 갖가지 연구를 했어요. 어느 날 부시장이 시찰 도중 자동차 전복사고로 다리가 부러졌을 때 보조원도 없이 수술을 했는데, 이 소문이 자자하게 퍼졌지요. 원주민이 쓰는 독물과 무기를 수집하기도 했고, 정신을 말짱히 유지하려 수백 가지 소소한 일에 몰두했어요. 하지만 이 모든 일을 할 수 있었던 건 유럽에서 품고 온

---

* 의사가 도착한 지역은 오늘날의 인도네시아인 네덜란드령 동인도다. 바타비아는 오늘날 인도네시아의 수도인 자카르타의 당시 명칭이다.
** 인도네시아 자와섬 동북부에 있는 항구도시.

기력이 몸속에 남아 있을 때까지였어요. 그 기운이 빠지자 저는 시들 어버렸어요. 유럽인 몇 사람이 저를 따분하게 했으므로, 왕래를 끊고 혼자 틀어박혀 술 마시고 몽상했어요. 이 년만 기다리면 됐어요. 그러면 계약이 끝나 연금을 받고 유럽으로 돌아가 새 인생을 시작할 수 있었거든요. 실제로 아무것도 하지 않고 기다리기만, 잠자코 있으며 기다리기만 했어요. 오늘도 그렇게 틀어박혀 있었을 거예요. 그 여인이 찾아오지만…… 그 일이 일어나지만 않았더라면."

*

어둠 속 목소리가 멈추었다. 파이프 불빛도 이제 보이지 않았다. 얼마나 고요한지, 용골에서 거품을 일으키며 부서지는 바닷물 소리가, 멀리서 나직이 고동치는 엔진소리가 갑작스레 다시 들렸다. 나는 담배에 불을 붙이고 싶었으나 성냥개비에서 눈부시게 피어난 불빛이 사내의 얼굴을 비출까 두려웠다. 사내는 입을 다문 채 아무 말도 없었다. 말을 끝낸 것인지 졸고 있는지 자고 있는지 알 수 없었다. 그렇게 죽은 듯이 사내는 말이 없었다. 그때 선박의 종소리가 세차게 딱 한 번 울렸다. 한시였다. 사내가 화들짝 깨어났다. 잔이 쟁그랑거리는 소리가 다시 들렸다. 사내가 손으로 더듬더듬 위스키 잔을 찾는 듯했다. 한 모금 꿀꺽 들이켜는 소리가 나직이 났다―그런 뒤 목소리가 다시 울렸는데, 이제 더 긴장하고 열정적으로 들렸다.

"그래요…… 잠깐만요…… 그래요, 그랬어요. 거미가 거미줄을 떠나지 않듯, 저는 그곳 빌어먹을 촌구석에서 몇 달 전부터 꼼짝달싹 않고 틀어박혀 있었어요. 우기가 막 지났을 때였어요. 몇 주 동안 계속해서 지붕에 장대비가 쏟아진 뒤였어요. 유럽인은커녕 아무도 찾아오지 않았고, 저는 날이면 날마다 황인 여자들을 데리고 맛있는 위스키를 벗삼아 집안에 들어앉아 지냈지요. 당시 저는 완전히 진이 빠져, 유럽 향수병에 시달리고 있었어요. 밝은 거리와 백인 여인을 묘사하는 소설이라도 읽으면 손가락이 떨리기 시작했어요. 선생에게 이 증상을 다 설명할 수 없군요. 일종의 열대병이에요. 이따금 사람에게 들이닥치는, 화가 치밀고 열이 나면서도 기력이 떨어지는 노스탤지어요. 그날도 저는 그렇게 틀어박혀, 제가 기억하기로, 지도를 펼쳐놓고 여행을 꿈꾸고 있었어요. 그때 다급하게 문 두드리는 소리가 들려요. 제 사환이 문밖에 서 있어요. 황인 여자 한 명도요. 둘은 놀란 눈을 휘둥그레 뜨고 있어요. 과장된 몸짓을 지으며 이렇게 말하지요. 귀부인께서, 숙녀께서, 백인 부인께서 찾아오셨어요.

저는 화들짝 깨어나요. 마차 소리도, 자동차 소리도 못 들었거든요. 이 벽촌에 백인 여인이?

층계를 내려가려다 무르춤해 서 있어요. 거울을 들여다보고 황급히 매무새를 고쳐요. 신경이 곤두서고 불안하고 왠지 꺼림칙한 예감에 시달려요. 저를 찾아올 친구는 이 세상에 아무도 없거든요. 마침내 아래층으로 내려가요.

홀에서 기다리던 귀부인이 황급히 다가와요. 두꺼운 자동차용 베일*로 얼굴을 가리고 있어요. 저는 인사말을 건네려 하지만 여인이 잽싸

---

* 자동차로 여행할 때 흩날리는 먼지를 막기 위해 여성들이 밀짚모자 등에 고정하여 착용한 베일.

게 말을 가로채요. '안녕하세요, 의사.' 여인은 (너무 물 흐르듯 하여 미리 외우지 않았나 싶을 만큼) 유창한 영어로 말해요. '갑자기 들이닥쳐 미안해요. 우리는 막 주재지에 들렀어요. 자동차는 저쪽에 세웠어요.'―이 여자는 왜 집 앞까지 차를 타고 오지 않은 거지? 이런 생각이 머릿속에 번개처럼 스쳐요―'당신이 여기 산다는 게 생각났어요. 당신 이야기를 많이 들었거든요. 부시장에게 정말 마법을 부렸다더군요. 부시장은 다리가 완전히 정상으로 회복되어 예전처럼 골프를 즐기고 있어요. 아, 그래요, 우리가 사는 남쪽 도시에서는 다들 그 이야기를 하지요. 당신이 온다면 우리의 퉁명스러운 의사를 다 내주고 의사 둘을 덤으로 얹어줄 텐데, 하고요. 도대체, 남쪽 도시에는 왜 한 번도 오지 않는 거지요? 요가 수도승처럼 살며……'

제게 입을 열 틈을 주지 않고, 이렇게 계속, 황급히, 갈수록 황급히 수다를 떨어요. 이 쉴새없는 수다에서 무언가 신경이 곤두서고 정신이 산만한 기운이 느껴져 저 자신도 불안해져요. 이 여자는 왜 이렇게 말이 많은 거지? 저는 속으로 물어요. 왜 자기소개를 안 하는 거지, 베일은 왜 안 벗는 거지? 열이 있나? 아픈가? 미친 건가? 점점 신경이 곤두서요. 여인의 콩 볶는 듯한 수다를 뒤집어쓰며 아무 말도 못하고 서 있는 게 우스꽝스럽게 느껴져요. 마침내 여인이 잠시 말을 멈추어 이층으로 올라가자고 권할 수 있게 되지요. 여인은 보이에게 따라오지 말라고 손짓하더니 저보다 앞장서 층계를 올라요.

'멋진 곳에 사는군요.' 여인은 제 방을 둘러보며 말해요. '아, 책들이 예뻐요! 다 읽고 싶어요!' 여인은 책꽂이로 다가가 책 제목을 훑어봐요. 제가 여인을 맞이한 뒤 처음으로 여인은 일 분 동안 입을 열지 않아요.

'차 한잔 드시겠습니까?' 저는 물어요.

여인은 몸을 돌리지 않고 책 제목만 들여다봐요. '아니요, 고마워요, 의사…… 우리는 금방 다시 떠나야 해요…… 시간이 넉넉지 않아요…… 잠깐 나들이를 나온 것뿐이라서요…… 아, 내가 정말 좋아하는 플로베르도 있군요…… 멋지지요, 정말 멋져요, 『감정 교육』은…… 이제 보니 당신은 프랑스어도 읽는군요. 못하는 게 없네요!…… 그래요, 독일인은 학교에서 모든 걸 다 배운다지요…… 정말 굉장해요, 그렇게 많은 언어를 할 줄 알다니!…… 부시장은 당신을 맹신하며, 당신이야말로 안심하고 수술받을 수 있는 유일한 의사라고 입버릇처럼 말해요…… 도시에 있는 우리 대단한 의사는 브리지 게임에나 쓸모가 있다고요…… 말이 나왔으니 말인데 사실은—(여인은 아직도 몸을 돌리지 않았어요) 오늘 당신에게 진찰 한번 받아야겠다는 생각이 떠올랐어요…… 차를 타고 지나가는 길이니까, 하는 생각이 들더군요…… 글쎄, 당신은 지금 바쁘겠지요…… 차라리 다음번에 찾아올게요……'

'이제 그만 손에 든 패를 까라고!' 저는 곧바로 이렇게 생각했어요. 하지만 이런 낌새를 내비치지 않고, 지금이든 나중이든 부인을 도울 수 있다면 영광이라고 힘주어 말했어요.

'심각한 건 아니에요.' 여인은 몸을 절반쯤 돌린 채 책꽂이에서 뽑은 책의 페이지를 넘기며 말했어요. '심각한 건 아니에요…… 사소한 증상이에요…… 여자들이 흔히 겪는 증세요…… 현기증이 나고 기절을 해요. 오늘 아침 자동차가 커브길을 돌 때 갑자기 까무러쳤어요. 죽은

듯 뻣뻣해졌어요…… 보이가 차 안에서 저를 일으켜 앉히고 물을 떠 와야 했어요…… 글쎄, 운전기사가 너무 빨리 차를 몰았을지도 모르지요…… 그렇게 생각지 않아요, 의사?'

'아직 뭐라고 판단하긴 이릅니다. 그렇게 기절한 적이 종종 있었습니까?'

'아니요…… 최근에야…… 그래요…… 아주 최근에야…… 그래요…… 그렇게 기절을 하고 메스꺼움을 느껴요.'

여인은 다시 책꽂이 앞에 서서 책을 꽂아넣고 다른 책을 뽑아 페이지를 넘겨요. 기이하군. 이 여자는 왜 저렇게 책만 넘기고 있지…… 저렇게 신경이 곤두서서. 왜 베일로 가린 눈을 들지 않지? 저는 일부러 아무 말도 하지 않아요. 여인에게 제 말을 기다리게 하는 게 재밌어요. 마침내 여인이 다시 천연스럽고 수다스러운 어투로 말을 꺼내요.

'그렇지 않아요? 의사, 걱정할 건 없겠지요? 열대병이나…… 위험한 병은 아니겠지요……'

'열이 있는지부터 살펴봐야겠습니다. 진맥을 해도 되겠습니까……'
저는 여인에게 다가가요. 여인이 살짝 옆으로 비켜서요.

'아니요, 아니에요, 열은 없어요…… 확실히, 확실히 없어요…… 내 손으로 날마다 재거든요…… 기절이 시작된 뒤부터. 열은 없어요. 체온은 언제나 36.4도로 정상이에요. 위도 건강해요.'

저는 잠깐 머뭇거려요. 내내 마음속에 의심이 꿈틀거리거든요. 이 여인이 저에게 무언가 바라고 있는 게 느껴져요. 플로베르 이야기를 하러 벽촌으로 찾아오는 사람은 없으니까요. 일 분, 이 분, 저는 여인에게 제 말을 기다리게 해요. '실례합니다만,' 그러고선 단도직입적으

로 말해요. '제가 솔직하게 몇 가지 질문을 드려도 되겠습니까?'
'그럼요, 의사! 의사니까요.' 여인은 이렇게 대답하지만 다시 등을 돌리고 책만 만지작거려요.
'아이를 가지신 적이 있습니까?'
'그래요, 아들이 하나 있어요.'
'그러면…… 예전에…… 그러니까 아드님을 가졌을 때…… 지금과 비슷한 증세가 있었습니까?'
'그랬죠.'
여인의 목소리는 이제 완전히 달라져 있어요. 사뭇 또렷하고, 아주 야무지고, 더는 수다스럽지 않고, 전혀 신경이 곤두서 있지도 않아요.
'그렇다면 이렇게 볼 수도 있나요…… 이런 질문을 드려 죄송합니다만…… 부인께서 지금 예전과 비슷한 증상을 겪고 있다고?'
'그럼요.'
날카롭고 예리한 칼날을 내리치듯 이 말이 여인의 입술에서 튀어나와요. 외면한 얼굴의 표정은 꿈쩍도 안 해요.
'부인, 일반 진찰을 해보는 게 가장 좋을 것 같습니다…… 수고스럽겠지만 저쪽 진료실로…… 가주시겠습니까?'
그러자 여인이 느닷없이 몸을 돌려요. 쌀쌀하고 꿋꿋한 눈초리로 베일을 통해 저를 똑바로 노려보는 게 느껴져요.
'아니에요…… 그럴 필요 없어요…… 저는 제 증상이 뭔지 누구보다 잘 알아요.'

*

목소리가 잠시 머뭇거렸다. 술을 채운 잔이 어둠 속에 다시 반짝거렸다.

"잘 들으세요…… 하지만 먼저 잠깐 이 상황을 곰곰이 생각해보세요. 외로움에 죽어가는 한 사내에게 한 여인이 들이닥쳐요. 몇 년 만에 방에 찾아온 첫번째 백인 여인이에요…… 방안에 뭔가 음험함이, 어떤 위험이 들어선 걸 저는 느껴요. 왠지 등골이 서늘했어요. 이 여자가 들어오자마자 수다를 떨더니 칼을 뽑듯 느닷없이 요구를 꺼내며 강철 같은 꿋꿋함을 보이는 데 소름이 끼쳤어요. 여인이 저에게 무엇을 바라는지 잘 알았어요. 금세 알았어요—여자들이 그런 수술을 요구했던 게 처음이 아니었으니까요. 하지만 그런 여자들은 다른 태도로 찾아왔어요. 부끄러워하거나 간청하며, 눈물짓고 애원하며 들어왔어요. 하지만 여기 있는 여인은…… 강철 같은 꿋꿋함을, 남성 같은 꿋꿋함을 보였어요…… 첫눈에 저는 느꼈어요, 이 여인이 저보다 강하며…… 이 여인은 저를 원하는 대로 마음대로 부릴 수 있다는 것을…… 하지만…… 하지만…… 제 마음속에도 무언가 음험함이 도사리고 있었어요…… 저는 어떻게든 악착같이 저항하려 했어요…… 아까 말했다시피…… 첫눈에, 아니, 채 보기도 전에, 이 여인을 적으로 느꼈으니까요.

저는 처음에는 입을 꾹 다물었어요. 고집스레, 악착같이, 아무 말도 하지 않았어요. 여인이 저를 베일 뒤에서 똑바로 쏘아보는 게, 입을 열라는 듯 다그치는 눈빛으로 노려보는 게 느껴졌어요. 하지만 저는 그리 쉽사리 굴복하지 않았어요. 입을 열었지만…… 에둘러 말했어요…… 여인의 수다스럽고 천연스러운 어투를 저도 모르게 흉내냈어요. 저는 여인의 생각을 알아채지 못한 척했어요—선생이 그때의 제 행동을 이해할 수 있을지 모르겠네요—저는 여인에게 속내를 분명히 털어놓게 하고 싶었어요, 제가 어떻게 해주겠다고 나서는 게 아니라…… 어떻게 해달라는 부탁을 받고 싶었어요…… 바로 이 여인에게서요. 이 여인이 그렇게 안하무인으로 들어왔으니까요…… 여자들이 그렇게 도도하고 쌀쌀맞으면 제가 사족을 못 쓴다는 것을 저 자신이 잘 알았으니까요.

그래서 이렇게 말을 돌렸어요. 전혀 걱정할 필요 없습니다. 기절은 정상적 과정의 일부니까요. 오히려 행복한 결실을 보게 될 겁니다. 저는 의학 잡지에 실린 사례를 인용했어요…… 말하고, 또 말했지요, 느긋이, 가볍게, 줄곧 이러한 증세를 아주 사소한 일로 취급하면서요…… 여인이 제 말을 자르기를 줄곧 기다렸어요. 여인이 이러한 긴 말을 견뎌내지 못하리라는 걸 잘 알고 있었으니까요.

여인은 급하게 말을 가로챘어요. 제 위안의 말을 모조리 쓸어버리듯 손을 저으면서요.

'내가 불안을 느끼는 것은, 의사, 그런 증상 때문이 아니에요. 아들을 가졌을 당시는 몸상태가 괜찮았어요…… 하지만 지금은 정상이 아니에요…… 저는 심장 이상 증세가 있어요……'

'아, 심장 이상 증세요.' 저는 되받아 말하며 걱정하는 척했어요. '그러면 당장 검진해볼까요.' 그러고선 일어나 청진기를 들고 오려는 듯한 몸짓을 했어요.

하지만 여인이 말을 가로챘어요. 목소리는 이제 매우 날카롭고 야무졌어요—지휘관이 명령하는 듯했어요.

'심장 이상 증세가 있다고요, 의사. 내 말을 믿으라고 부탁할 수밖에 없군요. 진찰받느라 괜히 시간을 허비하고 싶지 않아요—당신이 나를 좀더 믿었으면 좋겠다는 생각이 드네요. 적어도 난 당신에게 넉넉히 믿음을 보여줬으니까요.'

이제 싸움이 시작되었어요. 여인은 노골적으로 도전해왔어요. 저는 이 도전을 받아들였어요.

'믿게 하려면 숨기지 말아야 합니다. 티끌만큼도 숨기지 말아야지요. 똑바로 말해주십시오. 저는 의사니까요. 무엇보다 베일을 벗고 이리 다가앉으세요. 책을 내려놓고, 에둘러 말하지 마십시오. 의사에게 찾아올 때는 베일을 쓰지 않는 법입니다.'

여인은 꼿꼿하고 콧대 높은 자세로 저를 바라보았어요. 한순간 머뭇거렸어요. 그러다 자리에 앉아 베일을 들어올렸지요. 제가 두려워했던—바로 그런 얼굴이 보였어요. 냉랭하고, 침착하고, 늙지 않는 아름다움에 가려져 속을 알 수 없는 얼굴이었어요. 영국인에게서 흔히 볼 수 있는 회색 눈에는 고요가 가득 깃든 듯했지만, 눈 뒤에는 온갖 열정이 숨어 있으리라 상상되는 얼굴이었어요. 꼭 다문 얇은 입술은 내키지 않으면 아무 비밀도 흘리지 않을 기세였어요. 일 분 동안 우리는 서로 마주보고 있었어요—여인의 명령하며 따져 묻는 듯한 눈초리가 얼마나 차갑고 매섭고 잔인한지, 저는 이를 견뎌내지 못하고 저도 모르게 눈길을 옆으로 돌렸어요.

여인이 손마디로 탁자를 톡톡 두드렸어요. 여인도 신경이 곤두서 있

었던 거예요. 그러고선 불쑥 재빨리 물었어요. '의사, 내가 당신한테 바라는 게 뭔지 아세요, 모르세요?'

'안다고 생각합니다. 하지만 우리는 속내를 분명히 말하는 게 좋겠습니다. 당신은 증상이 없어지기를 바라지요…… 제가…… 제가…… 원인을 제거해서, 기절과 메스꺼움에서 벗어나고 싶으신 거죠. 그렇습니까?'

'그래요.'

기요틴을 내리치듯 이 말이 튀어나왔어요.

'그런 수술이 위험하리라는 것도 알고 있습니까…… 당신과 저 모두에게……?'

'그래요.'

'그게 법적으로 저에게 금지되어 있다는 것도?'

'금지되기는커녕 권장되는 경우도 있어요.'

'하지만 그러려면 의학적 적응증*이 있어야 합니다.'

'당신이 그 적응증을 찾아내세요. 의사잖아요.'

그러면서 여인의 눈은 뚜렷하게, 뚫어지게, 꿈쩍 않고 저를 노려보았어요. 이것은 명령이었어요. 약자인 저는 여인이 마음대로 악마처럼 안하무인으로 구는 데 넋이 나가 바들거렸어요. 하지만 벌레도 밟으면 꿈틀하는 법이에요. 저는 짓밟혀 뭉개졌다는 걸 보여주기 싫었어요— '호락호락 들어주지 마! 까탈을 부려! 이 여자에게 부탁하게 만들어.' 제 마음속에 욕정 같은 것이 번득이듯 솟았어요.

---

* 여기서의 의학적 적응증이란 산모의 생명 및 건강을 위협하는 증상이나 태아의 심각한 신체적 정신적 이상을 말한다. 이러한 의학적 적응증이 있으면 인공유산이 가능하다.

'의사라고 늘 마음대로 할 수 있는 문제가 아닙니다. 하지만 병원 동료에게 부탁할 용의는……'

'당신 동료에게는 가고 싶지 않아요…… 그래서 당신을 찾아온 거예요.'

'왜 하필 저인지 물어도 되겠습니까?'

여인은 차갑게 저를 바라보았어요.

'망설임 없이 말해줄 수 있지요. 당신이 외딴곳에 살고 있으니까요. 내가 누군지 모르니까요—실력 있는 의사니까요. 그리고……' 이때 여인은 처음으로 머뭇거렸어요—'아마 이 지역에 오래 머무르지 않을 테니까요. 특히…… 특히 상당한 거금을 고향에 챙겨갈 수 있다면요.'

등골이 서늘했어요. 이토록 뻔뻔스럽고 무역상이나 장사꾼처럼 빠삭한 계산속에 저는 얼이 빠졌어요. 지금까지 여인은 부탁의 말을 한 마디도 하지 않았어요—하지만 모든 것을 오래전에 계산하고 저를 염탐한 뒤 찾아온 거예요. 여인이 제멋대로 악마처럼 마음속으로 밀고 들어오는 것을 느꼈지만, 저는 악착같이 저항했어요. 다시금 안간힘을 다해 사무적으로—정말이지 거의 비꼬다시피 말했어요.

'그 상당한 거금을 당신이…… 당신이 주려는 겁니까?'

'도와주고 바로 떠난다면요.'

'그러면 제가 연금을 받지 못한다는 것을 아십니까?'

'내가 보상하지요.'

'매우 분명히 말해주기는 했지만…… 좀더 분명히 말해주면 좋겠습니다. 사례금은 어느 정도로 생각하고 있습니까?'

'1만 2000굴덴, 암스테르담에서 지불받도록 수표를 써주겠어요.'

저는…… 벌벌 떨었어요…… 분노에 떨었고…… 넋이 나가서도 떨었어요. 여인은 모든 것을 계산에 넣었어요. 금액도, 제가 떠나지 않으면 안 되게 하는 지급 방법도. 여인은 저를 만나기도 전에 몸값을 매겨 저를 사들였고 마음 내키는 대로 다루었어요. 저는 여인의 얼굴을 후려갈기고 싶었어요…… 하지만 제가 떨면서 일어나―여인도 일어서 있었어요―여인을 똑바로 쏘아보았을 때, 여인이 부탁하기는커녕 입술을 꽉 다물고 있는 게, 도도한 이마를 숙이려 들지 않는 게 눈에 띄자, 느닷없이…… 어떤…… 어떤 욕망이 걷잡을 수 없이 치밀었어요. 여인도 이런 낌새를 눈치챘음이 틀림없었어요. 추근거리는 사내를 쫓아내려는 듯 눈썹을 치켜올렸어요. 느닷없이 서로 간의 미움이 적나라하게 드러났어요. 저는 잘 알았어요, 여인은 제가 필요하므로 저를 미워하고 저는 여인이…… 여인이…… 부탁하려 하지 않으므로 여인을 미워한다는 것을요. 이 일 초 동안, 이 일 초 동안 말없이, 우리는 처음으로 서로 솔직하게 말을 주고받았어요. 그런 뒤 별안간 어떤 생각이 뱀처럼 제 마음속에 이빨을 박아넣었고, 저는 여인에게…… 여인에게 말했어요……

하지만 잠깐만요, 선생은 제가 무엇을 했는지…… 무슨 말을 했는지…… 이해 못할 거예요. 선생에게 먼저 설명해야 해요. 어떻게…… 왜 이 미친 생각이 마음속에 생겨났는지……"

*

다시 어둠 속에서 잔이 나직이 쟁그랑거렸다. 목소리는 점점 흥분되어갔다.

"변명하고 핑계 대고 결백을 밝히기 위해 설명하려는 게 아니에요…… 이 설명을 빠뜨리면 선생이 이해하지 못해서예요…… 제가 선량한 인간이었던 적이 있었는지 모르겠어요…… 하지만 언제나 도움을 베풀려 했다고 생각해요…… 그곳에서 끔찍하게 살았지만, 머릿속에 욱여넣은 한 줌의 지식으로 살아 있는 생명체에게 숨결을 유지해주는 것이 제가 누리는 유일한 기쁨이었어요…… 신이 누리는 것과 비슷한 기쁨이었지요…… 어느 황인 청년이 얼굴은 공포에 새파랗게 질리고 발은 뱀에 물려 퉁퉁 부은 채 찾아와 다리를 자르지만 말아달라고 울부짖으면 어떻게든 청년을 구해냈고, 정말로 이런 때가 저에게 가장 뜻깊은 순간이었어요. 열병으로 앓아누운 여자가 있으면 몇 시간 차를 몰고 달려갔어요―이 여인처럼 중절을 원하는 경우에는, 유럽의 병원에 있을 때부터 도와주었고요. 이런 경우에도 이 사람에게 내가 필요하구나, 하는 걸 느꼈지요. 누군가를 죽음이나 절망에서 구했다는 걸 알았어요―도움을 베풀 수 있으려면 이런 느낌, 다른 사람에게 자신이 필요하다는 느낌이 필요한 법이에요.

하지만 이 여인은―제가 선생에게 제대로 설명할 수 있을지 모르겠어요―이 여인은 나들이를 나왔다가 잠깐 들른 척했던 바로 그 순간부터 저를 도발하고 자극했어요. 도도하게 굴어 저항심을 부추겼어요. 여인은 모든 것을 자극했어요―어떻게 설명해야 할까요…… 제 마음속의 모든 억눌린 것을, 모든 감춰진 것을, 모든 음험한 것을 자극해 반항심을 일깨웠어요. 생사가 달린 상황인데도 여인이 귀부인 행세를 하는 것이, 목석처럼 냉정하게 흥정을 시작하는 것이, 이것이 저를 미치게 했어요…… 그런 뒤…… 그런 뒤…… 어차피 골프를 치다가 임신하는 건 아니니까요…… 퍼뜩 생각났어요…… 그러니까, 별안간—미친 생각이란 바로 이거예요—끔찍할 만큼 분명하게 떠올랐어요. 이 냉정하고 도도하고 쌀쌀맞은 여인은 제가 자기를 마냥 물리치듯…… 거의 밀쳐내듯 노려보자 매서운 눈 위로 눈썹을 있는 대로 치켜올렸지만, 두세 달 전에는 어떤 사내와 침대에서 뜨겁게 뒹굴었을 거라는 사실이, 짐승처럼 벌거벗고 아마 쾌락에 신음하며 두 몸뚱이가 두 입술처럼 서로를 악물고 있었을 거라는 사실이…… 여인이 저를 그렇게 도도하게 그렇게 목석처럼 냉정하게, 마치 영국 장교처럼 노려보았을 때, 이토록 고통스러운 생각이 저를 엄습했어요…… 그러자, 그러자 제 마음속이 팽팽히 긴장하며…… 여인을 욕보이고 싶은 생각에 사로잡혔어요…… 이 순간부터 저는 여인의 옷을 뚫고 벌거벗은 몸뚱이를 보았고…… 이 순간부터 저는 여인을 소유하고, 여인의 냉랭한 입술에서 신음을 끌어내고, 제가 알지 못하는 그, 그 다른 사내가 그랬듯 이 쌀쌀맞은 여인이, 이 도도한 여인이 쾌락에 사로잡힌 것을 느끼고 싶다는 생각만 품었어요. 이게…… 이게 선생에게 설명하고 싶었던 거예요…… 제가 아무리 타락했어도 의사로서 이런 상황을 이용하여 사욕을 채우려 했던 적은 한 번도 없었어요. 하지만 이번에 그런 것은 정말 색욕이나, 육욕이나, 성욕 때문이 아니라…… 터놓고 말하자면…… 도도함을 꺾고 싶은 욕망 때문이었어요. 남자로서 꺾고 싶은…… 선생에게 이미 말한 것 같은데요. 저는 도도하고 냉정해 보이는 여인에게 언제나 꼼짝 못했다고요…… 그런데다 이제, 이제 여기 살면서 백인 여자와 잠자리를 못한 지 칠 년이 되었고, 저에게 저항하는 여자도 없었어요…… 여기 사는 여자들은, 이 재잘거리는 귀엽고 깜찍한 짐승들은 백인 사내가, '주인'이 몸을 취하면 놀라며 떨었고…… 한껏 자기를 낮추고, 늘 주인을 반기고, 나직이 까르르 웃으며 항상 주인을 섬겼으니까요…… 하지만 이렇게 스스로 낮추고, 이렇게 노예같이 구는 태도 때문에 아무런 즐거움이 없었어요…… 이제 이해하세요? 이해하겠지요? 느닷없이 한 여자가 도도함과 증오심에 가득차 머리부터 발끝까지 감추고 비밀을 번득이며 과거의 열정의 흔적을 품은 채 찾아왔을 때, 이러한 여자가 저 같은 사내에게, 이렇게 외롭고, 굶주리고, 외떨어진 들짐승 같은 인간의 우리에 뻔뻔스럽게 찾아왔을 때…… 제가 얼마나 소스라치게 놀랐을지…… 이게…… 이게 제가 선생에게 말하고 싶었던 거예요. 지금부터 이야기하는…… 다른 일을 선생이 이해할 수 있도록요. 그러니까…… 저는 어떤 음험한 욕망에 가득차, 여인이 벌거벗고 육욕에 빠져 몸을 내맡기는 생각에 취해 있으면서도, 정신을 가다듬고 시큰둥한 척했어요. 이렇게 차갑게 말했지요. '1만 2000굴덴?…… 아니요, 그 돈에 팔려서 그 일은 못합니다.'

여인은 얼굴이 핼쑥해져 저를 바라보았어요. 이렇게 저항하는 게 돈 욕심 때문이 아니라는 걸 느꼈을 거예요. 하지만 이렇게 묻더군요.

'얼마를 요구하나요?'

저는 이 차가운 어투를 귓등으로 흘렸어요. '우리 서로 패를 보여줍시다. 저는 장사꾼이 아닙니다……「로미오와 줄리엣」에 나오는 가난뱅이 약사는 부정한 금화를 받고 독약을 팔지만,* 저는 그러지 못합니다…… 저는 장사꾼 체질이 아니라고 생각합니다…… 이러한 방법으

로는 당신의 소원을 이룰 수 없습니다.'

'이 일을 하기 싫다는 건가요?'

'돈에 팔려서는 못합니다.'

우리는 일 초 동안 조용히 있었어요. 어찌나 조용한지 여인이 숨쉬는 소리가 처음으로 들렸어요.

'돈이 아니면 뭘 원하는데요?'

이제 저는 감정을 억누를 수 없었어요.

'제가 먼저 바라는 것은…… 당신이 말을 나눌 때 저를 소매상이 아니라 인간으로 대하는 것입니다. 도움이 필요하면…… 곧바로 파렴치하게 돈을 들고 찾아올 게 아니라…… 부탁을 해야지요…… 인간 대 인간으로 저에게 당신을 도와달라고 부탁해야 한다는 말입니다…… 저는 의사일 뿐만 아니라, 진찰 시간만 있는 게 아니라…… 개인 시간도 있습니다…… 당신은 개인 시간에 저를 찾아온 것 같은데요……'

여인은 한순간 입을 다물었어요. 이어 입술을 가볍게 실그러뜨려 바들거리며 재빨리 말했어요.

'그러니까 내가 부탁하면…… 그 일을 하겠다는 건가요?'

'또다시 흥정하려 하는군요—제가 먼저 약속한 다음에야 부탁하려 하는군요. 당신이 먼저 부탁해야 합니다—그러면 제가 대답하겠습니다.'

고집 센 말처럼 여인은 머리를 쳐들었어요. 화가 치밀어 저를 노려

---

* 「로미오와 줄리엣」 5막 1장에서 로미오는 가난뱅이 약사를 매수하여 독약을 구한다. 약사가 "내 본심은 그렇지 않지만 가난 때문에 돈을 받겠습니다"라 말하자, 로미오는 "나는 당신의 본심이 아니라 당신의 가난에 돈을 주는 것이오"라 응수한다.

보았어요.

'아니요―부탁하지 않겠어요. 차라리 나락에 떨어지겠어요!'

그러자 분노가, 불같고 정신없는 분노가 저를 사로잡았어요.

'당신이 부탁하지 않겠다면, 제가 요구를 내걸겠습니다. 제 속내를 분명히 말할 필요는 없으리라 생각합니다만―제가 당신에게 어떤 욕망을 품고 있는지 아실 테니까요. 요구를 채워주면―그러면 당신을 돕겠습니다.'

한순간 여인이 저를 노려보았어요. 그런 뒤―아, 저는 말할 수, 말할 수 없어요, 그게 얼마나 끔찍했는지―표정이 굳어지더니…… 그런 뒤 여인이 별안간 웃었어요…… 이루 말할 수 없이 업신여기며 대놓고 웃었어요…… 업신여기며, 저를 가루처럼 날려버리고…… 그러면서 넋 나가게 했어요…… 마치 폭발이 일어난 듯했어요. 업신여김이 가득한 웃음이 엄청난 힘으로 그렇게 별안간, 그렇게 치솟듯, 그렇게 세차게 터져나왔어요. 저는…… 정말이지 저는 바닥에 주저앉아 여인의 발에 입맞출 뻔했어요. 웃음이 울려퍼진 건 단 일 초 동안이었지만…… 번개가 치는 듯했고 제 온몸에 불이 붙었어요…… 여인은 이미 몸을 돌려 황급히 문으로 향했어요.

저도 모르게 여인을 뒤쫓아…… 용서를 빌고…… 간청하고 싶었어요…… 저는 기력이 완전히 바닥난 상태였어요…… 여인이 다시금 몸을 돌리고 말했어요…… 아니, 명령했어요.

'따라오거나 수소문할 생각은 하지도 마세요…… 후회할 거예요.'

여인의 등뒤에서 문 닫히는 소리가 들렸어요."

 사내는 다시 머뭇거렸다. 다시 아무 말이 없었다. 달빛이 흘러내리는 듯, 쏴쏴거리는 소리만 들렸다. 마침내 다시 목소리가 들렸다.
 "문이 닫혔어요…… 하지만 저는 꼼짝달싹 않고 그 자리에 있었어요…… 명령에 최면이 걸렸다고나 할까요…… 여인이 층계를 내려가는 소리가, 집 문을 닫는 소리가 들렸어요…… 전부 들렸어요. 저는 여인을…… 여인을 뒤쫓고 싶은 생각이 굴뚝같았어요…… 무엇을 하려 했는지는 모르겠군요…… 여인을 다시 부르려는 건지, 때리려는 건지, 목 졸라 죽이려는 건지…… 하지만 뒤쫓고…… 뒤쫓고 싶었어요…… 그렇지만 그럴 수 없었어요. 온몸이 감전되어 마비된 듯했어요…… 번개에 맞아 뼛속까지 저렸어요. 여인의 눈빛에서 안하무인으로 뿜어나온 번개에 맞아…… 저는 알아요. 이를 설명할 수 없다는 것을, 이해시킬 수 없다는 것을…… 우스꽝스럽게 들리겠지만 저는 멈춰 서 있었어요, 못박혀 있었어요…… 몇 분이 필요했어요. 어쩌면 오 분이, 어쩌면 십 분이, 제가 땅에서 다시 발을 떼기까지……
 하지만 발을 움직이기 무섭게, 저는 뜨거워지고 날래졌어요…… 순식간에 층계를 뛰어내려갔어요…… 여인은 틀림없이 주재소로 가는 길로 내려갔을 거였어요…… 저는 자전거를 꺼내러 헛간으로 달려가고, 열쇠를 두고 온 걸 깨닫고선 문짝을 잡아뜯자 대나무 판자가 우지끈 쪼개져요…… 자전거에 올라타 여인을 뒤쫓아 달려요…… 여인을…… 여인을 따라잡아야 해요. 여인이 자동차에 타기 전에…… 여인에게 이야기해야 해요……

길이 먼지를 일으키며 스쳐가요…… 이제야 저는 깨달아요, 얼마나 오랫동안 이층에서 꼼짝 않고 서 있었는지…… 그때…… 주재소 바로 앞 숲의 커브길에서 여인이 보이를 데리고 똑바로 성큼성큼 서둘러 걷는 게 보여요. 여인도 틀림없이 저를 보았을 거예요. 이제 보이와 이야기를 마치곤 보이를 뒤에 남긴 채 혼자 계속 가고 있으니까요…… 이 여자가 무엇을 하려는 거지? 왜 혼자 있으려는 거지?…… 보이가 듣지 못하는 곳에서 나하고만 이야기하려는 걸까?…… 저는 완전히 미친듯 페달을 밟아요…… 그때 느닷없이 옆에서 무언가 튀어나와 길을 막아요…… 보이예요…… 저는 가까스로 자전거를 옆으로 꺾고 꽈당 하고 넘어져요……

욕설을 퍼부으며 일어서요…… 저도 모르게 주먹을 들어 이 천치에게 한 방 날리려 하지만, 보이는 옆으로 펄쩍 뛰어 피해요. 저는 자전거를 세워 다시 올라타려 해요. 하지만 그때 이 악당이 냉큼 달려들더니 자전거를 붙잡고 끔찍한 영어로 말해요. 여기 있으십시오.

선생은 열대지방에 살지 않았지요…… 선생은 몰라요, 이런 황인 악당이 백인 '주인'의 자전거를 잡고 백인에게, '주인'에게 여기 있으라고 명령하는 게 얼마나 뻔뻔스러운 일인지를. 대꾸도 아까워 저는 녀석의 얼굴에 주먹을 날려요…… 녀석은 비틀거리면서도 자전거를 꼭 붙들어요…… 두 눈을, 가늘고 겁먹은 두 눈을 노예 같은 불안에 싸여 크게 뜨고 있지만, 핸들을 꼭 붙들어요. 악마처럼 꼭 붙들어요. 여기 있으십시오. 녀석이 다시금 더듬거려요.

다행히 제 수중에 권총이 없었어요. 있었더라면 녀석을 쏘아 죽였을 거예요. '꺼져, 개 같은 놈아!' 이렇게 말할 뿐이에요. 녀석은 몸을 움츠리고 저를 노려보지만, 핸들을 놓지 않아요. 다시 한번 녀석의 머리를 후려쳐도, 여전히 놓지 않아요. 저는 광분에 사로잡혀요…… 여인이 멀리 갔다는 걸, 어쩌면 이미 빠져나갔다는 걸 알아요…… 아래턱에 어퍼컷을 제대로 한 방 먹이자 녀석이 나가떨어져요. 저는 다시 자전거를 손에 넣어요…… 하지만 올라타자, 자전거가 나아가지 않아요…… 억지로 잡아당기는 바람에 바큇살이 휘어버린 거예요…… 저는 허둥지둥 손을 놀려 바큇살을 펴려 해요…… 뜻대로 되지 않아요…… 길 건너편 악당에게 자전거를 내던지니, 녀석이 피투성이가 된 채 일어나 옆으로 비켜요…… 그러고선—제기랄, 그곳 모든 주민에게 얼마나 우스꽝스럽게 보였을지 선생은 실감하지 못할 거예요. 한 유럽인이…… 하여튼, 이제 저는 어떻게 해야 할지 알 수 없었어요…… 여인을 뒤쫓아 따라잡아야 한다는 한 가지 생각뿐이었어요…… 저는 달렸어요. 미치광이처럼 거리를 따라 내달리며 오두막들을 지나쳤어요. 거리에는 황인 구경꾼들이 깜짝 놀라 몰려들어, 백인 사내가, 의사가 달리는 걸 지켜보았어요.

땀을 뻘뻘 흘리며 저는 주재소에 도착했어요. 맨 먼저 이렇게 물어요. 자동차는 어디 있는가?…… 방금 떠났습니다…… 구경꾼들은 깜짝 놀라 저를 바라보아요. 이들에게 저는 틀림없이 미치광이처럼 보일 거예요. 땀과 먼지로 범벅이 되어 도착하더니, 걸음을 멈추기도 전에 이런 질문부터 내뱉었으니 말이에요. 길 남쪽에 자동차 매연이 하얗게 떠오르는 게 보여요…… 여인의 뜻대로…… 뜻대로 되었어요…… 모든 게 여인의 냉철한, 잔인할 만큼 냉철한 계산대로 된 거예요.

하지만 달아나봐야 소용없어요…… 열대지방의 유럽인들 사이에는 비밀이라는 게 없어요…… 누구나 서로 알고, 모든 게 알려지지요…… 여인의 운전기사가 면청에서 한 시간 동안 가만있지 않은 덕분에…… 몇 분 안에 저는 모든 걸 알게 돼요…… 여인이 누구인지…… 남쪽에—여기에서 기차로 여덟 시간 걸리는 정부 수도에—살며…… 말하자면 어느 거상의 부인이자 엄청나게 부유한 상류층 영국 여자라는 걸 알아내요…… 다섯 달째 미국에 머물던 남편이 여인을 유럽으로 데려가기 위해 며칠 안에 도착할 예정이라는 것도 알아내요.
하지만 여인은 아이를 가진 지—이런 생각이 독처럼 뜨겁게 핏줄로 흘러들어요—기껏해야 두세 달밖에 되지 않았을 거예요."

*

"지금까지 저는 선생에게 모든 걸 이해시킬 수 있었어요. 어쩌면 이 시점까지는 저 자신을 이해하고…… 의사로서 제 증상을 진단할 수 있었기 때문일지도 몰라요. 하지만 이때부터는 마음속에 열병이 생긴 듯했어요…… 저는 자신을 다스리지 못했어요…… 그러니까 제가 얼마나 정신없는 짓을 하고 있는지 정확히 알면서도, 더이상 자신을 휘어잡지 못했어요…… 이제 저 자신을 이해하지 못했어요…… 제 목표물에 사로잡혀 앞으로 내달릴 뿐이었어요…… 말이 나왔으니 잠깐만요…… 어쩌면 선생을 이해시킬 수 있을지 모르겠네요…… 아모크가 뭔지 아세요?"

"아모크? ……생각나는 것도 같습니다…… 말레이인이 겪는 일종의 취기지요……"

"취기 이상이에요…… 발광이에요, 인간이 걸리는 일종의 광견병이요…… 살기를 띠는, 제정신을 잃는 단일광* 발작으로, 알코올중독과는 전혀 종류가 다른 것이지요…… 저 자신도 체류하는 동안 몇몇 사례를 연구했지만—누구나 남의 일은 항상 매우 현명하게 객관적으로 살펴보는 법이니까요—원인과 관련된 무시무시한 비밀은 밝혀낼 수 없었어요. 어쨌든 기후와 관련이 있어요. 이 후텁지근하고 숨막히는 듯한 공기가 뇌우처럼 짓누르면, 신경이 튀어올라 풀리는 거예요…… 그러니까 아모크는…… 그래요, 아모크는 이런 거예요. 한 말레이인이, 아주 평범하고 선량한 인간이 싸구려 술을 들이켜요…… 무덤덤히, 심드렁히, 기운 없이 앉아 있어요…… 제가 제 방에 앉아 있었듯이요…… 그러다 이자가 느닷없이 벌떡 일어나 단검을 들고 거리를 내달려요…… 똑바로 달려요, 계속 똑바로…… 어디로 가는지도 모르고…… 길을 막는 것은, 인간이든 짐승이든, 크리스**로 찔러 죽여요. 피를 보면 넋이 나가 이자는 더욱 날뛸 뿐이에요…… 달리면서 입술에 게거품을 물어요. 미치광이처럼 울부짖어요…… 하지만 달리고, 달리고, 달려요, 이제 오른쪽을 보지 않아요, 왼쪽도 보지 않아요. 귀청이 찢어져라 외치며, 피 묻은 크리스를 겨누고 끔찍하게 똑바로 달릴 뿐이에요…… 마을 사람은 어떤 힘으로도 아모크 광인을 막을 수 없다는 걸 알아요…… 그래서 이자가 달려오면, 이렇게 소리질러 경

---

* 19세기 초 정신병리학에서 '단일광(Monomanie)'은 완전한 '광기(Wahnsinn)'에 대비되는 개념으로 사용되었으며, 정신 기능의 부분적 장애를 가리켰다.
** 인도네시아, 말레이시아, 필리핀 등지에서 주로 볼 수 있는 단검. 칼날이 물결 모양이며, 마법적 힘이 있다고 여겨진다.

고하지요. '아모크! 아모크!' 그러면 모두 도망가요…… 하지만 이자는 듣지 못하고 달려요. 보지 못하고 달려요. 마주치는 것을 찔러 죽여요…… 미친개처럼 사살되거나 스스로 게거품을 물며 쓰러질 때까지……

언젠가 제 사택 창 너머로 그걸 본 적이 있어요…… 소름이 끼쳤어요…… 하지만 그것을 보았기 때문에 당시 저 자신을 이해할 수 있어요…… 제가 그렇게, 바로 그렇게, 무시무시한 눈초리를 던지며 똑바로, 왼쪽도 오른쪽도 보지 않고, 그렇게 목표물에 사로잡혀 달려갔으니까요…… 이 여인을 뒤쫓아…… 어떻게 그 모든 일을 했는지 이제는 모르겠어요. 그토록 미친듯 달리는 가운데, 그토록 엄청나게 빠른 속도로, 모든 게 스쳐갔어요…… 이 여인에 관해, 이름이며, 집이며, 운명을 시시콜콜 알아낸 지 십 분 뒤, 아니 오 분 뒤, 아니 이 분 뒤…… 저는 급하게 빌린 자전거를 타고 집으로 황급히 돌아와, 양복 한 벌을 트렁크에 집어던지고 돈을 쑤셔넣고 자동차에 올라 기차역으로 갔어요…… 면 직원에게 신고도 하지 않고…… 대진 의사도 지명하지 않고 떠났어요. 집도 있는 그대로 놔두고 문도 열어둔 채였어요…… 하인들이 저를 둘러싸고, 여자들이 깜짝 놀라 물었지만, 대꾸하지 않았어요. 뒤돌아보지도 않았어요…… 역으로 가서 다음 열차를 타고 수도로 갔어요…… 이 여인이 제 방에 들어온 뒤 고작 한 시간 만에, 저는 제 생활을 미련 없이 내버린 채 아모크 상태에서 무턱대고 달리고 있었어요……

저는 막무가내로 똑바로 달렸어요…… 저녁 여섯시에 도시에 도착했어요…… 여섯시 십분에 여인의 집에 들어서서 제가 왔다고 알리게 했어요…… 그건…… 선생도 그렇게 생각하겠지만…… 그건 제가 할 수 있는 가장 분별없고 가장 바보 같은 짓이었어요…… 하지만 아모크 광인은 멍한 눈으로 달리거든요. 어디로 달리는지 못 보거든요…… 몇 분 뒤 하인이 돌아왔어요…… 공손하고 냉정하게 말하더군요…… 부인께서는 몸이 불편해 손님을 맞으실 수 없습니다……

저는 비틀거리며 문 밖으로 나왔어요…… 한 시간 동안 집 주위를 어슬렁거렸어요. 여인이 어쩌면 저를 찾을지도 모른다는 허황한 희망에 사로잡혀서요…… 그런 뒤 해변 호텔에 방을 잡아 위스키 두 병을 들고 방으로 들어와서…… 위스키에 베로날* 2회 복용량을 타 마시니 눈꺼풀이 감겼어요…… 마침내 잠들었어요…… 이 몽롱하고 수렁 같은 잠은 생사를 걸고 달리는 동안 취한 딱 한 번의 휴식이었어요."

*

선박의 종소리가 들렸다. 두 번 뚜렷이 힘차게 울린 소리는 잔잔한 연못처럼 고요한 공기를 헤치고 술렁이며 퍼져나가더니, 용골 아래에서 솟아나 열정어린 이야기 사이로 끈질기게 끼어드는 나직하고 쉴새 없는 쏴쏴 소리에 휩쓸려 잦아들었다. 맞은편의 어둠 속 사내가 깜짝 놀라 일어선 것 같았다. 말이 멎었다. 다시 손이 내려와 병을 만지작거리는 소리가, 다시 나직이 꿀꺽 들이켜는 소리가 들렸다. 그런 뒤 안정을 되찾은 듯 사내는 훨씬 기운찬 목소리로 입을 열었다.

---

* 1903년 시판되기 시작하여 전 세계에서 수면제 및 진정제로 사용된 바르비투르산염의 상품명.

"이 시점부터의 일을 선생에게 이야기하는 것은 거의 불가능해요. 지금 생각하면 저는 당시 열병에 시달리고 있었던 것 같아요. 아무튼 발광에 가까울 만큼 지나치게 흥분해 있었어요—선생에게 말했다시피 아모크 광인 같았지요. 하지만 새겨두세요. 제가 도착한 것은 화요일 밤이었고, 토요일에는—그새 알게 된 사실이었는데—여인의 남편이 요코하마에서 출발하는 P&O* 기선을 타고 도착할 예정이었어요. 그러니까 여인이 결심을 굳히고 제가 여인을 도울 수 있는 시간은 고작 사흘, 빠듯이 사흘밖에 남지 않은 상태였어요. 이해하겠어요? 저는 여인을 곧바로 도와야 한다는 것을 알았지만 아무 말도 건넬 수 없었어요. 제 우스꽝스럽고 광기어린 행동을 사과하고 싶다는 욕구가 저를 더욱 가슴 졸이게 했어요. 저는 한시가 급하다는 걸 알았어요. 여인의 생사가 걸렸다는 것을 알았어요. 하지만 여인에게 다가가 속삭임 한번, 손짓 한번 건넬 방법이 없었어요. 어리석게도 멧돼지같이 뒤쫓아 달려와 여인을 놀라게 했던 탓이에요. 그러니까…… 그래요, 잠깐만요…… 그러니까, 어떤 사람이 다른 사람에게 살인자를 조심하라고 경고하러 뒤쫓아 달려오자, 이 다른 사람은 쫓아오는 사람을 살인자로 여기고…… 계속 달려 나락으로 떨어지는 꼴이었어요. 여인은 저를 자신을 욕보이려고 뒤쫓아오는 아모크 광인으로 여겼어요…… 하지만…… 그건 끔찍하고 터무니없는 오해였어요…… 저는 이제 그럴 생각이 없었어요…… 이미 저는 끝장난 사람이었어요. 여인을 돕고 싶을 뿐이었어요, 돌보고 싶을 뿐이었어요…… 여인을 돕기 위해서라

---

* 'Peninsular & Oriental Steam Navigation Co. Ltd.(페닌슐러 오리엔탈 기선 운항 유한회사)'의 약자로, 19세기 초 설립되어 세계적인 해운사로 도약한 영국 선박 회사다.

면 살인이라도, 범죄라도 저질렀을 거예요…… 하지만 여인은, 여인은 이해하지 못했어요. 아침에 일어나자마자 곧바로 다시 여인의 집으로 달려가니, 보이가 문 앞에 서 있었어요. 제가 얼굴을 갈겼던 그 보이요. 보이는 먼발치에서 저를 보더니—저를 기다리고 있던 게 틀림없었어요—문안으로 휙 사라졌어요. 어쩌면 제가 왔다고 몰래 알리러 들어갔을지도…… 어쩌면…… 맙소사, 아무것도 알 수 없어 제가 지금 얼마나 괴로운지요…… 어쩌면 모두 저를 맞이할 준비가 되어 있었을지도…… 하지만 저는 보이를 보자 치욕을 겪은 일이 생각나 다시 한번 집에 찾아갈 엄두를 차마 내지 못했어요…… 무릎이 떨렸어요. 문턱까지 거의 갔다가 뒤돌아 다시 떠났지요…… 떠났어요, 어쩌면 여인도 저처럼 고통에 시달리며 저를 기다리고 있을지 모르는데요.

저는 발꿈치 아래 땅바닥이 불타듯 홧홧거리는 이 낯선 도시에서 무엇을 해야 할지 몰랐어요…… 그러다 퍼뜩 무언가 떠올랐고, 곧바로 마차를 불러 예전에 제가 주재지에서 도움을 베풀었던 부시장 집무실에 찾아가 제가 왔다고 알리게 했어요…… 틀림없이 제 외모부터 무언가 낯설게 느껴졌던 것 같아요. 부시장은 저를 놀란 눈초리로 바라보았고, 정중하기는 했지만 어쩐지 불안해했어요…… 어쩌면 제가 아모크 광인이라는 걸 이미 알아챘을지도 모르지요…… 저는 짤막하고 결연하게 말했어요. 저를 수도로 전근시켜주십시오. 제 근무지에서는 이제 살아갈 수 없습니다…… 바로 이주해야 합니다…… 부시장이 저를 봤어요…… 어떤 눈빛으로 바라보았는지는 말씀 못 드리겠군요…… 의사가 환자를 바라보듯이, 라고나 할까요…… '신경쇠약 같군요, 의사 선생.' 부시장은 이렇게 말했어요. '이해하고도 남습니다. 그렇게 처리할 수 있을 겁니다. 하지만 기다려야 합니다…… 사주 정도…… 먼저 후임자를 찾아야 하니까요.' '기다릴 수 없습니다, 단 하루도.' 저는 이렇게 대답했어요. 다시금 기이한 눈빛이 날아왔어요. '기다려야 합니다, 의사 선생.' 부시장은 정색하고 말했어요. '주재지 의사 자리를 비워둘 수는 없습니다. 하지만 오늘 바로 모든 조치를 취할 것을 약속하겠습니다.' 저는 이를 악문 채 꿈쩍 않고 서 있었어요. 제가 돈에 팔린 인간이며 노예라는 게 처음으로 또렷이 느껴졌어요. 정신을 가다듬고 항의하려 했지만, 말수 좋은 부시장이 선수를 쳤어요. '당신은 외롭게 지내고 있습니다, 의사 선생. 그러다가는 병에 걸릴 겁니다. 당신이 수도에 오지도 않고 휴가도 가지 않는 데 우리 모두 놀라고 있습니다. 사람들과 교제하며 기분을 북돋우는 시간이 필요합니다. 오늘 저녁이라도 오십시오. 오늘 정부 청사에서 리셉션이 있습니다. 식민지 인사를 모두 보게 될 겁니다. 오래전부터 당신을 만나고 싶어하는 사람이 많습니다. 종종 당신 소식을 물으며 당신이 수도에 오면 좋겠다고들 했습니다.'

마지막 말에 정신이 번쩍 들었어요. 내 소식을 물었다고? 여인이 그랬던 게 아닐까? 저는 별안간 딴사람이 되었어요. 곧바로 부시장에게, 더없이 공손한 태도로, 초대에 감사하며 늦지 않게 찾아가겠다고 약속했지요. 저는 늦기는커녕 너무 이르게 갔어요. 굳이 말하지 않아도 아시겠지만, 조바심에 쫓겨 정부 청사의 대형 홀에 맨 먼저 도착했어요. 아무 말 없이 황인 하인들에게 에워싸여 있었는데, 이들은 맨발로 이리저리 왔다갔다하며—제 마음속이 혼란스러워 그렇게 느꼈을까요—등뒤에서 저를 비웃는 것 같았어요. 조용한 가운데 준비가 한창

이던 십오 분 동안 저는 단 한 사람의 유럽인이었고, 혼자 외로이 있었기 때문에 조끼 주머니에서 회중시계 째각거리는 소리가 들릴 정도였어요. 드디어 정부 관리 몇몇이 가족을 동반하여 들어왔고, 마침내 지사도 들어와 저와 상당히 긴 대화를 나누었는데, 저는 열의 있고 재치 있게 대답했던 것 같아요…… 느닷없이 수수께끼같이 신경이 곤두서며 어눌하게 더듬거리기 시작하기 전까지는요. 저는 홀 문 쪽을 등지고 있었지만 단박에 여인이 들어온 것을, 여인이 틀림없이 그곳에 있는 것을 느꼈어요. 이런 느닷없는 확신에 사로잡혀 제가 얼마나 당혹스러웠는지 설명할 수 없군요. 어쨌든 지사와 이야기하며 귀로는 지사 말을 들었지만, 등으로는 어딘가에 여인이 있는 것을 느꼈어요. 다행히 지사는 곧 이야기를 마쳤어요―그러지 않았다면 아마 저는 느닷없이 무례하게 몸을 돌렸을 거예요. 제 신경은 그토록 수수께끼같이 잡아끌렸고, 제 욕망은 그토록 뜨겁게 달아올랐지요. 아닌 게 아니라, 몸을 돌리자마자 여인이 보였어요. 여인이 있을 거라고 저도 모르게 짐작했던 바로 그 자리에 있었어요. 여위고 미끈한 어깨가 은은한 상아처럼 내비치는 노란색 무도회 드레스 차림으로 무리에 둘러싸여 잡담하고 있었어요. 미소를 띠었지만, 얼굴 표정이 굳어 있는 것 같았어요. 저는 가까이 다가가―여인은 저를 못 봤거나 못 본 척했어요―얇은 입술 가에 상냥하고 정중하게 흘리는 미소를 바라보았어요. 이 미소가 저를 또다시 넋 나가게 했어요. 왜냐하면…… 왜냐하면 이제 저는 잘 알고 있었으니까요. 이게 거짓이고, 술수거나 술책이고, 능란한 위장이라는 것을요. 오늘은 수요일이야. 이런 생각이 뇌리에 스쳤어요. 토요일이면 남편이 탄 배가 도착해…… 어떻게 미소 지을 수 있어…… 저렇게 자신 있게, 저렇게 걱정 없이 미소 지을 수 있어, 불안에 못 이겨 부채를 구기기는커녕 손에 들고 살랑살랑 부칠 수 있어? 저는…… 저는, 남인데도…… 이틀 전부터 그 시간이 닥칠까봐 떨었는데…… 저는 남인데도 감정이 북받쳐 여인의 불안을, 공포를 함께 겪고 있는데…… 여인은 무도회에 와서 미소 짓고, 미소 짓고, 미소 지었어요……

등뒤에서 음악이 울렸어요. 무도회가 시작되었어요. 중년 장교가 춤을 청하자, 여인은 잡담하던 무리에게 양해를 구하고 장교의 팔을 잡은 뒤 저를 스쳐지나 다른 홀 쪽으로 갔어요. 저를 보자 여인의 얼굴이 별안간 빳빳이 굳었어요―하지만 그건 단 일 초 동안이었고(제가 인사를 할지 말지 주저하고 있는 참에) 우연히 알게 된 지인을 알아본 듯 저에게 공손히 고개를 끄덕했어요. '안녕하세요, 의사.' 그러고선 어느새 지나갔어요. 이 녹회색 눈빛에 무슨 생각이 숨겨져 있는지는 아무도 짐작 못했을 거예요. 저도, 저 자신도 몰랐으니까요. 왜 인사를 했을까요…… 이제 느닷없이 알은체를 했을까요? ……저를 뿌리치려는 것이었을까요, 저에게 다가오려는 것이었을까요, 단지 놀란 나머지 어쩔 줄 몰라서였을까요? 제가 얼마나 흥분해서 뒤에 남아 있었는지 선생에게 설명할 수 없군요. 모든 감정이 들썽거리고 마음속에서 바싹 짓눌려 터져오를 듯했어요. 여인이 장교의 팔에 안겨 느긋하게 왈츠를 추고, 이마에는 걱정 없는 듯 냉정한 빛을 내비치는 것을 보았지만, 저는 알았어요…… 여인도…… 여인도 저처럼 그 일만…… 그 일만 생각하고 있다는 것을…… 여기서 우리 두 사람만이 무시무시한 비밀을 함께 간직하고 있다는 것을…… 여인은 왈츠를 추고 있었고…… 이 몇 초 동안 저는 불안과 욕망을 느끼며 넋이 나간 채 그 어느 때보다 더 열정에 휩싸였어요. 누군가 저를 지켜보고 있었다면 분명히 알아챘을 거예요. 여인이 속마음을 숨기고 있는 것보다 훨씬 강하게, 저는 제 태도로 속마음을 드러내고 있다는 것을요―저는 딴 데를 볼 수 없었어요. 저는…… 그래요, 저는 여인을 바라보아야 했어요. 빨아들이듯, 여인의 가려진 얼굴을 먼발치에서 잡아당기듯요. 그러면 가면이 일 초라도 벗겨지지 않을까 싶어서요. 여인은 이렇게 뚫어지게 바라보는 눈초리를 틀림없이 거북하게 느꼈던 것 같아요. 파트너의 팔을 끼고 돌아왔을 때 일 초 동안 번개처럼 저를 노려보았어요. 엄하게 명령하듯, 쫓아내듯, 제가 당시 익히 알고 있었던 도도한 분노의 이맛살을 다시금 못마땅한 듯 찌푸렸어요.

하지만…… 하지만…… 선생에게 말씀드렸듯이…… 저는 아모크 상태로 달리고 있었어요. 오른쪽에도 왼쪽에도 한눈팔지 않았어요. 저는 여인의 생각을 곧바로 이해했어요―이 눈빛은 이렇게 말했어요. 눈길 끄는 행동을 하지 마요! 감정을 자제해요!―저는 알았어요. 여인이…… 이걸 어떻게 설명하지요? ……여인이 탁 트인 홀에서 제가 신중하게 처신하기 바란다는 것을요…… 저는 알아챘어요. 지금 집에 돌아가면 다음날 여인이 맞아줄 게 확실하다는 것을…… 제가 눈에 띄게 친근하게 구는 걸 받아들이기를 지금은, 지금은 피하려 할 뿐이라는 것을. 여인이―매우 당연한 일이지만―제가 섣부른 행동으로 소동을 일으킬까 두려워한다는 것을요…… 선생도 알겠지요…… 저는 모든 걸 알았어요. 이 명령하는 듯한 회색 눈빛을 이해했어요…… 하지만 마음속 욕구가 너무 강했어요. 여인에게 이야기해야 했어요.

저는 여인이 잡담하고 있는 무리 쪽으로 허청허청 다가갔어요—거기 있는 이들 중 몇 사람밖에 알지 못했지만—옹기종기 둘러선 무리 사이를 비집고 들어갔어요. 오로지 여인이 말하는 것을 듣고 싶은 욕망에 못 이겨서요. 하지만 여인의 눈길은 저를 쌀쌀맞게 스쳐지나갔어요. 저를 제 등뒤에 걸려 있는 리넨 커튼이나 이 커튼에 살랑거리는 바람쯤으로 여기는 듯했어요. 그럴 때마다 저는 두들겨맞은 개처럼 겁먹고 움츠러들었어요. 그렇지만 저는 여인이 저에게 한마디 해주기를, 제 마음을 안다는 낯빛을 지어주기를 갈망하며 그 자리에 서 있었어요. 잡담하는 사람들 사이에서 여인을 뚫어져라 바라보며 돌덩이처럼 서 있었어요. 틀림없이 제 태도는 이미 눈길을 끌었을 거예요, 틀림없이. 아무도 저에게 한마디도 걸지 않았으니까요. 제가 이렇게 우스꽝스럽게 눈앞에 버티고 있는 상황이 여인은 고통스러웠을 거예요.

얼마나 오랫동안 서 있었는지 모르겠어요…… 아마도 영겁처럼 긴 시간 동안…… 의지가 이처럼 마법에 홀린 상태에서 저는 빠져나올 수 없었어요. 가라앉지 않는 광기에 몸이 마비되었어요…… 여인도 더는 견뎌내지 못했어요…… 사태를 놀랄 만큼 손쉽게 처리하는 천성대로 느닷없이 신사들에게 몸을 돌리더니 이렇게 말했어요. '약간 피곤하군요…… 오늘은 일찍 자러 가야겠어요…… 안녕히 계세요!' ……여인은 정중하고 어색하게 고개를 끄덕이며 저를 스쳐지나갔어요…… 이맛살을 찌푸린 게 눈에 띄었고, 그런 뒤 등만, 하얗고 차갑게 드러난 등만 보였어요. 일 초가 흐른 뒤, 저는 깨달았어요, 여인이 떠나간다는 것을…… 이날 밤, 구원할 수 있는 이 마지막 밤 여인을 더 볼 수도 없고 더 말할 수도 없다는 것을요…… 이를 깨닫게 될 때까지, 한순간 저는 꼼짝 않고 서 있었어요…… 그런 뒤…… 그런 뒤……

하지만 잠깐만요…… 잠깐만요…… 이 얘기부터 하지 않으면 선생은 제가 얼마나 분별없고 바보 같은 짓을 했는지 이해 못해요…… 먼저 선생에게 그 장소부터 두루 설명해야겠군요. 그곳은 정부 청사의 넓은 홀이었어요. 등불로 환하게 밝혀지고, 거의 비어 있었지요. 엄청나게 큰 홀이었어요…… 쌍쌍이 춤추러 나가고 신사들은 카드 치러 간 터라…… 구석에서 몇몇 무리가 잡담하고 있을 뿐이었어요…… 그러니까 홀은 휑뎅그렁했어요. 어떤 움직임이든 눈길을 끌었고 눈부신 등불에 다 드러났어요…… 이 드넓은 홀을 여인은 어깨를 펴고 천천히 가볍게 가로질러 걸었어요. 이따금 이루 말할 수 없이 차분하게 인사를 주고받으며…… 이 장엄하고 냉정하고 품위 있는 침착함을 보고 저는 여인에게 넋을 잃었어요…… 저는…… 저는 뒤에 남아 있었어요. 선생에게 말씀드렸다시피 몸이 마비된 것 같았어요, 여인이 떠나간다는 것을 깨달았을 때까지…… 이를 깨달았을 때 여인은 홀의 맞은편 문에 거의 다다라 있었어요…… 그때…… 맙소사, 이 일을 생각하면 지금도 부끄러워요…… 그때 어떤 충동이 느닷없이 저를 사로잡았어요. 저는 달렸어요, 듣고 계세요? 달렸어요…… 걷지 않았어요. 신발이 쿵쿵거리는 소리가 크게 메아리치도록, 홀을 가로질러 여인을 뒤쫓아 달렸어요…… 제 발소리가 들렸어요. 다들 깜짝 놀라 저에게 눈길을 던지는 게 보였어요…… 부끄러워 죽는 줄 알았어요…… 달리는 동안 광기가 저도 느껴졌어요…… 하지만 저는…… 저는 이제 돌아설 수 없었어요…… 문에서 여인을 따라잡았어요…… 여인이 몸을 돌렸어요…… 눈길이 회색 강철 화살처럼 저에게 박혔어요. 콧방울이 분노로 발랑거렸어요…… 제가 더듬더듬 말을 꺼내려는 참이었어요…… 그때…… 그때…… 여인이 느닷없이 깔깔깔 웃었어요…… 소리 높여 태연하게 속 시원히 웃으며, 큰 소리로…… 다 들을 수 있게 큰 소리로 말했어요…… '아, 의사, 내 아들의 처방전을 건네줘야 한다는 게 이제야 생각난 모양이군요…… 정말이지, 학문에만 정신 팔린 서생들이란……' 가까이 있던 몇 사람이 함께 환하게 웃었어요…… 저는 무슨 말인지 깨달았어요. 여인의 재치 있는 임기응변에 놀라 비틀거렸어요…… 지갑을 뒤져 처방 수첩에서 빈 종이 한 장을 뜯었고, 여인은 이를 느긋하게 받았어요. 그러고선…… 다시금 쌀쌀맞게 고마운 듯 미소 짓고…… 나갔어요…… 처음에는 마음이 가벼워졌어요…… 제 미친 짓을 여인이 재치 있게 덮어버리고 위기를 넘겼다는 것을 깨달았어요…… 하지만 곧바로 알아챘어요. 제가 모든 것을 잃었다는 것을, 여인은 바보같이 날뛰는 저를 미워한다는 것을…… 죽음보다 미워한다는 것을…… 이제 골백번 집에 찾아가더라도 개처럼 저를 쫓아내리라는 것을요.

저는 비틀거리며 홀을 가로질렀어요…… 뭇사람의 눈길이 저에게 쏟아지는 걸 알아챘어요…… 어딘지 모르게 기이해 보였을 테지요…… 뷔페에 가서 코냑을 두 잔, 석 잔, 넉 잔 연거푸 들이켰어요…… 술기운 덕에 쓰러지지 않고 견뎠어요…… 제 신경은 이미 더 버텨낼 수 없었지요. 갈가리 찢겨 있었어요…… 저는 옆문으로 슬그머니, 범죄자처럼 남몰래 나왔어요…… 이 세상 무엇을 준다 해도 그 홀로 다시 들어가 가로질러 걸을 수 없었을 거예요. 여인의 웃음이 사방 벽에 달라붙어 아직도 귀청이 찢어져라 울리고 있었으니까요…… 저는 걸

없어요…… 어디로 갔는지는 이제 정확히 말할 수 없어요…… 술집 몇 곳에 들러 술을 들이켰어요…… 말짱한 정신을 모조리 들이켜 없애고 싶은 사람처럼 술을 들이켰어요…… 하지만…… 정신이 몽롱해지지 않았어요…… 웃음이 제 마음속에서 앙칼지게 음험하게 울렸어요…… 웃음은, 이 빌어먹을 웃음은 술로 잠재울 수 없었어요. 그런 뒤 항구를 헤매고 다녔어요…… 권총을 호텔에 두고 오지만 않았다면, 자결했을 거예요. 다른 생각은 전혀 하지 않고, 한 가지 생각만 품고 호텔에 돌아왔어요…… 옷장 왼쪽 서랍에 권총이 들어 있다는 생각만 품고…… 이 한 가지 생각만 품고서요.

제가 자결하지 않은 것은…… 선생에게 장담하건대, 비겁해서가 아니었어요…… 차가운 공이치기는 이미 젖혀놓았고 방아쇠만 당기면 저는 구원받았을 거예요…… 하지만 이걸 어떻게 설명해야 할까요…… 저는 마음속 의무를 느꼈어요…… 그래요, 도와주어야 한다는 의무를, 그 빌어먹을 의무를요…… 여인에게 제가 아직 필요할지 모른다는, 여인에게 제가 필요하다는 생각이 저를 미치게 했어요…… 호텔로 돌아왔을 때는 벌써 목요일 아침이었어요. 토요일에는…… 선생에게 말씀드렸다시피…… 토요일에는 배가 도착할 것이었어요. 이 여인, 이 도도하고 콧대 높은 여인이 남편 앞에서, 세상 앞에서 치욕을 맛보면 살아남지 못하리라는 것을 저는 알고 있었어요…… 아, 귀중한 시간을 무의미하게 허비했으며, 미친듯이 지나치게 서두르느라 제때 도울 기회를 다 날렸다는 생각에 얼마나 괴로웠는지…… 여러 시간 동안, 그래요, 여러 시간 동안, 선생에게 장담하건대, 저는 방안을 왔다갔다하며 어떻게 하면 여인에게 다가가 모든 실수를 만회하고 도와줄 수 있을까 머리를 쥐어뜯었어요…… 여인은 이제 저를 집안에 들이지 않으리라는 게 확실했어요…… 여인이 웃는 소리가 아직도 신경 마디마디에서 울렸고, 여인의 콧방울이 분노로 씰룩거리는 게 눈에 선했어요…… 여러 시간 동안, 정말 여러 시간 동안 3미터의 비좁은 방에서 왔다갔다 종종걸음쳤어요…… 어느덧 날이 새고 아침이 되었어요……

퍼뜩 어떤 생각이 떠올라 저는 탁자에 몸을 던졌어요…… 편지지 한 뭉치를 꺼내 편지를…… 자초지종을 써내려가기 시작했어요…… 개처럼 애걸하는 편지에서 저는 여인에게 용서를 빌며 저 자신을 미친 놈이며 범죄자라 일컫고…… 속을 털어놓으라고 애원했어요…… 도시에서, 식민지에서, 여인이 원한다면 세상에서 곧바로 사라지겠다고 다짐했어요…… 여인에게 저를 용서하고 저를 믿고 제 도움을 받으라고 부탁했어요. 마지막, 정말 마지막 순간이었으니까요. 스무 장을 이렇게 허겁지겁 내리썼어요…… 섬망 상태에서 쓴 듯 제정신이 아니고 말로 설명할 수 없는 편지였을 거예요. 탁자에서 일어났을 때 저는 땀으로 목욕하고 있었어요…… 방바닥이 흔들거렸고, 물을 한잔 마셔야 했어요…… 그런 뒤에야 편지를 다시 한번 훑어보려 했어요. 하지만 첫 줄부터 소름이 끼쳤어요…… 벌벌 떨며 편지를 꼭꼭 접고, 봉투를 집었어요. 그때 느닷없이 어떤 생각이 스쳤어요. 불현듯 진짜 중요한 말이 떠올랐어요. 다시금 펜을 손에 잡고 마지막 장에 이렇게 썼어요. '해변 호텔에서 용서의 말을 기다리겠습니다. 일곱시까지 답장이 없으면 권총으로 자결하겠습니다.'

그러고선 편지를 들고, 벨을 눌러 사환을 부른 뒤, 서한을 곧바로 전달하게 했어요. 드디어 모든 것을 말했군요—모든 것을!"

*

 우리 옆에서 무언가 쟁그랑거리며 굴러갔다. 사내가 몸을 급하게 움직이다가 위스키 병을 넘어뜨린 것이었다. 손으로 바닥을 더듬어 병을 찾는가 싶더니 갑작스레 번쩍 집어드는 소리가 들렸다. 사내가 뱃전 너머로 내던진 빈병이 크게 포물선을 그렸다. 몇 분 동안 목소리가 들리지 않았다. 그런 뒤, 다시 사내는 열을 올려 더 흥분하고 더 다급하게 말을 이었다.
 "저는 이제 기독교를 믿지 않아요…… 천국도 지옥도 없다고 생각해요…… 지옥이 있어도 두렵지 않아요. 이날 아침부터 저녁까지 겪었던 시간보다 더 나쁠 수 없을 테니까요. 어떤 작은 방을, 햇빛이 들어 덥고, 낮에는 불타는 듯 뜨거운 방을 상상해보세요…… 탁자와 의자와 침대만 있는 작은 방을요…… 이 탁자에는 회중시계와 권총이 놓여 있고, 탁자 앞에는 한 인간이 앉아 있어요…… 아무것도 하지 않고 줄곧 이 탁자만을, 회중시계의 초침만을 노려보는 한 인간이…… 아무것도 먹지도 마시지도 피우지도 않고 꼼짝달싹 않고…… 줄곧 오직…… 듣고 계세요? 줄곧 오직, 세 시간 내내…… 하얗고 둥그런 숫자판과 째깍째깍 원을 그리며 도는 초침만 바라보는 한 인간이 있어요…… 이렇게…… 이렇게…… 저는 이날을 보냈어요. 오직 기다리고, 기다리고, 기다리고…… 기다렸어요. 마치…… 마치 아모크 광인이 정신없이, 짐승처럼, 미친듯이 똑바로 끈질기게 달리듯이요.

이제⋯⋯ 선생에게 이 시간을 설명하지 않겠어요⋯⋯ 설명할 수 없어요⋯⋯ 미치지⋯⋯ 미치지 않고서야 그것을 어떻게 겪어낼 수 있는지 저 자신도 이제 모르겠어요⋯⋯ 그러다가⋯⋯ 세시 이십이분에⋯⋯ 시간이 정확히 기억나요. 시계를 노려보고 있었으니까요⋯⋯ 느닷없이 문 두드리는 소리가 들려요⋯⋯ 저는 벌떡 일어나요⋯⋯ 호랑이가 먹잇감을 덮치듯, 한걸음에 방을 가로질러 문으로 뛰어가, 눈을 열어젖혀요⋯⋯ 겁먹은 조그만 중국 소년이 꼭꼭 접은 쪽지를 손에 든 채 문밖에 서 있어요. 제가 쪽지를 덥석 잡아 낚아채자 소년은 어느새 휙 달아나 사라져요.

저는 쪽지를 펼쳐요. 읽으려 해요⋯⋯ 하지만 읽을 수 없어요⋯⋯ 눈앞이 벌겋게 흔들거려요⋯⋯ 이 고통을 상상해보세요. 마침내, 마침내 여인에게서 답장을 받았는데⋯⋯ 눈동자 앞이 떨리고 춤추는 거예요. 저는 머리를 물에 담가요⋯⋯ 이제 눈앞이 또렷해져요. 다시 쪽지를 들고 읽어요.

'너무 늦었어요! 하지만 집에서 기다리세요. 어쩌면 당신을 부를지 몰라요.'

오래된 브로슈어에서 찢어낸 듯 구깃구깃한 종이에는 아무 서명도 없었어요⋯⋯ 평소에는 또박또박했을 듯한 글씨가 연필로 황급하고 어지럽게 갈겨써져 있었어요⋯⋯ 저는 알 수 없었어요, 이 종이를 보니 왜 가슴이 미어지는지⋯⋯무언가 오싹하고 수수께끼 같은 기운이 종이에 서려 있었어요. 도망치다가, 창가에 기대서 또는 달리는 마차에서 쓴 것 같았어요. 이루 말할 수 없는 불안감과 조급함과 공포심이 이 은밀한 쪽지에서 제 영혼으로 서늘하게 밀려들었어요⋯⋯ 그래도…… 저는 행복했어요, 여인이 저에게 편지했으니까요. 저는 아직 죽지 않아도 됐어요. 여인을 도울 수 있었어요…… 어쩌면…… 그럴 수 있었어요…… 아, 저는 더없이 허황한 추측과 희망에 푹 잠겼어요. 백 번이고 천 번이고 작은 쪽지를 읽고 입맞추었어요…… 혹시 빠뜨리거나 지나친 말은 없는지 샅샅이 훑어보았어요…… 제 몽상은 점점 깊어가고, 혼란스러워졌어요. 눈뜬 채 잠자는 듯 기묘한 상태였어요…… 일종의 마비가, 자못 몽롱하면서도 흥분되는 비몽사몽의 상태가 어쩌면 십오 분 동안, 어쩌면 몇 시간 동안 계속되었어요……

별안간 저는 깜짝 놀랐어요. 누가 문을 두드린 게 아닐까?…… 저는 숨을 죽였어요…… 일 분, 이 분, 쥐죽은듯 고요함이 감돌았어요…… 다시 매우 나직이, 생쥐가 갉아먹듯, 나직하지만 화급하게 두드리는 소리가 들렸어요…… 저는 벌떡 일어났어요. 비틀비틀 걸어가 문을 여니 문밖에 보이가 서 있었어요. 제가 주먹으로 입을 후려쳤던 바로 그 보이였어요…… 갈색 얼굴은 잿빛으로 질려 있고, 당혹한 눈빛은 사고가 있음을 알려주었어요…… 곧바로 오싹함이 느껴졌어요…… '무슨 일이…… 무슨 일이 있었느냐?' 저는 더듬더듬 간신히 물었어요. 빨리 오십시오. 보이는 이렇게 말했어요…… 다른 말은 없었어요…… 저는 미친듯이 층계를 뛰어내려갔고, 보이는 저를 뒤따라왔어요…… 사도*라는 소형 마차가 서 있었어요. 우리는 올라탔어요…… '무슨 일이 있었느냐?' 제가 보이에게 물었어요…… 보이는 벌벌 떨며 저를 바라볼 뿐 입술을 꼭 다문 채 아무 말도 없었어요…… 저는 다시

---

* 프랑스어 'dos-a-dos(등을 맞대다)'의 줄임말로, 말 한 필이 끄는 양면 좌석의 소형 마차를 가리킨다.

물었어요―보이는 입다물고 아무 말도 없었어요…… 마음 같아선 다시 주먹으로 보이의 얼굴을 후려갈기고 싶었어요. 하지만…… 보이가 여인에게 개처럼 충성을 다하는 게 뭉클했어요…… 그래서 더 묻지 않았어요…… 소형 마차가 혼잡한 거리를 헤치고 매우 황급히 달리자 행인들이 욕설을 퍼부으며 사방으로 흩어졌어요. 마차는 해변의 유럽인 지역을 떠나, 아래쪽 시가지로 들어서서 달리고 또 달려, 떠들썩하고 혼잡한 차이나타운에 접어들었어요…… 마침내 우리는 비좁은 골목으로 들어왔어요. 외딴곳에 있는 골목이었어요…… 납작한 집 앞에서 마차는 멈추었어요…… 집은 땟국에 찌들어 잔뜩 움츠리고 있는 듯했고, 앞채에는 양초로 불 밝힌 작은 가게가 있었어요…… 아편굴이나 매음굴이 숨어 있기 일쑤인 점포였어요. 도둑 소굴이나 장물 은닉처처럼 보였어요…… 보이가 황급히 문을 두드렸어요…… 문틈으로 목소리가 속삭이듯 들리며 묻고 또 물었어요…… 저는 더 참지 못하고 자리를 박차고 일어나 빠끔히 열린 문을 밀쳐 열었어요…… 중국인 노파가 짧은 비명을 내지르며 뒤로 달아났어요…… 보이가 따라오며 길을 알려주어 저는 복도를 지났어요…… 다른 문을…… 어두운 방으로 들어가는 다른 문을, 손잡이를 돌려 열었어요…… 방에서는 화주와 엉긴 피 냄새가 고약하게 풍겼어요. 그 안에서 무언가 끙끙거리고 있었어요…… 저는 더듬더듬 들어갔어요……"

*

다시 목소리가 멎었다. 이어 터져나온 것은 말이라기보다 흐느낌이었다.

"저는…… 저는 더듬더듬 들어갔어요…… 거기…… 거기 때 묻은 깔개에…… 통증에 뒤틀리고…… 끙끙거리는 인간의 몸뚱이가 누워 있었어요…… 거기 여인이 누워 있었어요…… 어두워서 얼굴은 보이지 않았어요…… 눈이 아직 어둠에 익숙해지지 않은 상태였어요…… 그래서 더듬어 만져볼 수밖에 없었지요…… 손이…… 뜨거웠어요…… 불타듯 뜨거웠어요…… 고열, 불같은 고열…… 저는 몸서리쳤어요…… 곧바로 모든 것을 알아챘어요…… 여인은 저를 피해 이곳으로 도망친 거예요…… 웬 땟물 전 중국인 노파에게 몸을 난도질하게 한 거예요. 이곳에서는 비밀이 더 잘 지켜지리라 믿었기에…… 저에게 속을 털어놓느니 웬 마귀할멈의 손에 죽으려 했던 거예요…… 제가 미친놈이었기에…… 제가 여인의 콧대를 꺾으려 하고, 여인을 곧바로 돕지 않았기에…… 여인은 죽음보다 저를 더 두려워했기에……

저는 등불을 가져오라고 소리쳤어요. 보이가 뛰어들어왔어요. 역겨운 중국인 노파가 두 손을 벌벌 떨며 그을음 나는 석유등을 들고 왔어요…… 저는 감정을 억눌러야 했어요. 그러지 않았으면 개 같은 황인 노파에게 달려들어 목을 졸랐을 거예요…… 노파가 등불을 탁자에 놓자…… 고통에 시달리는 육신이 불빛에 노랗고 밝게 드러났어요…… 별안간…… 별안간 저에게서 모든 것이 사라졌어요. 모든 몽롱함이, 모든 분노가, 열정이 쌓여 생긴 모든 더러운 찌꺼기가…… 저는 그저 의사일 뿐이었어요. 도와주고 만져보고 알아내는 사람이었어요…… 저는 저 자신을 잊었어요…… 말짱하고 또렷한 정신으로 이 끔찍한 일에 맞서 싸웠어요…… 저는 꿈에서 열망하던 벌거벗은 육신을 만졌어요. 하지만…… 어떻게 설명해야 할까요…… 그저 물질이나 기관으로만 느껴졌어요…… 저는 이제 여인을 만지는 게 아니라, 죽음과 맞서 싸우는 생명을, 죽을 듯한 고통에 몸부림치는 인간을 만지는 것일 뿐이었어요…… 여인의 피가, 뜨겁고 성스러운 피가 제 손에 흘러넘쳤어요. 하지만 피를 만지면서 쾌락도 오싹함도 느껴지지 않았어요…… 저는 그저 의사였어요…… 고통만 알아챘어요…… 그리고 알아챘어요……

곧바로 알아챘어요. 기적이 일어나지 않는 한 모든 게 끝났다는 것을요…… 여인은 흉악한 돌팔이 손에 상처를 입어 피를 절반이나 쏟았어요…… 이 악취나는 소굴에서 피를 멎게 할 방법이 없었어요. 깨끗한 물조차 없었어요…… 제 손에 닿는 것마다 때에 찌들어 있었어요……

'당장 병원에 가야 합니다.' 저는 말했어요. 하지만 제가 이 말을 하자마자 고통에 시달리는 육신이 경련하며 허리를 일으켰어요. '안 돼요…… 안 돼요…… 차라리 죽겠어요…… 아무도 알면 안 돼요, 누구도 알면 안 돼요…… 집으로…… 집으로……'

저는 깨달았어요…… 목숨을 위해서가 아니라…… 비밀을 위해서, 명예를 위해서 여인은 싸우고 있었어요…… 그래서—저는 그 말에 따랐어요…… 보이가 가마를 가져왔어요…… 우리는 여인을 그 안에 눕혔어요…… 그렇게…… 이미 시신이나 다름없이, 기운 없고 열에 들뜬…… 여인을 한밤중에…… 집으로 옮겼어요…… 깜짝 놀라 물어보는 하인들을 물리치고…… 도둑처럼 우리는 여인을 방으로 옮기고

문을 잠갔어요…… 그런 뒤…… 그런 뒤…… 싸움이, 죽음에 맞선 기나긴 싸움이 시작되었어요……"

*

느닷없이 한 손이 덥석 내 팔을 움켜잡는 바람에, 나는 놀라고 아파서 하마터면 비명을 지를 뻔했다. 어둠 속에서 난데없이 사내의 얼굴이 흉물스럽게 다가와 있었다. 불쑥 드러나 번득거리는 하얀 이가, 달빛이 희미하게 비쳐 부릅뜬 고양이 눈처럼 빛나는 안경 렌즈가 보였다. 이제 사내는 말하는 게 아니었다―분노에 울부짖듯 몸을 떨며 고함쳤다.

"선생은 아세요? 여기 접이의자에 느긋이 앉아 세계를 유람하는 낯선 선생, 인간이 죽을 때 어떠한지 선생은 아나요? 육신이 몸부림치고, 푸르뎅뎅한 손톱으로 허공을 할퀴고, 목구멍으로 그르렁거리고, 팔다리를 버둥대며 열 손가락을 내뻗어 끔찍한 운명과 맞싸우고, 이루 말할 수 없는 오싹함에 질려 눈을 부라리는 모습을, 곁에서 지켜본 적 있나요? 빈둥거리며 세계를 유람하는 선생은, 도와주는 것을 의무라고 말하는 선생은, 이런 일을 겪어본 적 있나요? 저는 의사인 만큼 종종 보았어요…… 임상 사례로, 실제 사실로…… 말하자면 연구했지요…… 하지만 겪어본 적은 단 한 번밖에 없어요. 함께 겪으면서, 함께 죽어본 적은 당시 그날 밤뿐이었어요…… 그 끔찍한 밤 저는 주저앉아 머리를 쥐어짰어요. 무언가 알아내고, 무언가 찾아내고, 무언가 떠올려서, 흐르고 흐르고 흐르는 피를 막으려고, 제 눈앞에서 여인을 불태우는 고열을 막으려고…… 점점 가까이 다가와 침대에서 몰아낼 수 없는 죽음을 막으려고요. 선생은 이런 게 어떤 상황인지 이해하겠어요? 온갖 병에 대해 모르는 게 없는 의사인데도―선생의 지혜로운 말씀대로 도와줄 의무가 있는데도―여인이 죽어가는 것을 보면서도 옆에 속수무책으로 앉아 손쓰지 못해요…… 이제 자기 몸속의 핏줄을 모두 열어준다 해도 여인을 도울 수 없다는 한 가지 끔찍한 사실만 깨닫고서…… 사랑하는 몸이 얼마나 비참하게 피를 흘리고 통증에 시달리는지 바라보며 맥박이 급하게 뛰었다가 금세 약해지는 것을…… 진맥하는 손가락 아래서 사라지는 것을 느껴요…… 의사이면서 아무것도, 아무것도, 아무것도 모르는 채…… 그저 주저앉아 교회의 쭈그렁 할멈처럼 무슨 기도만 중얼거리고선, 신이 없는 줄 알면서도 비열한 신에게 다시 주먹을 휘둘러요…… 이런 상황을 이해하겠어요? 이해하겠어요? ……제가…… 제가 이해할 수 없는 건 딱 하나예요…… 사람이 어떻게 그럴 수 있는지, 그러한 순간에 함께 죽지 않고…… 다음 날 아침 잠에서 깨어나 이를 닦고 넥타이를 매고…… 계속 살아갈 수 있는지. 저처럼 모든 고통을 함께 겪은 사람이 말이에요. 제가 싸우고 다투어 얻으려 했으며, 혼신을 다 바쳐 지키려 했던 이 숨결이, 이 첫 번째 인간이…… 제 눈 아래에서 꺼져갔어요…… 어디론가, 점점 더 빠르게, 일 분이 다르게, 꺼져갔어요, 그런데도 제 열에 들뜬 머릿속에는 이, 이 한 인간을 살려낼 방법이 아무것도 생각나지 않았어요……

  게다가, 악마가 제 고통을 곱절로 늘리려는 듯, 게다가…… 제가 침대맡에 앉아 있는 동안―저는 통증을 줄여주기 위해 여인에게 모르핀을 주사한 뒤, 볼이 달아오르고 고열에 시달려 파리하게 누워 있는 여인의 모습을 지켜보고 있었어요—그래요…… 제가 그렇게 막막히 앉아 있는 동안, 등뒤에서 기대에 가득찬 섬뜩한 눈빛으로 저를 뚫어지게 바라보는 눈이 느껴졌어요…… 보이가 바닥에 쪼그리고 앉아 나직이 무슨 기도를 웅얼거리고 있었어요…… 제 눈길이 보이의 눈길과 마주칠 때마다 뭔가…… 제기랄, 꼭 집어 설명을 못하겠군요…… 개처럼 애걸하는 보이의 눈에 뭔가 간청하는 듯한…… 뭔가 고마워하는 듯한 눈빛이 떠올랐어요. 그러면서 보이는 저를 향해 두 손을 들어올렸어요. 여인을 구해달라고 애원하듯이요…… 이해하겠어요? 신에게 하듯이, 저에게, 저에게 두 손을 들어올렸어요…… 저에게…… 모든 게 끝났음을…… 여기에서 나 자신은 바닥에서 꼬물거리는 개미나 다름없이 쓸모없는 존재임을 알고 있는 속수무책의 겁쟁이에게요……아, 이 눈빛이 저에게 얼마나 고통을 주었는지, 제 의술에 대한 이 광신적이고 짐승 같은 기대가…… 저는 보이에게 소리지르고 보이를 걷어찰 뻔했어요…… 그만큼이나 고통스러웠어요…… 하지만 우리 두 사람은 여인에 대한 사랑으로…… 우리만 아는 비밀로…… 연결되어 있음을 느꼈어요. 보이는 도사린 짐승처럼, 무감각한 실뭉치처럼 몸을 웅크리고 제 뒤에 앉아 있었어요…… 제가 무언가 가져오라고 말하면 곧바로 맨발로 소리 없이 달려와 떨리는 손으로 건네주었어요…… 이게 도움이라도…… 구원이라도 되는 듯 기대에 가득차서…… 보이는 여인을 돕기 위해서라면 핏줄이라도 자르리라는 걸 저는 알았어요…… 이 여인은 그랬어요. 그렇게 인간을 휘어잡는 힘이 있었어요…… 저는…… 저는 피 한 방울도 멎게 할 힘이 없었고요…… 아, 이날 밤, 이 끔찍한 밤, 생사가 엇갈리는 이 영겁처럼 기나긴 밤!

새벽녘에 여인은 다시 한번 깨어났어요…… 눈을 떴어요…… 눈빛은 더이상 도도하지도 쌀쌀맞지도 않았어요…… 열에 들뜨고 축축이 젖어 반짝이는 눈길로, 낯선 느낌이 들었는지, 방안을 찬찬히 둘러보았어요…… 그러고선 저를 바라보았어요, 골똘히 생각에 잠겨 제 얼굴을 기억해내려는 듯했어요…… 갑자기…… 여인은 기억난 듯…… 보였어요…… 무언가 무서워하고, 뿌리치면서…… 적의를 띠며…… 공포에 질려 얼굴이 굳어졌어요…… 두 팔을 버둥거리며 도망치려는 듯했어요…… 저에게서 벗어나, 벗어나, 벗어나…… 그 일이…… 그때 그 시간이 생각난 것 같았어요…… 그런 뒤 정신이 돌아왔어요…… 여인은 침착하게 저를 바라보며, 숨을 몰아쉬었어요…… 무언가 이야기하려, 무언가 말하려 한다는 것이 느껴졌어요. 두 손이 다시 굳어지기 시작했어요…… 여인은 허리를 세우려 했지만 힘에 부쳐했어요…… 저는 여인을 진정시키며 굽어보았어요…… 여인은 오랫동안 고통어린 눈빛으로 저를 바라보았어요…… 입술이 나직이 움직거렸어요…… 마지막 꺼져가는 소리로 말했어요……

'아무도 모르겠지요?…… 아무도?'

'아무도 모를 겁니다.' 저는 확신을 심어주려 힘차게 대답했어요. '약속드립니다.'

하지만 여인은 아직 걱정스러운 눈빛이었어요. 열에 들뜬 입술로 들릴락 말락 이렇게 내뱉었어요.

'맹세해주세요…… 아무도 모르게 하겠다고…… 맹세해주세요.'

저는 서약하듯 손가락을 들었어요. 여인은 저를 바라보았어요…… 말로…… 말로 표현할 수 없는 눈빛으로…… 부드럽고, 따사롭고, 고마워하는 눈빛이었어요…… 그래요, 정말, 정말 고마워하는…… 여인은 무언가 더 말하려 했지만, 기력이 없었어요. 말하려 애쓰느라 기운이 다하여, 눈을 감고 오랫동안 누워 있었어요. 그런 뒤 끔찍한 시간이 시작되었어요…… 끔찍한 시간이…… 여인은 꼬박 한 시간을 더 힘겹게 싸웠어요. 아침에야 모든 일이 끝났어요……"

*

사내는 오랫동안 입다물고 있었다. 내가 이를 깨달은 것은, 중갑판에서 종소리가 고요함을 깨뜨렸을 때였다. 한 번, 두 번, 세 번 또렷이 울렸다―세시였다. 달빛은 은은해졌지만, 노랗고 밝은 어떤 다른 빛이 허공에서 어렴풋이 떨렸고, 바람이 이따금 가볍게 산들산들 불어왔다. 반시간이, 한 시간이 지나면 날이 밝고, 환한 햇빛이 비치며 희부연 어둠이 사라질 것이었다. 사내의 표정이 이제 더 뚜렷이 보였다. 우리가 앉은 구석자리가 더는 진하고 새까만 그늘에 덮여 있지 않았기 때문이었다―사내는 모자를 벗은 채였고, 맨머리가 드러나자 고통에 시달리는 얼굴이 더 무시무시해 보였다. 하지만 사내는 반짝이는 안경 렌즈를 다시 내 쪽으로 돌리며 정신을 추슬렀고, 그 목소리는 비웃듯 매서운 어조를 띠었다.

"이제 여인에게 모든 일은 끝났어요―하지만 저에게는 그렇지 않았어요. 저는 시신 옆에 홀로 있었어요―낯선 집에, 절대 비밀이 있을 수 없는 도시에 홀로 있었어요. 저는…… 저는 비밀을 지켜야 했어요…… 그래요, 이 상황 전체를 상상해보세요. 식민지 최상류 사회의 여인이 나무랄 데 없이 건강했고 전날 저녁 정부 청사 무도회에서 춤을 추었는데, 느닷없이 침대에서 사망한 거예요…… 하인이 불러왔다는 한 낯선 의사가 여인 곁을 지키고 있어요…… 이 의사가 언제 어디서 왔는지, 집안의 누구도 본 적이 없어요…… 밤에 가마에 실려와 잠긴 문 뒤로 사라진 여인이…… 아침에 보니 죽었어요…… 그제야 불려온 하인들이 느닷없이 집안이 떠나갈 듯 통곡을 터뜨려요…… 순식간에 이웃이, 온 도시가 이 사실을 알게 돼요…… 이 모든 것을 설명할 수 있는 이는 단 한 사람뿐이에요…… 멀리 떨어진 주재지에서 온 의사, 낯선 인간, 저뿐이에요…… 흥미로운 상황이겠지요?……

무슨 일이 닥칠지 저는 알았어요. 다행히 보이가 곁에 있었어요, 눈빛만 봐도 제 생각을 알아채는 우직한 소년―이 둔감한 짐승 같은 황인도 아직 싸움이 끝나지 않았음을 알고 있었어요. 저는 이렇게만 말했는데도요. '부인은 무슨 일이 일어났는지 아무도 모르기를 바라신다.' 보이는 개처럼 눈물지으면서도 *꿋꿋한* 눈빛으로 제 눈을 바라보았어요. *알겠습니다, 선생님.* 이 말만 했어요. 하지만 바닥에서 핏자국을 닦아내고, 모든 것을 말끔히 정리했지요―보이의 *꿋꿋함*에 저도 *꿋꿋함*을 되찾았어요.

살아오면서 그때만큼 온 힘을 다 바친 적이 없었고 앞으로도 그러지 못할 거예요. 누구나 모든 것을 잃으면 마지막 남은 것을 지키려 필사적으로 싸우지요―이 마지막 남은 것은 여인의 유언이었어요. 여인의 비밀이었어요. 저는 매우 침착하게 조문객을 맞아, 거짓으로 꾸며낸 이야기를 누구에게나 똑같이 들려주었어요. 여인이 보이에게 의사를 불러오게 했으며, 보이가 길에서 우연히 저를 만났다고요. 하지만 짐짓 침착하게 말하는 동안에도 기다렸어요······ 중요한 순간을······ 검시 의사를 내내 기다렸어요. 검시 의사가 사체검안서를 써줘야 우리는 여인을, 아울러 비밀을 관에 넣고 밀봉할 수 있었으니까요······ 이 날은, 새겨두세요, 목요일이었어요. 토요일에는 남편이 올 것이었어요······

드디어 아홉시에 공공 의사가 왔다고 알리는 소리가 들렸어요. 제가 하인을 시켜 불러오게 한 터였지요─이 의사는 직위상 제 상관이었을 뿐만 아니라 경쟁자이기도 했어요. 여인이 예전에 매우 업신여기며 말했던 바로 그 의사인데, 제 전근 신청에 대해 이미 들어 알고 있는 것 같았어요. 이 의사가 적이라는 걸 저는 보자마자 느꼈어요. 하지만 바로 그래서 결기가 생겼어요.

대기실에서부터 공공 의사는 물었어요. 'O 부인은─의사는 여인의 성을 말했어요─언제 사망했소?'

'아침 여섯시입니다.'

'부인이 언제 당신을 부르러 보냈소?'

'밤 열한시입니다.'

'내가 부인의 주치의라는 것을 알고 있었소?'

'알고 있었습니다. 하지만 응급 환자였습니다······ 그리고······ 고인은 제가 오기를 바란다고 말했습니다. 다른 의사는 부르지 말라고 했습니다.'

그는 저를 노려보았어요. 핏기 없고 뒤룩뒤룩한 얼굴이 벌게졌어요. 분노가 치민 게 느껴졌어요. 하지만 제가 노린 게 바로 이것이었어요─온 힘을 다해 밀어붙여 재빨리 결판을 지으려 했지요─제 신경이 오래 버텨내지 못하리라는 게 느껴졌으니까요. 의사는 무언가 적의 어린 대답을 하려다가, 느긋하게 이렇게 말했어요. '당신은 나 없이 될 거라 생각할지 모르겠소만, 사망 사실과…… 그 경위를 확인하는 것이 내 공무요.'

저는 대꾸하지 않고 의사를 먼저 들여보냈어요. 그러고선 뒤로 물러가 문을 잠그고 열쇠를 탁자에 올려놓았어요. 의사는 놀라 눈썹을 치켜올렸어요.

'뭐하는 거요?'

저는 침착하게 의사에게 맞섰어요.

'여기에서 해야 할 일은 진짜 사인을 확인하는 것이 아니라―다른 사인을 생각해내는 것입니다. 부인은 잘못된 수술로 고통에 시달리다가…… 그러다가 치료를 위해 저를 불렀습니다…… 저는 부인을 구할 수 없었지만 부인의 명예를 지켜주기로 약속했고, 이제 그러려 합니다. 부탁하건대 저를 도와주십시오!'

의사는 깜짝 놀라 눈이 휘둥그레졌어요. '설마 당신,' 그러더니 이렇게 더듬거렸어요. '공공 의사인 나에게 여기에서 범죄를 은폐해달라고 말하는 것은 아니겠지?'

'아니요, 바로 그것을 원합니다. 그것을 바랄 수밖에 없습니다.'

'당신 범죄를 감추려고 내가……'

'말씀드렸다시피, 저는 이 부인에게 손끝 하나 대지 않았습니다. 그랬다면…… 그랬다면 저는 이 자리에 서 있지 않을 겁니다. 이미 한참 전에 자결했을 겁니다. 부인은―그 일을 잘못이라고 불러야 할지 모르겠지만―자신의 잘못을 속죄했으며, 세상은 이에 관해 아무것도 알

필요가 없습니다. 부인의 명예가 이제 불필요하게 더럽혀지는 일을 저는 두고 보지 않을 겁니다.'

제 결연한 어조는 의사를 도발할 뿐이었어요. '그렇게 되는 것을…… 두고 보지 않겠다고…… 옳거니, 당신이 내 상관이군…… 적어도 그렇다고 생각하든지 말이야…… 나에게 명령을 해보지그러시오…… 당신이 촌구석에서 불려왔을 때 무언가 수상한 일과 관련되어 있다는 생각이 금방 들더군…… 멋지게 영업을 시작하고 있구먼, 멋지게 솜씨를 보이고 있어…… 하지만 이제 내가 검진해야겠소, 내가. 당신은 믿어도 좋을 것이오, 내 서명이 들어간 검안서는 정확하리라는 것을. 나는 거짓에 서명하지 않을 거니까.'

저는 사뭇 침착하게 있었어요.

'어련하시겠어요—하지만 이번에는 그러셔야 합니다. 그러기 전에는 이 방을 떠나실 수 없을 테니까요.'

그러면서 호주머니에 손을 집어넣었어요—저는 수중에 권총이 없었어요. 하지만 의사는 놀라 움찔했지요. 저는 한 걸음 다가가 의사를 바라보았어요.

'잘 들으십시오. 한말씀 드리겠습니다…… 심각한 일이 일어나지 않도록요. 저에게 중요한 것은 제 목숨도…… 다른 사람의 목숨도 아닙니다—저는 이제 그런 상황에 처했습니다…… 제게 유일하게 중요한 것은 사망 경위를 비밀로 하겠다는 약속을 지키는 일입니다…… 잘 들으십시오. 저는 명예를 걸고 약속드립니다. 부인이…… 우발사고로 돌연사했다는 진단서에 당신이 서명한다면, 이번주 안에 이 도시와 동인도를 떠나겠다고…… 관이 땅에 묻히고, 아무도…… 아시겠어요? 아무도―더 조사 못할 거라는 확신이 들자마자, 당신이 원한다면, 권총을 들어 자결이라도 하겠다고. 이제 만족하시겠지요―틀림없이 만족하시겠지요.'

제 목소리에 무언가 윽박지르는 듯하고 무언가 위험스러운 어조가 배어 있었음이 틀림없어요. 제가 저도 모르게 다가가자 의사는 공포에 질려 뒤로 물러섰으니까요. 마치…… 마치 아모크 광인이 크리스를 휘두르며 미친듯이 달릴 때 도망치는 사람들처럼요…… 단박에 의사는 딴사람이 되었어요…… 왠지 움츠러들고 몸이 마비된 듯…… 냉랭한 태도가 꺾였어요. 마지막으로 힘없이 버텨보듯 중얼거릴 뿐이었지요. '허위 진단서에 서명한다면 난생처음 그러는 게 될 거요…… 어쨌든 뭔가 묘안을 찾아낼 수 있겠지…… 살다보면 이런 일도 생기니까…… 하지만 이렇게 다짜고짜 서명하면 안 될 텐데……'

'물론 그러면 안 되겠지요.' 저는 망설임을 없애주려고 이렇게 거들었어요―('어서! 어서!' 제 관자놀이가 팔딱거렸어요)―'하지만 이제는 그러지 않으면 산 사람의 기분을 상하게 하고 죽은 사람에게 끔찍한 일을 저지르는 것일 뿐임을 잘 알 테니, 더 머뭇거리지 않겠지요.'

의사가 고개를 끄덕거렸어요. 우리는 탁자로 갔어요. 몇 분 뒤 검안서가 완성되었어요(검안서는 신문에도 실렸고 사인은 심장마비라고 그럴싸하게 설명되었어요). 그런 뒤 의사는 일어나 저를 바라보았어요.

'이번주에 떠나는 거지요?'

'명예를 걸고 약속드립니다.'

의사가 저를 다시 마주보았어요. 엄격하고 공정하게 보이고 싶어하는 기색이 역력했어요. '즉시 관을 준비시키겠소.' 의사는 당황스러움을 감추려는 듯 말했어요. 제 마음속이 도대체 어떠했기에 제 모습이 의사에게 그토록…… 그토록 무시무시하고…… 그토록 고통스러워 보였을까요—별안간 의사가 저에게 손을 내밀더니 생뚱맞을 만큼 다정하게 악수했어요. '잘 이겨내시오.' 의사는 이렇게 말했어요—무슨 말인지 저는 알 수 없었어요. 제가 병들어 보였을까요? 제가…… 미쳐 보였을까요? 저는 의사를 배웅하여, 문을 열어준 다음—마지막 힘을 다해, 의사 등뒤에서 문을 잠갔어요. 그러자 관자놀이가 다시 팔딱거렸어요. 모든 것이 흔들거리고 빙글거렸어요. 여인의 침대 바로 앞에 저는 쓰러졌어요…… 마치…… 마치 아모크 광인이 달리고 달리다 신경이 산산이 끊어져 정신을 잃고 거꾸러지듯."

*

사내는 다시 말을 멈추었다. 왠지 오슬오슬했다. 이제 나직이 쇄쇄 선박 위로 불어오는 새벽바람의 한기가 느껴져서였을까? 하지만—어느새 새벽빛에 부옇게 밝아진—고통어린 얼굴이 침착성을 되찾았다.

"제가 깔개에 얼마나 오랫동안 누워 있었는지 모르겠어요. 누군가 제 몸을 조심스레 흔들었어요. 저는 화들짝 깨어났어요. 보이가 몸을 조아리고 앞에 서서 멈칫멈칫 안절부절못하며 제 눈을 들여다보고 있었어요.

'손님이 들어오시려 합니다…… 부인을 뵙고 싶다고 해요……'

'아무도 들어오면 안 돼.'

'압니다…… 하지만……'

보이는 겁에 질린 눈을 하고 있었어요. 무슨 말을 하려 했는데 엄두를 내지 못했어요. 이 충직한 짐승은 무언가 고통에 시달리고 있었어요.

'대체 누군데?'

보이는 한 방 맞을까 두려워하듯 벌벌 떨며 저를 보았어요. 그런 뒤 말했어요—이름을 대지는 않았어요…… 이렇게 비천한 인간에게 갑자기 이렇게 깊은 지혜가 어디서 생겨나는 것일까요? 이렇게 둔감한 인간에게 이루 말할 수 없이 예민한 감정이 때때로 어떻게 솟아나는 것일까요?…… 그런 뒤 말했어요…… 몹시, 몹시 겁먹은 어조로……

'그분입니다.'

저는 화들짝 깨어나, 곧바로 누구인지 알아채고, 곧바로 이 모르는 사내를 보고 싶은 욕망에 안달했어요. 선생도 알지요? 이게 얼마나 기이한 일인지…… 이 모든 고통을 겪으며, 갈망과 불안과 조급함에 허겁지겁하며 저는 '그자'를 까맣게 잊고 있었어요…… 또다른 사내가 관련된 걸 잊고 있었어요…… 여인이 사랑했던 사내가, 여인이 저에게는 주기를 마다했던 모든 것을 열정에 사로잡혀 내주었던 사내가…… 열두 시간 전이었다면, 스물네 시간 전이었다면 저는 이 사내를 미워했을 거예요. 갈가리 찢었을지도 몰라요…… 그런데 이제…… 선생에게, 선생에게 설명할 수가 없군요. 이자를 보고 싶다는…… 여인이 이자를 사랑했으므로…… 저도 이자를 사랑하고 싶다는 충동에 제가 얼마나 휩싸였는지.

단숨에 저는 문으로 달려갔어요. 한 젊은, 새파랗게 젊은 금발의 장교가 거기 서 있었어요. 매우 어설프고, 매우 홀쭉하고, 매우 핼쑥했어요. 어린애처럼 보였어요, 그렇게…… 그렇게 가슴 뭉클하게 애젊었어요…… 청년이 사내다움을, 의연함을 보이려…… 동요를 감추려 애쓰는 걸 보니 이루 말할 수 없이 가슴이 미어졌어요…… 모자를 들어 올리려는 청년의 손이 바들거리는 게 금세 눈에 띄었어요. 저는 청년을 얼싸안고 싶었어요…… 이 여인을 소유한 사내라면 이래야 한다고 기대했던 바로 그러한 청년이었으니까요…… 바람둥이도 아니었고, 도도하지도 않았어요…… 그러기는커녕, 여인이 몸을 허락했던 사내는 앳되고, 순수하고, 애정어린 인간이었어요.

청년은 쑥스러워하며 제 앞에 서 있었어요. 제가 호기심어린 눈빛으로 격한 감정을 드러내며 뛰어나오자 더욱 어쩔 줄 몰라했어요. 입술 위 얇은 콧수염이 움찔거리는 것을 보니 알 수 있었어요…… 이 젊은 장교는, 이 애어른은 흐느낌을 터뜨리지 않으려고 감정을 억누르고 있다는 것을요.

'죄송합니다만,' 청년은 마침내 말했어요. '부인을 한 번만…… 한 번만…… 다시 보고 싶습니다.'

저도 모르게, 마치 홀린 듯이, 청년의, 이 낯선 사내의 어깨를 팔로 감싸고, 환자를 부축하듯 이끌었어요. 청년은 깜짝 놀라 한없이 따사롭고 고마워하는 눈빛으로 저를 바라보았어요…… 이미 이 순간 우리 두 사람은 하나라는 것을 우리는 알게 모르게 알아챘어요…… 우리는 죽은 여인에게 갔어요…… 여인은 누워 있었어요. 새하얀 얼굴로, 새하얀 수의에 싸여…… 제가 가까이 있어서 청년이 불편해하는 게 느껴졌어요…… 그래서 뒤로 물러나, 여인과 단둘이 있게 해줬어요. 청년은 천천히…… 그렇게 후들거리고 지칫거리는 발걸음으로 다가갔어요…… 저는 청년의 마음속이 얼마나 들썽거리고 찢어지는지 어깨를 보고 알아챘어요…… 청년은 걸음을 뗐어요…… 엄청난 폭풍우를 뚫고 걷는 사내처럼…… 그러다 별안간 침대 앞에서 무릎 꿇고 쓰러졌어요…… 제가 거꾸러졌던 것과 꼭 마찬가지로요.

저는 곧바로 달려들어 청년을 일으킨 뒤 안락의자에 앉혔어요. 청년은 이제 부끄러움을 잊은 채 고통스럽게 흐느낌을 터뜨렸어요. 저는 아무 말도 할 수 없었어요―저도 모르게 손으로 청년의 어린애같이 부드러운 금발을 어루만졌어요. 청년은 제 손을 마주잡았어요…… 아주 살며시, 하지만 겁먹은 태도로…… 청년의 눈초리가 저에게 머물러 있는 게 불현듯 느껴졌어요……

'사실대로 말씀해주시겠습니까, 의사 선생님.' 청년은 이렇게 더듬거렸어요. '부인은 스스로 목숨을 끊었습니까?'

'아닙니다.' 제가 말했어요.

'그렇다면…… 혹시…… 어느…… 어느 누군가 부인의 죽음에 책임이 있습니까?'

'아닙니다.' 저는 다시 말했어요, 청년을 향해 이렇게 외치고 싶은 충동이 목구멍에 치밀었지만요. '내가! 내가! 내가! ……너도! …… 우리 둘 다! 이 여자의 고집도, 이 여자의 염병할 고집도!' 하지만 저는 감정을 억눌렀어요. 그러고는 이렇게 다시 말했어요. '아닙니다…… 누구도 아무 책임이 없습니다…… 어쩔 수 없는 운명이었습니다!'

'믿을 수 없습니다.' 청년은 신음했어요. '믿을 수가 없어요. 그제만 해도 무도회에 왔는데, 부인은 미소 지었고, 저에게 손짓했습니다. 이런 일이 어떻게 있을 수 있습니까, 어떻게 일어날 수 있습니까?'

저는 거짓말을 장황하게 늘어놨어요. 청년에게도 여인의 비밀을 말해주지 않았어요. 우리는 서로를 한데 묶어주는 감정으로 표정이 환해져 며칠 내내 형제처럼 이야기를 나눴어요…… 서로에게 털어놓지는 않았지만, 우리의 전 인생이 이 여인과 연결되어 있다고 마음에서 마음으로 느꼈어요…… 이따금 진실이 입 밖으로 토해져 나오려 하면, 저는 이를 악물었어요—여인이 청년의 아이를 가졌다는 것을…… 제가 그 아이를, 청년의 아이를 죽였어야 했다는 것을, 여인이 그 아이를 데리고 나락으로 떨어졌다는 것을, 청년에게 알려주지 않았어요. 하지만 우리는 며칠간 여인 이야기만 했어요. 그동안 저는 청년 집에 숨어 있었지요…… 왜냐하면—선생에게 말하는 걸 깜박했군요—사람들이 저를 찾고 있었거든요…… 입관을 마친 뒤, 여인의 남편이 도착했어요…… 남편은 소견서를 믿으려 하지 않았어요…… 수군수군 온갖 소문이 돌았으니까요…… 남편은 저를 찾았어요…… 하지만 저는 남편을 만나는 게 끔찍하게 싫었어요. 여인이 남편 때문에 고통을 겪었다는 걸 알고 있었으니까요…… 저는 숨었어요…… 나흘 동안 집에서 나오지 않았고, 우리 두 사람은 두문불출했어요…… 제가 도망칠 수 있도록 여인의 애인은 가명으로 저에게 선실을 예약해주었어요…… 아무도 저를 알아보지 못하도록 저는 밤에 도둑처럼 갑판에 숨어들었어요…… 제가 가진 모든 것을 남겨둔 채였어요…… 집도, 칠 년 동안의 제 모든 작업도, 재산도, 누구든 원하기만 하면 모조리 가져갈 수 있었어요…… 정부 관료들은 저를 이미 면직했을 거예요. 근무지를 무단이탈했으니까요…… 하지만 저는 이 집에서, 이 도시에서…… 무엇을 봐도 여인이 생각나는 이 세상에서 더 살 수 없었어요…… 저는 도둑처럼 밤에 도망쳤어요…… 오로지 여인에게서 벗어나기 위해…… 오로지 잊기 위해……

하지만…… 밤에…… 한밤중에…… 배에 올랐을 때…… 제 친구도 저와 함께였는데…… 그때…… 그때…… 선원들이 기중기로 무언가 끌어올리고 있었어요…… 사각형의, 검은색인…… 여인의 관이었어요…… 제 말 들었어요? 여인의 관요…… 여인은 저를 여기까지 쫓아왔어요, 제가 여인을 쫓아다녔듯이…… 저는 옆에서 지켜보며 구경꾼인 척해야 했어요. 그자가, 여인의 남편이 함께 있었으니까요…… 남편은 관을 싣고 영국으로 가는 거였어요…… 아마 그곳에서 부검을 요청하려는 듯했어요…… 남편이 여인을 낚아챈 거예요…… 이제 여인은 다시 남편 것이 되었어요…… 더는 우리 것이, 우리…… 우리 두 사람 것이 아니었어요…… 하지만 저는 아직 여기 살아 있어요…… 마지막 순간까지 여인을 따라갈 거예요…… 남편은, 남편은 결코 그 일을 알면 안 돼요…… 남편이 무슨 잔꾀를 부려도 저는 여인의 비밀을 지켜낼 거예요…… 이 악당을 피하려다 여인은 죽음에 이른 거예요…… 아무것도, 아무것도 남편은 알아내지 못할 거예요…… 여인의 비밀은 제 것이에요. 저 혼자만의 것이에요……

이제 이해하겠어요?…… 이제 이해하겠어요?…… 승객들이 시시덕거리고 쌍쌍이 다닐 때…… 제가 왜 승객들을 바라볼 수 없는지…… 왜 승객들의 웃음소리를 들을 수 없는지…… 저 아래에…… 저 아래 화물칸에, 찻잎 뭉치와 브라질 호두 사이에 여인의 관이 실려 있으니까요…… 화물칸은 잠겨 있어, 저는 거기로 들어갈 수 없어요…… 하지만 여인이 거기 누워 있다는 사실이 온 감각에 느껴져요, 순간순간 떠올라요…… 승객들이 갑판에서 왈츠와 탱고를 추는 때도…… 어리석은 짓이지요. 저기 바다에는 수백만 구의 시신이 떠다니고, 우리가 내딛는 한 걸음마다 그 아래에서 시체가 썩고 있는 법인데…… 하지만 그래도 저는 견뎌낼 수 없어요, 참아낼 수 없어요. 가장무도회를 펼치며 그렇게 음란하게 웃는 것을…… 이 죽은 여인을, 이 여인의 존재를 저는 느껴요. 여인이 저에게 무엇을 바라는지 알아요…… 알고말고요. 저는 아직 의무가 남아 있어요…… 아직 끝내지 못했어요…… 여인의 비밀을 아직 가뭇없이 감추지 못했어요…… 여인은 아직 저를 놓아주지 않아요……"

*

선체 중앙에서 질질 끄는 발소리와 걸레질하는 소리가 들려왔다. 선원들이 갑판을 문질러 닦기 시작하고 있었다. 사내는 무언가 들킨 듯 화들짝 깨어났다. 잔뜩 굳은 얼굴에 겁먹은 표정이 비쳤다. 사내는 일어나 중얼거렸다. "저는 이제 가요…… 이제 가요."

사내를, 을씨년스러운 눈빛을, 술 때문인지 눈물 때문인지 벌겋게 부어오른 눈을 바라보는 것은 고통스러운 일이었다. 사내는 나에게서 동정심을 구하고자 하지 않았으니, 몸을 움츠린 태도에서 이날 밤 나에게 모든 것을 털어놓은 일에 대해 한없이, 한없이 부끄러워하는 게 느껴졌다. 나도 모르게 이렇게 말했다.

"오후에 선실로 찾아가도 되겠습니까……"

사내가 나를 바라보았다―입술을 일그러뜨리며 비웃듯 냉랭하고 냉소적인 표정을 지었다. 말마다 음험함이 묻어나고 뒤틀려 있었다.

"아하…… 도와주고자 하는 굉장한 의무…… 아하…… 선생은 이러한 원칙을 입에 올려 용케도 저를 수다떨게 했지요. 고맙지만, 선생, 사양하겠어요. 선생에게 오장육부에 창자의 똥까지 다 까발렸으니 이제 제 마음이 가벼워졌으리라 생각지는 마세요. 너덜너덜해진 제 인생은 누구도 기워줄 수 없어요…… 경애하는 네덜란드 정부에 봉사해온 게 헛고생이 되었어요…… 연금은 날아갔어요. 저는 빈털터리 개가 되어 유럽으로 돌아가고 있어요…… 관을 따라가며 낑낑 우는 개처럼…… 아무 벌도 받지 않고 오랫동안 아모크 상태로 달릴 수는 없어요. 결국은 총에 맞아 고꾸라지지요. 저는 곧 끝장나길 바라요…… 찾아와주겠다는 마음은 고맙지만, 선생, 사양하겠어요…… 저는 선실에 동행이 있어요…… 이따금 저를 달래주는 맛있고 해묵은 위스키 몇 병이 있다고요. 오랜 친구도 있어요. 우직한 브라우닝 권총 말이에요. 지난번에는 유감스럽게도 제때 사용하지 못했지만…… 결국은 이 권총이 어떤 수다보다 도움이 될 거예요…… 제발 신경쓰지 마세요…… 인간에게 남아 있는 단 하나의 권리는 원하는 대로 뒈지는 거예요…… 오지랖 넓은 도움에 간섭받지 않고요."

사내는 나를 다시금 비웃듯…… 심지어 대들 듯 바라보았지만, 그것은 부끄러움, 한없는 부끄러움 때문이라는 게 느껴졌다. 그런 뒤 어깨를 움츠리더니, 인사도 없이 몸을 돌리고, 기이할 만큼 구부정한 자세로 발을 끌며 이미 밝아진 갑판을 지나 선실 쪽으로 걸었다. 그뒤로 나는 사내를 보지 못했다. 평소 있던 자리에서 그날 밤과 다음날 밤 찾아보았지만 헛수고였다. 사내는 사라졌다. 승객 가운데 팔에 검은 상장을 두른 사내가 눈에 띄지 않았다면, 나는 모든 일을 꿈이나 기이한 환상으로 생각했을 것이다. 누군가 나에게 귀띔해주기로는, 이 네덜란드 상인은 최근 부인이 열대병으로 세상을 떴다고 했다. 나는 이 상인이 진지하고 고통어린 안색으로 다른 사람과 떨어져 왔다갔다하는 것을 보았고, 내가 상인의 가장 비밀스러운 걱정을 안다는 생각에 영문 모르게 소심해져, 상인과 지나칠 때마다 옆으로 발길을 틀었다. 상인의 운명에 관해 내가 상인보다 더 자세히 안다는 것이 눈빛에 드러날까봐서였다.

*

그런 뒤 나폴리 항구에서 그 기이한 사고가 일어났다. 나는 낯선 사내의 이야기를 단서로 그 경위를 짐작할 수 있다고 믿는다. 승객 대부분은 저녁에 배를 떠났고, 나 자신도 오페라를 관람한 뒤 비아 로마*의 밝은 카페 한 곳에 들렀다. 노 젓는 보트를 타고 우리가 기선으로 돌아왔을 때, 보트 몇 대가 횃불과 아세틸렌등을 밝힌 채 무언가 수색하며 선박을 뱅뱅 돌고 있는 게 눈에 띄었고, 컴컴한 배 위에서는 경찰과 순경이 영문 모르게 왔다갔다하고 있었다. 나는 한 선원에게 무슨 일이 있었느냐고 물었다. 선원이 대답을 피하는 태도에서 함구령이 떨어졌음을 바로 알 수 있었다. 이튿날 돌발 사건이 언제 있었느냐는 듯 기선이 다시 평화롭게 제노바로 계속 항해할 때까지 배 안에서는 아무것도 알아낼 수 없었다. 이탈리아 신문을 손에 넣고서야 나폴리 항구에

---

* 나폴리의 오래된 거리이자 가장 중요한 쇼핑 거리인 '비아 톨레도'의 옛 명칭.

서 일어났다는 사고와 관련하여 신비스럽게 윤색된 기사를 읽을 수 있었다. 기사에는 이렇게 씌어 있었다. 그날 밤, 네덜란드 식민지에서 싣고 온 한 귀부인의 관을 선박에서 보트로 옮길 예정이었다. 이러한 광경이 승객들에게 불안감을 일으키지 않도록 인적 없는 시간이 선택되었다. 남편의 입회 하에 관이 줄사다리를 타고 미끄러질 때 무언가 묵직한 것이 갑판에서 아래로 떨어져내렸고, 그 바람에 관뿐만 아니라 힘을 합쳐 관을 내리고 있던 인부들과 남편까지 바닷속 깊이 휩쓸려들어갔다. 어떤 신문은 웬 미치광이가 층계 아래로 몸을 날려 줄사다리로 떨어졌다고 주장했지만, 어떤 신문은 관이 너무 무거워 줄사다리가 저절로 끊어진 거라고 얼버무렸다. 어쨌든 해운 회사는 정확한 정황을 숨기려 갖은 수를 쓴 듯 보였다. 인부들과 죽은 여인의 남편은 보트로 물에서 어렵사리 구해낼 수 있었으나, 납관은 곧바로 바닷속 깊이 가라앉아 이제 건져낼 수 없었다. 한편 다른 기사에서는 마흔 살쯤 된 남성의 시신이 항구로 떠밀려왔다고 짧게 언급되었는데, 일반 독자에게 이는 신비스럽게 각색된 사고와 아무 관련이 없는 듯 보였다. 그러나 나는 이 몇 줄을 스치듯 읽자마자, 신문지 너머에서 달처럼 새하얀 얼굴이 안경 렌즈를 반짝이며 느닷없이 나타나 또다시 유령처럼 나를 쏘아보고 있는 듯한 느낌이 들었다.

어느 여인의 인생의 스물네 시간

전쟁*이 일어나기 열 해 전 내가 묵었던 리비에라**의 작은 여관에서 있었던 일이다. 우리 식탁에서 벌어진 뜨거운 입씨름은 돌연 거친 말다툼으로 바뀌어 급기야 독설과 막말로까지 번지려 하고 있었다. 대체로 인간은 상상력이 무딘 편이다. 어떤 일이 피부에 와닿지 않으면, 뾰족한 쐐기가 박히듯 감각이 저릿저릿하지 않으면, 도무지 흥미를 못 느낀다. 하지만 아무리 하찮은 일이라도 바로 눈앞에서 벌어져 손으로 만질 수 있을 듯 느껴지면 곧바로 마음속에 걷잡을 수 없이 열정을 불태운다. 그러면 심드렁하니 살아온 게 언젠가 싶을 만큼 생뚱맞고 지

---

* 제1차세계대전을 말한다.
** 프랑스 동남부와 이탈리아 서북부의 지중해 연안 지역. 경치가 아름답고 기후가 온화한 관광 휴양지로 유명하다.

나치게 열을 올린다.

그날 우리 식사 모임에서도 그랬다. 소시민적 태도가 몸에 밴 우리는 평소에는 한담이나 시시껄렁한 농담을 느긋하게 주고받다가 식사를 마치자마자 뿔뿔이 흩어져 독일인 부부는 산책을 하거나 취미삼아 사진 촬영을 하러, 느림보 덴마크인 노인은 지루한 낚시질을 하러, 기품 있는 영국인 부인은 독서를 하러, 이탈리아인 부부는 몬테카를로에서 도박을 즐기러, 나는 정원 의자에 앉아 빈둥거리거나 일하러 가곤 했다. 하지만 그날은 딴판이 되었으니, 우리 모두 핏대 세워 입씨름하며 기를 쓰고 아등바등 다투었다. 누군가 식탁을 박차고 벌떡 일어났을 때도, 평소처럼 공손하게 작별인사를 하기는커녕, 벌컥 화내며 앞서 말했듯 사나운 매너를 보였다.

아닌 게 아니라 우리의 작은 원탁 식사 모임을 이렇게 벌집처럼 들쑤셔놓은 사건은 자못 기이했다. 우리 일곱 사람이 묵었던 여관은 겉으로는 교외의 호화로운 별장 같아 보였다―창에서 내다보면 기암괴석으로 뒤덮인 해변 전망이 얼마나 아름다웠던가!―하지만 실제로는 그랜드팰리스호텔에 딸린 염가의 별관에 지나지 않았는데, 정원을 통해 호텔에 바로 연결되어 있었으므로 우리는 별관에 묵으면서도 호텔 투숙객과 항상 마주치며 지냈다. 전날 이 호텔에 기막힌 스캔들이 일어났다. 낮 열두시 이십분(나는 시간을 이렇게 정확히 말할 수밖에 없다. 시간은 이 사건에서뿐 아니라 열띤 입씨름의 주제와 관련해 중요하기 때문이다) 기차를 타고 한 프랑스인 청년이 도착하여 바다가 내다보이는 방을 얻었는데, 이것만으로도 청년의 형편이 제법 넉넉하다는 것을 알 수 있었다. 조심스럽고 우아한 태도에다 무엇보다 보기 드물게 호감을 주는 상큼한 용모로 청년은 눈길을 끌었다. 갸름하고 소녀 같은 얼굴 한복판의 육감적이고 따뜻한 입술을 비단 같은 금빛 콧수염이 감싸고, 창백한 이마에서 부드러운 갈색 곱슬머리가 물결치고, 다정한 눈은 눈길을 던질 때마다 애무하는 듯했으니―어떤 경우든 한결같이 부드럽고 달콤하고 상냥한 태도에, 억지로 꾸민 것은 아무것도 없었다. 먼발치서 보면 청년은 대형 옷가게 진열창 너머에서 손에 산책 지팡이를 쥔 채 멋지게 서서 남성적 아름다움의 이상을 체현하는 핑크색 마네킹을 언뜻 연상시켰지만, 가까이서 보면 멋부린 듯한 인상이 모조리 사라졌다. (더없이 희한하게도!) 그 상냥함은 선천적으로 타고났으며 몸에서 배어나는 것 같았다. 누구와 스쳐지나든 겸손하면서도 다정스럽게 인사하고 무슨 일에든 자발적으로 발 벗고 나서서 우아하게 행동하는 모습은 보기만 해도 정말로 즐거웠다. 어느 귀부인이 옷 보관소로 가는 길이면 청년은 서둘러 달려가 코트를 찾아왔고, 어느 아이한테나 상냥하게 눈길을 던지거나 농담을 건넸으며, 싹싹하면서도 조심스럽게 처신했다―한마디로 청년은 축복받은 인간처럼 보였다. 자신의 환한 용모와 앳된 매력이 다른 사람의 눈길을 끄는 것을 자신하게 되자 그 확신을 우아한 태도로 다시 변화시키고 있는 듯했다. 대개 고령이거나 병약한 호텔 투숙객들 사이에서 청년은 청량제와 같은 존재였다. 우아한 인간이라면 누리기 마련인 청춘의 당당한 발걸음으로, 경쾌하고 생기 넘치는 몸가짐으로, 누구든 한눈에 사로잡아 호감을 얻었다. 도착한 지 두 시간도 지나지 않아 리옹에서 온 덩치 큰 느림보 공장주의 두 딸인 열두 살 아네트, 열세 살 블랑슈와 테니스를 쳤으며, 아이들의 어머니인 곱고 여리고 더없이 얌전한 앙리에트 부인은 철부지 두 딸이 낯선 청년에게 자신들도 모르게 애교 부리고 아양 떠는 모습을 잔잔히 미소 지으며 지켜보았다. 저녁에 한 시간 동안 청년은 우리가 체스 두는 것을 구경하면서 이따금 이런저런 재미있는 일화를 지나가듯 이야기하고, 평소처럼 리옹의 공장주가 거래 고객과 도미노게임을 하는 동안에는 또다시 한참이나 앙리에트 부인과 테라스에서 이리저리 거닐었다. 늦저녁에는 청년이 호텔 여비서와 침침한 사무실에서 지나칠 만큼 친밀하게 대화를 나누는 것이 내 눈에 띄었다. 다음날 아침 청년은 내 체스 상대인 덴마크인 노인의 낚시질에 따라나서며 놀랄 만한 낚시 지식을 선보였고, 그런 뒤에는 오랫동안 리옹의 공장주와 정치 이야기를 나누며 뛰어난 말재간 역시 뽐냈는지 철썩이는 파도 소리 너머로 이 뚱뚱한 사업가의 너털웃음이 들려왔다. 점심 뒤―상황 이해를 위해서는 청년이 시간을 어떻게 보냈는지 모조리 정확하게 이야기할 수밖에 없다―다시금 청년은 앙리에트 부인과 블랙커피를 마시며 한 시간 동안 단둘이 정원에 앉아 있다가, 또다시 두 딸과 테니스를 치고서, 독일인 부부와 로비에서 환담을 나누었다. 여섯 시에 나는 편지를 부치러 가던 길에 정거장에서 청년과 마주쳤다. 청년은 서둘러 달려오더니 양해라도 구하듯, 갑자기 소환을 받았다고, 하지만 이틀 뒤에 돌아올 거라고 말했다. 아닌 게 아니라 저녁에 청년은 식당에 나오지 않았지만 모습만 보이지 않았을 뿐, 어느 식탁에서나 사람들은 청년 얘기만 입에 올려 참하고 쾌활한 태도를 칭찬했다. 밤 열한시쯤 되었을까, 방에 들어앉아 책을 마저 읽으려는 참에, 열린 창문 틈으로 정원에서 시끄럽게 외치고 부르는 소리가 갑자기 들렸다. 저쪽 호텔에서 무슨 소동이 일어난 것 같았다. 호기심보다 걱정이 앞서 곧바로 그쪽으로 달려갔는데, 쉰 걸음도 가지 않아 투숙객과 직원들이 흥분하여 이리 뛰고 저리 뛰는 것이 보였다. 평소와 똑같은 시간에 공장주 남편이 나뮈르* 출신의 거래 고객과 도미노게임을 하는 동안 여느 날과 다름없이 해변 테라스를 따라 저녁 산책을 나간 앙리에트 부인이 귀가하지 않았기에 다들 사고가 나지 않았나 염려하고 있던 참이었다. 평소에는 나무늘보처럼 느려터진 사내가 황소처럼 해변으로 계속 줄달음치며 흥분하여 갈라진 목소리로 "앙리에트! 앙리에트!"라고 밤하늘에 외쳐댔는데, 그 소리에는 치명적인 상처를 입은 커다란 짐승의 끔찍하고 원초적인 고통이 서려 있었다. 웨이터와 보이들은 흥분을 감추지 못하고 층계를 오르락내리락하면서 투숙객을 일일이 깨우고 전화로 경찰에 신고했다. 그 와중에 이 뚱뚱한 사내는 조끼 앞섶을 풀어헤치고 비트적비트적 무겁게 걸음을 옮기며, 아무 대답 없는 밤하늘에 "앙리에트! 앙리에트!"라고 줄곧 이름을 외쳐대며 울먹였다. 그사이 위층에서 잠이 깬 아이들이 잠옷 차림으로 창에서 내려다보며 어머니를 찾았고, 이제 아버지는 아이들을 달래러 다시 위층으로 올라갔다.

  그런 뒤 너무 끔찍하여 도저히 이야기로 옮길 수 없는 일이 일어났다. 인간은 그 천성상 극도로 긴장해 극한에 다다르는 순간 이따금 처절하게 비극적인 태도를 보이는데, 이처럼 번개가 내리치듯 강렬한 인상은 어떤 말이나 그림으로도 도저히 재현할 수 없다. 갑자기 덩치 큰 뚱뚱한 사내가 계단을 삐걱거리며 걸어내려왔다. 표정이 완전히 바뀌어, 몹시 피곤하면서도 원한이 서린 듯 보였다. 손에는 편지를 들고 있

---

* 벨기에 왈롱 지역의 중심 도시.

었다. "모두 불러들이시오!" 들릴락 말락 한 목소리로 사내가 지배인에게 말했다. "사람들을 모두 불러들여요. 다 소용없는 일이오. 아내는 나를 떠났소."

이것이 치명적 상처를 입은 사내가 내보인 태도였다. 이렇듯 초인적으로 담담한 태도에, 주위에 몰려들어 호기심어린 눈으로 사내를 바라보던 구경꾼들은 이제 놀랍기도 하고 부끄럽기도 하고 당혹스럽기도 하여 급히 다른 곳으로 눈을 돌렸다. 사내는 안간힘을 다하여, 아무도 거들떠보지 않고 구경꾼들을 휘청휘청 스쳐지나 서재로 들어가서는 불을 켰다. 그런 뒤 무겁고 우람한 몸집이 안락의자에 털썩 쓰러지는 소리가, 이어 짐승처럼 미친듯이 흐느껴 우는 소리가 들려왔다. 평생 울어본 적 없는 사내만이 그렇게 흐느껴 울 수 있었으리라. 이 격렬한 고통은 우리 누구에게나, 아무리 둔감한 사람에게도 뼛골 시리게 느껴졌다. 어느 웨이터도, 호기심에 구경 나온 어느 투숙객도, 미소 짓거나 불쌍하다는 말을 하지 못했다. 사내가 이처럼 사정없이 감정을 터뜨리자 우리는 민망한 듯 말없이 하나둘 방으로 돌아왔고, 호텔에서 한 방씩 불이 꺼지고 속삭이고 쑥덕이고 나직이 두런대고 수군대는 소리가 잦아드는 동안 어두운 방안에 얼굴을 처박고 쓰러진 이 위인은 외로이 어깨를 들썩이며 흐느꼈다.

이렇게 번개가 내리치듯 우리 눈앞과 감각에 들이닥친 사건은 평소 따분하고 태평하게 시간을 보내는 데 익숙했던 인간들을 엄청나게 흥분시키기에 제격이었음을 누구나 이해할 수 있을 것이다. 우리 식탁에서 그토록 격렬하게 벌어져 하마터면 손찌검으로까지 번질 뻔한 입씨름은, 이 놀라운 사건에서 비롯되긴 했으나 근본적으로는 어떤 원칙을 둘러싼 말다툼이자 상반된 인생관의 분노어린 맞부딪침이라 할 만했다. 엄청난 충격을 받은 남편이 울분을 삭이지 못하고 편지를 짓구겨 바닥 어딘가에 내던졌는데, 객실 청소부가 그걸 읽고 입방정을 떠는 바람에 앙리에트 부인이 혼자가 아니라 프랑스인 청년과 눈이 맞아 떠났다는 사실이 금세 알려진 터였다(그러자 청년에 대해 누구나 느끼던 호감은 빠르게 사라지기 시작했다). 이제 제2의 보바리 부인이 촌스러운 느림보 남편을 버리고 우아하고 곱상한 청년을 택했다는 것은 척 봐도 알 수 있었다. 하지만 투숙객 모두를 흥분시킨 것은, 공장주도 두 딸도 앙리에트 부인도 이 러블레이스*를 예전에 한 번도 본 적이 없으며, 그러니까 서른세 살가량의 몸가짐 단정한 부인이 두 시간 동안 테라스에서 대화를 나누고 한 시간 동안 정원에서 블랙커피를 함께 마셨을 뿐인데 하룻밤새 남편과 두 아이를 버리고 생판 처음 본 우아한 청년을 무작정 따라나섰다는 사실이었다. 우리 식사 모임은 이렇게 명백해 보이는 정황을 두 연인의 음흉한 속임수이자 교활한 책략이라고 한목소리로 깎아내렸다. 오래전부터 앙리에트 부인과 청년이 내연관계였음은 두말할 필요도 없어요. 피리 부는 사나이가 여기 찾아온 것은 도주 계획을 마무리짓기 위해서지요—우리 모임은 이렇게 결론지었다—정숙한 여인이 청년을 알게 된 지 단 두 시간 만에, 첫 피리 소리가 나자마자 냉큼 달아나다니, 그건 도저히 있을 수 없는 일이니까요. 나는 다른 견해를 내세우는 데 재미를 느껴, 여러 해 동안 실망스럽고 지루한 결혼생활을 보낸 여인이라면 누군가 다가와 덥석 낚아채주기

---

* 영국 작가 새뮤얼 리처드슨의 『클래리사』에 등장하는 호색한.

를 마음속으로 기다리고 있을 법할 뿐 아니라 그럴 만하다고 힘주어 말했다. 내가 별안간 맞서고 나서자 너도나도 우르르 입씨름에 끼어들었고, 특히 두 쌍의 부부, 독일인 부부와 이탈리아인 부부가 막되게 코웃음까지 치며 첫눈에 반한다는 것은 엉터리없는 소리요 허무맹랑한 환상이라고 깎아내리면서 말다툼이 불붙었다.

수프부터 푸딩까지 나오는 동안 맹렬히 진행된 말싸움을 이제 와 시시콜콜 되새겨봐야 아무 의미가 없을 것이다. 공동 식탁의 *재담꾼*이나 재치 넘치는 말을 하는 법, 식사하다가 공연히 싸움에 휘말려 버럭 내뱉은 말이란 대개 급한 김에 되는대로 주워섬긴 흔해빠진 소리기 때문이다. 우리의 입씨름이 이렇게 금세 막말질로 변한 까닭을 설명하기도 쉽지 않다. 내 생각에 남편 둘은 자기 부인이 그런 천박하고 위험한 짓을 할 리 없다고 믿고 싶은 마음에서 무심결에 발끈한 게 아닌가 싶다. 딱하게도 두 남편은 내 말을 받아치겠답시고 되지도 않는 소리를 내뱉었다. 총각들이 언제든 손쉽게 유혹할 수 있는지 없는지에 따라 여성 심리를 판단하는 사람이나 그따위 소리를 하지요. 이 말을 듣고 나는 그러잖아도 속이 뒤틀렸는데, 독일인 부인까지 거들고 나서서 이렇게 가르치려 들었다. 진실한 여성이 있는가 하면 '타고난 매춘부'도 있는 거예요, 제 생각으로는 앙리에트 부인이 그런 여자였음이 틀림없어요. 이에 나 자신도 참을성을 완전히 잃고 쏘아붙이게 되었다. 여성이 살면서 이따금 자신의 의지나 지식 너머의 신비스러운 힘에 내맡겨질 때가 있는데 그 뻔한 사실을 딱 잡아떼는 것은 자신의 본능, 인간 천성의 마성에 대한 두려움을 숨기기 위해서입니다. '쉽게 낚을 수 있는' 여자보다 자신이 더 훌륭하고 덕성 높고 순수하다고 느끼며 만족을 찾는 인간도 있겠지요. 하지만 흔히 그러듯 남편의 팔에 안겨 눈을 감고 다른 남자를 그리워하느니, 여성이 자유롭고 열정적으로 본능에 따르는 편이 더 솔직하다는 게 제 개인적인 생각입니다. 나는 얼추 이렇게 말했다. 이제 말싸움은 활활 타올랐고, 다른 사람이 가엾은 앙리에트 부인을 모질게 헐뜯을수록 나는 (실제 마음속으로 느끼는 것보다 훨씬 더) 열정적으로 역성을 들었다. 그러한 열변은 두 쌍의 부부에게—대학생의 은어로 말하자면—한번 해보자는 팡파르로 들렸으니, 이들은 화음이 척척 맞는 사중주단처럼 똘똘 뭉쳐 악착같이 나에게 덮쳐들었기에 인자한 얼굴로 스톱워치를 손에 든 축구 경기 심판처럼 앉아 있던 덴마크인 노인이 손가락 마디로 이따금 식탁을 두드리며 "여러분, 제발" 하고 타일러야 했다. 하지만 효과는 잠깐뿐이었다. 한 남편이 얼굴이 벌게져 세 번이나 식탁에서 벌떡 일어나는 것을 그 부인이 간신히 붙잡아 달랬다—각설하고, 십여 분이 더 지난 뒤 갑자기 C 부인이 향유처럼 부드러운 말씨로 끼어들어 분노에 들끓는 말싸움의 격랑을 가라앉히지 않았더라면 우리의 입씨름은 손찌검으로 끝났을 것이다.

백발의 기품 있는 영국인 노부인은 우리가 선출하지는 않았지만 식탁의 좌장 격이었다. 자리에 곧추앉아 누구에게나 골고루 상냥하게 고개를 돌리고 거의 말이 없으면서도 더없이 호의적인 태도로 관심 있게 귀기울이며 몸가짐만으로 자애로운 인상을 자아냈으니, 귀족적이고 조심스러운 자태에서 경이로운 평정심과 침착성이 환하게 배어나는 사람이었다. 누구에게나 예의바르고 상냥하게 대할 줄 알았지만 일정하게 거리를 두어, 대개 책을 들고 정원에 앉아 있거나 가끔 피아노를 칠 뿐 모임에 어울리거나 열띤 대화를 하는 일은 드물었다. 눈에 띄는 일이 거의 없으면서도 우리 모두에게 알게 모르게 영향력을 미치는 사람이었으니, 부인이 처음으로 말싸움에 끼어들자마자 너무 시끄럽게 펄펄 뛰었다는 겸연쩍은 느낌이 우리에게 한결같이 들었다.

독일인 남편이 무뚝뚝하게 일어났다가 도로 붙들려 조용히 제자리에 앉는 동안 입씨름이 어색하게 멈추었는데, C 부인은 그 틈을 이용해 끼어들었다. 돌연히 맑은 회색 눈을 들어 한순간 나를 망설이듯 바라보더니, 사뭇 찬찬하고 명료하게 이 주제를 자기 나름대로 이렇게 정리했다.

"제가 선생 말씀을 제대로 이해했다면 선생은 그러니까 이렇게 생각하시는 거지요? 앙리에트 부인은 물론 어느 여인이라도 순수한 마음으로 갑작스러운 연애에 빠질 수 있으며, 한 시간 전에 여인 자신도 불가능하다고 여긴 행동을 설령 실행에 옮기더라도 책임을 묻기는 어렵다고요?"

"바로 그렇게 생각합니다, 부인."

"하지만 그러면 어떤 도덕 판단도 의미가 없어지고 어떤 윤리 위반도 정당화될 텐데요. 프랑스인들이 말하는 이른바 *치정 범죄*는 범죄가 아니라고 정말 생각하신다면, 국가 사법부는 왜 있는 거지요? 그렇게까지 호의가 필요하지 않은 일에—선생은 놀랄 만큼 호의를 베푸시네요." 부인은 가볍게 미소 지으며 덧붙였다. "어떤 치정 범죄에서든 열정을 찾아내 그 범죄를 이 열정 때문이라며 용서하려고요."

나는 부인의 해맑으면서 유머러스한 어조가 더없이 자애롭게 느껴져 무심결에 그 찬찬한 어투를 흉내내며 부인이 그랬듯 농담 반 진담 반으로 대답했다. "국가 사법부는 이런 일에 관해 저보다 엄정하게 판결하겠지요. 공공 윤리와 관습을 냉철하게 보호할 의무가 있으니, 이를 용서하지 못하고 유죄 선고를 할 수밖에 없을 겁니다. 하지만 저는 한 개인으로서 자진해서 검사 역할을 떠맡아야 할 이유를 모르겠습니다. 그러느니 차라리 변호사로 나서겠습니다. 인간을 심판하는 것보다 이해하는 편이 개인적으로는 더 기쁘니까요."

C 부인은 맑은 회색 눈으로 나를 한동안 뚫어지게 바라보더니 머뭇거렸다. 나는 부인이 내 말을 알아듣지 못했을까봐 영어로 다시 말하려던 참이었다. 하지만 기이할 만큼 진지하게, 마치 캐묻듯 부인이 질문을 이었다.

"한 여인이 남편과 자식 둘을 버리고 외간남자를 따라갔어요. 이 남자가 사랑할 만한 가치가 있는지 전혀 알지도 못하면서요. 이것이 업신여겨 마땅하거나 볼썽사나운 일이라고 생각지 않나요? 꽃다운 청춘도 아니고, 자식을 생각해서라도 스스로 기품을 지켜야 할 나이에 그렇게 무모하고 경박하게 행동했는데, 그게 정말로 용서가 되나요?"

"다시 말씀드리지만, 부인." 나는 생각을 굽히지 않았다. "저는 이 사건에 대해 판결하거나 유죄 선고를 하고 싶지 않습니다. 부인 앞에서 솔직히 털어놓자면 아까는 살짝 과장했습니다—이 가엾은 앙리에트 부인은 분명 주인공이 아니며, 타고난 연애꾼도 전혀 아니고, 열정적 연인은 더더욱 아닙니다. 제가 알기로는, 평범하고 연약한 여인 같습니다. 저는 사뭇 존경심이 듭니다. 용감하게 자기 의지에 따랐으니까요. 하지만 그보다는 동정심이 훨씬 더 큽니다. 오늘은 괜찮을지라도 내일은 분명 깊은 불행에 빠질 테니까요. 부인은 아마도 어리석게, 분명 성급하게 행동했지만, 천박하거나 비열하지 않았습니다. 누구도 이 가엾고 불행한 부인을 업신여길 권리가 없다고 여전히 저는 생각합니다."

"그러니까 선생 자신은, 선생은 이 부인을 아직도 변함없이 존경하고 존중하나요? 그제 선생이 정숙하다고 여기며 함께 지냈던 여인과 어제 낯모르는 사람과 달아난 여인을 전혀 따로 구별하지 않는다고요?"

"전혀요. 털끝만큼도, 티끌만큼도."

"그래요?" 부인은 무심결에 영어로 말했다. 기이하게도 부인은 갈수록 대화에 빠져드는 듯했다. 한순간 곰곰이 생각한 뒤 나를 향해 맑은 눈을 들며 다시 한번 물었다.

"내일 앙리에트 부인과 이를테면 니스에서 마주쳤는데 부인이 이 청년의 팔에 매달려 있더라도 선생은 인사를 건넬 건가요?"

"물론입니다."

"대화도 나누고요?"

"물론입니다."

"선생이—선생이…… 결혼했다면, 이런 부인을 선생의 아내에게도 소개할 건가요, 아무 일 없었다는 듯?"

"물론입니다."

"정말로요?" 부인은 다시 영어로 물었다. 믿을 수 없다는 듯 놀라움에 가득찬 어조였다.

"그렇습니다." 나도 모르게 영어로 대답했다.

C 부인은 입을 다물었다. 여전히 골똘히 생각하는 것 같더니, 자신의 용기에 놀라기라도 한 표정으로 나를 바라보며 불쑥 영어로 말했

다. "저라면 그럴 수 있을지 모르겠네요. 어쩌면 저도 그러기는 하겠지요." 오로지 영국인만이 무례하고 무뚝뚝한 느낌을 주지 않으면서 대화를 단칼에 끝낼 수 있는 법. 그처럼 말로 설명할 수 없을 만큼 당당하게 부인은 자리에서 일어나 상냥하게 손을 내밀었다. 부인이 끼어든 덕에 평온함이 다시 찾아들었고, 우리 모두 내심 부인에게 고마운 마음이었으니, 방금까지 맞싸우던 우리가 이제 그런대로 공손하게 서로 인사를 건넸으며 팽팽하게 긴장되었던 분위기가 몇마디 가벼운 농담으로 다시 풀어졌던 것이다.

*

우리 입씨름은 결국 예의바르게 마무리된 듯 보였지만, 속이 뒤틀려 핏대 세운 뒤끝이라 내 맞상대들과 나 사이에는 떨떠름한 앙금이 남아 있었다. 독일인 부부는 서먹하게 구는 반면, 이탈리아인 부부는 호들갑을 떨며 친애하는 앙리에트 부인 소식을 들었느냐고 며칠 내내 비웃듯 물었다. 우리가 아무리 세련된 매너를 보이더라도, 사이좋게 사근사근 어울리던 식탁의 분위기는 자못 돌이킬 수 없이 깨져 있었다.

당시 맞상대들의 비꼬는 듯 시큰둥한 태도가 더욱더 두드러지게 된 것은 이 입씨름이 벌어진 뒤 C 부인이 나에게 유달리 상냥하게 대했기 때문이었다. 평소에는 더없이 얌전하고 식사시간이 아니면 식탁 친구들과 대화를 거의 나누려 하지 않던 부인이 여러 번 기회를 보아 정원에서 나에게 말을 걸었다—아니, 그런 영광을 베풀었다고 말하는 편이 좋겠다. 그 기품 있고 조신한 태도를 보면 개인적으로 대화를 나누는 것만도 특별한 은총으로 여겨졌으니 말이다. 솔직히 터놓자면 부인은 나를 찾아다니기까지 하며 기회만 생기면 대화를 나누려는 기색이 뚜렷했으므로, 부인이 백발의 노부인만 아니었다면 나는 우쭐한 나머지 야릇한 생각을 품었을지도 모른다. 하지만 우리가 둘이서 잡담을 나눌 때마다 부인은 피할 수 없고 바꿀 길 없이 첫머리로 되돌아가 앙리에트 부인을 화젯거리로 삼았다. 노부인은 의무를 망각한 이 여인이 줏대 약한 못 믿을 사람이라고 나무라며 은근히 만족을 느끼는 듯 보였다. 그러면서도 내가 흔들림 없이 그 여리고 고운 부인 편에 서서 호감을 보이고, 무슨 일이 있어도 이러한 호감을 버리지 않으려 하는 것을 보고 기뻐하는 듯싶었다. 번번이 부인은 대화를 같은 방향으로 몰아갔고, 마침내 나는 이 기이하고 거의 엽기적인 집착을 어떻게 이해해야 할지 알 수 없게 되었다.

며칠이, 대엿새가 이렇게 지나갔지만, 부인은 이런 식의 대화를 자못 소중하게 여기는 이유에 대해 한마디도 내비치지 않았다. 우리의 대화가 부인에게 뜻깊다는 것을 뚜렷이 알게 된 건, 내가 산책을 하다 무심코 이렇게 말했을 때였다. 이곳에 머물 시간이 얼마 남지 않았군요. 모레 떠나려고 하거든요. 그러자 평소 잔잔하던 부인의 얼굴에 갑작스레 눈에 띄게 긴장한 표정이 어리고, 청회색 눈에 먹구름의 그림자 같은 것이 스쳤다. "아쉽네요! 선생과 나눌 이야기가 아직 많은데." 그러곤 이 순간부터 사뭇 초조하고 불안해진 태도를 보이며, 말을 하면서도 무언가 다른 일에 깊이 빠지고 정신이 팔려 그것만 생각하고 있는 기색을 드러냈다. 마침내 이런 딴생각으로 인해 자신마저 심란해진 듯했으니, 부인은 갑자기 우리 사이에 밀려든 침묵을 헤치고 불쑥 손을 내밀었다.

"선생에게 하고 싶은 말이 입안에서 뱅뱅 돌기만 하네요. 편지를 쓰는 게 낫겠어요." 평소에 익히 보던 것보다 빠른 발걸음으로 부인은 거처로 향했다.

아닌 게 아니라 저녁식사 직전에, 힘차고 활달한 필체로 쓴 편지가 방에 들어와 있는 게 눈에 띄었다. 유감스럽게도 나는 젊었을 적에 문서들을 꼼꼼히 간수하지 않은 탓에, 원문을 그대로 옮길 수 없으며 요점만 간추려 전할 수 있을 뿐이다. 부인은 자기 인생의 한 사건을 이야기해도 좋겠냐고 물었다. 그러고선 이렇게 썼다. 이 사건은 아주 오래전 일이므로 사실 지금 저의 인생과 거의 아무 관련이 없지요. 선생이 모레 떠난다고 하니 스무 해 넘게 제 마음을 사로잡고 괴롭히던 일을 입 밖에 내기가 한결 쉬워졌네요. 이러한 대화가 귀찮지 않다면 한 시간만 내주시기를 부탁드려요.

부인의 편지는, 이 글에서는 오직 그 골자만 옮겼지만, 나를 더없이 매혹시켰다. 영어 문체부터 더할 나위 없이 명료하고 단호하게 느껴졌다. 하지만 답장하기는 그리 쉽지 않아서, 나는 세 번이나 편지를 찢어버린 끝에 이렇게 답신했다.

"부인께서 저를 이토록 믿어주시니 영광입니다. 제 의견을 듣고자 하신다면 솔직히 말씀드릴 것을 약속합니다. 부인께서 마음먹으신 것보다 더 많은 이야기를 해달라고 부탁드릴 수는 없겠지요. 하지만 무슨 이야기를 하시든 부인 자신과 저에게 진실만 말씀해주십시오. 제가 부인의 믿음을 특별한 영광으로 생각하고 있음을 알아주시기 바랍니다."

이 회신은 저녁때 부인의 방에 닿았고, 이튿날 아침 나는 답장을 받왔다.

"선생의 말이 정말 옳아요. 절반의 진실은 아무 쓸모가 없고 완전한 진실만이 가치가 있지요. 저 자신과 선생에게 아무것도 숨기지 않으려 온 힘을 다하겠어요. 저녁식사 뒤에 제 방으로 오세요—예순일곱이나 되었으니 오해를 살까 걱정할 필요는 없겠죠. 정원에서나 다른 사람에게 들리는 곳에서는 말할 수가 없어서요. 이런 결심을 하기가 쉽지 않았다는 것을 알아주세요."

우리는 낮에 식당에서 만나서 대수롭지 않은 일들에 관해 예의바르게 환담을 나누었다. 하지만 정원에서 마주치자 부인은 눈에 띄게 당혹스러워하며 몸을 피했고, 이 백발의 노부인이 소녀처럼 수줍어하며 소나무 가로수길로 도망치는 모습을 나는 겸연쩍으면서도 뭉클한 마음으로 지켜보았다.

그날 저녁 약속한 시간에 노크하자 방문이 바로 열렸다. 방안은 흐릿한 어스름에 잠겨 있었고, 작은 탁상 전등만이 어둠침침한 공간에 원뿔 모양의 노란색 불빛을 던지고 있었다. C 부인은 스스럼없이 다가와 안락의자를 권하더니 내 앞에 마주앉았다. 이 한 동작 한 동작이 마음속에 준비되어 있었다는 것이 느껴졌지만, 분명 부인의 의지와 달리 침묵이, 어려운 결심을 다지느라 침묵이 찾아들었고, 침묵이 점점 더 길어져도 나는 말을 던져 깨뜨릴 엄두가 나지 않았다. 강한 저항에 맞서 굳센 의지로 힘껏 싸우고 있는 게 느껴졌기 때문이다. 아래층 라운지에서 이따금 왈츠곡 소리가 희미하게 띄엄띄엄 맴돌듯 들려와, 나는 정적의 압박에서 조금이라도 벗어나고자 그 소리에 애써 귀를 기울였다. 부인도 이러한 침묵에서 생겨난 부자연스러운 긴장 상태가 사뭇 거북했는지, 갑자기 기운을 추슬러 물속에 뛰어들듯 이야기를 시작했다.

"첫마디가 힘들 뿐이지요. 이틀 전부터 철저히 명료하고 진실된 말만 하려고 준비했는데, 그렇게 되면 좋겠네요. 제가 낯모르는 선생에게 이 모든 것을 이야기하는 것이 아직 잘 이해되지 않을 거예요. 하지만 저로서는 이 일을 생각지 않은 적이 단 하루도, 단 한 시간도 없어요. 평생 인생의 단 한 시점만, 단 하루만 뚫어져라 돌아봐야 하는 것이 견디기 힘든 일이라는 이 늙은 여자의 말을 선생은 믿을 수 있겠지요. 제가 선생에게 이야기하려는 모든 일은 예순일곱 해의 세월 가운데 단 스물네 시간 동안 일어났고, 단 한 번, 단 한 순간 분별없는 행동을 한 게 뭐가 문제냐고 종종 미칠 지경이 되도록 나 자신에게 묻기도 했어요. 하지만 우리는 흔히 두루뭉술하게 양심이라고 부르는 것에서 벗어날 수 없어요. 선생이 앙리에트 부인의 사건에 관해 매우 객관적으로 말하는 것을 들었을 때, 내 인생의 이 하루에 관해 누군가에게 솔직히 털어놓을 결심만 한다면 어리석은 회상과 끊임없는 자책을 어쩌면 끝내게 될지도 모른다고 생각했어요. 제가 영국국교회 교인이 아니고 가톨릭 신자라면 오래전에 고해성사를 통해 숨겨온 비밀을 말할 수 있었겠지만, 우리 영국인은 교회에서 이러한 위안을 얻을 수 없으므로 오늘 저는 선생에게 고백함으로써 스스로의 죄를 용서하려는 기이한 시도를 하려는 거랍니다. 이 모든 일이 매우 이상하다는 건 저도 알고 있어요. 선생이 망설이지 않고 제안을 받아주셔서 감사할 뿐예요.

자, 제 인생의 단 하루에 관해 이야기하겠다고 이미 말씀드렸지요—그 밖의 모든 일은 저에게 무의미해 보이고, 저 아닌 모두에게는 지루하게 여겨질 거예요. 저는 마흔두 살이 될 때까지 평범함에서 한

치도 벗어나지 않고 살았어요. 부모님이 스코틀랜드의 부유한 지주라, 우리집은 큰 공장을 소유하고 소작지를 임대하며 영국 귀족들이 대개 그러듯 연중 대부분은 장원에서, 사교시즌은 런던에서 보냈지요. 열여덟 살에 저는 사교모임에서 남편을 만났어요. 남편은 명문 R가의 차남으로 인도에서 십 년간의 군복무를 마친 뒤였지요. 우리는 곧 결혼을 하고 우리 사회계층이 그러듯 걱정 없이 살았어요. 한철은 런던에서, 한철은 우리 장원에서, 그 밖의 시간은 이탈리아, 스페인, 프랑스의 호텔을 옮겨다니며 보냈지요. 우리 결혼생활에는 먹구름 한 점 끼지 않았고, 우리 사이에 태어난 두 아들은 이미 장성했어요. 그러다 제가 마흔 살이 되었을 때 남편이 급사했어요. 열대지방에서 복무하던 시절 간질환을 얻었던 거예요. 끔찍한 시간이 시작된 지 두 주 만에 저는 남편을 잃었죠. 장남은 당시 벌써 군복무중이었고 차남은 대학에 다니고 있었어요ㅡ하룻밤새 저는 완전히 외톨이가 된 셈인데, 금슬 좋게 함께 사는 데 익숙해 있던 저에게 이 외로움은 무시무시한 고통이었어요. 어떤 가재도구를 보든 사랑하는 남편을 잃었다는 슬픔이 북받쳐 그 쓸쓸한 집에 단 하루도 더 머무르고 싶지 않았지요. 그래서 두 아들이 결혼할 때까지 몇 해를 여행을 다니며 보내기로 작정했어요.

사실 저는 그때부터 제 인생이 의미도 쓸모도 없다고 여기고 있었어요. 스물세 해 동안 모든 시간과 모든 생각을 함께 나누었던 남편은 죽고, 자식들에게는 제가 필요 없으니, 제 슬픔과 우울 때문에 그애들의 젊음에 그늘이 드리우지 않을까 염려될 뿐 저 자신을 위해 원하거나 갈망하는 것은 이제 전혀 없었지요. 저는 먼저 파리로 이사해 무료함을 달래고자 상점이며 박물관을 찾아다녔어요. 하지만 도시도 그 밖의 모든 것도 낯설게 느껴지는데다, 제 상복 차림을 보고 다들 정중히 동정어린 눈길을 던지는 것을 참아내기 어려워 저는 사람들도 피했어요. 생기 없이 멍하니 떠돌던 그 몇 달이 어떻게 흘렀는지 이제는 생각도 나지 않는군요. 기억나는 사실이라고는, 항상 죽고 싶다고 소원했지만 이 간절한 소망을 앞당겨 달성할 실행할 용기가 부족했다는 것뿐예요.

남편이 죽고 두 해 뒤에, 그러니까 제가 마흔두 살이었을 때, 저는 가치도 없어지고 도저히 때울 수도 없는 시간에서 벗어나려 무작정 떠돌다가 3월 하순 몬테카를로에 도착했어요. 솔직히 말하면, 무료해서였어요. 마음속에서 욕지기처럼 솟아나는 고통스러운 허전함을 외부의 소소한 자극으로나마 채우고 싶어서였지요. 제 가슴속의 감정이 무뎌지면 무뎌질수록 인생의 팽이가 가장 빨리 도는 곳에 더 강렬하게 끌렸던 거예요. 아무것도 체험할 수 없는 사람에게는 다른 사람의 열정적 동요가 연극이나 음악처럼 신경을 자극해주니까요.

그래서 저는 종종 카지노를 찾아갔어요. 제 마음이 이처럼 끔찍하게 메말라 있는 동안 다른 사람들의 얼굴에 환희와 실망이 일렁이며 밀썰물처럼 드나드는 것을 지켜보는 일이 흥미를 돋우었어요. 그뿐 아니라 남편도 분별없을 정도는 아니었지만 이따금 도박장에 드나들기를 좋아했으니, 저는 자신도 모르게 남편을 뒤따라 남편의 이전 습관을 고스란히 이어받게 된 셈이지요. 그 카지노에서 어떤 도박보다 흥분되고 오랫동안 제 운명을 혼란에 빠뜨린 스물네 시간이 시작되었어요.

저는 우리 가문의 친척인 M 공작부인과 점심식사를 했고, 저녁식사 뒤에도 그다지 노곤하지 않아 잠이 올 것 같지 않았어요. 그래서 도박장에 들어가, 직접 도박을 하진 않고 테이블 사이를 이리저리 거닐며 그곳에 뒤섞여 있는 남녀를 특별한 방식으로 살펴보았어요. 지금 말하는 특별한 방식은 죽은 남편이 언젠가 가르쳐준 거예요. 안락의자에 몇 시간이고 죽치고 있다가 칩 하나 달랑 거는 쭈그렁 노파, 약삭빠른 전문 도박꾼, 카드게임장의 고급 매춘부 따위의, 엉터리 소설에서는 흔히 우아함의 정화니 유럽의 귀족이니로 묘사되지만 선생도 알다시피 그렇게 아름답지도 낭만적이지도 않으며 사방팔방에서 꾀어든 수상쩍은 무리를, 그 똑같은 얼굴들을 맨날 지켜보는 게 지겹다고 구경에 싫증을 내며 제가 불평했을 때 남편이 알려줬지요. 눈앞에서 진짜 돈이 굴러다니는 게 보이고 바스락거리는 지폐며 나폴레옹 금화며 당돌한 5프랑짜리 은화가 뒤섞여 휘돌던 스무 해 전의 카지노는, 현대식으로 신축한 초호화 건물에서 쿡 여행사* 여행객들이 눌러앉아 아무 특색 없는 도박 칩들을 물쓰듯 하는 오늘날에 비해 엄청나게 흥미진진하긴 했어요. 하지만 당시 저는 무덤덤한 얼굴들의 한결같은 모습에 거의 흥미를 느끼지 못했는데, 수상술, 그러니까 손금 보기에 남다른 취미가 있었던 남편이, 무심히 서 있을 때보다 정말로 몇 배 더 흥미와 흥분과 짜릿함을 안겨주는 특별한 구경법을 알려준 거예요. 절대 얼굴을 쳐다보지 말고 사각형 테이블만, 그중에서도 사람들 손만, 특별한 손동작만 바라보라는 거였어요. 혹시 선생도 녹색 테이블만, 녹색 사각형만 들여다본 적이 있는지 모르겠네요. 한복판에서는 구슬이 이 숫자 저 숫자를 술 취한 듯 비틀비틀 넘나들고, 구겨져 휘도는 지폐와 둥그런 금은화가 밭처럼 구분된 네모난 베팅 칸 안에 씨앗처럼 떨

---

* 1871년 토머스 쿡이 외아들 존 메이슨 쿡과 함께 설립한 여행사.

어지면, 이 돈을 크루피어*가 낫으로 곡물을 베듯 갈퀴로 단박에 긁어모으거나 이긴 사람에게 낟가리처럼 쌓아주지요. 이런 것만 눈여겨보고 있으면, 순간순간 바뀌는 것은 손뿐―녹색 테이블 둘레에서 흥분하여 기다리고 있는 수많은 창백한 손뿐예요. 갖가지 옷소매에서 튀어나온 손들은 저마다 덮칠 준비를 마친 맹수 같아요. 제각기 모양도 색깔도 달라서, 어떤 손은 맨손이고, 어떤 손은 반지를 끼거나 찰그랑거리는 팔찌를 차고, 어떤 손은 야수처럼 털이 부얼부얼하고, 어떤 손은 땀에 젖어 뱀장어처럼 굽었지만, 모두 다 긴장하고 엄청나게 마음 졸이며 떨고 있어요. 그래서 늘 저도 모르게 경마장이 떠올랐지요. 그곳에서는 흥분한 말들이 먼저 출발하지 않도록 출발선에 녀석들을 간신히 붙들고 있는데, 손들은 바로 그 말들처럼 몸을 떨며 머리를 든 채 뒷발로 일어서 있었어요. 이 손들을 보면, 이 손들이 기다리고 붙잡고 멈추는 방식을 보면, 모든 성격을 알아챌 수 있어요. 움켜쥔 손에서는 탐욕을, 느슨한 손에서는 낭비벽을, 침착한 손목에서는 계산속을, 떨리는 손목에서는 절망을 말예요. 돈을 뭉치든, 초조하게 구기든, 기진맥진하여 손가락을 만 채 구슬이 도는 동안 돈을 내려놓고 있든, 돈을 쥐고 있는 동작을 보면 수백 가지 성격이 번개처럼 빠르게 드러나지요. 도박을 해보면 인성을 알 수 있다고 흔히들 말하잖아요. 하지만 도박하는 사람의 손을 보면 훨씬 분명하게 성격이 드러난답니다. 모든 도박꾼은, 아니 거의 모든 도박꾼은 안색을 관리하는 법을 금세 배우지요―이들은 셔츠 깃 위에 무표정이라는 차가운 가면을 쓰고 있어

---

* 카지노에서 테이블 게임을 진행하는 직원.

요―입가의 주름을 아래로 내려뜨리고 이를 악다물어 흥분을 억누르며, 두 눈에 불안함을 드러내지 않으려 하고, 실룩거리는 얼굴근육을 가라앉혀 인위적으로 판에 박힌 무덤덤한 표정을 지음으로써 기품 있어 보이도록 하지요. 하지만 본색이 가장 잘 드러나는 안색을 다스리기 위해 잔뜩 신경쓰느라 손을 깜빡 잊는 거예요. 입술을 실그러뜨려 잔잔히 미소 짓고 일부러 심드렁한 눈길을 던지며 속셈을 감추려 하지만, 이 손만 바라보며 모든 것을 알아채는 사람이 있다는 것을 잊고 말지요. 손은 아무리 은밀한 비밀도 여지없이 드러내요. 간신히 달래져 잠자는 듯 보이던 손가락이 기품 있는 무심함에서 벗어나는 순간이 피할 수 없이 찾아오는 법이니까요. 룰렛 구슬이 작은 칸으로 떨어지고 이긴 번호가 불리는 팽팽히 긴장된 순간, 바로 그 순간에, 백 개나 오백 개의 손은 원초적 본능에 따라 자신도 모르게 인성과 개성이 고스란히 엿보이는 동작을 해요. 특히 저처럼 남편의 취미 덕분에 깨우침을 얻어 손들의 격투장을 눈여겨보는 데 습관이 든 사람에겐, 갖가지 기질이 항상 색다르고 예기치 않게 표출되는 모습이 연극이나 음악보다 훨씬 흥분을 자아내지요. 이 손들이 도박하는 방법이 몇 천 가지나 되는지 설명드릴 수가 없군요. 털북숭이 손가락을 굽혀 거미처럼 돈을 낚아채는 야수같은 손도, 초조해 바들거리며 창백한 손끝으로 돈을 차마 건드리지도 못하는 손도, 고귀한 손도 비천한 손도, 잔인한 손도 소심한 손도, 잔꾀가 많은 손도 버벅거리는 손도 있어요―하지만 손마다 다른 느낌을 자아내지요. 손들은 저마다 특별한 인생을 드러내니까요. 크루피어 네댓 명의 손은 빼고 말예요. 크루피어들의 손은 완전히 기계 같거든요. 도박꾼들의 생동감 넘치는 손에 비해 크루피어들의 손은 계량기에서 달캉거리는 철제 막대처럼 객관적이고 사무적이고 철저히 냉담하며 정밀하게 작동하지요. 하지만 열정적으로 사냥에 몰입하는 도박꾼들의 손과는 전혀 다른 까닭에 목석같은 이 손들마저 놀라운 느낌을 자아내요. 마치 다른 제복을 입고 민중 봉기가 있는 열광적 격랑 한복판에 들어선 경찰 같다고나 할까요. 이제 각 손들이 지닌 갖가지 습관과 열정을 며칠 안에 속속들이 꿰뚫고 싶다는 개인적 흥미도 동하게 돼요. 얼마 지나지 않아 몇몇 손이 눈에 익었고, 저는 사람을 구별하듯 이 손들을 왠지 정이 가는 손과 정떨어지는 손으로 구분했어요. 어떤 손에서는 무례함과 탐욕이 매우 역겹게 느껴져 못 볼 것을 보기라도 한 듯 눈길을 돌리곤 했어요. 하지만 테이블에서 새로 보는 손은 언제나 새로운 경험과 호기심을 안겨주었지요. 그래서 손 위의 얼굴을 바라보는 것을 종종 잊었어요. 턱시도 셔츠나 깊게 파인 네크라인 위에, 옷깃에 에워싸여 냉담한 사교용 가면처럼 꿈쩍도 않고 박혀 있는 얼굴 말예요.

    그날 저녁 제가 도박장에 들어가 만원인 두 테이블을 지나 세번째 테이블로 가서 금화 몇 닢을 꺼내고 있을 때, 구슬이 완전히 기진맥진하여 두 숫자 사이에서 비틀거리고 다들 말없이 잔뜩 긴장하여 침묵만이 울려퍼지는 듯한 바로 그 순간에, 맞은편에서 매우 기이한 소리가, 뼈마디가 부러지듯 우두둑우두둑하는 소리가 들려 깜짝 놀랐어요. 저도 모르게 눈이 동그래져 건너다보았지요. 그쪽을 보고서—정말 화들짝 놀랐어요!—한 번도 본 적 없는 두 손, 오른손과 왼손이, 악착같은 두 짐승처럼 서로 꽉 물고늘어진 채, 극도로 긴장하여 깍지 끼고 서로 움켜쥐어, 호두가 깨질 때 빠드득 소리가 나듯이 손마디를 우두둑거리고 있었어요. 희한할 만큼 아름다운 손이었지요. 보기 드물게 길고 보기 드물게 가늘지만 팽팽한 근육으로 덮여 있는데다―새하얬고, 손끝에는 창백한 손톱이 둥그스름한 자개 꽃삽처럼 박혀 있었어요. 저는 저녁 내내 그 손을 지켜봤어요―기이하고 그야말로 희귀한 손을 눈이 휘둥그레져 바라보았지요―하지만 무엇보다 저를 소스라치게 놀라게 한 것은 손의 열정이었어요. 꽉 깍지 낀 채 손을 맞누르며 미친 듯 열정을 표출하는 모습이었지요. 여기 감정을 주체하지 못하는 한 인간이 열정 때문에 산산이 부서지지 않으려고 손끝에 열정을 끌어모으고 있음을 저는 곧바로 알아챘어요. 이제…… 구슬이 투두둑 소리를 내며 칸 속에 들어가고 크루피어가 번호를 부르는 순간…… 그 순간 두 손은 탄환 한 발에 관통된 두 마리 짐승처럼 갑자기 서로 떨어졌어요. 두 손 모두 기진맥진했을 뿐만 아니라 정말 죽은듯이 아래로 처졌어요. 아래로 떨구어져, 기운 없고 실망하고 벼락 맞고 인생이 끝난 듯한 심정을 생생하게 표출하고 있었어요. 저로서는 이를 말로 설명할 길이 없군요. 그 이전에도 이후에도 그렇게 표현이 풍부한 손을 본 적이 없었으니까요. 모든 근육에 입이 있는 듯하고, 열정이 땀구멍마다 솟아나는 게 느껴졌어요. 한동안 두 손이 물가에 내던져진 해파리처럼 납작하니 죽은듯 녹색 테이블에 놓여 있었어요. 그런 뒤 한 손이, 오른손이, 손가락 끝부터 힘겹게 일어나 바들거리며 뒤로 물러서 제자리 돌고 흔들거리고 빙그르 돌다가 갑자기 초조해진 듯 칩을 붙들더니, 엄지와 검지 끝에 칩을 끼워 주뼛주뼛 작은 바퀴처럼 돌렸어요. 느닷없이 손등을 고양이처럼 휘움하게 구부리고 100프랑짜리 칩을 검은색 베팅 칸 복판에 내뱉듯이 던졌어요. 그러자 잠자코 가만히 있던 왼손도 무슨 신호라도 받은 듯 흥분에 빠졌어요. 일어서서는, 칩을 던지느라 기운이 빠진 듯 바들거리는 오른손에 살금살금 느릿느릿 다가갔고, 이제 두 손이 나란히 놓여 오들거리자, 오한에 이가 딱딱 부딪치듯 손마디가 테이블에 소리 없이 부딪쳤지요―그래요, 손이 그처럼 풍부하게 감정을 표출하는 모습을, 흥분과 긴장으로 그렇게 경련하는 모습을 저는 본 적이 없어요. 그 아치형 실내의 다른 모든 일이, 도박장이 웅웅거리고 크루피어들이 떠들썩하게 외치고 사람들이 이리저리 움직이고 위에서 내던져진 구슬이 알록달록 매끄러운 룰렛 휠에서 이제 신들린 듯 이리저리 굴러가는 모습이―가지각색으로 반짝거리고 윙윙거리며 신경을 타고 현란하게 내달리는 이러한 모든 인상이―별안간 생기 없고 뻣뻣하게 느껴졌어요. 바들바들 숨가쁘게 헐떡이고 기다리며 오들오들 살을 떠는 그 두 손에 비하면 말이지요. 제가 마술에 홀린 듯 바라보았던 듣도 보도 못한 그 두 손 말예요.

마침내 저는 더이상 참을 수 없었어요. 그 사람을, 이 마법 같은 손을 가진 주인의 얼굴을, 겁에 질려 바라볼 수밖에 없었어요―그래요, 정말로 겁에 질려서요, 그 손이 두려웠으니까요!―제 눈길은 소매로, 조붓한 어깨로 서서히 기어올랐어요. 저는 다시 소스라치게 놀랐어요. 그 얼굴 또한 손과 똑같이 거침없고 기괴하고 이상야릇한 언어를 말하는데다, 부드럽고 거의 여성 같은 아름다움으로 끔찍할 만큼 악착같이 감정을 표출하고 있었어요. 그런 얼굴은, 그렇게 무아지경에 빠져 완전히 제정신이 아닌 얼굴은 한 번도 본 적 없던 저에게, 가면을 보듯, 눈 없는 조각상을 보듯, 그런 얼굴을 여유롭게 지켜볼 기회가 이제 고스란히 주어져 있었어요. 광기어린 눈은 단 일 초도 오른쪽이나 왼쪽으로 돌아가지 않았어요. 부릅뜬 눈꺼풀 뒤 멍하고 생기 없는 검은색 유리구슬처럼 박혀 있는 눈동자는, 룰렛 휠에서 바보처럼 흥에 겨워 구르고 달리는 마호가니색 구슬이 비치는 거울로 변해 있었어요. 다시 한번 말하지만 그렇게 긴장한, 그렇게 매력적인 얼굴은 한 번도 본 적이 없어요. 그것은 스물네 살쯤 된 청년의 얼굴이었고, 조붓하고 곱상하고 갸름하고 표정이 풍부했어요. 손과 마찬가지로 그다지 남성적인 느낌이 들지 않고 열정적으로 놀이에 빠진 소년 같은 인상을 주었지요—이걸 깨달은 건 나중이었지만요. 당시에는 물씬 묻어나는 탐욕과 광기에 이 얼굴이 아예 묻혀 있었거든요. 무언가 갈망하듯 벌어진 얇은 입술 사이로 이들이 절반쯤 드러났어요. 열 걸음 떨어진 곳에서도 오한에 시달리듯 이가 딱딱 부딪치는 모습이 뻣뻣이 벌어진 입술 사이로 보였어요. 고꾸라질 때처럼 금발 가닥이 앞으로 쏟아져내려 땀에 젖은 채 이마에 달라붙어 있었고, 피부 밑에서 보이지 않는 작은 물결이 일기라도 하는 듯 양쪽 콧방울 주위가 끊임없이 실룩거렸어요. 앞으로 숙인 머리가 자기도 모르게 점점 더 앞으로 굽어져, 청년이 작은 구슬의 소용돌이에 휩쓸리고 있다는 느낌을 누구나 받을 수 있었지요. 두 손을 꽉 누르는 이유가 무엇인지 그제야 비로소 이해됐어요. 이렇게 맞눌러야만, 이렇게 꽉 힘주어야만 몸이 중심을 잃고 거꾸러지다가도 다시 균형을 잡을 수 있었던 거예요.

되풀이해서 말할 수밖에 없는데—저는 열정이 그렇게 숨김없이, 그렇게 짐승같이, 그렇게 뻔뻔스러울 만큼 노골적으로 드러나는 얼굴을 한 번도 본 적이 없어요. 저는 이 얼굴을 뚫어지게 보았어요…… 빙글빙글 돌고 튀어오르고 홱 움직이는 구슬에 청년의 눈빛이 홀리고 매혹되어 있듯, 저도 광기어린 그 얼굴에 반하고 매료되었어요. 이 순간부터 저에게는 도박장의 다른 어떤 것도 눈에 들어오지 않았어요. 이 얼굴에서 솟아나는 불길에 비하면 모든 게 맥없고 무디고 흐리고 어두워 보였어요. 다른 모든 사람은 아예 거들떠보지도 않고, 저는 아마도 한 시간 동안 오직 청년과 그 몸짓 하나하나만 뜯어보았을 거예요. 크루피어가 금화 스무 닢을 탐욕스러운 손아귀에 밀어주자, 청년의 두 눈은 눈부신 불빛처럼 번쩍거리고, 꽉 깍지 끼고 있던 두 손은 이제 폭발하듯 확 갈라져 손가락들이 바들거리며 파편처럼 흩어졌어요. 그 순간 얼굴이 갑자기 환해지고 사뭇 젊어졌어요. 주름이 활짝 펴지고, 눈이 빛나기 시작하고, 앞으로 잔뜩 기울었던 몸이 시원하고 가뿐하게 곤추섰어요—단박에 청년은 기수처럼 느긋하게 앉아 이 의기양양한 기분에 들떴고, 손가락들로 둥근 동전들을 우쭐우쭐 사랑스레 만지작대다가 맞대어 튕기자 금화들이 춤추며 장난스레 잘랑였지요. 그런 뒤 다시 불안스레 고개를 돌려, 발자국의 행방을 좇는 어린 사냥개가 콧구멍을 벌름거리며 냄새를 맡듯 녹색 테이블을 훑어보더니, 문득 단번에 손을 움직여 금화 뭉치를 한 베팅 칸에 몽땅 쏟아부었어요. 곧바로 그 기다림이, 그 긴장감이 다시 시작되었어요. 다시금 입술이 감전된 듯 실룩실룩 물결치고, 다시금 손들이 꽉 깍지를 끼고, 소년 같은 얼굴이 탐욕스러운 기대에 파묻혔다가, 실망을 맛보게 되자 그 살 떨리는 긴장감이 터져버리듯 산산이 깨졌어요. 방금까지 소년처럼 흥분했던 얼굴이 시들시들 핼쑥하니 늙어버리고, 눈은 멍하니 생기를 잃었어요. 베팅하지 않은 숫자에 구슬이 굴러떨어지자마자 순식간에 그렇게 되었지요. 청년이 잃은 거예요. 아무것도 깨닫지 못한 듯 몇 초 동안 멍청한 눈길로 멍하니 바라보았지만, 크루피어가 다그치듯 소리치자마자 다시금 손가락이 금화 몇 개를 움켜잡았어요. 그러나 자신감을 잃은 뒤였어요. 동전을 한 베팅 칸에 놓았다가 생각을 바꾸어 다른 베팅 칸으로 옮기고, 구슬이 이미 돌아가고 있을 때 갑작스레 마음이 끌렸는지 구깃구깃한 지폐 두 장을 바들거리는 손으로 급하게 베팅 칸에 내던졌어요.

  이렇게 오르락내리락 부침을 거듭하며 잃고 따는 가운데 한 시간가량이 쉴새없이 흘렀어요. 이 한 시간 동안 저는 그 얼굴에서 단 한 순간도 눈길을 돌리지 못했어요. 밀썰물처럼 드나드는 열정에 따라 계속 변화하는 그 얼굴에 매료되어 있었어요. 마법의 손에서 눈을 떼지 못했어요. 감정이 분수처럼 치솟았다 떨어지는 모습을 그 손은 근육을 통해 다채롭고 생생하게 보여줬어요. 극장의 어떤 배우 얼굴도 이 얼굴만큼 집중해 들여다본 적이 없었어요. 빛과 그늘이 풍경에 스치듯 온갖 색채와 감정이 끊임없이 변화하며 언뜻언뜻 이 얼굴에 비쳤어요. 어떤 게임도 이 낯선 이의 흥분한 얼굴빛만큼 관심을 기울여 지켜본 적이 없었어요. 그 순간 누군가 저를 보았다면, 그렇게 뚫어지게 바라보는 모습을 보았다면, 제가 최면이라도 걸린 줄 알았을 거예요. 제 상태는 완전히 넋이 나간 상태와 비슷했어요―도저히 이 표정 변화에서 눈을 돌릴 수가 없었어요. 도박장에서 뒤죽박죽 스쳐지나는 다른 모든 것, 조명등, 웃음, 사람, 눈길이 제 주위에서 형태 없이 맴돌았어요. 노란색 연기가 휘도는 것 같았어요. 그 한복판에, 불길들에 싸여 한 불길이 타오르듯 이 얼굴이 떠 있었어요. 저는 아무것도 듣지 못하고, 아무것도 느끼지 못하고, 옆에 있는 사람들이 밀치고 나오는 것도, 다른 손들이 불쑥 촉수처럼 뻗어나와 돈을 내던지거나 쓸어담는 것도 알아채지 못했어요. 구슬을 보지도, 크루피어의 목소리를 듣지도 못했지만, 마치 꿈을 꾸듯, 지나친 흥분에 휩싸여 모든 감정을 오목거울처럼 확대시켜 보여주는 이 두 손을 보고 무슨 일이 일어나는지 모조리 알아낼 수 있었어요. 구슬이 빨간 칸에 떨어졌는지 검은 칸에 떨어졌는지, 구르는지 멈췄는지 알려면 룰렛 휠을 볼 필요가 없었어요. 잃고 따고, 기대하고 실망하고, 그럴 때마다 열정에 휩싸인 얼굴의 신경과 표정에서 모든 상황이 불꽃처럼 새어나왔으니까요.

하지만 그런 뒤 끔찍한 순간이 찾아왔어요—제가 내내 말없이 두려워한 대로, 제 긴장된 신경에 뇌우처럼 몰려와 들이닥쳐 그 한가운데를 찢어버린 순간이었어요. 다시금 구슬이 나직한 달그락 소리와 함께 휠에 던져지고, 다시금 이백 개의 입술이 숨을 죽이는 순간이 찾아들고, 마침내 크루피어가—이번에는 제로라고 외치더니, 어느새 급하게 갈퀴를 움직여 잘랑거리는 동전과 바스락거리는 지폐를 사방에서 긁어모았어요. 이 순간 꽉 깍지 낀 두 손이 유달리 소름끼치는 동작을 취했어요. 아무것도 없는데 무언가 붙잡으려는 듯 솟아올랐다가, 썰물처럼 빠지는 중력만을 쥐고서 완전히 기진맥진하여 테이블에 떨어졌어요. 하지만 두 손은 다시금 기운을 되찾고 테이블에서 몸으로 급하게 옮겨가, 몸통을 따라 위로, 아래로, 오른쪽으로, 왼쪽으로, 들고양이처럼 더듬어가며, 깜박 잊은 동전이 어딘가에 숨어들어 있지 않을까 싶어 초조하게 호주머니마다 뒤적거렸지요. 그러나 번번이 먼지만 묻힌 채 돌아왔고, 그럴수록 더 기를 쓰고 이 어리석고 소용없는 뒤지기를 되풀이하는 동안, 어느새 룰렛 휠이 다시 돌아가고 꾼들이 도박을 이어가고 동전이 잘랑거리고 의자들이 움직거리고 수백 가지 작은 소음이 뒤섞여 웅웅거리며 도박장을 가득 채웠어요. 저는 오싹함에 못 이겨 몸을 떨었어요. 저 자신이 손가락으로 구겨진 옷의 호주머니나 속주머니에 든 동전을 필사적으로 찾기라도 하듯 이 모든 일을 함께 겪어야 했지요. 제 맞은편에서 청년이 느닷없이 벌떡 일어섰어요—별안간 몸이 불편해진 사람이 숨통을 트기 위해 일어나는 듯했고, 그렇게 몸을 일으키자 등뒤에서 의자가 쾅하고 바닥에 쓰러졌어요. 하지만 청년은 아무것도 알아채지 못하고, 휘청거리는 자신을 겁먹고 놀란 눈으로 피하는 구경꾼들에게 신경쓰지도 않고, 터벅터벅 테이블을 떠났어요.

저는 이 광경을 보고 돌처럼 굳었어요. 이 청년이 어디로 가는지 바로 알아차렸거든요. 죽으러 가는 거였어요. 그렇게 일어서는 사람은 여관에도, 주점에도, 여자에게도, 기차 객차에도, 어떤 형태의 생활로도 돌아가지 않고 곧바로 구렁으로 떨어져요. 이 지옥의 도박장에 있는 아무리 무감각한 자라도 틀림없이 알아챘을 거예요. 청년은 의지할 수 있는 집도, 은행도, 친척도 없으며, 마지막 돈을, 목숨을 판돈으로 걸고 여기에 앉아 있다가, 이제 어딘가 다른 곳으로, 하지만 반드시 이승을 떠나려 비트적비트적 걸어가고 있다는 것을 말예요. 도박에는 잃고 따는 것을 넘어 그 이상의 힘이 작용한다는 것을 저는 마법에 걸린 듯 첫눈에 직감하고 계속 두려워했는데, 청년의 눈에서 생기가 갑자기 빠져나가고 아직 활기가 남아 있는 얼굴에 죽음이 파리한 그림자를 드리우는 것을 보자 이제 시커먼 벼락이라도 맞은 듯 충격을 받았어요. 이 청년이 자리를 박차고 일어나 비틀거리는 동안—청년의 생생한 몸짓에 저는 그토록 흠뻑 젖어들어 있었어요—저도 모르게 손으로 테이블을 꽉 붙잡아야 했어요. 방금 전에 청년의 긴장이 제 핏줄과 신경으로 스며들었듯 이제 청년의 비틀거리는 걸음걸이가 제 몸으로 흘러들었으니까요. 저는 무언가에 휩쓸렸어요. 청년을 따라가야 했어요. 그럴 마음이 없었는데 발이 쫓아갔어요. 완전히 무의식적인 행동이었어요. 스스로 한 일이 아니라 저절로 일어난 일이었어요. 누구에게도 신경쓰지 않고, 저 자신이 무엇을 하는지 느끼지도 못한 채, 출구 쪽 복도로 내달렸어요.

청년은 옷 보관소에 서서 종업원이 가져온 외투를 입으려 했어요. 하지만 팔이 말을 듣지 않았어요. 열의 넘친 종업원은 장애인을 도와주듯 공들여 팔을 소매에 꿰어줬어요. 종업원에게 팁을 주기 위해 청년이 무의식적으로 조끼 주머니에 손을 넣는 것을 저는 보았지요. 하지만 손가락은 먼지만 날리며 다시 나왔어요. 그러자 갑자기 모든 게 기억난 듯 청년은 당황하여 종업원에게 무슨 말인가 우물거리더니 아까와 똑같이 느닷없이 불쑥 앞으로 움직여 술 취한 사람처럼 카지노 계단을 비트적비트적 걸어내려갔고, 종업원은 처음에는 비웃는 듯 다음에는 알 만하다는 듯 미소 지으며 한동안 청년의 뒷모습을 바라보았어요.

청년의 행동이 어찌나 가슴을 미어지게 하는지 이 장면을 훔쳐본 게 부끄럽게 느껴질 정도였어요. 낯선 이의 절망을 극장 맨 앞자리에서 구경한 것 같아 겸연쩍은 나머지 저도 모르게 옆으로 물러섰지요—하지만 갑자기 이해할 수 없는 불안에 다시 휩쓸렸어요. 저는 제 외투를 급히 가져오게 하고, 특별한 작정 없이, 완전히 무의식적으로, 완전히 충동적으로 이 낯선 청년을 뒤쫓아 어둠 속으로 달려갔어요."

*

　C 부인은 잠시 이야기를 멈추었다. 부인은 내 맞은편에 미동도 않고 앉아 거의 쉴새없이 이야기를 이어온 터였다. 마음속으로 준비를 마치고 사건을 꼼꼼히 정리해둔 사람만이 그렇게 침착하고 찬찬할 수 있었을 것이다. 부인은 이제 처음으로 말을 멈추고 망설이더니, 하던 이야기에서 벗어나 갑자기 나에게 대뜸 말을 걸었다.
　"저는 선생과 저 자신에게 약속했지요." 부인은 약간 근심스레 운을 떼었다. "모든 사실을 있는 그대로 솔직하게 이야기하겠다고요. 하지만 제가 솔직히 털어놓는 만큼 선생도 이를 전적으로 믿어주시고, 제 행동 방식에 어떤 숨겨진 동기가 깔려 있다고 넘겨짚지 않으시길 당부드려요. 그러한 동기가 있더라도 저는 이제 부끄러워하지 않을 테지만, 이 경우에는 완전히 잘못된 어림짐작이니까요. 이 좌절한 도박꾼을 따라 거리로 달려나갔던 순간에는 제가 결코 이 청년에게 사랑을 느끼지 않았다는 사실도 짚고 넘어가야겠군요—저는 청년을 남자로 전혀 여기지 않았고, 당시 마흔 살이 넘었던 여자로서 남편이 죽은 뒤 어떤 남자에게도 눈길을 던진 적이 정말이지 한 번도 없었어요. 저에게 그런 시절은 다 지나가 있었어요. 이 사실을 분명히 말씀드려요. 말씀드려야만 해요. 그러지 않으면 나중 일들이 얼마나 끔찍했는지 선생이 이해할 수 없을 테니까요. 물론 다른 한편으로는 당시 그 불행한 사람에게 저를 저항할 수 없이 이끌리게 했던 감정이 무엇이었는지 꼭 집어 말할 수가 없어요. 호기심도 섞여 있었지만, 무엇보다 끔찍한 불안감이, 정확히 말하면 제가 처음 보았을 때부터 이 청년을 구름처럼 둘러싸고 있다고 느꼈던 끔찍한 일에 대한 불안감도 배어 있었어요. 하지만 그런 감정은 올올이 나누어 헤아릴 수 없지요. 저항할 수 없이 빠르게 저절로 생겨나 얽히고설키니까요—아마도 제가 한 일이라곤 도로에서 자동차로 뛰어들려는 어린아이를 붙들어 말리듯 거의 본능적으로 도움을 베풀려는 몸짓을 보인 것뿐예요. 수영할 줄도 모르는 사람이 허우적거리는 사람을 구하려 다리에서 뛰어내리는 꼴이라고나 할까요. 이런 사람은 마치 마법에 걸린 듯, 자신의 행동이 어리석은 만용이라는 것을 깨달을 틈도 없이 어떤 의지에 이끌려 아래로 뛰어내리지요. 그와 똑같이 아무 생각 없이, 정신 차려 곰곰이 따져보지도 않고, 당시 저는 도박장에서 출구로, 출구에서 테라스로 그 불행한 청년을 따라나섰어요.

선생이라도, 아니 보는 눈과 감정이 있는 사람이라면 누구라도, 이처럼 불안에 가득찬 호기심에서 빠져나올 수 없으리라 저는 믿어요. 기껏해야 스물네 살로 보이는 이 청년이 노인처럼 힘겹게 술 취한 듯 허우적거리며 뼈마디가 풀리고 부러진 양 층계를 걸어내려가 길가 테라스로 몸을 끌고 가는 모습보다 더 섬뜩한 광경은 상상할 수 없으니까요. 그곳 벤치에 청년의 몸뚱이가 자루처럼 털썩 쓰러졌어요. 이 움직임을 보고 저는 몸서리치며 청년이 끝장났다는 것을 다시금 느꼈어요. 죽은 사람이나 근육에서 생기가 빠져나간 사람만이 그렇게 쓰러질 수 있는 거예요. 고개는 비스듬히 기울어 등받이 너머로 젖혀지고, 두 팔은 땅바닥까지 축 처져 늘어져 있었으므로, 흐릿하게 깜박이는 가로등의 희미한 불빛에서 청년을 본 행인이라면 누구든 청년이 총에 맞아 죽었다고 생각했을 게 틀림없어요. 청년은 그렇게 보였어요—갑자기 왜 마음속에 그런 환영이 떠올랐는지 저도 설명할 수 없지만, 별안간 손에 잡힐 듯 생생하게, 소름끼치고 끔찍하리만치 실감나게 그런 환상이 보였어요—이 순간 눈앞에 쓰러져 있는 청년이 총에 맞아 죽은 듯 보이자, 청년은 호주머니에 권총을 넣어다니며 내일이면 이 작자는 이 벤치나 어떤 다른 벤치에서 목숨을 잃고 피범벅으로 쭉 뻗은 채 발견될 것이라는 굳은 확신이 마음속에 생겨났어요. 깊은 구렁으로 떨어지며 나락에 닿기 전에는 결코 멈추지 않을 듯한 돌멩이처럼, 청년은 쓰러져 있었으니까요. 피곤함과 절망감이 그렇게 생생하게 표현된 몸짓을 저는 본 적이 없어요.

이제 제 처지에 대해 생각해보세요. 꼼짝 않고 널브러진 인간 뒤로 스물에서 서른 걸음 떨어져, 저는 어쩔 줄 모르고 걸음을 멈춘 채, 도와주고 싶은 생각에 앞으로 나서려다가도 타고나 몸에 밴 수줍음 탓에 길거리에서 낯선 남자에게 말을 걸기를 주저했어요. 구름 낀 하늘 아래 가스등들이 희미하게 깜박거렸고, 바삐 지나가는 행인들이 아주 드물게 보였어요. 자정이 가까웠으니까요. 공원에는 이 자살하기 십상인 인물과 저뿐이었어요. 다섯 번 열 번 저는 용기를 내어 청년에게 다가갔다가도 부끄러움 때문에, 아니 어쩌면 물에 빠진 사람을 구하려다 함께 물살에 휩쓸릴지 모른다는 본능적 예감 때문에 번번이 물러섰어요—이렇게 이러지도 저러지도 못하며 어처구니없고 우스꽝스러운 처지가 된 것을 뼈저리게 느꼈지요. 그렇지만 말을 걸 수도, 그냥 갈 수도, 무슨 수를 쓸 수도, 청년을 내버려둘 수도 없었어요. 아마도 한 시간 동안, 이 끝없는 시간 동안, 어딘가 가까운 바다에서 들려오는 수천 수만 개의 작은 물결 소리가 시간을 가르는 가운데 제가 이 테라스에서 우물쭈물하며 서성거렸다는 것을 믿어주셨으면 해요. 저는 한 인간이 완전히 파멸하는 모습에 가슴이 미어져 붙박여 있었어요.

하지만 무슨 말도, 무슨 행동도 할 엄두를 내지 못했어요. 반밤이 지나도록 그저 기다리며 서 있거나, 마침내 저 자신이나 돌봐야겠다는 생각이 들어 집으로 돌아갔을지도 몰라요. 이 비참한 인간을 기절한 채 놓아두기로 진작 마음을 굳혔던 것 같기도 해요—하지만 그때 어떤 막강한 힘이 제 망설임을 몰아냈어요. 비가 내리기 시작한 거예요. 저녁 내내 봄바람이 바다에 무거운 비구름을 모아들인 터였어요. 낮게 드리운 하늘이 무겁게 내리누르는 듯한 기운을 허파로, 심장으로 느낄 수 있었지요—느닷없이 빗방울이 떨어지기 시작하더니 빗줄기가 바람에 거세고 맵차게 날리며 장대비가 좍좍 쏟아졌어요. 저도 모르게 간이매점의 처마밑으로 피했지만, 우산을 펼쳤는데도 비보라가 몰아쳐 제 옷에 빗발을 흩뿌렸어요. 바닥에 세차게 떨어지는 빗방울이 얼굴과 손에까지 차갑게 튀어오르는 것이 느껴졌어요.

하지만—얼마나 끔찍한 광경인지, 스무 해가 지난 오늘도 그 기억이 제 목을 옥죄는군요—하늘이 뚫린 듯 퍼붓는 억수비에도 그 불행한 인간은 벤치에 꼼짝 않고 주저앉아 움직이지 않았어요. 추녀마다 빗물이 철철 흘러내리고, 시내에서 마차들이 내달리는 소리가 우레처럼 들리고, 좌우에서 행인들이 외투깃을 세우고 뜀박질했어요. 살아 있는 모든 것은 겁먹은 채 몸을 웅크리고 도망치고 달아나고 비를 피할 곳을 찾았어요. 인간이든 짐승이든 가릴 것 없이 쏟아지는 빗줄기에 불안을 느꼈지만—그곳 벤치에 늘어진 이 시커먼 인간 덩어리만 꼼짝달싹하지 않았어요. 이 청년에겐 자신의 감정을 동작과 몸짓으로 생생하게 보여주는 마술 같은 재능이 있다고 아까 말했지요. 하지만 장대비가 좍좍 쏟아지는데도 이렇게 미동도 않으면서, 이렇게 꼼짝 않고 목석같이 앉아 있으면서, 몸을 일으켜 몇 걸음 옮겨 지붕 아래로 피하지도 못할 만큼 이렇게 지쳐 있으면서, 자기 자신을 이렇게 철저히 내팽개치면서, 절망을, 완전한 자포자기를, 살아서도 죽어 있음을 세상의 어느 것보다, 그 어느 것보다 더 가슴 미어지게 표현해내다니요. 이 살아 있는 인간은 부스스 몸을 움직여 비를 피하지도 못할 만큼 퍼지고 지쳐서 비바람에 자신을 맡기고 있었어요. 어느 조각가도, 어느 시인도, 미켈란젤로도, 단테도 마지막 절망의 몸짓을, 세상의 마지막 비참함을 이렇게 가슴 저리게 보여준 적이 없었어요.

이 광경에 저는 마음이 움직였어요. 그러지 않을 수가 없었어요. 채찍처럼 몰아치는 빗줄기를 헤치고 단숨에 달려가 빗물에 흠뻑 젖은 인간 덩어리를 벤치에서 흔들어 깨웠어요. '이리 와요!' 저는 청년의 팔을 잡았어요. 무언가 힘겹게 저를 올려다보았어요. 무언가 느린 움직임이 생겨나려는 듯했어요. 하지만 청년은 제 말을 알아듣지 못했어요. '이리 와요!' 저는 이제 거의 화까지 내며 젖은 소매를 다시 잡아당겼어요. 그러자 청년은 마지못해 휘청휘청 느리게 일어났어요. '왜 그러세요?' 이렇게 묻자 대꾸할 말이 없었어요. 청년을 데리고 어디로 가야 할지 저 자신도 몰랐으니까요. 이 차가운 억수에서, 더없는 절망에 싸여 어리석게 자살하듯 주저앉아 있는 상황에서 벗어나게 해야 했을 뿐이었어요. 저는 마지못해 따라오는 청년의 소매를 놓지 않고 계속 잡아끌어 간이매점으로 데려갔어요. 그곳의 좁다란 처마 밑에서는 바람에 거세게 날리며 사납게 내리치는 빗줄기를 얼마간이나마 피할 수 있었으니까요. 그 밖에 다른 요량은, 다른 속셈은 없었어요. 비를 피할 수 있는 곳으로, 지붕 아래로 이 청년을 끌고 가야 했을 뿐이었어요. 그것 말고 다른 생각은 아직 없었어요.

우리 두 사람은 비에 젖지 않은 좁다란 곳에 나란히 서 있었어요. 등 뒤에는 매점의 문이 닫혀 있고, 머리 위의 처마는 너무 좁아 욕심 사나운 소나기가 우리에게 눈독을 들이고선 갑작스레 비보라를 일으키며 자꾸만 차가운 빗발을 흩날려 옷과 얼굴에 뿌렸어요. 상황이 난처하게 되었어요. 흠뻑 젖은 이 낯선 청년과 언제까지 이렇게 나란히 서 있을 수는 없었어요. 하지만 청년을 이리로 끌고 와서는 거기 세워두고 말 한마디 없이 가버릴 수도 없었어요. 무슨 수를 내야 했어요. 차근차근 생각을 똑바로 뚜렷이 가다듬었어요. 청년을 마차에 태워 집에 보낸 뒤 저도 집으로 가는 게 가장 좋겠다고 생각했지요. 내일이 되면 청년이 스스로 알아서 할 거고요. 그래서 제 옆에 꼼짝 않고 선 채 사나운 밤하늘을 멍하니 바라보고 있는 청년에게 물었어요. '어디 사세요?'

'저는 거처가 없어요…… 저녁에 니스에서 왔어요…… 저랑 제 방으로 갈 수는 없어요.'

마지막 말을 저는 얼른 이해하지 못했어요. 이 청년이 저를…… 고급 매춘부로, 밤이면 그곳 카지노 주변에 떼 지어 돌아다니며 돈을 딴 도박꾼이나 취객에게서 금전을 우려내는 매춘부로 여겼다는 것을 뒤늦게 알아챘어요. 하기야 달리 어떻게 생각할 수 있었겠어요? 선생에게 이야기하는 지금에야 그 상황이 아주 희한하고 심지어 기이했다는 것을 알겠네요—달리 어떻게 생각할 수 있었겠어요? 정말이지 청년을 벤치에서 잡아일으켜 당연하다는 듯 끌고 온 것이 양갓집 부인다운 행동은 아니었으니까요. 하지만 이런 생각이 저에게 얼른 떠오르지 않았어요. 청년이 저에 대해 끔찍한 오해를 하고 있다는 것을 때늦게야, 너무 때늦게야, 어렴풋이 깨달았지요. 바로 알아챘다면 오해를 굳혀줄 뿐인 말을 절대 하지 않았을 텐데요. 저는 이렇게 말했거든요. '그러면 호텔방을 하나 얻어요. 여기 이러고 있으면 안 돼요. 어딘가 숙소에 들어가야 해요.'

하지만 이제는 청년이 턱없는 오해를 하고 있음을 금세 알아챌 수 있었어요. 청년이 저에게 얼굴도 돌리지 않은 채 비웃음 섞인 어조로 딱 잘라 말했으니까요. '아니요, 저는 방이 필요 없어요. 아무것도 필요 없어요. 헛수고하지 마요. 제게서 뜯어낼 것은 없으니까. 사람을 잘못 골랐어요. 저는 빈털터리예요.'

이 말을 다시금 끔찍하게, 가슴이 미어지도록 심드렁하게 내뱉었어요. 청년이 이렇게 서 있는 것이, 빗물에 흠뻑 젖고 뼛속까지 기진맥진한 인간이 이렇게 축 늘어져 벽에 기대고 있는 것이 가슴 아파 저는 하찮고 엉뚱한 모욕을 받은 데 신경쓸 겨를이 없었어요. 도박장에서 청년이 비틀거리는 것을 처음 본 때부터 이 희한한 순간까지 끊임없이 느꼈던 사실만을 새삼 되새겼어요. 여기 한 인간이, 살아 숨쉬는 한 인간이 죽음을 앞두고 있으며 저는 이 인간을 구해야 한다는 사실 말예요. 저는 청년에게 가까이 다가갔어요.

'돈 걱정은 하지 말고 이리 오세요! 여기 이러고 있으면 안 돼요. 숙소를 찾아줄게요. 아무 걱정 말고 저만 따라오세요!'

청년이 고개를 돌렸어요. 사방에서 소나기가 주룩주룩 쏟아지고 추녀에서 발끝으로 빗물이 철철 떨어지는 가운데 청년이 처음으로 어둠 한복판에서 제 얼굴을 보려 하는 게 느껴졌어요. 몸도 무기력함에서 서서히 벗어나는 듯했어요.

'그럼, 하고 싶은 대로 해요.' 청년은 이렇게 말하며 물러섰어요. '저는 아무래도 좋아요…… 굳이 마다할 까닭도 없고요. 가요.' 제가 우산을 펴자, 청년이 다가와 팔을 잡았어요. 갑자기 이렇게 허물없이 구는 것이 거북스러웠어요. 소름끼치기까지 했지요. 저는 마음 깊이 소스라치게 놀랐어요. 하지만 청년에게 그러지 말라고 차마 입을 뗄 수 없었어요. 이제 와서 밀어내버리면 청년은 끝없는 구렁으로 떨어지고 지금까지의 제 노력은 헛수고가 될 테니까요. 우리는 카지노 쪽으로 몇 걸음 떼었어요. 청년을 어떻게 해야 할지 모르겠다는 사실을 그제야 깨달았어요. 문득 생각해보니, 청년을 호텔로 데려가 손에 돈을 쥐여주고 하룻밤 묵은 뒤 다음날 고향으로 돌아가게 하는 게 가장 좋을 듯했어요. 그 밖에 다른 생각은 하지 않았어요. 때마침 카지노 앞을 빠르게 지나가는 마차 한 대를 불러 올라탔어요. 가는 곳을 묻는 마부에게 선뜻 대답하지 못했어요. 온몸이 빗물에 흠뻑 젖은 제 옆자리의 청년을 일급 호텔에서는 받아주지 않을 것이란 생각이 갑자기 떠올랐고, 저는 정말 이런 일에 전혀 경험이 없는 터라 이 말이 야릇하게 들릴 수도 있음을 미처 생각 못한 채 마부에게 소리쳤어요. '괜찮은 호텔 아무데나요!'

마부는 무덤덤한 표정으로 비를 흠뻑 맞으며 말을 몰았어요. 제 옆에 앉은 낯선 청년이 한마디도 떼지 않는 가운데 바퀴가 덜컹거리고 소나기가 유리창을 거세게 때렸어요. 이 칠흑처럼 어두운, 흡사 관처럼 느껴지는 사각형 마차 안에 시체와 함께 타고 있는 듯한 기분이 들었어요. 이렇게 말없이 함께 있으면서 느끼는 기이한 오싹함을 누그러 뜨리기 위해 무언가 할말을 생각해내보려 했지만 아무 말도 떠오르지 않았어요. 몇 분 뒤 마차가 멈추고 제가 먼저 내려 마부에게 삯을 치르는 동안, 따라 내린 청년이 잠에 취한 듯 꾸벅거리며 마차 문을 닫았어요. 우리는 이제 작고 낯선 호텔 문 앞에 서 있었어요. 아치형 유리 처마 밑에 간신히 몸을 밀어넣어 비를 피할 수 있었지요. 사방에서는 소나기가 칠흑 같은 밤을 향해 소름끼칠 만큼 단조롭게 채찍질을 하고 있었어요.

이 낯선 청년은 몸을 가누지 못해 자신도 모르게 벽에 몸을 기댔고, 젖은 모자와 구겨진 옷에서는 빗물이 뚝뚝 떨어졌어요. 강물에 빠졌다가 구조되었으나 아직 의식이 돌아오지 않은 사람처럼 서 있었는데, 등을 기댄 곳에 물자국이 번지며 물이 졸졸 흘러내려 물줄기가 생겼지요. 하지만 청년은 몸을 털거나, 모자에서 이마와 얼굴로 물방울이 자꾸 떨어지는데도 모자를 털 생각을 아예 하지 않았어요. 철저히 무덤덤하게 서 있었어요. 이 좌절한 모습에 얼마나 제 가슴이 미어졌는지 선생에게 말씀드릴 수 없을 정도예요.

하지만 이제 무슨 수든 써야 했어요. 저는 손을 호주머니에 넣었어요. '여기 100프랑이 있어요.' 이렇게 말했어요. '이 돈으로 방을 얻고 내일 니스로 돌아가세요.'

청년이 놀라서 눈을 들었어요.

'당신을 도박장에서 지켜봤어요.' 청년이 망설이는 기미를 보이자 저는 이렇게 재촉했어요. '당신이 돈을 몽땅 잃은 것을 알아요. 어리석은 짓을 저지르지나 않을까 염려돼요. 도움을 받는 것은 부끄러운 일

이 아니에요…… 자, 받으세요!'

하지만 청년은 어디서 그런 힘이 솟아났는지 세차게 제 손을 뿌리쳤어요. '호의는 고마워요.' 청년이 말했어요. '하지만 돈 낭비 마세요. 그래 봐야 저를 구할 수 없어요. 오늘밤 잠을 자든 말든 아무래도 좋아요. 어차피 내일이면 모든 게 끝나요. 저는 구제불능이라고요.'

'안 돼요, 이 돈을 받아야 해요.' 저는 재촉했어요. '내일은 생각이 달라질 거예요. 이제 호텔로 올라가 하룻밤 푹 자고 생각해보세요. 동이 트면 세상이 다르게 보일 거예요.'

하지만 다시 돈을 억지로 떠넘기는 제 손을 청년은 매우 세차게 밀쳐냈어요. '그만두세요.' 그러고는 다시금 덤덤히 말했지요. '소용없어요. 안에서 객실을 피로 물들이느니 밖에서 끝내는 게 나아요. 100프랑, 아니 1000프랑으로도 저를 구할 수 없어요. 내일 남은 몇 프랑을 또다시 들고 도박장으로 찾아가 전부 잃고서야 손을 털겠지요. 내가 왜 다시 그래야 하나요? 이제 넌더리가 나요.'

이 덤덤한 어조가 얼마나 가슴을 저리게 했는지 선생은 알 수 없을 거예요. 하지만 머릿속에 그려보세요. 선생과 3센티미터 떨어진 곳에 젊고 해맑고 살아 숨쉬는 한 인간이 서 있으며, 선생이 온 힘을 다하지 않으면 생각하고 말하고 숨쉬는 이 젊음의 화신이 두 시간 뒤 시신이 된다는 것을 말예요. 이제 이 무분별한 앙탈을 물리쳐야 한다는 생각이 열화처럼, 분노처럼 치밀었어요. 저는 청년의 팔을 잡았어요. '어리석은 짓 그만두세요! 이제 호텔로 올라가서 방을 얻어요. 내일 아침 제가 와서 역에 데려다줄게요. 당신은 이곳을 떠나야 해요. 내일 고향으로 돌아가요. 당신이 차표를 손에 쥐고 기차에 타는 것을 보기 전까지 저는 발뺄고 쉴 수 없어요. 몇 백 프랑이나 몇 천 프랑을 잃었다고 젊은 사람이 목숨을 버리는 거 아니에요. 그것은 비겁한 짓이고 분노와 울화에 못 이긴 어리석은 히스테리예요. 내일이면 제 말이 옳다는 것을 알게 될 거예요!'

'내일이면!' 청년은 기이할 만큼 음울하고 비꼬는 어조로 따라 말했어요. '내일이면! 내일이면 제가 어디 있을지 부인이 안다면! 저 자신이 그것을 안다면! 사실 저도 그것이 자못 궁금하군요. 제발, 집으로 가세요, 철부지처럼 헛수고하지 말고, 돈 낭비도 하지 말고요.'

하지만 저는 이제 물러서지 않았어요. 마음속에 조증이라도, 광기라도 도진 듯했어요. 청년의 손을 붙잡고 지폐를 억지로 쥐여주었죠. '이 돈을 가지고 바로 올라가세요!' 그러면서 성큼 문으로 다가가 초인종을 눌렀어요. '이제 초인종을 눌렀으니 접수대 직원이 곧 나올 거예요. 올라가서 눈을 붙이세요. 내일 아침 아홉시에 제가 문 앞에서 기다렸다가 바로 역에 데려다줄게요. 다른 걱정은 하지 말아요. 당신이 고향에 갈 수 있도록 다 처리해놓을 테니까요. 이제 발뺄고 푹 자요, 아무 생각도 더 하지 말고요!'

그 순간 문 안쪽에서 열쇠 돌리는 소리가 나더니 직원이 문을 열었어요.

'들어와요!' 갑작스럽게 딱딱하고 엄하고 화난 목소리로 청년이 말했어요. 제 손목이 청년의 손아귀에 단단히 움켜잡힌 것을 느꼈어요. 저는 놀랐어요…… 소스라치고, 꼼짝달싹 못하고, 벼락이라도 맞은 듯 놀라 정신이 가물가물해졌어요…… 저는 버티려 했어요, 빠져나오려 했어요…… 하지만 의지가 마비된 것 같았어요…… 저는…… 선생은 이해하시겠지요. 저는…… 저는…… 짜증스레 기다리는 직원 눈앞에서 낯선 청년과 옥신각신하는 게 부끄러웠어요. 그래서…… 그래서 어느새 호텔 안에 들어와 있었어요. 입을 떼어 무슨 말을 하려 했지만 목이 막혔어요…… 청년의 손이 제 팔을 우악스럽게 붙들고 있었어요…… 무턱대고 저를 이층으로 끌고 올라가는 것이 어렴풋이 느껴졌어요…… 열쇠 돌리는 소리가 났어요……

그러고는 느닷없이 지금도 그 이름을 모르는 어느 호텔 낯선 방에 이 낯선 청년과 단둘이 있게 된 거예요."

*

C 부인은 다시 말을 멈추고 갑자기 일어섰다. 목소리가 나오지 않는 듯했다. 창가로 다가가 몇 분간 말없이 밖을 내다보았다. 아니 차가운 유리창에 이마를 기대고 있었을 뿐인지도 모른다. 나는 똑바로 바라볼 엄두가 나지 않았다. 감정이 북받친 노부인을 지켜보는 것은 고통스러웠으니까. 그래서 아무 질문 없이, 아무 소리 없이, 조용히 앉아 기다렸다. 이윽고 부인이 다시 차분한 걸음으로 되돌아와 내 앞에 마주앉았다.

"자―가장 꺼내기 힘든 말까지 다 했군요. 제 말을 믿어주었으면 해요. 선생에게 다시금 장담하건대, 제가 소중하게 여기는 모든 것을, 제 명예를, 제 자식을 걸고 다짐하건대, 그 순간까지는 이 낯선 청년과 어떤…… 어떤 인연을 맺어야겠다는 생각이 전혀 없었으며, 정말이지 제 의지와 상관없이, 아무것도 의식하지 못한 채, 평탄한 인생길을 걷다가 함정에 떨어진 듯 갑자기 이런 상황에 빠졌어요. 저는 선생과 저 자신에게 솔직하겠다고 맹세했고, 선생에게 다시 말씀드리지만, 이 비극적 연애에 빠져들게 된 것은 도와주려는 마음이 앞서서였을 뿐 어떤 다른 감정이, 사적인 감정이 있어서가 아니었어요. 저는 아무것도 바라지 않았고, 아무것도 짐작하지 못했어요.

그날 밤 그 방에서 무슨 일이 있었는지는 건너뛰고 넘어가게 해주세요. 저 자신은 그날 밤의 단 한 순간도 잊은 적이 없고 결코 잊지 않을 거지만요. 그날 밤 저는 한 인간과 맞부딪쳐 그 생명을 구하려고 싸웠어요. 다시 말하지만 이것은 생사가 걸린 싸움이었어요. 이 낯선 인간이, 거의 구제할 길 없는 이 탕자가, 죽음이 닥친 사람이 흔히 그러듯 욕망과 열정을 다 쏟아 마지막 동아줄을 붙잡고 있다는 것이 신경 마디마디마다 너무나 분명히 느껴졌어요. 청년은 나락에 떨어지지 않으려 발버둥치는 사람처럼 저를 붙들었어요. 저는 힘닿는 한 청년을 구하려고 젖 먹던 힘까지 냈어요. 그러한 시간을 경험하는 건 한 인간의 인생에 단 한 번뿐일 거예요. 수백만 명 가운데 단 한 명뿐일 거예요—이 끔찍한 사건이 없었다면, 자포자기하여 구제할 길 없는 탕자가 얼마나 열띠게, 얼마나 필사적으로, 얼마나 걷잡을 수 없는 욕망에 사로잡혀 다시금 생명의 빨간색 핏방울을 남김없이 빨아먹는지 저는 결코 알지 못했을 거예요. 스무 해 동안 세상의 모든 마성적 힘을 멀리하고 살았던 저로서는, 때로 자연이 얼마나 굉장하고 기이하게도 몇 번의 가쁜 호흡 동안 정열과 냉정, 삶과 죽음, 황홀과 절망이 한덩어리가 되게 하는지 결코 깨닫지 못했을 거예요. 그날 밤은 싸움과 대화, 열정과 분노와 증오, 눈물어린 애원과 도취가 끝없이 이어져 저에게는 수천

년이 흐르는 듯 느껴졌고, 우리 두 인간은, 한 인간은 죽을 듯 날뛰며, 다른 한 인간은 얼결에 휩쓸려, 뒤엉킨 채 비틀비틀 나락으로 떨어졌다가, 죽기 살기의 소동을 뚫고 새로이 태어났어요. 완전히 변모하여, 감각과 감정이 바뀌어, 새로이.

하지만 그 일은 입에 올리지 않겠어요. 말할 수도 없고 말하고 싶지도 않아요. 아침에 깨었을 때의 기묘했던 한순간에 관해서만 한마디할까 해요. 저는 곤한 잠에서 깼어요. 이렇게 깊은 잠에서 깬 것은 난생처음이었어요. 한참 만에 눈을 뜨니 맨 먼저 머리 위의 낯선 천장이 보였고, 이리저리 두리번거리자 처음 보는 몹시 낯설고 볼썽사나운 방이 눈에 들어왔어요. 도대체 여기로 어떻게 기어들었는지 기억나지 않았어요. 처음에는 아직 꿈이구나, 몽롱하고 어수선한 잠 끝에 모든 게 훤히 들여다보이는 꿈이 시작되는구나, 라고 믿으려 했어요—하지만 이미 창밖에는 눈부시게 밝은 틀림없는 진짜 햇빛이, 아침햇살이 내리비치고, 창 아래 도로에서는 마차 바퀴 소리, 전차 종소리, 사람들의 말소리가 울려왔어요—꿈꾸는 게 아니라 깨어 있다는 걸 그제야 깨달았지요. 저도 모르게 몸을 일으켜 생각을 가다듬으려 했어요. 그때……눈길을 옆으로 돌렸을 때…… 저는 보았어요—제가 얼마나 놀랐는지 결코 설명드릴 수 없을 거예요—넓은 침대에서 제 곁에 한 낯선 청년이 자고 있었어요…… 낯설고, 낯설고, 낯설고, 처음 보는 반나체의 청년이……

그래요, 알아요, 이 놀라움은 말로 설명할 수 없어요. 저는 너무 끔찍하게 충격받아 기운 없이 도로 쓰러졌어요. 하지만 정말로 기절하여 아무것도 알아채지 못했으면 얼마나 좋았겠어요. 그러기는커녕 번개처럼 빠르게 모든 상황을 눈치챘어요. 그럼에도 왜 이렇게 됐는지 도무지 알 길이 없었지요. 미심쩍은 싸구려 호텔에서 낯모르는 청년과 낯선 침대에 뜬금없이 누워 있는 저 자신이 역겹고 부끄러워 죽고 싶다는 생각뿐이었어요. 아직도 똑똑히 기억나네요. 제 심장 고동은 멎었고, 저는 호흡을 멈추었어요. 그러면 제 목숨을, 무엇보다 제 의식을 없앨 수 있기라도 한 듯이요. 이 모든 상황을 알아채고 있으면서도 왜 이렇게 됐는지 도무지 영문을 알 수 없는 이 또렷한, 오싹할 만큼 또렷한 의식을 말예요.

얼마나 오래 온몸이 차갑게 얼어붙어 그렇게 누워 있었는지 결코 알 수 없을 거예요. 죽으면 관 속에 그렇게 뻣뻣하게 누워 있을 게 틀림없어요. 이 사실만 기억나는군요. 저는 눈을 감고 신에게, 하늘에 있는 천지신명에게, 이 일이 실제가 아니게 해달라고, 현실이 아니게 해달라고 기도했어요. 하지만 감각이 또렷해지면서 더는 저 자신을 속일 수 없었어요. 옆방에서 사람들의 말소리, 물 흐르는 소리, 밖의 복도에서 질질 끄는 걸음 소리가 들렸어요. 이 모든 소음은 제 정신이 말짱하게 깨어 있음을 똑똑히 알려주었어요.

이 소름끼치는 상태가 얼마나 오랫동안 계속되었는지 말씀드릴 수 없군요. 그러한 순간은 시계로 재는 일상의 시간에서 벗어나 있으니까요. 하지만 느닷없이 다른 불안감이, 사납고 오싹한 불안감이 닥쳤어요. 이름조차 모르는 이 낯선 청년이 이제 깨어나 저에게 말을 걸지 모른다는 불안이었어요. 제게 남아 있는 길이란 하나뿐임을 금세 알아챘어요. 청년이 깨기 전에 옷을 입고 달아나야 했어요. 청년에게 들키지 말아야, 청년과 말을 섞지 않아야 했어요. 늦기 전에 빠져나가, 여기를 떠나서, 떠나서, 떠나서, 저 자신의 인생으로, 제 호텔로 돌아가, 곧바로 다음 기차를 타고 이 방탕한 곳을, 이 나라를 떠나야 했어요. 청년을 절대 만나지 말고, 절대 얼굴을 보지 말고, 목격한 사람도, 비난하는 사람도, 비밀을 아는 사람도 없게 해야 했어요. 이러한 생각에 저는 기절한 듯한 상태에서 깨어났어요. 조심스레, 도둑처럼 살금살금 움직여 (소리를 죽이려 애쓰며) 침대에서 조금씩 조금씩 벗어나 더듬더듬 옷을 찾았어요. 한 순간 한 순간 청년이 깨어날까 몸을 떨며 아주 조심스레 옷을 걸쳤고, 이제 옷을 다 입고 뜻대로 되었어요. 제 모자만 건너편 침대다리 근처에 놓여 있었어요. 까치발로 가만가만 걸어 모자를 집으러 갔어요—그 순간, 저는 그럴 수밖에 없었어요. 아닌 밤중에 홍두깨처럼 제 인생에 들이닥친 이 낯선 청년의 얼굴을 들여다보지 않을 수 없었어요. 흘깃 눈길만 던지려 했어요…… 기이했어요. 침대에 누워 포근히 자고 있는 이 낯선 청년은—저에게 정말로 낯선 청년이었어요. 언뜻 봐서는 전날의 얼굴인지 전혀 모르겠더군요. 미친듯 흥분한 채 열정에 휩쓸린, 잔뜩 격앙되고 긴장한 표정은 씻은듯 사라지고 없었고—청년의 전혀 다른 얼굴이, 완전히 어린애 같고 완전히 소년 같은 얼굴이 티 없이 해맑게 빛났어요. 전날 이에 질끈 악물려 있던 입술은 꿈결에 살포시 벌어져 반쯤 동그래지며 미소를 띠었고, 금빛 머리칼이 매끈한 이마에 부드럽게 흘러내렸고, 가슴에서 솟아나는 고동이 잠에 빠진 몸으로 편안히 퍼지며 잔잔한 물결을 일으켰어요.

도박 테이블에 앉아 있던 이 낯선 청년에게서만큼 탐욕과 열정의 표정이 강하게, 그토록 지독히 강하게 나타난 것을 어느 누구에게서도 본 적이 없다고 아까 말씀드린 것 기억하시겠지요. 나비잠을 자면서

때로 해맑게 천사 같은 미소를 머금는 갓난아이에게서조차 그토록 티 없이 환하게, 정말로 행복하게 단잠을 자는 표정을 저는 본 적이 없어요. 이 얼굴에서는 이제 마음을 짓누르는 고난을 다 벗어던지고 천국에서 휴식하는 느낌, 해방된 느낌, 구원된 느낌, 이 모든 감정이 더없이 생생하게 묻어났어요. 이 놀라운 모습을 보자 무겁고 시커먼 망토처럼 저를 뒤덮고 있던 모든 불안감이, 오싹함이 떨어져나갔어요—저는 이제 부끄럽지 않았어요. 오히려 기쁘기까지 했어요. 무시무시하고 알 수 없던 일이 갑자기 저에게 의미 깊게 여겨졌으니까요. 저는 기뻤어요. 뿌듯했어요. 제가 온 힘을 다하지 않았다면 여기 꽃송이처럼 해맑게, 조용히 누워 있는 이 여리고 해사한 인간이 몸이 박살나고 피범벅이 되고 얼굴은 으스러져 생명을 잃은 채, 눈을 멍하니 치뜨고 바위산 비탈 어딘가에서 발견되었을 것이라 생각되었으니까요. 저는 이 인간을 구원했고 이 인간은 구원된 거예요. 이제 저는—이렇게밖에 표현할 길이 없군요—엄마 같은 눈길로—저 자신의 아이를 낳을 때보다 더 심한 산고를 겪으며—이 세상에 새로 낳아놓은 이 잠자는 청년을 내려다보았어요. 저는 이렇게 역겹고 난잡한 싸구려 호텔의 이처럼 추레하고 지저분한 방 한복판에서—이 말이 선생에게는 우스꽝스럽게 들리겠지만—교회에 있는 듯한 느낌, 기적과 신성으로 축복받은 느낌에 사로잡혔어요. 일생의 가장 무시무시한 순간으로부터 가장 놀랍고 가장 기쁜 또하나의 순간이 자매처럼 생겨난 거예요.

　제 기척이 너무 컸던 걸까요? 저도 모르게 혼잣말을 했던 걸까요? 잘 모르겠지만, 잠자던 청년이 번쩍 눈을 떴어요. 저는 화들짝 놀라 주춤 물러섰어요. 청년은 깜짝 놀라 두리번거렸어요—아까 제가 그랬던 것과 똑같이 청년도 한없이 깊고 어수선한 잠에서 힘겹게 깨어나는 듯했어요. 처음 보는 낯선 방을 힘겹게 둘러보다가 저와 눈이 마주치자 흠칫 놀랐어요. 하지만 청년이 입을 열거나 기억을 떠올리기에 앞서 저는 침착성을 되찾은 터였어요. 청년이 말을 못하게 해야 했어요. 질문도 못하게 막고, 허물없이 굴지도 못하게 해야 했어요. 전날과 지난밤에 있었던 어떤 일도 되살리거나 알려주거나 입에 올려선 안 되었어요.

'이제 가야겠어요.' 저는 재빨리 말했어요. '여기 남아 옷을 입으세요. 열두시에 카지노 입구에서 만나요. 거기서 나머지 모든 일을 처리할게요.'

청년에게 한마디 대꾸할 틈도 주지 않고, 이 방에서 벗어나야 한다는 생각에 쫓겨 밖으로 도망쳤고, 뒤도 돌아보지 않고 호텔을 빠져나왔어요. 그 호텔의 이름도, 그곳에서 하룻밤을 보낸 낯선 남자의 이름도 알지 못한 채였어요."

*

C 부인은 이야기를 멈추고 잠깐 숨을 골랐다. 하지만 목소리에는 긴장도 고통도 사라져 있었다. 산비탈을 힘겹게 오르던 마차가 꼭대기에 이른 뒤 가볍고 빠르게 내리막길을 내달리듯, 이제 부인의 이야기는 가벼운 어조로 날듯이 빠르게 이어졌다.

"그렇게 저는 훤하게 밝아진 아침길을 바삐 걸어 호텔로 돌아갔어요. 폭우가 내려 하늘에서 먹구름을 말끔히 쓸어갔고, 이제 저에게서도 고통스러운 감정을 앗아갔어요. 남편이 죽은 뒤 인생을 완전히 포기했다고 제가 아까 말씀드렸던 것을 잊지 마세요. 저는 자식들에게 필요 없었고, 저 자신에게도 관심 없었어요. 아무 목적 없는 모든 인생은 무의미한 거예요. 이제 처음으로 뜻밖의 과제가 저에게 주어졌고, 저는 한 인간을 구했어요. 온 힘을 다 기울여 파멸에서 끄집어냈어요. 몇 가지 걸림돌만 마저 치우면, 이 임무를 마무리할 수 있을 거였어요. 저는 호텔에 도착했어요. 아침 아홉시가 되어서야 돌아오는 저를 보고 접수대 직원이 깜짝 놀라 흘금거렸지만 신경쓰지 않았어요―지난밤의 사건에 대한 수치나 분노에 더이상 시달리지 않았으니, 갑자기 되살아난 삶의 의욕이, 제가 필요한 존재라는 뜻밖의 새로운 느낌이 핏줄을 가득 채우며 뜨겁게 흘렀어요. 방에 들어와 급하게 옷을 갈아입었어요. 저도 모르게(나중에야 이를 알아챘어요) 상복을 벗고 밝은색 옷으로 갈아입은 다음, 은행에서 돈을 찾고, 역으로 서둘러 달려가 기차 출발 시간을 물어봤어요. 나아가, 저 자신도 놀랄 만큼 야무지게 몇 가지 다른 일과 약속도 해치웠어요. 이제 운명이 나에게 던져준 인간을 고향으로 떠나보내 구원을 마무리짓는 일밖에 남지 않은 상태였어요.

물론 이제 청년에게 친히 찾아가려면 용기가 필요했어요. 전날의 모든 일은 어둠 속에서, 두 돌멩이가 급류에 휩쓸려 맞부딪치듯 소용돌이 속에서 벌어졌으니까요. 우리는 얼굴을 마주하여 서로를 보지도 못했으니, 이 낯선 청년이 저를 알아볼 수 있을지조차 확실치 않았어요. 전날은―혼란에 빠진 두 인간이 우연히 마주쳐 도취에 취하고 열정에 홀렸지만, 이날 저는 청년에게 전날보다 솔직하게 속마음을 털어놓아야 했어요. 무자비하게 밝은 햇빛 아래 제 인격을, 제 얼굴을 드러내고 살아 있는 인간으로서 청년에게 찾아가야 했어요.

하지만 모든 일이 생각보다 술술 풀렸어요. 약속한 시간에 카지노 근처로 가자마자, 한 청년이 벤치에서 벌떡 일어나 마주 달려왔어요. 청년의 놀라는 모습에서, 표현력이 풍부한 동작 하나하나에서 가슴에서 우러난 순진하고 무구하고 행복한 감정이 배어났어요. 청년은 날듯이 달려오며 감사와 존경에 가득찬 기쁨으로 눈을 환하게 빛냈지만, 눈앞에 나타난 청년을 보고 제가 당혹해하는 기색을 내비치자 곧바로 다소곳이 눈길을 내려뜨렸어요. 상대방이 감사하고 있는 것을 느끼게 되는 경우는 매우 드물지요. 더없이 감사하는 사람이라도 이를 표현할 길을 찾지 못하거나 당혹하여 입을 다물거나 부끄러워하거나 때로는 시치미를 떼며 감사의 감정을 숨기니까요. 하지만 신은 신비스러운 조각가답게 이 청년을 빚을 때 모든 감정의 몸짓이 인상 깊고 아름답고 생생하게 드러나도록 만들었기에, 감사의 몸짓도 열정처럼 뜨겁게 온몸에서 환하게 우러났어요. 청년은 제 손 위로 몸을 굽혀 소년처럼 갸름한 머리를 겸손히 숙인 채 존경을 가득 담아 손가락에 스치듯 키스한 뒤 일 분간 가만히 있다가, 다시 뒤로 물러나서 편안하게 지냈는지 묻고 가슴 뭉클하게 저를 바라보았어요. 한마디 한마디가 예의에 넘쳐 저에게 마지막 남아 있던 염려가 순식간에 사라졌어요. 제 밝아진 감정이 반영된 듯 주위 경치도 완전히 마법에서 깨어나 환하게 빛났어요. 전날은 사납게 일렁이던 바다가 고요하고 맑게 가라앉아 자잘히 부서지는 파도 아래 조약돌이 새하얗게 반짝이는 게 멀리서도 보였어요. 카지노, 그 지옥 소굴이 무어 양식으로 번쩍번쩍 빛나며 비로 깨끗이 씻긴 하늘을 들여다보자 창공에 다마스크 문양이 비치는 것 같았어요. 전날 그 처마밑에서 주룩주룩 쏟아지는 비를 피했던 간이매점이 문을 열었는데, 이제 보니 꽃가게였어요. 하양, 빨강, 초록이 알록달록 점점이 뒤섞인 꽃송이와 꽃가지 다발이 수북이 쌓인 곳에서 화사한 블라우스 차림의 소녀가 꽃을 팔고 있었어요.

저는 청년을 데리고 작은 레스토랑에 점심을 먹으러 갔어요. 그곳에서 낯선 청년은 자신의 서글픈 행각에 얽힌 사연을 들려주었어요. 녹색 테이블에서 안절부절못하고 바들거리던 손을 보며 제가 떠올렸던 첫 짐작이 그대로 맞아떨어졌지요. 청년은 오스트리아령 폴란드의 오래된 귀족 가문 출신으로 외교관의 길을 걸을 예정이었대요. 빈에서 대학을 다니며 한 달 전에 1차 시험을 우수한 성적으로 통과했어요. 총참모부 고위 장교인 숙부 집에 살고 있었는데, 이 숙부가 합격을 축하하고 치하하기 위해 청년과 함께 합승 마차에 올라 프라터공원*에 갔고 내친김에 경마장에도 들렀어요. 숙부는 경마에서 운이 좋아 세 번 거푸 이겼어요. 여기서 딴 지폐를 한 뭉치 두둑이 들고 고급 음식점에서 저녁식사를 했어요. 다음날 예비 외교관은 시험 합격에 대한 치하의 의미로 아버지에게서 한 달 치 용돈에 맞먹는 금액을 받았어요. 이 액수는 이틀 전이었다면 큰돈으로 보였을 테지만, 경마에서 이기기가 얼마나 쉬운지 본 뒤에는 대수롭지 않은 푼돈으로 여겨졌어요. 그래서 식사를 마치자마자 다시 경마장에 가서 닥치는 대로 열정적으로 돈을 걸었고, 운이 좋았는지, 아니 운이 나쁘려고 그랬는지, 마지막 경마가 끝난 뒤에는 그 액수의 세 배를 들고 프라터공원에서 나왔어요. 이제 청년은 경마장에서도, 카페에서도, 클럽에서도 도박의 광기에 사로잡

---

* 빈 제2구 레오폴트슈타트에 있는 공원. 유원지 외에 두 개의 경마장이 있다.

혀, 시간을, 학업을, 신경을, 무엇보다 돈을 탕진했어요. 생각도 못하고 잠도 편히 못 자고, 더없이 약해진 것은 자제력이었어요. 클럽에서 돈을 몽땅 잃고 집에 돌아온 어느 날 밤 옷을 벗다가 조끼에 숨어 있던 구깃구깃한 지폐 한 장을 보았어요. 도저히 참지 못하고 다시 옷을 입은 뒤 여기저기 헤맨 끝에 도미노 도박꾼 몇몇이 모여 있는 카페를 찾아낸 청년은 이들과 함께 새벽까지 밤을 새웠어요. 한번은 결혼한 누나가 도움의 손길을 내밀어 고리대금업자들에게 진 빚을 갚아주기도 했어요. 이자들은 귀족 명가의 후계자에게 흔쾌히 돈을 빌려주었던 거예요. 잠시 다시 도박 운이 좋아졌지만—이내 바닥을 모르고 곤두박질쳐, 잃으면 잃을수록 갚을 길 없는 빚이 늘어만 갔고 갚겠다고 장담한 날짜가 다가왔기에 청년은 자신을 구해줄 횡재를 애타게 바라게 됐어요. 시계와 옷가지를 저당잡힌 지 오래였고, 마침내 끔찍한 일도 저질렀어요. 나이 많은 숙모가 잘 착용하지 않는 커다란 귀걸이 두 점을 장롱에서 훔친 거예요. 한 점을 저당잡혀 거금을 마련한 뒤 그날 저녁 도박에서 네 배로 불렸어요. 하지만 청년은 귀걸이를 찾기는커녕 딴 돈까지 전부 걸었다가 몽땅 잃었어요. 빈에서 떠날 때만 해도 훔친 사실이 탄로나지 않았어요. 그래서 다른 귀걸이 한 점도 저당잡힌 뒤 퍼뜩 떠오른 영감에 이끌려 기차를 타고 몬테카를로로 왔어요. 염원하는 일확천금을 룰렛 게임으로 거머쥐려고요. 도착하자마자 이미 트렁크, 옷가지, 우산을 다 팔아치운 터라 이제 남은 것이라고는 탄환 네 발이 든 권총과 보석이 박힌 작은 십자가뿐이었어요. 대모인 O 후작부인에게 받은 이 십자가만은 남에게 내주고 싶지 않았거든요. 하지만 오후에 십자가마저 50프랑을 받고 팔아넘기고 말았어요. 생사를 걸고 살 떨리는 도박의 쾌락을 그날 저녁 마지막으로 다시 한번 맛보고 싶어서였어요.

청년은 재기 발랄한 천성을 매혹적으로 우아하게 드러내며 이 모든 일을 들려주었어요. 저는 이야기에 가슴 아파하며 사로잡히고 흥분에 빠져 귀기울였을 뿐, 저와 식사하는 이 청년이 알고 보니 도둑이었다는 사실에 분노를 표할 생각이 한순간도 들지 않았어요. 저는 나무랄 데 없이 살아왔고 모임에 나가면 관습에 따라 더없이 엄격하게 품위를 지킬 것을 요구해온 여자였어요. 그런 제가 아들뻘밖에 안 되는, 진주 귀걸이를 훔친, 생전 처음 보는 청년과 허물없이 함께 앉아 있게 될 것이라고 전날 누군가 슬쩍 운만 뗐더라도—저는 그런 말을 한 사람을 정신 나갔다고 여겼을 거예요. 단 한 순간도 저는 청년의 이야기에서 끔찍함 같은 것을 느끼지 못했어요. 청년은 모든 일을 매우 자연스럽고 열정적으로 이야기하여, 듣다보면 청년의 행동이 어떤 나쁜 짓이 아니라 무슨 열병이나 질병인 듯한 인상이 들었으니까요. 더하여 전날 밤 폭포에 휩쓸리듯 뜻밖의 일을 체험한 저 같은 사람에게는 '있을 수 없다'라는 말이 단박에 의미를 잃었지요. 제가 그 열 시간 동안 인생에 관해 알게 된 것이 이전에 마흔 해를 예의바르게 살아오면서 배운 것보다 훨씬 더 많았던 거예요.

하지만 이렇게 이야기를 나누는 동안 저를 놀라게 한 것이 있었으니, 청년이 도박열에 관해 들려줄 때면 그 눈이 벌겋게 번득거리며 얼굴의 모든 신경이 감전된 듯 실룩거린다는 사실이었어요. 자신의 도박열에 관해 얘기할 때면 흥분에 빠져들어, 표정이 풍부한 그 얼굴에 기쁨과 고통이 엇갈리고 긴장감이 끔찍할 만큼 뚜렷하게 고스란히 떠올랐어요. 자신도 모르게 두 손이, 신비로울 만큼 가늘고 날렵하며 초조해하는 두 손이, 도박 테이블에서와 꼭 마찬가지로 다시금 사냥하거나 사냥당하는 짐승처럼 변하기 시작했어요. 이야기하는 동안 갑자기 손목부터 바들거리더니 우악스레 손가락을 굽혀 주먹을 움켜쥐었다가 다시 손가락을 활짝 펴고 새로 깍지를 끼는 게 보였어요. 귀걸이를 훔친 이야기를 할 때는, 두 손이 번개처럼 튀어나와 도둑처럼 순식간에 잡아채는 시늉을 했어요(이를 보고 저도 모르게 흠칫 놀랐어요). 손가락들이 미친듯 귀걸이를 덮쳐서 잽싸게 손바닥 안으로 숨기는 모습이 눈앞에 생생히 보였지요. 저는 이루 말할 수 없이 놀라 이 청년이 뼛속까지 도박열에 중독되어 있다는 것을 깨달았어요.

  청년의 이야기에 제가 가슴이 미어져 몸서리쳤던 이유는 하나뿐이었어요. 해맑고 천성이 태평한 청년이 이처럼 무분별한 열정의 가련한 노예가 되었다는 사실이지요. 제가 뜻하지 않게 보살피게 된 청년을 이렇게 타이르는 게 급선무라는 생각이 들었어요. 몬테카를로에는 유혹이 넘쳐 더없이 위험하니 곧바로 이곳을 떠나야 한다고요. 귀걸이가 사라진 게 발각되어 장래를 영영 망치기 전에 오늘 가족에게 돌아가라고요. 저는 돌아갈 여비와 귀걸이를 찾을 돈도 주겠다고 약속했지만, 이렇게 단서를 달았어요. 오늘 출발해야 해요. 카드에 손대지 않고 그 밖의 어떤 도박도 하지 않겠다고 맹세해야 해요.

  이 낯설고 구제할 길 없는 탕자가 처음에는 다소곳이, 그러다가 점점 더 열렬하게 감사를 표하며 제 말에 귀기울였던 것을, 도움을 약속하는 제 말을 들이마시다시피 했던 것을 결코 잊지 못할 거예요. 청년은 느닷없이 두 손을 탁자 위로 내밀더니 마치 경배하며 성스럽게 서약하듯 결코 잊을 수 없는 몸짓으로 제 손을 붙잡았어요. 해맑으면서도 얼떨떨해하는 눈에 눈물을 글썽이고, 행복에 들떠 부들부들 온몸을 떨었어요. 청년의 몸짓에서 나오는 독특한 표현력을 선생에게 여러 번 설명해드리려 했지요. 하지만 이 표정만은 도저히 설명할 길이 없군요. 이렇게 황홀경에 빠져 천상에 있는 듯한 행복감을 인간의 얼굴은 평소 우리에게 보여주지 않거든요. 우리는 꿈에서 깨어날 때 천사의 얼굴이 눈앞에서 부옇게 사라지는 것을 보는 듯 느끼는데, 이런 희부연 환영만이 그 표정과 비슷할 거예요.

제가 이러한 모습을 보고 마음이 사르르 녹았음을 굳이 숨길 까닭이 없겠지요. 드물게나마 감사할 줄 아는 사람을 보게 되면 더없이 행복해지고, 심성이 고운 사람을 만나면 기분이 좋아지지요. 차분하고 차가운 인간으로 살았던 저는 이렇게 감정이 철철 넘치는 인간을 보며 기분이 상쾌해지고 행복해지는 새로운 경험을 했어요. 가슴 저리게 무참히 짓밟혔던 이 인간만 살아난 게 아니었어요. 전날 비가 내린 뒤 마법에 걸린 듯 경치도 깨어났어요. 우리가 레스토랑을 나왔을 때 잔잔히 가라앉은 바다가 하늘과 맞닿는 곳까지 파란색으로 찬란히 빛났고, 바다 위에 펼쳐진 파란색 창공에서는 갈매기가 하얗게 떠다녔어요. 리비에라의 경치를 잘 아시겠지요? 항상 아름다운 인상을 자아내면서도 관광엽서같이 따분하여 늘 진한 원색을 느긋하게 눈앞에 내보이잖아요. 잠자는 게으른 미녀처럼요. 이 미녀는 누구의 눈길이든 무덤덤히 받아들이고, 언제나 맨살을 흐드러지게 내비치기에 거의 동양적으로 느껴져요. 하지만 이따금, 아주 드물게 이런 날이 있어요. 이 미녀가 잠에서 깨어나, 갑자기 나타나, 번쩍번쩍 빛나는 눈부신 색으로 힘차게 우리를 부르고, 갖가지 꽃색을 알록달록 우쭐우쭐 우리에게 내던지고, 달아오르고, 관능으로 불타는 그런 날 말예요. 당시에도 폭풍우가 몰아쳤던 혼란스러운 밤이 지나자 그처럼 생기 넘치는 날이 찾아왔어요. 도로는 깨끗이 씻겨 반짝거리고, 하늘은 청옥색으로 솟아오르고, 가는 곳마다 물이 흠뻑 오른 짙푸른 가지에서 꽃무리가 피어나 오색 횃불처럼 빛났어요. 후텁지근하던 대기에 햇빛이 들면서, 산들이 갑작스레 성큼 다가온 듯 보였어요. 반짝반짝 윤나는 소도시를 보고 호기심에 이끌려 가까이 몰려온 것처럼요. 누구나 집밖에 나오면 눈길을 돌릴 때마다 자연이 싸움을 걸거나 용기를 북돋는 듯 느끼고, 자기도 모르는 사이 자연에 마음을 빼앗길 것 같았어요. '마차를 불러요.' 저는 말했어요. '해안길을 따라 달려요.'

청년은 환호하듯 고개를 끄덕였어요. 그곳에 도착한 후 처음으로 경치가 눈에 들어온 모양이었어요. 그때까지는 후텁지근하고 땀냄새로 가득한, 볼썽사납고 일그러진 인간들이 북적거리는 눅눅한 카지노장과 무뚝뚝하고 지루하게 철썩거리는 바다만 보았을 뿐이었겠죠. 하지만 햇빛 비치는 해변이 거대한 부채처럼 우리 앞에 펼쳐진 지금, 청년은 행복에 겨워 아득한 눈빛으로 이 끝부터 저 끝까지 둘러보았어요. 우리는 느린 마차를 타고(당시엔 아직 자동차가 없었어요) 멋진 길을 달려 수많은 별장과 풍경을 스쳐지났고, 집을 지날 때마다, 짙푸른 소나무 그림자에 덮인 별장을 지날 때마다, 세상과 떨어져 그곳에서 조용히 평화롭게 살고 싶다는 남모를 소망을 품었어요!

제 인생에서 그때보다 더 행복했던 적이 있을까요? 잘 모르겠어요. 마차 옆자리에는 이 청년이 앉아 있었어요. 전날만 해도 죽음과 비운에 사로잡혀 있었는데 이제 환하게 쏟아져 부서지는 햇빛에 경탄하며 기쁨에 가득차 있었어요. 몇 년은 더 어려진 듯 보였어요. 아예 소년이 되어 눈에 발랄함과 존경심이 넘치는 귀여운 장난꾸러기로 변한 것 같았어요. 청년에게 제가 특히 매료된 것은 고운 심성이 살아 있는 게 보여서였어요. 마차를 끌고 가파른 길을 오르느라 말이 허덕거리면, 청년은 날렵하게 뛰어내려 뒤에서 마차를 밀었어요. 제가 길가에 핀 꽃의 이름을 말하거나 가리켜 보이면, 얼른 달려가 꺾어 왔어요. 전날 내린 비를 따라 나왔다가 도로에서 어기적어기적 기어가는 작은 두꺼비가 보이면, 뒤따라오는 마차에 짓밟히지 않도록 손으로 집어올려 조심스레 짙푸른 풀밭에 옮겨놓았어요. 간간이 신나서 웃음을 터뜨리며 더없이 우습고 재미있는 일을 이야기하기도 했어요. 그렇게 웃으며 감정을 분출하는 것 같았어요. 웃을 수 없었다면 노래하거나 춤추거나 익살을 부려야 했을 거예요. 청년은 갑자기 넘쳐나는 감정을 주체하지 못한 채 그토록 행복에 젖고 그토록 도취된 듯한 몸짓을 보였어요.

우리가 언덕에 있는 작은 마을을 천천히 가로질러 지나갈 때 청년이 별안간 공손히 모자를 들어올렸어요. 저는 놀라서 물었어요. 아는 사람이 아무도 없을 텐데 누구에게 인사한 거예요? 제 질문에 청년은 얼굴이 발개져서 변명하듯 말했어요. 방금 성당을 스쳐지났잖아요. 모든 독실한 가톨릭 국가에서 그러듯 우리 폴란드에서도 성당이나 예배당을 지날 때 모자를 벗는 습관을 어릴 적부터 기른답니다. 종교에 대한 이러한 아름다운 경외감에 저는 깊이 감동받았고, 아울러 청년이 십자가를 언급했던 게 생각나 신앙이 있느냐고 물었어요. 청년은 사뭇 부끄러운 몸짓을 지으며 신의 은총을 받기를 바란다고 털어놓았고, 그러자 저에게 어떤 생각이 퍼뜩 떠올랐어요. '멈추세요!' 저는 마부에게 소리친 뒤 서둘러 마차에서 내렸어요. 청년은 놀라서 따라 내리며 물었어요. '어디로 가는 거예요?' 저는 이렇게 대답했을 뿐이랍니다. '따라오세요.'

저는 청년을 데리고 오는 길에 보았던 성당으로 갔어요. 벽돌로 지은 작은 시골 예배당이었어요. 회칠이 되어 회색으로 빛나는 휑뎅그렁한 실내에 어스름이 깔려 있었어요. 열린 문 틈으로 들어온 햇빛이 노란색 원뿔을 이루며 어둠을 날카롭게 꿰찔렀고, 파르스름한 그늘이 작은 제단을 에워싸고 있었어요. 마치 베일에 가려진 두 눈처럼, 향내가 훈훈히 퍼진 어스름 사이로 촛불 두 개가 엿보였어요. 안으로 들어서자, 청년은 모자를 벗고 성수반에 손을 담근 다음 성호를 긋고 무릎을 꿇었어요. 청년이 일어서자마자 저는 청년을 붙잡았어요. 그러고 이렇게 다그쳤지요. '제단이든, 성스럽게 여겨지는 아무 성상이든 그 앞에 가서 제가 말해주는 대로 서약을 하세요.' 청년은 소스라치게 놀라 저를 바라보았어요. 하지만 금세 제 뜻을 알아채고 한 벽감으로 가서 성호를 긋고 직수긋이 무릎을 꿇었어요. '제가 말하는 대로 따라 하세요.' 저 자신도 흥분하여 몸을 떨며 이렇게 말했어요. '따라 해요. 저는 맹세합니다.' '저는 맹세합니다.' 청년이 따라 하자, 저는 말을 이었어요. '돈이 오가는 도박에, 그게 어떤 종류든, 다시는 손대지 않겠습니다. 인생과 명예를 망치는 도박열에 다시는 빠지지 않겠습니다.'

청년은 몸을 떨며 이 말을 따라 했어요. 텅 비어 휑뎅그렁한 실내에 그 말이 또랑또랑 큰 소리로 울렸어요. 그런 다음 한순간 조용해졌어요. 밖에서 바람이 나뭇잎을 스치며 내는 나직한 쏴쏴 소리가 들릴 만큼 고요해졌어요. 갑자기 청년은 참회자처럼 엎드리더니 제가 한 번도 들어본 적 없는 황홀한 어조로 폴란드 말을 빠르고 어지럽고 쉴새없이 쏟아냈어요. 저로서는 알아들을 수 없는 말이었지요. 하지만 황홀경의 기도, 감사와 회한이 담긴 기도였음이 틀림없어요. 간절하게 고해하며 다소곳이 기도대에 자꾸 고개를 조아리고, 점점 더 열정적으로 낯선 소리를 되풀이하고, 점점 더 격렬하고 이루 말할 수 없이 열렬하게 똑같은 말을 토해냈으니까요. 이전에도 이후에도, 세상 어느 성당에서도, 이렇게 기도하는 것을 저는 들어본 적이 없어요. 청년의 손은 목재 기도대를 꽉 움켜잡았고, 청년을 낚아챘다 팽개쳤다 하는 마음속 태풍에 그 온몸이 뒤흔들렸어요. 청년은 아무것도 보지도 느끼지도 못한 채, 마음속 모든 것이 다른 세상에 들어가 연옥에서 정화되거나 천국으로 비상하는 것 같았어요. 마침내 천천히 일어서 성호를 긋고 힘겹게 고개를 돌렸어요. 무릎이 바들거리고 기진맥진한 사람처럼 얼굴이 핼쑥했어요. 하지만 저를 바라보는 눈은 환하게 빛났어요. 해맑고 정말로 경건한 미소가 무아경의 얼굴을 밝혔어요. 청년은 가까이 다가와 러시아식으로 깊숙이 허리를 굽히고 제 두 손을 잡더니 공손하게 손등에 입을 맞추었어요. '하느님께서 부인을 보내주셨어요. 그래서 하느님께 감사 기도를 드렸어요.' 저는 무슨 말을 해야 할지 몰랐어요. 하지만 별안간 낮은 신도석 위로 오르간 음악이 울려퍼지기를 바랄 뻔했어요. 모든 게 성공했다고, 이 인간을 영원히 구원했다고 느꼈으니까요.

우리는 성당에서 나와 5월처럼 화창한 이날 환하게 흐르는 빛살 속으로 돌아왔어요. 세상이 이렇게 아름다워 보인 적이 한 번도 없었어요. 파노라마처럼 펼쳐지며 모퉁이를 돌 때마다 새로운 풍광을 선사하는 언덕길을, 마차를 타고 두 시간 더 천천히 달렸어요. 하지만 우리는 이제 아무 말도 하지 않았어요. 이렇게 감정을 쏟아부은 뒤라 무슨 말을 하든 밋밋할 것 같았어요. 청년과 눈길이 마주칠 때면 저는 부끄러운 듯 고개를 돌려야 했어요. 저 자신이 일으킨 기적을 보는 것이 너무 가슴 벅찼으니까요.

오후 다섯시쯤 우리는 몬테카를로로 돌아왔어요. 저는 친척들을 만나러 가야 했어요. 이 시각에 선약을 취소할 수는 없었어요. 사실 마음속으로는 쉬고 싶은 생각이 굴뚝같았어요. 너무 격렬히 솟구친 감정을 좀 가라앉히고 싶었어요. 지나칠 만큼 행복감이 들었으니까요. 제 인생에서 전혀 겪어보지 못했을 만큼 이렇게 분수 넘치고, 이렇게 황홀한 상태에서 벗어나 쉬어야 한다고 느꼈어요. 저는 제가 보살피게 된 청년에게 호텔로 따라오라고 말했어요. 그곳의 제 방에서 청년에게 돌아갈 여비와 귀걸이를 찾을 돈을 건네주었어요. 제가 친척을 만나는 동안 청년은 차표를 사기로 약속했어요. 그런 뒤 저녁 일곱시에 우리는 역 대합실에서 만나기로 했지요. 그러면 삼십 분 뒤 기차가 도착하여 제노바를 거쳐 고향으로 청년을 데려다줄 거였어요. 제가 지폐 다섯 장을 건네주려는데, 청년의 입술이 기묘할 만큼 창백해졌어요. '아니에요…… 돈을…… 주지 마세…… 제발 돈을 주지 마세요!' 청년은 잇새로 이렇게 내뱉으며, 초조하고 불안한 듯 손가락을 바들거렸어요. '돈을 주지 마세요…… 돈을 주지 마세요…… 저는 돈을 보면 안 돼요.' 청년은 다시 한번 말했어요. 역겨움과 불안함에 몸을 가누지 못하는 듯했어요. 하지만 저는 돈을 빌려주는 것일 뿐이니 부담스럽다면 차용증을 써달라고 말하며 청년의 부끄러움을 가라앉혔어요. '그래요…… 그래요…… 차용증을 쓸게요.' 청년은 눈길을 돌리고 중얼거리며, 손가락에 달라붙는 끈적한 오물을 치우듯, 지폐를 들여다보지도 않은 채 호주머니에 구겨넣고서, 종이를 꺼내 쫓기듯 휘갈긴 필체로 몇 자 적었어요. 청년이 눈을 들었을 때 이마가 땀에 젖어 있었어요. 마음속에서 무언가 치밀어올라 숨이 막히는 것 같았어요. 청년은 종잇장을 내밀자마자 사시나무처럼 떨더니—저는 깜짝 놀라 저도 모르게 뒷걸음쳤지요—갑자기 무릎을 꿇고 제 옷자락에 입을 맞추었어요. 말로 설명할 수 없는 몸짓이었어요. 그 몸짓의 더없는 격렬함에 저는 온몸이 떨렸어요. 기이한 오싹함에 사로잡힌 채 당혹스러워하며 이렇게 더듬거렸을 뿐예요. '이토록 고마워하니 제가 오히려 감사해요. 하지만 부탁이니 이제 가세요! 저녁 일곱시에 역 대합실에서 작별인사를 나누자고요.'

청년이 저를 바라보았어요. 가슴이 뭉클한지 눈빛이 촉촉이 젖어 있었어요. 한순간 청년이 무슨 말을 하려 한다는 생각이 들었어요. 한순간 저에게 다가오려 하는 듯 보였어요. 하지만 청년은 갑자기 다시금 깊이, 아주 깊이 허리를 숙이고 방을 나갔어요."

*

다시 C 부인은 이야기를 멈추었다. 자리에서 일어나 창가로 다가간 부인은 밖을 내다보며 오랫동안 꼼짝 않고 서 있었다. 창문에 실루엣처럼 그려진 부인의 등이 떨리듯 가볍게 흔들렸다. 느닷없이 부인이 결연히 돌아서서, 지금껏 침착하고 담담하던 손으로 갑자기 무언가 거칠게 잡아찢는 동작을 취했다. 무슨 종잇장이라도 짝짝 찢어버리려는 듯했다. 그런 뒤 차가운 눈빛으로 싸움이라도 걸 듯 나를 바라보더니 단박에 다시 이야기를 이어갔다.

"아주 솔직히 털어놓겠다고 선생에게 약속했지요. 이 서약이 얼마나 필요한 것이었는지 이제야 알겠군요. 처음으로 당시 일어난 모든 사건을 가지런히 정리하여 설명하고, 당시의 얽히고설킨 혼란스러운 감정을 선명히 표현할 말을 찾으려 애쓰는 가운데, 당시 제가 알지 못했거나 어쩌면 그저 알고 싶지 않았던 많은 것을 비로소 똑똑히 이해하겠으니까요. 따라서 저 자신에게뿐 아니라 선생에게도 굳세고 꿋꿋이 진실을 말하려 해요. 청년이 방에서 나가고 저만 홀로 남았던 그 순간—기절할 듯 아뜩한 기분이 들면서—가슴을 세게 얻어맞은 듯한 느낌이었어요. 무언가 저에게 치명적인 고통을 주었지만, 저는 까닭을 알 수 없었어요—아니면 알려 하지 않았어요—제가 보살피게 된 청년이 가슴 뭉클하게 존경어린 태도를 보였는데 제가 그토록 상처받고 고통스러워한 이유 말예요.

하지만 마치 모르는 일을 밝혀내듯 제 마음속에서 지난 일을 빠짐없이 불러내어 차근차근 간추리는 지금, 선생 앞이라 부끄러운 감정을 감출 수도 비겁하게 숨길 수도 없다보니, 똑똑히 알겠어요. 당시 제가 고통받은 것은 실망 때문이었어요…… 이 청년이 그렇게 고분고분 떠나갔다는…… 실망요. 저를 붙잡지도, 제 곁에 머무르지도 않고…… 고향으로 떠나라고 이르자마자 공경하며 다소곳이 따랐다는…… 저를 품에 안으려 하지 않고…… 자신의 앞길에 나타난 성녀처럼 숭배할 뿐…… 저를…… 저를 여자로 여기지 않았다는 실망 때문이었어요.

제가 느낀 실망 때문이었어요…… 실망했다는 것을 당시에도 이후에도 스스로 인정하지 않았지만, 말하지 않아도 의식하지 않아도 여자는 직감으로 모든 것을 알아요…… 이제는 저도 스스로를 속이지 않겠어요—이 청년이 당시 저를 껴안았더라면, 세상 끝까지 함께 가자고 청했더라면, 저는 저와 제 자식들의 명예를 더럽히더라도…… 세상 사람들이 뭐라고 쑥덕이고 마음속에서 뭐라고 타이르든, 앙리에트 부인이 만난 지 며칠 안 된 프랑스 청년을 따라나섰듯 그 청년을 따라갔을 거예요…… 어디로 가서 얼마나 오래 머무를지 묻지도 않고 제 이전 인생을 뒤돌아보지도 않았을 거예요…… 이 청년과 함께할 수 있다면 돈도, 이름도, 재산도, 명예도 버렸을 거예요…… 구걸도 마다하지 않았을 거예요. 청년이 세상없이 비천한 일을 시키더라도 다 했을 거예요. 청년이 한마디만 건넸더라면, 한 걸음만 다가와 저를 붙잡으려 했더라면, 세상에서 말하는 부끄러움이나 얌전함 따위를 모조리 내던졌을 거예요. 그 순간 저는 청년에게 그 정도로 빠져 있었어요. 하지만…… 제가 말씀드렸지요…… 기이하게 넋이 나간 이 청년은 저를 바라보면서도 제 안에서 숨쉬고 있는 여자에게는 눈길 한번 주지 않았어요…… 저는 혼자 남았을 때에야 비로소, 방금 전까지 청년의 세라핌*같이 훤한 얼굴을 밝게 비추던 열정이 제 마음속에 어스레히 되비쳐 이제 버림받아 허전한 제 가슴속에서 일렁일 때에야 비로소, 청년을 향한 제 마음이 얼마나 간절히, 얼마나 애타게 불타는지 느꼈어요. 저는 힘겹게 몸을 일으켰어요. 선약이 더욱더 귀찮고 짐스럽게 여

---

* 히브리어로 "불타는 자들"이라는 뜻을 가진 천사. 구약성서에는 천사 중에서도 최고의 천사로 언급된다.

겨졌어요. 무겁게 짓누르는 철제 헬멧을 이마에 뒤집어쓴 채 그 무게를 못 이겨 휘청거리는 것만 같았어요. 이윽고 친척이 묵는 다른 호텔에 도착했을 땐 걸음걸이만큼이나 생각도 산산이 흐트러져 있었어요. 그곳에서 떠들썩한 수다를 들으며 무덤덤히 앉아 있다가 언뜻 눈을 들면 보이는 무표정한 얼굴들에 자꾸 깜짝 놀랐어요. 해와 구름이 빛과 그림자를 번갈아 던질 때마다 청년의 얼굴이 생동했던 것과 달리, 친척들의 얼굴은 가면 같거나 얼어붙은 것 같았어요. 이곳에 모인 일행은 오싹할 만큼 생기가 없어서 저는 시신들만 가득한 곳에 앉아 있는 듯한 기분이었어요. 잔에 설탕을 넣고 건성으로 대화를 나누는 내내 마음속에서는 들끓는 피를 타고 용솟음치듯 단 하나의 얼굴만이 떠올랐어요. 그 얼굴을 바라보는 게 저의 열렬한 기쁨이 되었는데, 생각만 해도 끔찍하지만!―한 시간이나 두 시간 뒤 보는 게 마지막일 거였어요. 저도 모르게 나직이 한숨을 쉬었거나 신음을 토했음이 틀림없어요. 갑자기 사촌 시누이가 저를 향해 몸을 굽히며 이렇게 물었으니까요. 무슨 일이에요? 어디 불편한 거 아니에요? 핼쑥하고 시름이 가득해 보여요. 이 뜻하지 않은 질문을 받고 저는 재빨리 손쉽게 그럴싸한 핑계를 찾아냈어요. 아닌 게 아니라 편두통이 심해요. 다른 사람들 모르게 자리를 떠도 될까요?

혼자가 되자 곧바로 서둘러 호텔로 돌아왔어요. 방에 홀로 앉자마자 다시금 허전하고 버림받은 감정에 빠져들었고, 그러기 무섭게 이날 영원히 떠나보내야 할 청년과 함께 지내고 싶다는 열망에 뜨겁게 사로잡혔어요. 저는 방안을 왔다갔다하며 괜히 서랍을 열어 드레스를 갈아입고 리본을 바꿔 달고 어느새 거울로 달려가 이렇게 치장하면 청년의 눈길을 끌 수 있을까 요모조모 뜯어보았어요. 그리고 불현듯 제 마음을 깨달았어요. 무슨 수를 써서든 청년을 놓치지 말자! 눈 깜짝할 사이 이러한 의지는 결심으로 바뀌었어요. 저는 아래층으로 달려내려가 오늘 저녁 기차로 이곳을 떠나겠다고 접수대 직원에게 알렸어요. 이제 서둘러야 했어요. 벨을 울려 하녀를 불러 짐 싸는 것을 도와달라고 했어요ー한시가 급했어요. 저와 하녀가 경쟁하듯 허둥지둥 옷가지며 자질구레한 휴대용품을 트렁크에 집어넣는 동안, 저는 청년을 깜짝 놀라게 해줄 일을 머릿속에 그렸어요. 기차까지 배웅한 뒤 청년이 저에게 작별 악수를 청하는 마지막, 맨 마지막 순간 갑자기 객차에 올라타 청년을 놀라게 하고, 그날 밤도, 다음날 밤도, 청년이 원한다면 언제까지라도ー청년과 함께 보내는 것이었어요. 핏속에서 환희와 열광이 어지럽게 소용돌이치는 듯하여 옷가지를 트렁크에 던져넣으면서 이따금 저도 모르게 큰 소리로 웃음을 터뜨리는 바람에 하녀가 질겁하기도 했어요. 이제 제가 느끼기에도 저는 제정신이 아니었어요. 트렁크를 가지러 온 급사를 의아하게 바라보기까지 했어요. 마음속에서 밀려닥친 흥분에 세차게 휩쓸려 당장 할일을 떠올리기조차 어려웠던 거예요.

한시가 급했어요. 일곱시가 다 되어가, 기차 출발 시각까지는 기껏해야 이십 분밖에 남지 않았어요ー물론 저는 스스로를 이렇게 달랬어요. 청년이 괜찮다면 언제까지라도, 어디까지라도 함께 갈 작정이니 역에 도착하자마자 작별하는 것은 아니라고요. 급사가 트렁크를 들고 먼저 나간 뒤 저는 계산을 하러 호텔 접수대로 서둘러 갔어요. 지배인에게 거스름돈을 건네받고 걸음을 재촉하려는데 누군가의 손길이 다정하게 어깨를 두드렸어요. 저는 흠칫 놀랐어요. 사촌 시누이였어요. 제가 몸이 좋지 않다고 하니 걱정되어 살펴보러 온 것이었어요. 눈앞이 캄캄했어요. 지금은 시누이가 반갑지 않았어요. 일 초만 꾸물거려도 늦어서 낭패를 볼 수 있었지만 예의상 잠시나마 대화를 주고받지 않을 수 없었어요. '가서 눈 좀 붙여요.' 시누이는 재촉했어요. '열이 있는 게 틀림없어요.' 아마 그랬을 거예요. 관자놀이에서 맥박이 심하게 뛰고, 금방이라도 기절할 듯 눈앞에 시퍼런 그림자가 어른거렸거든요. 저는 말에 따르지 않았어요. 짐짓 고마워하는 척했지만, 한마디 오갈 때마다 속이 탔고 시누이의 눈치코치 없는 노파심을 걷어차버리고 싶었어요. 하지만 걱정도 팔자인 시누이는 머무르고, 머무르고, 머무르며, 오드콜로뉴를 내밀고, 고집스레 달려들어 이 차가운 향수를 제 관자놀이에 손수 발라주었어요. 저는 분초를 헤아리며 청년을 떠올리고 어떻게 하면 이 성가신 오지랖에서 빠져나올 구실을 찾을 수 있을지 궁리했어요. 제가 불안해할수록 시누이는 저를 더욱 수상하게 여겼어요. 마침내 거의 막무가내로 저를 제 방으로 보내 재우려 했어요. 그때—시누이의 성화에 시달리던 참에—로비 중앙에 있는 시계가 언뜻 눈에 띄었어요. 일곱시 이십팔분이었어요. 기차는 일곱시 삼십오분 출발이었어요. 저는 무뚝뚝하게, 느닷없이, 절망에 빠져 모질고 매몰차게, 다짜고짜 시누이에게 손을 내밀었어요. '안녕히 계세요, 저는 가야겠어요!' 시누이의 굳어진 눈길을 아랑곳하지 않고, 뒤도 돌아보지 않고, 눈이 동그래진 호텔 종업원들을 지나 문으로, 거리로, 기차역으로 달려갔어요. 역에서 짐을 든 채 기다리던 급사의 성마른 손짓을 보고 시간이 급하다는 것을 멀리서부터 알아챘어요. 쏜살같이 개찰구로 달려갔지만 거기서는 다시 차장이 막아섰어요. 승차권 끊는 것을 잊었던 거예요. 승강장으로 들여보내달라고 생떼를 쓰며 애걸복걸하는 사이 이미 기차가 움직이기 시작했어요. 저는 온몸을 떨며 기차를 바라보았어요. 어느 차창에선가 청년이 보내는 눈길이라도, 손짓이라도, 인사라도 보고 싶었어요. 하지만 급하게 밀치는 인파에 떠밀려 더이상 청년의 얼굴을 알아볼 수 없었어요. 기차는 점점 속도를 높여 달렸고, 일분 뒤 캄캄해진 제 눈앞에는 시커먼 연기만 자욱하게 남아 있었어요.

저는 돌처럼 굳어 그곳에 서 있었어요. 얼마나 오랫동안이었는지 모르겠어요. 급사가 아마도 여러 번 저에게 말을 걸었지만 대꾸가 없자 용기를 내어 제 팔을 건드렸어요. 그제야 저는 화들짝 놀랐어요. 짐을 다시 호텔로 옮길까요, 하고 급사가 물었어요. 저는 몇 분 동안 곰곰이 생각했어요. 아니요, 그럴 수는 없었어요. 그토록 우스꽝스럽게 허둥지둥 떠나온 호텔로 돌아갈 수는 없었고 돌아가고 싶지도 않았어요. 혼자 있고 싶은 마음이 앞서, 급사에게 짐을 수하물보관소로 가져다놓도록 시켰어요. 그런 다음에야 끊임없이 새로이 소용돌이치는 인파가 시끌벅적 모여들었다가 다시 빠져나가는 대합실 한복판에서, 분노와 후회와 절망이 치미는 이 낭패스럽고 고통스럽고 숨막히는 심정에서 헤어날 수 있는 묘안을, 번듯한 묘책을 떠올리려 애썼어요—사실을 인정하지 않을 까닭이 없군요—제 잘못으로 마지막 만남의 기회를 놓쳤다는 자책이 달구어진 칼끝으로 무자비하게 제 가슴속을 후벼파는 것 같았어요. 벌겋게 달아올라 점점 더 가차없이 파고드는 칼날이 얼마나 고통을 주는지 저는 하마터면 비명을 지를 뻔했어요. 아마도 열정이라고는 아예 모르고 지내던 사람만이 아주 드문 순간에 눈사태처럼 느닷없이, 태풍처럼 거세차게 열정이 분출하는 경험을 할 거예요.

그럴 때면 여러 해 동안 잠재워두었던 기운이 돌더미가 굴러내리듯 가슴속 깊이 쏟아져내리죠. 제가 이때만큼 깜짝 놀라고 형편없는 무기력함에 괴로워한 적은 이전에도 이후에도 없었어요. 아끼고 쌓아서 일구어놓았던 전 인생을 앞뒤 가리지 않고 기꺼이―단박에 기꺼이―내던지려는데, 난데없이 눈앞에 나타난 어이없는 장벽에 이마를 부딪혀 그 열정이 속수무책이 되었으니까요.

그래서 제가 한 일이라곤 역시 완전히 어이없는 짓뿐이었어요. 어리석다 못해 바보 같은 짓이어서 입에 담기도 부끄러울 지경이에요―하지만 저 자신에게, 선생에게 아무것도 숨기지 않겠다고 약속했으니까요. 이제…… 저는 다시 청년을…… 그러니까 청년과 함께 보냈던 순간순간을 되돌아보려 했어요…… 전날 청년과 함께 있었던 모든 곳이, 청년을 끌고 온 공원 벤치며, 청년을 처음 본 도박장이며, 심지어 싸구려 호텔까지 사무치게 그리워, 다시 한번, 다시 한번 지난 일을 되새기고 싶었어요. 다음날은 마차를 타고 해안을 따라 똑같은 길을 달리며 청년과 주고받은 말과 몸짓을 마음속에 다시 한번 새록새록 되살리고 싶었어요―저는 혼란에 빠진 나머지 그렇게 어리석고 유치해졌어요. 하지만 지금까지의 일들이 얼마나 번개처럼 빠르게 저에게 들이닥쳤는지 생각해보세요―저는 저는 한 방 세게 얻어맞고 감각이 마비된 느낌에서 헤어나지 못하고 있던 터였어요. 이제 방금까지의 소동에서 깨어나, 정신없이 겪은 이 일들을 다시 한번 하나하나 곱씹어 맛보고 싶었어요. 우리가 기억이라 부르는 저 마술적 자기기만의 힘을 빌려서 말예요―물론 이러한 마음을 이해하는 사람도 있지만, 이해 못하는 사람도 있을 거예요. 아마도 이를 이해하려면 가슴이 뜨거워야 할 테지요.

저는 먼저 도박장으로 가서 청년이 앉았던 테이블을 찾아보고 거기 있는 모든 손을 보며 청년의 손을 추억하기로 했어요. 저는 안으로 들어갔어요. 청년을 처음 보았던 곳은 두번째 방의 왼쪽 테이블이었다는 것을 아직 기억하고 있었어요. 청년의 몸짓 하나하나가 여전히 눈에 선했어요. 몽유병자처럼 눈을 감은 채 손만 내밀고도 청년의 자리를 찾을 것 같았어요. 저는 안으로 들어가 곧바로 도박장을 가로질렀어요. 그때⋯⋯ 문에서 도박꾼 무리에게 눈길을 던졌을 때⋯⋯ 무언가 기이한 느낌이 들었어요⋯⋯ 청년이 앉아 있을 거라고 생각했던 바로 그 자리에—열에 들떠 헛것이 보이듯!—청년이 정말로⋯⋯ 청년이⋯⋯ 청년이⋯⋯ 제가 마음속에 생각했던 그대로⋯⋯ 전날과 똑같이, 구슬만 빤히 바라보며, 유령처럼 창백하게⋯⋯ 청년이⋯⋯ 청년이⋯⋯ 틀림없이 청년이⋯⋯

비명이라도 질러야 할 것 같았어요. 그렇게 소스라치게 놀랐어요. 하지만 이 어이없는 광경에 질린 가슴을 달래며 눈을 질끈 감았지요. '얼이 빠진 거야⋯⋯ 꿈이야⋯⋯ 열이 나는 거야.' 저는 혼잣말을 중얼거렸어요. '그럴 리가 없어, 헛것이 보이는 거야⋯⋯ 그 사람은 반시간 전에 이곳을 떠났어.' 그런 다음 다시 눈을 떴어요. 하지만 끔찍하게도 방금과 똑같이 청년은 그곳에 생생하게 틀림없이 앉아 있었어요⋯⋯ 손이 수백만 개 있더라도 저는 이 손을 알아보았을 거예요⋯⋯ 아니에요, 꿈이 아니었어요. 정말로 청년이었어요. 청년은 제게 맹세한 것과 달리 떠나가지 않았어요. 이 미치광이는 그곳에 앉아 있었어요. 제가 집에 돌아갈 여비로 준 돈을 이곳 녹색 테이블로 들고

와 완전히 자신을 잊고 도박열에 빠져 있었어요. 저는 청년이 그리워 절망하며 애태우고 있었는데 말예요.

저는 등을 떠밀린 듯 앞으로 나아갔어요. 두 눈에 분노가, 미친듯 눈빛이 벌게지며 분노가 치밀었어요. 맹세를 어기고, 제 신뢰와 정성과 헌신을 그렇게 헌신짝처럼 저버린 거짓 서약자의 멱살을 움켜잡고 싶었어요. 하지만 감정을 억눌렀어요. 제가 일부러 느릿느릿(이러느라 얼마나 힘이 들었는지요!) 테이블로 걸어가 청년 맞은편에 서자, 한 신사가 정중하게 자리를 비켜주었어요. 2미터의 녹색 룰렛 펠트를 사이에 두고 저와 청년은 마주섰고, 저는 극장 발코니에서 연극을 관람하듯 청년의 얼굴을 똑바로 바라볼 수 있었어요. 두 시간 전에는 감사로 환해지고 신성한 은총의 아우라가 비쳤으나 이제는 다시 실룩거리며 도박열의 연옥불에 푹 빠져 있는 바로 그 얼굴을 말예요. 오후에는 더없이 성스러운 맹세를 하며 신도석의 기도대에 매달렸던 손이, 바로 그 손이 이제 다시 손가락을 구부려 탐욕스러운 흡혈귀처럼 돈을 움켜쥐고 있었어요. 청년은 땄던 거예요. 많이, 무척 많이 땄음이 분명했어요. 청년 앞에는 칩과 금화와 지폐가 어지러이 쌓여 반짝였고, 손가락은, 청년의 초조하게 바들거리는 손가락은 어수선히 아무렇게나 뒤섞여 있는 돈더미 속에 기분좋게 늘어져 파묻혀 있었어요. 손가락이 지폐를 한 장씩 붙잡아 펼치고 동전을 뒤집어 쓰다듬더니 갑자기 단번에 한 움큼 움켜쥐어 한 베팅 칸에 던지는 것이 보였어요. 이제 다시 곧바로 콧방울이 발랑발랑 실룩거리기 시작하고, 크루피어가 소리치자마자 두 눈은, 탐욕스레 깜박이는 눈빛은 돈에서 떼굴떼굴 구르는 구슬로 옮겨가고, 팔꿈치는 녹색 테이블에 붙박여 있는 듯했으니, 청년은 마치 무아경에 휩쓸려든 것 같았어요. 청년이 전날 저녁보다 더 끔찍하고 오싹하게, 완전히 광기에 사로잡혀 있음이 드러났어요. 청년의 일거수일투족은 제가 철석같이 믿고 가슴속에 새겼던 다른 모습을, 황금색 바탕에서 찬연히 빛나던 성스러운 모습을 무찔러 죽이고 있었어요.

 2미터 거리를 두고 우리 두 사람은 떨어져 있었어요. 제가 노려보고 있다는 것을 청년은 알아채지 못했어요. 청년은 저를 보지 않았어요. 아무도 보지 않았어요. 눈빛은 돈까지만 닿았고, 빙글빙글 돌며 불안스레 깜박였어요. 구슬이 미친듯 달리며 만드는 녹색 원 안에 청년의 모든 감각이 갇혀 이리 뛰고 저리 뛰었어요. 펠트로 덮인 사각형 테이블에 온 세상이, 온 인류가 녹아들어 있다고 이 도박중독자는 생각하고 있었어요. 제가 거기에 몇 시간이고 서 있어봐야 청년은 제 기척을 전혀 알아채지 못하리라는 걸 깨달았지요.

 더는 참을 수 없었어요. 퍼뜩 마음을 굳히고 테이블을 돌아 청년의 등뒤로 가서는 손으로 어깨를 힘껏 붙잡았어요. 청년이 아득한 눈빛으로 올려다보더군요―일 초 동안 멍한 눈동자로 낯선 사람 보듯 저를 바라봤어요. 영락없이 술 취한 사람이었어요. 간신히 잠을 깼지만 몸속에서 배어나는 술기운에 눈빛이 흐리멍덩하고 졸음에 젖어 있는 사람 같았어요. 청년은 저를 알아본 듯했어요. 입술을 바들거리더니, 행복하게 저를 올려다보며, 종잡을 수 없이 은밀하게 비밀이라도 알려주듯 나직이 중얼거렸어요. '잘되고 있어요…… 여기 들어오자마자 금세 감이 잡혔어요. 그 양반이 여기 있는 것도 보았으니…… 금세 감이 잡혔어요……' 저는 무슨 말인지 알아들을 수 없었어요. 청년이 도박에 취해 있으며, 이 미치광이가 서약이고 약속이고 저고 세상이고 다 잊었다는 것만 눈치챘지요. 하지만 이토록 광기에 사로잡혀 있어도 청년의 황홀경이 매우 매혹적으로 느껴져, 저도 모르게 청년의 말을 곧이곧대로 받아들였다가 깜짝 놀라서 도대체 여기에 누가 있다는 거냐고 물었어요.

'저기, 외팔이 러시아 노장군요.' 청년은 불가사의한 비밀을 아무도 엿듣지 못하도록 저에게 몸을 바싹 붙인 채 속삭여 말했어요. '저기, 구레나룻이 허옇고 등뒤에 하인을 세워둔 노인이 보이지요? 저 노인은 항상 따요. 저는 어제도 저 노인을 지켜보았어요. 노인에겐 뭔가 비법이 있어요. 저는 항상 노인과 같은 칸에 걸고 있어요…… 노인은 어제도 줄곧 땄어요…… 제가 실수한 게 있다면 노인이 자리를 뜬 뒤에도 계속 도박을 한 거예요…… 그게 제 실수였어요…… 장담하는데, 노인은 어제만 2만 프랑을 땄을 거예요…… 오늘도 번번이 따고 있어요…… 이제 저는 항상 노인을 따라 걸고 있어요…… 이제……'

청년이 중간에 말을 끊었어요. 크루피어가 '*베팅하세요!*'라고 장내가 떠나갈 듯 외치자마자 아득한 눈빛이 저를 떠나 수염이 허연 러시아 노인이 앉아 있는 곳으로 탐욕스럽게 건너갔어요. 그곳에서 노인은 무게를 잡고 덤덤하게 앉아 먼저 금화 한 닢을 조심조심, 그런 뒤 다른 한 닢을 머뭇머뭇 네번째 베팅 칸에 올려놓았어요. 그러자마자 내 앞에 있던 손이 허겁지겁 돈더미를 움켜쥐더니 금화 한 움큼을 같은 칸에 던져넣었어요. 일 분 뒤 크루피어가 '제로'라고 소리치며 갈퀴를 단 한 번 휘돌려 테이블 전체를 말끔히 치우자, 청년은 쓸려가는 돈을 마술이라도 구경하듯 바라보았어요. 청년이 저에게 몸을 돌렸으리라 생각하시나요? 천만에요, 청년은 저를 까맣게 잊었어요. 저는 청년의 인생에서 흘러나가 자취 없이 사라진 존재였어요. 청년은 신경을 온통 곤두세워 러시아 장군만 바라보았고, 장군은 더없이 무덤덤하게 다시 금화 두 닢을 손에 들고 어떤 숫자 칸에 놓아야 할지 머뭇거리고 있었어요.

제가 얼마나 울분에 빠져 절망했는지 선생에게 설명드릴 수 없군요. 제 심정을 생각해보세요. 한 인간에게 전 인생을 바쳤는데, 가볍게 손을 내저어 쉽사리 쫓을 수 있는 파리 취급을 당한 거예요. 다시금 이러한 분노의 물결이 저를 덮쳤어요. 제가 팔을 힘껏 붙잡자 청년은 화들짝 놀랐어요.

'당장 일어서요!' 저는 나직이, 하지만 명령하듯 속삭였어요. '오늘 성당에서 뭐라고 맹세했는지 생각해봐요. 이렇게 서약을 깨다니요. 가련한 인간 같으니.'

청년은 깜짝 놀라 핼쑥해진 얼굴로 저를 바라보았어요. 갑작스레 눈에 두들겨맞은 개 같은 표정이 어렸고, 입술이 바들거렸어요. 문득 모든 지난 일이 생각나고 자기 자신이 무서워 소름이 끼친 듯했어요.

'그래요…… 그래요……' 청년은 이렇게 더듬거렸어요. '아, 맙소사, 맙소사…… 그래요…… 갈게요, 용서하세요……'

청년은 앞에 놓인 돈을 다 긁어모았어요. 처음에는 단번에 힘차게 쓸어모았지만, 어떤 반발력에 되밀린 듯 갈수록 동작이 굼떠졌어요. 막 돈을 걸고 있는 러시아 장군에게 다시 눈길이 떨어져 있었어요.

'잠시만요……' 청년은 급하게 금화 다섯 닢을 같은 칸에 던져 넣었어요…… '이번 한 게임만 하고요…… 맹세컨대 바로 갈게요…… 이번 한 게임만 하고요…… 한 게임만……'

다시금 목소리가 잠잠해졌어요. 구슬이 구르기 시작하는 소리에 청년은 휩쓸렸어요. 이 광인은 다시금 저에게서, 자기 자신에게서 벗어나 매끈한 룰렛 휠로 빙그르르 내던져졌어요. 룰렛 휠에서 작은 구슬이 구르며 달렸어요. 다시 크루피어가 번호를 외치고, 다시 갈퀴가 청년의 금화 다섯 닢을 긁어갔어요. 청년은 잃었던 거예요. 하지만 몸을 돌리지 않았어요. 저를 잊었어요. 일 분 전에 저에게 했던 맹세도 약속도 잊었어요. 다시금 탐욕스러운 손길이 부쩍 줄어든 돈 더미로 홱 움직였고, 취한 듯한 눈빛은 자석처럼 청년의 마음을 끌어당기는 노인을 향해서만, 행운을 가져온다고 여겨지는 맞은편 노인을 향해서만 깜박거렸어요.

제 인내심은 바닥났어요. 다시금, 이번에는 사정없이 청년을 흔들었어요. '당장 일어나요! 당장!…… 이번 게임만이라고 했잖아요……'

그러자 생각지 못한 일이 벌어졌어요. 청년이 갑자기 몸을 홱 돌렸어요. 하지만 저를 바라보는 얼굴은 다소곳이 쩔쩔매는 얼굴이 아니라 미친듯하고 잔뜩 화가 치민 얼굴이었어요. 두 눈이 불타오르고 입술이 분노에 바들거렸어요. '저 좀 가만 놔둬요!' 청년은 사납게 호통쳤어요. '꺼져요! 부인은 저에게 불운을 가져와요. 부인만 있으면 잃어요. 어제도 그러더니 오늘 또 그래요. 꺼져요!'

저는 한순간 멍하니 있었어요. 청년의 미친듯한 태도에 저도 걷잡을 수 없이 화가 치밀었어요.

'제가 불운을 가져온다고요?' 저는 청년을 호되게 나무랐어요. '거짓말쟁이 같으니, 도둑 같으니, 당신은 제게 맹세를 했어요……' 하지만 말을 잇지 못했어요. 이 광인이 자리에서 벌떡 일어나, 주위의 소동에도 아랑곳하지 않고 저를 밀쳤으니까요. '저를 가만 놔둬요.' 청년은 목청껏 크게 소리쳤어요. '저는 당신의 후견을 받지 않아요⋯⋯ 여기⋯⋯ 여기⋯⋯ 당신 돈이 있어요.' 그러면서 100프랑짜리 지폐 몇 장을 내뿌렸어요⋯⋯ '이제 저를 가만 놔둬요!'

청년은 주위에 모여든 수백 명의 구경꾼에도 아랑곳없이 실성한 듯 고래고래 소리쳤어요. 모두 멍하니 바라보고, 쑥덕거리고, 손가락질하고, 비웃고, 심지어 옆 도박장에서도 호기심에 이끌려 구경꾼이 몰려들었어요. 저는 입고 있던 옷이 모조리 벗겨지고 나체로 이 호기심 많은 구경꾼들 앞에 서 있는 듯한 기분이 들었어요. '조용히 하세요, 마담, 제발!' 크루피어가 큰 소리로 호령하며 갈퀴로 테이블을 두드렸어요. 그 발칙한 작자는 이 말을, 이 명령을 저에게 던진 것이었어요. 호기심에 가득차 쑥덕쑥덕 속삭이는 구경꾼들 앞에서 저는 굴욕과 수치에 휩싸여, 내던진 돈에 맞은 매춘부처럼 서 있었어요. 이백 개의, 삼백 개의 파렴치한 눈이 제 얼굴을 뜯어보았어요⋯⋯ 저는 굴욕과 수치의 똥오줌 세례를 피하듯 잔뜩 몸을 움츠리고 눈길을 옆으로 돌렸어요. 소스라치게 놀라 저를 노려보고 있는 두 눈과 똑바로 눈길이 마주쳤지요―사촌 시누이가 입을 벌리고 질겁한 듯 한 손을 든 채 넋이 나가 저를 쏘아보고 있었어요.

그 눈길이 제 가슴을 꿰뚫었어요. 시누이가 놀라움에서 벗어나 몸을 움직이기 전에, 제가 먼저 도박장을 빠져나왔어요. 안간힘을 다해 곧바로 벤치로, 전날 이 광인이 거꾸러졌던 바로 그 벤치로 갔어요. 딱딱하고 무자비한 나무 벤치에 청년이 그랬던 것처럼 기운 없이, 그처럼 기진맥진하고 감정이 박살난 채로 쓰러졌어요.

벌써 스물네 해 전 일이에요. 하지만 제가 그곳에서 청년에게 비웃음을 당하고 수많은 낯선 구경꾼 앞에 서 있던 그 순간을 생각하면 핏줄에 흐르는 피가 차갑게 얼어붙어요. 다시금 제가 깜짝 놀라며 느끼는 사실은, 우리가 늘 거창하게 영혼이며 정신이며 감정이라 일컫는 것이, 고통이라 부르는 것이 얼마나 힘없고 겁 많고 물러빠진 실체인가 하는 점이에요. 이러한 고통이 제아무리 심하더라도 시달리는 몸을, 부대끼는 육체를 완전히 부서뜨릴 수 없으니까요—나무는 벼락을 맞으면 죽어 쓰러지지만 인간은 그러한 순간에도 핏줄이 계속 뛰며 살아남지요. 이러한 고통이 제 뼈마디들을 부러뜨려, 숨이 차고 생기 없이 채 벤치에 쓰러진 채 죽고 싶다는 욕망이 이루어질 것 같은 예감에 사로잡혔던 것은 잠시였어요, 한순간에 지나지 않았어요. 방금 말했듯 고통은 모두 겁쟁이예요. 삶에 대한 치열한 욕구와 마주치면 고통은 흠칫 뒤로 물러서거든요. 죽음에 대한 갈망이 우리 정신에 깃들어 있는 것은 사실이지만, 삶에 대한 욕구가 우리 육체에 훨씬 뿌리깊이 박혀 있나봐요. 감정이 이처럼 박살난 뒤 어떻게 그랬는지 저 자신도 이해가 되지 않는데, 저는 다시 일어섰어요. 무엇을 해야 할지는 몰랐지만요. 제 트렁크를 역에 보관해둔 게 퍼뜩 떠올랐어요. 그러자 이런 생각이 머릿속에서 줄달음쳤어요. 떠나자, 떠나자, 떠나자, 여기에서, 저주받은 이 지옥의 소굴에서 떠나자. 저는 아무에게도 신경쓰지 않고 정거장으로 달려가 다음번 파리행 기차의 출발 시간을 물었고, 역무원이 열시라고 대답하자마자 제 짐을 그 열차에 실어달라고 했어요. 열시—그러니까 그 끔찍스러운 만남이 있은 뒤 정확히 스물네 시간이 지난 때였어요. 변화무쌍하게 몰아치는 더없이 모순되는 감정에 휩쓸려 제 마음속 세계가 영원히 박살나버렸던 스물네 시간이었지요. 어쨌든 처음에는 끝없이 망치질하고 움찔거리는 듯한 리듬으로 울리는 이 한 가지 말밖에 들리지 않았어요. 떠나자! 떠나자! 떠나자! 이마 안쪽에서 맥박이 뛸 때마다 이 말이 쐐기처럼 관자놀이에 들이박혔어요. 떠나자! 떠나자! 떠나자! 이 도시에서 떠나자, 나 자신에게서 벗어나 집으로, 가족에게로, 이전의 내 인생으로 떠나자! 저는 그날 밤새 파리까지 달렸고, 환승역에서 기차를 갈아타며 곧바로 불로뉴*로, 불로뉴에서 도버**로, 도버에서 런던으로, 런던에서 아들 집으로 달려갔어요— 단숨에 쏜살같이 내달렸어요. 아무 생각 없이, 아무 주저 없이, 마흔여덟 시간 동안, 잠도 자지 않고, 말도 하지 않고, 식사도 하지 않던 마흔여덟 시간 동안, 그동안 덜컹거리는 바퀴들에서 이 한 가지 말만 울렸어요. 떠나자! 떠나자! 떠나자! 아무에게도 미리 알리지 않은 채 마침내 아들의 별장에 들어갔을 때, 다들 화들짝 놀랐어요. 제 태도에, 제 눈빛에 비밀을 드러내는 무언가 엿보였음이 틀림없었어요. 아들은 저에게 다가와 포옹하고 입맞춤하려 했어요. 저는 몸을 뒤로 젖혔어요. 더럽혔다고 느껴지는 제 입술에 아들이 입맞추는 것을 견딜 수 없었어요. 아무 질문에도 대꾸하지 않고 목욕하고 싶다고만 말했어요. 여행에서 묻은 때뿐 아니라 아직 몸에 들러붙어 있는 듯한, 이 형편없는 광인의 열정의 찌꺼기를 말끔히 씻어내고 싶었으니까요. 몸을 씻은 뒤 제 방으로 올라가서 열두 시간을, 열네 시간을, 곤하게 돌처럼 잤어요. 이전에도 이후에도 그렇게 잠들어본 적이 없어요. 그렇게 자본 뒤인지

---

* 프랑스 북서부의 항구도시.
** 영국 남동부의 항구도시.

라 죽어서 관에 눕는 게 어떤 것일지 이제 알겠어요. 가족들은 저를 환자처럼 돌보았지만, 다정하게 대해줄수록 저는 괴로웠고, 존경과 존중을 받는 게 부끄러웠으며, 제가 미친듯 허황한 열정에 빠져 가족 모두를 저버리고 팽개친 채 떠났었다고 갑자기 외치는 일이 없도록 끊임없이 조심해야 했어요.

그런 뒤 저는 다시 무작정 집을 떠나 아는 사람이 아무도 없는 프랑스의 한 소도시로 갔어요. 저를 아는 사람은 누구든 제 겉모습만 보고도 제가 수치를 겪은 뒤 딴사람이 되었다는 것을 첫눈에 알아챌 것이라는 망상에 시달렸으니까요. 저는 버림받고 더럽혀졌다고 그토록 마음속 깊이 느꼈어요. 이따금 아침에 잠자리에서 깨어날 때면 눈을 뜨기 두려울 만큼 오싹했어요. 제가 반나체의 낯선 청년 옆에서 퍼뜩 깨었던 그날 새벽이 다시 떠오르면, 언제나 당시와 꼭 마찬가지로 당장 죽었으면 좋겠다는 생각만 들었어요.

하지만 결국에는 시간이 오묘한 힘을 발휘하니, 나이에는 모든 감정을 누그러뜨리는 기이한 능력이 있지요. 죽음이 가까이 다가오는 것이 느껴지고 죽음의 그림자가 인생길에 시커멓게 드리우면, 세상사는 눈부신 빛을 잃어 마음속 감각에 더이상 파고들지 못하며 그 위험한 영향력이 거의 사라지지요. 차츰차츰 저는 충격에서 벗어났어요. 오랜 세월이 흐른 뒤 어느 사교모임에서 오스트리아 공사관 시보로 근무하는 젊은 폴란드인을 만났을 때 가문에 관해 물었더니, 자기 사촌의 아들 하나가 열 해 전 몬테카를로에서 권총으로 자결했다고 하더군요— 그 말을 듣고도 저는 눈썹 하나 까딱하지 않았어요. 더이상 마음이 아프지 않았어요. 어쩌면—이기심을 굳이 숨길 까닭이 없군요. 마음이 놓이기까지 했어요. 이제 그 청년을 다시 만날지 모른다는 마지막 두려움이 사라졌으니까요. 저 자신의 기억 말고는 저를 비난할 증인이 없어진 거예요. 그뒤로 저는 한결 평온해졌어요. 나이가 든다는 것은 다름아니라 과거를 더이상 두려워하지 않는다는 것을 뜻해요.

  선생에게 저 자신의 운명에 대해 이야기할 생각이 왜 갑자기 들었는지 이제 선생도 이해하실 테지요. 선생이 앙리에트 부인을 편들며 스물네 시간이면 한 여인의 운명을 완전히 뒤바꿀 수 있다고 열변을 토했을 때, 저는 그것이 저를 두고 하는 말이라고 느꼈어요. 제가 옳았음을 처음으로 인정받은 느낌이어서 선생이 고마웠어요. 그런 다음 마음을 다 털어놓으면 저를 억누르는 마력과 영원히 뒤돌아봐야 한다는 강박에서 벗어날 거라고 생각했어요. 내일은 몬테카를로로 가서 제 운명과 마주쳤던 바로 그 도박장에 들어갈 수 있을 거예요. 물론 청년과 저 자신에 대한 증오를 풀고 말예요. 그러면 저를 짓누르던 바위가 영혼에서 굴러나와 온 무게를 다해 모든 과거를 덮어 누르고 과거가 되살아나지 못하도록 틀어막을 거예요. 선생에게 이 모든 일을 이야기할 수 있어서 다행이에요. 이제 마음이 가벼워지고 자못 행복한 기분이 들어요…… 선생에게 감사드려요."

  이렇게 말하며 부인은 갑자기 일어났고, 나는 이야기가 끝났음을 알아챘다. 사뭇 당황하여 무언가 할말을 찾았다. 하지만 부인은 내가 울컥해진 것을 알아채고 급하게 말렸다.

  "아니에요, 제발 아무 말도 하지 마세요…… 제게 뭔가 대답하거나 말하지 않으면 좋겠어요…… 귀기울여 들어주셔서 감사드려요. 즐겁게 여행하세요."

 부인은 마주서서 작별의 악수를 건넸다. 나도 모르게 그 얼굴을 올려다보았고, 상냥하면서도 살짝 부끄러워하며 눈앞에 서 있는 이 노부인의 얼굴에서 가슴 뭉클한 경이로움을 느꼈다. 갑작스레 홍조가 올라와 볼에서 허연 머리칼까지 아련히 발갛게 물들였던 것은 과거의 열정이 비쳐서였을까, 마음이 혼란스러워서였을까—당혹스러운 추억에 수줍어하며, 자신의 고백에 부끄러워하며, 마치 소녀처럼 부인은 거기 서 있었다. 나도 모르게 가슴이 미어지며, 무슨 말인가로 경의를 표하고 싶다는 마음이 치밀었다. 하지만 목이 메었다. 그래서 나는 몸을 굽히고, 시들어 가을 나뭇잎처럼 가볍게 바들거리는 부인의 손에 정중하게 입을 맞추었다.

감정의 혼란

추밀고문관* R 폰 D 교수의 사적인 수기

* 신성로마제국에서 통치자의 조언자를 가리켰으나, 나중에 독일제국 등에서는 정부 고위공직자나 업적이 출중한 교수에게 수여되기도 한 칭호다.

어문학부의 동료 및 후학이 나에게 후의를 베풀어주었다. 이 어문학자들은 나의 회갑과 대학 재직 삼십주년을 기념해 논문집을 헌정했으며, 그 첫번째 인쇄본이 화려하게 장정되고 엄숙하게 봉정되어 여기 놓여 있다. 이 논문집은 나의 전기라 말해도 될 것이다. 소논문이 한 편도 빠짐없이 수록되었고, 축사는 물론 이런저런 학술 연감에 기고한 자질구레한 서평까지도 철저한 서지 작업을 통해 종이 무덤에서 발굴되어—현재에 이르기까지의 나의 발전 과정 전체가 한 계단 한 계단 깨끗하고 말끔하게 쓸고 닦은 층계처럼 복원되었으니—아닌 게 아니라, 이러한 정성스러운 치밀성에 감동하지 않았다면 나는 배은망덕한 사람일 것이다. 나 자신조차 잊어버려 사라졌다 생각한 모든 것이 이 책자에 가지런히 간추려져 초상화처럼 되살아난다. 이제 주름진 손으로 페이지를 넘기며, 학창시절 교사에게서 학문에 재능과 의욕이 넘친다는 성적평가를 처음 받았을 때처럼 어깨가 으쓱해지는 것을 막을 수 없다.

하지만 공들여 엮은 이백 페이지를 들추어 정신적 초상화를 들여다보며 나는 미소 짓고 말았다. 이것이 정말 내 인생이었을까? 이 책자의 약력 소개에 발표 논문을 근거로 차근차근 정리된 대로, 나는 처음부터 지금까지 한결같은 뜻을 품고 지긋하게 굽잇길을 걸어올랐을까? 내 목소리를 축음기로 난생처음 듣는 것 같은 기분이었다. 내 목소리라는 것을 단박에 알아채지도 못했으니, 내 목소리는 맞지만 다른 사람들이 듣는 내 목소리였을 뿐 나 자신이 존재 내면의 알껍데기 속에서 핏줄을 통해 직접 듣는 목소리가 아니었기 때문이다. 나는 인간의 업적에 따라 인격을 묘사하여 내면세계의 정신 구조를 객관적으로 재현하는 데 한평생 힘쓰면서 각자의 운명에서 고유한 핵심은 간파할 수 없음을, 모든 성장의 근원인 원형질 세포는 통찰할 수 없음을 터득했는데, 이 사실을 나 자신의 사례에서 다시금 깨닫게 되었다. 우리는 무수한 순간을 체험하지만 내면세계 전체가 들끓는 순간은 단 한 번이다. 이러한 순간에는 (스탕달이 말했듯) 모든 진액을 빨아들인 꽃이 순식간에 응결되어 결정체를 이루며—이러한 마법의 순간은 수정受精의 순간과 마찬가지로 단 한 번 체험할 뿐, 볼 수도 만질 수도 느낄 수도 없는 비밀로 각자의 인생의 내면에 따뜻하게 간직된다. 이 순간은 정신의 대수학으로도 헤아릴 수 없고, 예감의 연금술로도 짐작할 수 없으며, 각자의 감정으로도 붙잡기 힘들다.

이 책자는 내 정신 발전의 이렇듯 가장 깊은 비밀을 한마디도 담고 있지 않기에 나는 미소 짓고 말았다. 껍데기는 다 맞지만—알맹이가 쏙 빠져 있다. 겉모습만 그려낼 뿐 진면목을 보여주지 못한다. 내 행적을 말하지만 내 정체를 드러내지는 못한다. 꼼꼼히 작성된 색인에는 무려 이백 명의 이름이 나오지만—모든 창조적 충동의 원천이었던 단 한 사람의 이름이 빠져 있다. 내 운명을 결정지었으며 지금 내 젊은 시절을 곱절 더 생생히 떠오르게 하는 남자의 이름이 누락되어 있다. 모든 사람이 거명되어 있건만 나에게 말을 가르치고 내 말에 숨결을 불어넣은 이 남자만 언급되어 있지 않기에, 이 남자를 비겁하게 숨겨온 것에 대해 불현듯 죄책감이 느껴진다. 나는 수 세기 전 인물들을 다시 깨우고 현재의 감성에 맞게 인간들의 초상화를 그려내는 작업에 평생을 바치면서도, 언제나 내 마음속에 존재해온 이 남자를 돌이켜 생각해본 적이 한 번도 없었다. 그러므로 호메로스의 시대에 그랬듯 이 남자에게, 내 사랑하는 환영에게 나 자신의 피를 먹여 다시 내게 말을 건네게 하고, 오래전 늙어 죽은 이 남자가 늙어가는 내 곁으로 다가오게 하려 한다.* 널리 알려진 문서들에 여태 감춰온 기억을 더하여, 학술 책자에 감정의 고백을 덧붙여, 이 남자를 기리기 위해 내 젊은 시절의 진실을 나 자신에게 털어놓고자 한다.

시작에 앞서 내 인생을 묘사했다는 책자를 다시금 들춰본다. 또다시 미소 짓고 만다. 동료와 후학은 어떻게 내 본성의 진정한 핵심에 도달하겠다는 것일까? 애초에 길을 잘못 들었으면서 말이다. 첫걸음부

---

* 호메로스의 『오디세이아』 제11권에서 명부에 도착한 오디세우스는 생피를 구덩이에 부어 죽은 사람들의 혼을 불러내고 이들에게 피를 마시게 해 이야기를 듣는다.

터 잘못 뗀 것이다! 오늘날 나처럼 추밀고문관 칭호를 받았으며 나에게 호감을 품고 있는 한 동창생 교수가 지어낸 말에 따르면, 고등학교 시절부터 나는 정신과학에 남다르게 특출한 열정을 보였다. 이보게 추밀고문관, 기억이 틀렸네! 나에게 모든 인문학은 견디기 힘들고 이가 갈릴 만큼 부아가 치미는 강요로 느껴졌다. 나는 북부 독일 소도시 교장의 아들로서 교양이 생계수단이 되는 것을 집안에서 항상 보고 자랐기에 어려서부터 어문학이라면 질색이었다. 자연은 창의성을 존속시켜야 하는 신비로운 임무를 띠고 있는바, 따라서 자녀에게 아버지의 성향에 대한 반항심과 경멸감을 심어주기 마련이다. 자연은 앞 세대가 한 일을 다음 세대가 안일하고 나약하게 계승하여 단순하게 계속하고 반복하기를 바라지 않는다. 처음에는 혈육끼리 대립하게 하다가, 후손이 에움길을 힘들게 땀흘려 걸은 뒤에야 비로소 선조가 닦은 길로 들어서게 한다. 아버지가 학문을 신성시하는 데 질린 나머지, 나는 학문을 현학적 개념의 유희에 지나지 않는다고 극구 주장했다. 아버지가 고전주의자를 모범적 대가로 칭송하기에, 이들을 교훈문학가로 여기며 지겨워했다. 책들에 둘러싸여 책들을 멸시했고, 정신적인 것에 몰두하라고 아버지가 성화할 때마다 글로 전승된 모든 형태의 교양에 반발했다. 따라서 내가 고등학교 졸업시험까지는 간신히 치렀지만 대학 진학을 한사코 거부한 것도 놀라운 일은 아니었다. 나는 장교나 선원이나 엔지니어가 되고 싶었다. 이런 직업에 남다른 애착이 있었던 건 아니다. 학문의 무미건조하고 고리타분한 내용에 반감이 치밀어 대학 입학 대신 실용적인 활동을 바랐을 뿐이다. 하지만 대학과 관련된 일이라면 무엇이든 광적으로 떠받드는 아버지는 내가 대학 교육을 받기를 고집했고, 나는 고전어문학 대신 영어영문학을 전공해도 된다는 양보를 얻어낼 수 있었을 뿐이다(내가 이러한 절충을 받아들인 것은 이 해양 언어에 능통하면 애타게 염원하던 선원 생활을 손쉽게 시작할 수 있으리라는 속셈에서였다).

따라서 내 이력 소개 중 베를린 대학 첫 학기에 저명한 교수의 지도를 받아 어문학의 기초를 다졌다는 우호적인 주장은 사실과 이만저만 다른 것이 아니다—자유에 대한 열정을 맹렬하게 분출하던 나는 당시 강의나 강사에게 아무 관심이 없었다! 강의실에 처음으로 슬쩍 들러봤을 때부터 곰팡내나는 공기, 설교만큼 따분하면서도 잘난 체 떠벌리는 강의에 졸음이 밀려와 앞줄 장의자에 고개를 박으며 졸지 않으려 안간힘을 다해야 했다—그곳은 내가 간신히 빠져나왔다고 생각한 고등학교의 복사판이었으니, 우뚝 솟은 교탁에서 자꾸나 꼬치꼬치 따지는 교실을 그대로 옮겨다놓은 듯했다. 추밀고문관 교수의 가늘게 벌어진 입 사이에서 모래가 흘러나오는 듯한 느낌이 나도 모르게 들었으니, 너덜너덜한 강의록에 적혀 있던 말들이 모래처럼 바스러져 한 줌 한 줌 답답한 공기로 흘러들고 있었다. 고등학교에 다니면서는 정신의 시체실에 잘못 들어와 죽은 정신을 여기저기 만지며 해부하는 게 아닌가 여기곤 했는데, 오래전 한물간 알렉산드리아 학풍이 판치는 강의실에 있으려니 그러한 생각이 섬뜩하게 되살아났다—이 본능적 반감이 새삼 강렬히 느껴진 것은, 수업시간을 간신히 견뎌내고 도시의 거리로 뛰쳐나온 순간이었다. 당시 놀랄 만큼 빠르게 성장을 거듭해 갑자기 남성적 정력이 치솟아 넘치던 베를린에서는 모든 석재와 도로에서 전기 불빛이 번쩍였고, 맹렬히 요동치는 속도에 누구나 속수무책으로 휩쓸렸으니, 그 게걸스러움과 탐욕스러움이 그제야 깨닫기 시작한 나의 남성적 정력의 도취 상태와 매우 비슷했다. 베를린과 나, 이 둘은 프로테스탄트 윤리에 순응하고 제약받는 소시민성을 돌연히 박차고 나와 원하는 대로 할 수 있다는 새로운 도취 상태에 급속히 빠져들었고—베를린과 모험에 나선 청년인 나, 이 둘은 불안과 초조에 싸여 발전기처럼 진동했다. 나는 그때만큼 베를린을 이해하고 사랑한 적이 없다. 인파와 활력이 넘치는 이 벌집 같은 도시에서 내 몸속에서도 각 세포가 갑자기 팽창을 갈망했기 때문이다—활기찬 청춘기의 초조함이 폭발하는 데, 달뜬 여인처럼 꿈틀대는 베를린의 자궁만큼, 초조하게 힘을 발산하는 이 대도시만큼 적당한 곳이 어디 있겠는가! 베를린은 단번에 나를 끌어당겼고, 나는 몸을 내던져 도시의 핏줄 속으로 들어가서는, 석재로 되었으나 따뜻함이 감도는 도시의 몸뚱이를 호기심에 못 이겨 빠르게 더듬고 다녔다—새벽부터 밤까지 거리를 쏘다니며 호숫가를 찾는가 하면 베를린의 으슥한 구석을 엿보고 다녔다. 정신이 홀린 듯, 학업은 안중에 없이, 생생하고 모험적인 탐색에 몰두했다. 하지만 도가 지나친 이러한 열의는 나의 특별한 성벽에 기인한 것일 뿐이었다. 나는 어렸을 때부터 두 가지 일을 한꺼번에 못해, 하나에 빠지면 다른 하나를 곧바로 잊었다. 언제 어디서나 이처럼 외곬으로 앞만 보고 줄기차게 달렸으니, 오늘날 연구를 할 때도 대개 어떤 문제를 악착같이 물고늘어져 그 핵심을, 최종적 본질을 알아내기 전에는 절대로 놓아주지 않는다.

당시 베를린에서 나는 자유의 감정에 흠뻑 도취되어, 잠깐 강의실에 갇혀 있는 것도, 심지어 내 방에 들어앉아 있는 것도 견딜 수 없었다.

모험이 따르지 않는 일을 하면 시간을 헛되이 보내는 것 같았다. 이마에 피도 마르지 않은, 이제 막 굴레에서 벗어난 시골 청년이 스스로를 다그치고 옭아매며 진짜 남자인 양 굴었던 것이다. 나는 어느 모임에 가입해 (원래는 소심한 성격인데도) 대담하고 활달하고 방탕한 척했고, 베를린에 온 지 일주일도 되지 않아 대도시에 사는 대독일제국 국민 행세를 했으며, 진짜 허풍선이 병사*처럼 카페 구석에 벌렁 주저앉아 기지개 켜는 법을 눈 깜짝할 사이 터득했다. 이러한 남성성의 항목에는 물론 여성을—아니 당시 남자 대학생들의 막돼먹은 표현을 빌리자면 계집을—사귀는 것도 포함되어 있었는데, 그 일에 제격일 만큼 나는 눈에 띄는 미소년이었다. 훤칠하고 늘씬한 체격에, 볼에는 바닷가에서 그을린 듯 녹갈색이 생생히 맴돌고, 모든 동작이 체조 선수처럼 날렵했으니, 실내 공기만 쐬어 청어처럼 바싹 마르고 얼굴이 누렇게 뜬 상점 청년들은 내 상대가 되지 못했다. 이 청년들도 우리 대학생들과 마찬가지로 일요일마다 (당시에는 도심에서 멀리 떨어져 있던) 할렌제나 훈데켈레**의 댄스홀로 여자를 낚으러 오곤 했지만 말이다. 나는 댄스에 몸이 후끈 달아올라, 휴일을 즐긴 뒤 집으로 돌아가려 하는 우윳빛 살결에 짙은 금발인 메클렌부르크 출신 하녀를 내 셋방으로 끌어들이기도 하고, 티츠백화점***에서 스타킹을 팔던 포즈난 출신

---

* 로마의 희극작가 티투스 마키우스 플라우투스의 희곡 「허풍선이 병사」에 나오는 인물. 16세기에서 18세기까지 이탈리아에서 유행한 즉흥극 코메디아델라르테에서는 불평 많고 우직하며 허풍 떠는 병사로 등장한다.
** 둘 다 현재의 베를린 샤를로텐부르크-빌머스도르프 시구에 있는 지명.
*** 포즈난에서 태어난 유대인 상인 헤르만 티츠가 1900년 베를린의 라이프치거가에 세운 백화점.

의 수선스럽고 신경 예민하고 키가 자그마한 유대인 판매원을 불러들이기도 했는데, 다들 쉽사리 낚을 수 있는 여자들이라 가볍게 즐기고서 다른 친구들에게 곧바로 넘겨주었다. 여자를 얻기가 뜻밖에 손쉽자 엊그제만 해도 소심한 고등학생이었던 나는 놀라움에 도취되었으며―쉽사리 성공이 이어질수록 더욱더 대담해졌고, 길거리를 완전히 마구잡이로 그저 재미만 좇아 모험을 벌이는 사냥터로 여기게 되었다. 한번은 젊고 예쁜 여자를 뒤쫓아 운터덴린덴 거리*를 지나다가―정말로 우연히―대학교 앞에 이르러, 이 존엄한 문턱에 얼마나 오랫동안 발을 들여놓지 않았는지 생각하고 웃음 짓고 말았다. 객기가 솟아죽이 맞는 친구와 함께 건물 안으로 들어가서는 강의실 문을 빼꼼 열고 백오십 명의 학생이 책상에 몸을 구부리고 무언가 필기하는 뒷모습을 보았는데, 이는 마치 시편을 읊조리는 백발노인의 호칭기도**에 따라 다 함께 기도하는 듯한 모양새였다. 다시 문을 닫고 교수의 음울한 달변이 열심히 공부하는 학생들의 어깨를 타고 계속 흐르도록 놔둔 채 호기를 부리며 친구와 함께 햇살이 비치는 거리로 걸어나왔다. 이따금 그 몇 달 동안의 나만큼 어리석게 시간을 허비한 젊은이는 어디에도 없을 것이라는 생각이 든다. 책은 한 권도 읽지 않았고, 확신컨대 분별 있는 말이라곤 한마디도 하지 않았으며, 생각다운 생각 또한 해본 적이 없었다―본능적으로 모든 교양 있는 교제를 피하며, 욕망이 깨어난 육체로 지금까지 금지되었던 새로운 자극을 더욱더 강하게 맛보려

―――――――――

* 브란덴부르크문에서 베를린궁전까지 이르는 이 거리에서는 홈볼트대학교 본관이 보인다.
** 가톨릭교에서 여러 성인의 이름을 부르며 하는 기도.

할 뿐이었다. 이처럼 욕정에 도취되고 이처럼 시간을 허송하며 자신에게 분노하는 태도는, 어쩌면 갑자기 속박에서 벗어난 모든 활기 넘치는 젊은이의 본성일지도 모른다―하지만 무엇이든 외곬으로 빠져드는 성벽이 있는 나에게 이러한 종류의 방탕은 매우 위험했고, 따라서 완전히 타락하거나 적어도 감정이 둔감해져 파멸할 수밖에 없었을 것이다. 어떤 우연한 사건이 나의 급격한 정신적 몰락을 홀연히 막아주지 않았다면 말이다.

이 우연한 사건이란―오늘날 나는 이를 다행한 일로 여기며 고맙게 생각하는데―예기치 않게 아버지가 교장 회의 참석차 하루 동안 베를린의 교육부로 출장을 온 일이었다. 아버지는 전문 교육자답게 이 기회를 활용했으니, 방문 사실을 미리 알리지 않은 채 불시에 들이닥쳐 나의 행실을 점검하고 아무것도 모르는 나를 깜짝 놀래주려 했다. 이 기습 작전은 대성공이었다. 여느 때와 마찬가지로 저녁 시간 무렵 도시 북쪽에 있는 내 셋방에는―방에 들어오려면 주인 여자의 주방을 거쳐야 했으며 주방과 통로는 커튼으로 구분되어 있었다―한 여자가 아무도 모르게 찾아와 있었는데, 문을 노크하는 소리가 들렸다. 나는 학우라고 지레짐작하고 귀찮아하며 퉁명스럽게 대꾸했다. "좀 이따 와." 하지만 잠시 뒤 다시 노크 소리가 들렸다. 한 번, 두 번, 초조한 낌새가 역력하게 세 번. 나는 화가 치밀어 바지를 꿰입었다. 뻔뻔스러운 훼방꾼을 호되게 쫓아낼 요량이었다. 셔츠를 대충 걸치고 멜빵을 늘어뜨린 채 맨발로 나가 문을 열어젖혔다가, 입구의 어둠에 싸인 아버지의 실루엣을 알아보고서 주먹으로 관자놀이라도 얻어맞은 듯 충격을 받았다. 그늘이 드리운 아버지의 얼굴에서는 빛이 반사되어 반짝이는 안경 렌즈만 보일 뿐이었다. 하지만 이 실루엣만 보고서도 내가 내뱉으려 했던 앙칼진 독설이 날카로운 가시처럼 목에 걸려 숨이 막힐 지경이었다. 한순간 나는 멍하니 서 있었다. 그런 뒤—끔찍한 순간이었다!—나는 아버지에게 방을 정리할 때까지 주방에서 잠시만 기다려달라고 다소곳이 부탁해야 했다. 방금 말했듯 아버지는 얼굴이 보이진 않았지만, 상황을 파악한 것 같았다. 아버지의 침묵에서, 나에게 악수도 건네지 않은 채 혐오어린 제스처를 취하고 커튼 뒤 주방으로 물러서며 감정을 억누르는 태도에서 그러한 기색이 드러났다. 데운 커피와 삶은 무 냄새가 풍기는 쇠 스토브 앞에서 늙은 아버지는 십 분 동안 서서 기다려야 했다. 이 십 분은 나에게나 아버지에게나 치욕스러운 순간이었다. 나는 여자를 재촉해 침대에서 일어나 옷을 입고 집에서 나가게 했고, 커튼 뒤에서 아버지는 이런 소리를 엿들을 수밖에 없었다. 아버지는 여자의 발소리를, 여자가 서둘러 나가느라 일으킨 바람에 커튼 주름이 펄럭이는 소리를 틀림없이 들었겠지만, 나는 늙은 아버지를 체면도 잊은 채 몸을 숨기고 계신 곳에서 아직 모셔올 수 없었다. 그전에 너무나 민망스럽게 어지럽혀진 침대를 정리하는 것이 급선무였다. 그런 뒤에야—내 인생에서 이때만큼 창피한 적이 없었다—아버지를 맞으러 나갔다.

아버지는 이 난감한 순간에도 침착함을 잃지 않았으니, 이에 대해 나는 지금도 마음속으로 고마움을 느낀다. 학생 시절 나는 아버지를 뭐든 고치려 하고 사사건건 트집잡고 시시콜콜 따지려 드는 꼰대로 업신여기곤 했지만, 이제 나는 오래전 돌아가신 아버지를 떠올릴 때마다 이러한 관점에서 바라보기를 마다하고, 늙은 노인이 마음속 깊이 혐오를 느끼면서도 감정을 억누르고 말없이 나를 따라 땀냄새 뒤덮인 방으로 들어오던, 그 더없이 인간적인 순간을 항상 눈앞에 그린다. 아버지는 모자를 쓰고 손에는 장갑을 끼고 있었다. 무심코 이를 벗으려다가 자신의 일부가 더럽혀지는 것을 꺼리는 듯 혐오어린 제스처를 취했다. 나는 의자에 앉기를 권했으나 아버지는 아무 대꾸도 않고 손사래만 치며 이 방에 있는 물건과의 접촉을 한사코 마다했다.

내게서 얼굴을 돌린 채 잠시 차갑게 얼어붙어 서 있다가 마침내 안경을 벗어 들고 찬찬히 닦기 시작했는데, 이는 당황했을 때 드러나는 습관임을 나는 잘 알고 있었으며, 안경을 다시 걸치며 손등으로 눈시울을 훔치는 모습도 나는 놓치지 않았다. 아버지는 나를 보기가 부끄럽고, 나는 아버지를 보기가 부끄러워, 서로 말을 꺼내지 못했다. 아버지가 훈계를 시작할까봐, 내가 학교 다닐 때부터 싫어하고 비웃었던 착 깔린 어조로 일장 훈시를 늘어놓을까봐 나는 은근히 겁이 났다. 하지만—이에 대해 나는 지금도 고마움을 느끼는데—늙은 아버지는 입을 다문 채 나를 바라보려 하지 않았다. 이윽고 내 교재가 꽂혀 있는 흔들거리는 선반으로 다가가 책을 펼쳤다—책에 손도 대지 않았으며 대부분은 페이지조차 자르지 않았음*을 틀림없이 첫눈에 알아챘을 것이다. "강의 노트를 가져오너라!"—이 명령이 아버지의 첫마디였다. 나는 떨면서 노트를 건네주었는데, 거기에는 단 한 교시의 강의 내용만 갈겨쓴 글씨로 필기되어 있음을 잘 알았기 때문이다. 아버지는 두 페이지를 빠르게 넘겨 훑어보고선 흥분한 내색을 조금도 하지 않은 채

---

* 예전에는 종이를 자르지 않은 채 책을 출간하는 일이 종종 있었고, 그럴 경우 독자가 칼로 페이지마다 잘라야 했다.

노트를 책상에 내려놓았다. 그런 뒤 의자를 끌어당겨 걸터앉더니 아무런 꾸중도 하지 않고 진지한 눈빛으로 나를 바라보며 물었다. "자, 이 모든 일을 어떻게 생각하느냐? 이제 어떻게 하려는 거지?"

이 침착한 질문이 나를 당황하게 했다. 온몸의 신경이 팽팽히 조여져 있던 터였다. 아버지가 나를 나무랐더라면 버릇없이 덤벼들었을 것이고, 애틋하게 타일렀더라면 비웃었을 것이다. 하지만 너무나 당연한 이 질문은 나의 반항심을 꺾어버렸다. 진지하게 묻는 말에 진지하게 대답하고, 간신히 침착함을 유지하며 묻는 만큼 경의를 표하며 진심으로 화답해야 했다. 내가 어떻게 대답했는지 감히 되새겨볼 엄두가 나지 않고, 그뒤 어떤 대화가 이어졌는지 글로 옮길 수도 없다. 이러한 갑작스러운 감동, 일종의 마음속 격랑은, 다시 이야기하면 감상적으로 들리기 십상일 터, 단둘이 있는 가운데 예기치 못한 감정의 격동에서 솟아난 말은 오직 한 번 진실일 수 있기 때문이다. 이는 내가 아버지와 나눈 유일한 진정한 대화였으니, 나는 자진해 다소곳이 따르기를 주저하지 않고 모든 결정을 아버지 손에 맡기고자 했다. 하지만 아버지는 내가 베를린을 떠나 다음 학기에 작은 대학에서 공부하는 게 좋겠다는 조언만 건넸고, 이제부터 열정을 다해 그간 게을리했던 공부에 몰두하리라 확신한다고 위로까지 했다. 아버지의 신뢰에 나는 감동했다. 소년 시절 내내 아버지를 차가운 격식에 갇혀 있는 노인으로 여겼던 게 얼마나 부당한 일이었는지 한순간에 느껴졌다. 눈에서 뜨거운 눈물이 흘러내리지 않도록 입술을 힘껏 깨물어야 했다. 아버지도 비슷한 느낌이었던 것 같다. 느닷없이 내게 손을 내밀어 떨리는 손길로 잠시 악수를 하고는 급하게 밖으로 나갔다. 나는 아버지를 쫓아갈 엄두를 내지 못하고 불안과 당황을 떨치지도 못한 채, 입술에 흐르는 피를 손수건으로 닦아냈다. 감정을 억제하기 위해 입술을 그리도 꽉 깨물고 있었던 것이다.

이것은 열아홉 살의 내가 처음 경험한 감동이었으니—이러한 감동을 받자 남성성에 도취해 대학 생활을 허비하고 제멋대로 행동하며 석 달 동안 쌓아올린 허황한 사상누각이 모진 말 한마디 듣지 않고도 와르르 무너졌다. 이제 시련을 통해 의지가 굳어진 덕분에 모든 저급한 향락을 포기할 수 있다고 느꼈고, 낭비한 능력을 정신적 분야에서 만회하고 싶다는 조바심에 사로잡혔으며, 진지함과 냉철함과 절제력과 엄격함에 대한 갈망에 휩싸였다. 당시 나는 수도원의 희생 제사에 헌신하듯 공부에 정진하겠다고 맹세했는데, 학문에서도 내가 깊은 도취에 빠지게 될 것을 알지 못했고, 정신의 승화된 세계에서도 격정적 탐구자에게는 모험과 역경이 따른다는 것을 짐작하지 못한 상태였다.

내가 아버지의 동의를 받아 다음 학기를 보내기로 선택한 곳은 중부 독일에 있는 작은 지방도시였다. 도시의 드높은 학문적 명성에 걸맞지 않게 대학 건물 주변에는 올망졸망한 집들이 드문드문 들어서 있었다. 역에 짐을 잠시 맡겨둔 뒤 길을 물어 대학까지 찾아가는 게 그리 힘들지 않았는데, 고색창연하고 드넓은 건물 안에서도 베를린의 번잡한 건물에서보다 훨씬 빨리 내부를 둘러볼 수 있다는 느낌이 바로 들었다. 두 시간 만에 등록을 마친 뒤 대다수의 교수를 찾아 인사를 했고, 내가 전공할 영어영문학 정교수만은 바로 만나지 못했으나 오후 네시 세미나실에서 만나볼 수 있으리라는 말을 들었다.

한 시간도 헛되이 보낼 수 없다는 조바심에 사로잡혀, 이전에 격렬히 학문을 회피할 때 못지않게 이제는 열렬히 학문에 매진하고자—베를린에 비하면 마취되어 잠든 듯한 소도시를 슬쩍 둘러본 뒤—정각 네시에 일러준 장소로 찾아갔다. 관리인이 세미나실 문을 알려주었다. 나는 노크했다. 안에서 대답하는 소리가 들린 것 같아 들어갔다.

하지만 잘못 들은 것이었다. 들어오라고 말한 사람은 아무도 없었고, 내가 들은 불분명한 소리는 활력 넘치는 열강을 펼치고 있는 교수의 목소리였는데, 교수는 빽빽이 모여 바싹 다가와 있는 스무 명가량의 대학생에게 둘러싸여 즉석 강연을 하고 있는 듯했다. 잘못 듣고 허락 없이 들어온 것이 멋쩍게 느껴져 살그머니 다시 나가려 했으나, 오히려 주의만 끌게 될까 염려되었다. 내가 들어온 것을 눈치챈 학생이 아무도 없었기 때문이다. 그래서 나는 문가에 서서 어쩔 수 없이 강의를 듣게 되었다.

강연은 학문적 대화나 토론을 하던 중 즉흥으로 시작된 것 같았다. 이런 인상이 들 수밖에 없던 것이, 교수와 학생이 그냥 되는대로 무리 지어 있었기 때문이다. 교수가 저만치서 의자에 앉아 강의하는 것이 아니라, 다리를 가볍게 늘어뜨린 채 자유분방하게 책상에 걸터앉아 있었고, 젊은 학생들은 교수를 둘러싸고 자기도 모르게 꼿꼿한 자세를 취하고 있었는데, 처음에는 무심히 서 있다가 귀기울여 들으면서 조각처럼 굳어버린 모양이었다. 학생들이 대화를 주고받으며 모여 서 있을 때 느닷없이 교수가 책상 위에 올라앉아 높은 곳에서 올가미를 던지듯 열변을 토해 학생들을 자기 쪽으로 잡아당기고 그 자리에서 꼼짝 못하게 휘어잡은 것이 틀림없어 보였다. 불과 몇 분 지나지 않아, 나 역시 불청객처럼 들어온 일을 잊어버리고 자석에 끌리듯 교수의 강연의 매력에 유인되는 느낌을 받았다. 나도 모르게 가까이 다가갔는데, 열변을 들을 뿐만 아니라 두 손을 기묘하게 들어올려 아치를 만드는 제스처를 보고 싶어서였다. 교수는 웅변을 당당히 터뜨릴 때면 이따금 두 손을 날개처럼 활짝 펼쳐 펄럭펄럭 들어올리다, 오케스트라 지휘자가 연주 소리를 낮추는 듯한 제스처를 취하며 사뿐사뿐 내려뜨렸다. 강연은 점점 더 격렬히 몰아쳤으며, 날개라도 돋친 것일까, 교수는 질주하는 말 등에서 일어서듯 딱딱한 책상을 딛고 리듬을 타며 몸을 일으키더니, 상념의 세계로 숨가쁘게 솟아올라 번쩍이는 비유를 내던지며 회오리처럼 날아다녔다. 나는 그토록 열광에 빠져, 정말로 청중을 휘어잡으며 강연하는 사람을 본 적이 없었다. 라틴어 학자들이 황홀경raptus이라 말하는 상태, 즉 인간이 자기 자신에게서 벗어나 다른 곳으로 끌려간 상태가 무엇인지 난생처음 알게 되었다. 입술이 빠르게 쏟아내는 말은 자신을 위한 것도, 다른 사람을 위한 것도 아니었다. 입술에서 터져나오는 말은 마음속이 불붙은 사람에게서 솟아나는 불길이었다.

　나는 그때껏 강연을 황홀경으로, 열정적 강의를 원초적 행동으로 느껴본 적이 한 번도 없던 터라, 이 예상치 못한 광경에 단박에 끌렸다. 호기심보다 강한 힘에 최면 걸린 듯 이끌려, 몽유병자처럼 흐느적거리는 걸음으로 다가서고 있다는 것도 잊은 채, 나는 그 빽빽한 무리에 마법에 홀린 듯 끼어들었다. 어느새 나도 모르게 안쪽에 들어와 교수와 30센티미터밖에 떨어지지 않은 곳에서 다른 학생들에 둘러싸여 서게 되었는데, 이들 역시 마력에 빠진 듯 나의 존재도 그 밖의 다른 일도 알아채지 못했다. 나는 강연에 빨려들어 그 흐름에 휩쓸렸다. 강연이 어떻게 시작되었는지 알지 못했으나, 한 학생이 셰익스피어를 혜성

같이 나타난 인물이라고 칭송하자 교수가 책상으로 뛰어올라 셰익스피어는 한 세대의 가장 강렬한 표현이자 영혼의 발현이며, 열정적으로 변모한 시대의 감각적 표현임을 알려주려 한 것 같았다. 단숨에 교수는 잉글랜드의 위대한 순간을 설명했다. 각 인간의 생애에서처럼 각 민족의 역사에서도 예기치 않게 시작되어 모든 힘이 한데 모여 영원으로 세차게 나아가는 유일한 황홀경의 순간을 펼쳐 보였다. 갑자기 세계가 넓어졌으며, 신대륙이 발견되고, 구대륙에서는 가장 오래된 권력인 교황권이 붕괴하려던 무렵이었어요. 스페인의 무적함대가 풍랑을 만나 박살난 뒤 잉글랜드가 장악한 바다에서 새로운 기회가 솟아나고 세상이 넓어지자, 영혼도 저절로 팽창하여 세상을 닮으려 하죠─영혼도 넓어지려 하고 선악의 극한까지 다다르려 해요. 아메리카 정복자처럼 영혼도 신세계를 발견해 정복하려 하기에 새로운 언어와 새로운 힘이 필요해지죠. 순식간에 이러한 언어를 말하는 시인들이 나타나 십 년 사이 오십 명, 백 명에 이르는데, 이 거칠고 사나운 자들은 이전의 궁정시인들과 달리 목가적 전원을 노래하거나 고대의 신화를 소재로 시를 쓰지 않아요─이들은 극장으로 몰려들어, 이전에는 맹수 사냥이나 피가 낭자한 짐승 싸움이 벌어지던 판자 무대에 자신들의 싸움터를 세워요. 그런 탓에 이들의 작품에서는 아직도 피에 대한 뜨거운 목마름이 배어 있고, 이들의 연극은 감정이 북받친 야수 같은 인간들이 피에 굶주려 서로를 덮치는 키르쿠스 막시무스*가 되죠. 이러한 열정적 시인들은 사자처럼 사납게 날뛰고, 야만성과 열광에서 누구에게

───────────
* 고대 로마의 대규모 전차 경기장. 전차 경기 외에 맹수 사냥이나 검투사 사이의 격투도 벌어졌다.

도 뒤지지 않으려 해요. 모든 묘사가 허락되고 모든 소재가 허용되어, 근친상간, 살인, 비행, 범죄 등 모든 인간 본성의 극심한 격동이 광란을 벌여요. 이전에 굶주린 야수들이 철창에서 튀어나왔듯, 이제 열정에 도취된 시인들이 울부짖으며 위험스럽게 목조 벽으로 둘러싸인 결투장으로 달려오죠. 마치 폭약이 터지는 듯한 단 한 번의 이러한 폭발은 오십 년 동안 지속되며, 이는 출혈이자, 사정射精이자, 온 세상을 움켜잡고 잡아 찢는 단 한 번의 격렬한 분출이니, 이러한 광란의 힘겨루기에서 각각의 음성은, 각각의 개성은 거의 분간이 안 돼요. 서로에게 열광하고, 상대에게서 배우고, 남의 것을 베끼고, 지지 않고 능가하려 싸우지만, 모두가 단 한 번 벌어진 축제의 정신적 검투사이자, 사슬 풀린 노예로서, 시대정신에 채찍질당하며 맨 앞에 나섰을 뿐이거든요. 시대정신은 쓰러져가는 어두컴컴한 교외 골방이나 궁전에서 벽돌공의 손자 벤 존슨, 구두장이의 아들 말로, 시종의 후예 매신저, 부유하고 박학한 정치가 필립 시드니를 불러오지만, 모두 격렬한 소용돌이에 휩쓸리죠. 이들은 한때 영화를 누리다가 곧바로 키드나 헤이우드처럼 가난에 쪼들려 죽거나, 스펜서*가 킹 스트리트에서 그랬듯 굶어죽어요. 모두 여염집 사람이 아닌 껄렁패, 뚜쟁이, 어릿광대, 사기꾼이지만, 하나같이 시인, 시인, 시인이에요. 셰익스피어는 이들의 중심이며, '시대 자체이자 시대의 몸통'**이에요. 하지만 셰익스피어에 특별히 주목할 시간 여유가 없네요. 그토록 격동이 몰아쳐, 작품에 작품이 이어지고,

---

* 벤 존슨, 크리스토퍼 말로, 필립 매신저, 필립 시드니, 토머스 키드, 존 (또는 토머스) 헤이우드, 에드먼드 스펜서 모두 16, 17세기 영국 문인.
** 셰익스피어의 「햄릿」 3막 2장의 대사.

열정이 열정을 뒤덮으니까요. 인류 역사에서 가장 장엄한 이러한 폭발은 터져올랐을 때와 마찬가지로 갑작스럽게, 발작적으로, 도로 가라앉아요. 연극은 끝나고, 잉글랜드는 기운이 다해, 다시 수백 년 동안 템스강의 잿빛 물안개에 정신마저 부옇게 뒤덮여요. 단 한 번의 돌진에서 민족 전체가 열정의 극치와 나락을 빠짐없이 맛보고, 흥분해 날뛰는 영혼의 열기가 가슴에서 터져나왔으나—이제 잉글랜드는 지치고 기운이 다해 늘어져요. 청교도주의는 성서를 자구대로 해석해 극장을 닫을 뿐만 아니라 열정적 토로도 틀어막죠. 다시 성서가 설교를 시작해 하느님의 말씀을 전하고요. 가장 인간적인 말이 온 시대에 걸쳐 가장 열렬한 고백을 하고 단 하나의 민족이 열정을 불태우며 수천 민족을 위해 전무후무하게 살았던 시대가 이렇게 사라져요.

강연의 눈부신 불꽃이 느닷없이 방향을 바꾸더니 예기치 않게도 우리에게 날아왔다. "내가 역사적 순서에 따라 처음부터, 아서왕 전설과 초서부터 강의를 시작하지 않고 모든 관례에 어긋나게도 엘리자베스 시대 작가들부터 다룬 이유를 이제 알겠어요? 무엇보다도 이 작가들과 친숙해지고, 이러한 더없는 활력에 익숙해지라고 요구한 까닭을 알겠어요? 체험 없이는 어문학을 이해할 수 없고, 언어의 가치를 모르는 한 단순한 문법 지식은 쓸모없기 때문이죠. 젊은이 여러분이 한 나라를 이해하고 한 언어를 정복하고자 한다면, 가장 아름다운 형태를, 가장 열정 넘치는 청춘기의 활기찬 형태를 살펴보는 것에서부터 시작해야 해요. 먼저 시인들의 언어를 들어야 해요. 시인들이 언어를 창조하고 완성하니까요. 이렇게 문학을 생생하고 따뜻하게 가슴으로 느껴본 뒤 비로소 문학을 해부하는 일에 착수해야 해요. 그래서 나는 항상 잉글랜드의 우상들을 다루는 것으로 시작하죠. 잉글랜드는 엘리자베스 여왕이며, 셰익스피어이며, 셰익스피어 시대 작가들이니까요. 이전의 모든 것은 준비일 뿐이며, 이후의 모든 것은 이처럼 진정하고 대담한 무한성으로의 도약을 어설프게 흉내낸 데 지나지 않아요—하지만 이 시대에는, 느껴보세요, 직접 느껴보세요, 젊은이 여러분, 이 시대에는 세상에서 가장 활력 넘치는 청춘이 약동해요. 어떤 현상이나 어떤 인간을 인식하려면 오로지 그 불같은 형태를, 그 열정을 살펴야 하는 법이에요. 모든 정신은 피에서, 모든 사상은 열정에서, 모든 열정은 열광에서 솟구치니까요—그러니 셰익스피어와 그 시대 작가들에 먼저 주목하세요. 이들은 젊은이 여러분을 진정으로 젊게 만들 거예요! 열광이 먼저고 노력은 그다음이에요. 먼저 가장 위대한 인물이자, 가장 숭고한 인물이자, 세상에서 가장 훌륭한 참고서인 셰익스피어에 열광한 다음 어구를 공부하세요!"

"자, 오늘은 이만하죠—잘들 가요!"—교수는 돌연 지휘를 마치는 제스처를 취하듯 두 손을 들어올려 아치를 만들었다가 느닷없이 엄숙히 내려뜨리더니, 곧바로 책상에서 뛰어내렸다. 뒤흔들려 갈라지듯, 빽빽이 모여 있던 대학생 무리가 단박에 뿔뿔이 흩어졌다. 의자들이 삐걱삐걱 덜컹이고 책상들이 움직이고, 닫혀 있던 목청 스무 개가 갑자기 말하고 헛기침하고 마음껏 숨쉬기 시작했으니—숨통 트인 이 모든 입술을 틀어막았던 마력이 얼마나 강렬했는지 이제야 다들 깨달았다. 학생들은 좁은 공간에 뒤죽박죽으로 섞여 점점 열띠게 거리낌없이 떠들어댔다. 몇몇은 교수에게 다가가 고맙다는 말 따위를 하고, 나머지는 흥분한 얼굴로 자신이 받은 인상에 관해 생각을 주고받았다. 차분히 서 있는 사람은 아무도 없었고, 감전된 듯 감동받지 않은 사람도 아무도 없었다. 전기는 갑자기 끊겼지만 그 열기와 불똥이 답답한 공기에서 아직 탁탁 솟는 것 같았다.

나 자신은 꼼짝달싹할 수 없었다. 마치 심장을 찔린 듯했다. 격정적 기질이라 어떤 일을 파악하려면 열정을 다하고 모든 감각을 집중해 저돌적으로 달려들었는데, 이제 난생처음 한 스승에게, 한 인간에게 휘어잡힌 느낌이, 이 압도적 힘에 순종하는 것이 의무이자 쾌락이라는 생각이 들었다. 피가 뜨거워지고 숨이 가빠지더니, 그 몰아치는 리듬이 몸속까지 파고들어 온 뼈마디를 사정없이 들쑤시는 느낌이었다. 이에 못 이겨 마침내 천천히 앞줄로 나아가 이 남자의 얼굴을 보려 했다—기이하게도!—교수가 강연하는 동안 그 이목구비가 전혀 보이지 않았기 때문이다. 열강에 파묻혀 감쪽같이 사라졌던 것이다. 지금도 옆모습만 어렴풋이 흐릿하게 보였다. 교수는 창문으로 스며드는 저녁 햇빛을 받으며 한 학생에게 반쯤 얼굴을 돌린 채 친밀하게 그 어깨에 손을 얹고 있었다. 하지만 이 잠깐의 동작에도 교수들에게서는 절대로 찾아볼 수 없을 것 같았던 다정함과 우아함이 담겨 있었다.

그사이 몇몇 학생이 나에게 눈길을 돌렸고 나는 난데없는 불청객으로 여겨지지 않으려 교수에게 몇 걸음 다가가 대화가 끝나기를 기다렸다. 이제야 비로소 교수의 얼굴이 들여다보였다. 로마인의 얼굴형으로, 이마는 대리석을 볼록하게 깎은 듯하고, 은은히 반짝이는 이마 양쪽은 뒤로 물결치는 희끗희끗한 곱슬머리로 수북이 감싸여 마치 정신의 당초무늬가 인상적이고 대담하게 머리를 뒤덮고 있는 듯했다—하지만 움푹한 눈언저리 아래로는 얼굴이 빠르게 부드러워져 거의 여자처럼 보였는데, 이는 매끈하고 둥그런 턱선과 변덕스럽고 예민하게 씰룩이며 때로는 미소 지었다가 때로는 불안하게 일그러지는 입술 모양 때문이었다. 위에서는 이마를 남자답게 멋지게 조이던 피부가 아래로 내려가면서 도톰하게 불어나며 살짝 늘어진 볼과 불안에 떠는 입에 녹아드는 것 같았다. 언뜻 봤을 때는 늠름하고 위엄 있던 얼굴이 가까이서 보니 간신히 침착성을 유지하고 있는 듯한 인상을 주었다. 몸가짐에서도 이와 비슷한 이중성이 나타났다. 왼손은 무심히 책상을 짚고 있거나 적어도 쉬고 있는 듯 보였으나, 손가락 마디에서 가녀린 떨림이 끊임없이 이어지고 남자 것이라기에는 너무 가늘고 너무 부드러운 그 홀쭉한 손가락은 휑한 목재 상판에 눈에 보이지 않는 그림을 초조하게 그리고 있었다. 반면 무거운 눈꺼풀에 덮인 눈은 아래로 기울어 대화에 관심을 쏟고 있었다. 교수가 불안했던 건지, 아니면 곤두선 신경이 아직도 흥분으로 떨리고 있었던 건지는 모르겠지만 어쨌든 안달하며 제멋대로 움직이는 손은, 피로에 지쳤지만 주의를 집중해 대학생과의 대화에 깊이 빠져 있는 듯하며 차분히 귀기울이고 말이 끝나기를 기다리는 얼굴과 대조적이었다.

마침내 차례가 돌아와 내가 다가서서 이름과 계획을 말하자마자, 파란색 눈동자에서 반짝이는 별빛이 나를 환하게 비추었다. 꼬박 이삼 초 동안 이 광채는 호기심에 가득차 턱부터 머리칼까지 내 얼굴을 맴돌았고, 이처럼 상냥하고 궁금증에 가득한 눈빛에 내 얼굴이 발개진 모양이었다. 교수는 내 당혹감을 풀어주려 재빨리 미소를 던졌다. "내 강의에 등록하고 싶다는 말이군. 그렇다면 자세한 상담이 필요하네. 미안해서 어쩌나, 지금 바로는 곤란한데. 당장 처리할 일이 있거든. 아래 정문 앞에서 기다렸다가 나와 함께 집으로 가면 어떤가." 이렇게 말하면서 악수를 청해 장갑보다 가볍게 내 손가락에 닿는 보드랍고 가냘픈 손으로 악수를 나누며, 교수는 다음 학생에게 친절하게 고개를 돌렸다.

  십 분 동안 정문 앞에서 나는 가슴을 두근거리며 기다렸다. 내 학업에 관해 물으면 뭐라고 대답할 것이며, 공부할 때도 한가할 때도 도무지 문학에 흥미를 느낀 적이 없었다는 사실을 어떻게 털어놓아야 할까? 교수가 나를 무시하거나, 오늘 내 주위를 마법처럼 에워싸고 열정을 불태우던 무리에서 애초부터 나를 제외해버리지는 않을까? 하지만 교수가 빠르게 다가와 환하게 미소 지으며 내 앞에 나타나자마자 쑥스러움이 모조리 사라졌고, 나는 교수가 묻지도 않았는데, (교수에게 아무것도 감출 수 없었으므로) 첫 학기를 헛되이 보냈다고 고백했다. 다시금 따뜻하고 관심어린 눈빛이 나를 감돌았다. "쉼표도 음악의 일부라네." 교수는 기운을 북돋우듯 미소 지었고, 내가 나의 무식함을 더이상 창피해하지 않게 하려는 듯 고향은 어디며 이곳 어디에 방을 얻었는지 따위의 사적인 질문만 던졌다. 내가 아직 방을 구하지 못했다고 대답하자 교수는 도와주겠다고 나서며, 먼저 자신이 사는 집에 가서 물어보라고 권했다. 반쯤 귀가 먹은 집주인 노파가 아담하고 깔끔한 방을 내놓았는데 세 들었던 학생마다 만족했다는 것이었다. 다른 모든 것은 자신이 돌보겠으며, 내가 성실하게 학업에 정진하겠다는 계획을 정말로 실천한다면 어떻게든 도와주는 것을 자신의 더없이 기꺼운 의무로 여긴다고 말했다. 집 앞에 도착하자 다시금 교수는 나에게 악수를 청하고, 이튿날 저녁 찾아오라고, 함께 학업 계획을 세우자고 했다.

이 남자의 예상치 못한 호의가 얼마나 고마웠던지, 나는 받들어 섬기듯 교수의 손을 마주잡고, 어쩔 줄 몰라하며 모자를 들어 인사했으나, 정작 고맙다고 말하는 것을 깜박 잊었다.

두말할 필요 없이 곧바로 나는 교수가 사는 집에 방을 구했다. 마음에 들지 않았더라도 그 방을 얻었을 것이다. 한 시간 안에 어느 누구보다 더 많은 것을 베풀어준 이 마법사 같은 교수와 가까이 산다는 게 그저 고맙게만 느껴져서도 그랬을 것이다. 하지만 방은 나무랄 데 없었다. 교수의 거처 위에 자리한 다락방으로, 튀어나온 목조 박공지붕에 가려 약간 어두웠으나 창 너머 이웃집 지붕들과 교회 탑이 파노라마처럼 내다보였고, 저멀리 짙푸른 공원 위에 구름이 떠가며 향수에 젖게 했다. 거의 귀가 먹은 키 작은 노파는 세입자 학생마다 어머니처럼 다정스럽게 보살펴주었다. 이 분도 지나지 않아 나는 노파와 합의를 마쳐, 한 시간 뒤에는 트렁크를 끌고 삐걱거리는 나무 층계를 오르고 있었다.

그날 저녁 나는 외출하지 않았고, 식사를 하는 것도, 담배를 피우는 것도 잊었다. 별생각 없이 챙겨온 셰익스피어 선집을 트렁크에서 맨 먼저 꺼내 초조하게 (몇 년 만에 처음으로) 읽기 시작했다. 교수의 강연을 듣고 호기심이 열정적으로 불붙어, 이전과 전혀 다른 자세로 시어를 읽어내려갔다. 이러한 변화를 설명할 수 있을까? 갑자기 글에서 새로운 세상이 열리고, 말들이 수백 년 동안 나를 찾았던 듯 춤추며 달려들었다. 시행들이 너울너울 불길을 일으켜 나를 휩쓸면서 핏줄로 밀려오자, 날아가는 꿈을 꿀 때처럼 관자놀이에 희한하게 긴장이 풀리는 느낌이 들었다. 몸이 움찔거리고 덜덜 떨리고 피가 더욱 뜨겁게 일렁이는 게 느껴지며 나를 덮치는 듯했으니—지금까지 이런 일은 한 번도 없었다. 열정적인 강연을 들은 것 말고는 다른 일이 없었는데 어찌된 영문인가. 이 강연을 들으며 생긴 도취가 아직 내 안에 남아 있는 게 틀림없었다. 한 행을 큰 소리로 반복해 읽을 때마다 나도 모르게 내 목소리가 교수를 흉내내고 있음을 느꼈으며, 문장들이 강연에서처럼 쏜살같은 리듬으로 몰아치자 내 손을 교수와 똑같이 들어올려 아치를 만들고 싶어졌던 것이다—한 시간 만에 나는 마법에 걸린 듯 지금까지 나와 정신세계 사이에 가로놓여 있던 벽을 뚫고 들어가 내 격정적 기질에 어울리는 새로운 열정을 발견했는데, 생기 넘치는 언어 속에서 온갖 현세의 감정을 함께 맛보고자 하는 이러한 욕망은 오늘날까지 나에게 그대로 남아 있다. 우연히 나는 「코리어레이너스」*를 읽게 되었고, 로마인 가운데 가장 기이한 이 인물의 모든 특성이, 다시 말해 자부심과 거만함과 분노와 경멸과 조롱과 소금 같고, 납 같고, 황금 같고, 금속 같은 감정이 모조리 내 안에 있음을 알아채자 황홀함이 밀려왔다. 마법에 걸린 듯 이 모든 것을 별안간 예감하고 이해하는 것은 얼마나 새로운 기쁨인가! 나는 눈이 따갑도록 읽고 또 읽었고, 그러다 시계를 보니 세시 반이었다. 여섯 시간 동안 나의 온 감각을 흥분시키는 동시에 마비시킨 새로운 위력에 화들짝 놀라며 불을 껐다. 하지만 마음속에서는 이런저런 이미지가 계속 타오르고 번쩍거렸고, 다음날에 대한 동경과 기대로 거의 잠을 이루지 못했다. 아침이 되면 마법처럼

---

* 기원전 5세기에 살았다고 전하는 로마의 장군 가이우스 마르키우스 코리올라누스를 소재로 쓰인 셰익스피어의 비극.

열린 세상이 더 넓게 펼쳐지고 완전히 내 것이 될 것 같았다.

그러나 다음날 아침은 실망만 안겨주었다. 나는 조바심치며 강의실에 가장 일찍 도착했는데, 여기서 선생이(앞으로는 이렇게 부르겠다) 영어 음성학을 강의할 예정이었다. 선생이 들어오자 나는 깜짝 놀랐다. 이 사람이 어제 그 사람인가? 아니면 내 기분과 기억이 흥분한 나머지 이 사람을 로마 광장에서 번개처럼 번쩍이는 열변을 영웅적으로 대담하게 쏟아내 갖은 저항을 물리치고 이겨냈던 코리어레이너스로 미화했던 것일까? 여기 나직이 질질 끄는 걸음으로 들어오는 사람은 늙고 지친 남자였다. 반짝이는 간유리가 얼굴에서 벗겨진 것 같았으니, 이제 맨 앞줄 장의자에 앉아 있던 나에게 병든 듯 맥없는 선생의 이목구비에 깊은 주름살과 넓은 구김살이 즐비하게 파여 있는 것이 눈에 띄었다. 부옇게 늘어진 볼에 파릇한 그늘이 비스듬히 고랑을 파고 흘러내리는 듯했다. 눈 위에서 그늘을 드리운 눈꺼풀이 강연하는 선생에게 너무 무거워 보였고, 입술이 너무 창백하고 너무 가늘어서인지 입에서 튀어나오는 말은 또랑또랑하지 않았다. 선생의 쾌활함은, 환호작약하던 열광은 어디로 사라졌을까? 목소리마저 낯설게 느껴졌으니, 문법적 주제를 다루느라 마법이 풀렸는지, 메말라 버석거리는 모래밭을 단조롭고 지루하고 힘겹게 터벅터벅 걸어가는 듯했다.

불안감이 덮쳐왔다. 이 사람은 내가 오늘 꼭두새벽부터 기다렸던 남자가 전혀 아니었다. 어제 별처럼 나를 환하게 비추던 선생의 얼굴은 어디로 사라졌을까? 여기서는 닳고 닳은 교수가 자신의 주제를 사무적으로 읊어대고 있을 뿐이었다. 나는 점점 더 불안해하며 선생의 말에 귀기울여, 어제의 어조가 되돌아오지 않는지, 손으로 음악을 연주하듯 내 감정을 건드려 열정으로 고양시킨 그 따뜻한 울림이 되살아나지 않는지 들어보았다. 점점 더 초조하게 선생을 올려보며, 낯설어진 얼굴을 실망에 가득찬 눈길로 더듬었다. 여기 있는 얼굴은 분명 어제와 똑같지만, 창조의 힘이 모조리 없어지고 말라버린 듯 지치고 늙어서 노인이 양피지 가면을 쓰고 있는 것처럼 보였다. 어떻게 이럴 수 있을까? 어느 순간 젊음을 유지하다가 다음 순간 폭삭 늙어버릴 수 있을까? 갑작스레 정신이 끓어올라 열변으로 얼굴까지 달라지고 수십 년 젊어질 수 있을까?

이러한 질문이 나를 괴롭혔다. 이 이중적인 남자에 관해 자세히 알고 싶다는 갈망이 마음속에서 불타올랐다. 퍼뜩 떠오른 생각에 이끌려, 선생이 교탁을 떠나 멍한 눈빛으로 우리 앞을 지나가자마자 도서관으로 달려가 선생의 저서 대출을 신청했다. 어쩌면 선생은 오늘 피로했을 뿐이며, 몸이 불편해 활력이 떨어졌을지도 몰랐다. 하지만 저서에는, 글로 집필된 영구적인 형태에는 나를 기이하게 자극하는 현상으로 들어가는 길과 열쇠가 틀림없이 있을 것 같았다. 사서가 책을 가져오자, 얼마나 분량이 적은지 나는 깜짝 놀랐다. 이 늙어가는 남자는 스무 해 동안 이렇게 얄팍하고 엉성하게 제본된 소책자 시리즈, 서론, 서문, 셰익스피어의 「페리클레스」*가 정말로 셰익스피어의 작품인지에 관한 논고, 횔덜린과 셸리**의 비교론(이는 두 작가가 자기 민족에게

---

* 「페리클레스, 타이어의 왕자」 중 적어도 일부는 셰익스피어가 집필한 것으로 알려져 있다.
** 프리드리히 횔덜린은 독일 시인, 퍼시 비시 셸리는 영국 시인으로, 주로 19세기에 활동했다.

천재로 인정받기 전에 쓰였다), 그 밖의 어문학 잡문만 발표했단 말인가? 물론 이 모든 저서에는 두 권으로 된 작품 『글로브극장*: 그 역사, 공연, 작가』의 출간이 예고되어 있기는 했다. 하지만 최초로 광고된 지 벌써 스무 해가 지났는데도, 내가 다시 한번 문의하자 사서가 딱 잘라 말하기를, 그런 책은 출판된 적이 없다는 것이었다. 약간 주저하고 다소 풀이 죽어 저서들을 들춰보며, 이 글들이 휘몰아치는 목소리를, 그 일렁거리는 리듬을 내 안에 되살려주기를 애타게 바랐다. 하지만 이 글들은 꾸준하고 진지하게 진자처럼 왕복할 뿐, 휘몰아치는 강연에서 느꼈던 리듬의 뜨거운 박동이, 물결이 물결을 뛰어넘듯 리듬이 리듬을 타고 넘는 진동이 어디에도 없었다. 이럴 수가! 저절로 한숨이 나왔다. 나 자신을 두들겨패고 싶은 심정이었다. 너무 성급하고 경솔하게 선생에게 마음을 바쳤다는 생각에 분노와 배신감으로 몸을 부들거렸다.

하지만 오후에 세미나실에서 선생의 진면목을 다시 보았다. 이번에는 선생이 먼저 강의하지 않았다. 잉글랜드 대학의 관례에 따라 토론 수업을 위해 스무 명가량의 대학생이 찬성자와 반대자로 나뉘었고, 주제는 다시금 선생이 좋아하는 셰익스피어로 정해졌는데, 말하자면 (선생이 좋아하는 작품인) 「트로일로스와 크레시다」의 주인공들을 희화된 인물로 간주해야 할지, 나아가 이 작품 자체를 사티로스극**으로 봐야 할지 아니면 조소 뒤로 숨은 비극으로 여겨야 할지 따지는 것이었

---

* 엘리자베스 시대인 1599년 런던 템스강 남쪽 강변에 지어진 극장. 셰익스피어의 여러 작품이 초연된 곳으로 유명하다.
** 잘 알려진 신화적 내용을 다루는 극. 대담한 풍자와 조소를 활용하여 비극으로 암울해진 기분을 즐겁게 해주는 역할을 한다.

다. 선생이 능숙하게 손을 놀려 불을 댕기자마자, 순전히 정신적 대화에 짜릿한 흥분이 불붙었다—무심코 내뱉은 주장에 대해 강력한 반론이 제기되고, 날카롭게 가시 돋친 야유가 터지며 토론이 격렬해졌으니, 마침내 젊은이들은 서로 원수처럼 덤벼들 기세였다. 논쟁이 불꽃을 튀길 때야 비로소 선생은 끼어들어 과열된 설전을 가라앉히고, 능란한 솜씨를 발휘해 토론을 원래 주제로 돌려놓으며, 동시에 토론을 초시대적 차원으로 은밀히 옮겨놓아 정신적 활력을 불어넣었다—이제 선생은 쾌활해지고 흥분에 빠져 갑자기 이러한 변증법적 불싸움의 한복판에 들어서서 의견의 각축전을 끊임없이 자극하기도 하고 제지하기도 했는데, 청춘이 열광하며 휘몰아치는 물결을 능수능란하게 다스리면서도 자신 또한 이 물결에 휩싸여 있는 듯했다. 선생은 책상에 몸을 기대고, 가슴에 팔짱을 끼고, 이리저리 학생들을 바라보며 한 학생에게는 미소를 던지는가 하면 다른 학생에게는 남몰래 손짓해 반론을 펼치라며 용기를 북돋았는데, 눈빛만은 어제처럼 활기차게 반짝였으니, 선생이 학생들 모두의 입에서 나오는 말을 단박에 가로채지 않으려 꾹꾹 참는 기색이 분명하게 느껴졌다. 선생이 안간힘을 다해 자제하고 있음은, 널빤지처럼 팽팽히 펼쳐져 점점 더 세게 가슴을 짓누르는 두 손에서도 눈치챌 수 있었고, 당장 튀어나오려는 열변을 간신히 억누르느라 씰룩거리는 입 언저리에서도 짐작할 수 있었다. 갑자기 더이상 견딜 수 없었는지, 선생은 수영 선수가 다이빙하듯 토론으로 뛰어들어—지휘봉이라도 휘두르듯 힘차게 손을 내뻗는 제스처로 소란을 가라앉혔다. 곧바로 모두가 입을 다물었고, 이제 선생은 두 손을 들어올려 아치를 만들며 모든 논거를 요약해 설명했다. 선생이 말하는 동안 어제의 얼굴이 다시 솟아났다. 씰룩거리는 경련에 주름살이 사라졌고, 목과 몸이 펴지며 대담하고 늠름한 제스처를 취했으며, 수굿하게 귀기울이던 자세에서 벗어난 선생은 마치 몰아치는 급류에 뛰어드는 것처럼 강연에 몸을 내던졌다. 그렇게 선생은 즉석 강의에 휩쓸렸으니, 이제 내가 어렴풋이 깨닫기 시작한 바는, 여기서처럼 우리가 그 마력에 매혹되어 숨죽이고 있으면 선생이 자신의 마음속 장벽을 폭파할 기폭제에 불을 붙이지만, 정신이 말짱한 채 혼자 있거나 사실에 관해 강의하거나 외로이 서재를 지킬 때면 그러지 못한다는 것이었다. 아, 나는 얼마나 똑똑히 깨달았던가, 선생의 열광을 위해서는 우리의 열광이, 열정의 방출을 위해서는 우리의 관심이, 열광의 회춘을 위해서는 우리의 청춘이 필요하다는 것을! 침벌롬* 연주자가 자신의 손을 열띠게 놀릴수록 더욱 격렬해지는 리듬에 도취되듯이, 선생의 강연도 열변을 토할수록 점점 훌륭해지고 열렬해지고 생생해졌으며, 우리가 깊은 침묵에 빠질수록(세미나실 안에서 우리가 자신도 모르게 숨죽이고 있는 것이 느껴졌다) 선생의 강의는 한층 드높이, 한층 짜릿하게, 한층 더 찬송가처럼 울려퍼졌다. 이 순간 우리 모두는 오직 선생에게 몰입해, 선생의 열광에 귀기울이며 빠져들었다.

 선생이 괴테의 셰익스피어 연설을 인용하며 갑자기 강연을 끝내자, 다시금 우리의 흥분은 느닷없이 동강났다. 또다시 어제처럼 선생은 기운이 다하여 책상에 기대었으니, 얼굴은 핼쑥했지만 가냘프게 씰룩이며 파르르 떨리는 경련의 물결에 휩싸여 있었고, 두 눈에서 계속 넘쳐

---

* 헝가리, 슬로바키아, 체코 등 동유럽에서 볼 수 있는 민속 타현악기.

흘러나와 번들번들 빛나는 쾌락은 강렬한 포옹에서 막 몸을 뺀 여인에게서나 볼 수 있는 것이었다. 나는 숫기가 없어 선생에게 말을 붙이지 못했으나, 우연히 선생의 눈길이 나에게 닿았다. 선생은 내가 감격하여 감사하는 것을 느낀 것 같았다. 나에게 상냥하게 미소 짓고 살짝 몸을 기울이더니 내 어깨에 손을 얹으며 약속한 대로 그날 저녁 집으로 오라고 일깨워주었다.

정각 일곱시에 나는 선생 집을 찾아갔다. 어린 나는 그 문턱을 처음으로 넘으며 얼마나 몸을 떨었던가! 청년의 존경심보다 더 열정적인 것은 없으며, 청년의 불안한 수줍음보다 더 숫기 없고 여성적인 것은 없다. 나는 서재로 안내되었고, 이 어둑어둑한 방에서 처음에는 책장 유리를 통해 비치는 수많은 책의 다채로운 책등만 보였다. 책상 위에 라파엘로의 〈아테네 학당〉*이 걸려 있었는데, (나중에 설명 듣기로는) 선생이 특히 좋아하는 그림이었다. 여기에서는 모든 종류의 학문, 모든 형태의 지성이 상징적으로 합일되어 완전한 종합에 도달하고 있기 때문이었다. 이 그림을 난생처음 본 나는, 소크라테스의 괴팍한 얼굴에서 선생의 이마와 닮은 점을 나도 모르게 발견한 기분이었다. 내 뒤쪽에서 반짝이는 희끗희끗한 대리석상은 루브르박물관에 소장된 가니메데스 흉상**의 아름다운 축소본이었고, 그 옆에는 옛 독일의 대가

---

* 라파엘로의 〈아테네 학당〉에는 심각한 표정으로 열심히 설명하는 소크라테스에게 제자들이 귀기울이는 모습이 그려져 있다. 제자들 중 투구를 쓴 미남이 알키비아데스로 추정된다. 플라톤의 『향연』에서 소크라테스는 알키비아데스를 비롯한 미소년들과 동성애적 사제 관계를 맺는 것으로 묘사된다.
** 피에르 쥘리앵의 대리석 조각상 〈독수리로 변한 제우스에게 넥타르를 따라주는 가니메데스〉를 말하는 듯하다. 가니메데스는 그리스신화에서 트로이의 건설자 트로스의 아들

가 만든 성 세바스티아누스*** 흉상이 놓여 있었는데, 쾌락의 아름다움 옆에 비극의 아름다움을 배치한 데는 까닭이 있는 것 같았다. 나는 가슴을 두근거리며 기다렸다. 주위에 둘러선 귀하고 말없는 예술적 인물상들과 마찬가지로 숨죽이고 있었다. 이 인물상들에는 내가 한 번도 짐작하지 못했고 아직도 분명히 이해할 수 없는, 그럼에도 나로 하여금 기꺼이 이들을 형제처럼 대할 준비가 벌써 되어 있다고 느끼게 하는, 그런 새로운 종류의 정신적 아름다움이 상징적으로 드러났다. 그러나 인물상들을 살펴볼 시간은 그리 많지 않았다. 바로 선생이 들어와 다가왔기 때문이다. 부드럽게 감싸는 듯하면서도 숨겨진 불길처럼 이글거리는 눈빛이 다시 나에게 닿자, 매우 놀랍게도 마음속에 얼어붙어 있던 비밀이 녹아내렸다. 곧바로 나는 친구에게 말하듯 거리낌없이 선생에게 모든 것을 털어놓았고, 선생이 나의 베를린 학업에 관해 물었을 땐 아버지가 나를 찾아온 일이 별안간 입 밖으로 튀어나왔으며—이 순간 나도 놀랐다—더없이 성실하게 학업에 정진하겠다는 비밀 맹세를 이 낯선 남자에게 바쳤다. 선생은 감동한 듯 나를 바라보았다. "이보게, 성실할 뿐만 아니라," 이렇게 말을 이었다. "무엇보다도 열정적이어야 하네. 열정이 없으면 잘해야 학교 선생이 될 뿐이지—

로, 제우스는 가니메데스의 미모에 반한 나머지 이 미소년을 납치해 신들에게 넥타르를 따르는 시동으로 삼는다. 제우스와 가니메데스의 관계는 문헌에 기록된 최초의 동성애로 여겨진다.
*** 초기 기독교의 순교자로 기둥에 묶인 채 화살을 맞아 죽었다고 전한다. 후일 성화나 조각에서 성 세바스티아누스의 강인한 체격과 몸을 관통하는 화살의 상징적 의미가 부각되고, 고통에 가득차 황홀해하는 모습이 강조됨으로써 성 세바스티아누스는 동성애의 아이콘이 된다.

어떤 일이든 마음속에서 우러나서, 항상, 항상 열정에 북받쳐서 해야 하네." 선생의 목소리는 점점 열띠어지고, 서재는 더욱 어두워졌다. 선생은 젊은 시절의 많은 일화를 들려주며, 자신도 미련하게 출발해 나중에야 자신의 적성을 발견했다고 이야기했다. 내가 용기를 내기만 하면 되며, 힘닿는 한 도와줄 테니 부탁이나 질문이 있으면 언제든 주저 말고 찾아오라고 덧붙였다. 내 인생에서 이렇게 깊은 공감과 이해심을 품고 나에게 말을 건네준 사람은 한 번도 본 적이 없었다. 나는 고마움에 몸이 떨렸고, 어두워서 다행이라 생각했다. 그 덕에 눈이 촉촉해진 것을 들키지 않았으나 말이다.

시간 가는 줄도 모르고 몇 시간이나 그렇게 머물러 있을 참인데, 나직이 노크 소리가 들렸다. 문이 열리고 홀쭉한 자태가 안으로 들어왔으나, 그림자만 보였다. 선생이 일어나 이렇게 소개했다. "내 아내일세." 홀쭉한 그림자가 부옇게 다가와 날씬한 손을 내 손에 건네더니, 선생에게 고개를 돌리며 알렸다. "저녁식사가 준비되었어요." "그래그래, 알아요." 선생은 황급히 화가 섞인 목소리로(내 귀에는 적어도 그렇게 들렸다) 대답했다. 싸늘한 기운이 갑자기 목소리에 섞여든 듯했고, 이제 전등이 환하게 켜지자 선생은 무미건조한 강의실에서 늙어가는 듯한 남자로 되돌아가 무심한 몸짓으로 작별인사를 건넸다.

나는 다음 두 주 동안 미친듯이 열정적으로 책을 읽고 공부했다. 방 안에 틀어박혀, 시간을 아끼려고 서서 식사하며, 멈추지도 쉬지도 거의 잠자지도 않고 학업에 매진했다. 마치 동방의 마술 동화에 나오는 왕자가 되어, 밀폐된 방들의 문에서 봉인을 차례차례 떼어내며 새 방에 들어설 때마다 더 많은 보물과 보석이 쌓여 있는 것을 발견하고 이제 점점 더 탐욕스레 한 줄로 늘어선 모든 방을 샅샅이 뒤지며 초조하게 마지막 방까지 나아가는 기분이었다. 이런 식으로 나는 책을 한 권 한 권 독파했고 읽는 책마다 도취되었으나 어떤 책에도 만족하지 못했다. 나의 걷잡을 수 없는 열정은 이제 정신적 차원으로 옮겨가 있었다. 정신세계는 막막하고 드넓을 것이라는 예감이 처음 들었을 때, 이 세계가 도시의 모험세계 못지않게 매혹적으로 느껴지는 한편 이 세계를 정복 못할 것이라는 까닭 없는 불안감에 휩싸이기도 했으므로 나는 잠이며, 오락이며, 대화며, 모든 형태의 기분전환을 줄이고 처음으로 그 귀중함을 깨닫게 된 시간을 최대한 아껴 썼다. 하지만 내가 그토록 공부에 열중한 것은 무엇보다도 허영심 때문이었다. 선생의 기대에 부응하고, 신뢰를 저버리지 않고, 흐뭇한 미소를 이끌어내고, 내가 선생에게 애착을 느끼듯 선생도 나에게 애착을 느끼기를 바라는 마음에서였다. 나는 아무리 작은 기회도 놓치지 않고 도전거리로 삼았다. 서투르기 짝이 없지만 기이하게도 활기 넘치는 감각에 끊임없이 박차를 가해 선생을 감동시키고 경탄시켰다. 선생이 강연에서 내가 잘 모르는 작품을 쓴 작가를 언급하면, 오후에 바로 이 작가를 찾아내 다음날 토론에서 내 지식을 우쭐대며 과시했다. 선생이 무심코 말한 소망을 다른 학생은 거의 눈치채지 못해도 나는 명령으로 받아들였다. 대학생들이 줄담배를 피우는 게 질색이라고 선생이 무심히 말했을 땐 피우고 있던 담배를 곧바로 내던지고 꾸준들은 습관을 단번에 영원히 끊을 정도였다. 나에게 선생의 말은 복음서 저자의 말처럼 은총이자 율법이었다. 나는 주의를 있는 대로 집중해 호시탐탐 기회를 엿보며 선생이 별생각

없이 내던지는 말들을 게걸스레 받아들였다. 어떤 말이든, 어떤 제스처든 탐욕스레 쑤셔 담아, 이렇게 끌어모은 것을 모든 감각을 동원해서 열정적으로 되새기고 모조리 외웠다. 선생만을 나의 지도자로 삼았듯 편협한 열정에 빠져 모든 학우를 적수로만 여겼으니, 질투심에 사로잡혀 이들을 이기고 능가하겠다고 날마다 새로이 다짐했다.

자신이 나에게 얼마나 중요한 존재인지 알아챘는지, 아니면 이토록 맹렬한 나의 천성을 좋아하게 되었는지 모르겠지만—어쨌든 선생은 분명하게 관심을 보이며 나를 특별히 대했다. 읽어야 할 책을 추천해주고, 공동 토론에서 신출내기인 나에게 부당할 만큼 우선권을 주었으며, 종종 내가 저녁에 친밀한 대화를 나누러 찾아가는 것을 허락했다. 그럴 때 선생은 벽 책장에서 책 한 권을 꺼내어 흥분할수록 한 음계 더 높이 낭랑하게 울려퍼지는 또랑또랑한 목소리로 시나 비극을 읽거나 논란이 분분한 문제를 설명했는데, 첫 두 주 동안 이렇게 도취에 싸여 예술의 본질에 관해 배운 내용은 그때껏 열아홉 해에 걸쳐 익힌 것보다 더 많았다. 너무 짧게 느껴지는 이 시간 동안 우리는 항상 단둘이었다. 여덟시경이 되면 나직한 노크 소리가 들리고, 선생의 부인이 저녁식사가 준비되었다고 알렸다. 하지만 이제 절대 서재로 들어오지는 않았으니, 대화를 중단시키지 말라는 지시에 따르는 것 같았다.

이렇게 열나흘이 지났을 때였다. 열정에 가득차 경황없이 초여름을 보내던 어느 날 아침, 용수철도 너무 팽팽히 당기면 늘어지듯 공부 의욕이 떨어졌다. 그전에 이미 선생은 열성이 지나치면 오히려 해로우니 가끔 하루씩 쉬며 야외로 나가는 게 좋다고 일러준 터였는데—갑자기 선생의 예언대로 된 것이다. 선잠에서 깨어나 몽롱한 정신으로 책을 읽으려 하자마자 글자가 죄다 개미떼처럼 꼬물거렸다. 선생 말이라면 아무리 사소한 것도 금과옥조처럼 떠받들던 나는 즉시 선생의 권고에 따라, 날마다 공부 욕심만 낼 게 아니라 하루쯤 자유롭게 즐기기로 마음먹었다. 이른아침 출발해 고풍스러움이 엿보이는 도시를 처음으로 구경했고, 그저 체력 단련 삼아 수백 개의 계단을 걸어 교회 탑으로 올라갔으며, 그곳 전망대에서 신록이 우거진 주위를 둘러보다 작은 호수를 발견했다. 북쪽 해안 출신인 나는 수영을 열정적으로 좋아했는데, 이곳 탑에서 내려다보니 알록달록 꽃이 핀 초원마저 마치 녹색 호수처럼 은은히 빛나, 또다시 좋아하는 물에 뛰어들고 싶다는 들끓는 욕망이 고향에서 부는 바람을 타고 몰려온 듯 갑작스럽게 나를 덮쳤다. 점심식사 후 수영장을 찾아내 물속을 누비다보니 몸이 다시금 기쁨을 느끼기 시작했고 팔근육은 몇 주 만에 유연한 탄력을 되찾았으니, 햇빛과 바람이 벌거벗은 피부에 닿은 지 삼십 분도 지나지 않아 나는 학우들과 사납게 드잡이하고 무모한 일에 목숨을 걸던 예전의 맹렬한 청년으로 되돌아가 몸통을 이리저리 돌리며 팔다리를 내뻗느라 책과 학문을 까맣게 잊었다. 무엇이든 외곬으로 파고드는 성벽이 도져 오랫동안 잊고 지냈던 열정에 다시금 빠져든 나는 다시 찾은 물을 두 시간 동안 헤치고 다니고, 족히 서른 번 스프링보드에서 뛰어내려 다이빙을 하며 넘치는 기운을 발산하고, 두 번이나 호수를 가로질러 헤엄쳤는데, 그래도 여전히 들끓는 정력이 남아돌았다. 숨을 몰아쉬고 온통 팽팽해진 근육을 들썩이며 무언가 새로운 도전거리가 없는지, 강력하고, 대담하고, 신나는 것이 없는지 초조한 눈빛으로 두리번거렸다.

그때 건너편 여자 수영장에서 다이빙보드가 삐걱거리나 싶더니, 누군가 힘찬 반동으로 도약하고 다이빙대까지 뒤따라 떨리는 것이 느껴졌다. 언월도가 번득이듯 초승달 모양으로 휘어지는 궤적을 그리며 날씬한 여체가 드높이 치솟았다가 거꾸로 떨어졌다. 한순간 다이빙한 자리에 첨벙 소리와 함께 허연 물거품이 소용돌이치고, 이내 탄탄한 자태가 다시 물에서 떠올라 힘차게 팔다리를 저어 호수 한복판의 섬으로 헤엄쳐갔다. '저 여자를 쫓아가자! 따라잡는 거야!'—경쟁심이 치밀어 근육이 꿈틀거렸고, 단번에 나는 물로 뛰어들어 어깨를 앞으로 내밀며 맹렬하게 팔을 저어 여자를 뒤쫓았다. 여자도 내가 쫓는 것을 눈치채고 역시 경쟁심이 동한 것 같았다. 자신이 앞서 있는 상황을 아무지게 활용해 섬 가까이에서 능숙하게 방향을 틀더니 왔던 방향으로 빠르게 되돌아왔다. 여자의 의도를 재빨리 간파한 나도 오른쪽으로 돌아 힘차게 팔을 저었으며, 내가 내뻗은 손이 여자가 가른 물살에 닿아 두 사람 사이에 간격이 한 뼘도 남지 않았을 때—쫓기던 여자가 갑자기 대담하고 영악하게 자맥질하더니, 잠시 뒤 여성 수영장 차단 줄 바로 뒤에서 솟아올라 더이상 쫓아오지 못하게 했다. 승자인 여자는 물방울을 뚝뚝 떨어뜨리며 층계를 올랐다. 아마도 숨이 찬 듯 잠깐 멈추어 가슴을 손으로 눌렀지만, 고개를 돌리더니 경계에 가로막혀 있는 나를 보고 반짝이는 이를 드러내며 승리의 웃음을 던졌다. 내리쬐는 햇빛과 수영모에 가려 여자의 얼굴은 제대로 보이지 않을지라도, 반짝이는 비웃음만은 패자인 나에게도 환하게 비쳤다.

나는 분하기도 하면서 기쁘기도 했다. 베를린을 떠난 뒤 처음으로 여성에게서 추파를 받았다고 느꼈기 때문이다—어쩌면 연애를 걸 수 있을지도 몰랐다. 팔을 세 번 저어 남성 수영장으로 헤엄쳐간 뒤 젖은 몸도 닦지 않고 날래게 옷을 걸쳤는데, 때늦지 않게 출구에서 여자를 기다리기 위해서였다. 십 분을 기다리니 생기 넘치는 나의 적수가—소년같이 홀쭉한 체형으로 보아 틀림없이 그 여자였다—가벼운 발걸음으로 다가왔고, 나를 보자마자 걸음을 재촉하려는 것으로 보아 말을 건넬 기회를 아예 막아버리겠다는 의도가 분명했다. 아까 헤엄칠 때처럼 힘차고 날쌔게 걸었으며, 그리스 청년처럼 홀쭉한, 어쩌면 너무 홀쭉한 몸매인데도 모든 관절의 힘줄이 날래게 움직였다. 날아가듯 성큼성큼 걷는 여자를 눈에 띄지 않게 쫓아가느라 나는 가쁜 숨을 헐떡였다. 마침내 따라잡아 길모퉁이를 돌면서 능숙하게 여자를 앞지른 뒤 대학생의 인사 방식에 따라 모자를 높이 쳐들며, 눈도 제대로 들여다보기 전에, 함께 걸어도 되겠느냐고 물었다. 여자는 비웃는 눈길을 홀금 던지더니 날랜 걸음을 늦추지 않은 채 도발적이고 비꼬는 듯한 말투로 대답했다. "제 걸음을 따라올 수 있다면, 안 될 건 없지요! 제가 급한 일이 있네요." 이 서슴없는 대답에 용기를 얻은 나는 더욱 치근거리며 호기심에 못 이겨 멍청하기 짝이 없는 질문을 이것저것 던졌는데, 여자가 기다렸다는 듯 깜짝 놀랄 만큼 거리낌없이 대답했으므로 내 쪽에서는 속셈을 비쳤다가 본전도 못 찾고 오히려 당황하게 되었다. 베를린식 접근 방식은 여자가 뿌리치며 비웃는 경우엔 대비책이 있었지만, 빨리 걸으며 이처럼 솔직히 말하는 경우엔 속수무책이었다. 고단수 적수에게 공연히 어쭙잖게 달려들었다는 느낌이 다시금 들었다.

  하지만 이것이 최악의 상황은 아니었다. 내가 계속 분별없이 치근덕거리다가 어디에 사느냐고 물어보자—여자는 짙은 갈색의 생기 넘치는 눈으로 갑자기 매섭게 나를 곁눈질하더니, 웃음을 더이상 감추지 못하며 눈빛을 번쩍 내쏘았다. "당신과 아주 가까이 살아요." 나는 깜짝 놀라 바라보았다. 여자는 화살이 명중했는지 확인하듯 또다시 나를 곁눈질했다. 아닌 게 아니라, 화살이 목구멍에 꽂힌 것 같았다. 뻔뻔스러운 베를린식 말투가 홀연히 사라지고, 나는 불안해 비굴할 만큼 더듬거리며 함께 걷는 것이 방해되지 않느냐고 물었다. "방해되기는요." 여자는 다시금 미소 지었다. "이제 사거리 두 개밖에 남지 않았잖아요. 그냥 함께 가면 돼요." 이 순간 핏줄이 막히는 듯하여 더이상 걸음을 옮길 수 없었으나, 방향을 바꾸면 더 모욕감을 안길 테니 어쩔 도리 없이 내가 사는 집까지 함께 가야 했다. 그러다 여자가 갑자기 멈춰 서서는 악수를 청하며 지나가듯 말했다. "동행해줘서 고마워요! 여섯시에 남편을 만나러 오겠군요."

나는 창피해서 얼굴이 홍당무보다 빨개졌을 것이다. 하지만 미처 사과의 말을 하기도 전에 부인은 잽싸게 층계를 올라갔고, 나는 공포에 사로잡혀 그 자리에 선 채로 아둔하게 늘어놓았던 철없는 말들을 되새겼다. 바보처럼 휜수작을 부려 재봉사라도 꾀듯 부인에게 일요일에 함께 놀러 가자고 권하고, 닳고 닳은 수법으로 부인의 몸매를 찬양하고, 외로운 대학생의 감상적인 신세한탄을 읊어댄 것을 떠올리자—창피해 토할 것 같았고 역겨워 속이 메슥거렸다. 이제 부인은 웃으며 남편에게 달려가 기고만장해선 나의 희떠운 수작을 일러바칠 것이었다. 내게는 선생의 평가가 이 세상 누구의 평가보다 중요하고, 선생에게 비웃음을 사는 것은 시장 한복판에서 모두가 보는 가운데 벌거벗은 채 채찍질을 당하는 것보다 고통스럽게 느껴지는데 말이다.

저녁까지 끔찍한 시간이 흘렀다. 선생이 묘하게 비꼬는 미소를 지으며 나를 맞이하는 광경을 머릿속에 수천 번이나 그렸다―아, 내가 잘 알다시피, 선생은 냉소적 말의 대가이며, 농담을 벌겋게 달구고 뾰쪽하게 갈아서 극도의 고통을 안길 수 있었다. 사형수가 단두대에 오를 때도 내가 당시 층계를 오를 때보다 더 숨이 막히지 않았을 것이다. 목구멍에 치미는 뜨거운 덩어리를 간신히 삼키며 선생의 서재로 들어가자마자 더욱 당혹감이 일었으니, 옆방에서 드레스 자락이 사락거리는 소리가 들리는 듯했기 때문이다. 신바람난 부인이 옆방에서 엿들으며, 내가 당황하는 것을 흐뭇하게 바라보고 이 떠버리 청년이 겪는 수모를 즐기고 있음이 확실했다. 마침내 선생이 들어왔다. "자네 무슨 일 있나?" 선생은 걱정스럽게 물었다. "오늘 안색이 창백하군." 나는 괜찮다고 둘러대며 마음속으로 매질을 기다렸다. 하지만 두려워했던 벌은 내려지지 않았고, 선생은 여느 때와 마찬가지로 학문적 내용만 입에 올렸다. 간 졸이며 귀를 쫑긋 세웠지만 빗대거나 빈정대는 말은 한마디도 없었다. 처음에는 놀랐다가 다음에는 기뻐하며―나는 부인이 입을 열지 않았음을 알아챘다.

여덟시에 다시 노크 소리가 들렸다. 나는 가겠다고 인사했다. 다시 가슴이 두방망이질했다. 문밖으로 나오자 부인이 지나갔다. 인사를 건네니 부인은 가벼운 미소가 어린 눈길을 던졌다. 핏줄이 시원하게 뚫리는 느낌이었고, 나는 이 용서를 앞으로도 입을 열지 않겠다는 약속으로 받아들였다.

그때부터 나에게는 새로운 종류의 관심사가 생겼다. 지금까지 순진하고 경건하게 선생을 공경하고 신처럼 숭배해온 나는 선생을 다른 세상에서 온 천재라고 느꼈으므로, 선생의 사생활, 이 세상에서의 생활에는 관심을 전혀 돌리지 않았다. 진정으로 열광하면 그러기 마련이듯 나는 도가 지나칠 만큼 선생의 생활을 우러르며 그것이 체계적으로 정돈된 세상의 일상 활동에서 완전히 벗어나 있다고 여겼다. 이를테면 처음으로 사랑에 빠진 소년이 신처럼 숭배하는 소녀를 발가벗기는 생각도 못하고 치마 두른 수천 명의 다른 소녀와 똑같다고 여기지도 못하듯, 나는 선생의 사생활을 엿볼 엄두를 내지 못했다. 항상 선생을 모든 현실적 평범성과 동떨어진 숭고한 존재로 느끼며, 언어의 전령이자 창조적 정신의 화신으로 여겼다. 이제 희비극으로 끝난 어설픈 연애 탓에 난데없이 부인이 눈앞에 끼어들자, 선생의 결혼 및 가정 생활을 은밀히 살펴보지 않을 수 없었다. 사실 그럴 생각이 없었는데, 엿보고 싶은 호기심이 들끓어 마음속 눈이 열렸다. 그런데 이 마음속 눈빛은 염탐을 시작하자마자 당황하게 되었으니, 선생의 집안 생활은 독특하다못해 두려울 만큼 수수께끼 같았기 때문이다. 부인과 수영장에서 만난 직후 처음으로 식사 초대를 받아 선생뿐만 아니라 부인도 함께 만났을 때부터 두 사람이 특이하게 얽혀서 동거하고 있다는 야릇한 의심이 들기 시작했으며, 이 가정을 속속들이 알게 될수록 이러한 당혹스러운 느낌은 더 심해졌다. 말이나 제스처에 두 사람 사이의 긴장이나 불화가 드러났기 때문이 아니었다. 그러기는커녕 두 사람 사이에는 아무 일도 없었는데, 이처럼 좋든 싫든 어떤 긴장도 없는 탓에 희한하게도 두 사람은 베일에 덮여 눈에 보이지 않는 것 같았고, 푄 바람*이 잦아든 때처럼 감정이 무겁게 가라앉아 분위기가 더없이 답답하게 느껴졌으니, 차라리 폭풍이 몰아치듯 말다툼을 하거나 마른번개가 치듯 앙심을 품는 게 나을 듯했다. 겉으로는 자극도 긴장도 엿볼 수 없었지만, 속으로는 두 사람이 선을 지키고 있음이 점점 더 강하게 느껴졌다. 드물게 대화를 나누며 질문과 대답을 주고받을 때도 진심으로 손을 맞잡지 않고 손가락 끝만 맞댔다 떼는 듯했으며, 식사를 하는 동안 선생은 나에게도 입이 무거워지고 말수가 적어졌다. 다시 공부로 화제를 돌리지 않으면 이따금 대화가 꽁꽁 얼어붙어 침묵의 거대한 빙산이 생겼고, 누구도 이를 깨뜨릴 엄두를 내지 못했으므로 그 차가운 무게가 몇 시간 동안 내 영혼을 짓눌렀다.

무엇보다도 나를 놀라게 한 것은 선생이 철저히 외톨이라는 사실이었다. 이처럼 속이 트이고 매우 자유분방한 기질의 남자가 친구라고는 아예 없어 학생들만 말벗이자 위안으로 삼았다. 선생은 대학의 동료 교수들에게 공손하고 정중하게 대할 뿐 아무 관계도 맺지 않았고, 모임에 한 번도 참석하지 않았다. 스무 걸음 걸어 대학에 가는 것 말고는 집을 떠나 다른 곳에 가는 일 없이 며칠을 보내는 적도 종종 있었다. 선생은 모든 것을 말없이 마음속에 묻었으며, 다른 사람에게 털어놓지도 글로 옮기지도 않았다. 이제야 나는 선생이 학생들에게 둘러싸여 화산이 폭발하고 용암이 분출하듯 광적으로 강연하는 까닭이 이해되었다. 말하고 싶은 욕구가 며칠 동안 쌓였다가 터져나오는 것이었다. 마치 마구간에서 갓 풀려난 말이 기수가 올라타자 사납게 날뛰듯, 묵묵히 가슴속에 품고 있던 모든 생각이 걷잡을 수 없이 휘몰아쳐 침

---

* 찬 공기가 산을 넘으면서 고온 건조해지는 것을 푄 현상이라 하며, 이러한 현상에서 생기는 따뜻하고 건조한 바람을 푄 바람이라 한다.

묵의 허들을 박차고 언어의 경주로로 내달리는 것이었다.

집에서는 선생은 말수가 적었으며, 특히 부인에게는 거의 말을 건네지 않았다. 세상물정 모르는 청년이었던 나조차 깜짝 놀라 불안과 민망함을 느끼며 눈치챘듯이, 집에서 두 사람 사이에는 그늘이 떠돌고 있으며, 이 그늘은 바람에 날리기는 하되 절대 없어지지 않고, 느낄 수 없는 천으로 되어 있기는 하되 두 사람 사이를 완전히 차단하고 있었으니, 결혼이란 얼마나 많은 비밀을 외부에 숨기고 있는지도 나는 난생처음 깨달았다. 문턱에 펜타그램*이라도 그려진 양, 특별한 요구가 없는 한 부인은 선생의 서재에 들어올 엄두를 전혀 내지 못했으므로, 부인이 선생의 정신세계에서 철저히 배제되어 있음을 분명히 알 수 있었다. 선생은 부인이 눈앞에 있을 때 자신의 계획이나 작업에 관해 말하는 것을 절대 허용하지 않았고, 문장을 열정적으로 읊조리다가도 부인이 들어오자마자 단번에 중단하여 거북스럽기조차 했다. 거의 모욕적이고 분명하게 무시하는 태도를 보이며 이를 예의상 감추려 하지도 않은 채, 무뚝뚝하고 노골적으로 부인이 관심을 보이지 못하도록 막았다―하지만 부인은 이러한 모욕을 알아채지 못하거나 익숙해져 있는 듯 보였다. 부인은 생기 넘치는 소년 같은 얼굴로 가볍고 날쌔게, 힘차고 유연하게 층계를 오르내렸고, 언제나 바쁘면서도 언제나 극장에 갈 시간은 있었고 운동을 게을리하지 않았다―하지만 서른다섯 살가량의 이 여성은 독서나 살림 따위의 답답하고 정적이고 숙고가 필요한 모든 일에 아무 흥미가 없었다. 항상 흥얼거리고, 즐겨 웃고, 늘 톡 쏘

---

* 오각별. 유령이나 악마가 들어오지 못하도록 막는 부적 역할을 한다.

는 말을 나눌 준비가 되어 있고—춤추고, 수영하고, 달리고, 무언가 격렬한 운동을 하면서 온몸을 움직일 때 기분이 좋아 보였다. 나와 진지한 대화를 나눈 적도 없었으며, 항상 나를 다 자라지 않은 소년으로 취급하며 놀림감으로 삼거나 활기에 넘쳐 시합을 벌일 상대로 여기는 게 고작이었다. 이처럼 날쌔고 해맑은 태도는 선생의 어둡고 완전히 내성적이고 정신적인 것에서만 활기를 얻는 생활방식과 당혹스러울 만큼 대조를 이루어, 나는 번번이 새삼 놀라며 천성이 근본적으로 다른 두 사람이 어떻게 결혼하게 되었을까 궁금해했다. 물론 이 기이한 대조가 나에게는 도움이 되었다. 온 신경을 곤두세워 공부를 마치고 부인과 대화를 나누기 시작하면 무거운 헬멧이 머리에서 벗겨진 듯했다. 황홀경에 빠져 공부에 열중하던 데서 벗어나 만사가 정돈되며 일상적 색채의 명료한 현실세계로 돌아왔다. 사람끼리 즐겁게 어울리는 당연한 재미도 누렸고, 선생과 함께 있을 때는 긴장해 거의 잊고 있던 웃음을 터뜨리며 정신적인 것의 강렬한 억압에서 가뿐하게 풀려났다. 청년들 사이의 우정 같은 것이 부인과 나를 맺어주었다. 우리는 늘 시답잖은 잡담을 무심코 지껄이거나 함께 극장에 갔으므로 우리 사이에는 아무 긴장도 없었다. 전혀 거리낌없이 주고받던 대화가 어색하게 중단되며 당혹감을 드리우는 유일한 경우가 있다면, 바로 선생의 이름이 언급될 때였다. 그러면 부인은 나의 호기심어린 질문에 예민하게 반응하며 침묵을 지키거나, 내가 선생을 칭송하며 열광에 빠지면 기이하고 수수께끼 같은 미소를 지었다. 하지만 부인의 입은 굳게 닫혀 있었다. 선생이 부인을 몰아냈듯, 선생과 방식은 다르지만 똑같이 격렬한 몸짓으로, 부인도 자신의 생활에서 선생을 쫓아낸 것이었다. 한 지붕 아래서 똑같이 침묵하며 두 사람은 열다섯 해를 살아온 것이다.

이 비밀을 꿰뚫어보기 힘들면 힘들수록, 나는 기필코 알아내겠다고 조바심을 내며 그 유혹에 빠져들었다. 이 집에는 어떤 그늘이, 어떤 베일이 있었는데, 말이 바람을 일으킬 때마다 그 베일이 가까이서 기이하게 흔들리는 것이 느껴졌으며, 그 꼬리를 움켜잡았다고 생각한 적이 여러 번 있었으나 당혹스럽게도 베일은 손아귀에서 빠져나가 어느새 다시 살랑살랑 떠다녔으니, 도무지 만질 수 있는 말로, 잡을 수 있는 형태로 바뀔 때가 없었다. 온 신경을 곤두세우고 막연한 추측을 즐기는 놀이만큼 젊은이의 흥미를 흔들어 일깨우는 일은 없다. 평소 한가로이 떠다니던 공상에 느닷없이 사냥감이 나타나면 살금살금 뒤쫓으려는 욕망이 새삼 솟아 안달하기 마련이다. 이때까지 둔감한 청년이었던 나에게 그 무렵 완전히 새로운 감각이 자라났다. 어떠한 어조도 놓치지 않고 은밀히 엿듣는 예민한 고막이며, 의심에 가득차 사냥꾼처럼 매섭게 엿보는 눈길이며, 사방을 뒤지며 어둠 속을 파헤치는 호기심이 생겨났다—신경은 고통스러울 만큼 팽팽하게 긴장했고, 늘 막연한 의혹에 사로잡혀 흥분한 나머지 차분하고 명료한 감정을 느끼지 못했다.

그래도 나는 호기심을, 이렇게 숨죽이고 훔쳐보는 호기심을 나무라고 싶지 않다. 이는 순수한 마음에서 우러난 것이기 때문이다. 내 마음속 모든 감각을 이토록 고조시킨 호기심은, 훌륭한 인물에게서 천박한 인간적 약점을 음흉하게 캐내기를 즐기는 관음증에서 비롯된 게 아니었다—오히려 이러한 호기심에는 은밀한 불안이 묻어 있었다. 침묵하는 두 사람이 겪는 고통을 막연히 근심스레 예감하며 어쩔 줄 모르고 안절부절못하는 연민이 배어 있었다. 선생의 생활에 가까이 다가갈수록 선생의 사랑스러운 얼굴을 깊이 파고든 그늘이 더욱 애틋하게 느껴졌다. 선생은 품위를 잃고 불쑥 역정을 내거나 마구 분노를 터뜨리는 일이 전혀 없이 고상하게 애수를 억제했기에, 이러한 고결한 애수는 더욱 애처로웠다. 선생이 처음에는 낯선 학생이었던 나를 활화산처럼 분출하는 언어의 광휘로 매료시켰다면, 이제는 친숙해진 나를 침묵으로, 자신의 이마에 떠도는 슬픔의 구름으로 가슴 아프게 했다. 숭고한 남성의 우수만큼 젊은이의 감정을 뒤흔드는 것은 없다. 영혼의 나락을 응시하는 미켈란젤로의 생각하는 사람*과 비장하게 악다문 베토벤의 입술,** 세상의 고통을 감추는 이러한 슬픈 가면들은 아직 성숙하지 않은 감성에 모차르트의 청아한 멜로디나 레오나르도의 인물화에 감도는 영롱한 빛보다 훨씬 큰 감동을 준다. 젊은이는 아름다움 그 자체이므로 아름다운 모습이 필요하지 않다. 지나치게 활력이 넘쳐 비극적인 것으로 치달으며, 아직 순진한 탓에 우울함이 자신의 피를 달콤하게 빨아먹는 것을 기꺼이 허락한다. 따라서 모든 젊은이는 언제나 위험을 무릅쓸 각오가 되어 있고, 정신적 고통을 겪는 사람을 보면 형제처럼 손을 내미는 법이다.

이처럼 진정한 고통에 시달리는 사람의 얼굴을 나는 여기서 난생처음 마주쳤다. 평범한 부모에게서 태어나, 소시민 가정에서 편안하고 무탈하게 성장한 터라 내가 아는 근심은 하나같이 일상의 우스꽝스러운 가면을 쓴 채였으니, 분노에 가려 있거나, 극심한 질투에 싸여 있거

---

* 산로렌초성당 메디치 묘지에 있는 로렌초 데 메디치 조각상을 말한다. 후일 로댕의 〈생각하는 사람〉에 영감을 주었다고 여겨진다.
** 독일 화가 요제프 카를 슈틸러가 1820년 그린 베토벤의 초상화를 가리킨다.

나, 사소한 돈 걱정에 숨어 있었다—하지만 선생의 얼굴에 어린 번뇌는 이보다 거룩한 힘에서 우러났음이 즉시 느껴졌다. 선생의 어둠은 어둠 그 자체에서 생겨났으며, 마음속에서 겪는 잔혹한 고난이 너무 일찍 늘어진 볼에 주름살과 구김살을 새겨놓았다. (악령이 깃든 집에 접근하는 아이처럼 항상 숫기 없이) 선생의 서재에 들어갔을 때 선생이 생각에 잠겨 노크 소리를 못 듣는 일이 가끔 있었는데, 자신을 망각한 선생과 갑작스레 마주쳐 민망함에 몸 둘 바를 모르고 있다보면, 이 방에는 파우스트의 옷을 걸친 바그너의 육신만 멍하니 앉아 있을 뿐, 선생의 영혼은 신비로운 협곡과 무시무시한 발푸르기스의 밤을 떠돌고 있는 듯한 인상을 받았다.* 이러한 순간 선생의 감각은 완전히 닫혀 있어, 다가오는 발소리도 수줍게 건네는 인사도 듣지 못했다. 그러다 문득 정신이 들어 깨어나면 황급히 말을 늘어놓아 당황한 기색을 감추려 했고, 방안을 왔다갔다하며 이런저런 질문을 던져 자신을 살펴보는 내 눈길을 딴 데로 돌리려 애썼다. 하지만 어둠은 그러고도 한동안 선생의 이마 위에 드리웠고, 대화에 열중하기 시작하면서야 마음속으로부터 몰려온 먹장구름이 흩어졌다.

　선생을 보기만 해도 내 가슴이 얼마나 뒤흔들렸는지 선생은 내 눈빛

---

* 괴테의 『파우스트』 제2부 2막에서 메피스토펠레스는 의식을 잃은 파우스트를 서재의 침상에 눕히며, 파우스트의 조교였던 바그너가 유명한 교수이자 연금술사가 되어 인조인간 호문쿨루스를 만들었음을 알게 된다. 호문쿨루스는 깊은 잠에 빠진 파우스트의 꿈속 세계로 들어가고자 파우스트와 메피스토펠레스를 데리고 고대 그리스의 발푸르기스의 밤으로 여행을 떠나며, 자신의 창조자인 바그너는 연구실에 남겨놓는다. 원래 발푸르기스의 밤은 북유럽과 중부유럽에서 4월 30일이나 5월 1일에 열리는 봄맞이 축제를 말하며, 독일 전설에 따르면 이날 마녀들은 북독일에서 가장 높은 산인 브로켄산에서 악마들과 함께 축제를 벌인다.

과 불안에 떠는 손을 보고 이따금 눈치챘을 것이다. 내 입술에 나를 믿어달라는 부탁이 눈에 보이지 않게 맴도는 것도 아마 느꼈을 테고, 조심스레 다가가는 내 태도에서 선생의 고통을 넘겨받아 끌어안고 싶어하는 은밀한 열정을 알아챘을 것이다. 분명히, 선생은 이를 눈치챘음이 틀림없다. 열띤 대화를 느닷없이 중단하고 감동한 눈빛으로 나를 바라보았으며, 신기할 만큼 따뜻하고 진지하다못해 어두워 보이는 그 눈길이 나를 휘감았던 것이다. 그러다가 선생은 내 손을 잡아 오랫동안 붙들고 있었고—그때 내가 항상 기다린 일은 이제, 이제, 이제 선생이 나에게 말을 건네는 것이었다. 하지만 선생은 그 대신 무뚝뚝한 몸짓을 취했고, 심지어 일부러 쌀쌀맞게 찬물을 끼얹거나 비꼬는 말을 던지는 때도 이따금 있었다. 열광의 화신이었으며 나에게 열광을 북돋우고 일깨웠던 선생은, 잘못 쓴 답안에서 오답을 지우듯 갑자기 열광을 쏟어갔고, 내가 마음을 다 열고 선생의 신뢰를 갈망할수록 더욱 혹독하게 얼음처럼 차가운 말을 내뱉었다. "자네는 모른다네" "그런 식으로 과장하지 말게" 따위의 말로 나를 화나게 하고 절망에 빠뜨렸다. 마른번개처럼 번득이고, 열정이 냉정으로 바뀌고, 어느 틈에 나를 달구었다가 갑작스레 얼음을 퍼붓고, 자신의 격정으로 내 격정을 부추겼다가 비꼬는 말로 채찍을 드는 선생 밑에서 나는 얼마나 고통을 겪었던가—내가 가까이 다가갈수록 선생은 더욱 세차게, 심지어 불안해하며 밀어낸다는 끔찍한 느낌이 들었다. 그 무엇도 선생에게, 선생의 비밀에 접근할 수 없었으며 접근해서도 안 되었다.

  무언가 비밀이, 내가 점점 더 뼈저리게 느끼기로는, 무언가 알 수 없는 비밀이 선생의 마법처럼 매력적인 마음속 심연에 낯설고 섬뜩하게 깃들어 있었다. 선생은 달아오른 눈빛으로 나를 빤히 보다가도 내가 이에 감복해 고개를 조아리면 소심하게 물러섰는데, 이처럼 기이하게 도피하는 눈빛에는 무언가 감춰져 있는 것이 느껴졌다. 선생을 칭송하면 씁쓸하게 일그러지던 선생 부인의 입술에서, 못 들을 말이라도 들은 듯 노려보던 도시 주민들의 기이할 만큼 차갑고 뜨악한 태도에서—선생의 수많은 기묘한 행동과 갑작스러운 번뇌에서 이러한 사실이 감지되었다. 선생의 인생을 속속들이 알고 있다고 생각했으나, 그 근원과 중심에 이르는 길을 찾지 못한 채 미로를 맴돌듯 여전히 이렇게 헤매는 것은 얼마나 고통스러웠던가!

하지만 도저히 설명할 수 없고 더없이 당혹스러웠던 것은 선생의 일탈 행각이었다. 어느 날 강의를 들으러 가니 이틀간 휴강이라는 쪽지가 붙어 있었다. 학생들은 놀라지 않는 것 같았으나, 어제까지도 함께 있었던 나는 선생이 병이라도 났을까 불안해 집으로 달려갔다. 내가 흥분을 감추지 못하고 다급하게 뛰어들자 선생 부인은 무덤덤히 미소 지었다. "자주 있는 일이에요." 부인은 기이할 만큼 차갑게 말했다. "당신은 아직 잘 모르겠지만요." 학우들의 말을 들어보니 아닌 게 아니라 선생은 종종 한밤중에 사라지고선 때로 양해를 구한다는 전보만 보낸다는 것이었다. 새벽 네시 베를린 거리에서 선생과 마주쳤다는 학생이 있는가 하면, 다른 학생은 낯선 도시의 바에서 선생을 본 적이 있다고 했다. 선생은 코르크 마개처럼 느닷없이 튀어나갔다 돌아오곤 했는데, 선생이 어디에 있었는지는 아무도 모른다고 했다. 이러한 갑작스러운 이탈에 나는 병에 걸린 듯 흥분했다. 이틀 동안 넋이 빠져 불안하게 안달하며 이리저리 헤매었다. 늘 함께 있던 선생이 보이지 않자 학업이 아무 의미 없이 공허해졌고, 나는 혼란스럽고 질투 섞인 의혹에 애태웠으며, 선생이 속내를 감추며 거지를 추운 곳으로 내치듯 열렬하게 달려드는 나를 선생의 실제 생활 밖으로 밀어내는 것에 대해 치솟는 증오와 분노를 느꼈다. 선생은 호의를 다해 교수로서 마땅히 보여야 하는 것보다 수백 배 많은 신뢰를 베풀어주었으므로 어린 제자인 나로서는 해명이나 설명을 요구할 권리가 없다고 스스로 달래봐도 소용없었다. 분별력을 유지하려 해도 타오르는 열화를 막을 수 없었다. 나는 아둔한 청년티를 벗지 못하고 하루에도 열 번씩 선생이 돌아왔느냐고 물으러 갔고, 아직 오지 않았다는 선생 부인의 대답이 점점 무뚝뚝해지다못해 마침내 부루퉁해지기까지 하는 게 느껴졌다. 나는 반밤을 하얗게 새우며 선생이 돌아오는 발소리가 나는지 귀기울이다가 아침이 되면 이제 감히 묻지는 못하고 불안하게 문가에서 서성였다. 사흘째 되는 날 마침내 선생이 느닷없이 내 방에 들어오자 숨이 턱 막혔다. 내가 지나치게 놀랐음이 틀림없다. 이를 깨달은 것은 선생이 당황해 어쩔 줄 몰라하며 몇 가지 사소한 질문을 황급히 잇따라 던졌기 때문이다. 선생은 내 눈길을 피했다. 처음으로 우리의 대화는 헛돌았고 주고받는 말이 서로 엇갈렸으며, 우리 둘 다 선생이 사라진 일을 언급하지 않으려 애쓰는 동안, 바로 이 말을 하지 않기에 다른 대화도 막히고 말았다. 선생이 내 방을 떠나자 호기심이 불길처럼 타올라 자나깨나 나를 사르기 시작했다.

몇 주 동안 비밀을 캐내고 더 깊이 알아보기 위한 노력이 계속되었다. 나는 침묵하는 암석 아래 활화산의 뜨거운 마그마가 있음을 느끼며 집요하게 파고들었다. 마침내 운좋은 기회에 선생의 내면세계에 처음으로 뚫고 들어갈 수 있었다. 또다시 어스름이 찾아들 때까지 선생의 서재에 앉아 있는데, 선생이 잠긴 서랍을 열고 셰익스피어의 소네트 몇 편을 꺼내왔다. 마치 청동으로 주조한 듯 간결한 형태의 시행들을 손수 번역해 낭독한 다음, 해독이 불가능해 보이는 이 암호문을 마법을 부리듯 해석해주어, 나는 행복을 만끽하면서도 이 열렬한 인간이 선사하는 주옥같은 설명이 덧없이 흐르는 말 속에 사라지는 것을 안타까워했다. 그때—그런 기백이 어디서 생겼을까?—갑자기 용기가 치솟아 필생의 역작『글로브극장의 역사』를 완성하지 않은 이유가 무엇인지 물었다—하지만 이 말을 하기가 무섭게, 비밀스럽고 아마도 고통스러운 상처를 본의 아니게 눈치 없이 건드렸다는 사실을 깨닫고 화들짝 놀랐다. 선생은 일어서 내게 등을 돌린 채 한참 입을 열지 않았다. 별안간 서재 안이 어스름과 침묵으로 가득찬 것 같았다. 마침내 선생이 다가와 진지한 눈빛으로 나를 바라보았고, 입술이 여러 번 씰룩거리는가 싶더니 이윽고 가늘게 열렸으며, 곧 고통스러운 고백이 터져나왔다. "나는 대작을 집필할 수 없네. 그럴 시기는 지났어. 젊은이나 그렇게 대담한 계획을 세우는 법이지. 이제 그럴 만한 끈기가 없네. 나는—뭐하러 숨기겠나?—호흡이 짧은 인간이 되었고, 끝까지 버티지 못하네. 예전에 팔팔하던 기운은 이제 다 사라졌어. 이제 강연만 할 수 있네. 이따금 영감에 이끌려, 무언가에 휩쓸려 나 자신에게서 벗어나 말이야. 하지만 조용히 앉아, 항상 홀로, 항상 홀로, 작업하는 것은 더이상 할 수가 없네."

선생의 낙담한 몸짓에 가슴이 아팠다. 나는 마음속 깊이 확신하며 촉구하기를, 선생이 인심 좋게 손을 펴서 날마다 뿌려주는 내용을 이제 주먹을 꽉 쥐어 움켜잡으라고, 그냥 나눠주는 데 만족하지 말고 자기 작품으로 만들어 보존하라고 했다. "나는 글을 쓸 수 없네." 선생은 지친 기색으로 다시 말했다. "집중할 수가 없어." "그렇다면 구술해주세요!" 내 제안에 스스로 매료되어 애원하다시피 선생에게 매달렸다. "저에게 구술해주세요. 한번 해보기라도 하세요. 일단 시작하면—그러면 그만둘 수 없을 거예요. 구술해보세요. 부탁이에요. 제 소원입니다!"

선생도 처음에는 깜짝 놀랐으나 생각에 잠긴 눈빛으로 나를 올려다보았다. 내 제안을 곰곰이 새겨보는 것 같았다. "자네 소원이라고?" 선생이 따라 말했다. "나같이 나이든 사람이 무슨 일인가 벌여도 누군가에게 아직 기쁨을 줄 수 있다고? 정말로 그렇게 생각하나?" 머뭇머뭇 마음이 움직이기 시작하는 게 눈빛에서 느껴졌다. 방금까지도 몽롱하게 안으로만 향하던 눈빛이 이제 희망의 온기에 녹아 점점 밖으로 새어나오며 환하게 밝아지고 있었다. "정말로 그렇게 생각하나?" 선생이 다시 물었다. 기꺼이 그러기로 마음을 다지는 것이 벌써 느껴졌다. 그러더니 느닷없이 소리가 터져나왔다. "그러면 해보자고! 젊은이가 항상 옳은 법이지. 젊은이 말을 듣는 것이 현명한 거야." 내가 벅찬 기쁨을 터뜨리며 환성을 지르자, 생기가 돌아온 듯 선생은 젊은이처럼 들떠 바쁘게 왔다갔다했다. 우리는 매일 저녁식사를 마치고 아홉시에 우선 한 시간씩 작업해보기로 했다. 이튿날 저녁 구술이 시작되었다.

이 시간을 어떻게 설명해야 좋을까! 온종일 나는 이 시간이 오기를 기다렸다. 오후부터 벌써 신경을 녹초로 만드는 답답한 불안감이 내 초조한 감각을 감전시키는 듯해 저녁이 올 때까지의 시간을 견디기가 힘들었다. 우리는 식사를 마치자마자 서재로 들어갔다. 나는 선생에게 등을 돌린 채 책상 앞에 앉았고, 선생은 종종걸음으로 방안을 왔다 갔다하다가 마음속에 리듬이 쌓이자 드높은 음성으로 첫마디를 시작했다. 이 기이한 인간은 감정의 음악성을 빌려 모든 것을 빚어냈으니, 생각을 전개시키려면 항상 일종의 운자가 필요했다. 선생은 대개 비유나 대담한 은유나 구체적 예시로 운을 뗀 후 숨가쁜 진행에 자신도 모르게 흥분해 이를 극적인 장면으로 확장시켰다. 이 즉흥곡의 휘몰아치는 빛에서는 모든 창조적 정신의 위대한 자연성이 종종 마른번개처럼 번쩍거렸다. 내 기억에 따르면, 어떤 구절은 약강격 음보의 시련詩聯 같았고, 어떤 구절은 옹골지게 압축되어 열거되며 폭포처럼 쏟아져내려 호메로스의 함선 목록*과 월트 휘트먼**의 야성적 송가를 연상시켰다. 아직 어린 나이에 한 인간으로 성장해가던 나에게 난생처음 창작의 비밀을 꿰뚫어볼 수 있는 기회가 주어졌다. 아직 색도 없이 오로지 뜨겁게 흐르는 생각이 충동적 흥분의 용광로에서 종 쇳물처럼 흘러나온 후 서서히 식으며 형태를 이루고, 이 생각의 형태가 장엄하게 마무리되어 드러나더니, 마침내 거기서 열변이 또렷하게 솟아올라, 추가 종을 때려 소리를 울리듯 시적 감정을 인간 언어로 표현하는 것을 나는 보았다. 모든 단락이 리듬에서 솟아났고, 모든 설명이 연극처럼 생생한 장면에서 생겨났으니, 웅대하게 구성된 작품 전체도 어문학 논문과 전

---

* 『일리아스』 제2권에서는 트로이 정복을 위해 참전한 그리스군 함선의 수효, 지휘자의 이름 및 출신지 등이 열거된다.

** 미국 시인. 시집 『풀잎』 등에 나오는 묘사를 근거로 동성애자 또는 양성애자로 추정되고 있다.

혀 다르게 송가에서 태어났다. 바다에 바치는 이 송가에서 바다는 현세에서 볼 수 있고 현세에서 느낄 수 있는 무한성의 유일한 형태로, 이쪽 수평선에서 저쪽 수평선까지 출렁이며 천상을 우러르고 심연을 숨기면서 그 사이에서 현세의 운명을, 인간이라는 요동치는 조각배를 뜻없이 또는 뜻깊게 희롱하는 존재로 그려졌다. 바다에 대한 이러한 초상화를 바탕으로, 웅대하게 구성된 비유를 통해, 비극적인 것은 우리 피를 지배하며 도취시키고 파멸시키는 원초적 힘이라는 설명이 이어졌다. 이어 독창적 구술의 물결은 한 나라를 향해 몰려갔다. 지상의 모든 해안을, 지구의 모든 지역과 지대를 위험스럽게 둘러싸고 있는 바닷물, 그 바닷물이 항상 쉴새없이 철썩이는 섬나라 잉글랜드가 떠올랐다. 이곳 잉글랜드에서는 바다가 국가를 형성해요. 이 나라에서는 바다의 차갑고 투명한 풍경이 안구의 유리체 깊숙이 밀려들어 뭇사람의 눈동자를 회색이나 파란색으로 물들이죠. 누구나 바닷사람이며 섬나라에 살아서인지 섬처럼 지내요. 수백 년간 바이킹 항해를 통해 끊임없이 힘을 연마해온 이 민족에게는 폭풍의 위험과 싸우며 몸에 밴 강하고 격렬한 열정이 살아 숨쉬고 있어요. 이제 바닷물이 철썩이는 이 나라에 평화가 안개처럼 찾아와요. 하지만 폭풍에 익숙한 이 민족은 바다를 잊지 못하므로, 매일 위험한 사건이 사납게 몰아치기를 바라므로, 극도의 흥분을 안겨주는 긴장을 피비린내나는 연극에서 다시금 만들어내죠. 먼저 맹수 사냥이나 짐승 싸움을 벌이기 위해 목조 무대를 세워요. 곰들이 피 흘리며 죽고 닭싸움이 오싹한 쾌락을 잔혹하게 불러일으키지만, 곧 고상해진 감각은 인간의 영웅적 갈등에서 생겨나는 순수하고 박진감 넘치는 긴장을 원해요. 경건한 종교극으로부터, 교회의 신비극으로부터 또다른 위대하고 격동적인 인간극이 생겨나 온갖 모험과 항해가 다시 시작되지만, 이번에는 마음속 내면의 바다로 떠나죠. 새로운 무한성으로, 열정이 파도처럼 치솟고 정신이 돛처럼 부푸는 또다른 대양으로 나아가, 흥분해서 바다를 헤치고 숨가쁘게 이리저리 떠밀리는 장면이 앞 세대 못지않게 기운 넘치는 이 앵글로색슨 민족에게 새로운 기쁨이 돼요. 잉글랜드 민족의 연극은, 엘리자베스 시대의 연극은 이렇게 탄생해요.

선생이 연극의 야성적 원시적 기원을 설명하는 데 열광적으로 몰두하면서 독창적 열변이 목청껏 터져올랐다. 처음에 속삭이듯 빠르게 읊조리던 목소리는 성대의 근육과 인대를 긴장시키며 금속성으로 빛나는 비행체처럼 점점 더 자유롭게 높이높이 날아올랐으니, 이 목소리를 담아내기에 서재는, 빽빽이 에워싸 반향을 울리는 네 벽은 너무 비좁았다. 선생의 목소리에는 드넓은 방이 필요했다. 폭풍이 허공에서 휘몰아치는 듯 느껴지고, 바다처럼 노호하는 입술이 벽력같은 열변을 토해내, 나는 책상 앞에 쪼그리고 앉아 있었지만 고향의 모래사장에 다시 서 있는 것 같았고, 부서지는 물살과 흩날리는 바람이 큰 소리로 웅웅대며 숨가쁘게 밀려오는 듯했다. 어떤 열변이 생겨날 때도 한 인간이 탄생할 때도 온갖 전율이 고통스레 감도는 법, 이러한 전율이 당시 난생처음 마음속에 밀려들어 나는 소스라치게 놀라면서도 어느새 기쁨에 젖어들었다.

선생이 강렬한 영감에 휩싸여 학술적 방식에서 벗어나 장엄하게 열변을 토하며 생각을 시어로 변모시킨 구술을 마치자, 나는 비틀비틀 일어섰다. 불같은 피로가 핏줄 속에 무겁고 세차게 흘렀는데, 이러한 피로는 선생이 느끼는 피로와 달랐으니, 선생은 이미 모든 것을 쏟아내어 기진맥진한 상태인 반면, 열변에 휩쓸린 나는 몸속으로 밀려든 갖은 전율에 아직도 바들거리고 있었다. 하지만 선생과 나는 마무리 대화를 해야만 잠자거나 쉬러 갈 수 있었다. 대개 나는 빠르게 받아쓴 내용을 다시 읽어보았는데 희한하게도 글이 말로 바뀌자마자 내 목소리가 아닌 다른 목소리가 말하고 숨쉬며 솟아났다. 내 입에서 나오는 말을 누군가 바꿔치기하는 것 같았다. 그런 다음 깨달은 사실은, 내가 글을 다시 읽으며 선생의 억양 그대로 정말 똑같이 읊조리고 낭독하여, 나 자신이 아니라 선생이 내 목소리로 말하는 듯했다는 것이다— 그렇게 완전히 나는 선생의 공명共鳴이 되었다. 그 열변의 반향이 되었다. 이 모든 일은 마흔 해 전에 일어났지만, 오늘날도 한창 강의중에 웅변이 터져나와 울려퍼지면, 열변을 토하는 내 입을 통해 내가 아닌 다른 사람이 말하는 것 같다는 느낌이 갑자기 쑥스럽게 찾아든다. 그럴 때면 존경하는 고인이, 오로지 내 입술에서만 숨쉬고 있는 고인이 내는 목소리임을 알아채며, 열광에 싸여 날아오를 때마다 나는 선생으로 변한다. 내가 잘 알고 있으니, 지금의 나는 그 시절 생겨났다.

저작은 살쪄갔다. 내 주위에서 숲처럼 자라나 그 그늘로 바깥세상을 깜깜하게 가렸다. 나는 어두운 집안에 틀어박혀 살았는데, 작품이 무성해질수록 그 가지들은 살랑거리다못해 크게 솨솨거렸고, 선생은 내 곁에서 따뜻하게 감싸주는 눈빛을 보냈다.

나는 대학 강의에 출석하는 몇 시간을 빼고는 온종일을 선생에게 바쳤다. 선생 집에서 함께 식사했고, 밤낮없이 선생 집과 내 방 사이의 층계 위아래로 전갈이 오갔다. 나에게는 선생 집 열쇠가, 선생에게는 내 방 열쇠가 있었으므로, 귀가 반쯤 먹은 주인 노파를 부를 필요 없이 언제든 선생은 나에게 올 수 있었다. 하지만 선생과의 유대가 긴밀해질수록 나는 바깥세상을 점점 철저히 등지게 되었다. 집안에서의 따뜻함뿐만 아니라 단절된 생활의 차가운 격리감도 선생과 함께 나누었던 것이다. 학우들은 하나같이 나를 향한 냉소와 경멸을 감추지 않았다. 은밀히 작당한 건지, 지나친 편애에 화가 나서 그저 질투한 건지 모르겠지만—어쨌든 학우들은 나와 교제를 끊고 따돌렸으며, 세미나 토론에서는 약속이라도 한 듯 말도 걸지 않고 인사도 건네지 않았다. 교수들도 적의어린 혐오를 감추지 않았다. 언젠가 로망어 문학 강사에게 사소한 정보를 청하자, 강사는 비꼬며 면박을 주었다. "자네는 교수와 친하니…… 그 정도는 잘 알 텐데." 나는 이토록 부당하게 배척당하는 까닭을 알아보려 애썼으나 헛수고였다. 이들의 말이나 눈빛에서는 아무것도 알아낼 수 없었다. 외로운 부부와 함께 지내고부터 나 자신도 완전히 고립되어 있었다.

이러한 사회적 단절에 계속해서 마음 쓰지 않아도 되었을 것이다. 어차피 내 관심은 정신적인 것에 온통 쏠려 있었으니까 말이다. 하지만 쉴새없이 긴장하고 있으려니 서서히 신경이 무너져내렸다. 끊임없이 정신적으로 무리하면서 아무 탈 없이 몇 주를 견뎌낼 수는 없는 법이다. 그런데다 내가 너무 갑자기 생활방식을 바꾸어, 너무 급하게 한 극단에서 다른 극단으로 옮겨가면서, 자연이 우리에게 은밀히 베푸는 균형에 금이 간 것 같았다. 베를린에서는 방탕한 배회가 기분좋게 근육의 긴장을 풀어주고 여자들과의 연애가 마음속에 쌓인 불안을 장난스레 덜어주었건만, 여기서는 푄 바람이 잦아든 때처럼 무겁게 내리누르는 분위기가 흥분한 감각을 짓눌렀고, 그러자 감각이 감전된 듯 빳빳이 곤두서 저릿저릿 온몸을 찔러댔다. 나는 즐거운 마음으로 (사랑하는 선생에게 원고를 한시라도 빨리 건네주고 싶어 공연스레 초조하게 안달하며) 저녁에 받아쓴 내용을 항상 새벽까지 정서했는데도, 아니 그랬던 탓인지, 단잠에 깊이 빠지지 못했다. 그 밖에도 대학 수업을 따라가느라 황급히 교재를 읽는 데 한층 열성을 다해야 했으며, 특히 선생과의 대화 방식은 나를 자극시켰으니, 선생 앞에서 절대 한눈파는 모습을 보이는 일 없이 온 신경을 팽팽히 긴장시켜야 했기 때문이다. 이렇게 도가 지나친 열의에 빠져 몸을 돌보지 않자 오래지 않아 후유증이 따랐다. 깜빡 정신을 잃은 적도 여러 번이었는데, 이는 내가 지나친 과로로 건강을 무시하자 허약해진 몸이 보내는 경고신호였다—최면에 걸린 듯 피로가 심해지고, 감정 표현이 모조리 격렬해지고, 날카로워진 신경이 마음속으로 매섭게 파고들어 잠을 다 쫓아버리며 지금껏 억눌러온 혼란스러운 생각을 들쑤셨다.

내 건강상태가 눈에 띄게 악화된 것을 맨 처음 눈치챈 사람은 선생의 부인이었다. 부인이 불안한 눈길로 나를 살핀다고 느낀 적이 벌써 여러 번이었는데, 이제 대화에 경고를 일부러 끼워넣는 일이 점점 잦아졌으니, 이를테면 한 학기에 세상사를 통달하려 해서는 안 된다고 이르는 것이었다. 마침내 부인은 단호히 말했다. "이제 그만해요." 어느 일요일이었다. 햇볕이 더없이 좋은데도 문법책만 들이파고 있던 나에게 부인이 다가오더니 책을 홱 낚아챘다. "활기찬 젊은이가 어쩜 이렇게 공명심의 노예가 될 수 있어요? 그이를 본받지 말아요. 그이는 늙었고 당신은 젊어요. 당신은 다른 방식으로 살아야 해요." 부인이 선생을 입에 올릴 때면 어조에 경멸이 깔려 있었고, 이러한 어투는 선생의 헌신적 제자인 나를 항상 격분케 했다. 일부러, 어쩌면 비뚤어진 질투심 때문에, 부인이 나와 선생을 떼어놓고 비꼬는 말을 늘어놓아 나의 도가 지나친 열의를 막으려 한다는 느낌이 들었다. 우리가 저녁에 너무 오랫동안 구술 작업에 빠져 있으면 부인은 문이 부서져라 노크하고, 선생이 화를 내며 그러지 말라고 해도 막무가내로 작업을 중단시켰다. "그이는 당신의 신경을 망가뜨릴 거예요. 당신을 완전히 파멸시킬 거라고요." 한번은 내가 지쳐서 쓰러진 것을 보고 부인이 화가 치밀어 이렇게 말했다. "지난 몇 주 동안 그이가 당신을 어떤 꼴로 만든 거지요? 당신이 자신을 망치는 것을 더는 두고 볼 수 없어요. 그런데다가……" 부인은 말문이 막히는지 문장을 끝맺지 못했다. 분노를 억누르느라 하얗게 질린 입술을 바들거릴 뿐이었다.

아닌 게 아니라, 선생은 나를 힘들게 했다. 내가 열정을 다해 선생에게 봉사할수록 선생은 나의 정성어린 숭배에 더 무관심해지는 것 같았다. 나에게 고맙다고 하는 일도 거의 없었다. 밤늦게까지 정리한 원고를 아침에 가져다주면 시큰둥하게 잘라 말했다. "내일까지 해도 됐을 텐데." 내가 공명심에 가득차 열성을 불태우며 청하지도 않은 호의를 베풀려 하면 대화 도중 갑자기 입술을 가늘게 오므리고 비꼬는 말로 쫓아내버렸다. 물론 창피를 당하고 당황해 물러서는 나를 보고 따뜻하게 감싸주는 눈빛을 보내 낙담한 나를 다독거리는 적도 있었으나, 그런 경우는 얼마나, 얼마나 드물었던가! 이렇게 열정과 냉정을 오가며, 금세 흥분해 다가왔다가 금세 화를 내며 밀어내는 선생의 기질은 내 감정을 완전히 혼란에 빠뜨렸다. 나는 염원에 들끓고 있었다—아니다, 도대체 내가 무엇을 바라고, 원하고, 요구하고, 열망하는지, 내가 열광적으로 헌신하여 교수에게서 어떤 관심의 징표를 기대하는지 꼬집어 말할 수 있던 적은 한 번도 없었다. 숭배의 열정은 아무리 순수할지라도 여성에게 바쳐지면 저절로 육체적 만족을 갈망하며, 자연은 독창성을 발휘해 열정이 육체의 소유를 통해 최고의 합일에 이르게 만들었다—하지만 남성이 남성에게 바치는 정신의 열정은, 충족될 수 없는 이 열정은, 도대체 어떻게 완벽한 만족에 이르려는 것일까? 이 열정은 숭배하는 인물 주위를 쉴새없이 맴돌고, 항상 불길을 일으키며 새로이 황홀해하고, 마지막 헌신을 다하고도 절대 진정되지 않는다. 이 열정은 항상 흘러나오지만, 절대로 마르지 않으며, 정신이 늘 그러하듯 영영 만족하지 못한다. 그래서 선생이 아무리 가까이 있어도 가깝게 여겨지지 않았고, 아무리 길게 대화를 나눠도 선생이 눈앞에 있다는 것이 분명해지지도 실감되지도 않았으며, 선생이 스스럼없이 친숙하게 대할 때도 다음 순간 매정한 제스처로 친밀한 결속을 깨뜨릴 수 있음을 나는 잘 알았다. 선생은 짓궂은 날씨처럼 변덕을 부리며 항상 내 감정을 혼란에 빠뜨렸다. 과장 없이 말하건대, 나는 신경이 과민해져 하마터면 무분별한 짓을 저지를 뻔한 적도 종종 있었다. 그 계기는 내가 눈앞에 펼쳐놓은 책을 선생이 태평한 손길로 무심히 옆으로 치웠다든지, 저녁에 우리 사이에 깊은 대화가 오가고 내가 선생의 생각에 완전히 몰입하여 이를 숨가쁘게 따라가고 있을 때—방금 애정어린 손을 내 어깨에 얹었던—선생이 갑자기 자리를 박차고 일어나 무뚝뚝하게 "이제 그만 가게! 밤이 늦었네. 잘 자게"라고 말했다든지 하는 단순한 일이었다. 이렇게 사소한 빌미로도 나는 몇 시간 동안, 며칠 동안 번민에 빠졌다. 끊임없이 자극받아 감정이 예민해진 나머지 상처 줄 의도가 전혀 없는 일에서도 상처를 받았는지 모르지만—하여튼 내가 다시금 곰곰이 되새기며 아무리 자신을 달래본들 마음속 번뇌에 무슨 도움이 되겠는가? 이러한 일이 날마다 되풀이되었다. 선생이 가까이 대하면 고통이 불타올랐고 멀리 대하면 온몸이 얼어붙었다. 감정을 억누르는 선생의 태도에 항상 실망을 맛보았고, 아무런 관심의 징표도 받지 못해 마음이 진정되지 않았으며, 별뜻 없는 일에도 혼란을 겪었다.

희한한 일이지만, 신경이 예민해져 선생에게 모욕당했다고 느낄 때마다 나는 부인에게로 피신했다. 이렇게 말없이 거리를 두는 태도 때문에 나와 마찬가지로 고통받는 사람을 찾고 싶은 무의식적 충동 때문이었을까, 누군가에게 말을 걸고, 도움까지는 아니지만 이해라도 구하고 싶은 욕망 때문이었을까—어쨌든 나는 비밀결사 동지에게 의지하듯 부인에게로 도피했다. 대개 부인은 나의 예민함을 비웃어 넘기든지, 어깨를 으쓱하며 냉정한 말투로 이러한 고통스러운 괴팍함에 익숙해져야 한다고 일러주었다. 하지만 내가 갑작스레 낙담하여 넋두리와 흐느낌과 울먹임을 한바탕 왈칵 쏟아내며 느닷없이 눈앞에 엎어지면, 부인이 기이할 만큼 심각하게 깜짝 놀라는 눈빛으로 나를 바라보는 일도 이따금 있었다. 아무 말도 하지 않는 부인의 입술에는 마른번개가 억눌린 채 맴돌았으니, 분노를 터뜨리거나 분별없는 말을 하지 않으려 온 힘을 다하는 것이 느껴졌다. 분명 부인도 나에게 하고 싶은 말이, 감추고 있는 어떤 비밀이 있으며, 아마도 이 비밀은 남편의 비밀과 똑같은 것일 테지만, 다만 남편은 내 말이 무언가 선을 넘었다 싶을 때 무뚝뚝이 가로막으며 나를 내친다면, 부인은 대개 농담을 하거나 즉흥적인 장난을 걸어 더 말하지 못하게 얼버무렸다.

딱 한 번 부인에게서 무슨 말인가 들을 뻔한 적이 있었다. 아침이 되어 받아쓴 내용을 가져다주면서 이 설명이(말로*에 관한 묘사였다) 나를 얼마나 감동시켰는지 감격에 겨워 선생에게 털어놓지 않을 수 없었다. 열광에 뜨겁게 사로잡혀 경탄하면서 어느 누구도 이렇게 대가다운 묘사는 못할 것이라고 덧붙이자, 선생은 쌀쌀맞게 몸을 돌리고 입술을 깨물며 원고를 내던지더니 경멸하듯 중얼거렸다. "말도 안 되는 소리 그만하게! 대가다운 게 뭔 줄 알긴 하나?" (아마도 겸연쩍어 몸 둘 곳을 모르고 황급히 내뱉은) 이처럼 무뚝뚝한 말은 온종일 내 기분을 망치기에 충분했다. 나는 오후 한 시간을 부인과 단둘이 보내면서 느닷없이 일종의 히스테리를 부리며 부인의 두 손을 붙들었다. "말씀 좀 해주세요. 선생님이 왜 저를 미워하죠? 왜 저를 그렇게 경멸하죠? 제가 무슨 잘못을 했기에 한마디할 때마다 선생님은 그토록 짜증을 내시죠? 제가 어떻게 해야 하나요? 저 좀 도와주세요! 선생님이 저를 왜 싫어하는지―말씀 좀 해주세요. 부탁이에요."

내가 별안간 이렇게 격하게 감정을 터뜨리자 부인은 눈을 번득이며 노려보았다. "당신을 싫어한다고요?"―잇새로 웃음이 새어나왔다. 웃음이 얼마나 음산하고 날카롭게 가시 돋쳐 터져나오는지 나도 모르게 주춤 물러섰다. "당신을 싫어한다고요?" 부인은 다시 한번 말하고, 당

---

* 엘리자베스 시대의 유명한 극작가 크리스토퍼 말로가 동성애자였는지에 대해서는 논란이 분분하다. 하지만 분명한 사실은 말로가 『에드워드 2세』 등 여러 작품에서 동성애를 주제로 다루었다는 것이다.

황한 내 눈을 분노에 가득차 쏘아보았다. 그러고선 몸을 숙여 가까이 다가왔다—눈빛이 점점 부드러워지며 거의 연민으로 바뀌더니—갑자기 (처음으로) 내 머리를 어루만졌다. "당신은 정말로 어린애 같군요. 아무것도 눈치 못 채고 아무것도 못 보고 아무것도 모르는 어리석은 어린애 같아요. 그러는 게 나아요—그러지 않으면 당신은 더 불안해질 거예요."

그러더니 느닷없이 몸을 홱 돌렸다. 나는 마음을 진정시키려 했으나 헛수고였다. 찢고 나올 수 없는 악몽의 시커먼 자루 속에 꼼짝없이 갇힌 듯한 상태에서 수수께끼를 풀어내려 발버둥치며, 모순되는 감정의 불가사의한 혼란에서 깨어나려 애썼다.

넉 달이, 전혀 예상치 못했던 자기 고양과 변화의 시기가 그렇게 흘러갔다. 학기가 거의 끝나가고 방학이 가까워질수록 두려운 느낌이 들었다. 나는 연옥불로 정화되는 이곳 생활이 좋았으며, 고향집에서의 무미건조하고 비지성적인 생활은 추방이나 박탈처럼 여겨졌다. 중요한 작업 때문에 이곳에 머물러 있어야 한다고 부모님을 속일 계획을 몰래 꾸몄고, 선생에 대한 열망으로 여위어가는 현재 상태를 연장시키기 위해 거짓과 핑계를 교묘하게 엮어 짰다. 그러나 다른 곳으로 떠나야 할 시간이 이미 오래전에 운명으로 정해진 터였다. 그 시간이 내 머리 위에 눈에 보이지 않게 걸려 있었으니, 이는 흡사 청동 속에 숨어 있다가 난데없이 엄숙하게 울려 한가하게 거닐던 사람들에게 일하러 가거나 작별을 고하라 알리는 정오의 종소리와도 같았다.

그 운명의 저녁은 얼마나 아름답게, 얼마나 현혹적으로 아름답게 시작되었던가! 선생 부부와 함께 식사를 마친 뒤였다—창문은 열려 있었으며, 흰구름이 떠 있는 하늘에 어스름이 깃드는 광경이 어두운 창틀 사이로 서서히 밀려들었고, 창문에 장엄히 떠도는 반사광에서 무언가 포근하고 해맑은 기운이 퍼져나갔으니, 누구라도 이를 인상 깊게 느끼지 않을 수 없었다. 나와 부인은 평소보다 더 무심히 평화롭고 활기차게 환담을 나누었다. 선생은 우리 대화를 무시하며 침묵을 지켰지만, 그 침묵이 조용히 날개를 접고 우리 대화를 이끌고 있는 것 같았다. 나는 남몰래 곁눈질로 선생을 흘금거렸다. 그날 선생의 모습에는 무언가 기이하게 환해진 기운이, 그 여름날의 구름처럼 살짝 불안해하기는 하지만 전혀 안달하지는 않는 기색이 감돌았다. 이따금 선생은 포도주잔을 들어 햇빛에 비추어 보고 색을 음미했으며, 내가 즐거워하는 눈빛으로 이러한 제스처를 바라보자 가볍게 미소 짓고 나를 향해 잔을 올리며 건배를 청했다. 나는 선생의 얼굴이 그토록 해맑은 것을, 선생의 동작이 그렇게 차분하고 침착한 것을 본 적이 없었다. 선생은 거리에서 들려오는 음악을 듣거나 눈에 보이지 않는 대화에 귀기울이듯 짐짓 엄숙하고 행복하게 앉아 있었다. 평소 잔물결이 이는 양 쉴새없이 썰룩거리던 선생의 입술이 껍질을 벗긴 과일처럼 조용하고 잔잔했고, 이제 고요히 창문을 향해 돌린 선생의 이마는 포근하고 환한 빛이 반사되어 그 어느 때보다도 아름다워 보였다. 선생이 그렇게 만족스러워하는 모습을 보니 경이로웠다. 왜 저리 흐뭇해하실까? 맑은 여름 저녁의 반사광 때문일까? 가라앉은 분위기의 아늑함에서 어떤 쾌적한 기운이 선생에게 흘러든 것일까? 마음속에서 어떤 위로의 기운이 솟아난 것일까?—나로서는 알 수 없었다. 아무튼 펼쳐진 책을 읽듯 선생의 얼굴빛을 헤아리는 데 익숙한 내가 눈치챈 유일한 사실은, 이날

만은 자비로운 신이 선생의 가슴속 구김살과 주름살을 매끄럽게 펴주었다는 것이다.

희한할 만큼 엄숙한 태도는 이뿐이 아니었다. 선생은 이제 일어서서 늘 그랬듯 고갯짓으로 서재로 따라오라고 했는데, 급하게 걷던 평소와 달리 이번에는 기이할 정도로 근엄하게 걸음을 옮겼다. 그러다 다시 한번 몸을 돌려 마개를 따지 않은 포도주병을 찬장에서 꺼내―이 또한 평소와 달랐다―조심스럽게 서재로 들고 갔다. 나 못지않게 부인도 선생의 행동에서 무언가 기이한 점을 눈치챈 것 같았다. 부인은 바느질을 하다 말고 놀라 눈을 들더니, 나와 선생이 작업하러 들어가는 동안, 말없이, 호기심에 가득찬 눈길로, 전에 없이 차분한 선생의 태도를 눈여겨보았다.

늘 그랬듯 완전히 어두워진 서재에서 친숙한 어스름이 우리를 맞이했고, 등불만이 황금색 원을 드리워 차곡차곡 쌓인 채 우리를 기다리는 흰색 종이뭉치를 비추었다. 나는 평소의 내 자리에 앉아 원고의 마지막 몇 문장을 다시 낭송했다. 언제나 선생은 이러한 리듬이 소리굽쇠처럼 울려야만 이에 맞춰 기분을 조절하여 다시 열변을 쏟아낼 수 있었다. 하지만, 평소에는 내가 낭송을 마치자마자 곧바로 선생의 말이 울리기 시작했는데 이번에는 아니었다. 침묵이 방안 전체에 퍼졌고, 이는 긴장으로 변해 벽에 반사되면서 우리를 옥죄었다. 선생은 아직 집중을 못한 것 같았다. 신경이 예민해져 왔다갔다하는 발소리가 등뒤에서 들렸다. "다시 한번 읽어주게!"―기이하게도, 느닷없이 선생의 목소리가 불안하게 떨렸다. 나는 마지막 단락을 다시 읽었다. 선생은 내 말이 끝나자마자 불쑥 평소보다 더 빠르고 잘 짜인 구술을 시작했다. 다섯 문장 만에 장면이 구성되었다. 선생이 지금까지 설명한 것은 연극 태동의 문화적 전제 조건으로, 시대의 프레스코화요 역사의 개요도라 할 수 있었다. 이제 선생은 돌연 극장 자체로 말머리를 돌렸다. 마차를 타고 떠돌던 유랑극단이 마침내 터를 잡고 권리와 특권을 문서로 보증받은 보금자리를 지으니, 먼저 '로즈극장'과 '포춘극장'* 이 그것이고, 이 어설픈 판자 무대에서는 이에 못지않게 어설픈 연극이 공연돼요. 다음으로 극문학이 씩씩하게 성장하며 가슴이 떡 벌어짐에 따라 목수들은 그에 딱 맞는 판자 옷을 새로 짜 입혀요. 템스강변의 축축하고 쓸모없는 진흙 바닥에 말뚝을 박고 육중한 육각 탑이 있는 거대한 목조 무대를 세우니, 글로브극장이 그것이고, 바로 이 무대에서 거장 셰익스피어가 나타나죠. 붉은색 해적 깃발을 돛대 높이 매단 희한한 배가 바닷물에 떠밀려온 듯, 이 극장은 진흙 바닥에 단단히 닻을 내린 채 솟아 있어요. 일층석에는 저속한 관객이 항구에서 하던 대로 왁자지껄 몰려들고, 상층석에서는 고상한 관객이 아래를 내려다보며 배우들에게 미소 짓는가 하면 쓸데없는 잡담을 던지기도 하죠. 관객은 안달하며 시작을 재촉해요. 발을 굴러 쿵쿵대고, 칼자루로 마룻바닥을 요란하게 두드리자, 마침내 사상 처음으로 펄럭거리는 촛불 몇 개를 앞에 켜서 저속한 무대를 밝힌 가운데 대충 분장한 인물들이 등장해 즉흥극 같은 희극을 펼쳐요. 그때…… 나는 아직도 선생의 열변이 생생히 기억난다. "느닷없이 언어의 폭풍이 몰아쳐요. 바다가, 열정의 무한한 바다가 노호하며, 이 판자 무대로부터 인간의 감정이 숨쉬

---

* 각각 1587년과 1600년경 지어진 엘리자베스 시대 극장.

는 모든 시대와 모든 지역으로 핏물 같은 물결이 철썩철썩 밀려가, 무궁하며 무진하고 쾌활하며 비장하고 천태만상이면서도 인간 본연의 모습이 드러나요—이것이 잉글랜드의 극장이고, 셰익스피어의 연극이에요."

이처럼 열변이 고조되다가 갑자기 강연이 중단되었다. 길고 무거운 침묵이 찾아왔다. 불안해진 나는 고개를 돌렸다. 선생은 한 손으로 책상을 움켜잡고, 내가 익히 아는 기진맥진한 몸짓으로 서 있었다. 하지만 이번에는 꼼짝 않는 그 자세가 왠지 섬뜩하게 느껴졌다. 나는 선생에게 무슨 일이 생겼는지 근심되어 벌떡 일어나서 오늘은 그만하시겠느냐고 걱정스레 물었다. 선생은 숨을 멈추고 꼼짝 않은 채 뚫어지게 나를 쏘아볼 뿐이었다. 눈동자에 별빛이 다시 파랗게 반짝이며 떠오르고 굳어 있던 입술이 풀리더니, 선생이 나에게 다가왔다—"글쎄 아무것도 눈치채지 못했나?"—선생은 찬찬히 나를 뜯어보았다. "뭘요?" 나는 불안해 말을 더듬었다. 선생은 한숨을 내쉬더니 살며시 미소 지었다. 몇 달 만에 나는 따뜻하게 감싸주는 부드럽고 애정어린 눈빛을 다시 느꼈다. "1부가 완성되었네." 나는 기쁨의 환성을 간신히 억눌렀다. 깜짝 놀라 가슴이 뜨겁게 벅차올랐다. 나는 어떻게 이것을 알아채지 못할 수 있었을까? 그렇다, 전체 구조가 완성되어 태동기의 토대부터 형성기의 문턱까지 계단이 장엄히 솟아올랐으니, 이제 말로, 벤 존슨, 셰익스피어가 등장해 이 문턱을 당당하게 넘을 수 있게 된 것이다. 이 작품은 첫번째 기념일을 맞이했고, 나는 황급히 달려가 매수를 세어보았다. 이 1부는 잔글씨로 빼곡히 썼는데도 백칠십 매에 달했으며, 가장 난해한 부분이었다. 2부부터는 자유롭게 구성할 수 있는 반면 1부에서는 설명이 역사적 사료에 얽매일 수밖에 없었기 때문이다. 선생이 이 작품을, 선생의 작품을, 우리의 작품을 완성해낼 것은 분명했다!

내가 소리를 질렀는지, 기뻐서, 자랑스러워, 행복해서 서재를 돌며 춤을 췄는지—잘 모르겠다. 아무튼 감격하여 열광하며 예상치 못한 행동을 했음이 틀림없다. 내가 마지막 구절을 훑어보다가 서둘러 매수를 세고, 원고 뭉치를 들어 무게를 가늠하고, 사랑스레 쓰다듬고, 언제쯤 작품 전체를 완성할 수 있을지 성급히 헤아리며 몽상하는 것을, 선생은 미소어린 눈빛으로 내내 지켜보았다. 억눌러 깊이 숨긴 자신의 자부심이 나의 기쁨에 투영되는 것을 감동에 젖어 미소 지으며 바라보았다. 그런 뒤 천천히, 아주아주 가까이 다가와 두 손을 내밀어 내 손을 붙잡더니, 꼼짝도 않고 내 눈을 들여다보았다. 평소에는 연한 파란색이 움찔움찔 깜박이던 선생의 눈동자가 생기 넘치는 진한 파란색으로 차츰차츰 물들어갔다. 세상 모든 것 중에 오로지 바닷속 심해와 인간 감정의 심연만이 빚어낼 수 있는 색이었다. 이처럼 새파란 광채가 선생의 눈망울에서 솟아나와 환하게 빛나며 내 안으로 흘러들었다. 그 따뜻한 물결이 내 마음 깊이까지 잔잔히 밀려와 구석구석 흘러퍼지며 감정을 고조시켜 희한한 쾌감을 안겨주었으니, 분수처럼 샘솟는 기쁨으로 가슴이 한껏 부푸는 듯하고, 내 마음속에 이탈리아의 정오의 태양이 떠오르는 것 같았다. "나는 잘 아네." 선생의 목소리가 새파란 광채를 타고 울려퍼졌다. "자네가 없었다면 이 저작을 결코 시작할 수 없었다는 것을. 자네가 베푼 일을 결코 잊지 않겠네. 자네는 맥없는 나에게 활기를 북돋고, 흩어져 없어진 내 인생 중 아직 남아 있는 것을 구해주었네. 오로지 자네만이 그렇게 했어! 나를 위해 더 많은 일을 해준 사람은 아무도 없고, 나를 이토록 변함없이 도와준 사람은 어디도 없네. 그래서 나는 고마움을 자네에게…… 아니 이제부턴 이렇게 부르겠네, 너에게 전하려 해. 이리 와! 이제 한 시간 동안 형제처럼 지내자고!"

선생은 나를 책상으로 다정하게 이끌며 준비한 술병을 집어들었다. 술잔도 두 개 놓여 있었다. 분명한 감사의 뜻으로 선생은 나를 위해 이처럼 상징적인 술자리를 마련해놓았던 것이다. 나는 기쁨에 몸을 떨었다. 간절한 소원이 갑자기 성취될 때보다 마음속 감각이 심하게 혼란스러워지는 적은 없는 법이다. 그 징표, 이처럼 더없이 분명한 신뢰의 징표, 내가 자신도 모르게 염원해온 바로 그 징표, 선생은 고마움에 겨워 가장 훌륭한 그 징표를 찾아냈으니, 그것은 나를 형제처럼 너라고 부른 것이었고, 나이 차이가 큰데도 그 먼 거리를 뛰어넘었기에 그것이 내게는 일곱 곱절 소중하게 느껴졌다. 술병이 이미 쟁그랑거리고 있었다. 술병을 기울이며 내 불안한 감정을 영원히 달래고, 믿음에 젖어들 수 있을 거였다. 해맑게 떨리는 병소리처럼 내 마음속도 이미 환하게 울리고 있었으나—아주 작은 걸림돌 탓에 축제의 순간이 늦추어졌다. 술병이 코르크 마개로 막혀 있는데 하필 마개뽑이가 없었던 것이다. 선생이 마개뽑이를 가져오려 일어섰으나 내가 의중을 알아채고 한발 앞서 부리나케 식당으로 달려갔다—내 가슴이 마침내 진정되고, 선생의 애정이 더없이 명백히 확인되는 순간을 한시라도 빨리 맞고 싶었기 때문이다.

문을 지나 불 켜진 통로로 세차게 달려가다가 어둠 속에서 황급히 길을 비키는 물렁한 것과 부딪쳤다. 선생 부인이었다. 문에서 엿듣고 있었던 듯했다. 이상하게, 부인은 나에게 심하게 들이받혔는데 아무 소리도 내지 않고 말없이 물러섰으며 나도 꿈쩍 못하고 깜짝 놀란 채 입을 다물었다. 한동안 우리 두 사람은 말없이 서서, 부인은 엿듣는 현장을 들킨 것을, 나는 뜻밖의 장면을 보고 얼어붙은 것을 서로 부끄러워했다. 이내 어둠 속에서 나직한 발소리가 들리더니 불이 켜지고, 창백하고 도전적인 안색으로 찬장에 등을 기대고 있는 부인의 모습이 보였다. 나를 꼼꼼히 뜯어보는 부인의 눈빛은 심각했고, 꼼짝도 하지 않는 자세에는 경고와 위협이 어둡게 배어 있었다. 하지만 부인은 한마디도 하지 않았다.

신경이 곤두선 채 침침한 찬장을 한참 더듬어 마침내 마개뽑이를 찾았을 때 두 손이 떨려왔다. 또다시 부인을 지나쳐야 했는데, 눈을 들어 쳐다볼 때마다 광택을 낸 목재처럼 단단하고 어둡게 빛나며 노려보는 눈빛과 마주쳤다. 문에서 남몰래 엿듣다가 들켰다는 부끄러움은 찾아볼 수 없었다. 오히려 이제 쌀쌀맞고 단호하게 번쩍이는 그 눈빛은 도대체 영문을 알 수 없이 나를 위협했고, 고집스러운 태도는 이처럼 볼썽사납게 숨어 있는 곳에서 물러날 생각이 없으며 계속해서 엿듣고 지켜볼 요량임을 드러냈다. 이렇게 드센 의지에 나는 당황스러웠고, 이처럼 결연하게 경고하듯 쏘아보는 눈빛에 나도 모르게 몸이 움츠러들었다. 선생이 술병을 손에 들고 초조하게 기다리는 서재로 마침내 내가 허청허청 돌아왔을 때는 방금까지 한없이 치솟던 기쁨이 꽁꽁 얼어붙어 기이한 불안으로 바뀌어 있었다.

하지만 선생은, 선생은 얼마나 태평하게 나를 기다리고 있었으며,

얼마나 쾌활한 눈빛으로 나를 맞이했던가! 나는 선생의 침울한 이마에서 먹구름이 걷힌 이러한 모습을 보게 되기를 항상 꿈꾸어왔었다! 하지만 이제 선생이 처음으로 평온하게 빛나는 이마를 애정 깊게 나를 향해 돌리는데도, 나는 한마디도 나오지 않았다. 숨겨진 구멍으로 나의 은밀한 기쁨이 모조리 새어나가는 것 같았다. 선생이 스스럼없이 너라고 부르며 다시 한번 고맙다고 말하자, 혼란스러움과 심지어 부끄러움까지 느껴졌다. 우리가 술잔을 부딪치는 소리가 은빛으로 울렸다. 선생은 팔로 나를 다정하게 감싸 안락의자로 이끌었고, 우리가 마주앉았을 때 선생이 내 손에 살포시 손을 포갰다. 처음으로 선생의 아주 솔직하고 거리낌없는 감정이 느껴졌다. 하지만 나는 말이 나오지 않았다. 나도 모르게 문으로 흘금흘금 눈길을 던지며 부인이 아직도 거기서 엿듣고 있을지 모른다는 불안에 시달렸다. 부인이 훔쳐 듣고 있을 거라는, 선생이 나에게 건네는 말을 한마디도 빠뜨리지 않고 내가 하는 말을 한마디도 놓치지 않고 몰래 듣고 있을 거라는 생각이 떠나지 않았다. 그런데 왜 하필 오늘, 왜 하필 오늘 그러지? 선생이 따뜻한 눈빛으로 감싸주며 느닷없이 "너에게 오늘 내 이야기를, 내 젊은 시절 이야기를 들려주고 싶어"라고 말했을 때 나는 화들짝 놀라 그러지 말라고 사정하듯 손사래 치며 벌떡 일어났고, 그런 나를 선생은 의아하게 올려다보았다. "오늘은 안 돼요." 나는 더듬거렸다. "오늘은 안 돼요…… 죄송해요." 선생이 털어놓는 말을 엿들으려는 염탐꾼이 있는데, 그 사실을 선생에게 알려줄 수도 없다고 생각하니 너무 끔찍했다.

선생은 불안하게 나를 바라보았다. "무슨 일이야?" 살짝 기분이 상한 듯 물었다. "피곤해서요…… 죄송한데…… 별수가 없네요…… 제 생각에는," 나는 몸을 떨며 일어섰다―"제 생각에는 이제 가보는 게 나을 것 같아요." 나도 모르게 눈길이 선생을 지나 문으로, 아마도 질투에 사로잡힌 염탐꾼이 적의어린 호기심을 번득이며 숨어 있을 것으로 짐작되는 문설주로 향했다.

 선생도 안락의자에서 무겁게 몸을 일으켰다. 단박에 피로가 밀려든 선생의 얼굴에 그늘이 스쳤다. "정말로 가야겠어?…… 오늘…… 하필 오늘?" 선생이 내 손을 잡았다. 어떤 보이지 않는 힘에 이끌려 내 손이 무거워졌다. 갑작스레 선생이 무뚝뚝히 내 손을 놓아 돌처럼 떨어뜨렸다. "아쉽다." 실망해서 이렇게 내뱉었다. "언젠가 너랑 솔직하게 이야기를 나눌 날을 기다렸었는데! 아쉬워!" 일순 깊은 한숨이 새어나와 검은색 나비처럼 서재에서 너울거렸다. 나는 부끄러움과 도저히 설명할 길 없는 불안에 가득찼다. 허청허청 뒷걸음쳐 방을 나와 살그머니 문을 닫았다.

 나는 더듬더듬 간신히 방으로 올라가 침대에 몸을 던졌다. 하지만 잠이 오지 않았다. 내가 사는 층과 선생네가 사는 아래층 사이에는 얄따란 바닥판만 있음을, 두 층을 분리하는 것은 시커먼 방수 목조판뿐임을 이때만큼 분명히 깨달은 적이 없었다. 아래층에 있는 선생과 부인이 이 순간 깨어 있음을 나는 마술에라도 걸린 듯 예민해진 감각으로 알아챘으니, 선생은 아래층 서재에서 불안하게 왔다갔다하고, 그동안 부인은 어딘가 다른 곳에 말없이 앉아 있거나 유령처럼 떠다니며 엿듣고 있는 것이, 눈을 감아도 보였고 귀를 막아도 들렸다. 두 사람 모두 눈을 뜨고 있다는 게 느껴졌고, 두 사람이 깨어 있다는 생각이 들자 소름이 끼쳤다. 마치 악몽 같았다. 아주 무거운 침묵에 빠진 집 전체가 던지는 시커먼 그늘에 느닷없이 나는 가위눌렸다.

나는 이불을 걷어챘다. 두 손이 불처럼 뜨거웠다. 나는 도대체 어디로 휩쓸려든 것일까? 비밀이 가까이 다가왔다고, 비밀의 뜨거운 숨결이 얼굴에 닿았다고 여겼는데, 이제 비밀은 다시 멀어져 그 그늘만, 말없고 눈에 보이지 않는 그늘만 살랑이며 떠돌았다. 이 그늘이 집안에 음험하게 도사리고, 고양이처럼 발소리를 죽이며 살금살금 기어다니고, 절대로 사라지지 않고, 달려들었다가 물러나고, 털가죽으로 살짝 스치며 정전기를 일으켜 끊임없이 당혹감을 안겨주고, 온기를 품고서도 유령처럼 맴도는 것이 느껴졌다. 어둠 속에서 줄곧 선생의 따뜻하게 감싸주는 눈빛이 선생이 내민 손만큼 부드럽게 와닿았으나, 이와 다른 눈빛도, 위협과 놀람이 뒤섞인 부인의 매서운 눈빛도 느껴졌다. 내가 왜 이 부부의 비밀에 휩쓸려야 할까, 두 사람은 왜 내 눈을 가리고 나를 자신들의 열정 한복판에 세워놓을까? 자신들의 이해할 수 없는 알력 속으로 나를 몰아넣고 각자 자신의 분노와 증오의 불덩이를 내 감각 속에 밀어넣을까?

아직도 이마가 불덩이처럼 뜨거웠다. 나는 몸을 일으키고 창문을 열어젖혔다. 창밖에 도시가 한여름의 구름에 덮여 평화로이 잠들어 있었다. 아직 불빛이 새어나오는 창문도 있었는데, 그곳에 앉은 사람들은 평온한 대화를 나누며 오붓함을 즐기거나, 책을 읽거나 아늑한 음악을 들으며 마음을 따뜻이 덥히고 있을 것이었다. 흰색 창틀 너머 벌써 어둠에 덮인 곳에는 편안하게 꿈나라가 펼쳐지고 있을 것이었다. 이렇게 휴식하는 모든 지붕 위에는, 은색 달무리에 싸인 달처럼, 그윽한 고요가, 잔잔히 내려앉은 은은한 정적이 떠다니고, 시계탑에서 울리는 열한 번의 종소리가 때마침 이를 듣고 있거나 꿈에 잠겨 있는 사람의 귀에 사뿐히 떨어져내렸다. 오직 나만 이곳 집안에서 아직 잠을 이루지 못하고 기이한 생각들에 음산하게 포위되어 있는 느낌이었다. 이러한 상념들의 혼란스러운 속삭임을 알아들어보려고 마음속에서 어떤 감각이 갖은 애를 쓰고 있었다.

갑작스레 나는 소스라쳐 놀랐다. 층계에서 발소리가 나는 거 아냐? 귀를 쫑긋 세우며 일어섰다. 아닌 게 아니라, 누군가 눈먼 사람처럼 더듬거리며 허청걸음으로 조심스레 머뭇머뭇 계단을 올라오고 있었다. 닳아빠진 목재가 삐걱이고 덜컹대는 익숙한 소리가 들렸다. 나를 향해, 오직 나만을 향해 다가오는 발걸음이었다. 이곳 박공지붕 다락 층에는 귀먹은 주인 노파와 나 말고 아무도 살지 않는데, 노파는 오래전 잠들었고 누구도 맞아들인 적이 없었다. 선생일까? 아니었다. 걸려 넘어질 듯 급하게 걷는 선생의 걸음이 아니었다. 이 걸음은 머뭇거리며 한 계단 오를 때마다—지금도 또다시!—겁쟁이처럼 발을 끌었다. 침입자나 범죄자라면 이렇게 접근하겠지만 친구라면 그럴 리 없었다. 귀를 기울이며 어찌나 긴장했는지 이명까지 울렸다. 갑자기 오싹한 한기가 맨다리를 타고 올라왔.

문걸쇠가 나직이 딸각거렸다. 벌써 이자가, 이 섬뜩한 손님이 문에 이른 것이 틀림없었다. 맨발가락에 한줄기 가느다란 바람이 느껴지는 것으로 보아 바깥문이 열린 모양인데, 그 열쇠는 그 사람, 오직 그 사람, 나의 선생만이 가지고 있었다. 하지만 선생이라면—왜 이렇게 주저하고, 이렇게 낯설게 행동할까? 걱정되어 나를 살펴보러 온 것일까? 이 섬뜩한 손님은 지금 문밖 입구에서 왜 망설이고 있을까? 도둑처럼 살금살금 다가오던 발걸음이 갑자기 멈췄다. 나 역시 오싹해 몸이 굳었다. 비명을 질러야 할 것 같았지만, 목구멍이 달라붙어 열리지 않았다. 문을 열려 했지만, 두 발이 바닥에서 떨어지지 않았다. 이제 얇은 벽 하나만이 우리 두 사람을, 나와 섬뜩한 손님을 갈라놓고 있었으나, 이 사람도 나도 상대방을 향해 한 걸음도 다가가지 않았다.

그때 시계탑에서 종소리가 딱 한 번 울렸다. 열한시 십오분이었다. 그 종소리에 굳은 몸이 풀렸다. 나는 문을 열어젖혔다.

아닌 게 아니라, 거기 선생이 손에 촛불을 들고 서 있었다. 갑자기 활짝 문을 열어젖힌 탓에 바람이 일면서 촛불 불꽃이 파랗게 치솟고 선생이 꼼짝 않고 서 있는 자리에서 그림자가 펄럭펄럭 거인처럼 솟아올라 등뒤 벽에서 주정뱅이처럼 이리저리 비틀거렸다. 선생 자신도 나를 보자 몸을 움직였다. 갑작스레 불어온 바람에 잠에서 깨어 자신도 모르게 추위에 떨며 이불을 끌어당기는 사람처럼 팔다리를 움츠렸다. 그러고선 뒤로 물러섰다. 손에 든 촛불이 흔들리며 촛농이 흘렀다.

나는 새하얗게 질려 벌벌 떨었다. "무슨 일이에요?" 이렇게 웅얼거렸을 뿐이었다. 선생은 아무 말 없이 나를 바라보았다. 무슨 말인가 선생의 목구멍에 걸려 있었다. 마침내 선생이 촛불을 서랍장에 내려놓자, 박쥐처럼 퍼덕거리며 방안을 돌아다니던 그림자들이 곧바로 놀이를 그치고 잠잠해졌다. 이윽고 선생이 이렇게 더듬거렸다. "나는……
나는……"

다시금 목소리가 나오지 않았다. 선생은 마치 도둑질하다가 들키기라도 한 듯 서서 바다만 내려다보았다. 나는 속옷 바람으로 추위에 떨며, 선생은 몸을 굽히고 부끄러워 어쩔 줄 모르며, 이렇게 마주서서 이토록 불안에 떠는 게 견디기 힘들었다.

갑자기 선생의 연약한 형상이 휙 움직였다. 선생이 다가왔고, 음산하고 색정적인 미소가, 입술을 악다문 채 눈으로만 음험하게 흘리는 미소가, 낯선 가면 같은 미소가 일순간 비웃듯 나에게 꽂히더니—갈라진 뱀 혓바닥처럼 앙칼진 목소리가 튀어나왔다. "자네에게 이 말을 하러 왔네…… 너라고 부르지 않는 게 좋겠다고…… 그건…… 그건…… 학생과 선생 사이에는 어울리지 않으니까…… 이해하겠나? ……선을 지켜야 하거든…… 선을…… 선을."

그러면서 선생은 나를 노려보았다. 증오에 들끓어, 욕설을 퍼부으며 따귀라도 때리고 싶은 듯한 사악함에 가득차 자신도 모르게 손을 불끈 쥐고 있었다. 나는 비틀거리며 뒷걸음쳤다. 미친 것일까? 술에 취했을까? 선생은 주먹을 움켜쥐고 서 있었다. 나에게 덤벼들거나 얼굴을 갈기기라도 할 기세였다.

하지만 오싹함은 한순간뿐이었고, 쏘아보던 눈빛은 눈꺼풀 뒤로 수긋하게 물러갔다. 선생은 몸을 돌리고 사과하는 듯한 말을 중얼거리며 촛불을 집어들었다. 분부만 기다리는 시커먼 악마처럼, 바닥에 엎드려 있던 그림자가 다시 화다닥 일어나 빙글빙글 돌며 선생을 앞질러 문으로 나갔다. 내가 기운을 추슬러 할말을 생각해내기도 전에 선생도 그림자를 따라 떠났다. 문이 쾅 닫히고 선생이 허둥지둥 내딛는 걸음에 층계가 고통에 신음하듯 삐걱거렸다.

나는 이날 밤을 잊지 못할 것이다. 싸늘한 분노와 어쩔 줄 모르고 애태우는 절망이 번갈아 들이닥쳤다. 이런저런 생각이 주마등처럼 스치며 현란하게 뒤섞였다. 선생은 왜 나를 괴롭히는 거지? 나는 고통에 시달리며 몇 번이고 속으로 물었다. 왜 나를 그토록 미워하여, 한밤중에 층계를 살금살금 올라와, 적의를 띤 채 면전에서 그러한 모욕을 퍼부은 거야? 내가 선생에게 무슨 잘못을 했지? 어떻게 해야 하는 거지? 선생의 마음을 상하게 한 이유를 모르는데 어떻게 화해하지? 나는 애태우며 침대에 몸을 던졌고, 일어났다가 다시 이불로 파고 들었으나 내내 눈앞에는 유령 같은 형상이 어른거렸으니, 선생이 살금살금 다가와서는 내 앞에서 어쩔 줄 몰라하고, 그 등뒤에서는 괴물 같은 그림자가 신비하고 기이하게 벽에 비쳐 비틀거리는 모습이었다.

잠깐 얕은잠에 빠진 뒤 아침에 일어났을 때, 처음에는 꿈을 꾼 것이려니 생각하려 했다. 하지만 서랍장에 스테아린 촛농이 떨어진 자국이 둥글고 누렇게 눌어붙어 있었다. 소름끼치는 기억이 떠오르더니, 전날 밤 도둑처럼 살금살금 올라온 손님을 환하게 빛나는 방 한복판으로 자꾸만 불러냈다.

나는 오전 내내 밖으로 나가지 않았다. 선생과 마주칠 생각을 하니 기운이 꺾였다. 글을 쓰거나 책을 읽으려 했으나 아무것도 뜻대로 되지 않았다. 신경이 뿌리째 흔들려 당장이라도 부들부들 경련을 일으키며 흐느끼고 울부짖을 기세였다—손가락이 나뭇가지에 달라붙은 낯선 이파리처럼 떨리는 것을 보면서도 진정시키지 못했고, 힘줄이 끊어지기라도 한 듯 오금이 후들거렸다. 어떡하지? 어떡하지? 나는 기운이 다할 때까지 묻고 또 물었으니, 피가 관자놀이에서 펄떡거렸고 눈언저리가 시퍼레졌다. 하지만 자신감을 되찾지 않고는, 신경의 기운을 회복하지 않고는, 방에서 나갈 수도, 아래층으로 내려갈 수도, 선생과 느닷없이 마주칠 수도 없었다. 다시금 나는 침대에 몸을 던졌다. 배가 고픈데다 당혹스러워 씻지도 않고 번민에 빠졌다. 또다시 나의 감각들은 얄따란 바닥판을 꿰뚫고 아래층 상황을 짐작해보려 했다. 선생은 지금 어디에 앉아 있을까, 무엇을 하고 있을까, 나처럼 깨어 있을까, 나 자신처럼 절망하고 있을까?

정오가 되고도 여전히 혼란에 시달리며 열병을 앓듯 침대에 누워 있었는데, 마침내 층계에서 발소리가 들렸다. 온 신경에서 경보가 울렸다. 하지만 이 발걸음은 가볍게, 주저 없이, 한 번에 두 계단씩 날듯이 뛰어올랐고―이제 어느 손이 문을 두드렸다. 나는 벌떡 일어났으나 문을 열지는 않았다. "누구세요?"라고 물었다. "왜 식사하러 안 와요?" 선생 부인이 약간 화난 목소리로 말했다. "어디 아파요?"―"아뇨, 아뇨." 나는 당황하여 말을 더듬었다. "지금 가요, 지금 갑니다." 부랴부랴 옷을 챙겨 입고 아래층으로 내려가는 수밖에 없었다. 하지만 층계의 난간을 붙들어야 할 만큼 온몸이 비틀거렸다.

나는 식당으로 들어갔다. 음식이 두 자리에 차려져 있었고, 그중 한 자리에 선생의 부인이 앉아 기다리다가 불러야 오느냐고 가볍게 핀잔주며 인사를 건넸다. 선생이 늘 앉는 자리는 비어 있었다. 피가 머리로 솟구치는 것이 느껴졌다. 선생이 뜬금없이 나타나지 않는 것은 무슨 까닭일까? 얼굴을 마주하는 걸 나보다 더 두려워하는 것일까? 민망해하는 것일까? 앞으로 나와 함께 식사하고 싶지 않은 것일까? 마침내 나는 어렵사리 입을 열어 선생이 오지 않느냐고 물었.

부인이 깜짝 놀라며 눈길을 들어올렸다. "그이가 오늘 아침 떠난 거 몰랐나요?"—"떠났다고요?" 나는 더듬거렸다. "어디로요?" 부인의 얼굴이 금세 굳었다. "그이는 나에게 그런 것을 말해주는 법이 없어요. 아마도—늘 그렇듯 바람 쐬러 갔을 거예요." 그러더니 갑자기 나를 바라보면서 매섭게 물었다. "당신이 그걸 몰랐다고요? 그이가 어젯밤 직접 당신에게 올라가기에—작별인사를 하는 줄 알았는데요…… 희한하군요, 정말로 희한해…… 당신한테도 아무 말 하지 않았다니."

"저한테요?"—나는 단 한 마디만 외쳤을 뿐이었다. 말하기 부끄럽고 창피하지만, 이렇게 외치자 지난 몇 시간 동안 그토록 위태롭게 쌓여 있던 온갖 울분이 함께 끓어올랐다. 난데없이 흐느낌이, 경련이 일면서 사나운 울부짖음이 터져나왔다—혼란스러운 절망이 소용돌이치며 한덩어리로 뒤섞이더니, 말과 외침이 되어 폭포수처럼 왈칵왈칵 토해져나왔다. 나는 울었다. 아니, 몸부림쳤다. 히스테리컬하게 흐느끼며, 꾹꾹 쌓인 모든 고통을 씰룩이는 입에서 쏟아냈다. 떼쓰며 날뛰는 아이처럼 두 주먹으로 식탁을 마구 내리쳤고, 얼굴에 눈물을 비처럼 흘리며, 몇 주 동안 뇌우같이 내 마음에 떠돌던 울화를 미친듯 터뜨렸다. 이토록 사납게 분노를 쏟아내자 속이 후련해졌지만, 부인 앞에서 이렇게 감정을 드러낸 것이 한없이 부끄럽게 느껴졌다.

"이게 웬일이에요! 맙소사!" 부인은 화들짝 놀라 벌떡 일어섰다. 황급히 달려들어 나를 식탁에서 소파로 부축했다. "여기 누워요! 진정 좀 해요." 떨리는 내 몸이 아직도 이따금 들썩이는 동안 부인은 내 두 손을 어루만지고 머리칼을 쓰다듬었다. "자신을 괴롭히지 말아요, 롤란트—자신을 괴롭히지 말아요. 다 알아요. 이렇게 되리라 짐작하고 있었어요." 부인은 여전히 내 머리칼을 어루만졌다. 별안간 부인의 목소리가 차가워졌다. "그이가 사람을 얼마나 당혹스럽게 하는지도 잘 알아요. 그 누구보다 잘 알고말고요. 내 말 믿어요. 항상 당신에게 경고하려 했어요. 정작 그이도 기댈 데가 없는데, 당신이 그이에게 의지하는 것을 보고 말이에요―당신은 남편을 몰라요. 당신은 눈이 멀었어요. 어린애 같아요―아무것도 눈치채지 못해요. 심지어 오늘도, 오늘도 여전히 아무것도 알아채지 못해요. 어쩌면 오늘 처음으로 뭔가 알아채기 시작했을지 모르겠네요―그편이 그이에게도 당신에게도 좋지요."

부인은 몸을 숙여 다정히 나를 내려다보고 있었는데, 아득히 깊은 곳에서 부인의 말과 손길이 솟아나 나를 어루만져 달래고 고통을 잠재워주는 느낌이었다. 마침내, 마침내 연민의 숨결을 다시 느끼자 나는 위로를 얻었고, 마침내 여인의 애정어린 손길을, 모성애 가득한 손길을 다시 가까이 느끼자 더욱 그러했다. 어쩌면 나는 이러한 손길을 오랫동안 누리지 못하고 지냈으니, 이제 슬픔의 베일이 걷히고 살갑게 달래주는 여인의 동정을 받게 되자 고통의 한복판에 아늑한 위안이 찾아든 것이다. 하지만 이러한 발작으로 모든 것이 드러나고 이처럼 절망이 고스란히 노출되어 나는 얼마나 부끄러웠던가, 얼마나 창피했던가! 그럴 생각이 아니었지만, 간신히 몸을 일으켜 이번에는 물살이 몰아쳤다 멈추었다 하듯 고함을 쏟아내어 선생이 나에게 무슨 짓을 저질렀는지―선생이 얼마나 나를 밀어내고 박대하고 다시 잡아끌었는지, 아무 까닭 없이, 아무 이유 없이, 얼마나 나에게 차갑게 굴었는지―다시금 원망했고, 선생은 나를 괴롭히지만 나는 선생에게 애착을 느끼며, 나는 선생을 사랑하며 미워하고, 미워하며 사랑한다고 통곡했다. 또다시 내가 핏대를 올리기 시작해 부인은 다시금 나를 진정시켜야 했다. 또다시 내가 소파에서 기를 쓰고 일어서려 하자 부드러운 두 손이 가볍게 눌러 도로 눕혔다. 마침내 나는 조용해졌다. 부인은 기이하게 생각에 잠겨 침묵을 지켰다. 부인이 모든 것을 알고 있다는 것이, 어쩌면 나 자신보다 잘 알고 있다는 것이 느껴졌다.

　몇 분 동안 침묵이 우리를 하나로 이어주었다. 이윽고 부인이 일어섰다. "자―당신은 어린애처럼 지낼 만큼 지냈어요. 이제 다시 어른이 되어봐요. 식탁에 앉아 식사를 해요. 비극적인 일은 아무것도 일어나지 않았어요. 오해가 있었을 뿐이고, 곧 풀릴 거예요." 내가 뭐라고 반박하려 하자 부인은 단호히 덧붙였다. "오해는 풀릴 거예요. 당신 마음을 잡아끌어 혼란스럽게 하도록 내가 내버려두지 않을 테니까요. 그런 일은 끝나야 해요. 그이도 이제 감정을 억누르는 법을 좀 배워야 해요. 그이의 아슬아슬한 곡예의 상대가 되기에 당신은 너무 아까운 사람이에요. 그이에게 알아듣게 말할게요. 나를 믿어줘요. 지금은 식사하러 가요."

　나는 부끄러워 순순히 식탁으로 다시 이끌려갔다. 부인은 대수롭지 않은 화제를 꺼내 약간 수다스럽게 떠들어댔고, 나는 부인에게 마음속 깊이 감사했으니, 내가 분에 못 이겨 터뜨린 울부짖음을 부인이 못 들은 척하고 벌써 다 잊은 듯했기 때문이었다. 이튿날은 일요일이라며, 자신은 W 강사와 그 약혼녀와 함께 가까운 호수로 소풍을 가려 하니 나도 함께 가서 기분을 북돋우고 책에서 해방되는 것이 좋겠다고 부인은 채근했다. 내가 몸이 불편한 것은 과로와 신경과민 때문이고, 수영이나 하이킹을 하면 금세 몸이 안정을 되찾으리라는 것이었다.

나는 가겠다고 약속했다. 지금처럼 외로이 방에 틀어박혀 어둠을 맴도는 생각에 빠져 있는 것만 아니라면 무엇이든 좋았다. "오늘 오후에도 집에 머물러 있지 말아요! 산책을 하고 실컷 달리고 마음껏 즐겨요!" 부인은 다시 독촉했다. '희한하군.' 나는 생각했다. '부인은 내 마음속 깊은 감정을 꿰뚫어보고 있어. 나에게 낯선 사람인데도 내가 무엇이 필요하며 어떤 아픔을 겪는지 항상 잘 알고 있어. 반면 선생은 나와 잘 아는 사이지만 내 심정을 알아주지 않고 산산조각내지.' 나는 부인에게 그러겠다고 약속했다. 고마운 마음으로 눈을 들자 새로운 얼굴이 보였다. 평소 당돌하고 멋대로인 소년 같은 인상을 주었던 비웃는 듯하고 생기 넘치는 표정이 사라지고 부드럽고 동정어린 눈빛이 반짝였다. 이렇게 진지한 부인의 모습은 본 적이 없었다. '선생은 어째서 나를 이처럼 온화하게 바라보지 않을까?' 마음속에서 혼란스러운 감정이 치솟는 것을 느끼며 나는 속으로 애타게 물었다. '어째서 내가 아픔을 겪는 것을 전혀 느끼지 못할까? 어째서 자비롭고 애정어린 손으로 내 머리칼을, 내 손을 쓰다듬어주지 않았을까?' 내가 고마워하며 손에 입을 맞추자, 부인은 불안해하며, 거의 뿌리치듯 손을 빼냈다. "자신을 괴롭히지 말아요." 부인이 다시 한번 이렇게 말하며 몸을 숙이자 목소리가 가까이 다가왔다.

하지만 다시금 매서운 표정이 입가에 감돌았고, 부인은 쌀쌀맞게 몸을 세우며 나직이 이렇게 내뱉었다. "내 말 믿어요. 그이는 그럴 만한 가치가 없는 사람이에요."

들릴락 말락 속삭인 이 말이 거의 가라앉았던 내 가슴에 다시 고통을 안겼다.

내가 그날 오후와 저녁에 저지른 일은 너무 우스꽝스럽고 유치하게 여겨져, 몇 년이 지나서도 이 일만 떠오르면 부끄러웠으니―이 일이 생각날 때마다 마음속 검열관이 허겁지겁 모든 것을 덮어버렸다. 하지만 이제는 그토록 어쭙잖고 아둔한 짓을 더이상 부끄러워하지 않는다―그러기는커녕 혼란스러운 열정에 걷잡을 수 없이 사로잡힌 청년이 자기 감정의 불안을 뛰어넘으려 안간힘을 다했던 사정을 깊이 이해한다.

나는 아득하게 긴 복도의 끝에서 망원경으로 바라보듯 나 자신을 돌아본다. 갈피 없이 절망에 빠진 청년은 방으로 올라와 스스로를 어떻게 주체해야 할지 모른다. 청년은 갑작스레 재킷을 걸친 뒤 정신을 바짝 차려 걸음새를 바꾸고 더없이 단호한 제스처를 취하더니, 느닷없이 힘차고 기운 넘치는 걸음으로 거리로 나간다. 그렇다, 이 청년이 나다. 나는 내 모습을 알아본다. 어리석고 안쓰럽고 고통에 시달리는 당시 이 청년의 생각을 나는 잘 안다. 별안간 거울까지 들여다보며 기운을 내어 이렇게 혼잣말한 것도 잘 안다. "선생에게 관심 없어! 악마나 물어가라지! 늙은 바보 때문에 내가 왜 나 자신을 괴롭히는 거지! 부인 말이 옳아. 재미있게 지내고, 마음껏 즐겨야지! 가자!"

아닌 게 아니라, 당시 나는 거리로 나갔다. 이는 해방을 위한 탈출이었다―그러다가 도주로 변했다. 아무리 즐기려 해봐야 도무지 즐겁지 않으며 단단한 빙산이 내 가슴을 여전히 무겁게 누르고 있다는 깨달음으로부터 비겁하게 도망치는 것으로 바뀌었다. 손에 묵직한 지팡이를 단단히 쥔 채 마주치는 학생마다 매섭게 노려보며 걸었던 것이 아직도 기억난다. 누구든 길을 막으면 다짜고짜 싸움을 벌이고 마수에 걸리기만 하면 꽉 막혀 휘도는 분노를 퍼붓고 싶다는 위험한 욕망이 마음속에 들끓었다. 하지만 다행히 아무도 나에게 주의를 돌리지 않았다. 그래서 학우들이 세미나가 끝나면 모여들곤 하는 카페로 걸음을 옮겨, 누가 부르지 않아도 테이블에 끼어 앉아 살짝 빈정거리기만 해도 이를 빌미로 시비를 걸려 했다. 하지만 이처럼 싸움질하려는 생각은 다시 헛수고가 되었다―화창한 날씨에 대부분은 소풍을 갔고, 카페에 앉아 있던 두세 학우는 상냥하게 인사를 건네 열에 들떠 흥분한 나에게 아무런 구실도 주지 않았다. 나는 분통이 치밀어 바로 일어나 이제 교외에 있는, 정말로 악명 높은 술집으로 갔다. 그곳에는 여성 악단의 음악이 떠나갈 듯 울리는 가운데 쾌락을 즐기는 소도시 인간말짜들이 맥주 거품과 담배 연기에 절어서 빽빽이 들어차 있었다. 나는 두세 잔을 단숨에 들이켰고, 평판이 좋지 않은 한 여자와 역시 화장이 짙고 비쩍 마른 화류계 여자인 그 친구를 테이블로 불러들여 눈살이 찌푸려지는 행동을 하는 데서 병적인 쾌감을 느꼈다. 이 좁은 도시에서 나를 모르는 사람은 없었다. 내가 교수의 제자라는 것을 누구나 알았다. 이 여자들 역시 도발적인 의상과 행동으로 본색을 분명히 드러냈다―나는 내 평판을 망가뜨려 선생의 체면도 깎아내리겠다는(아둔하게도 그렇게 생각했다) 유치하고 위악적인 쾌감을 즐겼다. 내가 선생에게 관심 없고, 더이상 신경쓰지 않는 것을 사람들이 보기를 바랐다―모두가 보는 앞에서 나는 가슴이 풍만한 이 여자들에게 더없이 추잡하고 음란하게 치근거렸다. 분노어린 사악함에 취했다가 곧장 정말로 만취했다. 우리는

감정의 혼란

포도주와 화주와 맥주 등 온갖 술을 닥치는 대로 퍼마시고 이리저리 난폭하게 부딪쳐, 의자가 바닥에 쓰러지고 옆 사람이 슬그머니 물러날 정도였다. 하지만 나는 부끄러워하기는커녕, 내가 선생에게 관심이 없음을, 아, 내가 슬프지도 않고 상심하지도 않았음을 선생이 알아야 한다고, 꼭 봐야 한다고 천방지축 날뛰었고—창피해하기는커녕, "포도주 가져와, 포도주!"라고 외치며 술잔들이 들썩이도록 주먹으로 테이블을 내리쳤다. 마침내 나는 두 여자와 함께 술집을 나왔다. 오른팔에 한 여자를, 왼팔에 다른 여자를 끼고 대로를 건넜다. 저녁 아홉시가 되어 평소처럼 산책 나온 대학생과 젊은 여자, 시민과 군인이 한 물결을 이루어 조용하고 편안하게 거닐고 있었다. 우리 세 사람이 지저분하고 흐늘거리는 세잎클로버처럼 차도에서 큰 소리로 소동을 피우자 화가 난 경찰이 다가와 조용히 하라고 호되게 야단쳤다. 그뒤 무슨 일이 일어났는지는 더이상 자세히 적을 수 없다—술냄새 풍기는 푸르스름한 안개가 기억을 부옇게 덮고 있기 때문이다—생각나는 일이라곤, 술 취한 두 여자가 역겨워지고 나 자신도 정신을 가누기 힘겨워 돈을 쥐여주고 여자들을 떠나보냈고, 어디선가 커피와 코냑을 마셨으며, 대학 건물 앞에서 교수들을 성토하는 일장연설을 늘어놓아 지나가는 청년들을 박장대소하게 했다는 것뿐이다. 그런 다음 내 얼굴에 더 먹칠을 하여 선생에게 치욕을 안기려는 막연한 본능에 이끌려 홍등가로 가려 했으나—혼란스러운 열정에 사로잡혀 분노한 나머지 떠오른 미치광이 같은 생각이었다!—길을 찾지 못하고 마침내 기분이 잡쳐 비틀거리며 집으로 돌아왔다. 벌벌 떨리는 손으로 힘겹게 문을 연 뒤 간신히 처음 몇 계단을 기어올랐다.

하지만 선생 집 문 앞에 이르자, 느닷없이 머리에 얼음물을 뒤집어쓴 듯 몽롱한 취기가 말끔히 달아났다. 별안간 정신이 말짱해져 속절없이 천방지축 날뛴 게 얼마나 어리석은 짓이었는지 똑똑히 깨달았다. 수치스러움에 온몸이 움츠러들었다. 매우 나직이, 두들겨맞은 개처럼 설설 기어, 아무에게도 들키지 않도록, 내 방으로 살금살금 올라갔다.

나는 죽은듯이 곤히 잤다. 깨어나보니 햇빛이 이미 바닥을 가득 채우고 느릿느릿 침대로 기어오르고 있었다. 단박에 침대를 박차고 나왔다. 골치가 쑤시며 어제저녁의 기억이 스멀스멀 떠올랐다. 하지만 부끄러움을 밀어냈다. 더는 부끄러움을 느끼고 싶지 않았다. 내가 이렇게 방탕에 빠진 것은 선생 잘못이라고, 오로지 선생 잘못이라고, 나 자신을 붙들고 설득하려 들었다. 어제 일은 그저 대학생의 장난에 지나지 않는다고, 날이 가고 달이 가도록 공부만 들이팠던 사람에게는 허용될 수 있는 일이라고 자신을 달랬다. 하지만 아무리 이렇게 합리화해도 마음이 편치 않았으니, 자못 불안해하며 기가 죽어서 선생 부인에게 내려갔다. 어제의 소풍 약속이 생각나서였다.

기이하게도, 선생 집 문손잡이를 잡자마자 선생이 마음속에 다시 떠오르면서 가슴을 저미는 듯 화끈거리는 고통이, 분노에 찬 절망이 치솟았다. 나직이 노크하자, 부인이 희한할 만큼 부드러운 눈빛으로 나를 맞았다. "무슨 무분별한 짓을 하는 거예요, 롤란트?" 비난보다는 동정이 어린 말투였다. "왜 그렇게 자신을 괴롭혀요?" 나는 당황하여 서 있었다. 나의 천방지축 바보짓이 벌써 부인의 귀에 들어간 것이었다.

하지만 부인은 곧바로 이 당혹감을 달래주었다. "오늘은 분별 있게 보내봐요. 열시에 W 강사와 그 약혼녀가 올 거예요. 그러면 야외로 나가 보트도 타고 수영도 하면서 어리석은 일은 모두 떨쳐버리는 거예요." 불안에 못 이겨, 나는 선생이 돌아왔느냐고 불필요한 질문을 던졌다. 부인은 대답 없이 나를 빤히 보았다. 공연한 질문이란 것은 나 자신도 알고 있었다.

정각 열시에 강사가 도착했다. 젊은 물리학자는 유대인으로 대학 사회에서 거의 외톨이이자, 역시 고립되어 사는 우리와 아직도 교류하는 유일한 인물이었다. 약혼녀가 따라왔는데, 약혼녀라기보다 애인으로 짐작되는 이 젊은 여인은 철없고 약간 멍청하게 연신 웃음을 터뜨렸지만, 바로 그래서 이러한 즉흥 나들이를 함께 하기에 딱 맞았다. 우리는 먼저 기차에 올라 근교의 작은 호수로 가면서 쉴새없이 먹고 떠들고 웃어댔는데, 여러 주 동안 정신을 집중해 진지하게 작업하느라 쾌활한 수다를 까맣게 잊고 있던 나는 이렇게 한 시간을 보내자 톡 쏘는 포도주라도 마신 듯 취해버렸다. 아닌 게 아니라, 이들의 유치하고 한껏 들뜬 행동 덕분에, 시커먼 꿀이 흐르는 벌집을 윙윙 맴도는 벌들처럼 늘 똑같은 생각에 골몰하던 나는 그 생각에서 벗어나게 되었다. 야외에 도착하여 젊은 여인과 뜻하지 않게 달리기 시합을 하며 근육의 감각을 되찾자마자, 나는 다시금 예전의 탄탄하고 걱정 없는 청년으로 되돌아갔다.

호숫가에서 우리는 노 젓는 보트를 두 척 빌렸다. 내가 노를 잡은 보트에는 선생 부인이 맞은편에 앉고, 다른 보트는 강사가 여자친구와 함께 노를 저었다. 보트가 출발하자마자 경쟁심이 불붙어 서로 앞지르려 했는데, 나는 불리할 수밖에 없었으니, 상대편에서는 두 사람이 노를 젓는 반면 나는 혼자서 이에 대항해야 했기 때문이다. 하지만 이런 경주에 익숙한 장정답게 재킷을 벗어던지고 안간힘을 다해 노를 저어, 우리 보트는 세차게 물살을 헤치며 이웃 보트보다 계속 앞서갔다. 격려 섞인 야유를 쉴새없이 주고받으며 서로 상대를 자극했고, 7월의 뙤약볕도 아랑곳없이, 온몸에 비 오듯 흐르는 땀에도 개의치 않고, 다들 경쟁심의 노예가 되어 갤리선의 억척스러운 노꾼처럼 젖 먹던 힘까지 다해 상대를 따돌리려 했다. 마침내 목적지가 다가왔다. 호숫가의 숲으로 덮인 작은 곶이었다. 다들 더욱 맹렬히 온 힘을 쏟았고, 나 못지않게 경주에 몰두하고 있던 나의 동승자에게 승리를 안기며, 우리 보트의 용골이 먼저 물가에 닿아 삐걱거렸다. 나는 보트에서 내렸다. 온몸이 뜨겁고, 땀범벅이 되고, 익숙지 않은 햇볕에, 흥분해 핏줄이 뛰는 소리에, 성공의 기쁨에 도취된 채였다. 가슴에서 심장이 고동쳤고, 옷은 땀에 젖어 몸에 찰싹 달라붙었다. 강사도 나보다 나을 게 없었다. 우리 둘은 악착같이 경쟁을 벌인 끝에 신이 난 여성들에게 칭찬을 받기는커녕, 자못 가련한 몰골로 헐떡인다며 실컷 놀림을 받았다. 마침내 두 여성은 우리에게 땀을 식힐 틈을 주었고, 농담이 오가는 와중에 즉석에서—수풀의 오른쪽이 남성 탈의장으로, 왼쪽이 여성 탈의장으로 정해졌다. 강사와 내가 재빨리 수영복을 입는 사이 수풀 너머에서는 새하얀 속옷과 맨살의 팔이 반짝이는가 싶더니, 우리가 준비를 마치기도 전에 어느새 두 여성은 첨벙거리며 기분좋게 물로 들어갔다. 강사는 혼자서 두 사람을 이겨낸 나만큼 피로에 지치지 않았으므로 곧바로 두 여성을 따라 뛰어들었다. 하지만 나는 너무 힘들여 노를 저은 탓에 갈비뼈 안에서 심장이 여전히 격렬히 고동치는 것이 느껴졌으니, 먼저 그늘에 여유롭게 드러누워 머리 위에 흘러가는 구름을 편안하게 바라보면서 온몸을 도는 핏속에 달콤한 피로가 물결처럼 퍼져가는 쾌감을 즐겼다.

하지만 몇 분 지나지 않아 물에서 힘차게 부르는 소리가 들렸다. "롤란트, 가자고요! 수영 시합 해요! 내기 수영 해요! 내기 자맥질 해요!" 나는 꿈쩍도 하지 않았다. 스며드는 햇빛으로 부드럽게 태운 피부를 살랑살랑 스치는 바람으로 서늘하게 식히며, 천년만년 이렇게 누워 있을 수 있을 것 같았다. 하지만 다시 웃음이 터지더니 강사의 목소리가 날아왔다. "저 친구가 개기네요! 우리가 저 친구의 진을 빼버렸군요! 저 게으름뱅이를 데려오세요." 아닌 게 아니라 첨벙거리며 누군가 다가오는 소리가 들리고, 이제 아주 가까이에서 부인의 목소리가 울렸다. "롤란트, 가자고요! 수영 시합 해요! 두 사람에게 한 수 가르쳐주자고요." 나는 대답하지 않았다. 부인이 나를 찾도록 내버려두는 것이 재미있었다. "어디 있어요?" 자갈 밟는 소리와 맨발로 물가를 걸으며 나를 찾는 소리가 들리는가 싶더니, 별안간 부인이 내 앞에 서 있었다. 소년같이 날씬한 몸에 젖은 수영복이 찰싹 달라붙어 있었다. "여기 있었군요. 참, 굼뜨기도 해라! 이제 가자고요, 이 게으름뱅이. 다른 사람들은 벌써 저쪽 섬에 거의 다 갔어요." 나는 편안하게 등을 대고 누워 느릿느릿 기지개를 켰다. "여기가 훨씬 아름다워요. 저는 나중에 따라 갈게요."

"이 사람이 가기 싫대요." 부인은 웃으며 손나팔을 만들어 물 쪽으로 크게 외쳤다. "그 허세꾼을 물속에 밀어넣어요." 멀리서 강사의 목소리가 되울렸다. "글쎄 이리 와요." 부인이 초조해하며 재촉했다. "내 꼴 우습게 만들지 말고요." 하지만 나는 굼뜨게 하품만 했다. 그러자 부인은 장난과 짜증이 섞인 태도로 수풀에서 가지를 꺾어 회초리를 만들었다. "가자고요!" 힘차게 다시 재촉하며 기운을 북돋우려는 듯 내 팔을 때렸다. 나는 깜짝 놀라 일어났다. 부인이 너무 세게 때렸던 것이다. 팔뚝에 피가 밴 빨간 줄이 가늘게 생겼다. "지금은 정말 가기 싫어요." 나 역시 장난기가 일고 은근히 화도 치밀어 이렇게 말했다. 하지만 이제 부인이 진짜로 성내며 호통쳤다. "이리 와요! 당장!" 내가 고집을 피우며 꿈쩍도 않자 부인은 다시 한번, 이번에는 더욱 힘을 주어 매섭고 쓰리게 때렸다. 나는 격분해 회초리를 빼앗으려 단박에 뛰어올라, 뒤로 물러서는 부인의 팔을 붙들었다. 회초리를 두고 실랑이를 하느라 거의 벌거벗은 두 몸이 우리도 모르게 서로 맞닿았다. 나는 팔을 붙들고 손목을 비틀어 회초리를 떨어뜨리게 하려 하고, 부인은 이를 피하며 몸을 뒤로 크게 젖히는 순간, 느닷없이 딱 소리가 나더니—부인의 수영복 어깨끈 고리가 부러져 왼쪽 옷자락이 흘러내리며 가슴이 드러났고, 빳빳한 붉은색 젖꼭지가 내 눈을 찔렀다. 한순간이나마 나도 모르게 이를 보게 되자, 당황한 나머지 몸이 떨리고 부끄러워 움켜쥐고 있던 부인의 손을 놓아주었다. 얼굴이 발개진 부인은 몸을 돌리고 머리핀을 빼 부러진 고리를 임시방편으로 묶었다. 나는 우두커니 선 채 아무 말도 하지 못했다. 부인도 입을 열지 않았다. 이 순간부터 우리 두 사람 사이에 답답하고 숨막히는 불안이 감돌았다.

"이봐요⋯⋯ 이봐요⋯⋯ 도대체 어디들 있어요?"—작은 섬 앞에서 목소리가 들려왔다. "예, 이제 가요." 나는 서둘러 대답하고, 새로운 혼란에서 벗어나게 된 것을 다행으로 여기며 힘차게 물속으로 뛰어들었다. 몇 번 자맥질하고 쾌감에 도취된 채 팔을 저어 나아가며 감정 없는 물의 깨끗함과 차가움을 느끼자, 위험하게 들끓어 흐르던 피가 더 진하고 순수한 쾌감에 밀려 단숨에 씻겨나가는 것 같았다. 나는 곧 강사와 약혼녀를 따라잡았고, 약골인 강사에게 여러 번 시합을 청해 승리를 거두었다. 우리가 곶으로 돌아오자 그곳에 머물러 있던 두 여성은 이미 옷을 입은 채 우리를 기다리고 있었고, 곧 다 같이 바구니에서 음식을 꺼내 야외에서 즐거운 야유회를 벌였다. 우리 네 사람은 한껏 들떠 농담을 주고받았지만, 부인과 나는 은연중에 대화를 피했고, 떠들고 웃으면서도 서로 못 본 척했다. 눈이 마주치면 말없는 가운데 똑같은 감정을 느끼며 금세 옆으로 돌렸다. 돌발 사건이 불러온 어색함이 아직 풀리지 않은 터였으니, 서로 상대방이 그 사건을 기억하고 있음을 느끼며 민망해하고 불안해했다.

　오후는 또다시 보트 경주를 벌이며 시간이 빠르게 흘러갔지만, 경쟁의 격정적 열기가 가라앉으면서 기분좋은 피로가 점점 밀려왔다. 포도주, 더위, 온몸으로 흡수한 햇볕이 핏속으로 점점 깊이 스며들자 피가 더 붉게 흘렀다. 강사와 여자친구가 가벼운 애무를 시작하여 나와 부인은 자못 거북하게 이를 견뎌내야 했다. 두 사람이 점점 가까이 다가갈수록 우리는 불안에 젖어 거리를 유지했다. 하지만 기분이 고조된 두 약혼자가 방해받지 않고 키스하고 싶은 듯 오솔길에서 뒤처지자 부인과 내가 한 쌍이라는 것이 더욱 명백히 의식되었고, 이렇게 둘만 걷는 동안 쑥스러운 나머지 대화가 자꾸 막혔다. 이윽고 우리 네 사람은 다시 기차에 올라타서야 모두 만족했다. 두 약혼자는 신혼부부처럼 저녁을 보낼 기대에 부풀었고, 나와 부인은 마침내 거북한 상황에서 벗어날 수 있어 안도했다.

강사와 여자친구가 우리를 집까지 바래다주었다. 우리는 단둘이 층계를 올랐다. 건물 안으로 들어서자마자 선생이 있을 것 같은 느낌이 다시 들면서 고통과 애타는 혼란이 일었다. '이제 돌아와 계셨으면!' 나는 초조하게 생각했다. 내가 내쉬지도 않은 한숨을 부인은 입술만 보고도 읽어낸 듯 말했다. "그이가 돌아왔는지 보자고요."

우리는 안으로 들어갔다. 집은 조용했다. 선생의 서재에는 모든 것이 쓸쓸히 남겨져 있었다. 나도 모르게 감정이 북받쳐 빈 의자에 선생의 음울하고 비극적인 모습을 그려넣었다. 손대지 않은 채 놓여 있는 원고도 나처럼 기다림에 젖어 있었다. 그러자 또다시 울화가 치밀었다. 선생은 왜 도망쳤을까? 왜 나를 혼자 남겨둔 걸까? 질투에 싸인 분노가 점점 격렬히 목구멍으로 치솟았고, 선생에게 무언가 사악한 짓을, 증오에 가득찬 짓을 저지르고 싶다는 미련하고 혼란스러운 욕망이 다시금 슬그머니 들끓었다.

부인이 나를 따라왔다. "저녁식사 때까지 여기 머무를 거죠? 오늘은 혼자 있으면 안 돼요." 내가 빈방에 앉아 층계가 삐걱거리는 소리를 들으며 지난 일을 골똘히 되새기기를 두려워한다는 사실을 부인은 어떻게 알았을까? 부인은 항상 내 마음속을 샅샅이 알아챘다. 말하지 않은 생각도, 사악한 욕망도 낱낱이 눈치챘다.

왠지 모를 불안감이 나를 덮쳤다. 나 자신에 대한 불안감, 마음속에 혼란스럽게 감도는 증오에 대한 불안감이었다. 나는 부인의 권유를 거절하고 싶었다. 하지만 비겁하게도 싫다고 말할 용기를 내지 못했다.

나는 오래전부터 간통을 혐오했다. 독선적 도덕관이 있어서도 아니고, 고상하거나 정숙해서도 아니고, 간통이란 어둠을 틈타 도둑질하듯 다른 사람 소유의 육체를 차지하는 행위라서도 아니다. 간통의 순간에는 거의 모든 여성이 남편의 가장 은밀한 비밀을 누설하기 때문이다—어떤 간통녀든 오쟁이 진 남편의 가장 내밀한 비밀을 훔쳐내어 강점이나 약점에 얽힌 비밀을 다른 남자에게 던져주는 델릴라*가 되기 마련이다. 내가 생각하기에 배신이란 여성이 자신의 몸을 내주는 것이 아니라, 그럴 때마다 자신을 정당화하기 위해 남편의 치부를 가리는 속옷을 들어올려 잠에 곯아떨어진 듯 아무것도 모르는 남편을 다른 남자의 호기심과 비웃음거리로 만드는 것이다.

따라서 오늘날도 내가 나 자신의 일생에서 가장 비열하고 천박한 짓으로 여기는 것은, 처음에는 연민만을 보이던 부인이 이제 살갑게 껴안아주자—한 감정이 다른 감정으로 급속히 바뀐 것부터 불길했다—당시 들끓는 분노에 절망하여 혼란에 빠진 내가 부인 품으로 도망친 일이 아니라(이는 의지와 관계없이 일어났으며, 둘 다 알지도 의식하지도 못한 채 이 불타는 나락으로 떨어졌다), 열기로 뜨거워진 베개에 머리를 댄 채 선생의 기밀을 이야기하게 하고 흥분한 부인이 결혼생활의 내막을 누설하도록 놔둔 일이다. 부인이 여러 해 전부터 선생이 자신과의 육체관계를 피하고 있다며 어렴풋한 암시를 늘어놓는데도 나

---

* 구약성서 「판관기」 16장에 따르면 삼손의 연인인 델릴라는 블레셋 사람들의 꾐에 빠져 삼손의 머리털을 잘라 힘을 못 쓰게 만들었다.

는 왜 부인을 밀어내지 않고 내버려두었을까? 왜 선생의 성생활과 관련된 내막을 말하지 말라고 엄하게 이르지 못했을까? 나는 선생의 비밀을 열망했기에, 선생이 나에게, 부인에게, 모든 사람에게 잘못이 있음을 확인하기를 갈망했기에, 남편에게 무시당하고 있다는 부인의 분노에 가득찬 하소연을 황홀하게 듣고만 있었다―이것이 내쳐졌다고 느끼는 나 자신의 감정과 비슷했기 때문이었다! 이렇게 우리 두 사람은 혼란스러운 증오를 똑같이 품고 마치 사랑의 몸짓 같은 행위를 벌였으나, 육체가 서로를 탐하며 파고드는 동안 우리 두 사람은 계속 선생만 생각했고 선생 얘기만 입에 올렸다. 이따금 부인의 말에 마음이 아프기도 했으며, 내가 혐오하는 일에 휘말려 있는 것이 부끄럽기도 했다. 하지만 내 육체는 이제 의지력을 잃고 격렬히 쾌락에 탐닉했다. 나는 몸서리치며, 내가 가장 사랑하는 사람을 배반한 입술에 입을 맞추었다.

다음날 아침 나는 방으로 살금살금 올라왔다. 역겹고 부끄러워 혀가 쓰렸다. 부인의 육체가 주는 온기에 더이상 내 감각이 흐려지지 않게 되자마자, 내가 배반을 했다는 명백한 현실이 혐오스럽게 다가왔다. 두 번 다시 선생 앞에 나설 수 없으며, 선생의 손을 잡을 수 없다는 것을 곧장 깨달았다. 나는 내게 가장 소중한 것을 선생에게서가 아니라 나 자신에게서 앗아간 것이었다.

구원책은 단 하나, 도망치는 것뿐이었다. 열에 들뜬 듯 나는 짐을 모조리 챙기고, 책을 쌓아 묶고, 주인 노파에게 방세를 지불했다. 선생이 나를 찾을 수 있어서는 안 되었으니, 선생이 나에게 그랬던 것처럼 나도 이유 없이 비밀리에 사라져야 했다.

부지런히 짐을 싸는 중에 갑자기 손이 굳었다. 나무 층계가 삐걱거리는가 싶더니, 층계를 급히 오르는 발소리가 들렸다—선생의 발소리였다.

내가 사색이 되었음이 틀림없다. 선생이 들어오자마자 소스라치게 놀랐던 것이다. "무슨 일이야, 젊은 친구? 어디 아파?"

나는 뒤로 물러섰다. 다가와 나를 부축해주려는 선생을 피했다.

"무슨 일이야?" 선생이 놀라 물었다. "무슨 일 있었어? 아니면…… 아니면…… 아직도 나에게 화가 안 풀렸어?"

나는 경련하며 창문을 붙들었다. 차마 선생을 바라볼 수 없었다. 선생의 동정어린 따스한 목소리가 내 마음속의 상처 같은 것을 헤집었고, 나는 정신이 가물가물해져, 마음속에 부끄러움이 북받치는 것을, 부끄러움이 달아올라 치솟으며 뜨겁게, 아주 뜨겁게 불타올라 재가 되는 것을 느꼈다.

하지만 선생도 놀라고 당황한 채 서 있었다. 갑자기—아주 나직하게, 무척 주저하며, 수긋하게 내리깐 목소리로—기이한 질문을 속삭였다. "너에게…… 너에게 누군가…… 나에 관해 무슨 말을 했니?"

나는 선생에게로 몸을 돌리지 않은 채 아니라고 고개를 저었다. 하지만 선생은 어떤 불안한 생각에 사로잡힌 듯 끈질기게 다시 물었다.

"말해줘…… 털어놔봐…… 누군가 나에 관해 무슨 말을 했다고…… 누군가, 그게 누구냐고 묻지는 않을게."

나는 다시 고개를 가로저었다. 선생은 어쩔 줄 모르고 서 있었다. 하지만 트렁크가 꾸려지고 책이 한데 묶여 있으며 자신이 들이닥치는 바람에 내가 떠날 준비를 마치지 못하고 중단했음을 불현듯 알아챈 것 같았다. 흥분한 선생이 다가왔다. "떠나려고, 롤란트, 이제 보니 그러네…… 사실대로 말해줘."

나는 기운을 내어 말했다. "떠나야겠습니다…… 용서하세요…… 어떻게 말씀드려야 할지 모르겠으니…… 편지를 쓰겠습니다." 목이 메어 더이상 말이 나오지 않았고, 한마디 할 때마다 심장이 고동쳤다.

선생은 꼼짝 않고 서 있었다. 갑자기 예의 피곤한 표정이 다시 얼굴을 뒤덮었다. "어쩌면 그게 나을지도 모르겠어, 롤란트…… 그래 맞아, 그게 더 나을 거야…… 너뿐 아니라 모두에게. 하지만 떠나기 전에 한 번만 이야기를 나누고 싶어. 평소처럼 일곱시에 내려와…… 작별인사를 나누자고, 남자 대 남자로…… 자기 자신에게서 도망치지 말고, 편지 따위도 쓰지 말자고…… 그건 유치하고 우리에게 어울리지 않아…… 너에게 말하고 싶은 것은 글로 옮길 수 없어…… 그럼 올 거지, 꼭 올 거지?"

나는 고개만 끄덕였다. 여전히 창문에서 눈길을 떼지 못한 채였다. 하지만 환한 아침햇살이 더이상 눈에 들어오지 않았으니, 나와 세상 사이에는 두텁고 어두운 베일이 드리워 있었다.

일곱시에 나는 정든 방에 마지막으로 발을 들여놓았다. 일찍 내린 어스름이 커튼을 적시며 흘러들어 구석 깊은 곳에서 대리석 조각상의 매끄러운 돌이 희미하게 빛났고, 자개처럼 반짝이는 책장 유리 너머 책들은 모조리 어둠에 잠겨 잠들어 있었다. 열변이 나에게 마법이 되어 어디서도 느낄 수 없는 정신적 도취와 황홀을 안겨주던 추억어린 비밀의 장소여—지금도 언제나 생생히 떠오른다. 작별의 순간의 네 정경이. 이제 안락의자 등받이에서 천천히, 천천히 몸을 일으켜 그림자처럼 내게 다가오는 선생의 모습이. 어둠 속에 설화석고로 만든 등불 같은 이마만 둥글게 반짝이고, 그 위에서 연기가 흩날리듯 나이든 남자의 희끗희끗한 곱슬머리가 물결친다. 이제 힘겹게 들어올린 손이, 아래에서 솟아오른 손이 내 손을 찾는다. 이제 진지한 눈길이 나를 향하고 있는 것이 보이고, 어느새 내 팔이 다정히 붙잡혀 내가 선생의 의자로 이끌리는 것이 느껴진다.

"앉아, 롤란트, 우리 깨끗이 털어놓자고. 우리는 남자니까 솔직해야 해. 강요하는 건 아니지만—마지막 순간인 만큼 우리 사이도 명확히 정리하는 게 낫겠지? 말해봐, 왜 떠나려는 거야? 어처구니없는 모욕을 당해 나에게 화가 났어?"

나는 아니라고 고개를 저었다. 선생이, 기만당하고 배신당한 선생이 잘못을 뒤집어쓰려 한다는 생각이 들자 끔찍했다!

"그게 아니라면 알게 모르게 내가 네 마음을 상하게 했니? 내가 가끔 별나다는 건 나도 알아. 본의 아니게 너를 화나게 하고 괴롭혔지. 네가 보여준 관심에 고맙다고 말한 적도 없고—나도 알아, 나도 알아. 네 마음을 아프게 했던 그 순간에도 항상 알고 있었어. 그런 이유로 떠나려는 거야?—말해봐, 롤란트—우리가 솔직히 말하고 작별했으면 좋겠으니까."

또다시 나는 고개를 가로저었다. 아무 말도 할 수 없었다. 선생의 목소리는 여전히 단호했지만, 이제 당혹스러운 기색을 띠기 시작했다.

"아니면…… 다시 한번 묻겠어…… 누군가 너에게…… 나에 관해 무슨 일인가 고자질했니…… 너는 그 일을 너는 비천하다고…… 혐오스럽다고 느끼고…… 그 일 때문에 나를 경멸하니?"

"아닙니다! 아니에요!…… 아니라고요!……" 그렇지 않다는 항변이 흐느낌처럼 솟구쳐나왔다. 내가 선생님을 경멸하다니요! 내가 선생님을!

이제 선생의 목소리가 초조해졌다. "그렇다면 무슨 이유로?…… 다른 무슨 이유로?…… 공부에 싫증이 난 거야?…… 뭔가 다른 사정으로 떠나는 거야?…… 여자…… 여자야?"

나는 침묵을 지켰다. 이렇게 침묵하는 태도가 평소와 매우 달라, 선생은 아마 이를 그렇다는 뜻으로 느낀 듯했다. 몸을 숙여 가까이 다가와, 아주 나직이, 하지만 흥분하지 않고, 전혀 흥분하거나 화내지 않고 속삭였다.

"여자지?…… 내 아내야?"

나는 여전히 침묵을 지켰다. 선생은 모든 것을 알아챘다. 등골에 소름이 끼쳤다. 이제, 이제, 이제 선생은 감정이 폭발해서, 나에게 달려들어, 나를 때리고 벌할 것이었다…… 나는…… 선생이 나를, 도둑을, 배신자를 매질하기를, 비루먹은 개처럼 매질해 더럽혀진 자신의 집에서 쫓아내기를 염원하다시피 했다. 하지만 희한하게도…… 선생은 꿈쩍 않고 가만히 있었다…… 안도의 한숨을 내쉬듯 생각에 잠겨 혼잣말을 중얼거렸다. "이렇게 될 거라 생각했어야 했는데." 선생은 방안을 두 번 왔다갔다했다. 그러더니 내 앞에 멈춰 서서 기가 찬다는 듯한 말투로 이렇게 물었다.

"그 일을…… 그 일을 그렇게 심각하게 여기는 거야? 아내가 말 안 해줬어? 아내는 하고 싶은 일을 자유롭게 하고, 원하는 것을 마음대로 갖고, 나는 아내에게 아무런 권한이 없다고…… 난 아무것도 금지할 권한이 없고, 금지하고 싶은 생각도 전혀 없어…… 아내가 무슨 이유로, 누구를 생각해서 감정을 억눌러야겠어? 더욱이 너에 대한 열정을…… 너는 젊고 훤한 미남이지…… 우리와 가까이 지냈고…… 아내가 어떻게 너를 사랑하지 않을 수 있겠어, 너는…… 미남이고 젊은데, 어떻게 너를 사랑하지 않을 수 있겠어…… 나……" 별안간 선생의 목소리가 떨리기 시작했다. 선생이 몸을 숙여 가까이, 숨결이 느껴질 만큼 매우 가까이 다가왔다. 다시금 선생의 따뜻하게 감싸주는 눈빛이, 선생과 나 사이에 드물게 기이한 순간이 찾아올 때면 그러했듯…… 또다시 그 희한한 빛이 느껴졌다. 선생이 점점 가까이 다가왔다.

그러더니 입술도 거의 달싹이지 않고 나직이 속삭였다. "나…… 나도 너를 사랑해."

내가 소스라쳐 벌떡 일어났던가? 나도 모르게 자지러져 뒤로 물러났던가? 아무튼 놀라거나 도망치는 듯한 제스처가 내 몸에서 먼저 튀어나왔음이 틀림없었다. 내가 밀어내기라도 한 듯 선생이 비틀거리며 물러섰던 것이다. 선생의 얼굴이 어두운 그늘에 덮였다. "이제 나를 경멸해?" 선생이 아주 나직이 물었다. "이제 내가 혐오스러워?"

당시 나는 왜 한마디도 못했을까? 사랑에 빠진 사람에게 다가가 부질없는 걱정을 씻어주지 않고, 무정하게, 당황해서, 멍하니, 말없이 앉아 있기만 했을까? 하지만 마음속에서는 모든 기억이 사납게 일렁였다. 파악할 수 없는 모든 메시지의 내용이 암호 하나로 단박에 풀린 듯, 이제 선생이 살갑게 다가온 일도, 무뚝뚝히 나를 물리친 일도, 모조리 끔찍할 만큼 명료하게 납득되었다. 그날 밤 나를 찾아온 일도, 내가 열광해 열정적으로 달려들면 악착같이 피한 일도 가슴 아프게 이해되었다. 사랑, 선생에게서는 항상 사랑이 느껴졌었다. 살갑고, 숫기 없고, 때로는 넘쳐흐르며 때로는 강력히 억제되는 사랑, 그 빛살이 스치듯 나에게 떨어질 때마다, 나는 사랑받기를 좋아하고 즐겼다―하지만 사랑이라는 말이, 이제 수염이 덥수룩한 입에서 관능적이고 애정어린 소리로 새어나오자, 어떤 오싹한 기운이 달콤하면서도 끔찍스럽게 관자놀이까지 울려퍼졌다. 선생에게 순종하며 연민하는 마음이 활활 타올랐으나, 나는, 기습당해 당황해서 벌벌 떠는 어린 나는, 선생이 예기치 않게 털어놓은 열정에 대꾸할 말을 찾지 못했다.

선생은 낭패한 듯 주저앉아, 침묵하는 나를 빤히 바라보았다. "이 일이 너에게 그리도 끔찍스러운 거군, 그리도 끔찍스러운 거야." 선생은 중얼거렸다. "너도…… 너도 나를 용서하지 않는 거지, 너에게 말하지 않으려 입술을 악다무느라 하마터면 질식할 뻔했는데, 다른 사람에게는 그러지 않았지만 너에게는 내 감정을 숨기고 있었는데…… 하지만 이제 네가 알았으니 잘됐어. 더이상 숨막힐 듯 답답하지 않아…… 그동안 너무 힘들었어…… 아, 너무 힘들었어…… 이렇게 말하지 않고 끙끙 앓는 것보다 끝내는 게 나아, 훨씬 나아……"

얼마나 슬픔에 가득차고, 애정과 부끄러움이 넘치는 말이었던가. 떨리는 말소리가 마음속 깊이까지 파고들었다. 나에게 그 누구보다 많은 가르침을 베풀어준 이 남자가 내 앞에서 이렇게 말도 안 되게 자신을 낮추고 있는데도, 내가 이처럼 냉정하게, 이처럼 무정하고 쌀쌀맞게 침묵을 지키고 있는 것이 부끄러웠다. 선생에게 위로의 말을 건네고 싶은 생각이 굴뚝같았지만, 입술이 떨리기만 할 뿐 떨어지지 않았다.

내가 그토록 당황하여, 그토록 딱하게 잔뜩 웅크린 채 안락의자에서 뭉그적거리고 있자, 선생이 거의 화내듯 채근하고 나섰다. "그렇게 가만히 앉아 있지 말고, 롤란트, 그렇게 소름 돋게 말없이 있지 말고······ 정신을 차리라고······ 이 일이 정말로 그렇게 무시무시해? 아직도 내가 그렇게 창피스러워?······ 이제 다 끝났어. 너에게 다 말했어······ 어쨌든 멋지게 작별하자고. 남자니까 남자답게, 친구니까 친구답게."

하지만 나는 여전히 마음을 추스르지 못했다. 선생이 내 팔을 잡았다. "이리 와, 롤란트, 곁에 앉아! ······네가 모든 것을 알게 돼서, 우리 사이에 마침내 모든 게 밝혀져서, 나는 마음이 가벼워······ 처음에는 늘 두려웠어, 내가 너를 얼마나 좋아하는지 네가 알아챌까봐······ 그뒤에는 네가 눈치채기를 바랐지, 내가 고백할 필요가 없도록 말이야······ 하지만 이제 일이 이렇게 되었으니 홀가분해······ 이제 나는 어느 누구에게도 못한 이야기를 너에게 할 수 있어. 지난 여러 해 동안 너는 그 누구보다 나와 가까웠으니까······ 나는 너를 그 누구보다 사랑했어······ 그 누구도 그러지 않았는데, 네가, 사랑하는 네가, 내 정신의 마지막 불꽃을 일깨웠어······ 그러니 작별을 하더라도 네가 어떤 다른 사람보다 나에 관해 더 많이 알았으면 좋겠어. 너와 함께 지내는 동안, 네가 질문을, 말없이 질문을 던지는 것을 뚜렷이 느꼈거든······ 너에게만 내 인생 전체를 알려주고 싶어. 내 이야기를 들어주겠어?"

내 눈빛에서, 당혹감과 동정심이 뒤섞인 내 눈빛에서 선생은 그러겠다는 뜻을 읽었다.

"그러면 가까이 와······ 이리로 나에게 가까이······ 이런 이야기를 큰 소리로 할 수는 없으니까." 나는 더없이 경건하게—몸을 숙였다.

하지만 내가 마주앉아 귀기울이며 기다리자 바로 선생은 도로 일어섰다. "아니, 이렇게는 안 되겠어…… 네가 나를 바라보면 안 돼…… 그러면…… 그러면 말 못해." 선생은 재빨리 불을 껐다.

어둠이 우리를 덮쳤다. 선생이 가까이 있는 것이 느껴졌다. 어딘가 보이지 않는 곳에서 가쁘게 색색거리는 숨소리가 들렸다. 갑자기 우리 사이에서 한 목소리가 솟구치더니 선생의 인생 전체를 이야기해주었다.

내가 가장 존경하는 이 남자가 꽉 닫힌 조개를 열어주듯 자신의 운명을 털어놓은 그날 저녁 이후로, 마흔 해 전의 그날 저녁 이후로, 수많은 작가와 시인이 책에서 특별한 일이라고 이야기하거나 배우들이 무대에서 비극적 사건이라고 연기한 모든 것이 나에게 유치하고 하찮게 보인다. 마음속 지하실이나 깊은 동굴이나 하수도에서는 열정이라는 진정한 야수가, 위험한 맹수가 인광을 뿜으며 돌아다니고, 온갖 기괴한 형태로 뒤얽혀 은밀히 짝짓기를 하거나 서로 갈기갈기 찢는데도, 작가나 시인은 감각이 숨김없이 법칙대로 작동하는 인생의 환한 껍데기만 그려내고 있으니, 이는 안이해서일까, 비겁해서일까, 안목이 좁아서일까? 악마 같은 충동이 내뱉는 뜨겁고 사나운 숨결이, 들끓는 피가 내뿜는 비린내가 무서워서일까? 두 손이, 너무나 고운 손이 인류의 곪은 상처에 더럽혀지는 것이 두려워서일까? 아니면 시인들의 눈길은 은은한 빛에 길들여 미끄럽고 이처럼 위험하고 썩어 문드러진 계단 아래를 내려다보지 못하는 것일까? 하지만 지혜로운 사람은 누구나 알다시피, 은밀한 일에서 느끼는 쾌감만큼 짜릿한 쾌감도, 위험한 일에 싸늘히 감도는 공포만큼 무섭고 오싹한 공포도, 부끄러워 드러낼 수 없는 고통만큼 성스러운 고통도 없는 법이다.

그런데 여기 한 인간이 완전히 벌거벗고 자신을 나에게 드러냈다. 여기 한 인간이 자신의 가슴속을 찢어발겨 박살나고, 중독되고, 불에 데고, 곪아터진 심장을 내보이기를 갈망했다. 몇 년이고 억눌러온 이러한 고백에서 사나운 쾌락이 스스로를 호되게 꾸짖는 모습은 채찍질 고행자*를 연상시켰다. 평생 부끄러워하며 고개를 숙인 채 속내를 감추고 지낸 사람만이 이처럼 도취에 휩싸여 그토록 가차없는 고백을 감행할 수 있으리라. 여기 한 인간이 가슴속에서 인생을 한 조각 한 조각 떼어내고 있었다. 그 순간, 어린 나는 인간 감정의 가늠할 수 없이 깊은 심연을 난생처음 내려다보았다.

처음에 선생의 목소리는 흥분에 가득찬 희부연 연기처럼, 비밀스러운 사건의 어렴풋한 암시처럼, 실체 없이 방안에서 일렁일 뿐이었다. 하지만 바로 이처럼 간신히 열정을 억누르는 기색에서 곧 들이칠 격정의 위력을 짐작할 수 있었다. 빠른 리듬이 나오기에 앞서 억지로 늦춘 박자가 들리면 신경에서 이미 격렬한 푸리오소**를 예감하듯 말이다. 이어 이미지들이 깜박거리기 시작하더니, 마음속에 몰아치는 열정을 타고 꿈틀꿈틀 솟아올라 차츰차츰 또렷하게 밝아졌다. 먼저 한 소년이 보였다. 숫기 없고 내성적인 소년이다. 친구들에게 한마디도 걸지 못하지만, 신체의 요구에 따라 혼란스러운 욕망에 사로잡혀 학교의 미소

---

* 13세기와 14세기에 나타났던 교파 또는 기독교 운동 무리로 자신을 채찍질하여 속죄에 이르려 했다.
** 열렬하게 연주하라는 의미의 음악 용어.

년들에게 열정을 다해 달려든다. 하지만 이 소년이 지나치게 살갑게 다가오자 한 미소년은 사정없이 밀어냈고, 다른 미소년은 소름끼칠 만큼 노골적으로 조롱했으며, 엎친 데 덮친 격으로 둘 모두 소년의 이상한 욕정을 다른 친구들이 다 알도록 까발렸다. 곧바로 비웃음과 업신여김을 퍼부으며 다들 한마음으로 작당해, 당황한 소년을 나병환자 취급하며 자기들끼리 즐겁게 노는 데서 내쫓는다. 날마다 학교에 가는 게 고역이 된다. 일찍이 낙인찍힌 소년은 밤마다 자기혐오에 번민한다. 따돌림당한 소년에게는 처음에는 꿈속에서만 또렷이 나타났던 자신의 이상한 욕정이 광기이자 치욕스러운 죄악으로 느껴진다.

이야기하는 목소리가 불안하게 흔들린다. 순간 어둠 속으로 스러질 것 같다. 하지만 목소리에서 다시 한숨이 일더니, 어둠침침한 연기 속에서 이제 새로운 이미지들이 깜박거리며 환영처럼 유령처럼 줄지어 솟아난다. 소년은 베를린에서 대학생이 되었다. 오랫동안 억눌러온 애욕을 베를린 뒷골목에서 난생처음 충족시킨다. 하지만 어두운 길모퉁이에서, 정거장이나 다리 밑 으슥한 곳에서 눈 깜박하는 사이 끝나는 만남을 이어가며 얼마나 역겨움에 진저리치고 불안에 가슴 졸이는가. 꿈틀거리는 욕망에 얼마나 가련해지고 도사린 위험에 얼마나 소름이 돋는가. 이러한 만남은 대개 비참하게도 협박으로 끝나며, 그럴 때마다 몇 주 동안 으스스한 공포가 달팽이가 지나간 자국처럼 끈적끈적 감겨오니! 그것은 빛과 그늘 사이의 지옥 길이다. 공부에 힘쓰는 환한 낮에는 정신세계에서 흘러나오는 수정처럼 맑은 물이 이 연구자를 깨끗이 정화하지만, 저녁이면 남자는 열정에 사로잡혀 교외의 인간말짜들에게, 경찰관의 피켈하우베*만 보면 달아나는 수상한 건달들의 모임에, 야릇한 미소를 지어야만 의심을 거두고 문을 열어주는 담배 연기 자욱한 맥줏집에 빠져든다. 철통같이 의지를 다져야만, 이러한 이중성을 조심스레 숨기며 하루하루 살아갈 수 있다. 메두사** 같은 비밀을 남이 못 보게 감추며, 낮에는 강사로서 진지하고 품위 있는 태도를 나무랄 데 없이 유지하다가, 밤이 되면 깜박거리는 가로등의 그늘에 파묻혀 수치스러운 연애를 벌이러 아무도 모르게 뒷골목을 배회할 수 있다. 고통받는 남자는 계속해서 마음을 다잡으며, 평범한 궤도에서 벗어나려는 열정을 다시 울타리 안으로 몰아넣으려 자신을 다스리고 채찍질하지만, 어둡고 위험한 일로 치닫는 충동에 계속해서 휩쓸린다. 치유할 수 없는 애욕이 눈에 보이지 않게 내뿜는 마력에 맞서 신경이 갈가리 찢어지도록 열 해, 열두 해, 열다섯 해 싸우건만, 그렇게 마음 졸이며 지내는 게 끔찍한 발버둥처럼 느껴진다. 즐거움을 모르고 즐기고, 숨막힐 듯 부끄러워하며, 자신의 열정이 드러날까 두려워 숫기 없이 눈꺼풀 뒤로 숨어드는 눈빛이 차츰차츰 어두워진다.

　마침내, 늦기는 했지만, 서른 살을 넘긴 뒤, 인생을 올바른 궤도로 올려놓으려 안간힘을 다한다. 어느 친척집에서 나중에 부인이 될 여성을 알게 된다. 이 어린 여인은 그의 성격의 신비스러움에 막연히 이끌려 진솔한 애정을 보인다. 이 여인의 소년 같은 육체와 젊고 생기 넘치는 행동에 처음으로 그의 열정이 현혹된다. 잠깐 사귀면서 여성적인 것에 대한 거부감을 이겨낸다. 난생처음 저항감이 잦아들자, 이러

---

* 정수리에 꼬챙이가 달려 있는 투구. 1843년 프로이센 군대에 도입되었으며 나중에는 경찰에서도 사용되었다.
** 고대 그리스 신화에서 메두사는 아름다운 여인과 무시무시한 괴물의 양면성을 보인다.

한 올바른 관계를 바탕으로 자신의 그릇된 애욕을 바로잡고 싶은 희망에 부풀어, 위험한 일에 빠져드는 마음속 징후를 막아주는 버팀목을 처음으로 찾아낸 김에 여기에 자신을 단단히 묶고 싶어 안달하며—모든 것을 솔직히 고백한 뒤—이 어린 여성과 결혼한다. 이제 끔찍스러운 영역으로 돌아가는 길을 틀어막았다고 생각한다. 몇 주 동안은 걱정 없이 지낸다. 하지만 곧 새로운 자극은 효과가 없음이 밝혀지고, 다시 본래의 욕망이 집요하고 강렬하게 솟아난다. 이제 환멸을 안기며 환멸을 느끼는 부인은 전시품 역할만 하며, 재발한 애욕을 사회에 숨기는 용도로 쓰인다. 다시금 그는 아슬아슬한 길로 접어들어 법과 사회의 언저리에서 위험한 어둠 속으로 빠져든다.

마음속 혼란에 특별한 고통이 더해진다. 이러한 애욕이 곧 저주인 직책에 선임된 것이다. 강사로, 곧이어 정교수로 임용되자 젊은이들과의 지속적인 접촉이 직무상 의무가 된다. 청춘의 싱싱한 꽃봉오리가, 프로이센의 법률이 지배하는 세상에도 보이지 않게 존재하는 김나시온*에서 청년들이, 숨결이 느껴질 만큼 가까이 다가와 유혹을 던지는 일이 계속 반복된다. 이들 모두는—새로운 저주다! 새로운 위험이다!—스승의 가면 뒤에 감춰진 에로스의 민낯을 알아채지 못하고 그를 열정적으로 사랑하며, 그의 (은밀히 떨리는) 손이 다정히 스치면 행복에 젖는다. 이들은 그에게 아낌없이 감격을 쏟아내지만, 그는 이들에 대한 감정을 끊임없이 억제해야 한다. 탄탈로스**의 고통이 따로 없

---

* 고대 그리스에서 청소년들이 벌거벗고 체력을 단련하던 시설로, 동성애가 성행했다.
** 그리스신화에서 제우스와 요정 플루토의 아들. 신들의 총애를 받았으나 교만에 빠져 신들에게서 넥타르와 암브로시아를 훔치고, 신들이 전지전능한지 시험하고자 막내아들

으니, 밀러드는 애욕을 차갑게 가라앉히고 자신의 성애와 결코 끝나지 않는 싸움을 끊임없이 벌여야 한다! 유혹에 무릎 꿇을 것 같다고 느껴질 때마다 그는 갑자기 도망쳤다. 이것이 바로 번개처럼 떠났다가 돌아와 당시 나를 매우 당황시켰던 일탈 행각이었다. 그가 자기 자신에게서 이처럼 도피해 으스스한 길을 걸은 까닭이, 오싹한 비탈길과 낭떠러지로 도피한 이유가 이제 이해되었다. 그는 항상 대도시로 가, 외진 곳에서 낯익은 사람들을 찾았다. 만나기만 해도 명예가 더럽혀지는 낮은 신분의 사람들이었고, 성스럽게 마음을 바치는 젊은이들이 아니라 몸을 파는 젊은이들이었다. 하지만 이러한 역겨움, 추잡함, 불쾌함, 환멸의 지독한 쓰라림을 겪어야만 학교로 돌아와 대학생들에게 친숙하게 에워싸여 있더라도 감각이 유혹을 견뎌내리라 확신할 수 있었다. 아, 얼마나 끔찍한 만남이었던가—그의 고백이 내 눈앞에 불러낸 인물들은 얼마나 유령 같으면서도 고약할 만큼 세속적인 사람들이었던가! 형식의 아름다움이 선천적으로 호흡처럼 필요했던 이 고귀한 정신의 남자가, 모든 감정의 순수한 거장이, 잘 아는 얼굴만 들여보내며 담배 연기가 자욱하게 타오르는 싸구려 술집에서 이 세상에 다시없을 굴욕을 겪어야 했다. 짙게 화장하고 산책로를 서성거리는 소년들의 뻔뻔스러운 요구, 향수 냄새를 풍기는 이발소 조수들의 달콤한 애무, 치마 입은 복장도착자들의 흥분 섞인 낄낄거림, 떠돌이 배우들의 게걸스러

펠롭스를 죽여 그 고기를 신들에게 대접한다. 이에 분노한 신들은 펠롭스를 다시 살려내고 탄탈로스를 늪과 같은 지옥에 떨어뜨린다. 이곳에서 그는 물이 턱까지 차오르는데도 마시지 못하고 나뭇가지에 과일이 주렁주렁 매달려 있는데도 먹지 못해 영원한 배고픔과 목마름에 시달린다.

운 돈 욕심, 입담배를 씹는 선원들의 거친 애정 표현을 맛보았다―이처럼 기형적이고 불안하고 도착적이고 기괴한 모든 형태를 띠면서, 길 잃고 헤매는 성애자들이 도시의 맨 밑바닥에서 서로를 찾고 알게 되는 것이다. 이렇게 미끄러운 길을 걸으며 온갖 굴욕이, 갖은 치욕과 폭력이 그에게 닥쳤다. 가진 것을 몽땅 털린 적도 여러 번이었다. (마부와 드잡이하기에 그는 너무 허약하고 너무 고결했다.) 시계도, 외투도 없이 교외의 형편없는 여관에 돌아와 함께 묵던 주정뱅이에게 비웃음까지 샀다. 공갈꾼들이 발뒤꿈치에 따라붙었다. 어떤 자는 대학까지 찾아와 몇 달 동안 가는 곳마다 쫓아다니고, 강의실 맨 앞줄에 뻔뻔스럽게 눌러앉아 비열한 미소를 던지며 온 도시가 아는 교수를 올려다보았으니, 교수는 이자가 친밀하게 눈을 찡긋거리는 모습에 가슴이 벌렁거려 간신히 강의를 이어갔다. 한번은―그가 이 일을 털어놓았을 때 나는 심장이 멎는 것 같았다―한밤중에 베를린의 한 악명 높은 술집에서 일당과 함께 경찰에 체포된 적도 있었다. 하급 관리가 지식인 앞에서 으스댈 기회가 생기면 그러듯 수염이 붉은 뚱뚱보 경사는 거들먹거들먹 비웃음을 던지며, 벌벌 떠는 그의 이름과 신분을 적고서 마침내 자비를 베풀 듯 일러주기를, 이번에는 처벌 없이 훈방하지만 이제부터 이름이 어딘가 명부에 올라 있을 것이라 했다. 선술집에 죽치고 앉아 있으면 결국 옷에 술냄새가 배어드는 법, 어디서 시작되었는지 모르겠지만 그가 사는 이 도시에도 차차 은밀한 소문이 번졌음이 틀림없었다. 학창시절 그랬던 것과 꼭 마찬가지로 동료 교수들이 건네는 말과 인사가 점점 대놓고 차가워졌고, 마침내 이 도시에서도 천생 외톨이는 투명 유리벽에 둘러싸여 이방인 취급을 받으며 모두에게서 고립되었다. 일곱 겹으로 잠긴 비밀의 집에 꼭꼭 숨어 사는데도* 여전히 염탐되어 정체가 탄로나는 듯 느껴졌다.

이렇게 고통받으며 불안해하는 마음은 순수한 친구가 베푸는 은총을 누려본 적이 없었다. 고결한 인간이 남성적인 강렬한 애정으로 따뜻이 화답해주는 은혜를 받아본 적이 없었다. 그는 항상 자신의 감정을 위와 아래로 나누어야 했다. 대학의 젊은 정신적 반려들과 나누는 은근하고 애가 타는 교류와, 어둠 속에서 몸을 샀다가 아침이 되어 생각하면 몸서리쳐지는 친구들과의 교제로 구분해야 했다. 늙어가도록 그는 순수한 애착을, 한 청년의 영혼을 다 바친 애정을 경험한 적이 한 번도 없었다. 환멸에 지치고 이처럼 가시덤불을 헤치느라 신경이 문드러져 체념한 그는 자신이 이미 땅속에 파묻혀 있다고 생각했다—그때 다시 한번 한 젊은이가 그의 인생으로 들어와, 늙어버린 그에게 열정적으로 다가와, 말과 행동으로 기꺼이 자기 자신을 바치며 그를 숭배했다. 이에 예기치 않게 압도된 그는 더이상 바라지 않던 기적에 소스라치게 놀랐고, 이처럼 순수하고 이처럼 순진하게 바치는 선물을 받을 자격이 없다고 느꼈다. 다시 한번 청춘의 전령이 찾아온 것이었다. 수려한 용모와 열정적 감각을 갖춘 이 젊은이는, 정신의 불길을 태우며 그에게 열광하고, 교감을 나누며 살갑게 따르고, 그의 애정을 갈망했지만 위험을 감지하지 못했다. 순진한 영혼에 에로스의 횃불을 밝히고, 순수한 바보 파르치팔**처럼 아무것도 모른 채 대담하게 몸을 숙여

---

* 벨기에의 시인이자 극작가 모리스 마테를링크의 희곡 「아리안과 푸른 수염」에는 끔찍한 비밀이 숨어 있는 일곱 개의 잠긴 문이 나온다.
** 볼프람 폰 에셴바흐가 중세 고지 독일어로 쓴 궁정서사시를 토대로 리하르트 바그너

독이 퍼진 상처를 가까이서 내려다보았으나, 이것이 마법으로 인한 저주라는 것도, 자신이 찾아온 것 자체가 치유라는 것도 알지 못했다—평생 기다렸던 전령이 너무 늦게, 저녁해가 거의 저문 무렵 집으로 찾아온 것이었다.

 이 인물을 묘사하며 어둠 속에서 목소리가 솟구쳤다. 환한 빛이 목소리를 정화하는 듯하고, 깊은 애정이 화음을 울리며 목소리에 음악을 입혀주는가 싶더니, 능란한 언어를 구사하는 입술이 이 젊은이를, 때늦게 찾아온 연인을 그려냈다. 나는 흥분해 함께 몸을 떨기도 하고 공감하며 행복에 젖기도 했으나, 느닷없이—망치로 심장을 맞은 듯한 느낌을 받았다. 선생이 입에 올리는 이 열렬한 젊은이는, 바로…… 바로……—부끄러워 뺨이 발개졌다—나였다. 불타는 거울에서 솟아나듯 내가 나타나는 것이 보였다. 나는 전혀 예기치 못한 사랑의 광채에 감싸여 있었으니, 그 사랑의 반사광만으로도 몸이 불타버릴 것 같았다. 그렇다, 그것은 나였다—나 자신을, 감격하여 달려드는 나의 행동방식을, 그에게 가까이 가려는 이러한 열광적 의욕을, 정신적인 것만으로는 충족되지 않는 황홀경에 대한 욕구를 나는 점점 가까이서 보게 되었고, 내가, 미련하고 거친 청년이, 제 능력을 알지 못한 채, 메마른 그의 마음속에 다시 한번 창조성이 샘솟도록 기운을 북돋고, 에로스의 횃불이 시들시들 꺼져버린 그의 영혼에 다시 한번 불을 붙인 것을 알게 되었다. 이제 내가, 숫기 없는 내가 그에게 어떤 존재인지 알아채

가 만든 동명의 오페라 속 인물. 이 오페라에서 성배 기사단장 암포르타스는 마법사 클링조르의 창에 찔려 큰 부상을 입는데, '순수한 바보' 파르치팔만이 암포르타스를 치유하고 구원할 수 있다.

고는 깜짝 놀랐다. 내가 달려들며 열광하는 것을 그는 늦은 나이에 찾아든 더없이 성스럽고 놀라운 사건으로 여기며 좋아했던 것이다—동시에 나를 물리치려는 그의 의지가 얼마나 강렬했는지 눈치채고는 몸서리쳤다. 그는 나에게서만은, 순수히 사랑한 연인에게서만은 비웃음을 사거나 밀어냄을 당하고 싶지 않았고, 육체적 욕구 때문에 모욕당하는 공포를 경험하고 싶지 않았으며, 잔인한 운명이 선사한 이 마지막 은총만은 관능의 쾌락과 유희에 바치고 싶지 않았던 것이다. 그래서 내가 달려들 때마다 악착같이 뿌리치고, 내 감정이 북받쳐 오르면 얼음같이 차갑게 비꼬는 말을 느닷없이 퍼붓고, 다정하고 상냥하게 말을 건네다가도 판에 박힌 차가운 말로 가슴을 찌르고, 살갑게 껴안으려 내밀던 손도 거두었다—오로지 나를 위해 그는 억지로 이처럼 냉혹한 태도를 보여 내 열광을 가라앉히고 자기 자신을 지켰지만, 이 때문에 내 영혼은 몇 주 동안 번뇌에 빠졌다. 그가 자신의 강렬한 관능을 못 이겨 삐걱거리는 층계를 몽유병자처럼 걸어올라왔다가 모욕적 말을 내뱉어 자기 자신과 우리의 우정을 구한 그날 밤의 어수선한 혼란스러움이 이제 나에게 소름 돋을 만큼 명료히 해명되었다. 몸서리치고, 감동하고, 열병에 걸린 듯 흥분하고, 연민에 젖어들어, 나는 그가 나를 위해 얼마나 고통받았으며 나를 위해 얼마나 처절하게 자신을 억눌렀는지 이해했다.

어둠 속의 이 목소리, 어둠 속의 이 목소리, 이 목소리가 내 가슴속 깊숙이 꿰뚫고 들어오는 것이 얼마나 뼈저리게 느껴졌던가! 그 목소리에는 내가 그전에, 아니 그전뿐 아니라 그후에도 한 번도 들어보지 못한 울림이 깃들어 있었으니—평범한 운명을 사는 사람은 결코 헤아릴 수 없는 심연에서 터져나오는 울림이었다. 백조는 죽을 때 단 한 번 목소리를 드높여 구슬피 노래할 수 있다는 전설*에서처럼, 그렇게 한 인간이 인생에 단 한 번 다른 인간에게 입을 연 뒤 영원히 입을 닫았다. 이토록 뜨겁게 토해져, 이토록 불처럼 파고드는 목소리를 가슴속에 받아들이며, 나는 고통스럽게 몸서리쳤다. 여자가 남자를 몸속에 맞아들이듯이……

느닷없이 이 목소리가 멎었고, 우리 사이에는 어둠만 가득했다. 선생이 가까이 있는 것이 느껴졌다. 내가 손을 들어 뻗기만 하면 선생에게 닿을 것 같았다. 이 고통받는 남자를 위로하고 싶다는 생각이 뜨겁게 치밀었다.

그때 이 남자가 움직였다. 불이 번쩍 켜졌다. 지치고, 늙고, 고통스러워하는 어떤 모습이 의자에서 기신기신 일어섰다—늙고 기운이 다한 남자가 천천히 나에게 다가왔다. "잘 가, 롤란트…… 우리 사이에 이제 더는 할 말이 없어. 네가 찾아와줘서 좋았어…… 네가 떠나는 게 우리 둘 모두에게 좋을 거야…… 잘 가…… 그럼…… 네게 작별 키스를 하게 해줘!"

마력에 끌린 듯 나는 선생에게 휘청거리며 다가갔다. 평소에는 자

---

* 그리스신화에서 리구리아 왕 키크노스는 친구이자 애인인 파에톤이 죽자 슬픔에 젖어 에리다누스 강변을 헤매고 다닌다. 신들은 이를 불쌍히 여겨 키크노스를 백조로 변하게 하는데, 키크노스는 슬픔에 못 이겨 죽으며 더없이 구슬프고 아름다운 노래를 부른다. 플라톤의 『파이돈』에서 소크라테스는 백조가 죽을 때 가장 아름답게 노래한다고 말한다. 이후에도 '백조의 노래'는 수많은 예술작품에서 언급되며, '거장의 마지막 걸작'을 뜻하는 말로 쓰인다.

욱한 연기에 가린 듯 가물거리던 눈빛이 이제 선생의 눈에서 이글이글 타올랐다. 너울대는 불길이 활활 치솟았다. 선생이 나를 가까이 끌어당겼다. 선생의 입술이 갈구하듯 내 입술을 짓눌렀다. 선생은 신경이 곤두서 움찔움찔 경련하며 내 몸을 바싹 끌어안았다.

어느 여자에게서도 받아본 적 없는 키스였다. 죽으며 지르는 비명처럼 격렬하고 필사적인 키스였다. 선생 몸의 부들거리는 경련이 나에게 옮겨왔다. 낯설면서도 무시무시하다는 두 겹의 감정에 사로잡혀 몸부림쳤다—내 영혼을 내맡겼지만, 남자의 몸이 닿자 육체가 역겨워하며 저항하는 것을 느끼고 마음속 깊이 흠칫 놀랐다—섬뜩하게 감정의 혼란이 일었고, 그러는 바람에 입술이 눌리는 순간이 아뜩하게 지속되며 길어졌다.

선생이 나를 놓아주더니—한몸을 억지로 확 잡아찢는 것 같았다—힘겹게 몸을 돌리고, 나에게 등을 보인 채 의자에 주저앉았다. 뻣뻣이 굳은 몸을 몇 분 동안 허공에 기대고 있었다. 하지만 차츰 머리가 너무 무겁게 느껴지는지 갈수록 맥없이 고개를 떨구었고, 지나치게 무거운 바위가 한참 동안 흔들리다가 갑자기 낭떠러지로 곤두박질치듯, 숙여진 이마가 둔탁한 소리를 내며 책상에 떨어졌다.

마음속에 끝없는 연민이 일렁였다. 나도 모르게 선생에게 다가갔다. 하지만 그때 고꾸라진 등이 다시금 부르르 일어나더니, 선생은 내 쪽으로 몸을 돌리고 두 손을 모아 만든 손나팔 사이로 목쉰 듯 칼칼한 신음을 위협하듯 내뱉었다. "저리 가!…… 저리 가!…… 오지 마!…… 가까이 오지 마!…… 제발…… 우리 두 사람을 위해…… 이제 가…… 가라고!"

나는 모든 것을 이해했다. 몸서리치며 뒷걸음쳤다. 도망치듯 정든 방을 빠져나왔다.

나는 두 번 다시 선생을 만나지 못했다. 편지나 소식을 받지도 못했다. 선생의 저서는 출간되지 않았고 선생의 이름도 잊혀, 나 외에 선생을 아는 사람은 아무도 없다. 하지만 아무것도 모르는 어린 청년일 때 그랬듯 오늘도 나는 사무치게 느낀다. 선생을 알기 전의 부모님보다, 선생을 만난 후의 아내와 자식보다, 이 세상 그 누구보다 선생에게 고마움을 품고 있다는 것을. 그 누구보다 선생을 사랑했다는 것을.

해설

인간 심리의 수수께끼

1981년 슈테판 츠바이크 탄생 100주년 기념우표를 발행하면서 오스트리아 우정청은 이 유대인 작가를 이렇게 소개한다.

슈테판 츠바이크는 1881년 11월 28일 빈에서 방직공장주의 아들로 태어났다. 그는 아버지의 사업을 이어받을 수 있었다. 하지만 정신적인 것에 더 관심을 기울였다. 김나지움 졸업 후 1899년 빈대학교에 입학해 심리학, 윤리학, 문학사를 전공했다. 1901년 첫 시집 『은빛 현』을 출간했다. 1904년 대학교를 졸업했다. 1902년 〈노이에 프라이에 프레세〉의 문예국장 테오도어 헤르츨을 알게 되어, 당시 오스트리아·헝가리제국에서 가장 영향력 있는 이 일간지에 기고를 시작했다. 이후 삼십오 년 동안 이 신문의 필자로 활동했다. 제

1차세계대전 이전에 상당수의 명작을 완성했고, 희곡 「바닷가의 집」 (1912)으로 바우어른펠트 문학상을 수상했다. 일차대전 이후 잘츠부르크에 정착하여 십오 년 동안 첫번째 아내와 함께 살았다. 이곳에서 역사물과 전기를 집필해 세계적인 명성을 얻었다. 나치의 집권과 함께 그의 인생에 비극적인 전환이 찾아왔다. 1940년 그는 두번째 아내와 함께 유럽을 떠나, 1941년부터 브라질의 리우데자네이루에 거주했다. 제2차세계대전의 상황에 낙담하고 비관해, 1942년 2월 23일 아내와 함께 생을 마감했다.

이 약력에서 츠바이크의 노벨레*에 대한 언급이 없는 것은 뜻밖이다. 츠바이크는 잘츠부르크에 거주하는 동안 발자크, 디킨스, 도스토옙스키에 관한 에세이 『세 거장』(1920), 빈의 부르크극장에서 초연된 희곡 「볼포네」(1926), 역사물 『인류사의 운명을 바꾼 순간』(1927), 역사 전기 『마리 앙투아네트』(1932) 등으로 엄청난 성공을 거두었다. 그러나 그의 노벨레들도 선풍적 관심을 끌었다. 「불타는 비밀」(1911)은 1914년부터 별권으로 출간되어 일 년 만에 만 부 이상 판매되었으며 1936년 나치 정권에 의해 금서가 되기까지 누적 인쇄 부수가 약 십칠만 부에 이르렀고, 「아모크 광인」(1922)과 「낯선 여인의 편지」(1922)는 츠바이크가 『어제의 세계』(1941)에서 회고한 바에 따르면 "장편소설이나 얻을 수 있는 인기"를 누렸으며, 「어느 여인의 인생의 스물네 시간」(1927)은 1931년부터 현재까지 아홉 번이나 영화화되었고, 「감

---

* 단편소설보다는 길고 장편소설보다는 짧으며, 괴테의 말에 따르면 "듣도 보도 못한 사건"을 다루고, 그 사건이 줄거리의 전환점이 되는 소설을 말한다.

정의 혼란」(1927)은 츠바이크의 동시대 독자들, 특히 동료 문필가들에게 크나큰 반향을 일으켰다.*

「불타는 비밀」은 츠바이크의 두번째 노벨레집 『첫 경험—네 편의 어린 시절 이야기』에 실려 있다. 이 노벨레집은 다음 서시로 시작한다.

오 어린 시절이여, 너 비좁은 감옥이여,
네 창살에 갇혀 나는 얼마나 자주 눈물 흘렸던가,
밖에서 청색과 금색 깃털을 반짝이며
이름 모를 새가 날아갈 때마다.

오 초조함의 밤이여, 내 손은 빗장을 열려다
찢기곤 했지 – 조급한 욕망의 떨림이
핏속에서 들끓는 게 느껴졌어—
마침내 빗장을 부수고 자유롭게 저멀리 나갈 때까지!

주위를 둘러보니 어느새 도망나와 있었어.
세상은 나의 것이었어! 해방된 감정은

---

* 슈테판 츠바이크는 독일에서 나치가 정권을 장악하기 이전에 네 권의 노벨레집을 출간했다. 첫 권을 제외한 노벨레집은 '사슬—노벨레 연작집 Die Kette. Ein Novellenkreis'이라는 공통된 부제가 붙어 한 시리즈로 출판되며, 이 시리즈의 1권 『첫 경험—네 편의 어린 시절 이야기』에서는 어린 시절 에로스에 눈뜨는 경험이, 2권 『아모크—열정의 노벨레들』에서는 중년기 인간의 욕동에 이끌린 행동이, 3권 『감정의 혼란—세 편의 노벨레』에서는 인생의 황혼기에 회고하는 과거의 열정이 주제로 다뤄진다.

수백 번의 열렬한 황홀경에 휩쓸려들었고.

이제 돌이켜 생각하면 종종 아쉬움이 남으니,
"오 첫새벽의 달콤한 불안이여!
오 그 시절로 돌아갈 수 있다면! 나는 얼마나 맑고 시원한 물 같았던가!"

이 시에서 시적 화자는 어린 시절을 "비좁은 감옥"이라 회고하고 "초조함"으로 밤을 지새우며 "빗장"을 열려 했던 "조급한 욕망"을 언급하지만, 마지막 연에서는 어린 시절을 잃은 데 대한 "아쉬움"을 드러내며 "오 그 시절로 돌아갈 수 있다면! 나는 얼마나 맑고 시원한 물 같았던가!"라고 말한다. 그 시절은 "이름 모를 새"로 은유되는 비밀로 가득하고, "첫새벽의 달콤한 불안"을 느끼며 순진무구함에서 벗어나 세상 이치를 깨닫던 시기였다.

「불타는 비밀」에서 주인공 에드가도 천진난만함에서 깨어나 남작과 엄마 사이에 어떤 관계가 싹트는 것을 어렴풋이 눈치챈다. 소년은 어른들의 "엄청난 비밀"을 알고 싶어 안달한다. 물론 독자는 이러한 수수께끼가 무엇인지 이미 잘 안다. 이 소설에서는 전지적 시점이 채택되어 화자가 세 인물의 심리를 속속들이 전달하므로 독자에게는 숨겨진 비밀이 아무것도 없다. 소년은 어머니와 남작의 수상한 행동의 의미를 이해하지 못하지만, 소년의 눈에 비친 두 사람의 행적을 통해 독자는 에로틱한 연애의 발전을 알아챌 수 있다. 마침내 에드가는 어머니에게서 벗어나 "광활한 미지의 세상"으로 떠나고 눈앞에서 펼쳐지는 "성性의 세계"*를 바라본 뒤 다시 어머니 품에 안기는 성장통을 겪으며, 이로써 자의식이 발달하기 시작한다. 이 소설에서 전지적 화자는 세밀한 심리묘사에 전념할 뿐만 아니라, 사회적 통념도 여과 없이 드러낸다. 연애를 "사냥"으로 여성을 "사냥감"으로 여기는 남작의 세계관과 여성으로서 욕망을 느끼지만 어머니로서 의무를 다해야 한다고 생각하는 어머니의 인생관을 고스란히 보여주며, 당대의 도덕에 대한 판단을 독자에게 맡긴다.

「불타는 비밀」은 1988년 앤드루 버킨 감독이 페이 더너웨이(어머니 역), 클라우스 마리아 브란다우어(남작 역) 등 호화 배역으로 영화화했으며(국내 개봉 제목은 '타버린 비밀'), 1956년 스탠리 큐브릭 감독도 영화제작 프로젝트를 기획했지만 실현시키지 못했다. 이 소설은 일찍이 1933년 로베르트 지오트마크 감독이 영화로 만든 바 있으나 독일에서는 상영이 금지되었는데, 츠바이크는 『어제의 세계』에서 그 연유를 이렇게 설명한다. 나치의 "제국 의사당 방화사건 다음날〔……〕영화관에 붙은 〈불타는 비밀〉이라는 포스터와 제목 앞으로 사람들이 모여들어 서로 눈을 찡긋하고 옆구리를 쿡쿡 찌르며 웃어댔다. 곧바로 게슈타포는 사람들이 이 제목을 보고 웃는 이유를 알아챘다. 〔……〕상영은 금지되고, 다음날부터는 나의 노벨레 「불타는 비밀」이 모든 신문광고, 모든 포스터 기둥에서 흔적 없이 사라져버렸다."

「아모크 광인」은 츠바이크의 세번째 노벨레집 『아모크―열정의 노

---

* 츠바이크의 프로이트 평전 『정신을 통한 치유』(1931)에 나오는 말.

벨레들』에 실려 있다. 이 노벨레집은 열정을 예찬하는 다음 서시 「열려라」로 시작한다.

열려라, 너 열정의 하계下界여,
꿈에 보이지만 생생히 느껴지는 모습들이여,
너희 입술을 내 입술에 뜨겁게 포개어라,
내 피에서 피를, 내 입에서 숨을 들이마셔라!

어스레한 어둠을 헤치고 나오라,
너희에게 그늘을 드리우는 고통을 부끄러워하지 마라!
사랑을 사랑하는 자는 사랑의 고뇌 없이 지낼 수 없나니,
너희를 번뇌에 빠뜨리는 감정이, 나를 너희와 하나되게 하나니.

나락에 떨어지는 열정만이
네 마지막 본성을 타오르게 하나니,
철저히 자신을 바치는 자에게만 완전히 자신이 주어지나니!

그러니 불타올라라! 네가 불붙을 때만,
네 마음속 깊은 곳 세계를 알게 될지니,
비밀이 작용하는 곳에서 비로소 인생이 시작되나니.

시적 자아는 열정에 사로잡힌 "하계"(잠재의식)의 "고통"과 "고뇌"를 드러내라 촉구하고, 나락에 떨어지는 열정만이 인간의 본성을 불태

울 수 있다고 역설하며, 이러한 "비밀이 작용하는 곳에서 비로소 인생이 시작"된다고 설파한다.

「아모크 광인」에서 열정은 아모크로 은유된다. 아모크란 한 개인이 오랫동안 곰곰이 생각에 잠겨 있다가 별안간 내달리며 사람이나 동물을 마구 죽이는 증상을 말한다. 과거에 이는 주로 말레이 문화에서 발행하는 광증으로 여겨졌으나, 현재는 전 세계의 수많은 국가와 문화에서 생겨나는 정신병질 행동으로 인식된다.

이 소설에서 속 이야기의 화자이자 주인공인 의사는 도도하고 쌀쌀맞은 여성을 만나면 사족을 못 쓰는 성향이 있는데, 안하무인인 영국인 부인을 보게 되자 열정이 불붙으며 이 여인을 굴복시키고 싶은 생각에 사로잡힌다. 하지만 의사가 성적 "욕망"을 드러내자마자 부인은 "업신여김이 가득한 웃음"을 터뜨린다. 의사는 자신의 "우스꽝스럽고 광기어린 행동"을 사과하고 부인에게 "도움"을 주기를 갈망하며 미친 듯이 여인을 쫓아간다. 의사는 자신을 "아모크 광인"으로 일컬으니, 아닌 게 아니라 자제력을 잃고 위험한 행동을 하며 극도의 긴장에 지쳐 기절하기에 이르고 마침내 자기 파멸로 치닫는 점에서, 의사는 "인간이 걸리는 일종의 광견병"인 아모크와 비슷한 증상을 보인다.

이러한 열정에 전염될 징후가 틀 이야기의 화자에게도 엿보인다. 이 화자는 "낮과 밤을 바꾸어" 지내고 "시간 감각"을 쉽사리 상실한다. 이 화자가 묘사하는 밤하늘은 네거티브필름에서처럼 찬란히 빛나고, 밤 풍경에서는 인간과 자연의 경계가 사라져 모든 것이 몽환적 분위기를 띠게 된다. 나아가 화자의 서술 행위 또한 열정에 사로잡힌다. 그 조짐은 화자가 인간의 정체를 "알고 싶다는 욕구"를 "여자를 소유하고

싶은 욕정"에 비유하는 데서 이미 드러난다. 마침내 화자는 수많은 말
줄임표를 사용하여 문장을 생략하며 의사의 이야기를 숨가쁘게 재현
하고, 의사와 부인의 이름을 제외한 모든 "비밀"을 독자에게 남김없이
전달한다. 열정에 관한 서술이 열정에 넘친 서술로 변화되는 것이다.

   화자와 의사의 대화에서 "의무"라는 주제가 여러 번 언급되지만, 그
보다 강조되는 문제는 "명예"다. 영국인 부인은 죽어가면서도 "목숨을
위해서가 아니라…… 비밀을 위해서, 명예를 위해서" 싸우며, 의사도
부인을 구하지는 못하지만 "비밀"과 "명예"를 지켜주기로 맹세한다.
다만 의사는 유럽인에게만 명예가 있다고 생각한다. 이른바 "황인"들
에 대한 의사의 인종주의적 식민주의적 태도는 오늘날의 독자에게 몹
시 불쾌감을 일으킨다. 그럼에도 "숨막히는 긴장감, 억누른 감정, 열정
적 강렬함, 우리에게 최면을 걸어 우리가 아무리 저항해도 우리를 붙
잡아 움켜잡고 휘어잡고 마지막 단어에 이르기까지 놓아주지 않는 츠
바이크의 문체, 그뿐 아니라 도저히 잊을 수 없는 생생한 비유"를 칭송
한 1922년 〈노이에 프라이에 프레세〉의 『아모크―열정의 노벨레들』
서평은 오늘날도 여전히 유효하다.

   「어느 여인의 인생의 스물네 시간」과 「감정의 혼란」은 츠바이크의
네번째 노벨레집 『감정의 혼란―세 편의 노벨레』에 실려 있다. 이 노
벨레집은 다음 서시로 시작한다.

    창조적 유희에서 샘솟는 대담한 욕망이여,
    너는 나를 다시금 잔잔한 빛에서 잡아끌어

너의 깊은 심연으로, 가시에 뒤덮인
마음속 덤불숲으로, 감정의 혼란으로 유혹하는가?

나는 느끼노라. 오로지 그곳에, 오로지 그곳에
죽기 살기로 얽혀 있을 때만 우리는 둘로 나뉜 상태에서 벗어남을.
깨어 있으면 우리는 모든 운명에 저항하고
비겁하게도 열정에 빠져들기를 두려워함을.

피는 끓어올라도 정신은 차가우니, 둘은 갈라진 불꽃 같아라.
구름 낀 어두운 시절 운명이 닥치면 비로소
폭풍이 일며 피와 정신이 세차게 맞붙는구나.

우리는 자신을 지키는 동안에는 진실하지 않나니,
오로지 번개에 맞아 우리가 완전히 타올라야만
피는 정신에서, 정신은 피에서 자신을 찾게 되나니.

 이 시에서 "창조적 유희"란 에로스를 뜻한다. 그 쾌락은 "깊은 심연"에, "마음속 덤불숲"에, "감정의 혼란"에 빠져들도록 유혹하며, 오로지 이곳에서만 이성과 욕동Trieb "둘로 나뉜 상태"에서 벗어날 수 있다. 오로지 이곳에서만 "운명이 닥치면 비로소 피와 정신"으로 나뉜 불꽃이 세차게 맞붙는다. 각자가 "자신을 지키는 동안에는 진실하지 않나니" 번개에 맞은 듯 정열을 불태워야만 "피는 정신에서, 정신은 피에서 자신을 찾게" 된다.

「어느 여인의 인생의 스물네 시간」 속 이야기에서는 이성의 지배에서 벗어나 욕동에 사로잡히는 여인이 다루어진다. 한 폴란드 청년이 룰렛에 탐닉하는 것을 바라보며, 이 청년의 "듣도 보도 못한" 손놀림을 훔쳐보며, 영국인 C 부인은 제어할 수 없는 욕망에 감염되어가는 듯하다. 마침내 귀부인은 상류계급의 엄격한 행동 방식을 버리고 무의식적 열정에 온몸을 맡긴다. 부인이 도박꾼 청년과 보내는 하룻밤은 "생사가 걸린 싸움"에 비유되며, "정열과 냉정, 삶과 죽음, 황홀과 절망"이 하나가 되고 이를 통해 자아가 완전히 변모하는 순간으로 묘사된다. 이 여인은 사회의 터부를 깨뜨리고 관습에서 해방되어 새로운 자신을 발견하려 한다. 하지만 이 소설의 틀 이야기에서는 여성의 성을 억압하는 비인간적인 문화가 얼마나 뿌리깊은지 식사 모임의 입씨름을 통해 여실히 드러난다.

「감정의 혼란」에서는 대학생 제자에 대한 노교수의 동성애가 그려진다. 교수는 "피와 정신" 사이에서 갈등한다. 관능적 충동을 억누르고 정신적 사랑으로 드높이려 안간힘을 다한다. 이 영문학 교수의 셰익스피어 열강은 욕동 에너지를 예술 행위 등으로 변환시키는 승화 Sublimierung에 해당한다. 교수의 충족되지 않은 성적 욕망이 양심, 초자아, 사회가 용인하는 형태로 표현되는 것이다. 교수가 자신의 "비밀"을 감추려 제자를 자꾸만 "밀어내"자 대학생은 교수의 부인에게 의지하고 이로 인해 세 사람 사이에 삼각관계가 형성된다. "미소년" 대학생과 "소년 같은" 인상의 교수 부인의 교제는 생물학적 성은 다르나 사회적 성은 같은 상대 간의 동성애로 볼 수 있다. 교수가 종잡을 수 없이 변덕을 부릴 때마다 당혹스러워하던 대학생 롤란트는 마침내 교수가 애정을 털어놓자 "섬뜩하게 감정의 혼란"을 느낀다. 그리고 후일 자신도 교수가 되어 육십 세에 이른 롤란트는, 아내와 자식도 있지만, 자신의 유일한 사랑은 스승이었다고 고백한다.

츠바이크가 평생 은사로 여겼던 지크문트 프로이트는 츠바이크에게 보낸 서신에서 『감정의 혼란―세 편의 노벨레』를 "일류 창작자의 최고 업적"으로 확신하며, 여기에 수록된 두 노벨레 「어느 여인의 인생의 스물네 시간」과 「감정의 혼란」을 "걸작"이라 일컬었다. 오스트리아의 소설가이자 극작가인 프란츠 베르펠은 「감정의 혼란」을 밤새워 읽고 감동에 젖어 츠바이크에게 이렇게 편지했다. "동성애가 이토록 비극적이고 세련되고 조화롭게 서술된 적은 없었습니다." 츠바이크의 오랜 친구인 프랑스 문학가 로맹 롤랑도 이 노벨레집에 실린 세 편의 노벨레를 "압권"이라 칭찬했다. 츠바이크와 친분이 있던 러시아 작가 막심 고리키 또한 츠바이크에게 보낸 편지를 통해 「감정의 혼란」에 갈채를 보냈다. "제 생각에 당신의 문체는 레프 톨스토이에게서만 맛볼 수 있는 놀라운 조형성, 엄격성, 박진감을 보여줍니다. 이보다 더 큰 찬사가 있는지 모르겠지만, 이 작품의 경우 과찬이 아니라고 생각합니다. 〔……〕 당신 소설의 인물은 독자를 흥분시킵니다. 당신은 이 인물을 제가 만나거나 제게 이야기하는 살아 있는 인간들보다 더 중요하고 의미 있고 인간적인 모습으로 창조했습니다. 이 주목할 만한 사실은 예술이 현실을 뛰어넘는다는 당연한 법칙을 저에게 다시금 확신시킵니다." 고리키는 레닌그라드의 한 출판사 대표에게 보낸 편지에서도 격찬을 아끼지 않았다. "슈테판 츠바이크의 이 노벨레집은, 특히 「감정의 혼란」은 진정한 예술입니다. 고전적 아름다움을 성취한 작품입니다.

이처럼 미묘한 주제를 선택하여 이토록 설득력 있고 인간적 애정을 보이며 이야기하려면 매우 탁월한 재능이 있어야 합니다."

츠바이크 작품의 매력은 매혹적 인물과 소재를 발굴하는 비범한 감각뿐 아니라 기이한 상황의 핵심을 포착해 밀도 높게 서술하는 탁월한 재능에서 생겨난다. 츠바이크는 소설만이 아니라 희곡, 에세이, 전기에서도 주로 "패자"를 다루었다. 이들은 성공, 부, 행복 등의 일반적 척도로 보면 패배했지만 도덕적 관점에서는 승리한 것으로 묘사된다. 츠바이크는 이러한 인물을 창조하기 위해 다양한 경험과 대화와 독서에서 소재를 수집했고, 초고를 작성한 뒤 이를 "농축하여 극적으로" 만드는 작업에 착수했다. 이러한 집필 방식에 관해 츠바이크는 『어제의 세계』에서 자세히 밝히고 있다. 그러나 츠바이크 노벨레의 신비는 무엇보다도 인간 영혼의 탐구에서 우러나온다. 이에 대한 열정은 "인간 심리의 수수께끼는 불안할 만큼 나를 사로잡아, 그 관련을 밝혀내고 싶은 충동이 핏속 깊이 들끓게 한다"는 「아모크 광인」의 틀 이야기 화자의 말에서도 표명된다.

미국 영화감독 웨스 앤더슨은 전혀 몰랐던 작가 츠바이크의 회고록 『어제의 세계』와 「어느 여인의 인생의 스물네 시간」 등의 소설을 읽고 영감을 얻어 2014년 〈그랜드 부다페스트 호텔〉을 만들었다. 본 번역서에 실린 노벨레들이 독자의 정신을 자극해 상상의 나래를 펼치는 촉매가 된다면 더 바랄 게 없겠다.

마지막으로 이 네 노벨레를 번역작품으로 선정하여 슈테판 츠바이크 언어의 마력에 빠질 수 있게 해주고, 완성도 있는 책으로 나오기까지 원고를 맵시 있게 다듬어준 문학동네에 감사드린다.

황종민

슈테판 츠바이크 연보

1881년	11월 28일 오스트리아 빈에서 방직공장 사장인 아버지 모리츠 츠바이크와 어머니 이다 브레타우어의 둘째 아들로 태어남.
1887년	빈에 있는 초등학교에 입학함.
1891~1900년	막시밀리안 김나지움(오늘날의 바자 김나지움)에 입학하여 고등학교 과정을 마침. 후고 폰 호프만스탈과 라이너 마리아 릴케의 영향으로 시를 쓰기 시작함. 1897년부터 잡지 『독일 시』와 『사회』 등에 시를 발표하기 시작함.
1900년	고교 졸업시험이자 대학입학시험인 마투라를 치른 뒤 처음으로 프랑스를 여행함. 1904년까지 빈과 베를린 대학에서 독일문학과 프랑스문학을 전공함.
1901년	첫 시집 『은빛 현 Silberne Saiten』을 베를린에서 출간함.
1902년	베를린 대학에서 한 학기를 수학함. 빈의 〈노이에 프라이에 프레세〉 문예란에 처음으로 기고함. 베를렌과 보들레르의 시를 번역함.
1904년	프랑스 문학사가인 이폴리트 텐 연구로 박사학위를 취득함. 첫번째 노벨레집 『에리카 에발트의 사랑 Die Liebe der Erika Ewald』을 베를린에서 출간함. 파리와 런던에서 장기간 체류함.
1906년	두번째 시집 『어린 화관들 Die frühe Kränze』을 라이프치히에서 출간함. 이탈리아, 스페인, 런던을 여행함.
1907년	첫번째 희곡 『테르시테스 Tersites』를 출간함. 1908년 11월

	드레스덴과 카셀에서 초연됨.
1908년	오 개월 동안 인도, 스리랑카와 미얀마를 비롯한 인도차이나 반도를 여행함.
1910년	프랑스어로 시를 쓴 벨기에 시인 에밀 베르하렌의 시선집을 번역하여 라이프치히에서 출간함.
1911년	미국, 캐나다, 쿠바, 푸에르토리코를 여행함. 두번째 노벨레집 『첫 경험―네 편의 어린 시절 이야기 Erstes Erlebnis. Vier Geschichten aus Kinderlande』를 라이프치히에서 출간함.
1912년	희곡 『바닷가의 집 Das Haus am Meer』을 출간함. 빈의 부르크극장에서 초연함. 훗날 첫번째 아내가 된 프리데리케 마리아 폰 빈터니츠를 만남.
1914년	『첫 경험―네 편의 어린 시절 이야기』에 실렸던 노벨레 「불타는 비밀」을 별권으로 출간함. 제1차세계대전이 발발하자 자원입대함. 이 주 후 빈의 전쟁기록보관소에 배치되어 릴케와 함께 근무함. 군 신문 〈도나우란트〉의 기자로 활동함. 1913년 만난 프랑스 작가 로맹 롤랑의 영향으로 참전 시기 점점 더 반전 의식이 강해짐.
1917년	군에서 제대한 후 프리데리케와 함께 빈 근처의 칼크스부르크로 이주함. 희곡 『예레미아 Jeremias』를 라이프치히에서 출간함. 중립국인 스위스의 취리히로 가서 빈의 〈노이에 프라이에 프레세〉 특파원으로 활동하며 헝가리의 독일어 신문 〈페스터 로이트〉에도 기고함. 정당이나 힘의 정치적 이해관계와는 무관한 자신의 휴머니즘 사상을 표현함. 『에밀 베르하렌에 관한 회상 Erinnerungen an Emile Verhaeren』을 빈에서 출간함.
1918년	취리히에서 〈예레미아〉를 초연함. 3막으로 구성된 소극장용 실내극 〈어떤 인생의 전설 Legende einer Lebens〉을 함부

	르크에서 초연함.
1919년	오스트리아로 돌아와 잘츠부르크에 거주함. 『어떤 인생의 전설』을 라이프치히에서 출간함.
1920년	프리데리케와 결혼함. 노벨레 『강압 Zwang』과 발자크, 디킨스, 도스토옙스키에 관한 에세이 『세 거장 Drei Meister』을 라이프치히에서 출간함. 노벨레 『두려움 Angst』을 베를린에서 출간함.
1921년	『로맹 롤랑―인간과 작품 Romain Rolland. Der Mann und das Werk』을 프랑크푸르트암마인에서 출간함.
1922년	빈의 〈노이에 프라이에 프레세〉에 단편 「낯선 여인의 편지」를 발표함. 세번째 노벨레집 『아모크―열정의 노벨레들 Amok. Novellen einer Leidenschaft』과 『영원한 형제의 눈 Die Augen des ewigen Bruders』을 출간함. 폴 베를렌의 작품들을 선별하여 번역 출간함.
1924년	스페인의 초현실주의 화가 살바도르 달리를 파리에서 처음 만남.
1925년	클라이스트, 휠덜린, 니체에 관한 에세이 『악마와의 투쟁 Der Kampf mit dem Dämon』을 출간함.
1926년	아버지 모리츠 츠바이크가 사망함. 영국의 극작가 벤 존슨의 3막 희곡 「볼포네」를 자유로이 각색·번안하여 빈의 부르크 극장에서 초연함.
1927년	네번째 노벨레집 『감정의 혼란―세 편의 노벨레 Verwirrung der Gefühle: Deri Novellen』를 라이프치히에서 출간하고, 희곡 『신으로의 도피 Die Flucht zu Gott』를 베를린에서 출간함. 막심 고리키가 서문을 쓴 러시아어판 츠바이크 전집(전10권)이 소련에서 출간됨.
1928년	톨스토이 탄생 100주년을 맞아 소련을 여행함. 카사노바, 스

	탕달, 톨스토이에 관한 에세이 『세 작가의 인생 Drei Dichter ihres Lebens』을 출간함. 〈신으로의 도피〉를 킬에서 초연함. 3막의 희비극 〈가난한 자의 양 Das Lamm des Armen〉이 브로츠와프, 하노버, 뤼베크, 프라하에서 공연됨.
1929년	『가난한 자의 양』을 출간함. 전기소설 『조제프 푸셰―어느 정치적 인간의 초상 Joseph Fouché. Bildnis eines politischen Menschen』을 출간함.
1930년	이탈리아 여행중 소렌토에 머물고 있던 막심 고리키를 방문함.
1931년	프랑스 여행중 오스트리아 작가 요제프 로트를 만남. 『정신을 통한 치유 Die Heilung durch den Geist』를 출간하고 이 책을 미국에 망명중인 알베르트 아인슈타인에게 헌정함.
1932년	전기소설 『마리 앙투아네트 Marie Antoinette』를 출간함.
1933년	작곡가 리하르트 슈트라우스의 오페라 〈말없는 여인 Die Schweigsame Frau〉의 대본을 작성함. 나치의 분서갱유 명단에 츠바이크의 작품들도 포함됨. 독일에서는 출판이 금지되고 빈에서만 1938년까지 출판이 가능해짐.
1934년	나치 집권 후 오스트리아에서도 가택수색 등 그 영향이 감지되자 아내 프리데리케는 두고 런던으로 피신함. 남아메리카를 여행함.
1935년	프랑스, 스위스, 미국을 여행함. 오페라 〈말없는 여인〉이 드레스덴 오페라극장에서 초연됨. 전기소설 『메리 스튜어트 Maria Stuart』를 빈에서 출간함.
1936년	브라질을 여행함. 『카스텔리오 대 칼뱅 혹은 폭력에 대항하는 양심 Castellio gegen Calvin oder Ein Gewissen gegen die Gewalt』을 빈에서 출간함.
1937년	『사람, 책, 도시와의 만남 Begegnungen mit Menschen, Büchern, Städten』을 빈에서 출간함.

1938년	영국 시민권을 신청함. 프리데리케와 이혼. 밴 다이크 감독이 『마리 앙투아네트』를 영화화함. 『마젤란―인간과 업적 *Magellan. Der Mann und seine Tat*』을 빈에서 출간함.
1939년	비서 샤를로테 알트만과 재혼함. 장편소설 『초조한 마음 *Ungeduld des Herzens*』을 스톡홀름과 암스테르담에서 출간함.
1940년	영국 시민권을 취득함. 뉴욕, 아르헨티나, 파라과이를 거쳐 브라질로 여행함.
1941년	브라질의 리우데자네이루 근교 페트로폴리스에 정착함. 자전적 회고록 『어제의 세계 *Die Welt von Gestern*』를 완성함. 『브라질―미래의 나라 *Brasilien. Ein Land der Zukunft*』를 스톡홀름에서 출간함. 노벨레 「체스 이야기」를 완성함.
1942년	정신적 고향인 유럽의 자멸로 우울해함. 2월 22일 "자유의지와 맑은 정신으로" 먼저 세상을 떠난다는 유서를 남기고 아내와 함께 페트로폴리스의 집에서 약물 과다복용으로 생을 마감함.

문학동네 세계문학전집 발간에 부쳐

 세계문학은 국민문학 혹은 지역문학을 떠나 존재하는 문학이 아니지만 그것들의 총합도 아니다. 세계문학이라는 용어에는 그 나름의 언어와 전통을 갖고 있는 국민문학이나 지역문학의 존재를 인정하면서 그것을 넘어서는 문학의 보편적 질서에 대한 관념이 새겨져 있다. 그 용어를 처음 고안한 19세기 유럽인들은 유럽 문학을 중심으로 그 질서를 구축했지만 풍부한 국민문학의 전통을 가지고 있는 현대의 문학 강국들은 나름의 방식으로 세계문학을 이해하면서 정전(正典)의 목록을 작성하고 또 수정한다.
 한국에서도 세계문학 관념은 우리 사회와 문화의 변화 속에서 거듭 수정돼왔다. 어느 시기에는 제국 일본의 교양주의를 반영한 세계문학 관념이, 어느 시기에는 제3세계 민족주의에 동조한 세계문학 관념이 출현했고, 그러한 관념을 실천한 전집물이 출판됐다. 21세기 한국에 새로운 세계문학전집이 필요하다는 것은 명백하다. 우리의 지성과 감성의 기준에 부합하는 세계문학을 다시 구상할 때가 되었다.
 문학동네 세계문학전집은 범세계적으로 통용되는 고전에 대한 상식을 존중하면서도 지난 반세기 동안 해외 주요 언어권에서 창작과 연구의 진전에 따라 일어난 정전의 변동을 고려하여 편성되었다. 그래서 불멸의 명작은 물론 동시대 세계의 중요한 정치·문화적 실천에 영감을 준 새로운 작품들을 두루 포함시켰다.
 창립 이후 지금까지 한국문학 및 번역문학 출판에서 가장 전문적이고 생산적인 그룹을 대표해온 문학동네가 그간 축적한 문학 출판 경험을 바탕으로 새로운 세계문학전집을 펴낸다. 인류가 무지와 몽매의 어둠 속을 방황하면서도 끝내 길을 잃지 않은 것은 세계문학사의 하늘에 떠 있는 빛나는 별들이 길잡이가 되어주었기 때문이다. 우리가 자부심과 사명감 속에서 그리게 될 이 새로운 별자리가 독자들의 관심과 애정에 힘입어 우리 모두의 뿌듯한 자산이 되기를 소망한다.

문학동네 세계문학전집 편집위원
민은경, 박유하, 변현태, 송병선, 이재룡, 홍길표, 남진우, 황종연

세계문학전집 264
감정의 혼란

1판 1쇄 2025년 7월 25일
1판 2쇄 2025년 12월 5일

지은이 슈테판 츠바이크 | 옮긴이 황종민

책임편집 송지선 | 편집 황문정 홍상희
디자인 김현아 이원경 | 저작권 박지영 형소진 주은수 오서영 조경은
마케팅 정민호 서지화 한민아 이민경 왕지경 정유진 정경주 김혜원 김예진 이서진
브랜딩 함유지 박민재 이송이 박다솔 조다현 김하연 이준희
제작 강신은 김동욱 이순호 | 제작처 영신사

펴낸곳 (주)문학동네 | 펴낸이 김소영
출판등록 1993년 10월 22일 제2003-000045호
주소 10881 경기도 파주시 회동길 210
전자우편 editor@munhak.com | 대표전화 031) 955-8888 | 팩스 031) 955-8855
문학동네카페 http://cafe.naver.com/mhdn
인스타그램 @munhakdongne | 트위터 @munhakdongne
북클럽문학동네 http://bookclubmunhak.com

ISBN 979-11-416-1121-7 04850
    978-89-546-0901-2 (세트)

잘못된 책은 구입하신 서점에서 교환해드립니다.
기타 교환 문의 031) 955-2661, 3580

www.munhak.com

문학동네 세계문학전집

1, 2, 3 안나 카레니나 레프 톨스토이 | 박형규 옮김
4 판탈레온과 특별봉사대 마리오 바르가스 요사 | 송병선 옮김
5 황금 물고기 J. M. G. 르 클레지오 | 최수철 옮김
6 템페스트 윌리엄 셰익스피어 | 이경식 옮김
7 위대한 개츠비 F. 스콧 피츠제럴드 | 김영하 옮김
8 아름다운 애너벨 리 싸늘하게 죽다 오에 겐자부로 | 박유하 옮김
9, 10 파우스트 요한 볼프강 폰 괴테 | 이인웅 옮김
11 가면의 고백 미시마 유키오 | 양윤옥 옮김
12 킴 러디어드 키플링 | 하창수 옮김
13 나귀 가죽 오노레 드 발자크 | 이철의 옮김
14 피아노 치는 여자 엘프리데 옐리네크 | 이병애 옮김
15 1984 조지 오웰 | 김기혁 옮김
16 벤야멘타 하인학교—야콥 폰 군텐 이야기 로베르트 발저 | 홍길표 옮김
17, 18 적과 흑 스탕달 | 이규식 옮김
19, 20 휴먼 스테인 필립 로스 | 박범수 옮김
21 체스 이야기·낯선 여인의 편지 슈테판 츠바이크 | 김연수 옮김
22 왼손잡이 니콜라이 레스코프 | 이상훈 옮김
23 소송 프란츠 카프카 | 권혁준 옮김
24 마크롤 가비에로의 모험 알바로 무티스 | 송병선 옮김
25 파계 시마자키 도손 | 노영희 옮김
26 내 생명 앗아가주오 앙헬레스 마스트레타 | 강성식 옮김
27 여명 시도니가브리엘 콜레트 | 송기정 옮김
28 한때 흑인이었던 남자의 자서전 제임스 웰든 존슨 | 천승걸 옮김
29 슬픈 짐승 모니카 마론 | 김미선 옮김
30 피로 물든 방 앤절라 카터 | 이귀우 옮김
31 숨그네 헤르타 뮐러 | 박경희 옮김
32 우리 시대의 영웅 미하일 레르몬토프 | 김연경 옮김
33, 34 실낙원 존 밀턴 | 조신권 옮김
35 복낙원 존 밀턴 | 조신권 옮김
36 포로기 오오카 쇼헤이 | 허호 옮김
37 동물농장·파리와 런던의 따라지 인생 조지 오웰 | 김기혁 옮김
38 루이 랑베르 오노레 드 발자크 | 송기정 옮김
39 코틀로반 안드레이 플라토노프 | 김철균 옮김
40 어두운 상점들의 거리 파트릭 모디아노 | 김화영 옮김
41 순교자 김은국 | 도정일 옮김
42 젊은 베르테르의 슬픔 요한 볼프강 폰 괴테 | 안장혁 옮김
43 더블린 사람들 제임스 조이스 | 진선주 옮김
44 설득 제인 오스틴 | 원영선, 전신화 옮김
45 인공호흡 리카르도 피글리아 | 엄지영 옮김
46 정글북 러디어드 키플링 | 손향숙 옮김
47 외로운 남자 외젠 이오네스코 | 이재룡 옮김
48 에피 브리스트 테오도어 폰타네 | 한미희 옮김

49 둔황 이노우에 야스시 | 임용택 옮김
50 미크로메가스·캉디드 혹은 낙관주의 볼테르 | 이병애 옮김
51, 52 염소의 축제 마리오 바르가스 요사 | 송병선 옮김
53 고야산 스님·초롱불 노래 이즈미 교카 | 임태균 옮김
54 다니엘서 E. L. 닥터로 | 정상준 옮김
55 이날을 위한 우산 빌헬름 게나치노 | 박교진 옮김
56 톰 소여의 모험 마크 트웨인 | 강미경 옮김
57 카사노바의 귀향·꿈의 노벨레 아르투어 슈니츨러 | 모명숙 옮김
58 바보들을 위한 학교 사샤 소콜로프 | 권정임 옮김
59 어느 어릿광대의 견해 하인리히 뵐 | 신동도 옮김
60 웃는 늑대 쓰시마 유코 | 김훈아 옮김
61 팔코너 존 치버 | 박영원 옮김
62 한눈팔기 나쓰메 소세키 | 조영석 옮김
63, 64 톰 아저씨의 오두막 해리엇 비처 스토 | 이종인 옮김
65 아버지와 아들 이반 투르게네프 | 이항재 옮김
66 베니스의 상인 윌리엄 셰익스피어 | 이경식 옮김
67 해부학자 페데리코 안다야시 | 조구호 옮김
68 긴 이별을 위한 짧은 편지 페터 한트케 | 안장혁 옮김
69 호텔 뒤락 애니타 브루크너 | 김정 옮김
70 잔해 쥘리앵 그린 | 김종우 옮김
71 절망 블라디미르 나보코프 | 최종술 옮김
72 더버빌가의 테스 토머스 하디 | 유명숙 옮김
73 감상소설 미하일 조셴코 | 백용식 옮김
74 빙하와 어둠의 공포 크리스토프 란스마이어 | 진일상 옮김
75 쓰가루·석별·옛날이야기 다자이 오사무 | 서재곤 옮김
76 이인 알베르 카뮈 | 이기언 옮김
77 달려라, 토끼 존 업다이크 | 정영목 옮김
78 몰락하는 자 토마스 베른하르트 | 박인원 옮김
79, 80 한밤의 아이들 살만 루슈디 | 김진준 옮김
81 죽은 군대의 장군 이스마일 카다레 | 이창실 옮김
82 페레이라가 주장하다 안토니오 타부키 | 이승수 옮김
83, 84 목로주점 에밀 졸라 | 박명숙 옮김
85 아베 일족 모리 오가이 | 권태민 옮김
86 폭풍의 언덕 에밀리 브론테 | 김정아 옮김
87, 88 늦여름 아달베르트 슈티프터 | 박종대 옮김
89 클레브 공작부인 라파예트 부인 | 류재화 옮김
90 P세대 빅토르 펠레빈 | 박혜경 옮김
91 노인과 바다 어니스트 헤밍웨이 | 이인규 옮김
92 물방울 메도루마 슌 | 유은경 옮김
93 도깨비불 피에르 드리외라로셸 | 이재룡 옮김
94 프랑켄슈타인 메리 셸리 | 김선형 옮김
95 래그타임 E. L. 닥터로 | 최용준 옮김

96 캔터빌의 유령 오스카 와일드 | 김미나 옮김
97 만(卍)·시게모토 소장의 어머니 다니자키 준이치로 | 김춘미, 이호철 옮김
98 맨해튼 트랜스퍼 존 더스패서스 | 박경희 옮김
99 단순한 열정 아니 에르노 | 최정수 옮김
100 열세 걸음 모옌 | 임홍빈 옮김
101 데미안 헤르만 헤세 | 안인희 옮김
102 수레바퀴 아래서 헤르만 헤세 | 한미희 옮김
103 소리와 분노 윌리엄 포크너 | 공진호 옮김
104 곰 윌리엄 포크너 | 민은영 옮김
105 롤리타 블라디미르 나보코프 | 김진준 옮김
106, 107 부활 레프 톨스토이 | 박형규 옮김
108, 109 모래그릇 마쓰모토 세이초 | 이병진 옮김
110 은둔자 막심 고리키 | 이강은 옮김
111 불타버린 지도 아베 고보 | 이영미 옮김
112 말라볼리아가의 사람들 조반니 베르가 | 김운찬 옮김
113 디어 라이프 앨리스 먼로 | 정연희 옮김
114 돈 카를로스 프리드리히 실러 | 안인희 옮김
115 인간 짐승 에밀 졸라 | 이철의 옮김
116 빌러비드 토니 모리슨 | 최인자 옮김
117, 118 미국의 목가 필립 로스 | 정영목 옮김
119 대성당 레이먼드 카버 | 김연수 옮김
120 나나 에밀 졸라 | 김치수 옮김
121, 122 제르미날 에밀 졸라 | 박명숙 옮김
123 현기증. 감정들 W. G. 제발트 | 배수아 옮김
124 강 동쪽의 기담 나가이 가후 | 정병호 옮김
125 붉은 밤의 도시들 윌리엄 버로스 | 박인찬 옮김
126 수고양이 무어의 인생관 E. T. A. 호프만 | 박은경 옮김
127 맘브루 R. H. 모레노 두란 | 송병선 옮김
128 익사 오에 겐자부로 | 박유하 옮김
129 땅의 혜택 크누트 함순 | 안미란 옮김
130 불안의 책 페르난두 페소아 | 오진영 옮김
131, 132 사랑과 어둠의 이야기 아모스 오즈 | 최창모 옮김
133 페스트 알베르 카뮈 | 유호식 옮김
134 다마세누 몬테이루의 잃어버린 머리 안토니오 타부키 | 이현경 옮김
135 작은 것들의 신 아룬다티 로이 | 박찬원 옮김
136 시스터 캐리 시어도어 드라이저 | 송은주 옮김
137 고독한 산책자의 몽상 장자크 루소 | 문경자 옮김
138 용의자의 야간열차 다와다 요코 | 이영미 옮김
139 세기아의 고백 알프레드 드 뮈세 | 김미성 옮김
140 햄릿 윌리엄 셰익스피어 | 이경식 옮김
141 카산드라 크리스타 볼프 | 한미희 옮김
142 이 글을 읽는 사람에게 영원한 저주를 마누엘 푸익 | 송병선 옮김

143 마음 나쓰메 소세키 | 유은경 옮김
144 바다 존 밴빌 | 정영목 옮김
145, 146, 147, 148 전쟁과 평화 레프 톨스토이 | 박형규 옮김
149 세 가지 이야기 귀스타브 플로베르 | 고봉만 옮김
150 제5도살장 커트 보니것 | 정영목 옮김
151 알렉시·은총의 일격 마르그리트 유르스나르 | 윤진 옮김
152 말라 온다 알베르토 푸겟 | 엄지영 옮김
153 아르세니예프의 인생 이반 부닌 | 이항재 옮김
154 오만과 편견 제인 오스틴 | 류경희 옮김
155 돈 에밀 졸라 | 유기환 옮김
156 젊은 예술가의 초상 제임스 조이스 | 진선주 옮김
157, 158, 159 카라마조프가의 형제들 표도르 도스토옙스키 | 김희숙 옮김
160 진 브로디 선생의 전성기 뮤리얼 스파크 | 서정은 옮김
161 13인당 이야기 오노레 드 발자크 | 송기정 옮김
162 하지 무라트 레프 톨스토이 | 박형규 옮김
163 희망 앙드레 말로 | 김웅권 옮김
164 임멘 호수·백마의 기사·프시케 테오도어 슈토름 | 배정희 옮김
165 밤은 부드러워라 F. 스콧 피츠제럴드 | 정영목 옮김
166 야간비행 앙투안 드 생텍쥐페리 | 용경식 옮김
167 나이트우드 주나 반스 | 이예원 옮김
168 소년들 앙리 드 몽테를랑 | 유정애 옮김
169, 170 독립기념일 리처드 포드 | 박영원 옮김
171, 172 닥터 지바고 보리스 파스테르나크 | 박형규 옮김
173 싯다르타 헤르만 헤세 | 권혁준 옮김
174 야만인을 기다리며 J. M. 쿳시 | 왕은철 옮김
175 철학편지 볼테르 | 이봉지 옮김
176 거지 소녀 앨리스 먼로 | 민은영 옮김
177 창백한 불꽃 블라디미르 나보코프 | 김윤아 옮김
178 슈틸러 막스 프리슈 | 김인순 옮김
179 시핑 뉴스 애니 프루 | 민승남 옮김
180 이 세상의 왕국 알레호 카르펜티에르 | 조구호 옮김
181 철의 시대 J. M. 쿳시 | 왕은철 옮김
182 카시지 조이스 캐럴 오츠 | 공경희 옮김
183, 184 모비 딕 허먼 멜빌 | 황유원 옮김
185 솔로몬의 노래 토니 모리슨 | 김선형 옮김
186 무기여 잘 있거라 어니스트 헤밍웨이 | 권진아 옮김
187 컬러 퍼플 앨리스 워커 | 고정아 옮김
188, 189 죄와 벌 표도르 도스토옙스키 | 이문영 옮김
190 사랑 광기 그리고 죽음의 이야기 오라시오 키로가 | 엄지영 옮김
191 빅 슬립 레이먼드 챈들러 | 김진준 옮김
192 시간은 밤 류드밀라 페트루솁스카야 | 김혜란 옮김
193 타타르인의 사막 디노 부차티 | 한리나 옮김

194 고양이와 쥐 귄터 그라스 | 박경희 옮김
195 펠리시아의 여정 윌리엄 트레버 | 박찬원 옮김
196 마이클 K의 삶과 시대 J. M. 쿳시 | 왕은철 옮김
197, 198 오스카와 루신다 피터 케리 | 김시현 옮김
199 패싱 넬라 라슨 | 박경희 옮김
200 마담 보바리 귀스타브 플로베르 | 김남주 옮김
201 패주 에밀 졸라 | 유기환 옮김
202 도시와 개들 마리오 바르가스 요사 | 송병선 옮김
203 루시 저메이카 킨케이드 | 정소영 옮김
204 대지 에밀 졸라 | 조성애 옮김
205, 206 백치 표도르 도스토옙스키 | 김희숙 옮김
207 백야 표도르 도스토옙스키 | 박은정 옮김
208 순수의 시대 이디스 워턴 | 손영미 옮김
209 단순한 이야기 엘리자베스 인치볼드 | 이혜수 옮김
210 바닷가에서 압둘라자크 구르나 | 황유원 옮김
211 낙원 압둘라자크 구르나 | 왕은철 옮김
212 피라미드 이스마일 카다레 | 이창실 옮김
213 애니 존 저메이카 킨케이드 | 정소영 옮김
214 지고 말 것을 가와바타 야스나리 | 박혜성 옮김
215 부서진 사월 이스마일 카다레 | 유정희 옮김
216 사람은 무엇으로 사는가 레프 톨스토이 | 이항재 옮김
217, 218 악마의 시 살만 루슈디 | 김진준 옮김
219 오늘을 잡아라 솔 벨로 | 김진준 옮김
220 배반 압둘라자크 구르나 | 황가한 옮김
221 어두운 밤 나는 적막한 집을 나섰다 페터 한트케 | 윤시향 옮김
222 무어의 마지막 한숨 살만 루슈디 | 김진준 옮김
223 속죄 이언 매큐언 | 한정아 옮김
224 암스테르담 이언 매큐언 | 박경희 옮김
225, 226, 227 특성 없는 남자 로베르트 무질 | 박종대 옮김
228 앨프리드와 에밀리 도리스 레싱 | 민은영 옮김
229 북과 남 엘리자베스 개스켈 | 민승남 옮김
230 마지막 이야기들 윌리엄 트레버 | 민승남 옮김
231 벤저민 프랭클린 자서전 벤저민 프랭클린 | 이종인 옮김
232 만년양식집 오에 겐자부로 | 박유하 옮김
233 이상한 나라의 앨리스 루이스 캐럴 | 존 테니얼 그림 | 김희진 옮김
234 소네치카·스페이드의 여왕 류드밀라 울리츠카야 | 박종소 옮김
235 메데야와 그녀의 아이들 류드밀라 울리츠카야 | 최종술 옮김
236 실종자 프란츠 카프카 | 이재황 옮김
237 진 알랭 로브그리예 | 성귀수 옮김
238 말테의 수기 라이너 마리아 릴케 | 홍사현 옮김
239, 240 율리시스 제임스 조이스 | 이종일 옮김
241 지도와 영토 미셸 우엘벡 | 장소미 옮김

242 사막 J. M. G. 르 클레지오 | 홍상희 옮김
243 사냥꾼의 수기 이반 투르게네프 | 이종현 옮김
244 험볼트의 선물 솔 벨로 | 전수용 옮김
245 바베트의 만찬 이자크 디네센 | 추미옥 옮김
246 나르치스와 골드문트 헤르만 헤세 | 안인희 옮김
247 변신·단식 광대 프란츠 카프카 | 이재황 옮김
248 상자 속의 사나이 안톤 체호프 | 박현섭 옮김
249 가장 파란 눈 토니 모리슨 | 정소영 옮김
250 꽃피는 노트르담 장 주네 | 성귀수 옮김
251, 252 울프홀 힐러리 맨틀 | 강아름 옮김
253 시체들을 끌어내라 힐러리 맨틀 | 김선형 옮김
254 샌프란시스코에서 온 신사 이반 부닌 | 최진희 옮김
255 포화 앙리 바르뷔스 | 김웅권 옮김
256 추락 J. M. 쿳시 | 왕은철 옮김
257 킬리만자로의 눈 어니스트 헤밍웨이 | 정영목 옮김
258 오래된 빛 존 밴빌 | 정영목 옮김
259 고리오 영감 오노레 드 발자크 | 이철의 옮김
260 동네 공원 마르그리트 뒤라스 | 김정아 옮김
261 앨리스 B. 토클러스의 자서전 거트루드 스타인 | 윤희기 옮김
262 댈러웨이 부인 버지니아 울프 | 민은영 옮김
263 인간 실격 다자이 오사무 | 홍은주 옮김
264 감정의 혼란 슈테판 츠바이크 | 황종민 옮김
265 돌아온 토끼 존 업다이크 | 정영목 옮김
266 토끼는 부자다 존 업다이크 | 김승욱 옮김
267 토끼 잠들다 존 업다이크 | 김승욱 옮김
268 노인을 위한 나라는 없다 코맥 매카시 | 황유원 옮김
269 허조그 솔 벨로 | 김진준 옮김
270 보스턴 사람들 헨리 제임스 | 윤조원 옮김
271 추억을 완성하기 위하여 파트릭 모디아노 | 김화영 옮김

● 문학동네 세계문학전집은 계속 출간됩니다